文
景

Horizon

黑书

Kara Kitap
Orhan Pamuk

[土耳其]

奥尔罕·帕慕克 著

李佳姗 译

上海人民出版社

献给

艾琳（Aylin）

伊本·阿拉比曾经信誓旦旦地说，他的一位圣人朋友，灵魂升上了天堂，途中抵达了环绕世界的卡夫山，他观察到卡夫山本身被一条蛇包围着。如今，众人都知道世界上其实并没有这么一座环绕世界的山，也没有那么一条蛇。

——《伊斯兰百科全书》

目　录

第 二 部 ——————————

第 一 部

01

卡利普第一次见到如梦

不要引用题词，它们只会扼杀作品中的神秘！

——阿德利

尽管扼杀神秘，杀死倡导神秘的假先知！

——巴赫蒂

　　如梦在甜蜜而温暖的黑暗中趴着熟睡，背上盖一条蓝格子棉被，棉被凹凸不平地铺满整张床，形成阴暗的山谷和柔软的蓝色山丘。冬日清晨最早的声响穿透了房间：间歇驶过的轮车和老旧的公交车；与糕饼师傅合伙的豆奶师傅，把他的铜罐往人行道上猛敲；共乘小巴站牌前的尖锐哨音。铅灰色的冬日晨光从深蓝色的窗帘渗入房里。卡利普睡眼惺忪地端详妻子露在棉被外的脸：如梦的下巴陷入羽毛枕里。她微弯的眉毛带有某种如梦似幻的感觉，让他禁不住想知道，此刻她的脑袋里正上演着何种美妙的事情。"记忆，"耶拉曾经在他的一篇专栏中写道，"是座花园。"当时卡利普就曾想道：如梦的花园，梦境的花园。别想，别想！如果你想，你一定会醋劲大发。然而，卡利普一面研究妻子的眉毛，一面忍不住继续想。

　　他想要进入如梦安稳睡眠中的幽闭花园，探遍里头的每一棵柳树、刺槐和每一株攀藤玫瑰，或者尴尬地撞见一些面孔：你也在这

3

里？呃，那么，你好！除了他预期中的不愉快回忆之外，带着好奇与痛苦，他也发现一些意料外的男性身影：不好意思，老兄，可是你究竟是在何时何地遇见我太太的？怎么，三年前在你家；阿拉丁店里卖的外国杂志里；你们两个一起上课的中学；你们两个人手牵手站着的电影院休息区……不，不，或许如梦的脑袋没这么拥挤，也没这么残酷。或许，在她阴暗的记忆花园中，唯一阳光照耀的角落里，如梦和卡利普很可能正要出发去划船。

如梦一家人搬回伊斯坦布尔后几个月，卡利普和如梦都染上了腮腺炎。那阵子，卡利普的母亲和如梦美丽的母亲苏珊伯母，会分别或相偕牵着卡利普和如梦，带他们搭乘公交车，摇摇晃晃驶过碎石路，到别别喀或塔拉布亚坐小船。那个年代，可怕的是细菌而不是药物，许多人相信博斯普鲁斯海峡的干净空气可以治疗腮腺炎。早晨，水面平静，白色的划艇，划船的总是同一个友善的船夫。母亲或伯母总是坐在船尾，如梦和卡利普则并肩坐在船头，躲在随着划桨的动作忽高忽低的船夫身后。他们伸出同样细瘦的脚踝和脚丫子，浸在水里，下方的海水缓缓流过——海草、海面上七彩的浮油、半透明的鹅卵石，还有几张依然清晰可读的报纸，他们在报纸上搜寻耶拉的专栏。

卡利普第一次见到如梦，是在得腮腺炎之前几个月，当时他正坐在一张放在餐桌上的矮凳子上，让理发师剪头发。那段日子里，留着一脸道格拉斯·范朋克胡子的高大理发师，每星期有五天会到家里来帮爷爷修脸。在那个年代，阿拉伯人的店和阿拉丁的店门口买咖啡的队伍比现在长得多，尼龙布料仍由小贩兜售，而雪佛兰正如雨后春笋般出现在伊斯坦布尔街头。那时卡利普已经上小学了，他会仔细阅读耶拉以"谢里姆·卡区马兹"为笔名写作的专栏，刊登于《民族日报》的第二页，一星期五次。不过他并非刚开始学读写，奶奶早在两年前就已经教他识字了。他们总是坐在餐桌的一角，奶奶嘴里叼着从不离口的"宝服"香烟，吞云吐雾，熏得她孙子眼泪直流，她用嘶哑的声音揭开字母组合的神奇魔术之谜，烟雾使得拼字书里异常巨大的马匹变得更蓝、更鲜活。这匹马的下方标示着"马"，它的体形大过那些瘦骨嶙峋、拖着马车，属于跛脚挑夫和小偷小摸的垃圾回收贩的马。卡利普从前常常希望能把魔法药水倒在拼字书里这匹健壮的马身上，让它活过来。然而等他上了小学，学校不准他直接跳读二年级，而必须从头学一遍同一本有马匹图案的拼字书，那时他才明白，之前的希望只是一个愚蠢的幻想。

假使爷爷真的能够实现诺言，出门弄到魔法药水，装在石榴色的玻璃瓶里带回来，那么卡利普一定会把药水倒在别的图片上，像是布满灰尘的法文《写照杂志》，里面充满了第一次世界大战的齐柏林式飞船、汽车、泥泞的尸体，或是梅里伯伯从巴黎和阿尔及尔寄来的明信片，或是瓦西夫从《大千世界》里剪下来的长臂猿哺喂宝宝的照片，还有耶拉从报纸上剪下来的各种奇怪人脸。可是爷爷再也不出门了，甚至连理发店也不去，他一天到晚待在家里。虽然如此，他每天还是穿戴整齐，就像以前他出门去店里一样：大翻领的旧英国外套，颜色像他星期天脸上的胡碴一样是灰色的，还有西装裤、链扣和一条爸爸称为"官僚领巾"的细领带，妈妈总是用法文说"领巾"；她出身于比他上流的家庭。接着，爸妈会谈论起爷爷，语气好像是在讲那些年久失修、每天都可能倒塌的木房子。谈着谈着，他们忘掉了爷爷，有时候他们会彼此大声起来，这时他们会转向卡利普，"你现在上楼去玩。""我可以坐电梯吗？""别让他一个人坐电梯！""你不可以一个人坐电梯！""我可以跟瓦西夫玩吗？""不行，他会发怒！"

事实上，他才不会发怒。虽然瓦西夫又聋又哑，但他明白我并不是在嘲笑他，只是在玩"秘密通道"。玩法是趴在地上努力爬过床底下，到达洞穴的尽头，仿佛钻入公寓建筑的黑暗深处，我带着猫科动物般的小心翼翼，像个军人似的匍匐穿越自己挖掘的坑道，通往敌人的壕沟。可是其他所有人，除了后来抵达的如梦之外，都不懂这是怎么一回事。有时候我和瓦西夫会一起站在窗边，看电车的轨道。水泥公寓里的水泥阳台上，有一扇面向清真寺的窗户，它是世界的尽头，而另一扇正对女子中学的窗户，则是世界的另一个尽头。两者之间是警察局、一棵高大的栗树、街角和生意兴隆的阿拉丁商店。我们望着顾客在店里进进出出，并互相指认车辆，结果瓦西夫常常会兴奋过头，发出一声恐怖的咆哮，好像他在睡梦中跟恶魔搏斗似的，让我又害怕又难堪。这时，从我们的正后方——爷爷坐在他的丝绒扶手椅上，对面是奶奶，两个人抽烟抽得好像一对烟囱——我会听见爷爷向没在听他说话的奶奶搭话："卡利普又被瓦西夫吓破胆了。"接着，出于习惯而非真的好奇，他会问我们："怎样，你们数了几辆车？"不过，他们谁也没专心听我详细报告总共有几辆道奇、帕克、迪索托和新的雪佛兰。

爷爷和奶奶从早到晚开着收音机，收音机上头趴着一座狗的小雕像，这只毛发浓密、怡然自若的狗看起来不像土耳其狗。伴着收音机里播放的土耳其和西洋音乐、新闻、银行和古龙水广告以及全国彩票，爷爷和奶奶一路闲聊。通常他们会抱怨手指间的香烟，互相怪罪对方害自己戒不掉，好像在谈论他们从没停过而逐渐习惯了的牙痛。如果其中一个人开始像溺水似的猛咳起来，另一个则会大声宣布自己说对了，先是得意扬扬，接着焦虑恼怒。不过迟早其中一个会平复下来，生气地说："有完没完呀，看在真主的分上！我的烟是我唯一的享受！"然后，报纸上的某篇报道会被扯进来："显然抽烟有助于舒缓神经。"接着他们或许会沉默一阵子，但这段可以听见走廊壁钟嘀嗒声的寂静绝不会持续太久。下午当他们一边翻阅报纸一边玩比齐克牌时，他们仍然继续讲话。等公寓里其他人出现，一起吃晚餐听收音机时，爷爷已经读完了耶拉的专栏，他会说："也许如果他们准许他用真名写专栏的话，他会多花一点脑筋。""也更像个大人！"奶奶会叹口气，脸上摆出真诚的好奇表情，好像她是头一次问这个她每次都问的问题："所以，他写得那么糟是因为他们不准他用真名？还是说，因为他写得太糟了所以他们不让他用真名？""至少，没人知道他文章里羞辱的人是我们，"爷爷如此说道，他们两人时常选择这么自我安慰，"反正他用的又不是真名。""没人会那么机灵，"奶奶则会用一种说服不了卡利普的姿态回答，"奇怪了，谁说他的专栏里讲的是我们？"不久之后——耶拉每星期都收到上百封读者来信，于是他改用自己的显赫真名，把早期的专栏重新拿出来刊登，只约略改动了几个字。他的做法，有些人说是因为他的想象力已经耗尽了，或者因为他忙着玩女人和搞政治，抽不出时间，或者纯粹因为太懒——爷爷会摆出一种二流舞台演员的矫情和厌烦，重复他之前讲过几百遍的同一句话："谁会不知道，我的老天！他的亲朋好友和其他每个人都知道，关于公寓大楼的那篇讲的就是这个地方！"这时奶奶才闭上嘴。

大概是在那时候，爷爷开始提到他越来越频繁重复的梦。叙述梦境的时候，他两眼放光，如同他们两个——整天闲聊不休时他讲故事的模样。他说他的梦是蓝色的，在奔流不止的靛蓝色梦境中，他的头发和胡子一直长一直长。耐心听完他的梦后，奶奶会说："理发师应该马上要到了。"可是爷爷并不高兴提到理发师。"话太多，问题太多！"结束了蓝梦和理发师的讨论后，有几次卡利普听见爷爷低声喃喃自语："应该把房子盖在别的地方，离这里远远的，这个地方晦气。"

很久以后，他们搬离了这栋"城市之心"公寓，把房子逐层卖掉。这栋建筑就像当地其他同类型的房子一样，慢慢搬进了一些小精品店、暗中实行堕胎的妇产科诊所以及保险公司。后来卡利普每次经过阿拉丁商店时，都会一边端详建筑物阴郁黑暗的外墙，一边思索着爷爷说这个地方晦气究竟是什么意思。小时候，卡利普曾注意到理发师总会出于习惯随口问起梅里伯伯的事（对了，先生，你的大儿子什么时候会从非洲回来？），他也察觉到爷爷既不喜欢被问起，也很讨厌聊下去。这位梅里伯伯花了好几年总算从欧洲与非洲归国，然后再由伊兹密尔回到伊斯坦布尔和这栋公寓。卡利普感觉到，爷爷所说的晦气，其实是他古怪的长子抛下妻子和儿子远走国外，多年未归，而等他终于返家之后，却带回一个新太太和新女儿（如梦）。

许多年后耶拉告诉卡利普，他们当初兴建公寓楼房时梅里伯伯还在伊斯坦布尔。他们自知虽然比不过哈奇·贝克的糖果店和他卖的坚果软糖，但仍旧可以卖架子上一排排奶奶腌在罐子里的木梨、无花果和酸樱桃。在尼相塔什的建筑工地旁，梅里伯伯与他爸爸和兄弟们会面讨论，他的兄弟们有些来自斯克西的糖果店（他们先是把它改成一间糕饼铺，之后又改成餐厅），有些则从卡拉柯伊的怀特药房前来。当时不满三十的梅里伯伯，总在下午离开他的律师事务所，反正他待在办公室里不是浪费时间争吵，就是在旧的诉讼数据上画船只和荒岛，并没有在处理案件。来到尼相塔什的工地后，梅里伯伯脱掉外套和领带，卷起袖子，开始对收工前逐渐懈怠的建筑工人打气喊话。就是从那阵子起，梅里伯伯开始侃侃谈论学习欧洲蜜饯技术的必要性，订购金色包装纸来包栗子糖，与一家法国企业合股兴建一座彩色泡泡浴工厂，向美国和欧洲如感染瘟疫般相继破产的公司购买机器设备，以低价替荷蕾姑姑弄来一架平台钢琴，找某人带瓦西夫去法国或德国看一位著名的耳科和脑科专家。两年后，公寓终于盖好了，但还没有住人。这时梅里伯伯和瓦西夫却已搭乘一艘罗马尼亚船（特里斯蒂娜号）前往马赛。卡利普第一次看见特里斯蒂娜号，是在奶奶的一个盒子里，船的照片散发着玫瑰花香，八年后他从瓦西夫的剪报上再次读到它的消息，得知船撞上了一座海上油井，沉入黑海。公寓落成一年后，当瓦西夫独自回到斯克西火车站时，他依然"天生"又聋又哑（"天生"这两个字，是荷蕾姑姑被人问到时所说的，卡利普始终不明白强调这个词的秘密或原因是什么）。然而他把一个游满日本金鱼的水族箱紧紧抱在腿上，刚开始他根本舍不得移开视线，一会儿看得连呼吸仿佛都要停止了，一会儿又看得眼泪都流了出来。五十年后，他将继续注视这些鱼儿的曾曾曾孙。当时耶拉和他母亲住在公寓三楼（几年后卖给了一位亚美尼亚人），但是由于他们必须寄钱给梅里伯伯，好让他能够在巴黎街头继续他的商业研究，因此他们只好搬进公寓顶楼的小阁楼（最初那里是储藏室，之后其中的一半改建成了房间），把原来的公寓租出去。一开始他们还时常收到梅里伯伯从巴黎寄来的信，信里附上水果蜜饯和蛋糕的食谱、香皂和古龙水的配方、吃这些糖果和用这些产品的电影明星和芭蕾舞者的照片，或是各式各样的包裹，里面装满薄荷牙膏、糖渍栗子、酒心巧克力样品、玩具消防员或水手帽。然而，随着信件越来越稀少，耶拉的母亲心里已经盘算好要带着耶拉回娘家去。只不过，一直到第二次世界大战爆发后，他们收到梅里伯伯从班加西寄来的一张明信片，才下定决心搬出公寓，回到母亲娘家在阿克萨瑞的木房子。耶拉的外公在慈善组织的行政机构担任一个小小的职位。明信片上，正面棕白色的照片是一座奇特的宣礼塔和一架飞机，背后的讯息提到他回家的路被炸毁了。战争结束后，他搬到摩洛哥，从那里又陆续寄来一些黑白明信片。其中有一张手绘的明信片，上面是一栋殖民地式的饭店，后来有一部美国电影在那里拍摄，故事里的军火商和间谍全都爱上了同一位交际名伶。爷爷和奶奶从这张明信片中得知，梅里伯伯娶了一位在马拉喀什遇见的土耳其女孩，新娘是穆罕默德的后裔，也就是说，她是一位沙伊地，一位公主，而且美丽绝伦。（多年后卡利普再度观看那张明信片时，他已经能认出飘扬在二楼阳台的旗帜是哪一个国家的。他学耶拉在故事《贝伊奥卢[1]的土匪》中的遣词用句，心里认定，就是在这栋长得像结婚蛋糕的饭店的某一个房间里，他们"种下了如梦的种子"。）六个月后他们又收到了一张明信片，寄自伊兹密尔，他们不相信是梅里伯伯自己寄的，因为他们早已接受了他永远不会回家的事实。有人谣传说他和他的新婚妻子改信了基督教，他们与一群传道士一起前往肯尼亚，到某个狮子懂得用三叉戟猎鹿的小山谷里，兴建新教堂，组织了一个融合了伊斯兰教与基督教的新教派。有些好管闲事的人认识新娘在伊兹密尔的家族，他们带来消息说，梅里伯伯在北非从事一些见不得人的事业（像是军火买卖和贿赂国王），成了百万富翁。他的妻子是家喻户晓的美人，不仅让他神魂颠倒，他更打算带她到好莱坞，捧她成名，如今法国和阿拉伯的杂志里想必处处可见新娘的照片。事实上，在梅里伯伯的明信片上——它们在公寓大楼里传来传去，刮痕累累，如同可疑的纸币被众人踩躏——他写道，他们之所以决定回家，是因为他太想家了，他想念他的床。他们觉得"现在"比较恰当，是因为他以新颖而现代的经营理念，得到了他岳父在烟草和无花果事业中的股份。后来这一张明信片上的字迹比黑人的鬈发还要纠结混乱，而或许是由于终将引起家族成员冷战的财产继承问题，其中的内容到了每一层楼都被解读

---

[1] 伊斯坦布尔的一个区，是伊斯坦布尔最大的夜生活与娱乐中心。——中译注，下同

成不同的含义。然而卡利普自己读了之后，发现梅里伯伯在信中所写的，只是简单明白地解释他想赶快返回伊斯坦布尔，他有一个小女婴，还没有取名字。

卡利普第一次看到如梦的名字，是在其中一张明信片上。奶奶把所有的明信片塞在酒柜上的镜子边框里。如梦的意思是"梦"，他并不感到惊讶。后来，他们开始搜寻名字的另一层意思，他们在一本奥斯曼土耳其文字典里，诧异地发现卡利普意思是"胜利者"，耶拉是"愤怒"。而如梦表示"梦"的说法非常普遍，一点儿不奇怪。比较不寻常的是如梦婴儿时期和小时候的照片混在其他的图片中，像是教堂、桥梁、海洋、尖塔、船只、清真寺、沙漠、金字塔、旅馆、公园和动物，逐一塞在镜子的边框里，环绕着这面大镜子，仿佛第二圈镜框（爷爷常常为此发火）。那个时候，卡利普对这位应该与自己同年的伯伯的女儿（新的说法称为"堂妹"）没多大兴趣，他比较好奇的是他的"公主"伯母苏珊，她一面忧伤地望着照相机，一面拉开黑白相间的蚊帐，犹如打开山洞的大门，让人们一窥在幽暗、恐怖、引人遐想的山洞里熟睡的女儿如梦。他后来才明白，当如梦的照片传遍整栋公寓时，是她的美貌令公寓里的女人和男人们一时哑口无言。当时，大部分话题都集中于梅里伯伯一家人何时返回伊斯坦布尔，还有他们要住哪一层楼。原因在于，耶拉在奶奶的恳求下回到了公寓，搬回顶楼，因为他再也受不了继续住在爬满蜘蛛的老家。耶拉的母亲改嫁给一位律师，但不久后却染上某种所有医生众说不一的怪病，猝然过世，之后耶拉就一直住在阿克萨瑞的外婆家。他在一家日后他以笔名撰写专栏的报社工作，负责报道足球赛，设法打探出球队间暗中预定胜负的丑闻；夸大渲染贝伊奥卢暗巷酒吧、夜总会和妓院里的神秘谋杀案，翔实描述罪犯的精巧手法；设计填字游戏，里面的黑格子总是多于白格子；接手有关摔跤选手的连载小说，因为原来的作者沉溺于鸦片和酒，再也想不出接下去的故事。除此之外，偶尔他会写一些专栏，像是"从笔迹看个性""解析你的梦""观面相，知性情""今日星座"（根据亲戚朋友的说法，他通过星座专栏，在里面加入密语，偷偷向他的情人们传递讯息），一大堆"信不信由你"系列，闲暇时还会玩票性质地写影评，分析新上映的美国电影。他勤奋多产，再加上如果继续独自住在顶楼公寓里，他甚至能够在记者这一行存下足够的钱来娶个太太。后来，有一天早晨，卡利普注意到电车轨道之间历久不衰的石板路被盖上了一层荒谬的柏油，他禁不住想，爷爷所说的晦气一定和公寓楼房的异常拥挤有关，或者是位置不对，或者是其他同样捉摸不定而吓人的东西。所以，当梅里伯伯——仿佛故意报复那些没把他当一回事的人似的——突然带着他美丽的妻子和美丽的女儿现身于伊斯坦布尔时，他二话不说就搬进了儿子耶拉的公寓里。

梅里伯伯和他的新家庭抵达后的隔天春日早晨，卡利普上学迟到了。他梦见自己上学迟到，并且和一个他认不出身份的漂亮的蓝发女孩，坐上公共汽车，驶离学校，那天学校上课时本来要读拼字书的最后几页。当他醒来时，他发现不只他迟到了，他爸爸上班也迟了。他坐在餐桌前吃早餐，短暂的阳光落在桌上，蓝白相间的桌布让他联想到棋盘，一旁的爸妈正在谈论搬进顶楼公寓的人，语气好像在讲霸占了楼房通风道的老鼠，或是缠着女佣艾斯玛太太不放的鬼魂和邪灵。由于迟到而感到没脸去上学的卡利普，不想再去思考自己为什么迟到，宁可花心思去想象搬到楼上的是什么人。他上楼到爷爷奶奶永远一成不变的房间，只听见理发师正在问起搬到顶楼的那些人，手里一边替满脸不悦的爷爷刮胡子。平常塞在镜框里的明信片此时散落各处，四处都是零散的外国文章——还有一股最终使他上瘾的陌生香味。刹那间，他感觉到一阵晕眩、一种焦虑和一股渴望：住在眼前这些彩色明信片上的国家是什么样的感觉？认识一位他见过照片的美丽伯母是什么样的感觉？他真想赶快长大成为男人！当他宣布自己想剪头发时，奶奶很高兴，但是理发师就像大部分长舌的人一样毫不体贴，没有让他坐在爷爷的扶手椅里，而是拿张凳子放在餐桌上，让他坐上去。不只如此，理发师从爷爷身上取下蓝白格子布，绑在卡利普的脖子上，几乎要把他勒死，更让他难堪的是，那块布大得垂下他的膝盖，像是女生的裙子。

他们第一次见面之后过了很久，过了十九年十九个月又十九天（依照卡利普的计算），早晨看着他妻子的头深陷在枕头里，卡利普感觉到，如梦身上的蓝棉被和理发师从爷爷身上拿下来绑在卡利普脖子上的蓝布，都带给他同样的不安。然而他从来没向他妻子提过这件事，或许因为他知道如梦不会为了如此含糊的理由更换棉被套。

想到晨报应该已经塞进大门下了，卡利普于是用一贯小心翼翼、蹑手蹑脚的动作起身下床。不过，他的双腿没有直接带他走向门口，而是先进浴室，然后到厨房里。开水壶不在厨房也不在客厅。从铜烟灰缸里塞得满满的烟屁股判断，如梦想必一整夜没睡，或许又读了一本新的侦探小说，或许没有。他在浴室里找到开水壶，水压不够，启动不了那个叫作"巧妇炉热水器"的吓人新玩意儿，所以他们用同一个开水壶烧洗澡用的热水，一直没有再去另买一个。做爱之前，如同爷爷奶奶和爸妈的惯例，他们有时候也会先烧水，安静而不耐烦地。

有一次，奶奶在他们照例以"戒烟"开头的争吵中被指责忘恩负义，于是她提醒爷爷，她从来没有比他晚起床，一次都没有。瓦西夫傻瞪着，卡利普专心聆听，不懂奶奶的话是什么意思。后来，耶拉也曾针对此话题发表意见，不过他的角度不同于奶奶："女人不容许自己睡到日上三竿，"他写道，"还必须比男人早起，这些都是乡下人的习惯。"专栏最后还翔实描述了奶奶和爷爷每天早上的例行公事（棉被上的烟灰、浸在同一杯水里的牙刷和假牙、照惯例飞快阅读讣闻），奶奶看完文章后说："好啊，现在我们可成乡下人了！""应该逼他早餐喝扁豆汤，让他尝尝当乡下人的滋味！"爷爷回应道。

卡利普一边洗杯子，寻找干净的刀叉和盘子，从散发着五香熏牛肉气味的冰箱里拿出看起来像塑料食物的奶酪和橄榄，然后用开水壶里刚热好的水刮胡子，他设法弄出嘈杂的声响，希望能吵醒如梦，但是没有成功。他只好把报纸从门缝下抽出来，摊在盘子边上，开始阅读散发着油墨气味的沉闷文字。他一面喝着没泡开的茶，吃着不新鲜的面包和百里香调味的橄榄，一面想着别的事情：今天晚上要么去找耶拉，要么去皇宫戏院看电影。他瞥了一眼耶拉的专栏，决定等晚上看完电影回来后再好好读它，然而他移不开眼睛，忍不住读了一行。他起身离开餐桌，留着报纸摊在桌上。他穿上外套，走到门边但又转身回屋。双手插在装满香烟、零钱、废旧车票的口袋里，他仔细、恭敬、安静地注视妻子半晌。他转身出门，轻轻把门带上，然后离开。

早上刚拖过的楼梯闻起来有湿灰尘和泥土的味道。外头是寒冷而浑浊的天气，尼相塔什的烟囱喷出一朵朵煤灰和油烟，遮暗了天色。他往冷空气里呼出热气，跨步经过地上一堆堆的垃圾，走进共乘小巴站牌前长长的队伍里。

对面的人行道上有个老头儿，把夹克的领子竖起来当成风衣来穿，他正从摊贩车中挑选糕饼，把肉馅的和奶酪的分开。卡利普突然脱离队伍，拔腿奔跑。他转过街角，拿起一份《民族日报》，付钱给杵在门口的报摊小贩，然后把报纸折起来夹在腋下。有一次他听过耶拉戏谑地模仿一位年老的女读者："啊，耶拉先生，我们好喜欢你的专栏，有时候我和穆哈瑞会等得不耐烦，干脆一次买两份《民族日报》。"听完他的模拟表演后，卡利普、如梦和耶拉全都大笑。站在慢慢飘落的毛毛细雨中等了很久，全身都沾湿了脏雨，经过一番推挤后他好不容易坐上了共乘小巴，车上弥漫着湿布和香烟的气味。等卡利普确定共乘小巴里不会有人跟他闲聊后，他翻到报纸第二页的专栏，带着一个真正上瘾者的细心和享受，把它折成适中的大小，先是瞥向窗外一会儿，接着便开始阅读当日的耶拉专栏。

02
博斯普鲁斯海峡干涸的那天

没有什么比生命更让人惊奇——除了写作。

——伊本·佐哈尼

你们是否注意到博斯普鲁斯海峡的水位正在下降？我想你们没有。这年头，我们只顾忙着像无邪的孩童彼此嬉闹，出于好玩互相砍杀，还会有谁去读任何有关世界的报道？甚至当我们阅读专栏的时候，也只是漫不经心地浏览，一面在渡船口与人潮推挤，在公交月台前东倒西歪地打盹，或是坐在共乘小巴里任由手中的报纸不由自主地颤动。我是从一份法国地理杂志上得知这一消息的。

结论是，黑海的海水正在变暖，而地中海则在变冷。当海水开始涌入海床上裂开的深邃沟壑，类似的地壳运动会导致直布罗陀海峡、达达尼尔海峡与博斯普鲁斯海峡的地层逐渐上升。我们最近在博斯普鲁斯岸边采访到一位渔夫，他描述自己的船只如何在过去停泊过的同一片深水域里搁浅，接着他向我们提出这个问题：难道我们的总理一点都不在乎吗？

我不知道。我只知道这个迅速发展的状况在不久的将来可能导致何种后果。显然，不用多久，我们称之为乐园的博斯普鲁斯海峡就会变成一片乌黑的沼泽，只见结满泥巴的大帆船骨架闪闪发亮，像是鬼魂的森白牙齿。不难想象这片沼泽经历了炎热的夏天后，会干涸得到处都是泥粪堆，像是流经小城镇的浅溪河床，甚至是这片洼地的斜坡，在千万条巨大排水管涌出的污水长年灌溉滋养下，将会长出野草和雏菊。在这座又深又荒芜的山谷中，新生命将展开。黎安德塔[1]也将从泥里冒出来，伫立于岩石之上，像一座真实而骇人的高塔。

我可以预见新兴的城市区域，建立在这片一度被称为"博斯普鲁斯海峡"的泥坑里，在手里拿着各种账册清单忙进忙出的市政府警察的监督之下施工：有贫民窟、路边摊、酒吧、歌舞厅、娱乐场所、旋转木马转个不停的游乐园、赌场，有清真寺、苦行僧修道院和马克思主义者的巢穴，还有一间唯利是图的塑料加工厂，以及制造尼龙丝袜的苦力工厂。这片末世废墟当中，可以见到船只的尸骸，船身仍写着"嘉功市轮"，还可以看见一片片遍布水母与汽水瓶盖的荒地。等到突然下降的海水完全退去之后，冒出地面的除了有美国的远洋船舰和海草包覆的爱奥尼亚式石柱，还会有凯尔特人与利古里亚人的骸骨，依然张大嘴巴向如今不再为人所知的神祇呼求祷告着。贻贝镶嵌的拜占庭宝藏、银和锡制的刀叉、一桶桶千年酿制的葡萄酒、汽水瓶、尖首大帆船的残骸，从这些各式物品中，我可以想见一个文明，为了点亮他们过时的炉灶和油灯，他们的能源将取自一艘陷入泥淖的废弃的罗马尼亚油轮。不过我们必须有心理准备，因为，全伊斯坦布尔的墨绿废水瀑布所滋养的污秽坑穴里，将爆发出新型瘟疫，这要归功于成群结队的老鼠，它们很快会发现这里是天堂乐土，弥漫着从地底冒出的滚滚瘴气，干涸的泥塘遍布着海豚、比目鱼和旗鱼的尸体。你们要相信我的事先警告：铁丝网后面，这片瘟疫隔离区里所发生的灾难，将侵袭我们每一个人。

---

[1]　位于博斯普鲁斯海峡入口处一座岩石岛屿上的灯塔。

站在阳台上，过去我们曾经望着月光映照在丝缎般的博斯普鲁斯水面，波光粼粼，从今以后，我们将看着袅袅青烟从燃烧无名尸首的火光中升起。坐在餐桌前，过去我们曾经畅饮茴香酒，呼吸着从博斯普鲁斯岸边飘来的清新沁人的洋苏木和忍冬花香，从今以后，腐烂尸体的辛辣恶臭将在我们的咽喉里灼烧。我们将再也听不见春天鸟儿的歌唱，再也听不见码头上总是挤满渔夫的博斯普鲁斯海峡发出激荡的涛声。相反，传到我们耳中的将是人们的厉声尖叫，这些人随手捡起被抛入海里的武器——那些千年来众人大海捞针遍寻不着的剑、刀、锈蚀的弯刀、手枪、猎枪——杀个你死我活。住在曾经是沿海区域的伊斯坦布尔当地居民，在他们精疲力竭回家的路上，再也不会打开公交车的车窗，呼吸海草的清香。相反，为了防止泥泞和腐尸的恶臭渗隙而入，他们会拿报纸和破布塞在公交车的车窗缝间，而窗外的深谷里，是被火光照亮的恐怖黑暗。到处是卖气球和哈发糕小贩的海边咖啡馆，是我们相聚聊天的地方，但从今以后，坐在这里，我们将不再看见海军的照明灯光，取而代之的是海军地雷的血红闪光从好奇孩童的手里爆炸散开。海滩上的拾荒汉，过去靠捡拾被巨浪冲上沙滩的锡罐和拜占庭钱币讨生活，如今他们将发现别的东西，像咖啡磨豆器，多年前被洪水从滨海区的木房子里拖出来，抛入博斯普鲁斯海峡深处；上面的布谷鸟已长满苔藓的咕咕钟；以及贻贝包覆的黑色钢琴。到那时候，有一天，我将会钻过铁丝网，溜进这个新地狱，去寻找一辆黑色的凯迪拉克。

这辆黑色凯迪拉克是一位贝伊奥卢大哥（我喊不出"流氓"两个字）的纪念车，三十年前当我还是个菜鸟记者时，曾经跑过他的故事，他经营了一间堕落巢穴，那个地方的休息室里挂了两幅我非常欣赏的伊斯坦布尔街景画。全伊斯坦布尔只有另外两辆同款车，一辆属于铁路大亨达德伦，另一辆则由烟草巨子马鲁夫所拥有。我们的大哥（我们这些新闻记者把他捧成一位传奇人物，并把他最后几天的故事做成系列，刊登了整整一星期）半夜被警察围捕，驾驶凯迪拉克载着他的情人，从安德托海岬冲入博斯普鲁斯的黑水里。根据一些人的说法，他是因为吸了大麻神经亢奋，要不然就是故意模仿亡命之徒骑马飞越悬崖。他的黑色凯迪拉克，潜水员连续花了一星期搜寻却一无所获，报纸和读者也很快将它遗忘了，然而，我想现在我猜得出它所在的位置。

它应该就在那里，深陷在这座过去叫博斯普鲁斯海峡的新生山谷谷底，位于泥泞的悬崖底下。悬崖边缘有几只七百年前的鞋子和靴子，零零落落凑不成对，早已被螃蟹占据为巢，还有骆驼骨骸、玻璃瓶，里头装着写给不知名情人的情书。下方的斜坡满满覆盖着海绵与贻贝，偶尔钻石、耳环、汽水瓶盖和金项链闪烁其中。悬崖谷底，离车子不远处，一艘沉船的死寂船舱里，有一座临时增建的海洛因实验室，再过去一点，是一片沙洲，源源不绝的血水从一桶桶用碎马肉和驴肉制成的走私香肠里渗出，滋养了满地的牡蛎与海螺。

我找寻着汽车的下落，置身于沉寂、有毒的黑暗中，聆听车子的喇叭声来往于如今该称为山路的滨海公路。我将会遇见被抛入海中的王室造反者，依然蜷缩在麻布袋里，姿势与溺死时一样；我将会发现东正教教士的骸骨，脚踝上套着铁球和铁链，手里仍紧抓着十字架及令牌。当我看见英国潜艇的潜望镜被当成烟囱而冒出青烟时（这艘潜水艇当初的任务，是击沉载着我军部队从托普哈内港驶往达达尼尔海峡的古西摩轮船，然而它自己却沉没海底，潜入苔藓蔓生的岩石间，螺旋桨缠上纠结的渔网），我将明白我们的市民已搬进了舒适的新家（在利物浦的造船厂建造完成），他们用瓷杯喝下午茶，坐在丝绒军官椅上，这些椅子上曾经坐着拼命张口吸气的英国人的惨白骨架。薄暮时分，再往前一点，则是从凯瑟·威汉姆的战舰中垂下的生锈船锚，在那里，一台电视机闪闪发亮的屏幕朝我眨眼。我将会发现一些残余的热那亚赃物宝藏、一座塞满烂泥的短管大炮、各种雕塑和肖像，刻画出消逝的古国文明，一盏黄铜枝状吊灯，顶端立着坏掉的灯泡。继续往下走，涉过泥沼绕过岩石，我将会见到船役奴隶的骸骨，他们被链在桨上，安静地坐着凝望星空。或许我不会太注意从海草树林悬垂而下的项链、眼镜和雨伞，但我将会惊惧莫名地审视全副武装的十字军骑士良久，望着配备齐全的华美马匹骸骨仍旧固执地屹立不倒。在恐惧中我将惊觉，全身披挂勋章和盔甲、长满蚌壳的十字军骨架，正守护着黑色凯迪拉克。

小心谨慎，仿佛征求十字军的许可，我恭敬地朝黑色凯迪拉克走近，偶尔，不知从何处发出的磷光，隐约映亮了车身。我将会试试凯迪拉克的车门，然而，彻底包裹在贻贝和海胆中的汽车却不让我进去，泛绿的车窗也卡得死紧，纹丝不动。于是我从口袋里拿出圆珠笔，用笔的尾端慢慢刮掉粘在车窗上的一层开心果绿的苔藓。

夜半时分，在这片勾魂摄魄的恐怖黑暗中，我划亮一根火柴，这时，我将看见大哥和他情人的骸骨在前座拥吻，她纤细的臂膀和手指戴着手环和戒指，与他交缠不分，浸淫在一抹金属光芒里，这光芒发自依然光亮如十字军盔甲的精美方向盘，以及滴漏着黄铬的里程表、刻度盘和时钟。不仅他们的下巴紧紧相扣，就连他们的头颅也融为一体，永恒相吻。

接着，我转身朝城市灯火走去，不再划亮火柴，心里想，当毁灭之时，或许那将是面对死亡的最佳方式。我痛苦地向一个不存在的情人呼喊：我的灵魂，我的挚爱，我的忧愁佳人，灾难之日已迫在眉睫，到我身边来吧，无论你在何方，也许在一间烟雾缭绕的办公室，也许是充满洋葱味的厨房，弥漫着洗净衣物芬芳的屋子，也许是零乱的蓝色卧房里，无论你身在何方，是时候了，快来到我身旁。如今是我们静待死亡的时刻了，让我们用尽全力紧紧拥抱，在沉寂的黑房子里，我们拉上窗帘，只盼能不看见逼近眼前的毁灭性灾难。

03
代我向如梦问好

我祖父称呼他们为"一家人"。

——里尔克

卡利普的妻子离开他的那天早晨，卡利普爬楼梯走上位于旧城巴比阿里的大楼，前往他的办公室。他把刚刚看过的报纸夹在腋下，心里想着多年前他掉进博斯普鲁斯海峡深处的绿色圆珠笔，那个时候卡利普和如梦得了腮腺炎，他们的母亲带他们去乘船郊游。这天晚上，当他审视如梦留给他的道别信时，他发现桌上那支如梦拿来写信的绿色圆珠笔，跟掉进水里的那支一模一样。二十六年前，耶拉看见卡利普很喜欢这支笔，就借给了他。后来，耶拉得知笔丢了，从船上失手掉入海里，在听完卡利普描述落水的位置后，耶拉说："其实它并没有丢，因为我们知道它掉在博斯普鲁斯海峡的哪个地方。"卡利普在走进办公室前刚好读完了耶拉的"灾难之日"专栏，他很惊讶，耶拉虽然写到他从口袋拿出圆珠笔，刮掉黑色凯迪拉克车窗上开心果绿的苔藓，却没有提到这支遗失的笔。毕竟，耶拉特别喜欢留意年代久远的巧合——比如说，他会想象在博斯普鲁斯山谷的泥泞中，找到刻着奥林匹斯山的拜占庭钱币和奥林匹斯汽水瓶的盖子——只要有机会一定会放入他的专栏中。不过，如果真的像耶拉最近一次的访谈所言，自己的记忆力已经退化，当然就另当别论。"当记忆的花园逐渐荒芜,"他们最近几次聚会时,有一次耶拉这么说,"一个人会开始珍爱最后残存的花草。为了不让它们枯萎,我从早到晚灌溉浇水,悉心照料。因为怕忘记,我回想,再回想。"

卡利普曾听耶拉说过,梅里伯伯前往巴黎一年后,也就是瓦西夫抱着鱼缸出现那年,父亲和爷爷来到梅里伯伯位于巴比阿里的法律事务所,把他所有的文件和家具装进一辆马车,费力拖回尼相塔什,然后全部塞进顶楼的公寓里。多年后,梅里伯伯带着美丽的新妻子和如梦从摩洛哥回国,先是在伊兹密尔与岳父共同经营干果事业,结果宣告破产,接着家族成员禁止他接管药品和插手蜜饯商店,以免家族事业也毁在他手里,于是,他决定重回法律这一行。他把同一批家具搬回他的新办公室,希望能给客户好印象。后来,某天夜里,当耶拉又笑又气地回忆起过去种种时,他告诉卡利普和如梦,当年搬家具上顶楼的其中一位门房,二十年后他也搬了冰箱和钢琴,而中间经历的岁月除了让他秃头之外,更让他练就了一身搬运高难度物件的好功夫。

在瓦西夫递给那位门房一杯水并仔细观察他的二十一年之后,这间办公室和旧家具转给了卡利普,理由为何,大家的解释都不同:根据卡利普父亲的说法,梅里伯伯没有替他的客户攻击对手,反而攻击他的客户;而卡利普的母亲,在她变得衰老而行动不便后告诉他,梅里伯伯根本看不懂法院记录和起诉状,他把它们当餐厅菜单和渡船时刻表来读;根据如梦的说法,她亲爱的爸爸已经猜到他的女儿和侄儿日后会结婚,因此他才愿意把自己的法律事务所交给卡利普,虽然他当时仍只是他的侄儿,尚未成为女婿。所以如今,卡利普拥有几幅西方法学家的秃头肖像,他们的名字和声誉早已被人遗忘;几张头戴土耳其毡帽的教师照片,他们半个世纪前曾任教于法律学院;古老的诉讼文件,牵涉这些案件的法官、原告和被告早已不在人世；一张耶拉晚上用来念书、他母亲早上用来描衣服版型的书桌；桌子的一角，有一台结实的黑色电话，它除了是沟通的工具，看起来更像一台笨重而无用的战时仪器。

电话的铃声响得吓人，有时候还会自顾自响起。黝黑的话筒重得像小哑铃，每当拨号时，它会传来尖锐的呻吟，像是从卡拉柯伊到卡德柯伊的渡船头的老旧旋转门在吱吱作响。有时候它会随意接通号码，不管拨出去的号码是什么。

当他拨家里的号码并发现如梦真的接了时，他吓了一跳："你醒了？"他很高兴如梦不再漫游于她个人记忆的幽闭花园，而是处于大家熟知的世界。他眼前浮现出放置电话的桌子、零乱的房间、如梦的姿势。"你看了我留在桌上的报纸吗？耶拉又写了些好玩的东西。""还没。"如梦说，"现在几点？""你很晚才睡，对不对？"卡利普说。"你自己弄了早餐。"如梦说。"我不想吵醒你。"卡利普说，"你梦见什么了吗？""昨天半夜我在走廊里看到一只蟑螂，"如梦说，她平板单调的声音像是收音机里的播报员，警告水手小心在黑海发现的一枚水雷，不过接着她又焦虑地说，"在厨房门口和走廊的暖气炉之间……两点的时候……很大一只。"沉默。"要我马上坐出租车回家吗？"卡利普说。"拉下窗帘后房子变得更恐怖了。"如梦说。"今天晚上想去看电影吗？"卡利普说，"去皇宫戏院？我们回家前可以顺道去找耶拉。"如梦打了一个哈欠，"我好困。""去睡吧。"卡利普说。他们一起陷入沉默。卡利普依稀听见如梦又打了一个哈欠，然后他挂上电话。

接下来的几天里，当卡利普一次又一次回想这段电话对谈时，他不能确定自己真正听见的谈话内容究竟有多少，更别说依稀的哈欠声了。似乎每次他回想起如梦的话都是不同的版本，他不禁半信半疑地想："好像与我说话的人不是如梦，而是别人。"他想象自己被这个人耍了。过了一会儿他又认为，如梦确实说了他所听见的那些话，而在挂上电话之后，慢慢转变成别人的是他自己而不是如梦。通过他的新角色，他不断重组他以为自己听见或记得的内容。以前有一阵子，卡利普连听见自己的声音都觉得是别人的，那时他就很清楚，当两个人在电话的两头对话时，他们可以变成截然不同的两个人。不过此刻，为了寻找一个比较简单的解释，他怪罪都是这台老电话机的错：一整天，这蠢物响个不停，逼他一直接电话。

和如梦讲完话后，卡利普先是打了一个电话给一位控告房东的房客。然后他接到一个打错的电话。在伊斯坎德尔打来之前，他又接了两个拨错的号码。接着，某个知道他"与耶拉先生有关"的人打来，向他要耶拉的电话号码。之后他又接了几个电话，一个父亲想拯救因政治原因入狱的儿子，还有一位五金商人想知道为什么在判决之前必须先贿赂法官。最后伊斯坎德尔打来，因为他也想找耶拉。

伊斯坎德尔和卡利普是高中同学，但自从高中以来就没再联络，他很快地简述了过去十五年来发生的所有事情，恭喜他和如梦结婚，像其他许多人一样坚持说他早知道"这件事终究会发生"。现在他是一家广告代理商的制作人，他想替耶拉和英国广播公司的人牵线，那家公司正在做一个关于土耳其的节目。"他们想现场采访一个像耶拉这样过去三十年来始终参与土耳其时事的专栏作家。"他接着赘述各种细节，解释广播公司的工作人员已经采访过哪些政治家、企业家和劳工团体，但仍坚持想见耶拉，因为他们觉得他最有意思。"别担心，"卡利普说，"我会很快帮你联络上他。"他很高兴找到一个理由打电话给耶拉。"我觉得报社的人这几天一直在敷衍我，"伊斯坎德尔说，"所以我才打电话请你帮忙。这两天耶拉都不在报社，想必发生了什么事。"众人皆知，耶拉有时候会失踪几天，躲进他在伊斯坦布尔的几个藏身处，这些地方的地址和电话号码耶拉从来不给人，不过卡利普确信自己找得到他。"别担心,"他重复一遍,"我会很快帮你联络上他。"

他联络不到他。一整天,每次他打电话去公寓或《民族日报》办公室时,他都幻想改变自己的声音,伪装成别人对耶拉说话。(他都想好了,他打算学以前如梦、耶拉和自己晚上围坐聆听的广播剧里的声音,模仿读者与仰慕者说:"当然了,我支持你,老兄!")然而,每次他打到报社,同一个秘书总给他相同的答案:"耶拉还没进来。"挂在话筒上一整天,卡利普只有一次听见自己的声音成功地骗倒了一个人。

傍晚时他打电话给荷蕾姑姑,心想她应该知道耶拉的行踪。她邀他回去吃晚餐,"卡利普和如梦也会来。"她再一次把卡利普的声音误认为耶拉。"有什么差别?"明白自己搞错后,荷蕾姑姑说,"你们都是我粗心大意的小鬼,你们几个全都一样。我也正想打电话给你。"她先是责骂他没有时常保持联络,语气如同在斥责她的猫咪"煤炭"抓坏家具,然后她吩咐他来晚餐的路上先去一趟阿拉丁商店,替瓦西夫的金鱼带点饲料回来——他的鱼只吃欧洲进口的饲料,而这些东西阿拉丁只卖给固定的顾客。

"你看过他今天的专栏了吗?"卡利普问。

"谁的,阿拉丁的?"他的姑姑照例冷冷地说,"没!我们买《民族日报》是要给你伯伯玩填字游戏,给瓦西夫剪上面的文章玩,并不是为了看耶拉的专栏、替我们侄儿的堕落感到遗憾。"

"如果是这样的话,你应该自己打电话邀请如梦,"卡利普说,"我实在没那个时间。"

"你可别忘了!"荷蕾姑姑说,提醒他晚餐的时间和他的任务。接着她逐一列举家庭聚餐的成员,这份名单就和晚餐菜单一样永远一成不变。她像个播报员,慎重宣布一场足球赛双方队员的姓名,刻意吸引听众："你母亲、你的苏珊伯母、你的梅里伯伯、耶拉——如果他出现的话——当然还有你父亲、'煤炭'和瓦西夫，以及你的荷蕾姑姑。"她一路念下来，中间没有夹杂她的咯咯笑声。念完名单后她说："我正在替你做肉馅千层酥。"她挂断电话。

卡利普才挂上，电话又响了起来，他茫然地望着它，想起过去的一段往事：荷蕾姑姑本来已经准备好要结婚了，但到了最后一刻婚礼告吹。然而不知为什么，他就是想不起刚刚还在他脑中的准新郎的怪名字。为了避免自己的头脑习于健忘，他告诉自己："除非我想起刚才已经到嘴边的名字，不然我不接电话。"电话响了七声后才停下来。当它再度响起时，卡利普正在回忆准新郎带着叔叔和大哥来家里提亲的情形——发生在如梦一家人搬回伊斯坦布尔的前一年。电话又停了，当它下一次响起时，天已经暗了，办公室里的家具变得灰蒙蒙的。卡利普还是想不出他的名字，但他不寒而栗地记起他当天穿的怪异鞋子。那人脸上有一颗感染东方疖[1]而长出的疣。"这些人是阿拉伯人吗？"爷爷想知道，"荷蕾，你真的想嫁给阿拉伯人吗，嗯？你和他到底是在哪里认识的？"偶然碰到，就这么一回事！晚上七点左右，卡利普离开空无一人的办公大楼，在路灯下阅读一位想改名的客户的文件，这时他才想起准新郎的怪名字。当他走向开往尼相塔什的共乘小巴站牌时，他心里想，这个世界实在太广大了，塞不进任何一个人的记忆库里。当他朝位于尼相塔什的公寓楼走去时，他心想，人类从各种偶然中萃取意义……

公寓楼坐落在尼相塔什的一条僻巷里。荷蕾姑姑、瓦西夫和艾斯玛太太住在其中一户，梅里伯伯和苏珊伯母（之前还有如梦）住在另一户。或许别人不会称它为僻巷，因为毕竟它离大马路、阿拉

---

[1] 皮肤病的一种，流行于中东与北非国家。

丁商店还有街角的警察局只隔三条街，走路五分钟就到。但是，如今居住在僻巷公寓里的亲戚们，以前曾在大马路上的"城市之心"公寓远远地看着这栋僻巷公寓的转变——从泥土地变成灌溉菜园，变成碎石子路，之后又改成柏油路——而始终没多加留意。对他们而言，他们建造了公寓楼房的大马路是最最有趣的，其他没有一条路可堪作为尼相塔什的中心。他们的精神世界与地理世界相辅相成，从很早以前开始，他们心里就已认定"城市之心"公寓处于中心的位置[1]，即使他们隐约察觉迹象，知道他们最后会把房子逐层卖掉，搬离这栋荷蕾姑姑所谓"睥睨全尼相塔什"的大楼，并退居到别处几间寒酸的出租公寓里。等他们搬进这栋位于他们内心忧郁角落的荒凉楼房后，最初几年他们总是把"僻巷"二字挂在嘴边，也许是为了夸大他们遭遇的不幸，借此互相怪罪，仿佛抓住一个绝不会失误的大好机会。穆罕默德·萨必特·贝（爷爷）在过世前三年，他从"城市之心"公寓搬进僻巷住宅的第一天，坐在丝绒扶手椅上望着街道——如今这张椅子在新的公寓里，以新的角度面向窗户，不过，它仍以旧角度（好像在旧房子里）面对摆放收音机的笨重支架——大概是受到搬运家具的马车前面那匹瘦巴巴的老马所启发，他说："是吧，我们下马，改骑驴。很好，祝好运！"然后他扭开收音机。收音机上面，已经摆上了狗的雕像，趴在针织的布垫上睡觉。

　　那是十八年前的事。此刻，晚上八点，商店全都打烊了，只剩下花店、干果店和阿拉丁商店还开着。一阵轻柔的雪从天而降，穿

---

[1] 伊斯坦布尔市大致上由金角湾隔成旧城和新城。西侧是古老的旧城，许多知名古迹都在此，如圣索菲亚大教堂、蓝色清真寺、大巴扎、皇宫等。东侧则为新城，现代化新建筑多聚集于此，如佩拉宫饭店、贝伊奥卢区以及"城市之心"公寓等。旧城与新城中间由加拉塔桥和阿塔图尔克桥连接，所以书中常会见到主角在此走来走去。"城市之心"位于尼相塔什，是新城东北方一个现代繁华的高级区域。

透漫天的汽车废气和火炉煤灰，渗过空气中的煤炭和硫黄气味。然而，当卡利普看见公寓里的老旧灯光时，他心中有一股感觉，仿佛关于这栋楼房和公寓的记忆远超过十八年。重点不在于巷道的宽度，或新楼房的名称（他们从来不曾使用），也不是它的位置，而是他们好像自从远古以来就一直住在彼此的楼上楼下。卡利普爬上始终散发同一股气味的楼梯（根据耶拉风靡一时的专栏，他分析这股气味混合了公寓楼房楼梯间的臭味、湿水泥味、发霉味、油炸味和洋葱味），他脑中闪过等一下他预期会出现的景象和场面，像个不耐烦的读者般，迅速翻过他熟读多次的一本书：

现在是八点，我将会看到梅里伯伯坐在爷爷的旧扶手椅上，重读他从楼上带下来的报纸，感觉好像他在楼上还没看过似的，似乎"相信同样的新闻在楼上看和在楼下看会有不同的解释"，或者似乎"我可以趁瓦西夫把它们剪下来之前再看一遍"。我想象那双可怜的拖鞋，挂在我伯伯躁动不安的双脚尖端，一整天啪啪作响，它正以童年时的强烈烦躁和不耐烦朝我痛苦地大喊："我好无聊，得做点什么；我好无聊，得做点什么。"我将会听见艾斯玛太太的声音，荷蕾姑姑为了不让任何人妨碍自己尽情炸酥饼，把她赶出厨房，所以她只好到外面来摆餐桌，嘴里叼着无滤嘴的宝服烟（比起以前的叶尼·哈门烟，味道差远了），一边问房间里的人："今天晚上几个人吃饭？"好像她真的不知道答案而其他人知道似的。我将会察觉苏珊伯母和梅里伯伯之间的沉默，他们分别坐在收音机两旁，就像爷爷和奶奶以前那样，对面是爸和妈。过一阵子，苏珊伯母会充满希望地转向艾斯玛太太，问道："今晚耶拉会来吗，艾斯玛太太？"然后梅里伯伯会一如往常地接口："他从来不懂得多花一点脑筋，从来不会。"然后爸爸很得意自己比梅里伯伯来得中庸且有责任感，有能力为侄儿辩护，他会愉快地宣布自己读了耶拉最新一篇专栏。单单替侄儿反驳自己的哥哥他还觉得不够得意，接着，他会在我面前刻意炫耀，提出一些适当的"正面"评论，赞美耶拉的文章探讨了国家问题和生活危机。要是耶拉在场，听见这一席话，他一定会马上反唇相讥。我看见妈妈点头表示赞同（妈，至少你别卷进这是非！）并附和爸爸（因为她认为自己有义务替耶拉辩护，以为解释"不过他其实心地善良"便可化解梅里伯伯的愤怒）。我也将忍不住白费力气地问："你们读过他今天的专栏了吗？"深知他们就算再花一百年，也无法像我一样了解并喜爱耶拉的文章。接着我会听见梅里伯伯说——尽管很可能他手上的报纸正好翻到有耶拉专栏的那一页——"今天几号？"或"他们现在要他每天写，是吗？没有，我没看到！"然后爸爸会说："不过我不欣赏他对总理骂脏话。"而妈妈会丢出一句模棱两可的话："就算我们不认同作者的意见，我们也必须尊重他的人格。"让人搞不清她是在替总理、爸爸还是耶拉辩护。受到现场模棱两可的气氛的激励，苏珊伯母会提起香烟和烟草的话题："他对邪恶、无神论与烟草的看法，让我想起法国人。"接着，我会趁梅里伯伯和艾斯玛太太惯常的口角升温之前离开房间。仍旧不确定到底要替多少人摆碗盘的艾斯玛太太，抓住桌布的两角一挥一甩，像铺一张大床单似的，让桌布的另一端飞起来，然后隔着嘴里吐出的烟雾望着桌布落下来，平整利落。"艾斯玛太太，你知不知道你的烟加重了我的气喘！""那么，你自己先戒烟啊，梅里先生！"厨房里一片雾气迷蒙，充满面团、融化的白奶酪和油炸的气味，看起来像是有个巫婆正费力用她的大锅煮魔法药（她用布盖着头免得头发沾油）。忙着炸千层酥的荷蕾姑姑会说："别让别人看到。"然后猛然往我嘴里塞一块热腾腾的千层酥，好像在贿赂我，要我给她特别的关怀、爱，甚至一个吻。当疼痛的泪珠滚下我的眼眶时，她会问："太烫了？"而我甚至说不出"太烫啦！"，我将离开厨房，走进爷爷奶奶的房间。他们曾在这个房间里，裹着蓝色棉被，度过无数失眠的夜晚，我和如梦曾一起坐在蓝棉被上，听奶奶教我们绘画、数学和阅读。他们死后，瓦西夫与他宝贝的金鱼搬进了这间房。我将在这儿看到瓦西夫和如梦，两个人盯着金鱼瞧，或是翻阅瓦西夫的剪报收藏，而我会加入他们。一如往常，如梦和我会像小时候那样好一阵子不讲话，仿佛刻意掩盖瓦西夫又聋又哑的事实，然后用我们自己发明的手语比画交谈，为瓦西夫演出一幕我们不久前在电视上看到的老电影。或者，如果我们这几个星期都没有看到任何值得回放的电影，我们就会从总是让瓦西夫兴奋莫名的《歌剧魅影》中选一场戏，巨细无遗地扮演，好像我们才刚看过似的。过一会儿，比任何人都容易受感动的瓦西夫转身到一旁，或是回到他的宝贝金鱼旁边，留下如梦和我四目相视。那时我将会问你，自从今天早上我就没再见到的你，自从昨天晚上我就没再面对面说话的你，"你好吗？"而你，一如往常，回答："噢，还好。"我会停顿一下，仔细思索你话语中有意无意的弦外之音，藏起自己空虚脑海中的翻腾思绪。尽管我能猜到，你并没有在翻译你说总有一天会进行的悬疑小说，反而一整天慵懒地翻阅那些我始终没有能力阅读的旧书，我会问："你今天做了什么？"我将会问你："如梦，你今天做了什么？"

耶拉曾在另一个专栏里写道，小巷公寓楼的天井里弥漫着睡意、大蒜、霉菌、石灰水、煤炭和油炸的气味，和之前的配方稍有出入。按门铃前，卡利普心想：我要问如梦，今天傍晚打了三个电话给我的人是不是她。

荷蕾姑姑打开门，问道："怎么！如梦在哪儿？"

"她还没来吗？"卡利普说，"你没打电话给她吗？"

"我打了，可是没人接。"荷蕾姑姑说，"所以我以为你会告诉她。"

"也许她在楼上，在她父亲家。"卡利普说。

"你伯伯和其他人都已经在楼下了。"荷蕾姑姑说。

他们沉默了一会儿。

"她一定在家里，"卡利普断言，"我马上回家找她来。"

"你家电话一直没人接。"荷蕾姑姑说，但卡利普已经转身走下阶梯。

"好吧，可是快一点。"荷蕾姑姑说，"艾斯玛太太已经开始炸你的肉馅千层酥了。"

冷风夹杂湿雪，把他穿了九年的风衣（耶拉另一篇专栏的主题）吹得噼啪飞扬。卡利普一路疾走。他早已算好了，如果他不走大马路，而是沿着小巷，经过打烊的杂货店、仍在工作的戴眼镜裁缝、守门人的宿舍以及可口可乐和尼龙丝袜的黯淡广告牌，那么，从他姑姑和伯伯的公寓到他自己的家需要花十二分钟。如果他回来的时候也走同样的马路和人行道（裁缝拿了一根新线穿针，同一块布料依然还在他的膝盖上），一趟下来总共要二十六分钟。

当卡利普回来时，他告诉开门的苏珊伯母以及餐桌前的其他人，如梦感冒了，而且因为服用了太多抗生素（她把所有抽屉里找得到的药全吞了），所以一直昏睡。虽然她听见了电话铃声，可是头昏脑涨没办法起身接电话，也没有食欲，她躺在病床上问候大家。他明白他的话将激起餐桌前众人的想象（可怜的如梦卧病在床），他也猜到他将引发一场口舌骚动：众人口沫横飞、七嘴八舌地提起药房柜台后面卖的抗生素名称，青霉素、咳嗽糖浆和喉片、血管扩张剂、感冒专用止痛药，不仅如此，大家仿佛在谈论甜点上的奶油似的，还加上必须与它们同时搭配服用的维生素品牌名称，并转译为土耳其文发音，在子音之间加入额外的元音，更不忘补充这些药品的服用方法。若是在别的时候，这场创意发音和业余用药的庆典或许能带给卡利普乐趣，像是阅读一首好诗，然而，他满脑子全是如梦卧病在床的画面，甚至过了一会儿后，他再也无法分辨自己脑海中孕育的画面，究竟有多少是真的，多少是想象的。生病的如梦一只脚露在棉被外，她的细发卡散落在床上，这些大概是真实的景象，可是其他画面，比如说，披散在枕上的头发、一盒盒药品、玻璃杯、水瓶以及床头桌上的书本，则来自别处（来自电影，或是那些翻译得很糟的小说——她阅读它们的速度就好像囫囵吞咽阿拉丁商店买的开心果），是从学习和模仿中得来的影像。稍后，当卡利普简短地响应他们"热心"的询问时，至少他也不忘特别花费心力，努力学习一位推理小说侦探的聚精会神，试图去区别真实的和想象的如梦景象。

是的（当众人就座用餐时），如梦应该已经睡了。不，她不饿，所以苏珊伯母不需要为她煮汤。而且她说不想让那个医生看病，他满口大蒜味，医疗箱臭得像间制革厂。没有，她这个月也还没有去看牙医。的确，如梦几乎足不出户，每天把自己关在公寓里。然而，不对，她今天一整天都没出门。你在马路上碰巧遇到她？想必是她出去了一下但没告诉卡利普，不对，她说了。所以，你是在哪里遇到她的？她一定是出门到布料行的针线专柜去买一些紫纽扣，路过清真寺。当然，她跟他讲过了。她一定是在冰冷的户外受了风寒。她咳嗽还抽烟，一整包。没错，她的脸白得像纸一样。噢，没有，卡利普没有察觉自己的脸色也是如此苍白，他也不知道何时他和如梦才会停止这么不健康的生活。

外套。纽扣。开水壶。等这场家族质询结束后，卡利普发现自己脑中冒出这三个词，但他并没有太过惊讶。耶拉在一篇专栏中以巴洛克式夸张的愤怒写道，潜意识并非源于我们本身，而是产生自西方世界里华而不实的小说，以及他们电影中我们始终学不像的英雄（那时，耶拉刚看完《夏日痴魂》，影片中，伊丽莎白·泰勒一直无法理解蒙哥马利·克利夫特心中的"黑暗角落"）。当卡利普发现原来耶拉的私生活已经变成了一座图书馆和博物馆后，他回想起自己以前读过一些译文经过删修、充斥色情细节的心理书籍，然后才逐渐明白，耶拉在文章里从潜意识的观点解释一切，甚至包括我们可悲的生活。而这吓人又不可思议的潜意识，又被耶拉称为黑暗秘境。

他正打算转移话题，以"在耶拉今天的专栏里……"作为开场，不过他突然想到另一件事，于是脱口而出："荷蕾姑姑，我忘了去阿拉丁的店。"这时，艾斯玛太太小心翼翼地端出甜点，仿佛捧着摇篮里的橘色婴儿，大家开始轮流在甜点上撒碎胡桃。以前他们家族开的糖果店留下了一个研磨钵，现在被用来捣碎胡桃，然而在二十五年前，卡利普和如梦发现，若拿一支汤匙柄敲打这只研磨钵的边缘，它会发出像教堂钟响的声音：叮当！"让它停下来，叮叮，好像基督教的教堂司事。"老天，怎么会如此难以下咽！因为碎核桃肉不够众人分，所以当紫碗传到荷蕾姑姑面前时，她很熟练地略过自己（我并不想要），等每个人都传完之后，她还是瞥了空碗底一眼。接着她突然开始咒骂起一个昔日的商业对手，她不只怪罪对方造成眼前的食物缩减，甚至认为所有的收入短少都是那人的责任：她打算去警察局告发他。事实上，他们全都很惧怕警察局，好像它是一个深蓝色的幽魂。耶拉曾在一篇专栏中写道，我们潜意识里的黑暗角落其实就是警察局，专栏刊登之后，局里派来了一位警察，传唤他去检察官办公室做笔录。

电话响起，卡利普的父亲接起电话，语气严肃。警察局打来的，卡利普心想。他爸爸一边讲电话，一边面无表情地环顾四周（为了自我安慰，他们选择了与"城市之心"公寓一样的壁纸：常春藤叶片间点缀着绿色纽扣），凝视着坐在餐桌前的众人（梅里伯伯一阵咳嗽突发，耳聋的瓦西夫似乎在侧耳倾听电话内容，卡利普母亲的头发经过一再重染之后，终于变成了漂亮的苏珊伯母头发的颜色）。卡利普也和大家一样，聆听着只有一半的对话，努力猜测另一头是什么人。

"不，没在这里，没来。"他爸爸说，"请问你是哪位？谢谢……我是叔叔……不，可惜，今晚没和我们在一起。"

有人在找如梦，卡利普想。

"有人在找耶拉。"他爸爸挂断电话后说，他似乎颇开心，"一位年长的女士，仰慕者，这位贵妇人很喜爱他的某篇专栏。她想和他联系，问了他的住址、电话号码。"

"哪一篇专栏？"卡利普问。

"你知道吗？荷蕾，"他爸爸说，"奇怪的是，她听起来声音跟你很像。"

"我的声音听起来当然像一位年长女士，这很正常，"荷蕾姑姑说，她猪肝色的脖子陡然伸长，像只鹅似的，"不过我的声音跟她一点也不像。"

"怎么说不像？"

"你以为是贵妇人的那个人今天早上也打来过，"荷蕾姑姑说，"与其说她的声音像贵妇，还不如说是一个巫婆努力装出贵妇的声音。或许根本是个男人，在模仿年长女人的声音。"

那么，这位年长的贵妇人是从哪儿得到这里的电话号码呢？卡利普的爸爸想知道。荷蕾问过她吗？

"没有，"荷蕾姑姑说，"我觉得没必要。自从耶拉开始在专栏里宣扬家丑，他好像写的是一群摔跤选手还是什么，关于他的任何事情我都不再感到惊讶。所以我想，也许他在另一篇借嘲笑我们以取悦读者的专栏中，公布了我们的电话号码。不但如此，当我想起我们已故的双亲有多么担心他时，我慢慢明白，如今关于耶拉的事情唯一还能让我感到惊讶的，是得知他这些年来恨我们的原因——而不是他透露我们的电话号码给读者消遣。"

"他恨是因为他是共产党。"平息咳嗽的梅里伯伯说，胜利地点起烟，"当共产党发现他们不能成功之后，便想发动一场土耳其禁卫步兵式的激进革命。因此，他以他的专栏为工具，想实现他们的梦想。"

"不，"荷蕾姑姑说，"这么说太夸张了。"

"如梦告诉我的，我知道。"梅里伯伯说，他笑了几声，没有咳嗽，"他之所以自修法文，是因为他被未来的前景冲昏了头，以为自己将来能在这个土耳其禁卫步兵式的激进组织里，担任外交部长或是驻法大使。一开始，我甚至还很高兴我这个从来学不会外语、跟一群乌合之众混掉了青春岁月的儿子，最后终于找到一个理由学习法文。可是，当他越做越过火之后，我便不准如梦与他见面。""根本没这回事，梅里。"苏珊伯母说，"如梦和耶拉一直见面，彼此关心，相亲相爱如同亲兄妹，仿佛他们是同一个母亲所生。"

"当然有这回事，只可惜我晚了一步。"梅里伯伯说，"当他发现诱惑不了土耳其人民和军队后，他便诱惑自己的妹妹。所以如梦才会变成一个无政府主义者。要不是因为我这个女婿卡利普，拉她离开游击队暴徒的温床、害虫的巢穴，现在的如梦天晓得在什么鬼地方，而不是待在家里睡觉。"

卡利普盯着指甲，心想所有的人都在想象可怜的如梦卧病在床。他怀疑梅里伯伯是否会在这段每两三个月就要列举一次的指控中，增添一点新意。

"如梦本来很可能进监牢的，毕竟她不像耶拉那么谨慎。"梅里伯伯说，无视周围众人的"真主保佑！"，激动之余，他继续列举罪状，"然后，如梦很可能会跟着耶拉混入帮派。可怜的如梦说不定会开始结交贝伊奥卢的流氓、海洛因毒贩、赌场黑道、吸可卡因的白俄罗斯人，以及所有耶拉假借采访名义而渗透加入的颓废败类。我们会发现自己的女儿跟一群下流人渣厮混，像是来这里寻找肮脏乐子的英国人、热衷摔跤选手与摔跤报道的同性恋者、在澡堂里聚众淫乐的美国荡妇、假艺术家、在欧洲连妓女都当不上更别说演电影的本地明星、因为违命犯上或侵吞公款而被踢出军队的退役军官、嗓子因为梅毒而哑掉的男装歌手、想飞上枝头当凤凰的贫民窟少女。叫她吃一点'衣思垂朵米辛'。"他挤出一个莫名其妙的药名，结束谈话。

"什么？"卡利普说。

"抗感冒的特效药，配上'贝咳赞'一起吃。每隔六小时吃一次。现在几点？你想她醒了吗？"

苏珊伯母说如梦现在大概还在睡。卡利普又想到其他人心里一定都在想：如梦躺在床上睡觉。

"才不是！"艾斯玛太太说。她正小心地收起可悲的桌布，尽管奶奶不准许，但受到爷爷的坏习惯影响，大家都把桌布拿来当餐巾擦嘴巴。"不，我不会让我的耶拉在这间屋子里受到排挤。我的耶拉如今是个名人了。"

根据梅里伯伯的说法，他五十五岁的儿子，因为自以为了不起，根本懒得来探望他七十五岁的父亲。他不愿意透露自己住在伊斯坦布尔哪间公寓里，不想让他父亲或家里任何人找到他，甚至包括总是马上原谅他的荷蕾姑姑。他不仅隐瞒电话号码，还拔掉电话插头。卡利普很怕梅里伯伯会挤出几滴假眼泪，出于习惯而不是悲伤。然而相反，他做出了卡利普所害怕的另一件事：梅里伯伯再次重申，不理会两人之间二十岁的年龄差距，他一直很希望能有个像卡利普这样的儿子——理智、成熟、安静，而不是像耶拉那样。

二十二年前（也就是，当耶拉是他现在的年龄时），那时的卡利普不但高得尴尬，两只手臂在举手投足间更显得笨拙难堪，当他初次听见梅里伯伯的这段话时，他以为有可能成真，他想象自己或许可以每天与苏珊伯母、梅里伯伯和如梦共进晚餐，逃离爸妈饭桌上无色无味的晚餐——每次坐在餐桌前吃饭时，大家都会望向四周墙壁外某个无限延伸的点（妈：有中午吃剩的冷蔬菜，要不要？卡利普：不了，我才不要。妈：你呢？爸：我什么？）。除此之外，他还想到其他令他头晕目眩的事：每个星期天当他上楼找如梦玩时（"秘密通道""看不见"），偶尔他脑中会闪过一个念头，假设美丽的苏珊伯母——他偷看到她身穿蓝色睡衣，虽然难得才有一次——是他的母亲（好得多）；梅里伯伯——他的非洲冒险和法律故事令他心神向往——是他的父亲（好得多）；而与他同龄的如梦，则是他的双胞胎妹妹（想到这里，思索着可怕的结论，他迟疑地打住了）。

等餐桌收拾好之后，卡利普说英国广播公司的人正在寻找耶拉，可是一直没找到。然而，这段话并未如他预期的重新点燃大家的喋喋不休，讨论关于耶拉不为人知的住址和电话号码，也没有激起大家的众说纷纭，猜测他在全伊斯坦布尔有几间公寓，又可能位于哪里。有人说外面下雪了。于是，大家起身离开餐桌，在坐进各自熟悉的舒服椅子前，他们用手背拨开窗帘，透过黑暗寒冷的窗户，望着薄雪飘落的僻巷。寂静、干净的新雪（耶拉曾经在《古老斋戒月夜》中描写过同样的场景，但目的偏向讥嘲，而不是为了与读者分享怀旧感伤！）。卡利普随瓦西夫走回他的房间。

瓦西夫坐在大床上，卡利普在他对面。瓦西夫双手在肩膀上晃动着，然后用手指把了把自己的一头白发：如梦呢？卡利普拿拳头敲敲胸膛，咳了几声：她生病咳嗽。接着，他把脑袋一侧，趴在他用双臂叠成的枕头上：她躺着休息。瓦西夫从床底下拿出一个大纸箱：过去五十年来他所搜集的杂志剪报集锦，很可能是最精华的部分。卡利普在他身旁坐下。仿佛如梦坐在另一边，仿佛她指着某些内容，他们开心大笑。他们检视着从箱子里随意抽出的照片：著名足球选手油滑的笑容，二十年前，他脸上涂满泡沫为一家剃须膏代言广告，后来有一次他以头部阻挡一记角球，结果脑出血死了；伊拉克领导人卡塞姆将军的尸体，一场军事政变后，他一身制服倒卧血泊；有名的西西里广场谋杀案的现场模拟（"一名上校退休之后，才发现自己被人戴绿帽长达二十年，妒火中烧，他花了好几天跟踪淫乱记者和年轻妻子的车，最后开枪射杀车子里的两人。"如梦会用她广播剧般的声音说）；还有门德列斯总理饶过一头献祭给他的骆驼，照片里，记者耶拉与骆驼在他身后，眼睛望向别处。正当卡利普准备起身回家时，他不经意地从瓦西夫的箱子里抽出两篇耶拉的专栏，它们吸引了他的注意：《阿拉丁的店》与《刽子手与哭泣的脸》。正好可以在一个注定失眠的夜里阅读！他不需要对瓦西夫比画太久，就借到了文章。后来，当他推辞掉艾斯玛太太端来的咖啡时，大伙也都很体谅：显然"我太太生病在家"的表情深深烙在他脸上。他站在敞开的大门口与众人道别。就连梅里伯伯也说："当然了，他应该回家去。"荷蕾姑姑弯下腰来，抱起从积雪街道溜回来的猫咪"煤炭"，屋子里传来更多叮咛的声音："告诉她，快点好起来，叫她快点好起来。向如梦转达我们的爱，转达我们的爱给如梦！"

回程的路上，卡利普巧遇戴眼镜的裁缝，他正把店门口的遮板拉下来。在悬着小冰柱的街灯的光晕下，他们互相打招呼，接着一起走。"我太晚了，"裁缝说，或许是为了打破雪夜的深邃宁静，"太太在家里，等着。""冷。"卡利普回话。倾听着脚下积雪的嘎吱声响，他们并肩行走，直到抵达街角卡利普的公寓楼，仰头可见楼上角落的卧室窗户，透出幽微的床头灯光。一会儿一阵雪飘落，一会儿一片漆黑。

客厅的灯是昏暗的，和卡利普离开时一样，走廊的灯仍亮着。一进屋，卡利普便把开水壶拿到炉子上加热，脱下风衣和夹克，挂起来，然后走进卧房，在幽暗的灯光中换掉湿袜子。他在餐桌边坐下，重读一遍如梦留给他的道别信。用绿色圆珠笔所写的信，内容比他记忆中还短：十九个字。

04
阿 拉 丁 的 店

如果说我有任何缺点，那就是岔题。

——拜荣帕夏

我是一个"栩栩如生"的作家。我查过这个成语，但仍不是很了解它的意思。我只是碰巧喜欢这个词的效果。我总是梦想着写一些不同的事物：战马上的武士，三个世纪前某个浓雾弥漫的早晨双方军队在黑暗的草原上准备开战，冬夜的酒馆里落魄的酒客互相讲述爱情故事，情侣们无止境的冒险，他们为了跟踪一桩神秘案件，最后消失在偏僻的城市里。然而真主安排我在此，写这个必须呈现别种故事的专栏，并且面对你们，我的读者。我们已经学会了彼此容忍。

倘若我的记忆花园尚未开始枯竭，或许我不会像这样对命运发牢骚，可是当我一拿起笔，眼前便浮现你们期盼的脸，这时，我的读者，我荒芜花园里的记忆痕迹顿时灰飞烟灭。找不回记忆，只能够面对它的痕迹，仿佛隔着泪水凝望扶手椅上情人留下的凹痕，她抛下你，再也不回来。

因此我决定直接去找阿拉丁。我向他暗示我打算在报纸上写他，不过希望能先采访他，他张大黑眼睛，说："可是这样不会勾起我的感伤吗？"

我向他保证不会。我告诉他，他店里卖的几千样——不，几万样——物品一直存活在我们的记忆里，各种颜色，各种气味。我告诉他，生病在家的小孩，总是殷切地躺在床上等待母亲从阿拉丁商店带回小礼物：一个玩具（铅制玩具兵），或一本书（《红孩儿》），或一册意大利人拍摄的西部牛仔图文书（第十七册，故事说到被剥去头皮的齐诺瓦死而复生，回来追杀印第安人）。我告诉他，附近学校里成千上万的学生等不及下课钟响，他们的脑袋里早已敲响了钟声，迫不及待等着放学后去他的店里，购买"高飞"巧克力棒，为了得到里面附赠的明星照片，像是足球选手（加拉塔队的马丁）、摔跤选手（哈密·卡普兰）或电影明星（杰瑞·刘易斯）。我告诉他，女孩们在前往职业技术夜校上课前，会先到他的店里，买小瓶装的洗甲水，擦掉指甲上淡淡的指甲油——同样的这群女孩，虽然日后终究被孩子与孙子牢牢绑在淡而无味的厨房与淡而无味的婚姻中，但偶尔仍会回想起她们没有结果的初恋，梦想着阿拉丁商店，好像一则遥远的童话故事。

我们回到我住的地方，面对面坐下来。我告诉阿拉丁，多年前我在他的店里买了一支绿色圆珠笔和一本译得很差的侦探小说，我告诉他它们后来的故事。侦探小说是我为自己深爱的女人买的，从那天起，她便注定一辈子什么事都不做，只读侦探小说。我告诉他，曾经有两个人——一位爱国军官和一位记者——约在阿拉丁的店里碰面，密谋叛变（计划发动一场将改变我们历史甚至全东方历史的政变），时间恰巧在第一次历史性群众集会之前。我还告诉他，在这场重大会议发生的那个傍晚，不明就里的阿拉丁，正站在书籍与箱子直达天花板的柜台后面，用口水蘸湿指头，细数隔天早晨该退回的报纸和杂志。

提起色情杂志，他把这些杂志放在橱窗里，并绕着店门口一棵粗大的栗子树干悬挂一圈。我向他透露，所有心不在焉走过人行道的寂寞男人，晚上都会梦见那些面对镜头袒胸露背的本地和外国女郎，在他们的梦里狂欢作乐，像是《一千零一夜》故事中的放荡女奴和苏丹嫔妃。既然我们谈到《一千零一夜》，我告诉他，其实根本没有任何一夜的故事角色采用了他的名字，而是一百五十年前这本书第一次在西方出版时，某个名叫安东·加兰的人偷天换日，把它加入书中。我解释说，加兰其实根本不是从山鲁佐德[1]口中听说这则故事，而是取自某位阿勒颇来的基督教学者，名为尤汉那·迪埃布尔。故事很可能源自土耳其，再加上内容有关咖啡的细节，可以想见它发生在伊斯坦布尔。然而，我继续说，事实上，我们不可能去探究某个故事的哪一部分起源于哪里，就好像我们不可能去探究生命的源头。我确信事实如此，因为我遗忘了一切，一切。的确，我又老，又悲惨，脾气乖戾，孤独寂寞，我只想死。尼相塔什广场周围的交通噪声和收音机的音乐歌声把人推入哀伤的洪流。我告诉他，说了一辈子故事后，我想在自己为了所遗忘的一切而死之前，听阿拉丁说故事，听他讲店里每样东西的每一个故事，关于店里的古龙水、印花、火柴盒上的图画、尼龙丝袜、明信片、电影明星剧照、性学年鉴、发卡以及祷告仪式手册。

就像所有发现自己跌入小说中的真实人物一样，阿拉丁此时的存在有点超现实，虚实难辨，他的逻辑简单清楚，毫无歧义。他承认他很高兴报纸对他的商店感兴趣。过去三十年来，一天十四小时，他经营这间忙碌得像蜂巢的街角店面。每个星期天下午，当大家都在聆听收音机里的足球赛时，他则待在家里小睡，从两点半到四点半。他的本名不叫阿拉丁，但他的顾客并不知道。至于报纸，他只

---

[1] 《一千零一夜》中给国王讲故事的王妃。

看受欢迎的《自由日报》。他指出他的店里绝不可能有任何政治集会，毕竟帖斯威奇耶警察局就在对面。此外，他对政治毫无兴趣。他从来不会用手指蘸口水数杂志，他的店也绝不是什么传奇或童话故事里的场景。他受不了人们的愚言蠢行，像是一些可悲的糟老头，误以为橱窗里的塑料玩具手表是真货，跑进来疯狂采购，满心以为自己抢到了便宜货。还有那些玩"纸上赛马"或"全国彩票"的人，一旦输了便火冒三丈，跑来惹麻烦，认为是阿拉丁操纵赌局，忘记了当初的号码根本是他们自己亲手挑选的。举例而言，只要哪个女人的尼龙丝袜脱线，或是一个母亲的孩子吃了国产巧克力结果碎了一地，或是某个读者不满报纸上的政治观点，他们全都会跑来找阿拉丁，尽管东西根本不是他做的，他不过是负责卖而已。如果咖啡盒里装的是咖啡色的鞋粉而不是咖啡，不干阿拉丁的事。如果国产电池只能听完一首爱默·莎殷的黏腻歌曲就没电了，还整个黏在晶体管收音机里，不干阿拉丁的事。如果本来应该永远指向北方的指北针，却始终指着帖斯威奇耶警察局，不干阿拉丁的事。如果宝服香烟盒里夹着某位浪漫女工的征婚启事，这更不干阿拉丁的事。然而尽管如此，油漆工助手还是兴冲冲地跑来亲吻阿拉丁的手，问他女孩的姓名和住址，同时拜托他当他的男傧相。

他的商店位于伊斯坦布尔所谓的"黄金"地段，可他的顾客总是，总是，素质低下跟不上。他很惊讶西装笔挺的绅士甚至还学不会什么叫排队，有时候他实在忍不住斥责某些人要知道好歹。比如说，他已经放弃了出售公交车票，因为有一堆人总在公交车已经开到转角时才冲进来，对他大吼大叫，像是放纵劫掠的古代蒙古士兵："车票，给我一张车票，快点！"他们把店里弄得乱七八糟。他看过年长的夫妇为了挑彩票号码破口开骂，浓妆艳抹的小姐闻遍三十种不同的品牌后才选定一块肥皂，退休的军官来买一个哨子，结果把箱子里每个哨子都吹过了，一个接一个。可是他慢慢习惯了，他已经看开了。他再也不会对他们动怒，就算家庭主妇埋怨他店里没有十年前某一期的图文小说，一位胖男人为了确定邮票的味道直接把它拿起来舔，还有屠夫的太太隔天把皱纹纸康乃馨拿回来退，礼貌但气愤地指责他，这朵假花居然没有香味。

他胼手胝足建立起这家店铺。许多年来他亲手装订漫画书《得州》和《牛仔汤姆》；当城市尚在熟睡时，他第一个开门打扫店面；他自己一个人把报纸和杂志固定在大门和栗子树上；他在橱窗里展示最流行的货品。除此之外，为了满足顾客的需求，多年来他的足迹遍及全伊斯坦布尔，他走过每一寸土地，光顾每一家店，只为了采购最稀奇古怪的商品（比如说，芭蕾女伶玩具，只要有磁性的镜子一靠近，她便踮脚旋转；三色鞋带；瞳孔后面装有蓝色灯泡的阿塔图尔克[1] 石膏像；形状像荷兰风车的削铅笔机；写着"出租"或"以慈悲宽仁安拉真主之名"的标语；松香口味的泡泡糖，里面附赠一张小鸟图片，图片从编号到一百，张张各有不同；只在大巴扎才找得到的粉红色西洋双陆棋骰子；人猿泰山和海盗王巴巴罗萨的贴纸；一端是鞋拔，另一端是开罐器的新奇工具；代表各足球队颜色的头巾——他自己过去十年来戴着一条蓝色的）。不论要求多么不合理，他从来不曾拒绝（你有没有玫瑰香味的蓝墨水？你有没有那种会唱歌的戒指？），因为他认为，只要有人问起，就表示必定有这种东西。他会记在笔记本里，回答说："明天会进货。"接着，他会像一位追查谜案的旅行家，搜寻整座城市，每一家商店挨个去找，直到发现他的猎物。有一阵子他靠卖人们疯狂抢购的图文小说轻松赚钱，或是西部牛仔漫画，或是一脸呆相的本地电影明星照片。然

---

[1]　土耳其建国之父凯末尔的尊称。

而也有一些冷清凄惨的日子，人们争相排队抢购流入黑市的咖啡与香烟。当你从商店的橱窗往外望时，你不会去想人行道上川流不息的人们是"这种人或那种人"，然而，一旦把他们视为顾客，你就会意识到，他们是一群乌合之众，被某种看不见的欲望驱使着。

原本生活看似南辕北辙的人们，突然间全都想要音乐香烟盒，好像生怕自己赶不上流行，或者他们同时迷上比小指头还短的日本钢笔。然而过一个月后他们全都失去兴趣，转而狂热追求手枪形状的打火机，它们抢手的程度使得阿拉丁必须加班补货，以免供不应求。之后，刮起了一阵塑料香烟滤嘴的旋风，接下来的六个月，所有的人都带着疯狂科学家的痴迷，观察焦油在滤嘴上囤积。很快地放弃这项兴趣后，接着，所有的人，不管是改革派或保守派、虔诚信徒或不信神的人，全部一窝蜂涌进阿拉丁的店购买形形色色的念珠，走到哪里都是人手一串数着念珠。念珠风暴尚未止息，阿拉丁还来不及退回剩下的珠串，一股解析梦境的风潮开始蠢动，人们在店门口排队等着买解梦的小册子。某部美国片大红大紫，于是所有的时髦人士非得要有一副墨镜不可；报纸上介绍某样物品，于是每个女人都必须拥有亮光唇膏；或者每个男人头上都必须戴一顶彩色无边帽，好像他们是阿訇。总而言之，各种风潮就好像黑死病，如野火燎原般迅速蔓延。要不是这个原因，为何成千上万的人会在同一个时刻全部一时兴起，把相同的木雕帆船摆在他们的收音机、取暖器上，放进他们的后车窗、房间里，摆放在他们的书桌和工作台上？你还能说出什么原因，使得全体老少妇孺受到无法理解的欲望驱使，渴望在墙壁和门上悬挂这张海报：一个欧洲人模样的流浪儿，眼眶滑下一滴豆大的泪珠？这个国家，这些人民……实在……实在……"很奇怪"，我接口，替他把话说完。此时，寻找像是"不可思议"甚至"骇人听闻"等字眼的工作，是我的而不是阿拉丁的任务了。我们沉默了好一阵子。

后来我明白，阿拉丁与他的顾客之间存在着默契，借此，他才能够了解光靠语言表达不清楚的意思。比如说，会点头的塑料小鹅，或者，里面包着酸樱桃酒和一枚酸樱桃的老式酒瓶状巧克力，或者其他像是，伊斯坦布尔某处可以买到最便宜的做风筝的细棍子。他对顾客一视同仁，同样亲切，不管是跟着奶奶来买响铃的小女孩，还是满脸痘痘的少年（他们趁没有人注意随手抓起一本法国杂志，偷溜到店里的阴暗角落，迫不及待想与杂志上的裸女意淫）。他喜爱那位鼻梁上架着眼镜的银行出纳员，她晚上买了一本揭露好莱坞名流生活的小说，熬夜啃完整本书，隔天早上拿来退货，说："原来我家里已经有了。"他也喜爱那位提出特别订货的老人，他想买一张海报，上面有一位女孩正在阅读用没有图片的报纸包成书皮的《古兰经》。尽管如此，他的爱是有条件的。他多多少少可以体谅那对母女，她们把流行杂志里的衣服版型图样全部摊开，铺满整间店，为了可以当场剪裁她们自己的布料。他甚至也能同情那群男孩，他们连店门都还没跨出去，就已经拿着玩具坦克互战起来，最后扭打成一团，把玩具也弄坏了。但另一方面，有时候，当人们询问他铅笔手电筒或塑料骷髅头钥匙圈时，他不禁觉得，有个莫名其妙的世界正向他传递某种启示。究竟是什么神秘的因素，促使一个男人在大雪纷飞的冬日走进店里，为了孩子的家庭作业，坚持要买一本《避暑胜地》而非《避寒胜地》？一天夜里，当他正要打烊时，两个形迹可疑的客人走进店里，赏玩可以转动手臂的洋娃娃（它们有各种大小，还有自己的替换衣服），他们小心、温柔、轻巧地拿起它们，仿佛医生抱着活生生的婴孩。他们凝视着粉红色的娃娃张眼闭眼，陶醉入迷。他们请阿拉丁替他们把一个洋娃娃和一瓶茴香酒包起来，然后转身消失在黑夜里，吓得阿拉丁毛骨悚然。发生过许多类似的事件后，阿拉丁晚上会梦见这些他装在盒子和塑料袋里卖掉的洋娃娃，眼前浮现幻象：夜晚关店之后，洋娃娃开始缓缓眨眼，它们的头发一直长一直长。或许他打算问我这一切究竟是什么意思，但突然间他陷入黯然而深思的沉默，正如同我们的同胞，每当他们觉得自己说太多话、谈太多个人苦难占去了别人的时间时，他们便会默然。深知彼此都不想立刻说话，我们一起沉入这片寂静。

半晌后，阿拉丁带着一抹歉意的神情离去，临走前他说，现在全看我了，他确信我会尽力而为。总有一天，我也许真能尽力而为，写出一些好东西，述说那些洋娃娃与我们的梦境。

05

绝对幼稚

> 人们为了某个理由而离开。他们告诉你他们的理由。他们给你一个响应的机会。他们不会就那样子离开。不，这么做是绝对的幼稚。

> ——马塞尔·普鲁斯特

如梦用绿色圆珠笔写下了十九个字的道别信，那支笔卡利普平常始终放在电话旁边，如今却不见踪影。他翻遍了整间公寓仍找不到，所以卡利普猜测，如梦在临走前最后一分钟写下这封信后，顺手把它放进皮包里，心想也许以后还用得着。过去她偶尔心血来潮提笔写信时（她总是写不完；就算真的写完了，她也从来不把信放进信封里；就算真的放进信封里，她也从来不会寄出去）所偏爱的粗钢笔，摆在老地方：卧房的抽屉里。

卡利普花了好一段时间翻箱倒柜，想知道她的信纸是从哪一本笔记本里撕下来的。他翻出旧写字台抽屉里所有的笔记本，与信纸逐一比对。卡利普听从如梦和耶拉的建议，把自己从小到大的笔记本收藏于此，建立起一座个人的历史博物馆：小学的数学作业簿，里面以每打六块钱的价格计算鸡蛋的售价；宗教课上强迫抄写的祈祷文笔记本，最后几页画着纳粹党徽和斗鸡眼宗教老师的肖像；土耳其文学笔记本，边缘画满了女人的衣裙，写满了国际偶像、英俊

51

的本国运动员，以及流行歌星的名字（"考试可能会考关于《美与爱》的问题"）。

他花了许多时间重复翻检抽屉，徒劳无功；搜遍每一个箱子的底部，勾起悲伤的回忆；再一次伸手探进如梦的口袋，一如往昔的幽香似乎与卡利普作对，说服他一切都不曾改变。直到晨礼的呼唤已过，终于，当他再度瞥向旧写字台时，他才凑巧发现被如梦撕去一页的学校作业本。虽然他之前已经检查过了，但没有仔细注意里面的图画和批注（"行政内阁搜刮国有林地的行为，促成5月27日的军事政变"；"水螅的横切面看起来很像奶奶餐具橱里的蓝色花瓶"），此时他才发现作业本中间被匆忙草率地撕掉了一页。它所提供的线索，只是再度透露出如梦的鲁莽仓促，只是印证了他一整夜努力堆积的线索，小小的发现，一段段如同坍塌的骨牌般相互堆砌的回忆。

一段回忆：许多年前，他们在中学的时候，卡利普和如梦同坐一桌，有一位讲课枯燥乏味、讨人厌的历史老师，时常突如其来举行随堂小考："把纸和笔拿出来！"整间教室顿时陷入毫无准备的恐慌，一片死寂，这时如果她听见学生从笔记本里撕纸的声音，便当场火冒三丈："不准从你们的笔记本里面撕空白纸！"她尖锐的声音刺入耳膜，"我要单张白纸！那些撕笔记本的人是在摧毁国家财产，不配做土耳其人，是败类！我会给他们零分！"她还真的说到做到！

一个小发现：夜半时分，一片寂静，只有冰箱无缘无故断断续续地发出恼人的声响，经过不知道第几次的翻检后，卡利普在如梦衣柜的底部，发现一本翻译的侦探小说，塞在她留下来的墨绿色便鞋之间。公寓里有几百本这种小说，他随手翻了翻手中的黑皮书，封面印着一只小小的、神情阴险的大眼猫头鹰，正当他打算把它丢到一旁时，他那只在一夜之间学会如何翻遍衣柜底部和抽屉角落的手，仿佛是靠自己的力量找到了一张从彩色杂志上剪下来的照片：一个俊美的裸男。卡利普不自觉地比了比这个男人和自己的大小，他望着照片中颓软的家伙，心想：她的这本杂志一定是在阿拉丁店里买的。

回忆：如梦相信卡利普绝不会碰她的书。她知道他受不了侦探小说，而她也只有这些书。卡利普丝毫没有兴趣在侦探小说的虚构世界里浪费时间，这些故事里的英国人都是神探，而蠢蛋们都是超级蠢蛋，主角和配角、凶手和被害人的行为像是机器设定，不符合人之常情，他们只是依照作者的逼迫，照本演戏。（打发时间嘛！如梦总是这么说，接着一边啃书，一边猛嚼从阿拉丁店里买来的坚果零嘴。）卡利普有一次告诉如梦："唯一值得阅读的侦探小说，应该是作者自己也不知道凶手是谁。"只有这样，书中的人物和角色才不会变成混淆视听的假线索，操控在一位全知全能的作者手中。由于反映出现实世界的真人真事，他们在书中的形象才会真实鲜活，而不单是小说家想象力的虚构之物。看小说看得比卡利普多的如梦则反问，如果一本小说真的如他所言，充满了各式各样的细节，最后必然会因为过于庞杂而完全失控。侦探小说中的细节之所以如此安排，很明显地，目的是为最后的破案作伏笔。

细节：如梦离开前，曾经拿杀虫剂——罐子上画着一只大黑甲虫和三只蟑螂来吓唬顾客——在浴室、厨房和走廊里狂喷了一通（那些地方还臭得很）。她没有多想，扭开了所谓的"巧妇炉"（多此一举，因为星期四是大楼的中央热水日），略翻了一下《民族日报》（有点皱），并且用随手抓到的铅笔在上面做了几题填字游戏：陵寝、峡谷、月亮、力量、即兴表演、虔诚、神秘、倾听。她吃了早餐（茶、羊奶酪、面包）但没有洗碗。她在卧房里抽了两支烟，在客厅里抽了四支。她带走了几件冬衣，一些她说会伤害皮肤的化妆品，她的拖鞋，好几本没读完的小说，平时挂在抽屉把手上但没有钥匙的幸运钥匙圈，她唯一的首饰珍珠项链，以及她的附镜发梳。她穿走了与她头发颜色相同的厚外套。她一定是把这些东西塞进她之前向她爸爸借的中型旧皮箱里（梅里伯伯从巴巴里海岸带回来的），当初他们借用的原因是想旅游时备不时之需，只不过他们从未成行。她关上了大部分的橱柜（用脚踢），把抽屉也都关好，把随身用品归回原位。她一口气写完道别信，没有停顿。垃圾桶或烟灰缸里找不到揉成一团的草稿。

或许它根本不是一封道别信。虽然如梦没有提到她会回来，但也没有说她不会回来。似乎她抛下的是这间公寓，而不是卡利普。她甚至提出七个字的请求，邀他成为共犯："应付妈和其他人。"他也立刻接受了这个角色。他很高兴她没有明白地说她的离开是卡利普的错，他更欣慰自己可以当如梦的共犯，在一切已成定局之后，至少还能成为她的犯罪同伙。为了答谢他的帮忙，如梦给予卡利普一个五字承诺："会保持联系。"然而，一整夜，她都未与他联系。

反倒是暖气炉，一整夜，不断发出各种呻吟、叹息和咕哝。间歇的寂静中，雪花飘落。一位卖奶酒的小贩一度叫卖起发酵奶，但没有再出现。如梦的绿色签名和卡利普互相对视，目光久久无法移开。屋子里的物品和阴影完全变了样，这里似乎变成了一个陌生的地方。卡利普想说："蜘蛛！原来这些年来挂在墙上的这个装饰品看起来像蜘蛛。"他想睡个觉，说不定可以做场好梦，但是他睡不着。一整夜，他每隔一段时间就重新把整间公寓再翻箱倒柜一遍，不顾先前是不是已经搜过了。（他刚才已经查过衣橱里的箱子了，是不是；他查过了，应该是；可能还没；不对，他还没查过；现在他得全部从头再翻一遍。）手里拿着满载记忆的如梦的皮带扣环，或是她遗失很久的太阳镜的空盒，他会猛然明白自己的搜寻毫无目标，于是再把手里的物品一丝不苟地放回原位，像是一个博物馆研究员，小心翼翼地拿取收藏品。（那些故事书里的侦探实在太没有说服力了，根本是作者偷偷把答案透露给这些侦探——太天真了，以为读者会笨到去相信。）他像个梦游者，双脚踩着恍惚的步伐，走进厨房，他翻了翻冰箱，却没有拿出任何东西。接着他发现自己回到客厅，才刚坐回他最喜欢的椅子里，却马上又从头展开相同的搜索仪式。

被抛弃的这一夜，卡利普独自坐在这张椅子里，结婚三年来，他总习惯看着如梦坐在对面，紧张而焦躁地看她的侦探小说。卡利普眼前不断浮现相同的影像：她摇晃着双腿，手指缠绕头发，兴致盎然地翻动书页，不时发出深深叹息。他心头挥之不去的，并不是自卑、挫败和寂寞（我的脸长得不对称，我笨手笨脚，我太软弱无能，我的声音太有气无力了！），那些感觉出现在他高中的时候，有几次，在那些蟑螂四处横行的糕饼铺和布丁店[1]里，他目睹如梦和几个满脸痘痘的少年约会，不像卡利普，他们不仅上唇冒出了胡子，而且已经学会了抽烟。不，不是那样。他脑中想的也不是高中毕业三年后的某个星期六下午，他上楼去他们的公寓（"我上来看看你们有没有蓝色标签纸"），看到苏珊伯母坐在破旧的梳妆台前化妆，一旁的如梦瞥了一眼手表，不耐烦地摇晃双腿。在他脑海徘徊的甚至不是如梦的苍白倦容，他从没见过她这种神情，那时，他才得知她结婚了，嫁给一位年轻的政治运动家，而且不单单是基于政治因素。这个人，不仅周围的人对他推崇备至，甚至已经在《劳工的黎明》上以真名刊登了第一篇政治分析。一整夜，卡利普眼前浮现的画面，

---

[1] 土耳其的布丁店类似咖啡馆，卖传统的各式甜咸米布丁、牛奶布丁、咖啡、糕饼及餐点等。

是他曾经错失的生活片段，一个机会，一小段欢乐：光线从阿拉丁的店里流泻而出，映得白色的人行道莹莹闪烁，雪花落入灯光里。

一个星期五晚上，那时他们小学三年级，也就是如梦一家人搬进顶楼公寓一年半之后。天色已黑，汽车和电车的轰隆声响在冬夜的尼相塔什广场回荡，他们正要开始玩一个自创的新游戏"我消失了"，游戏的规则结合了"秘密通道"和"看不见"，其中一个人"消失"到爷爷奶奶、叔叔伯伯或爸爸妈妈的公寓一角，接着另一个人必须把消失的人找出来。游戏很简单，不过不可以开灯，也没有时间限制，因此全赖搜寻者的想象力与耐心。当轮到卡利普"消失"时，他跑进奶奶的卧房，躲到衣橱上面（先是踩着椅子的扶手，然后，小心地，踏上椅背），他一面心想如梦一定不会发现他在上面，一面幻想她在黑暗中走动的模样。他想象自己在如梦的处境，设法体会她此刻的情绪，她一定正到处找他，焦急难耐！如梦一定快哭出来了；如梦一定无聊死了；如梦一定泪水涟涟地哀求他出来，出来，不管在哪里！等了好久好久，对孩子而言仿佛是一辈子，他突然失去耐心，从衣橱顶溜下来，忘记自己这么一失掉耐心就已经结束了游戏。等卡利普的眼睛适应了幽暗的光线后，反而是他开始在整栋公寓大楼寻找如梦。找遍了所有的房间后，一股恍惚而恐惧的感觉涌上心来，一种失败的暗示，最后他不得不求助于奶奶。"老天爷，你满身是灰！"奶奶说，坐在他的对面，"你跑到哪里去了？大家一直在找你！"接着她补充，"耶拉回来了。他和如梦去了阿拉丁的店里。"卡利普连忙奔向窗户，来到冰冷、阴暗、墨蓝色的窗边。外头下着雪，一场缓慢而悲凄的雪，召唤你出去；一道光线从阿拉丁的店里泻出，穿过玩具、图画书、足球、溜溜球、彩色瓶子。白雪覆盖的人行道闪烁着，泛着一片好似如梦脸颊的微晕光芒。

漫漫长夜里，每当卡利普回想起这幕二十四年前的影像，心底就涌起一股不快的焦躁，像是一锅突然滚沸的牛奶。这段生活片段究竟遗落在何方？他听见走廊里传来老爷钟无休无止的嘲弄嘀嗒，这座钟曾经陪伴爷爷奶奶数过岁月，卡利普和如梦婚后不久，他把它从荷蕾姑姑家搬回来，带着满心的热情与坚持，把它挂在自己的幸福小窝的墙上，渴望借此留住童年的神秘与回忆。结婚三年来，不是卡利普，反倒是如梦，总觉得错失了某个未知生活的乐趣与游戏，郁郁不乐。

卡利普每天早上出门上班，傍晚乘坐公交车或共乘小巴回家，与车子里一脸木然的陌生人群推挤缠斗，摩肩接踵。一整天，他不断寻找各种琐碎到连如梦都不得不皱眉的借口，从办公室打电话给她。等他一回到温暖的家，他会通过检查烟灰缸囤积的烟灰、烟蒂的数目和品牌，来推算如梦今天做了些什么——通常不会差太远。在这段幸福的刹那（很罕有）或怀疑的时刻，如果他像昨晚脑中想的那样，仿照西方电影中的丈夫，询问妻子这一天做了些什么，那么他们两人会陡然陷入尴尬，好像闯入了一个朦胧暧昧的模糊地带，不管是东方还是西方的电影中从来不曾清楚解释的地带。直到卡利普结婚后，他才偶然发现这块神秘、隐晦、暧昧的区域，暗藏在某些无名人物的生命里——也就是统计和政府机关称为"家庭主妇"的这些人（卡利普从来不曾把如梦跟买洗衣粉带小孩的女人联系在一起）。

卡利普很清楚，在这个隐晦世界中，有一座长满奇花异草的花园，完全将他隔绝于外，就好像如梦深不可探的回忆。所有洗衣粉广告、图文小说、最新的外国翻译刊物、大部分广播节目和星期天报纸里的彩色夹页，都以这块禁地为共同的主题和目标。尽管如此，它依然远超过所有人的理解范围，比任何人所知的都还要神秘。有时候，卡利普会摸不着头绪，搞不懂为什么，比如说剪刀，会放在走廊里的暖气炉上面的铜碗旁边，或者当星期天他们出游时，巧遇某个他好几年没见但如梦一直在联络的女人，卡利普会一阵错愕，顿时愣住，仿佛撞见一条线索、一个从禁地浮现的暗号，仿佛过去暗地里广为流传的秘密教派如今无须再隐藏，大剌剌地呈现在他面前。令人恐惧的，是这个谜的传染力，它像某种神秘的邪教崇拜，蔓延在一群通称为"家庭主妇"的普通人之间。除此之外，更令人害怕的，是众人假装这个谜根本不存在，没有任何奥秘的仪式，没有共同的犯罪恶行，没有狂热也没有历史，似乎她们的行为并非出自秘密的共识，而是发自内在的欲望。像是后宫太监谨守的秘密，牢牢上锁，并把钥匙丢弃，谜底既诱人又叫人反胃：既然它的存在众所周知，或许它并非可怕得像一场梦魇；可是既然它隐而不宣地代代相传，从不曾被人明言提起，那么它必然是一个卑微的秘密，丝毫谈不上什么骄傲、肯定或光荣。卡利普有时候会觉得这块地带如同某种诅咒，像是纠缠着一个家族世代成员挥之不去的诅咒。然而，目睹过太多女人基于婚姻、养儿育女或其他含糊的理由而突然辞去工作，自愿返回那块诅咒之地，他逐渐明白其中蕴含着某种密教的磁力吸引。尽管如此，他看到有许多女人，费尽力气好不容易摆脱了诅咒，成为有头有脸的人，但仍然难掩内心的向往，渴望返回熟悉的神秘，重拾被她们抛在脑后的魅惑时光，回到他永远无法理解的幽暗禁地。

有时候，当如梦为了他愚蠢的笑话或双关语而捧腹大笑时，他会惊异不已；或者当她附和他的欢愉，任凭他笨拙的双手滑入她栗貂色的黑暗密林，撇开所有从杂志照片上学来的仪式，忘却所有的过去与未来，沉溺于夫妻间水乳交融的刹那，突然间，卡利普会忍不住想问他妻子一个涉及神秘禁地的问题，想问她今天在家里做了什么，在某一个小时，除了洗衣服、洗碗、读侦探小说、出门之外，做了什么（医生说他们可能没办法生小孩，如梦对此也没表示特别感兴趣），但是，问题说出口后，很可能会在他们之间割开一道鸿沟，得到的回答更可能是他们日常对话中完全陌生的语言，想到这里他无限恐惧，以致他问不出口，只能紧紧抱着如梦，任由自己刹那间脸色转白，彻底呆滞。"你的脸又呆掉了！"她会说。他想起小时候如梦母亲说的话，她会重复："你的脸白得像纸一样！"

晨礼的呼唤过后，卡利普坐在客厅的椅子里打了个盹儿。梦中，水族箱盛满了绿色的液体，如同圆珠笔的绿色墨水，日本金鱼昏沉地游动，如梦、卡利普和瓦西夫谈论一个从前的错误，后来才发现又聋又哑的并不是瓦西夫，而是卡利普。然而，他们并没有太沮丧：毕竟，很快地一切都将会没事。

等他一醒来，卡利普来到餐桌前坐下，脑中想象着如梦十九或二十小时之前做过的事，一面在桌上寻找白纸。他没有找到——就如同如梦没找到一样——于是他翻过如梦的信纸，开始在纸背上写字，列出昨天夜里所有闪过他脑海的人和地点。令人不舒服的名单越写越长，逼着他继续往下写，卡利普不禁觉得自己似乎在模仿某本侦探小说里的主角：如梦的旧情人、她"奇怪"的女性朋友、她偶尔提起的密友、她某段时间的"政治"同志以及他们共同的朋友。后者，卡利普决定，除非找到如梦，不然不能让他们知道。他草草写下他们的名字，用不确定的元音和子音拼出姓名，随着笔迹上下起伏，他们的脸孔和形体逐渐累积意义和双关寓意。他们开心地向卡利普挥手招呼，向这位新手侦探眨眼，传递假信息，引他误入歧途。很快地，等听见清道夫来收垃圾、把大垃圾桶摔在垃圾车栅门上的声音后，卡利普才逼迫自己停下笔，把名单塞进他身上的外套内袋里。

卡利普关掉公寓里所有的灯，屋里只剩清晨积雪反射的蓝光。

为了不让好管闲事的门房起疑,他把垃圾桶拿出去,不过事先又检查了一遍里面的东西。他泡了茶,给刮胡刀换了新刀片,刮好胡子,换上干净但未熨过的内衣和衬衫,然后收拾整理被他翻了一整夜的房间。当他换衣服的时候,门房已经把《民族日报》塞进门缝。他一边喝茶一边看报,耶拉的专栏提到"眼睛"的主题,关于他多年前某个深夜在贫民窟里闲荡时遇见的眼睛。卡利普记得读过这篇文章,以前已经刊载过了,尽管如此,他仍感觉到同一只"眼睛"瞄准着他,让他不寒而栗。这时,电话响了。

一定是如梦!卡利普心想。他拿起话筒时,甚至已经挑好了今天晚上两人要去哪一家电影院:皇宫戏院。但话筒那头传来令人失望的声音,他马上毫不迟疑地编出一个故事来打发苏珊伯母:对,对,如梦退烧了。她不但睡得很好,还做了一个梦;当然,她想跟妈妈说话——稍等一下。"如梦!"卡利普朝走廊里喊,"如梦,你妈的电话!"他想象如梦起身下床,一边找拖鞋一边懒洋洋地打哈欠,伸懒腰。接着,他在内心的放映机上换了另一卷带子:体贴的丈夫卡利普走进房去叫妻子接电话,却发现她像婴儿般熟睡在床。他甚至还故意走进走廊再走回来,做出假的"环境音效",为第二卷带子增添真实感,让苏珊伯母信以为真。他回到电话旁:"她又回床上睡觉了,苏珊伯母。她因为发烧眼睛肿得张不开。她大概洗了把脸后又躺回床上睡着了。""叫她多喝点橙汁。"苏珊伯母巨细无遗地指示他尼相塔什哪里可以买到最便宜的红橙。"我们今天晚上可能会去皇宫戏院。"卡利普信心满满地说。"注意别让她又着凉了。"苏珊伯母说,或许担心自己干涉太多,她换了个毫不相关的话题,"你知不知道你的声音在电话里听起来很像耶拉?还是你也感冒了?小心别感染到如梦的病毒。"他们同时挂上话筒,轻轻地,不是怕吵醒如梦,反倒像是怕弄伤了话筒,深深感觉到同样的恭敬、温柔和宁静。

挂上电话，卡利普回到耶拉的旧文章，再次沉入他不久前读到的角色、刚才提到的"眼睛"的注视以及他自己的混沌思绪中。一会儿他猛然顿悟："一定是这样，如梦回去找她前夫了！"他很惊讶自己居然没看出这么明显的事实，整个晚上蒙蔽在自己的逃亡假想里。带着同样的坚决，他决定打电话给耶拉，告诉他自己所经历的精神折磨，以及他做出的决定："我现在就要去找他们。等我在如梦第一任丈夫那里找到她时——不用花太多时间——我怕自己可能劝不动她回家。只有你才知道怎么样哄她回家（'回到我身边'，他想这么说但开不了口），所以我应该怎么说才能叫她回来？""首先，稳住你自己，"耶拉会认真说，"如梦是什么时候离开的？镇定下来。我们一起从头到尾好好想一想，来我这儿，到报社来。"可是耶拉既不在他家里也不在报社，还没到。走出门前，卡利普原本设想要把话筒拿下来，但他没有。假使他真的这么做了，到时候要是苏珊伯母说："我打了好几次，老是通话中。"他便可以回答："如梦没有把话筒挂好，你也知道她老是心不在焉，老是丢三落四。"

06

班迪师傅的孩子

……叹息声响起，颤抖地穿透这没有时间的空间 [1]。

——但丁《神曲：地狱篇》第四节诗

自从我们鲁莽地邀请一般民众——无论其来源、背景或信仰——通过我们的专栏表达意见，便立刻涌进了大量读者来信，其中不乏妙文佳作。有些读者得知他们的题材终于也有发声的一天，甚至懒得把它完整写出来，干脆跑到报社向我们讲述他们的故事，口沫横飞直到脸色发青。还有一些人，当发现我们对他们陈述的骇人细节和可疑闹剧持怀疑态度时，为了证明自己的清白和故事的真实性，他们索性把我们拖下书桌，引领我们进入文化中神秘的角落——某些从未有人探究或书写过的幽微之处。我们便是从这里获知了土耳其假人制造的隐晦历史，后来我们才知道，这一行被迫转入地下进行。

几百年来，在我们的文化中，从来没有人意识到制造假人也是一门艺术，只把它视为某种"民间工艺"，充满乡土气息，就好像那是稻草人之类的玩意儿。班迪师傅是第一位致力于此的工匠，也是假人制造业的开山祖师。他曾为海军博物馆制作过展场所需的假人，

---

[1]　指但丁《神曲》中介于天堂与地狱之间的炼狱。

这是我们的第一座博物馆，由苏丹阿卜杜勒·哈米德二世下令兴建，当时的一位王储奥斯曼·亚拉列丁殿下出资赞助。这项技艺后来之所以走向秘传，也是因为班迪师傅的缘故。因为，根据目击者的叙述，参加博物馆开幕的来宾对眼前的景象震惊不已，他们看见三百多年前在地中海击溃意大利和西班牙船舰的土耳其强壮海盗和魁梧战士，威武地屹立在皇家游艇和军舰之间，八字胡又挺又翘。班迪师傅用木头、灰泥、蜡、羊皮、骆驼皮和母鹿皮，加上人发和胡须，制造出他独一无二的惊人塑像。然而当时的伊斯兰教长是一个老古板，当看见这些以精湛技艺制作出的奇迹造物后，他勃然大怒：因为完美仿制安拉的造物意味着与祂"竞争"，所以这些假人便被移出博物馆，军舰与军舰之间则改放栏杆。

禁令——在我们从没停止过的西化历程中是家常便饭——并没有浇灭班迪师傅对工艺爱好的熊熊烈火。他不但忙着在自己家里制作新的假人，更企图游说政府允许把他称之为自己的"孩子"的杰作，再一次放进博物馆里，或者任何别的地方，只要能够展示就好。在被拒绝之后，他把一肚子气怪到政府的不支持，而没有迁怒于自己的艺术品。他把自己家里的地下室改建成工作室，在那里继续生产假人。后来，他从伊斯坦布尔旧城搬到加拉塔的基督徒区，主要是为了防范邻居们指责他"邪魔外道、变态、异端邪教"，再则是因为他的"孩子"数量持续增加，原来那栋中等大小的穆斯林住所再也容纳不下。

搬进这栋位于库勒迪毕的怪屋子后（我便是来这里参观），班迪师傅本着热情和信念，继续他严谨的工作，并把他专精的手艺传授给自己的儿子。经过二十年不间断的努力，他注意到许多贝伊奥卢的流行服饰店开始在橱窗里摆设假人，那时正值土耳其共和国建立之初，西化的热潮正如火如荼地展开，男士们抛弃土耳其毡帽，换上巴拿马帽，女士们则剥下面纱，蹬上高跟鞋。当班迪师傅第一次看见那些进口的假人时，他以为自己等待多年的胜利时刻终于来临，于是他冲出他的地下工作室，奔上大街。然而，在贝伊奥卢五光十色的繁华街道上，他遭遇到另一个新的打击，使得他从此以后将自己放逐到地下的幽暗岁月，直到老死。

无论是豪华百货公司的老板，或者是售西装、裙子、服饰、丝袜、大衣、帽子等的成衣供货商，还是亲自前来地下工作室参观的橱窗设计师，在看过班迪师傅所展示的作品后，全都回绝了他。很明显，他所制造的假人长得不像教导我们什么是风格的西方模特儿，而像我们自己人。"顾客，"其中一位商店老板说，"不想看到风衣穿在一个大胡子、O形腿、又黑又瘦、满街都是的同胞身上。顾客想要的是穿在一位来自遥远陌生国度的漂亮新面孔身上的外套，因为当他披上这件外套时，他相信自己也跟着变成了另外一个人。"一位头脑清楚的橱窗设计师，尽管对班迪师傅的杰作甚感惊艳，但他说为了自己的生计着想，很遗憾无法在橱窗里摆设"这些正宗土耳其人，这些真实的同胞"，原因是当今的土耳其人不想再当"土耳其人"了，他们想当别的。那就是为什么每个人都大力提倡穿着正式服装、剃光胡子、改良语言的发音和字母。另一位商店老板则简洁地指出，他的客户其实不是要买一套衣服，而是要买一个梦。他们真正想要购买的是一个梦想，希望能变成像穿着同一件衣服的"别人"。

班迪师傅根本不考虑这样制造假人。他很清楚自己绝对比不过那些姿势怪异、始终面带牙膏广告式微笑的欧洲进口模特儿。于是，他返回阴暗的工作室，放弃了梦想。接下来的十五年，一直到他去世，他又制造出一百五十多尊假人，每一尊都是艺术的结晶，把他个人的怪诞梦想转化为真实的血肉证明。他的儿子，大老远来到我们报社，带我们去他父亲的地下工作室，向我们逐一展示这些假人，他解释道，这些布满尘埃的奇异作品中，蕴含着我们之所以是"我们"的"本质"。

我们一路从加拉塔高塔走下泥泞的斜坡，踩过肮脏的人行道上歪扭的阶梯，来到这栋阴冷的房屋。站在地下室里，我们被一群扭动挣扎的假人所围绕，他们似乎焦躁地想做点什么好抓住生命。晦暗的地下室里，千百张脸隐藏在阴影中，灵动的眼睛注视着我们或彼此相望。有些坐着，有些在说话，有些忙着吃，有些大笑，有些在祷告，有些则好像透过自己的"存在"来反抗外在世界，而他们的"存在"在那一刻似乎显得叫人难以承受。显而易见，这些假人身上蕴含着一股活力，那是在加拉塔桥上的民众身上所看不到的，更不用说在贝伊奥卢或马赫姆帕夏市场的橱窗里。生命力像光线一般，从这群挣扎扭动、急促喘息的假人的皮肤下渗透出来。心醉神迷之中，我记得自己走向身旁的一尊假人，满怀敬畏与向往。我记得自己伸手触碰这个生物（一个长辈式的人物，沉浸于自身的忧愁），想感受他，想感觉他的活力，想察知他之所以如此真实的秘诀，想探究他的世界。然而他僵硬的皮肤却和这个房间一样冰冷、可怕。

"我父亲以前常说，"假人师傅的儿子语带骄傲地说，"我们最需要留意的是，每个人独一无二的姿势。"经过一段漫长而劳累的工作后，他和父亲会从库勒迪毕的暗室重回人间，到塔克西姆的"风尚"咖啡馆找一张视野好的桌子，坐下来点杯茶，然后开始观察广场人群的"姿势"。这么多年来，他的父亲始终相信，就算一个国家的生活方式、历史、科技、文化、艺术和文学会有改变，但是人的姿势绝不可能变了样。接着，儿子跟我们形容一位出租车司机点烟时的站姿，解释一个贝伊奥卢流氓侧身走下街道时，为什么他的手臂会像螃蟹一样弓在身体外侧。他指出一位卖烤豆子的小贩的学徒，他和我们每个人一样咧嘴大笑下巴翕动。他继续透露，一位手拿购物网袋独自在街上行走的女人，她低垂的眼中含着惶恐。他解释为什么我们土耳其人在城市里总是低头走路，但到了乡下就抬头挺胸。他不厌其烦地指出假人的姿势，他们的举手投足，以及在那些动作之中，是什么样的本质构成了"我们"。这些人偶就这么永恒等待着有朝一日被赋予生命。更不用说，你也很清楚这些惊人的造物绝对适合穿上漂亮的衣服用来展示。

然而，望着这些假人，这些悲伤的造物，你仍不禁感觉到有个东西催促着你回到外头阳光普照的世界。我该怎么说？是某种恐惧——惊骇、凄恻、阴暗！当儿子脱口而出："到最后，我父亲停止观察，甚至连最平凡的动作他也不再注意。"我似乎已经猜到了这个可怕的事实。父亲与儿子逐渐发现，所有我称之为"姿势"的动作，无论是擤鼻涕或捧腹大笑，走路或握手，冷淡的斜睨或拔开瓶塞，所有这些平凡的动作全都变了样，失去了正统纯粹。一开始，从"风尚"咖啡馆里观察人群，他们想不通路上的那个男人究竟在模仿谁，毕竟他所看到的人除了自己之外，只有周遭那些和他从同一个模子印出来的同胞。人们日常生活的每一个举手投足、儿子和父亲所谓"人类最伟大珍宝"的姿势，在不知不觉中慢慢变化，消失无踪，仿佛听命于某位看不见的"领袖"，取而代之的是一整套从某个不知名的源头模仿来的动作。过了一些时日，有一天，当父亲与儿子开始着手制作一系列孩童人偶时，他们才恍然大悟。"那些该死的电影！"儿子失声大喊。

那些该死的电影一匣匣从西方运来，在电影院里每个小时轮番放映，影响了路上的行人，使他们失掉了自己的正统纯粹。我们的同胞以不可思议的速度抛弃自己的姿势，开始接纳别人的姿势。我不打算重述师傅儿子的每一句话，他极为详细地解释父亲的愤怒，义正词严地指责这些新潮、矫作、荒唐可笑的动作，一笔一画勾勒出所有精雕细琢的举止，和扼杀我们原始纯真的暴力行为：哄堂大笑、推开窗户、用力摔门、拿起茶杯或披上外套。所有这些后天习得的做作动作——点头颔首、礼貌的轻咳、生气的表示、眨眼、推诿客套、扬眉毛以及翻白眼——全都是从电影学来的。他父亲根本连看都不想再看到这些不纯净的杂种动作。由于害怕自己"孩子"的纯真会受到这些虚假姿势的污染，他决定不再离开他的工作室。他把自己关进地下室，声称已经找出了"隐藏的意义和秘密的本质"。

检视着班迪师傅在人生最后十五年中创造的杰作，我满怀恐惧地察觉到，像一个"狼孩"在多年后初次发现自己的真实身份一样，我省悟到这含糊的本质可能是什么：在这一群望着我、朝我移动的假人之中，在这一群叔叔婶婶、亲戚朋友、熟人之中，在这些商人和工人之中，存在着我的形象。我感到自己也是这片遭到飞蛾蛀蚀的凄凉黑暗中的一个假人。厚重的铅灰尘埃下，我同胞的塑像（其中有贝伊奥卢的流氓、女裁缝、富可敌国的谢福得先生、百科全书编纂者塞拉赫丁先生、消防队员、畸形的侏儒、老乞丐和孕妇）让我联想到受苦的神祇，他们失去了纯真，也失去了他们在微光中被夸大的威严神态；让我联想到忧郁憔悴的忏悔者，他们渴望成为别人但无法如愿；让我联想到不幸的边缘人，他们无法倒在床铺纵情欢爱，因而互相残杀。他们，如同我，如同我们，或许在过去某个遥远得仿若天堂遗迹的一天，也曾经凑巧发现谜底，恍然明白自己朦胧存在的隐秘意义，只不过他们忘记了。我们受失忆所苦，我们卑躬屈膝，但我们仍坚持做我们自己。我们擤鼻涕、抓头、走楼梯的模样，我们悲伤与挫败的表情，这些使我们之所以成为我们的各种动作，事实上是对我们的惩罚，斥责我们坚持要做自己。班迪师傅的儿子描述父亲的信念："我父亲始终相信，总有一天幸福会降临，人类将不用再模仿别人。"他说话的同时，我脑中却想象着，这一群假人必定也和我一样，渴望能快点逃离这座满是灰尘的死寂地窖，探出地表透气，在阳光下观察别人，模仿他们，努力变成另一个人，从此以后和我们一样生活在幸福快乐中。

此种欲望，我后来得知，并非全然不切实际！一位喜欢用稀奇玩意儿吸引顾客的商店老板，有一天来工作室买了几件"产品"，或许是他知道它们很便宜。然而，他买来展示的假人的姿态和动作，与商店橱窗外川流的人潮和顾客实在太像了，它们如此平凡，如此真实，如此类似"我们的样子"，以致人们对它们完全视而不见。于是，商店老板把它们锯成一截截，打破了它们的整体性，使得赋予在整体姿势上的意义也随之消失。往后的好多年，这些被肢解的手、腿和脚就待在小小商店的小小橱窗里，被用来展示雨伞、手套、长靴和鞋子，呈现在贝伊奥卢人眼前。

07

卡夫山中的文字

"名字一定要有意义吗？"

——刘易斯·卡罗尔《爱丽丝镜中奇遇记》

跨入这一片覆盖了永远灰蒙蒙的尼相塔什的不寻常的明亮白色中，卡利普这才明白，他无眠的一夜里，雪下得比想象中的还大。路上来来往往的行人似乎没有注意到尖锐、半透明的冰柱从大楼的屋檐上垂下来。来到尼相塔什广场，卡利普走进都会银行——鲁雅称之为"多灰银行"，意指漫天的尘埃、烟灰、汽车废气，以及从附近烟囱喷出的肮脏蓝烟——他发现过去几天里，如梦并没有从他们的共同账户中提领任何大额钱款。银行大楼的暖气没有开，而众人正开心地祝贺一位浓妆艳抹的银行出纳员赢得了一小笔全国彩票。他步行经过花店雾蒙蒙的橱窗，经过骑楼，热茶小贩的托盘上放着一壶壶晨茶，经过他和如梦以前就读的西西里进步高中，经过挂着冰柱、鬼魅般的栗子树，走进阿拉丁的店里。阿拉丁头上罩着九年前耶拉在文章中提过的一顶蓝色兜帽。他正忙着擤鼻涕。

"怎么啦，阿拉丁？你生病了还是怎的？"

"着凉了。"

卡利普一个字一个字清晰地念出他想买的期刊名，如梦的前夫曾经在这些左派政治刊物上发表过文章，其中有几篇卡利普觉得还能接受。阿拉丁起先露出幼稚的惧怕神情，接着脸上浮现出一抹称不上敌意的怀疑，他说只有大学生才会读这种杂志。"你要它们干吗？"

"玩填字游戏。"卡利普回答。

阿拉丁大笑两声，表示他听懂了笑话。"可是老兄，这些玩意儿里头没有填字游戏！"他语带遗憾，像是一个真正的填字游戏迷，"这两本是新发行的，你也要吗？"

"当然。"卡利普回答，他像一个买色情杂志的老头，悄声说，"麻烦你包起来。"

在埃米诺努公交车上，他注意到包裹异常沉重。接着，在同样的古怪感觉下，他察觉似乎有只眼睛正盯着他看。这只眼睛并不属于周围的群众，那些仿佛坐在小汽船上随着海浪左摇右摆的公交车乘客们，正眼神涣散地望着外头积雪的街道和熙来攘往的行人。这时他才发现，阿拉丁用一份旧的《民族日报》来包他的政治杂志。某个折角处，耶拉正从他专栏上方的照片里往外瞪着他。尽管每天早晨刊登在同一个位置的照片没有丝毫改变，然而，令人难以理解的是，如今照片中的耶拉却投给卡利普一个截然不同的眼神，好像在说："我知道你在搞什么，我会紧盯你！"卡利普伸出一根手指，遮住那只能读心的"眼"，只不过，一整段公交车的路途上，他仍然感觉得到它在他的手指下瞪着。

一进办公室他立刻打电话给耶拉，却找不到他。他拆开旧报纸，小心放到一边，拿出左派政治杂志开始阅读。才翻开杂志没多久，一股卡利普早已遗忘的兴奋、紧张和期待感涌上心头。这些刊物让他回想起过去对解放、胜利和正义之日的期待，很久以前他放弃了这些信念，只不过当时他自己并不知道。翻完杂志后，他花了一段时间，根据草草写在如梦信纸背后的号码，打了一连串电话给她的老朋友。然后，他慢慢忆起自己的左派岁月，就如同小时候在户外电影院里，观赏着投射在清真寺和露天咖啡店外墙上的影片，诱人而难以置信。以前卡利普看到耶希尔恰姆[1]那些剧情俗滥的黑白电影时，他常常会想，究竟是自己没有看懂，还是说，他被拉进了一个不知不觉中呈现出童话故事的世界，那里充斥着有钱而无情的父亲、身无分文的浪荡子、厨子、管家、乞丐以及装有散热片的汽车（那辆迪索托的车牌，如梦记得，和前一部电影里的一模一样）。每当他开始嘲笑周围感动落泪的观众时，对，对，就在那一刹那——注意了！——仿佛被耍了什么戏法一般，突然间，他会发现自己同情起银幕中苍白悲惨的好人以及果敢无私的英雄，感染了他们的伤痛与折磨，莫名其妙地，自己已泪流满面。于是，为了更加了解这个黑白的童话世界，更深究这个小小的、如梦与前夫曾经所属的左派圈子，卡利普打电话给一位保存所有过期政治刊物的旧朋友。

"你还继续在搜集期刊，对不对？"卡利普说，语气认真，"我有一个客户面临了大麻烦。我可以借用你的数据库搜寻一下，好替他写状子吗？"

"当然没问题。"赛姆说，一如往常地热心，很高兴有人要看他的"数据库"。今晚八点半左右他会等着卡利普来。

卡利普在办公室工作到天黑。他又拨了几次电话给耶拉，但始终找不到他。每一次电话中，秘书不是告诉他耶拉先生"还没"进来，就是说他"才刚"离开。尽管报纸已经被卡利普塞进梅里伯伯留下来的旧书架里，但他还是浑身不自在，总觉得耶拉的"眼睛"仍盯着他看。的确，一整天耶拉好像都站在身旁。在他的注视下，卡利普处理各种公事。他聆听一对肥胖的母子抢着说话，他们因为谈

---

[1]　土耳其的"好莱坞"，1970年代每年产出300多部电影。

不拢由谁继承大巴扎的一间小店铺而引发口角；告诉一位戴着墨镜、想要控告政府无端缩减退休金的交警，依据国家的法律，他待在疯人院的那两年不能算作受雇时间。

他一一打电话给如梦的朋友。每一个电话他都捏造出不同的新鲜借口。他向她的高中好友玛西德询问古儿的号码，因为他手上有一宗案件需要请她帮忙。他打电话给古儿——玛西德不喜欢她，但这个意思为"玫瑰"的名字曾经一度让他迷醉——结果优雅宅邸的优雅女佣告诉他，名字优美的女主人古儿，前天在古儿巴切（"玫瑰花园"！）医院同时产下了她的第三和第四个孩子，如果他现在出发到医院的话，还有时间从育婴室的玻璃窗看一眼可爱的双胞胎，名字叫阿什客与胡颂（爱与美）。费珍保证她会归还车尔尼雪夫斯基的小说《怎么办？》以及雷蒙德·钱德勒的推理小说，并且祝如梦早日康复。至于贝席叶——不，卡利普弄错了——她并没有一个叔叔在麻醉药局担任探员，而且——没有，卡利普确信——她的声音里没有流露出丝毫她知道如梦在哪里的暗示。而瑟米则非常惊讶卡利普怎么会得知地下纺织厂的消息：没错，他们的确雇用了一群由工程师和技师组成的团队，准备研发第一批土耳其制的拉链。不过，很遗憾，由于他并不清楚最近报纸上报道的线轴交易情形，所以他无法向卡利普提供任何相关的法律数据。他只能向如梦致上他最诚挚的问候（这一点卡利普毫不怀疑）。

他在电话里伪装不同的声音，或是假扮别的身份——中学校长、戏院经理、大楼管理员——然而还是没办法找出如梦的踪迹。苏莱曼，一名挨家挨户兜售四十年前英国出版的进口医疗百科全书的推销员，接到假扮的中学校长卡利普的电话后，极为诚恳地向他解释，自己非但没有一个上中学的女儿名叫如梦，事实上他根本没有小孩。同样的，伊利亚斯，一位用父亲的平底货轮从黑海海岸载运煤炭的商人，反驳说他绝不可能把自己的梦境日记忘在如梦戏院里，因为他已经好几个月没看电影了，而且他也没有这样的笔记本。升降机进口商阿辛解释说，他的公司不能为如梦大楼的电梯故障负责，因为他从没听过有哪栋大楼或哪条街的名称叫如梦。当这几个人念出"如梦"这两个字时，他们都没有显露半点焦虑或罪恶的痕迹，他们的口气全都充满着真诚的清白。塔瑞克，白天在他父亲的化学工厂制造老鼠药，晚上则摇身一变成为阐述死亡炼金术的诗人，他欣然答应一群法律系学生的邀请，去演讲他诗中的主题"梦境与梦之谜"，他还承诺改天与他的新朋友们在塔克西姆的老咖啡馆前碰面。至于科玛和布兰特，他们都才从安纳托利亚旅游回来。其中一个人的旅行路线追随着一位伊兹密尔女裁缝的回忆录，这位女裁缝在五十多年前，在一群新闻记者的喝彩声中与阿塔图尔克跳完华尔兹后，可以马上在她的脚踏裁缝车后坐下，飞快地缝出一条欧洲样式的长裤。另一个人则骑着骡子横越整片东安纳托利亚，他行经一个又一个村落，走访一家又一家咖啡馆，到处兜售一种西洋双陆棋的神奇骰子，据说它是用一千年前一位慈祥老人的腿骨雕刻而成的，而这位老者便是基督教徒所谓的圣诞老人。

他不得不放弃名单上剩下的号码，因为不是怎么也接不通，就是电话里的噪声吵得听不清说话。只要遇到下雨或下雪天，电话的线路就变得特别糟糕。更令他沮丧的是，一整天他翻遍了政治期刊的每一页，在众多的名字中——其中包括那些改变党派的、自首忏悔的、受拷问而死的、被判刑入狱的，还有在争斗中遇害且举行过葬礼的，以及那些投稿被编辑接纳或退回或刊登的，还有那些画政治漫画、写诗或在编辑部工作的人的名字和假名——他却始终没看到如梦前夫的名字或笔名。

夜幕降临，他依然坐在椅子上，一动不动，黯然神伤。窗外一只好奇的乌鸦睨视着他，街道上传来星期五夜晚的人群喧嚣。慢慢地，卡利普置身于一场甜美的睡梦中。过了很久，当他再度醒来时，房间里已是一片漆黑，但他仍能感觉到乌鸦的眼睛注视着自己，就好像报纸上耶拉的"眼睛"一样。坐在黑暗里，他缓缓关上抽屉，用手摸到自己的外套，把它穿上，然后离开办公室。大楼走廊的灯已经全熄了。小餐馆里，学徒正忙着清扫厕所。

走在积雪覆盖的加拉塔桥上时，他感到一阵寒意：一股凛冽的冷风从博斯普鲁斯海峡吹来。到了卡拉柯伊后，他走进一间有大理石桌面的布丁店，侧身避开互相对映的镜子，点了鸡汤细面和煮蛋。布丁店里唯一一没有挂镜子的墙上是一幅山岳风景画，风格像是来自明信片和泛美航空的月历。在一片平滑如镜的湖水后面，透过松树的枝丫，远处是耀眼的白色山峰。尽管那必定是取材自某些明信片上的阿尔卑斯山，但它看起来更像卡利普与如梦小时候经常前往魔法探险的卡夫山。

搭乘电缆车回到贝伊奥卢的短暂路途上，卡利普与一位不认识的老男人因为二十年前发生在这里的一场著名事故起了争执。那天的意外，车子出轨冲进卡拉柯伊广场，像一匹狂喜的脱缰野马撞上墙壁和玻璃窗，是因为缆线断了，还是因为司机喝醉了酒？结果发现那位喝醉酒的司机是这位不知名老头的同乡，都来自特拉布宗。走出塔克西姆和贝伊奥卢的拥挤街道，来到了不远处的吉汗吉尔，路上空无人迹。前来应门的赛姆太太很高兴见到他，但说完又立刻赶回房里。显然，她和赛姆正在看一个电视节目——许多出租车司机和门房会聚在地下室咖啡馆里一起看的节目。

《我们遗忘的珍宝》是一个批判性的节目，介绍巴尔干半岛上许多古老的清真寺、饮水泉和商旅客栈，哀悼这些当年由奥斯曼土耳其兴建，如今却落入南斯拉夫人、阿尔巴尼亚人和希腊人手中的古迹。赛姆和他太太似乎完全无视卡利普的存在，他只好在弹簧早已露出的仿洛可可扶手椅上坐下，望着屏幕上荒凉的清真寺画面——好像一个隔壁的小男孩跑来邻居家看足球赛。赛姆看起来像那个曾经赢过奥运奖牌的摔跤选手，这位摔跤选手虽然已经死了，但他的照片仍然高挂在生鲜蔬果商店的墙壁上。他的太太长得则像一只肥胖可爱的老鼠。房间里有一张灰尘色的桌子和一盏灰尘色的台灯。墙壁上挂着一个镀金相框，里头的祖父看起来不像赛姆，反倒比较像他太太（她的名字是芮喜叶吗？卡利普茫然地想着）。房间里就是这些东西：保险公司送的月历、银行给的烟灰缸、酒杯组、银质的糖果盘、摆放咖啡杯的餐橱柜。还有两面塞满纸张和期刊、布满灰尘的墙壁，赛姆的"图书数据库"——卡利普之所以会出现在这里的主要原因。

赛姆建造的这座图书馆，甚至在十多年前就被大学同学以挖苦的口气称之为"我们的革命数据库"。有一次，在某段难得的自省时刻，赛姆很爽快地承认，图书馆起源于他自己的优柔寡断。然而，他的优柔寡断并不是因为他"难以在两个阶级中做选择"，而是因为他无法在两个政治派别中做取舍。

赛姆以前极为热衷于参加各种政治会议或"座谈会"，他跑遍了每一所大学、每一间学生餐厅，聆听每一个人和每一个伙伴的演讲，目的是为了了解"所有的观点和所有的信仰"，却犹豫再三不去问太多问题。他搜集了各式各样的左派宣传品（不好意思，不知道你有没有昨天"破坏者"在理工学院散发的手册？），其中包括各种报告白皮书、宣传小册子、传单等等，并且他会非常用功地阅读。不过他实在没有时间去详读每一篇文章，但同时他又始终没办法决定自己的"政治路线"，于是他便开始把所有没空读的东西全累积起来，以便日后有空再看。过了一段时日，慢慢地，阅读和得出结论对他而言变得不再重要，于是，他的目标便转为建造一座知识的水库，以容纳这条充沛满盈的"数据之河"，不让它白白流逝（这个比喻是身为建筑工程师的赛姆自创的）。就这样，赛姆毫不吝啬地把自己的后半辈子投注在这个目标上。

电视节目结束后，他们关掉电视机，交换了几句客套话，然后就是一阵沉默。夫妻俩向卡利普投以询问的眼光，要求他赶快说明他的故事：他的被告是一个学生，被人指控一项他没有犯的政治罪名。当然，没这么乏味，的确有人死了。事情的起头，是有三个笨贼计划了一场乌龙银行抢劫案，这些小鬼得手后离开现场，驾驶偷来的出租车打算逃逸，结果开车的人不小心撞到了一个矮小的老妇人，把她撞飞了。这可怜的妇人跌落在地，脑袋摔在人行道上当场死亡（"真是飞来横祸啊！"赛姆的太太说）。他们在现场只逮到一个人，他手持枪械，是一个"好家庭"出身的文静男孩。当然，他坚决不肯供出同伴的姓名，因为他非常景仰他们，更惊人的是甚至在严刑逼问下他也没有泄露半个字。结果，卡利普后来的调查发现，很不幸地，这位年轻人只得默默地承担了杀害老妇人的责任。真正的凶手其实是一位名叫穆罕默德·耶尔马兹的考古学系学生，事发三个星期后，有一天他来到温瑞尼叶后面的一块新开发区，正当他在一座工厂墙壁上涂写口号暗语时，被几位不明人士开枪射杀。在这种情况下，那位好家庭出身的男孩终于松口透露真正凶手的姓名。然而，警方并不相信身亡的穆罕默德·耶尔马兹是真正的穆罕默德·耶尔马兹。不仅如此，主导这桩银行抢劫案的政治派系领袖更出乎意料地表明立场，宣称穆罕默德·耶尔马兹仍在他们身边，并且继续秉持着不变的热情和毅力为他们的刊物写文章。

如今卡利普接下了这件案子，主要是看在那位善良富有的父亲的分上，而不是为了这位公子哥儿。为了厘清案情，他希望能够：

一、查阅所有穆罕默德·耶尔马兹的文章，以确认遇害的"穆罕默德·耶尔马兹"是真正的穆罕默德·耶尔马兹；二、检视所有用化名发表的作品，以查出究竟是谁假装成亡故的穆罕默德·耶尔马兹在发表文章；三、想必赛姆和他太太已经发现了，居然会这么巧，计划整件事情的政治派系刚好就是如梦的前夫当年崭露头角的地方，他想要大概了解一下这个政治团体过去六个月来的活动；四、他决心要提出严正的质询，调查所有假借已故作家的名字发表作品的影子作家，并且探究所有失踪人口之谜。

卡利普的兴奋也感染了赛姆，他们立即展开调查。最初的几个小时，他们一边喝茶，大口品尝赛姆太太准备的切片蛋糕——卡利普终于想起她的名字，茹绮叶———一边在期刊里搜寻文章作者的姓名和化名。接着他们扩大范围，列出所有发表自白书、已故的人和刊物工作人员的笔名。没多久，他们就开始感到晕头转向，仿佛进入了一个由各种扑朔迷离的讣闻、恐吓信、自白书、炸弹、排版错误、诗和口号建立起来的瞬息万变的隐晦世界。

他们找到许多不含秘密的化名、从化名衍生出来的名字、从衍生名字中撷取的名号。他们拆解离合诗句[1]、不够精准的字母密码以及模棱两可不知是刻意安排还是全然意外的颠倒字[2]。赛姆和卡利普坐在桌子的一边，茹绮叶则坐在另一头。房间里弥漫着不耐烦和忧伤的气氛，仿佛他们是新年夜里的一家人，一如往常地一边听收音机一边玩"宾果"或纸上赛马游戏，反而不像是正在费力为一个被诬告杀人的男孩洗刷罪名，或是搜寻一名失踪的女人。从敞开的窗帘望去，外头雪花纷飞。

---

[1]　一种特殊诗体，诗的各行首字母、尾字母或其他特定处的字母，能组成一个字或一个词。

[2]　将词倒过来念可组成其他意义，如 lived 转为 devil。

他们往下追寻，心情之满足就好像一位有耐心的老师，等待着见到自己一手拉拔的聪明学生逐渐成熟，他们喜悦地追踪各个化名，跟随它们在不同的杂志中曲折行进，目睹它们的高低起伏。有时候，在情绪高昂的旅途中，他们偶尔会看见某位化名者的照片，发现他被捕、被拷问、被判刑或者消失不见，然后他们会落入悲伤的沉默，直到他们又闯进另一场新的拼字游戏，遇见新的巧合，或是某个扑朔迷离的线索，带领他们再次回到文字的世界里。

依照赛姆的看法，根本不用管他们在这些刊物中找到的姓名与英雄人物是真是假，因为所有的示威抗议、会议、秘密集会、地下政党的活动以及这些人所计划的银行抢劫案，其实都不曾发生过。他提出了一个极端的例子来证明这一点：大约二十年前，在东安纳托利亚的埃尔津詹和客玛之间有一座城镇，名叫小切鲁赫，那里发生了一场大规模的民众叛乱，事件确切的日期记载在其中一本刊物里。暴动发生后，原本执政的地方首长被一只掉落的花瓶打破脑袋，当地建立起一个临时政府，发行一张有鸽子图样的粉红色邮票，出版了一份纯诗文的日报，眼镜商和药剂师免费给弱视的镇民发放眼镜，一批批的木柴被送进了小学的暖炉里。然而，正当小镇通往文明城市的桥梁即将破土动工之际，政府的阿塔图尔克军队却已抵达当地，控制了整个局面。于是，在牛群嚼光清真寺泥地板上肮脏的膜拜垫之前，他们已经揪出了乱犯，把他们一串串挂在小镇广场中央的橡树上。事实上——赛姆在地图的小符号中指出谜之所在——不仅根本没有一个城镇名叫切鲁赫，不管是小切鲁赫还是别的，甚至那些鼓动叛变、被人民视为传奇之鸟般歌颂的英雄人物也全是假的。这些捏造的姓名被埋藏在押韵或词语反复的诗词里，他们翻检搜索，一度找到了一个有关穆罕默德·耶尔马兹的线索（关于一件在温瑞尼叶发生的凶杀案，正好是卡利普之前提到的那段时间）。他们仔细阅读相关的说明和报道，里面的文句像是国产电影一般剪了又接起来，断断续续，只不过在接下来的几期杂志里，他们怎么也找不到故事的结局。

中途有一段时间，卡利普从桌边起身打电话回家，口气温柔地告诉如梦他会在赛姆家工作到很晚，要她别等他，先去睡。电话在房间遥远的一头，赛姆和他的太太向如梦致上问候，自然如梦很亲切地回复。

他们继续深入游戏当中，寻找化名，拆解意义，再用它们组成字谜。这时赛姆的太太回房睡觉，留下两个男人独自在客厅，房间的每一个角落都堆满了一沓沓的纸张、期刊、报纸和文件。早已过了午夜，伊斯坦布尔沉浸在雪夜的魅惑静寂之中。卡利普埋首于眼前惊人庞杂的藏书堆，继续钻研各种排版和拼字错误。这座赛姆总以含蓄口吻形容为"太不完整，太不充分"的数据库，主要由各式传单组成，这些字迹模糊的纸张想必是用同一台油印机大量复制，在烟味弥漫的大学餐厅里散发，雨天里示威抗议时在挡雨棚间传阅，在遥远的火车站内流通。正当卡利普沉浸于纸堆时，赛姆从另一个房间回来，手里拿着一本他说"非常罕见"的论文，并以一个收藏家的骄傲展示给卡利普看：《反伊本·佐哈尼或脚踏实地的苏菲旅行者》。卡利普小心翼翼地翻开这本线装书，页面上的内容还是用打字机打出来的。"写这篇论文的人住在开塞利省的一个小镇里，那个地方小到连中型土耳其地图都没标出来，"赛姆解释，"他爸爸是一个小型道乘堂 [1] 的师父，所以他从小就接受宗教与苏菲神秘主义的熏陶。很多年后，他开始读 13 世纪阿拉伯神秘主义哲学家伊本·佐哈尼的书，《失传奥秘的内在意义》，他一边阅读，一边在页边空白处

---

[1] 伊斯兰教苏菲派的修道院。

写批注，想要媲美列宁研读黑格尔的做法，写下洋洋洒洒《唯物论》的评注。接着，他把这些笔记整理抄写下来，引申扩充其内容，并加入一堆不必要的括号附加各种实证说明。不仅如此，他还把自己的笔记当成好像是别人的作品，仿佛其中的内容无比艰涩深奥难以理解似的，他又再写了一大篇论文来解说其意义。最后，他把这两篇东西当成是别人的作品一样，打字整理好，全部编辑在一起，然后再加入一篇他自己写的'编者的话'。在书本的头三十页里，他补充了个人的心路历程，叙述自己的宗教和后来的革命生涯。这些故事中有一个有趣的段落：某一天的中午，当作者在小镇墓园里漫步时，顿悟到一件事，原来西方称之为'泛神论'的苏菲神秘主义，和作者从自己那位身为苏菲师父的父亲身上所得出的哲学'实物主义'，这两者之间有着强烈的关联。漫步在墓园里，穿梭于吃草的绵羊与熟睡的幽魂之间，他抬起头，看见高耸的柏树林中有一只熟识的乌鸦，原来多年前他也曾在这个地方见过它——你知道土耳其的乌鸦可以活两百岁吧？——然后他才明白，这只长翅膀的大胆飞禽，人们所谓的'崇高思想'，一直保持着这个模样，永存不朽，同样的头和脚，同样的身体和翅膀。于是他亲手在装订好的封面上画下了这只乌鸦。这本书证明了，任何一个渴求永恒的土耳其人，必须同时是自己的鲍斯威尔，为自己的约翰逊写传记 [1]；同时是自己的歌德，也是自己的艾克曼 [2]。这本书他总共打字装订了六个复本，我打赌国家调查局的数据库里一定连一本也找不到。"

仿佛有一个第三者的鬼魂，拉近了屋子里的两个人与那本乌鸦

---

[1]　约翰逊（Samuel Johnson，1709—1784），英国词典编纂者、作家，鲍斯威尔（James Boswell，1740—1795）曾为其写作传记。

[2]　艾克曼（Eckermann，1792—1854），德国诗人、作家，歌德晚年的挚友兼助手，著有《歌德谈话录》。

封面作者的距离，用一股想象的力量，把他们卷进那段往来于小镇的房子和从父亲那里继承下来的五金行的忧伤、平淡、孤立的生活。卡利普很想说："那么多的作品，那么多的字母，那么多的文字，其实只是在叙述一个故事。所有救赎的希望，所有受尽了屈辱折磨后的回忆，所有以血泪写下的希望与回忆，都诉说着单纯的一个故事。"多年来，赛姆像一个渔夫，耐着性子往大海中撒网，拉起了这满室的报告、期刊与报纸，他知道自己已经捕获了那一则故事，它就在这一堆庞杂的收藏里。然而，他却没有办法在这些分门别类堆积如山的数据里，找出隐匿其中的那一则简单故事，非但如此，他更遗忘了开启它的通关密语。

当他们在一本四年前出版的刊物中，幸运地撞见穆罕默德·耶尔马兹的名字时，卡利普却开口说这只是个巧合，而且他实在该回家了。但赛姆阻止了他，并表示在他的期刊里一切都不会是巧合——现在他称呼它们为"我的期刊"。接下来的两个小时，卡利普发挥超乎常人的努力，两只眼睛像放映机似的转呀转，从一本刊物跳到另一本，沿路追寻穆罕默德·耶尔马兹的踪迹。他发现，穆罕默德·耶尔马兹曾经改名为艾哈迈德·耶尔马兹。接着，在一本封面画着鸡群与农夫在一口井里翻搅的杂志里，艾哈迈德·耶尔马兹又变成了梅特·恰克马兹。很轻易地，赛姆推断出马丁·恰克马兹和费里特·恰克马兹也是同一个人。与此同时，这个笔名已放弃了写理论文章，转而编起歌词来，供人在结婚礼堂所举行的追悼会上吟唱，伴随着弦乐器的声音和香烟的烟雾。不过他也没有在这一行待太久，因为一阵子后他又换了一个笔名，宣称除了他自己之外，其他每个人都在为警察工作。再下来他变成了一位野心勃勃、神经质的数理经济学家，致力于破解英国学院院士的刚愎性格。然而，他毕竟无法长久忍受黑暗阴险的学术腐败。赛姆踮着脚尖走进卧房，拿出了另一批杂志，胸有成竹地从里面的某一期中找到了他的主角。在这本三年多前出版的刊物里，这家伙改名为阿里·瑟伦，详细叙述在未来一个美丽的没有阶级的社会里，人们的生活将会是什么模样：石板路将继续铺着石头，不会被柏油所覆盖；浪费时间的侦探小说将会被禁，而故弄玄虚的报纸专栏也逃不过同样的下场；叫理发师来家里剪头发的习俗将被破除。卡利普往下读到教育的问题，文中提到为了预防孩童受到父母的愚蠢偏见的洗脑，孩童的教育应该委派给他们住在楼上的祖父母，看到这里，卡利普不再怀疑笔名的真实身份，不仅如此，他痛苦地领悟到，如梦曾与她的前夫分享她的童年回忆。相同的这个笔名出现在接下来的一期杂志中，不特别出人意料地，书上介绍笔名的主人是一位数学教授，任职于阿尔巴尼亚研究学院。接着，在教授的生平事迹下方，明明白白地，没有用任何化名，正是如梦前夫的名字，静默而僵直地嵌在纸上，像是厨房里一只被陡然扭亮的灯光震慑住的虫子。

"没有什么比生命更让人惊奇，"赛姆欢欣鼓舞地说，"除了书写。"

他再一次踮起脚尖走进卧房，出来的时候手里抱着两个塞满期刊的萨那人造奶油纸箱。"一个与阿尔巴尼亚有关的分离派系发行了这些刊物。我要告诉你一个奇特的秘密事件，我投注了多年心力好不容易揭开了谜底。我觉得它跟你在寻找的东西有关。"

他重新泡了一壶茶，从纸箱里拿出几本期刊，从书架上取下几本书，放在桌子上，作为待会儿说故事时的援引。

"那是六年前的一个星期六下午，"他开始叙述，"我正在翻阅阿尔巴尼亚劳动党的干部及其领袖恩维尔·霍查所发行的杂志（当时流通的共有三种刊物，彼此间势不两立）。当我翻开最新一期《人民的劳力》想看看有什么有趣的主题时，忽然一张照片和一篇文章吸引了我的目光：内容是报道新成员入党的表扬仪式。引起我注意的，并不是因为在这个禁止共产主义活动的国家里，一个马克思主义团体竟敢公开歌颂新成员入党，不，不是这个原因。我很清楚所有这些小型的左派分离派系为了生存，都必须冒着危险在每一期刊物上刊登类似的报道，好让人们知道他们的人数不断增长。真正吸引我注意的，是一张特别强调画面中有'十二'根石柱的黑白照片的说明，至于那张照片，中央是一群吞云吐雾的党员，看似在进行什么神圣的仪式，此外还有恩维尔·霍查的海报，以及几位诗文朗诵者。更奇特的是，报道采访到的新党员，都选择一些阿拉维教派[1]的名字作为化名，像是哈桑、侯赛因、阿里等，后来我进一步发现，这些全都是比克塔西精神领袖的名字。若非我正好知道比克塔西苏菲教派曾经在阿尔巴尼亚盛行一时，或许我根本不会察觉异状，永远不会发现这个惊人的秘密。我拼了命往下钻研，不放过任何线索。整整四年的时间，我勤读各种有关比克塔西教派、土耳其禁卫军、侯鲁非教派[2]、阿尔巴尼亚共产主义的书籍，终于，我揭开了一个跨越一百五十年的阴谋。"

"相信你对这些历史很熟。"赛姆嘴里虽然这么说，但又自顾自地背诵出比克塔西教派七百年的历史，从其创立者哈西·比克塔西·维里开始讲起。他详细解释这个教派是如何受到阿拉维、苏菲和萨满教的影响，在奥斯曼帝国建立与崛起的过程中扮演着何种角色，中心信仰根植于比克塔西教派的土耳其禁卫军，他们反叛革命的传统究竟又从何而来。如果你把一个土耳其禁卫军人看作一个比克塔西教徒，那么你能很快看出这个秘密与伊斯坦布尔的历史难分

---

[1]　什叶派的一个分支，9 世纪时创立。

[2]　苏菲神秘教派的分支，14 世纪时创立，相信语言中的声音和文字藏有一切真理，从人们的身体上可以找到真主的神论和启示。

难解。比克塔西教徒第一次被逐出伊斯坦布尔，是因为禁卫军的缘故：1826 年马哈茂德二世下令突袭禁卫军军营，因为这支自立为政的军队不愿意接受他的西化政策，很快地，长久以来作为禁卫军精神殿堂的道坛便被迫关闭，比克塔西苦行僧被赶出城外。

转入地下之后过了二十年，比克塔西再度返回伊斯坦布尔，不过这一次却化身为纳克什班迪教派。尽管比克塔西教徒以纳克什班迪信徒的身份公之于世，但他们私底下却仍谨守着原先的比克塔西身份，而把这个秘密埋入深处，直到七十年后阿塔图尔克下令禁止所有的教派活动。

卡利普仔细研究一本英国旅游书中的版画，上面刻着一个比克塔西的宗教仪式，但内容所反映的更像是这位旅行艺术家的内心幻想，而非现实场景。他数了数，版画中共有十二支石柱。

"比克塔西第三次出现，"赛姆说，"是在共和国建立后五十年，这一回他们不再利用纳克什班迪教派的伪装，而是披上马克思－列宁主义的外衣……"他沉默了一会儿，然后开始兴奋地列举各项证据，援引各种他从杂志、书本和手册上剪下来的漫画文章、照片和版画。比克塔西教派中所执行、记载、发生的一切，都与这个政治党派的所有活动完全吻合：入会的仪式；入会前要经历一段时间的严苛考验和自我否定；在这段过程中年轻的候选人必须忍受疼痛；举行致敬仪式，向教派或党团里死去、遇害及封圣的先人表示尊崇；赋予"道路"这个词神圣的意义；一再使用各种象征群体合一精神的字眼与词汇；连祷的仪式；组织里经历过同样过程的前辈以下巴上的胡须、嘴唇上的短髭，甚至眼睛里的神情来区别同道中人；用特定的音节和韵脚来编写典礼中所吟唱的诗文和歌谣，等等。"显而易见，除非一切全是巧合，"赛姆说，"除非真主为了训诫我，对我开了一个残酷的玩笑，不然我就算瞎了也能看得出，这些比克塔西取自侯鲁非的字谜与回文诗，毫无疑问地反复出现在左派刊物里。"万籁无声的夜里，只有远处守夜人的口哨偶尔划破寂静。赛姆开始缓缓地，如同喃喃念祷似的，向卡利普复诵他所破解的字谜，依照其中的隐含意义把它们串联起来。

过了许久，在半梦半醒间，正当卡利普恍惚往返于美好回忆以及对如梦的迷梦时，赛姆的话语再度传入耳中："整件事最令人震撼的重点在于……"卡利普这才又打起精神。赛姆说，加入政治党派的这些孩子们，压根儿没有想到自己竟成为一个比克塔西教徒。由于整个阴谋全是党中央管理层与阿尔巴尼亚的比克塔西师父联手策划的，因此下面的人丝毫不知情。那些雄心壮志的孩子，弃绝了自己的日常生活，彻底扭转自己的一生，只为加入组织奉献给人群，他们万万没有想到，他们在庆典仪式、游行餐会时所拍的照片，居然被一群阿尔巴尼亚苦行僧拿去视作其教派扩张的证明。"一开始，我很单纯地想，这是一件卑鄙的阴谋、一个骇人听闻的秘密，这群孩子傻傻地被蒙在鼓里。"赛姆接着说，"以至于，一阵冲动之下，十五年来我头一次想把这一切巨细无遗地写下来，公之于世。只不过，我很快又打消了念头。"雪夜的岑寂中，传来一艘黝黑的油轮驶过博斯普鲁斯海峡的低鸣，城市里的每一扇窗都随之颤动。他又开口，"因为我终于明白，去证明我们所过的生命其实只是别人的梦，没有丝毫助益。"接着，赛姆说了一个关于索里盼部族的故事。索里盼部族定居在东安纳托利亚一座与世隔绝的山里，两百年来，他们一直在准备一场前往卡夫山的朝圣之旅。一切的概念，都是由于一本三百二十年前的梦幻之书，该书提及了这场族人们从未涉足过的旅程，使得大家开始期望前往神话中的卡夫山。族里的人并不知道，他们的精神领袖，尽管把这件事当作秘密代代相传，其实却早已与奥斯曼达成协议，让这场卡夫山之旅永远无法实现。然而，如果告诉族人这项事实，对他们有何助益？这就好像告诉那些星期天下午挤在小城电影院里的士兵们，银幕上那位试图诱拐勇敢的土耳其战士喝下毒酒的阴险传教士，其实只不过是一个卑微的演员，在真实生活中，更是一位虔诚的伊斯兰信徒。你改变得了什么？到最后你只不过是剥夺了这些人们唯一的乐趣，也就是置身于疯狂的乐趣。

天色渐亮，卡利普在沙发上昏昏沉沉，听任赛姆滔滔不绝继续独白：那些身在阿尔巴尼亚的年老比克塔西师父，来到一间世纪初遗留下来的白色殖民式旅馆与政党领袖会面，在梦境一般的大宴会厅里，他们热泪盈眶地望着照片里的土耳其青年，却完全没有想到，这些青年在仪式中所背诵的诗文，并非教派的秘语，而是满口共产主义的理论。对炼金术士而言，不知道自己永远无法点石成金，这不是他们的悲哀，而是他们存在的理由。就算现代的魔术师把他的戏法秘诀毫不隐瞒地泄露给外人知道，狂热的观众依然会情愿说服自己，在魔杖一挥的刹那，他们看见的是魔法而非骗局。同样地，有那么多的年轻男女，只因曾经在生命的某一个时期听见了某一句话、读了某一则故事、看了某一本书，便在这氛围的影响下，坠入情网。在激情的晕眩中，他们结了婚，始终不曾理解他们爱情背后的谬误，就这样开开心心地共度余生。等赛姆的太太已经清好桌子，准备摆放早餐时，赛姆——瞥了一眼塞进门缝里的日报——仍然滔滔不绝地说着，就算我们终于明白这个事实，一切也不会改变——所有的文字、所有可信的文章，指涉的都不是生命，相反，书写本身只是在指涉一场梦。

08

三剑客

我问他有没有敌人：他数了又数，数个没完。

——与叶海亚·凯末尔[1]对谈

　　他的葬礼果然如他所恐惧的，实现了他三十二年前的预言：贫病安养院的一名室友和一名看护；一个退休记者，是专栏作家在过去声名如日中天时所提携的后进；两个对作家生平作品一无所知的糊涂亲戚；一名格格不入的希腊富孀，头上戴着一顶覆有薄雾面纱的帽子，胸口别着一只状似苏丹羽饰的胸针；受人尊崇的阿訇；我，以及棺材里的尸体。加起来总共九个人。昨天，当棺材入土时，正下着暴风雪，因此等阿訇草草念完祷词后，我们剩下的人便匆匆忙忙地把土撒入坟中。接着，我还来不及多想，众人已转身离开。我走进空无一人的克西克黎车站等待电车。才刚越过河，来到城市的另一头，我便直接走上贝伊奥卢，去阿哈布朗看正在上映的电影，爱德华·罗宾逊主演的《血红街道》。我走进电影院让自己好好沉醉了一番。我一直都很喜欢爱德华·罗宾逊，在这部片子里，他饰演一个窝囊官僚兼业余画家，出入总是穿华服装气派，骗人说自己是

---

[1] 叶海亚·凯末尔（Yahya Kemal，1884—1958），被认为是最后一位伟大的奥斯曼诗人。

一位亿万富翁，只为了让情人对他刮目相看。结果没想到他的心上人，琼·贝内特，竟然自始至终都有别的男人。背叛的打击让他伤透了心，从此一蹶不振。看见他饱受折磨，我也不禁沮丧了起来。

我初次遇见亲爱的往生者时（我刻意选择他常用的字词作为段落的起头，前面一段也是如此），他是一位七十岁的专栏耆老，而我年仅三十。那天，我要到巴克柯伊拜访一个朋友，正当我准备跨进斯克西火车站的通勤电车时，好巧不巧居然看见了他！他坐在月台上一个小吃摊位的桌子边，与另外两位我少年时代万分仰慕的专栏作家一起喝着茴香酒。让我惊讶的，并不是在拥挤吵闹、摩肩接踵的斯克西火车站里，居然能撞见这三位在我的文学想象中如卡夫山一样高不可攀的传奇性的七旬老者，而是看见他们三个人在一起，坐在同一张桌子边喝酒，就好像大仲马笔下的三剑客在酒馆里喝酒，但事实上，在他们的文学生涯中，这三位挥笔之士从来不曾停止彼此谩骂。将近半世纪的写作生涯中，历经了两个苏丹、一个哈里发，还有三个总统，这三位好战的作家始终互相攻击，指控对方犯下各种罪行（有时候的确一针见血）：无神论、青年土耳其主义、亲法主义、民族主义、共济会主义、凯末尔主义、共和主义、通敌叛国、保皇主义、西化主义、神秘主义、抄袭剽窃、纳粹主义、犹太主义、阿拉伯主义、亚美尼亚主义、同性恋、变节、宗教正统主义、大美国主义，以及为了跟上当时的流行话题，还有存在主义。（那阵子，其中一位还公开表示，伊本·阿拉比[1]，这位不仅在七百年后被人争相模仿，更被西方世界大肆剽窃的思想家，才是"永远的存在主义者"。）我仔细端详了三位作家好一会儿，接着，在一股内在冲动的

---

[1] 伊本·阿拉比（Ibn Arabi, 1165—1240），伊斯兰世界的伟大性灵导师和宗教复兴者。

驱策下，我走到他们桌边，简单自我介绍了一下，然后分别给予三个人我小心拿捏后相同分量的赞美。

现在，我希望读者们能够体谅：那时的我虽然年轻热情、创意十足、干劲充沛、聪明又成功，但仍在自恋与自信之间徘徊不定，在远大志向与自私投机之间犹豫不决。身为一个初出茅庐的菜鸟专栏作家，我之所以有胆量去接近这三位伟大的前辈大师，基本上是因为我心里很清楚，我比他们三个人更多地吸引读者，我收到的读者信件比他们多，我写得比他们好。当然，他们也心不甘情不愿地明白，至少前面两项是事实。

这便是为什么我会很欣喜地把他们对我的不屑一顾，解释为我个人的胜利。倘若我不是一位成功的年轻专栏作家，而只是一个满怀仰慕的平凡读者，他们自然会对我友善得多。一开始，他们并没有邀请我坐下，于是我等着。接着，好不容易他们准我坐下后，却把我当成服务生一样，使唤我去厨房，于是我就替他们服务。他们想翻一翻某本周刊，我当然义不容辞跑去书报摊帮他们买。我替其中一个人剥橘子，替另一个人捡餐巾好省得他弯腰，我更顺着他们的期待，卑躬屈膝地回答：不是的，先生。很可惜我法文很糟，我只是偶尔晚上会一边查词典一边努力研读《恶之花》。虽然我的无知使得他们更无法忍受败给我的事实，不过我极度的自我贬抑似乎减轻了罪过。

许多年后，当我发现自己也摆出同样的姿态对付年轻记者时，我才明白，尽管当时这三位大师看起来一副对我毫无兴趣的样子，只是自顾自地谈话，但事实上他们非常留意我是否受到感化。我一言不发，倾听他们的喋喋不休。最近几天登上报纸头条的德国原子科学家，究竟他改信伊斯兰教的真正动机是什么？土耳其共产主义之父，可敬的阿哈米·米萨特，因为打笔仗败给伊拉斯提·扎伊尔，于是某一天夜里去暗巷围堵他，把他痛打了一顿，那时米萨特是否就威胁扎伊尔必须放弃彼此间争执不休的论战？到底柏格森应该算是一个神秘主义者，还是物质主义者？这个世界中藏着什么样隐秘的证据，可以证明"二度创世记"的存在？《古兰经》第二十六章的最后几行诗中，挞伐了某些宣称自己坚守信仰，实际上却背道而驰的诗人，这些人指的是谁？同样的脉络下，究竟安德烈·纪德真的是个同性恋，还是说他和阿拉伯诗人阿布·努瓦斯一样，实际上与女孩交往，却假装自己喜欢男孩，只因为他很清楚这种癖好可以替他带来坏名声？在《不屈不挠的柯勒本》的第一段中，法国科幻小说家儒勒·凡尔纳描写到托普哈内广场和马哈茂德一世喷泉，他之所以搞砸了这个场景，是因为他从旅行画家梅林的某一幅铭刻中取材并加以衍生，还是因为他这一整段都是从法国诗人拉马丁的《东方之旅》中抄袭来的？鲁米的《玛斯纳维》[1]第五部中，有一则故事说到一个女人与一头驴子交媾之后死了，鲁米之所以加入这则故事，是因为内容有趣，还是为了要提出教训？

当他们谨慎而礼貌地辩论着最后一个主题时，我注意到他们朝我瞥了几眼，白色的眉毛扬起质疑，于是我也抛出我粗浅的意见：这则故事就和所有的故事一样，之所以被加进那里都是因为内容有趣，不过作者却刻意用一层教训的薄纱来掩饰它。"孩子，"其中一位说——昨天我参加的便是他的葬礼——"你写作专栏的目的是教导读者，还是娱乐观众？"我很努力想要证明自己对任何主题都能当场提出明确的想法，所以我脱口说出心中浮现的第一个答案："为了娱乐观众。"他们不以为然。"你很年轻，在这一行里还嫩得很。"他

---

[1]　鲁米（Jalāl ad-Dīn Rumi, 1207—1273），被誉为最伟大的波斯伊斯兰教神秘主义诗人。他的诗作论及形而上学、神秘主义、宗教、伦理，《玛斯纳维》是其最负盛名的代表作。

们说，"让我们给你一些简单的忠告。"我激动得一跃而起。"先生！"我说，"我想把你们的每一句忠告都抄下来！"我立刻冲到收银台，向老板要了一沓纸。在这里，亲爱的读者，我希望能与你们分享我得到的忠告。

我明白有一些读者急着想知道这三位大师早已为人遗忘的姓名，读者大概很期待我至少会悄悄说出他们的名字。不过，既然我一路下来始终刻意避免泄露这三位作家的身份，那么显然此刻我也不打算这么做。主要不是怕扰乱这三人组在坟墓里的安息，而是我想借此淘汰掉那些不够格的读者，只让剩下有资格的人知道他们是谁。为了这个目的，我将用化名来称呼三位已逝的作家，这三个化名取自三位奥斯曼苏丹在自己的诗作下的签名。读者们要先能够分辨出哪个化名属于哪位苏丹，接着再通过三位诗人苏丹与三位大师名字之间的相似处，从中推演，或许便能解开这个拐弯抹角的谜题。然而，真正的奥秘则藏在三位大师所布下的虚荣棋戏中，他们借所谓的"忠告"来推移棋子，制造出一个神秘局面。由于我依然不十分明了这个秘密之美，因此，就好像有一些可悲的无能之士借助报纸上的西洋棋解说专栏，来解读大师的一举一动，同样地，我也在大师给予的忠告之中，插入括号附加说明，以表达我个人的卑微见解和想法。

A：阿德利。寒冬的那一天，他身穿一套米色的英国羊毛西装（在我们国家，所有昂贵的材料都被冠上"英国"的称号），打着一条深色领带。高大、体面的白色小胡子梳得平整。拿着一根手杖。看起来像一个没有钱的英国绅士，虽然我也不确定如果一个人没有钱的话，还能不能算得上是英国绅士。

B：巴赫替。他的领带歪歪扭扭的，就跟他的脸一样。他身穿一件皱巴巴的旧外套，上面渗着污渍。一条链子从背心的扣眼里垂下来，连上他放在背心口袋里的怀表。不修边幅，笑容满面，总是烟不离手，只不过这个被他昵称为"我唯一的朋友"的香烟，到头来终究背叛了他的痴情，害他心脏病死去。

C：瑟马里。矮小，爱跟人唱反调。尽管他想保持整洁，但怎样也改变不了一身退休老师的打扮。那邮差一样褪了色的外套、裤子和国营苏玛集团商店买来的厚胶底鞋。厚重的眼镜，夸张的近视，"骇人"的丑陋。

以下便是大师们字字珠玑的忠告以及我狗尾续貂的补注：

1. C：纯粹为了娱乐读者而写作，将使得专栏作家迷失在浩瀚的大海中，没有指南针的指引。

2. B：专栏作家不是伊索也不是鲁米。故事会自然生出教训，但教训却不会产生故事。

3. C：不要试图配合读者的智慧，要配合你自己的智慧。

4. A：教训便是你的指南针。（显然在指涉 C 的第一条。）

5. C：你必须从我们自己的坟墓和历史中挖掘秘密，不然你没有资格谈论"我们"或东方世界。

6. B：关于东方与西方的主题，关键隐藏在"留胡子的阿瑞夫"说过的一句话中："可悲的愚夫啊，你们的船朝东方行驶，可你们却望向西方！"（留胡子的阿瑞夫是 B 在专栏中以一位真实人物为原型塑造的英雄。）

7. A、B、C：善加利用警言佳句、逸事趣闻，也别忽略笑话、格言、谚语和精选诗词。

8. C：你无须为了找一句座右铭来总结你的文章而绞尽脑汁；相反，你应该替这句已经选好作为结论的座右铭，寻找最适合的题材。

9. A：第一句话还没想出来之前，别妄想坐下来写作。

10. C：你必须拥有某种诚挚的信仰。

11. A：就算你并没有某种诚挚的信仰，你也要设法让读者相信你的信仰是诚挚的。

12. B：读者是一个小孩，想要去参加嘉年华。

13. C：读者绝对不会原谅任何一个污蔑穆罕默德的作者；不仅如此，真主也会处罚这种人，使他瘫痪。（察觉到第 11 条是针对他的挖苦，C 在此予以反击，暗指 A 之所以一边嘴角轻微瘫痪，是因为他写过一篇文章探讨穆罕默德的婚姻状况和经商背景。）

14. A：别跟侏儒过不去，读者喜爱侏儒。（为了回应第 13 条，他在这里嘲笑 C 的五短身材。）

15. B：谈到侏儒，举例来说，侏儒在于斯屈达尔的神秘住所，会是个有趣的主题。

16. C：摔跤也是个有趣的主题，不过只限于在体育版中。（认为第 15 条是在侮辱自己，于是他暗示 B 对摔跤的兴趣以及根据摔跤而写的系列，使大家揣测 B 其实是位鸡奸者。）

17. A：读者是个已婚、有四个小孩、入不敷出、智商只有十二岁的人。

18. C：读者就像猫，会反咬喂养它的主人。

19. B：猫是一种有智慧的动物，不会反咬喂养它的主人。然而它知道不要相信任何宠爱狗的作家。

20. A：不要去研究什么猫啊狗的，你应该关心的是你祖国的问题。

21. B：确定你手边有国外领事馆的地址。（影射一个谣传，据说在第二次世界大战期间，C 拿了德国领事馆的钱做事，而 A 则是拿英国人的钱。）

22. B：尽管去跟别人打笔仗，不过你得先懂得如何中伤那个家伙。

23. A：尽管去跟别人打笔仗，不过你得先有个上司替你撑腰。

24. C：尽管去跟别人打笔仗，不过你得先准备好一件厚大衣。（衍生自 B 的一句名言，B 曾解释说他之所以避开独立战争，选择留在伊斯坦布尔占领区，是因为"我受不了安卡拉的冬天"。）

25. B：回答读者来信。如果没有人写信来，那么就自己瞎编几封，然后回答这些信。

26. C：山鲁佐德是我们的前辈和导师。记住，你所做的，只是在组成"生命"的每一个事件中，增添十到十五页的故事。

27. B：不必读太多书，但每一本都要以热情来阅读。如此，你将会比那些囫囵吞枣的人显得更为饱览群书。

28. C：要积极，努力结识重要人物，这么一来，等他们翘辫子后你才会有相关的往事可以写。

29. A：别以"亲爱的亡者"作为悼文的引言，结果到头来却是在侮辱死者。

30. A、B、C：千万克制自己避免用下面的句子：（1）亲爱的亡者昨天还在世上。（2）文人总是受到忘恩负义的对待——我们今天所写的文章到了明天就被人遗忘。（3）你们昨天晚上有没有听到收音机里的某个节目？（4）时间过得真快！（5）倘若亲爱的亡者还活在世上，不知道他会怎么看待这一丑闻？（6）在欧洲，大家不会这么做。（7）几年以前一块面包只卖这么几库鲁。（8）然后这件事情也让我联想到这个和这个。

31. C：只有对写作艺术毫无概念的人才会用"然后"这个词。

32. B：任何艺术风味，都不应该出现在专栏中；出现在专栏中的任何东西，都不是艺术。

33. C：有些人为了满足自己的艺术欲求，强奸了诗歌，别去仰慕这种人的才智。（讥讽 B 的诗意倾向。）

34. A：信笔挥洒地写，你将会轻易得到读者。

35. C：呕心沥血地写，你将会轻易得到读者。

36. B：如果你呕心沥血地写，你将会得胃溃疡。

37. A：如果你得了胃溃疡，你将会成为艺术家。（到这里，他们发现彼此头一次和乐融融地交谈，不禁哑然失笑。他们全笑了起来。）

38. B：快一点变老。

39. C：没错，尽可能快一点变老。要不然你如何写得出一篇动人的迟暮之作？

40. A：三大课题，毋庸置疑地，是死亡、爱情和音乐。

41. C：不过你必须替爱情的主题下定论：什么是爱？

42. B：去寻找爱。

（提醒读者，这里插入一段长长的沉默、静寂和阴郁。）

43. C：把爱隐藏起来。毕竟，你可是一位作家！

44. B：爱是一种追寻。

45. C：把你自己隐藏起来，如此一来，人们会以为你真的有不可告人之处。

46. A：让人们猜测，以为你有个秘密，女人便会爱上你。

47. C：每一个女人都是一面镜子。（这时他们又开了一瓶茴香酒，也倒了一点给我。）

48. B：牢牢记住我们。（我当然会记住，阁下！我说。而我也确实在自己的许多作品中提及他们和他们的故事，相信细心的读者可以做证。）

49. A：到街上去走走，研究人们的脸。那会是一个好题材。

50. C：让人们假定你知道一件历史悬案。不过，很遗憾地，你却不能写出它的来龙去脉。（紧接着，C说了另一个故事，故事中的主角对他的爱人说"吾即汝"——日后我会将它改写成另一篇文章——我感觉到是这个奥秘的出现，把半个世纪以来互相指责的三位作家结合到同一张桌子上。）

51. A：绝对不要忘记全世界都讨厌土耳其人。

52. B：在这个国家里，我们爱我们的同胞、我们的童年、我们的母亲。你要这么做。

53. A：不要引用题词，它们只会杀死作品中的神秘！

54. B：如果作品难逃一死，那么尽管扼杀神秘。杀死倡导神秘的假先知！

55. C：如果你非得要引用题词，那么不要取材自任何从西方传来的书籍，那儿的作家和主角跟我们截然不同。除此之外，也绝对不要从任何一本你没读过的书里取材。毕竟，这正是旦扎里 [1] 的末世学。

56. A：记住，你既是撒旦也是天使，既是旦扎里也是"他"——一个完全善良或完全邪恶的人终究会让读者倒胃口。

57. B：然而，万一有读者发现，原来自己从头到尾都被伪装成"他"的旦扎里耍得团团转，原本他一直认定看似救世者的人竟然是旦扎里，那么他很可能趁你不备在暗巷里打死你。我可不是在唬人！

58. A：没错，所以你必须把秘密藏起来，千万不可以把这一行的秘密给出卖了！

59. C：这个秘密便是爱，你要牢记在心。关键的字眼就是爱。

60. B：不，不对，关键的字眼写在我们的脸上。去观看，去

---

[1] 伊斯兰教中末日到来之前将要出现的假救世者。他将统治四十天或四十年，接着被降临的救世者马赫迪所消灭，那时候，整个世界将归向真主。

倾听。

61. A：是爱，是爱，是爱、爱、爱！

62. B：对于抄袭也不要过于胆怯，毕竟，在阅读与写作的领域里，我们之所以能得到这无足轻重的成就，其中的秘密，正如我们所有其他秘密一样，都藏在神秘主义的镜子里。你听过鲁米的《两画家之争》这个故事吗？他也是从别的地方偷来的，但他自己……（我知道这个故事，阁下，我说。）

63. C：等你老了以后，你会开始质疑究竟一个人能不能做他自己，到那时候，你也会开始质问自己究竟有没有搞懂过这个秘密，这你可别忘了！（我不曾忘记。）

64. B：也别忘了老旧的公交车、草率成书的作品、有毅力的人，还有那些理解力比不上别人的家伙。

车站的某处响起一首曲子，也许是从这家餐厅里传出来的，歌词吟诵着爱情、痛苦和生命的空虚。这时他们忘却了我的存在，陡然忆起自己是那冒着胡子的年老的山鲁佐德，于是便开始和乐融融、同仇敌忾、忧伤抑郁地叙旧起来。下面是几则他们述说的故事：

有一位不幸的专栏作家，他终生的志向便是解说穆罕默德升上七重天的旅程，然而，当他发现原来但丁早已抢先一步时，他便抑郁而终；有一个疯狂而变态的苏丹和他的妹妹，小时候拘谨得像是菜园里的稻草人；有一位作家，在妻子弃他而去之后，便不再做梦；有一位读者，莫名地幻想自己是普鲁斯特与阿尔贝蒂娜的合体；有一位专栏作家，他假扮成征服者穆罕默德苏丹，诸如此类，诸如此类……

09
有人在跟踪我

时而雪花飘落，时而，是黑暗。

——谢赫·卡利普 [1]

　　卡利普回想这一整天，他在清晨离开档案管理员朋友赛姆的家，走上吉汗吉尔的古老街道，朝卡拉柯伊走去，当他步下路旁高起的人行道时，看到一张只剩骨架的扶手椅，仿佛是一场阴暗噩梦过后残留下来的唯一记忆。扶手椅被丢在一排门窗拉下的店铺前方，那一带的店铺多半是卖壁纸、合成纤维装潢、木料或石膏天花板，外头连接着通往托普哈内的陡峭巷弄，耶拉曾经有一次在那些小巷里追踪过交易繁忙的毒品贩子。扶手和椅腿上的涂漆已彻底剥落，椅垫被划出深长的切痕，像是受伤的皮肤，生锈的弹簧无助地从里面蹦出来，好像一匹骑兵马被割破了肚子，流出泛绿的内脏。

　　虽然已经过了八点，但卡拉柯伊的广场空无一人。卡利普不由得把刚才看到扶手椅的荒凉巷道和眼前的空旷广场联想在一起，暗忖是否即将发生一场剧变，而除他之外所有的人都已经察觉征兆。似乎因为预见了灾难，所以排班出航的船只全用绳索系在一起，所以人们走

---

[1] 谢赫·卡利普（Şeyh Galip，1757—1799），著名的苏菲神秘主义诗人，著作《爱与美》是奥斯曼文学中最伟大的作品之一。

避码头，所以在加拉塔桥上工作营生的街头摊贩、流动快照师和毁容的乞丐们，全都决定把握生命的最后一天度假去。倚着栏杆，卡利普望着泥浊的河水沉思，想起就是在桥的这一头，曾经有一群孩子潜入水里找寻基督教观光客抛进金角湾的钱币。他想不透为什么，当耶拉幻想到博斯普鲁斯海峡干涸的那天时，却没有提起这堆满坑满谷的钱币，没有想到多年以后，它们将带来不同的象征意义。

走上大楼，一进到办公室后，他马上坐下来读耶拉今天的专栏。但他发现那不是新的文章，而是以前登过的旧作。这可能表示耶拉有好一阵子没有提供任何新的作品给编辑，但也可能暗示着完全不同的事情。同样地，耶拉的这一篇文章，不论是它的中心议题"你是否难以做自己"，还是其中阐述此疑惑的理发师主角，似乎并非单纯地在讲耶拉所写的内容，而是指涉外在世界中的别种含义。

卡利普记得以前耶拉告诉过他一段话，有关这个主题。"大多数的人，"耶拉说，"不会注意到某样物质最根本的特性，因为这些特性太理所当然了，所以总被人们忽略；相反，大家却会发现并认出引人注意的第二层意义，只因为它浅薄显眼。这便是为什么我不会明白地揭露我想表达的事情，而是把它不经意地放在一旁，看似离题。当然了，我不会挑一个太过隐晦的角落来存放意义——我的第一步棋只是一个小儿科的捉迷藏——然而人们一旦亲自发掘了它，他们便会像孩子一样，立刻深信不疑。这就是我这么做的原因。但是有时更糟，有些读者连文章刻意的安排和偶然的寓意都还没看出来，就把报纸给扔了，殊不知那得需要一点耐心和头脑才搜寻得到。"

内心一股冲动涌起，卡利普扔下报纸，走出门去《民族日报》办公室找耶拉。他知道耶拉比较喜欢趁周末人少的时候去报社写稿，因此他猜想他会看见耶拉一个人在办公室里。他爬上陡斜的山丘，盘算着要告诉耶拉说如梦身体微恙。接着再讲个故事，告诉他说有一位客户因为太太跑了而陷入慌乱。听完这个故事耶拉会作何反应？一个深受关爱的妻子，背弃了我们文化传统中一切最好的价值，就这样转身抛下她的好丈夫，一位正直、勤勉、头脑清明、性情温和又经济宽裕的好男人。这究竟意味着什么？它究竟在影射何种秘密或隐喻？究竟在标记何种启示？耶拉会细心聆听卡利普巨细无遗的描述，然后归纳出一个结论。耶拉解释得越详细，这个世界就会变得越有道理。通过他的话，原本我们视而不见的"隐秘"真相，转变成一则我们从没察觉自己其实早已知道的故事，惊人而丰富的故事。如此一来，生命似乎变得比较可以忍受。卡利普瞥见伊朗大使馆花园里，湿漉漉的枝丫微映着亮光，他想，与其活在他自己的世界里，他倒比较喜欢活在耶拉深情笔调营造的世界中。

他在办公室里没找到耶拉，只见一张整洁的桌子、清空的烟灰缸，也没有茶杯的踪影。卡利普在他惯坐的紫色椅子坐下，开始等待。他深信不用多久，他就会听见耶拉的笑声从另一个房间传来。

在他失去信心之前，他回忆起许多事：他头一次来报社参观时，瞒着家人，谎称是受邀参加一个广播猜谜节目，那次他带了一位同学一起来，结果那位同学后来爱上了如梦（"他本来打算带我们参观印报流程的，"回程的路上卡利普尴尬地说，"只不过他没空。""你有没有看到他桌上那一堆女人的照片？"他的同学问）；他和如梦第一次来这里时，耶拉领他们参观印刷室（"你长大以后也想当记者吗，小姑娘？"老印刷师问如梦。而在回家的路上，如梦也问了卡利普同样的问题）；还有，以前他常觉得这是一个从《一千零一夜》里冒出来的房间，充满了报纸上他自己绝对幻想不出来的各种惊异故事、生活与梦境。

他开始匆匆翻遍耶拉的书桌，想寻找新的报纸和新的故事，或许可以让自己分神，可以忘却。他发现了未拆封的读者来信、尾端被啃烂的铅笔、大小不一的各式剪报（关于一个吃醋的丈夫的情杀故事，上面用绿圆珠笔标记重点）、从外国杂志里剪下来的大头照、人物肖像、几张耶拉手写的便条（别忘了：王子的故事）、空墨水瓶、火柴、一条难看的领带、几本有关萨满教、侯鲁非教派和提高记忆的粗糙平装书、一瓶安眠药、降血压药物、纽扣、一只停摆的手表、剪刀、读者来信附上的照片（一张是耶拉和一位秃头军官，另一张，在某家乡下咖啡馆里，几个油亮亮的摔跤手和一只讨人喜欢的土耳其牧羊犬开心地望着镜头）、彩色铅笔、梳子、香烟杆以及各种颜色的圆珠笔……

他在桌上的记事本里找到两个档案夹，其中一个标示为"发排版"，另一个是"存稿"。在"发排版"的专栏档案夹中，是过去六天来已刊登过的文章的打字稿，还有一篇尚未登载的周日专栏。明天才会见报的周日这一篇，想必一定已经排好了版，画好了插图，然后又被放回档案夹里。

在标示"存稿"的档案夹里他只看到三篇文章，全都是几年前已经刊登过的。星期一要出刊的第四篇，此时大概正在楼下某位排字工人的桌上，所以星期天之后的存稿只够再撑三四天。难道耶拉没有知会任何人，就不声不响地去哪里旅行或度假了？可是耶拉从没离开过伊斯坦布尔。

卡利普走进宽大的编辑室，他的双腿引导他来到一张桌子旁，两位老先生正在那儿交谈。其中一位笔名叫涅撒提，是个愤世嫉俗的老古板，多年前曾和耶拉有过一场激烈的口角。这些日子来，报社给他一块角落，让他发挥他愤怒的正义感写作回忆录，和耶拉的专栏比起来很不显眼，也较少人读。

"最近几天都没看到耶拉。"他皱着眉头说，斗牛犬似的脸就跟他专栏上方的照片一模一样，"可你又是他的什么人？"

第二个记者询问他要找耶拉做什么。卡利普翻遍脑中记忆库里的凌乱档案，才找出这位仁兄的身份。老戴着黑框眼镜的这个家伙，是报纸综艺版中的夏洛克·福尔摩斯。他知道在贝伊奥卢的哪一条暗巷中哪一天有哪一位优雅的电影明星——她们全都摆出一副奥斯曼贵族名媛的姿势——曾经在哪一家豪华妓院里接过客。他知道，比如说，那个来到伊斯坦布尔，伪装成一位阿根廷女伯爵但后来被揭发其实是在法国乡下表演走钢索的天籁歌手，事实上，是一个从阿尔及尔来的贫穷穆斯林女人。

"所以，你们是亲戚，"综艺版作家说，"我以为耶拉除了他亲爱的亡母外，就没有别的亲人了。"

"哼！"年老的好战分子说，"要不是因为那些亲戚的缘故，耶拉怎么可能会有今天？比如说，他有一个姐夫助他一臂之力。同样也是这个信仰虔诚的家伙教他写作，但耶拉最后背叛了他。这位姐夫是某纳克什班迪教派的一员，这个教派在库姆卡普的一座废弃肥皂工厂里举行秘密仪式，过程中大量用到铁链、橄榄榨油机、蜡烛，连肥皂模子也派上用场。他参与各种仪式，然后花一个星期的时间坐下来写报告，把教派活动的内幕消息提供给国家调查局。这位仁兄一直努力想证明，他向军方告密的这个宗教组织中的门徒，事实上，并没有涉入任何危害政府的行为。他把他的情报和耶拉分享，希望这位文艺青年会阅读并学习，提升自己对优美文句的品位。那几年，耶拉的政治观点顺着一股左边吹来的风倒向右边，其间，他不曾间断地吸收那些报告中的风格，像是交织在字里行间、直接取自阿塔尔 [1]、阿布·呼罗珊、伊本·阿拉比和波特佛里欧译本的明喻

---

[1] 阿塔尔（Farīd ud-Dīn Attār，1145—1220），波斯诗人，其作品影响了鲁米及许多苏菲派诗人，最重要作品为《群鸟之会》。

和暗喻。没错，有些人在他的明喻中看见了连接我们旧有文化的新桥梁——尽管它们全依附于同样老套的源头。但大家并不知道创造出这些仿古文的人根本是另一个人，一个耶拉恨不得他消失的人。多才多艺的姐夫天赋异禀，还是个万事通：他制造出替理发师省麻烦的镜子剪；研发了一种割包皮工具，使得此后许多男孩不再因为严重的疏失而毁掉未来；他还发明了无痛绞刑架，把浸油的套索换成项圈，把椅子换成开合式地板。有几年，耶拉感觉自己需要他亲爱的姐姐和姐夫的关爱，于是那阵子他便在自己的'信不信由你'专栏中，大力介绍这些发明。"

"对不起，可是你全搞错了，"综艺版作家反驳道，"耶拉在写'信不信由你'专栏那几年时，他完全是靠自己。让我给你描述一个场景，那是我亲眼看见，不是听来的。"

这个场景简直就是某部蹩脚的耶希尔恰姆电影里的一幕，故事描写一个勤勉向上的孩子，经过多年的贫困孤独后，终于苦尽甘来。某一年的新年夜，在贫民区一间破败的房舍里，菜鸟记者耶拉告诉他的母亲，家族中一个有钱的亲戚邀请他到他们在尼相塔什的房子参加新年宴会。他将与活泼的堂姐妹和喧闹的堂兄弟们共度一个吵吵嚷嚷的欢乐夜晚，说不定最后还会去城里天晓得哪个声色场所玩。母亲欣慰地想象儿子的喜悦，由于她刚好是个裁缝，便为他准备了一个惊喜：当天晚上，她悄悄把亡夫的旧外套修改成儿子的尺寸。耶拉穿上外套，完美合身。（看见这个景象，母亲眼里泛出泪水："你看起来就跟你父亲一模一样。"）听说有另一位记者同事——也就是这个故事的目击证人——也受邀参加宴会，快乐的母亲更放宽了心。当记者与耶拉一同步下木屋里阴冷的楼梯，走出泥泞的街道时，他才搞清楚，根本没有任何亲戚或别人邀请可怜的耶拉去参加任何新年晚宴。不仅如此，耶拉当天还得去报社值班，因为他想多赚一些钱让母亲动手术，治疗她长年在烛光下缝衣服而逐渐失明的眼睛。

故事结束后是一段沉默，接着卡利普指出，其中有一些细节完全不符合耶拉的生平，然而他们并不听信他的解释。的确，他们有可能搞错了日期和亲戚的辈分，假使耶拉的父亲还在世，（你可以百分之百确定吗，先生？）他们或许会错把父亲说成祖父，或是误把姐姐当成姑姑，但这一点出入也没什么大不了。他们请卡利普在桌边坐下，拿支烟请他抽，问他一个问题但又不理会他的回答（你刚刚说你们是什么亲戚关系？），接着，他们仿佛在一张想象的棋盘上面下棋一般，开始你来我往地从袋子里拿出一个个记忆片段。

耶拉对他的家族充满了感情，以至于就连在那段只准提及市政问题的报禁时代，他也依然可以挥笔成书，写出让读者和审查官都看不懂的文章，追溯他童年的记忆，以及记忆中那栋每一扇窗外都有一棵菩提树的豪宅。

不，不对，耶拉的处世技巧仅限于新闻领域。只要碰到他不得不参加的盛大场合，他一定会带朋友同去，以确保自己能够安全无虞地模仿朋友的动作和谈吐，效法他的服装打扮和餐桌礼仪。

才没这回事呢！耶拉是个雄心壮志的年轻人，专门负责妇女版的填字猜谜和读者咨询，连续三年间，他所执笔的专栏不仅成为国内阅读率最高的单元，甚至在整个巴尔干半岛和中东地区都深受欢迎。不只如此，当他出言诋毁左右派分子时，也丝毫不觉得良心不安。若不是那些有权有势的亲戚朋友对这个不值得的家伙关爱有加，助他一臂之力，耶拉哪可能拥有今天的声势？

那么，拿西方文明的基石之一"生日派对"来说好了。我们有一位具前瞻性的政治家，很希望能够在我们的文化里建立起这项温情风俗，因此，当他为自己八岁的儿子举办一场善意的"生日派对"时，他不但邀请多位记者参加，也请了一位来自地中海东岸黎凡特的中年妇女弹奏钢琴，更准备了一个鲜奶油草莓蛋糕，上面插着八支蜡烛。结果，耶拉却在他的专栏里大肆嘲讽这场宴会，将它讲得极为可鄙不堪。他之所以这么做，并不是如人们所推测的，是为了思想上、政治上甚至是艺术上的理由，而是因为他惊觉，自己一辈子从来不曾得到父爱，也从来不曾拥有过任何形式的关爱。

恰巧相反。为什么如今哪里都找不到他？为什么大家发现他给的不是错误的电话号码就是假的地址？这一切都是因为他的近亲和远亲们给予他太多的爱，使得他难以回报，因此从中衍生出一种奇异而复杂的仇恨——是的，甚至扩散到全人类。（卡利普只是不小心问到他可以去哪里找耶拉而已。）

噢，不是这样，他之所以藏到城市的偏僻角落，之所以躲着全人类，必然是基于别的因素：他终于明白，孤独的痼疾将永远缠着自己，打从出生以来，这股无法治愈的孤独感就如一圈不幸的光晕，笼罩在他周围。好像一个残废的人，终于向疾病投降，他也不得不放弃，退缩到某个远离尘嚣的房间里，遁入逃不了的凄苦孤寂的怀抱中。

卡利普提到有一个"欧洲来的"广播公司，他们正在寻找这个窝在远离尘嚣的房间里冬眠的耶拉。

"总而言之，"论战作家涅撒提起岔道，"耶拉就要开天窗了，他已经十天没有送来任何新的东西。每个人都清楚得很，他企图蒙混做存稿的文章，根本就是二十年前的旧玩意，只是重新打字让它们看起来像是新的。"

综艺版作家不同意。如卡利普所期待的，这些专栏文章甚至受到更大的欢迎，电话响个不停，耶拉收到的读者信件每天都超过二十封。

"的确！"论战家说，"写信给他的，都是那些他在文章里大肆表扬的妓女、皮条客、恐怖主义者、享乐主义者、毒贩、流氓老大，专门寄信来给他提供馊主意。"

"所以你偷看他的信？"综艺版作家说。

"你还不是一样！"论战家说。

两个人像对弈的棋手在椅子上正襟危坐，满足于自己的出手。论战家从外套的内袋里拿出一个小盒子，以一种魔术师准备把东西变不见的装模作样姿态向卡利普展示。"如今，我和你称之为亲戚的那个人之间唯一的共通点，便是这种胃药。它能立刻消除胃痛，要不要来一颗？"

卡利普搞不懂哪里是棋戏的一部分哪里又不是，但他想加入，所以他拿了一颗白药丸吞进肚里。

"目前为止你还喜欢我们的游戏吗？"年老的专栏作家微笑着说。

"我还在努力弄清规则。"卡利普说，有点不信任。

"你看我的专栏吗？"

"是的。"

"你拿起报纸，是先看我的专栏，还是耶拉的？"

"耶拉碰巧是我的堂哥。"

"就只是因为这个理由所以你先读他的吗？"老作家说，"难道家族情感远胜于文笔好坏吗？"

"耶拉的文笔也很好！"卡利普说。

"他的东西谁都写得出来，你还不明白吗？"老专栏作家说，"更何况，大部分都太长了，不是合适的专栏。捏造的故事，半吊子的矫揉造作，琐碎的胡言乱语。他有几个惯用的伎俩，会耍几个花招，如此而已。比蜂蜜还甜美的追忆和联想是一般规则，偶尔会抓住一个似非而是的吊诡。一定要诉诸反讽的游戏，像是优雅的诗人所谓的'博学的无知'。不大可能的事情要讲得好像真有此事，而已经发生的事情要讲得好像没这回事。假使全都行不通的话，那么就把空洞的内容藏在浮夸的辞藻后面，让他的崇拜者以为他文笔优美。每个人也都有自己的生活、回忆和过去，绝对不比他少。随便哪个人都可以玩他的把戏。就连你也行。来，讲个故事！"

"什么样的故事？"

"随便你想到什么——一个故事。"

"有一个男人，他深爱他美丽的妻子，"卡利普说，"但有一天他妻子抛弃了他。于是他四处找她。他在城市的大街小巷都发现了她的踪迹，却始终遇不着她……"

"继续说。"

"说完了。"

"不对，不对！一定还有更多！"老专栏作家说，"从他妻子留在城市的痕迹里，这个男人读出了些什么？她真的是一位美女吗？她为了谁而离开他？"

"从她遗留在城市大街小巷的痕迹里，这个男人读出了自己的过去，他踩上他美丽妻子的足迹。她究竟是为了谁而躲他，他不知道也不想知道。他一厢情愿地想：妻子所追逐的那个男人，或是那个地方，一定存在于自己过去的某处。"

"好题材，"老专栏作家说，"正如爱伦·坡所言：死了或失踪了一个美丽的女人！不过说故事的人必须更果决一点，读者无法信赖一个犹豫不决的作者。我们来看看，也许可以利用耶拉的一个伎俩把故事完成。追忆：城市里充满了男人快乐的回忆。风格：用毫无深意的浮夸辞藻来掩饰藏在追忆中的线索。博学的无知：男人假装他想不透另一个男人的身份。吊诡：因此，妻子抛下他去追求的男人其实就是他自己。不错吧？看吧，你也办到了，任何人都可以。"

"可是写出来的人是耶拉。"

"没错！但是从现在开始，你也可以写了！"老文人说，示意这个话题已经结束了。

"如果你想找出他身在何方，仔细读他的专栏。"综艺版作家说，"他一定躲在里面什么地方，他在文章的各个角落都藏满了讯息，小小的秘密的讯息。你懂我的意思吗？"

卡利普说了一段往事代替回答，小时候耶拉曾经向他示范，如何用他文章里每一个段落的头尾单字凑成句子。他透露他怎么样组字谜来瞒骗审查官和报纸督察员，怎么样用句子的头尾音节编排字符串，用所有大写的字母组成句子，还有惹火"我们姑妈"的文字游戏。

综艺版作家问："你们姑妈是老处女吗？"

"她没结过婚。"卡利普说。

耶拉和他父亲是不是曾为了一间公寓引发争吵？

卡利普说那是"好久好久以前的"口角。

他是不是真的有一个律师伯父，分不清楚哪些是法庭记录、诉状和法条，哪些是餐厅菜单和渡轮时刻表？

卡利普说他猜想这也和其他的事情一样只是传说。

"找找线索吧，年轻人！"老作家不悦地说，"耶拉不会把事情讲得清楚明白！我打赌我们这位热衷侦探冒险和侯鲁非教派的朋友，已经一点一滴地，像是用绣花针挖掘一口井似的，从耶拉专栏里的隐藏文字中挖出了意义。"

综艺版作家说，这些文字游戏很可能真有一个意义，也许它们指示着来自未知的讯息，而也许正是这份与未知的紧密连接，使得耶拉得以超越那些注定默默无闻的作家。除此之外，他想要提醒他这句谚语有它的道理："名气太大的记者不会有好下场。"

"也可能，真主保佑，他说不定死了！"老作家说，"怎么样，你喜欢我们的游戏吗？"

"关于他丧失记忆这一点，"综艺版作家说，"是真的还是假的？"

"都是，"卡利普说，"是真的也是假的。"

"那么，关于说他的藏身处遍及全城？"

"也一样。"

"或许此刻他正孤零零地在其中一个藏身处咽下最后一口气，"专栏作家说，"你也知道，他自己也挺爱这种猜谜游戏的。"

"如果他快死了，他会召唤某个亲近的人到身旁。"综艺版作家说。

"才没这个人呢。"老专栏作家说，"他跟谁都不亲。"

"我敢说这位年轻人并不这么想，"综艺版作家说，"你还没告诉我们你叫什么名字呢。"

卡利普告诉他们。

"那么，告诉我，卡利普，"综艺版作家说，"在他窝藏的地方——天晓得他是受到什么冲动的驱使——一定有某个耶拉觉得够亲近的人，至少可以让他吐露写作秘密和临终遗言，对不对？毕竟，他并不是一个全然的孤独者。"

卡利普思忖片刻。"他不是一个全然的孤独者。"他感触良多地说。

"那么，他会召唤谁？"综艺作家问，"你吗？"

"他妹妹。"卡利普脱口而出，"他有一个小他二十岁的同父异母妹妹，那是他会联络的人。"接着他陷入沉思。他回想起那张生锈弹簧破肚而出的扶手椅。思绪继续延伸。

"或许你已经逐渐抓到了我们游戏的逻辑。"老专栏作家说，"你或许开始品尝到自己正迈向合理的结论。因此我必须坦白告诉你一点：所有的侯鲁非信徒都无可避免地走入悲惨的下场。法兹尔·安拉，侯鲁非教派的创立者，最后像条狗一样被人杀死，尸体的脚上被绑了条绳子拖着游街示众。你知道吗？六百年前，他也是通过解梦而进入这一行，就如同耶拉。不过他并不是在哪家报社孜孜不倦地工作，而是躲在城外一个山洞里……"

"经由这样的比较，我们对一个人能有什么了解？"综艺版作家说，"一个人能够多么深入另一个人生活的秘密？三十多年来，我一直试图深入探究那些悲惨的电影演员的秘密，那些模仿美国人的我们所谓的'明星'。于是我发现了这一点：有些人，他们说每个人都有一个分身，他们错了。没有任何一个人像另一个人。每个可怜的女孩都有她自己的可怜样。我们的每个明星都独一无二，如同天上的星星，孤孤单单，个个是找不到同类的悲惨星斗。"

"除了好莱坞的原版模特儿之外，"年老的专栏作家说，"我有没有跟你提过耶拉所仿效的原创者名单？除了但丁、陀思妥耶夫斯基和鲁米外，他还大大方方地抄袭了我们伟大的宫廷诗人谢赫·卡利普的《美与爱》。"

"每一个生命都是独特的！"综艺版作家说，"每一则故事之所以能够成为故事，是因为它不会一模一样。每一位作家都是独一无二的自己，都是充满个人特色的二流作家。"

"呸！"老作家说，"我们拿他颇感自满的那篇来看，什么《博斯普鲁斯海峡干涸的那天》。里头所有末世的景象，根本就是直接抄袭好几千年前的古书，描述救世者降临前的毁灭之日，不是吗？从《古兰经》中，审判之日的章节里抄来的，从伊本·赫勒敦[1]和阿布·呼罗珊的书里抄来的，不是吗？然后他再加入一个什么黑道老大的低俗

---

[1] 伊本·赫勒敦（Ibn Khaldun，1332—1406），阿拉伯历史学家、哲学家、社会学家。

故事，毫无艺术价值可言。当然了，文章中的各种噱头，还不足以造成某小部分特定读者的风靡狂热，或是促使当天报社接获上百个歇斯底里的女人的电话。真正的原因，是字里行间隐藏的秘密讯息恰巧被读者解读出来——不是被你我这种普通人，而是一小撮手上拥有密码书的信徒。这些信徒遍布全国各地，其中一半是妓女，另一半是男同性恋，他们把这些讯息当作神圣的律令，从早到晚打电话到报社来，想确定我们不会把他们的教主耶拉先生给踢出门外，叫他为那一堆胡言乱语负责。不只这样，还老是会有一两个人守在大门口等他。卡利普先生，我们怎么知道你是不是他们其中之一？"

"可是我们挺喜欢卡利普的，"综艺版作家说，"我们在他身上嗅到自己年轻时的气味。我们信赖他，所以才告诉他我们的心里话。我们便是靠这种直觉来分辨是非。莎蜜叶·莎曼女士，以前一位耀眼的明星，当她在一家养老院安度晚年时曾经对我说：'嫉妒这种疾病……'怎么？你要走了吗，年轻人？"

"卡利普，小伙子，既然你要走了，那么先回答我一个问题，"老专栏作家说，"英国广播公司为什么要采访耶拉而不是我？"

"因为他文章写得比较好。"卡利普说。他已经从桌边起身，准备跨入通往楼梯的安静走廊。他听见老作家在他身后大喊，浑厚的声音丝毫不失原有的欢悦。

"你真以为你刚才吞的是胃药吗？"

走上外面的街道，卡利普小心谨慎地四下观望。对面人行道的一个角落里，一个卖橘小贩和一个秃头男人茫然呆立，那个地点曾经发生过神学院学生焚烧报纸的事件，因为报上刊登了一篇他们视为亵渎的耶拉专栏。眼前两个人看起来不像在等耶拉。卡利普穿过马路到对面去买了一个橘子。正当他剥橘子吃的时候，他突然感觉到有人在跟踪他。来到卡格尤鲁广场，他转向办公室的方向，还是搞不懂刚才那一刻怎么会突然有股毛骨悚然的感觉。他缓缓走下街道，目光望向书店橱窗，就是想不通为什么那股感觉如此真实。仿佛模糊中有一只"眼睛"紧盯着他的后颈，就是这样。

当他缓步经过其中一家书店前时，他的眼睛遇上了橱窗里的另一对眼睛。四目交会的刹那，他的心突然跳了一下，好像巧遇自己长久以来的至交。橱窗里展示的是一家以侦探小说为主的出版社，如梦总是狼吞虎咽地阅读他们的书。卡利普常在书上看到的那只好邪的小猫头鹰，此刻正耐心注视着卡利普和周六橱窗外来往的人潮。卡利普走进店里，挑了三本他认为如梦还没看过的旧书，结账包好，外加广告板上介绍为本周之选的一本书《女人、爱情、威士忌》。一张颇大的海报钉在上层书架上，写着"土耳其唯一出到第126卷的侦探小说系列：数量就是我们最好的品质证明"。店里除了同一家出版社的"文学罗曼史"和"猫头鹰趣味小说系列"之外，还卖其他书。于是卡利普询问店员有没有一本关于侯鲁非教派的书。一位矮壮的老人坐在门口的椅子上，一边监视着柜台后的苍白年轻人，一边张望着外头泥泞的人行道上络绎不绝的人群。他给了卡利普一个意料中的答案。

"我们没有。去小气鬼伊斯梅尔的店问问看。"接着他又补充，"好久以前我曾经拿到几本侦探小说的草稿，从法文翻译过来的，翻译者是奥斯曼·亚拉列丁王储殿下，他刚好就是个侯鲁非信徒。你知道他怎么死的吗？"

出了店门，卡利普朝人行道前后张望一会儿，但没有看见任何值得留心的异状：一个女人带着孩子正在研究三明治店的橱窗，孩子身上的外套太大了；两个穿着一模一样绿色袜子的女学生，一个身穿棕色风衣的老人，正等着过马路。可是，他才刚跨步要走向办公室，就感觉到同样一只紧迫盯人的"眼睛"落上他的后颈。

卡利普从来不曾被人跟踪过，也从来不曾体验过被跟踪的感觉。他对这件事的认识，仅限于他所看过的电影或是如梦的侦探小说中的情节。虽然他只读过几本侦探小说，但他时常高谈阔论此种文类：应该有办法架构出一本小说，让它的开头和结尾的章节一模一样；应该写一个没有"结局"的故事，因为真正的结局已经被隐藏在中间的内容里；应该要编造出一本小说，其中的角色全是瞎子，等等。卡利普在脑中组织着这些如梦嗤之以鼻的假设，梦想或许有一天他能够成为故事中的另一个人。

办公大楼的入口旁边，有一个无腿的乞丐蜷缩在壁凹里，卡利普想象他两眼都瞎了。想到这里，察觉自己已越来越深地卷入这场噩梦，他才意识到这一切不只是如梦离去的缘故，必然也要归因于睡眠不足。走进办公室后，他没有立刻坐回办公桌前，反而打开了窗户探头往下看，观察人行道上的所有动静。过一会儿，他回到桌前坐下，而他的手则不由自主地，不是伸向电话，而是朝一个放有纸张的档案夹伸去。他拿出一张白纸，不多加思索便振笔疾书。"如梦可能会去的地方：她前夫家。我伯父家。芭努家。一个'安全'的住所。一个半安全的住所。一个讨论诗文的场所。一个什么东西都讨论的场所。尼相塔什的某间房子。任何一栋老房子。一栋房子。"看见自己写的东西没什么逻辑，他放下笔。接着他又抓起笔，把除了"她前夫家"之外的可能性全部划掉，然后再另起一段："如梦和耶拉可能会去的地方：耶拉的某个藏身处。如梦和耶拉在一间旅馆里。如梦和耶拉去电影院。如梦和耶拉？如梦和耶拉？"

写下这一切，让他想起那些侦探小说，而自己恍若故事里的主人公。他感觉自己正逐渐接近一扇门，通往如梦，通往一个新的世界，通往一个他渴望成为的新身份。在门后隐约可见的那个世界里，被人跟踪的感觉是正当合理的。假使一个人相信自己被人跟踪，那么他一定也会相信自己可以是这样一个人：为了寻找一名失踪者，坐在桌前，列出所有必要的搜查线索。卡利普很清楚自己根本不像侦探小说中的主人公，但通过假装自己就是、"像是"这么一个人，或多或少减轻了一些包围在四周让他喘不过气的物品和故事。稍晚之后，年轻的服务生——他的头发从正中央惊人地对称分边——端来卡利普向餐厅叫的餐点，这时的卡利普几乎已经完全融入侦探小说的世界，到处都是写满线索的纸张。他如此出神，甚至连放在脏托盘上的烤肉饭和红萝卜沙拉，在他眼里似乎也不再是他吃惯的乏味菜肴，而变成了他从没见过的珍奇美馔。

饭吃到一半电话响了。他顺手拿起话筒，仿佛已经等了很久。打错了。吃完饭挪走托盘后，他打电话回自己尼相塔什的公寓。他让电话响了很久，脑中想象着如梦，回到家累了，爬下床接电话。没有人接，但他并不讶异。他又拨电话给荷蕾姑姑。

为了先发制人，不让姑姑有机会提出新问题，卡利普一口气把事情交代清楚：因为他们的电话坏了，所以他们没办法打电话联络；如梦当天晚上就复原了，精神饱满，一点也没事，她现在穿着那件紫色的外套，心情很好，正坐在1956年的雪佛兰出租车里等卡利普；他们正准备前往伊兹密尔，去探视一位重病的老朋友；船不久要开了，卡利普在路上一间杂货店里打电话；多谢杂货店老板，店里忙得不可开交的时候还肯借他用电话；要挂了，姑姑，再见！然而荷蕾姑姑仍设法插话问道：你们确定门都锁好了吗？如梦有没有带她的绿毛衣？

一直到赛姆打来时，卡利普还在思考，一个人光盯着一张他从没去过的城市的地图，是否可能产生深远的改变？赛姆告诉卡利普，早上他走了之后，自己又继续在数据库里钻研，结果发现了一些或许有用的线索：那位意外害死老妇人的穆罕默德·耶尔马兹，没错，他很可能还活着，只不过他用的名字不是他们之前推测的艾哈迈德·卡切尔或哈尔敦·卡拉，而是像个游魂似的，以一个丝毫不含半点化名意味的穆阿梅尔·埃尔盖内尔之名行遍天下。之后，当赛姆在一本全然拥护"相反观点"的刊物里遇到同一个名字时，他并不讶异，令他吓一跳的是，另外又有一个名字叫沙利·果巴契的人，发表了两篇尖锐批评耶拉专栏的文章，里头不仅使用了同样的修辞形式，甚至连错字都一模一样。仔细推敲后，他才注意到这个人的姓名不但与如梦前夫的姓名有着相同的子音，而且还彼此押韵。接着他又看到，此人的名字出现在一本小型教育刊物《劳动的时刻》中，头衔是总编辑。于是赛姆替卡利普记下了这个编辑办公室的地址，位于城市西边的郊区：巴克柯伊，锡南帕夏区，艳阳丘，瑞夫贝街十三号。

挂上电话后，卡利普在市区电话簿的地图上找出锡南帕夏区。他很惊讶，艳阳丘新开发区涵盖了一整片原本荒凉的丘陵地，十二年前如梦和前夫刚结婚时，因为丈夫想要对劳工进行"田野调查"，他们便搬进了那里的一栋违章建筑。卡利普仔细检视地图，看出那片他曾经去过一次的丘陵地，如今已划分为多条街道，每一条都依照独立战争中的英雄命名。角落里有一块广场，上头标示着绿色的公园、清真寺的宣礼塔和一块小小长方形的阿塔图尔克雕像。这是卡利普一辈子也无法想象的一片区域。

他打电话到报社，对方说耶拉还没有来，接着他打电话给伊斯坎德尔。他告诉伊斯坎德尔他已经联系上了耶拉，也传达了英国广播公司想采访他，耶拉好像也不反对这个提议，只不过他最近实在太忙。叙述故事的过程中，他听见另一头传来小女孩的哭声，就在电话附近。伊斯坎德尔告诉他，英国人至少还会在伊斯坦布尔多待六天。他们听说了许多关于耶拉的佳评，他相信他们会愿意等，如果卡利普有兴趣的话，可以主动去佩拉宫饭店 [1] 拜访他们。

他把午餐托盘拿到门外，离开大楼。走下通往海边的坡道，他注意到天空呈现出前所未见的暗淡苍白，仿佛天就要降下飞灰。但即便如此，周六的人群大概也会装出一副习以为常的样子。或许这就是为什么人们总低头望着脚下泥泞的街道行走，因为他们希望能习惯这种想法，不要让自己大惊小怪。夹在腋下的侦探小说令他心安不少。或许该庆幸这些故事是出自遥远、魔幻的国度，由一群抑郁不乐的家庭主妇翻译成"我们的话"——她们曾经在某些外语高中就读，但后来放弃学业，为此她们后悔终生——多亏这个原因，如今我们大家才能不受影响地为自己的生活奔忙，而办公大楼入口前一身褪色西装替人填充打火机的小贩、看起来像一团破烂抹布的驼背男人，以及共乘小巴车站前安静的乘客们，才都能够一如往常地庸碌过活。

他在埃米诺努上了公交车，到离公寓不远的哈比耶下车。他看见皇宫戏院前挤满了人，他们正在等待两点四十五分的星期六午场电影。二十年前，卡利普和如梦以及她其他同学也会来看这个午后场，挤在一群身穿同样军用上衣、满脸青春痘的学生中间。他会走下和现在一样撒满锯木屑以防雪滑的台阶，研究小灯泡点亮的框格里即将上映新片的角色剧照。然后，默默地、充满耐心地望着如梦的方向，看她正在和谁说话。前一场电影似乎始终演不完，门好像怎么也不会开，他和如梦肩并肩坐在熄灯暗影里的那一刻仿佛永远都不会到来。这一天，当卡利普发现两点四十五分这一场还有票时，一股自由的感觉陡然涌入心头。电影院里，前一场观众留下来

---

[1] 佩拉宫饭店建于 1892 年，是一栋古色古香的建筑，推理小说大师阿加莎·克里斯蒂便多次投宿此旅馆的 411 号房间，在此写下《东方快车谋杀案》。

的空气又闷又热。卡利普知道，等会儿只要一熄灯上广告，自己将会马上睡着。

醒来之后，他坐直身体打起精神。银幕上有一名美丽的女子，一位真正的美女，美丽而迷惘。接下来看到一条宽广平静的河流、一间农舍、一座美式农庄坐落于浓密的绿荫中。接着，迷惘的美丽女孩开始和一名卡利普从没在别部片中见过的中年男子说话。他们的对话缓慢而平和，从他们平缓的脸孔和手势中，他可以看见他们的生命陷入深沉的磨难。不只是理解而已——他"懂"。生命充满了磨难、痛苦、悲伤、忧愁，把我们的脸揉捏成相仿的面貌。总当我们好不容易习惯了悲苦时，新的悲苦又压顶而至，而且更为沉重难挨。甚至当悲苦倏然降临时，我们也知道它其实一直都在酝酿。然而，就算我们早已有了心理准备，但当磨难像场噩梦般席卷而来时，我们依然会被孤独所吞噬，一种绝望、挥之不去的孤独。我们幻想着，若能找人分担寂寞，将能使我们快乐起来。有一刹那，卡利普觉得自己的悲苦和银幕中女人的悲苦是相同的——或许他们共享的并不是悲苦，而是这个世界，一个井然有序、不会让你期待太多、也不会弃你不顾的世界，一个要求你必须谦卑的世界。卡利普觉得自己和眼前的女子心灵相系，看着她的一举一动仿佛是看着自己：从井里汲水、驾驶一辆旧福特小汽车出城、抱着孩子哄他上床睡觉。他好想拥抱她，不是由于她的美丽、她的质朴天真或是她坦率的态度，而是因为他相信自己就活在她的世界里。倘若他能拥抱她，那么这名淡褐色头发的苗条女子必然能够分享他的想法，能够懂他。卡利普觉得他好像是独自一人在看电影，眼前的画面只有他一个人能够看到。尽管如此，很快地，中间铺着一条柏油大马路的酷热小镇，爆发了一场战斗，一个"领导型的强壮男人"解决了冲突，这时卡利普明白，他即将失去与那位女人之间的同伙关系。他逐字逐句阅读字幕，同时感受到戏院里躁动不安的人群。他起身回家。天色近黑，他走在缓缓从天而落的雪花里。

　　一直到很晚，躺在蓝格子棉被下游离于半梦半醒之际，他才蓦然想起，他将买给如梦的侦探小说忘在电影院里了。

10
眼 睛

在他生命中那段创造力最丰盛的时期，每天写作的文字从不少于五页。

——阿卜杜拉赫曼·谢雷夫 [1]

　　我现在要说一件某年冬天发生在我身上的事。那时正值我生命中一段阴郁的时期：尽管我好不容易度过了记者生涯最艰辛的头几年，但同时，在这一行想要出人头地所必须忍受的种种事情，却也已经把我最初的热情消耗殆尽。寒冷的冬夜里，当我告诉自己"我终于成功了"的同时，我也明白自己已经被掏空了。那一年冬天，失眠找上了我，从此以后一辈子不再离开。于是，许多平常工作日的夜里，我和值班的同人会在报社里留到很晚，利用这段时间完成在白天的喧哗忙乱下写不出来的文章。"信不信由你"专栏——当时这个题材在欧洲的报章杂志里也颇盛行——便是特别为我的大夜班设计的。我会先翻阅一份已经被剪成碎碎条条的欧洲报纸，找出其中"信不信由你"的单元，详细研究上面的照片，然后，根据照片给我的灵感（我坚信学习外语不仅没有必要，而且绝对有害我的想象

---

[1] 阿卜杜拉赫曼·谢雷夫（Abdurrahman Şeref，1853—1925），土耳其历史学家，专门研究奥斯曼帝国历史。

力），我带着某种艺术的狂热将脑中的模糊概念铺陈写下。

那一个冬夜，我草草瞥了一眼某本法国杂志（一本过期的《写照杂志》）中一张怪物的图片（一只眼在上，一只眼在下），接着飞快地编出一篇关于独眼巨人的文章。我列举出这种强悍的生物化身转世的过程：它先是出现在科尔库特传说中[1]，把年轻女孩吓得魂飞魄散，接着变形成为荷马史诗中背信忘义的赛克洛普斯，在布哈里的《先知史》中它是旦扎里本人，到了《一千零一夜》后它则闯入了大臣们的女眷闺房，在《神曲》中当但丁即将找到心爱的贝阿特丽采时（我对她是如此熟悉），它以一身紫色装束昙花一现，它埋伏打劫鲁米的商旅，而在我所钟爱的威廉·贝克福德的小说《瓦席克》[2]中，它则摇身一变，成为一个女黑人的形貌。接着我开始默想，究竟额头正中央长着一只深井般的眼睛是什么模样，为什么它令我们惊惧，为什么我们非得害怕而避之不及？兴奋中我文思泉涌，挥笔在这篇短短的"专论"里加入几则小故事：其中一则是关于一个传闻住在金角湾周围贫民窟里的独眼巨人一号，有一天夜里，它不知道用什么方法穿过了油腻、污浊、泥泞的河水，去会见独眼巨人二号。这位独眼巨人二号要不就是和前一个一模一样，要不就是个贵族独眼巨人（人们称呼它"阁下"）。那天半夜，二号来到佩拉区一家豪华的妓院，当它摘下毛皮头饰的那一刹那，所有的莺莺燕燕全都吓昏了过去。

我草草附上一行字，提醒那位特别钟爱此类题材的插画家（"拜托，不要胡子！"），然后在半夜十二点多离开了报社。由于我并不想回我那寂寞寒冷的公寓，因此我决定在伊斯坦布尔老城的大街小

---

[1] 流传于中亚的史诗，故事中也有一个大眼怪物。

[2] 威廉·贝克福德（William Beckford，1760—1844），英国富商、小说家，其作品《瓦席克》情节古怪，是典型的哥特式小说。

巷里走一走。一如往常，我心情低落，但对于我的专栏和故事感到志得意满。我心里想着，也许待会儿散步的途中，我可以来幻想那篇故事得到广大的赞美认同，这么一来，说不定能延迟那如不治之症般纠缠我不放的莫名忧伤。

我穿过后街暗巷，越往里面走，巷子就越窄越黑，每一条都以任意的斜角互相交错。听着自己的脚步声，我侧身挤过相倚相叠的幽暗房舍，只见每个封闭的阳台早已扭曲变形，窗户漆黑一片。我走入那些被遗忘的街道，那儿，就连群集的野狗、睡眼惺忪的守夜人、吸毒者和鬼魂们都不敢涉足。

陡然间，我感觉有一只眼睛从某处注视着我，一开始我并不惊惶。我推测这是由于我刚才写了那篇文章，所以生出此种虚妄的知觉。因为不管是在歪扭的阳台窗口——我感觉它在那里——还是空地的深邃黑暗中，事实上都没有眼睛在看我。我所意识到的存在物只不过是一种模糊的幻象，我不认为值得大惊小怪。四周阒然无声，除了守夜人的口哨和远方狗群打架的鸣嗥之外，听不见半点声响。静寂之中，被人注视的感觉慢慢地愈发清晰，逐渐强烈到让我无法再忽略。

一只无所不在、全知全能的眼睛此时大剌剌地盯着我。不，它和我今晚编造出的故事中的主人公们毫无关联。不像他们，这一个并不可怕，不丑陋，不滑稽，不怪异，也没有不怀好意。它甚至像是个熟人，没错，这只眼睛认识我，而我也认识它。从很久以前我们就知道彼此的存在，然而一直到今天深夜，行走在这条巷子里，强烈的街景激起的这股独特感知向我袭来，我和它才终于公开相认。

我不打算透露在金角湾后方山丘上的这一条路的名称，因为对于不清楚伊斯坦布尔那块区域的读者来说，并没有什么意义。你们只要想象，那是一条暗淡无光的石板路，两旁是深色的木头房子

（奇异事件发生后三十年的今天，大部分的房子仍旧屹立着）以及二楼阳台投下的阴影，一盏孤零零的路灯散出光晕，被扭曲的枝丫遮掩而显得朦胧。人行道又脏又窄，一座小清真寺的墙壁向无止境的黑暗处延伸。街道——或者视线——的阴暗尽头处，这只荒谬的眼睛（我还能怎么称呼它？）等待着我。我想象一切已逐渐明朗：这只"眼"正等着要帮助我体会"灵魂出窍经验"（我事后想，那更像是梦境），而不是要伤害我——比如说，吓唬我、勒我、砍我或杀死我。

一片寂静。霎时间我明白了，整段经验源自我内心深处的空虚、从事新闻业所失去的自我。当一个人极度疲累时，最真实的噩梦就会乘虚而入。可它并不是噩梦，它是一种更鲜明、更清晰——甚至计算精密——的感知。"我知道我里面彻底空了，"我是这么想的，接着，我朝清真寺的墙壁一靠，心想，"它知道我里面彻底空了。"它知道我在想什么，知道我曾经做过的种种，但是就连这一切也不重要，这只"眼"暗示着别的某样一目了然的事情。我创造了它，而它造就了我！这个念头闪进我脑海，我以为它会一闪即逝，像是偶尔蹿出笔端又消失的愚蠢字句，但它却停留不去。这个念头开启了一扇门，领我进入一个新的世界，就像那位追着兔子跑的英国女孩，掉进了树篱下的兔子洞里。

最开始的时候，是我创造出了这只"眼"，目的很明显，是希望它看着我、观察我。我不想脱离它的凝视。在眼睛的凝视下，在随时随地意识到它的情况下，我创造出我自己：我欣然接受它的监视。我的存在取决于我深知自己始终被注视着，仿佛说，倘若这只眼睛不看我的话我便不会存在。事实上，显然我已忘记了最初创造眼睛的人是我，如今反倒对它心生感激，认为多亏它促成了我的存在。我想要依循它的命令！唯有如此我才能置身于更美好的"存在处境"！然而，要达到这个目标困难重重，所幸我们不会因为如此的困难而痛苦失意（人生本是如此），毕竟我们时常遭遇这种挫折，并逐渐将之视为理所当然而予以接受。靠在清真寺的墙壁上，我坠入这冥想的世界，它不像噩梦，倒像由熟悉的记忆和影像编织而成的喜悦之境，就如同我在"信不信由你"专栏中曾经描述过的想象绘画，那些我虚构出来、不存在的画家所"制造"的图画。

倚着清真寺的墙壁，审视着自己的洞见，我看到自己置身于喜悦花园的中心。

很快地我明白了，在我的洞见，或想象，或者说幻觉——随便你怎么称呼——中央的那个人，并不是一个酷似我的人，他就是我，我自己。这时我才了解，之前感觉到的凝视目光，其实是我自己的凝视。我已经变成了那只"眼"，当下正观察着自己。那是一股自然而然的感知，不诡异，不陌生，甚至一点也不可怕。我仿佛脱离了躯壳，从外面观看自己，刹那间我才领悟，原来自己长久以来一直保持着自省的习惯。多年来，我便是靠着从外头省视自己，来端正我的言行举止。"很好，一切都没问题了。"我会这么说。或者，我会把自己检视一遍，然后说："唉，今天没做好。""我表现得不够像我应有的样子。"或者我说："看起来有点接近了，要再努力一点。"多年以后，再次端详自己。"太好了！我终于表现出我想让别人看到的样子了！"我会欢欣地说，"是的，我办到了，我成了他。"

这个"他"到底又是谁？首先我明白了一点，为什么这个我渴望与之相像的"他"，会在我奇境之旅的这一刻，出现在我的面前：因为，今天夜里徘徊在街头的我，完全没有要模仿"他"或任何其他人。别会错意，我一直深信人们只要活着就会去模仿别人，就会渴望当另一个人。只不过那天夜里我实在太累太空虚，以致我内心的这股渴望跌到谷底。如此一来，反而使得我和"他"（我必须服从的人）终于处在某种"平等"的关系。我不再惧怕他，也不再抗拒被他召唤进入这个异想世界：这都显示出我们之间的"相对"平等。尽管我仍活在他的注视之下，但那一个美丽的冬夜里，我是自由之身。虽然这样的结果并非源于意志力和胜利，而是源于疲惫和挫败，但此种平等与自由的感觉，仍旧在我和他之间建立起一道轻松的亲昵关系。（诚挚的态度显然是我的风格。）这些年来，他头一次向我透露他的秘密，而我也懂。一点也没错，我是在自言自语，但是如此的对话，不正是像亲密知己，与深埋在我们心底的第二个人甚至第三个人，悄悄说话吗？

专心的读者想必早已弄懂我交相指涉的解说，不过还请容我再述说一遍："他"，无疑地，便是"眼"。眼睛就是我想要成为的那个人。然而我最先创造出来的不是"眼"，而是"他"，一个我想要成为的人。而这个我想要成为的"他"，隔着遥远的距离，大剌剌地向我投下犀利而沉重的凝视。在"眼睛"的范围内我的一举一动无所遁形，任性的凝视不仅监视着我、评判着我，更拘束我的自由。它像一轮可厌的烈阳，高挂在我的头顶，丝毫不放我。但别以为我是在抱怨，看见这只"眼"在我面前展现的灿烂景象，我万分喜悦。

我周围的景观宛如几何图案，而且精准到丝丝入扣的地步，我望着自己置身其中（毕竟，"我望着自己"正是这整件事的乐趣所在），当下意识到原来"他"是被我创造出来的，但是对于自己究竟是怎么办到的，我却只有一点模糊的概念。从某些线索中我可以看出，"他"萃取自我个人的生活材料和经验。"他"（我想要成为的人），取材自我童年时看的漫画中的英雄，或是我在国外刊物上见到的文坛巨擘的照片，甚至照片中这些摆着姿势的文人，他们的图画室、书桌，或他们时常出没的神圣场所——他们在这些地方咀嚼他们"深沉而有意义"的思想，并在门口摆姿势给摄影师拍照。我当然也想像他们一样！可是，又要多像呢？在这块形而上的版图里，我也遭遇了一些令人气馁的线索，反映出我着实是以自己的过去点滴来塑造"他"：一个勤奋富裕的邻居，我母亲总是大力吹捧他的优点；一位崇尚西化的帕夏，他誓言拯救自己的祖国；一本书中的一位英雄，这本书我从头到尾读了五遍；一位以沉默来处罚我们的老师；一个过分优雅的同学，他不仅有每天换穿新袜子的财力，甚至还以"您们"来尊称自己的父母；贝伊奥卢和色扎德巴斯电影院里放映的外国片中那些聪明、机智、风趣的男主角——他们拿酒杯的姿势，他们那种幽默的样子，那种明确的果决，能够那么轻松自在地与女人相处，甚至是美丽的女人；著名的作家、哲学家、科学家、探险家和发明家，我从他们书本的前言中得知他们的生平历史；几位军事要人；还有那位拯救城市逃离毁灭性洪水的失眠英雄……早已过了午夜，我倚着清真寺的墙壁，看见这些人物一个接着一个地现身，仿佛站在地图上各个熟悉的区块，从四面八方向我挥手。一开始我也涌起一股孩子气的兴奋，就好像一个人惊讶万分地发现自己居住了大半辈子的街区，竟然出现在地图上。然而接下来，我品尝到一股酸涩的残味，就好像第一次检阅地图的那个人，最后终究逃不过失望，因为他将发现，那些大楼、街道、公园、房舍，载满了他终生的回忆，然而当展现在偌大繁复的地图上时，却只不过是用小小的几个点、几条线敷衍带过，相比其他的线条和标示，它们看起来无足轻重，毫无意义。

从往日的记忆和景仰的人物之中，我造就出"他"来。我一个一个地捡拾过去的事物，拼贴成这一个庞然畸物，他释放出这只紧盯我的"眼"，"他"是这只"眼"的灵魂。此刻，这个巨大的混合体却反过来成为被我凝视的对象。在它之中，我瞥见我自己和我的一生。我很高兴能够受到它的严密注视，在它的羽翼下努力向上。我花费毕生精力只为了模仿"他"，努力扮演想要成为"他"，并深信有朝一日我会真的变成"他"，或者至少能够接近"他"。我活着并非充满自信热情，而是不断希望有机会能够变成另一个人——他。我的读者们，请不要误以为这"灵魂出窍的经验"意味着某种觉醒，或是那种"大彻大悟"的小品故事。来到这片梦游奇境，我发现了自己，倚着清真寺的墙壁，周遭的一切在几何形放射的光芒下莹莹闪烁，涤除了罪与恶、欢乐与惩罚。曾经有一次我做梦看见，就在这同一条街上，从同一个角度望去，一轮满月高挂在同样这片夜半靛蓝的天空上，缓缓幻化成时钟上的一个明亮刻度。此时我体会到的景色正如同在那场梦里，有着同样的清晰、剔透、对称。我很想悠闲自在地继续欣赏它，反复吟味那看似理所当然的细节，一个一个挑出其中有趣的变异。

我确实也这么做了。仿佛面对一盘西洋棋局，预测着深蓝色大理石板上的小石子的走向，我对自己说："斜倚清真寺墙壁而立的'我'，渴望成为'他'。""这个人想要与自己羡慕的对象结为一体。""另一方面，'他'假装不知道他其实是被扮演他的'我'塑造出来的。""那就是为什么'眼'会如此自信。""他似乎不知道，'眼'之所以被创造出来，是为了让倚在清真寺墙上的人有机会接近他，反过来，倚在清真寺墙上的这个人倒是非常清楚这个暧昧的概念。""如果这个人展开行动去接近他，并设法成为他，那时'眼'将会走进死巷或者掉入深渊。""此外，还有……"诸如此类。

就这样，我从外头审视着自己，同时心中想着这些事情。接着，我所审视的"我"开始往家的方向走，返回他的床铺。他沿着清真寺的墙壁行走，到了墙的尽头后，继续沿着带有一模一样二楼阳台的木房子，穿过荒凉的空地、公共饮水池、门窗紧闭的商店，还有墓地。看着自己，我不时感到惊愕。这感觉就好像走在一条拥挤的街道上，我们望着身旁行色匆匆的人群，却突然在一片厚玻璃橱窗或一排假人身后的大镜子中，瞥见自己的身影。不过，同时我很清楚在这如梦的场景中我所观察到的"我"，正是我自己，没什么好奇怪的。令我惊讶的是，我对此人竟产生出如此舒服、甜蜜、亲切的情愫，叫人难以置信。我知道他其实是个脆弱而可怜的人，无助而忧伤，全天下只有我知道眼前这个人并不像他外表所见。我想要像一个父亲一样保护这敏感的孩子，或像一个神祇照料这柔弱的生物，把他纳入我的羽翼。可是他继续走了很久（他在想些什么？为何如此忧伤、如此疲倦、如此挫败？），最后终于返回大街上。偶尔，他抬眼望去，小吃店和杂货店熄了灯的窗户。他把双手用力插入口袋，下巴垂到胸口，就这样继续从色扎德巴斯走向温卡帕讷，偶尔有辆汽车或空出租车从身旁呼啸而过，他也视而不见。或许他身上没有半毛钱。

走上温卡帕讷桥，他朝金角湾凝视了一会儿。黑暗中，依稀可见一群船员齐力拉着一条绳子，绳子绑着一艘拖船，正准备入水驶过桥下。爬上西哈尼山丘，他和一个迎面下坡而来的醉汉交谈了几句。他完全没有注意独立大道上辉煌明亮的橱窗，除了一家银器店，他仔细地端详了橱窗内展示的银饰。他有什么心事？满怀着不安的挂念与关心，我注视着他，替他感到焦虑。

来到塔克西姆后，他在一个书报摊买了香烟和火柴。他撕开包装，迟缓的动作正如同街上猥琐的土耳其人。他点起一支烟：噢，一缕哀伤的青烟从他口中袅袅升起！尽管我世故老练、无所不知，但此时我却仿佛头一次面对面遇见人类这种生物，为他担惊受怕。我想说："小心点，小子！"每一次看见他平安穿越马路，我都不禁松口气，暗自庆幸。我始终保持警觉，留意着街道暗处、公寓大楼的死角以及漆黑无灯的窗户，生怕有任何灾祸埋伏。

谢天谢地，好不容易他安全到家，返回位于尼相塔什的公寓楼房（"城市之心"公寓）。一上到他的阁楼公寓后，你们以为他会就这样上床睡觉，满心愁闷——同样的愁闷折磨着我，沉重而难以言喻。然而，不，他往一张椅子上坐了下来，开始抽烟，花了一点时间翻阅报纸。接着他起身，在老旧的家具、摇摇欲坠的桌子、褪色的窗帘、堆积如山的报纸和书本间来回踱步。突然间，他往桌前一坐，在吱呀作响的椅子上调整好姿势，抓起一支笔，然后倾身伏向一张干净的白纸，挥笔疾书。

我站在他身旁，紧贴着他，感觉好像我就倚在他凌乱的桌面上。我贴近地端详他：他带着孩子般的专注神情写字，陶醉的模样像是在欣赏一部喜爱的电影，对着自己内心播放。我看着他，骄傲极了，如同一个父亲注视着儿子写下生平第一个字母。每当他写完一个句子，他会抿起嘴，他的眼珠子随着文字骨碌碌地转动。一整页写完后，我阅读他写了些什么，我打了个寒战，内心涌起一股深沉的痛楚。

他所写的，并不是挖掘自灵魂深处、我所渴望知悉的秘密，他只是潦草写下了你们刚才读到的那些句子。不是他自己的世界，而是我的；不是他自己的话语，而是此刻你们正飞快扫视的每一个字（拜托，慢下来！），属于我的话语。我想与他对质，要求他写出自己的话，但我什么也不能做，只能呆望着他，如同在梦里。一字连着一字，一句接着一句，越往下走我的痛越深越浓。

来到另一个段落的起头时他略为停顿。他看着我——仿佛他看见了我，仿佛我们四目相交！记不记得，在旧书和杂志中常出现这样的场景：作家和他的缪斯有一段愉快的交谈？调皮的插画家会在页面空白处，画出钢笔大小的缪斯和若有所思的作家，彼此相视而笑。是的，我们就是这样相视而笑。既然我们已经彼此交换了心有灵犀的微笑，我乐观地猜想，那么接下来一切都会清楚了。他将会醒悟什么才是对的，因而写出他自己内心世界的故事，让好奇的我得以一窥究竟，而我将会满怀喜悦地阅读他评论身为自己的种种。

但这并未发生，什么也没有。他再次冲我亲切地一笑，好像所有需要解释的事情全都一清二楚了。他顿了顿，酝酿情绪，如同刚破解了一场棋赛的僵局，蓄势待发准备继续进攻。接着他写下了最后的字眼，把我的世界推入一团无底的黑暗。

11
我们把记忆遗失在电影院

电影不但毁坏孩童的视力，更毁坏他的心灵。

——乌鲁奈

卡利普一醒来，就知道又下雪了。或许他在睡梦中早已知晓，感觉到一片寂静吞没了城市的喧嚣。乍醒时他还记得前面的那场梦，但才刚转头望窗外，便忘得一干二净。黑夜已深，卡利普用煤气炉始终烧得不够热的水洗了个澡，换上衣服。他拿起纸和笔来到桌前，坐下来，花了一点时间检查线索。他刮了胡子，穿上如梦很喜欢的那件人字呢夹克——耶拉也有一件完全相同的——然后在外面披上他的粗厚大外套。

雪已经停了。路旁停放的车辆和人行道上覆盖着几英寸深的积雪。星期六夜晚的购物人潮手里提着大包小包，颤颤巍巍地走路回家，仿佛他们正踩在外层空间某座星球软绵绵的地表，一时还无法适应步伐。

到了尼相塔什广场，他很高兴看见主要大道上已经空无一人。一家杂货店的门口照每天夜里的惯例架起一个摊子，摆上沓沓裸女杂志和八卦报刊，卡利普从中间抽出一份隔天早晨的《民族日报》。他横穿马路，走向街对面的餐馆，找了一个路上行人看不到的角落坐下，点了一份番茄汤和烤肉饼。趁食物上桌的空当，他把报纸拿到桌上，开始仔细读耶拉的周日专栏。

这篇也是多年前刊载过的文章之一。如今第二次读，卡利普仍记得其中几句耶拉的至理名言，有关记忆。他一边啜饮咖啡，一边在文中做记号。步出餐馆后，他挥手招了一辆出租车，前往巴克柯伊市郊的锡南帕夏区。

出租车行驶了很久，漫长的车程中，卡利普望着周围的景象，感觉自己并非身处伊斯坦布尔，而是在另一座城市里。古穆苏佑坡往下通往多尔马巴赫切的斜坡处，三辆市公交车互相穿插停靠，人群蜂拥而上。公交车站和共乘小巴车站里没有半个人影。雪花落入城市，专横地压境而至，街灯渐暗，城市里独有的夜间活动沉寂了下来，四周顿失声息，仿佛退回到中世纪的单调夜晚，房舍的门窗紧闭，人行道上空荡荒凉。覆在清真寺圆顶、仓库、违章建筑上的积雪不是白色的，而是蓝色。卡利普看见紫唇蓝颊的流莺在阿克萨瑞街头徘徊，年轻人拿木梯子当雪橇从城墙上一路往下滑，停泊在公交车总站前的警察巡逻车不停地转动着蓝光，乘客从总站发车的公交车里畏惧地向外张望。年老的出租车司机说了一个疑点重重的故事，关于很久以前某个不可思议的冬天，金角湾的水面冻结成冰。借助出租车内的顶灯，卡利普在耶拉的专栏上标满了各种数字、符号和字母，但依然什么都找不到。最后，司机抱怨说他没办法再往前开了，卡利普只好在锡南帕夏区下车，开始步行。

艳阳丘比他记忆中的还要靠近大马路。走过街道两旁窗帘掩蔽的两层楼水泥砖房（由原来的违章建筑改建而成），走过阴暗无光的商店橱窗，平缓上坡，他来到一个小广场。广场上矗立着一座阿塔图尔克的半身像（并不是一整座雕像），正是早晨他在市区电话簿地图上看到的那块长方形标识。一座不大不小的清真寺墙上写满了政治标语，他凭着记忆，选了旁边的一条路。

他甚至不愿意去想象如梦在眼前某一间破烂房子里，那些房子的排油烟管从窗户中伸出，阳台被压得向下倾斜。然而十年前，他曾经蹑手蹑脚来到敞开的窗口，看见了此刻他不愿意去想象的情景，仓皇之下，落荒而逃。那是一个炎热的 8 月傍晚，如梦穿着无袖印花棉洋装，坐在堆满纸张的餐桌前忙碌，一只手卷着一缕鬓发转呀转。她的丈夫背对窗户而坐，正在搅拌杯里的茶。一只即将啪地跌落的飞蛾，围着悬吊在顶头的光秃灯泡飞，一圈比一圈更摇晃。丈夫与妻子之间的桌子上，摆了一盘无花果和一瓶杀虫剂。卡利普清清楚楚地记得汤匙敲撞杯子的叮当作响，以及邻近树丛中夏蝉的唧唧鸣叫。不过他怎么也想不起有这么一个转角，旁边竖立着一根半埋在积雪中的路标，上头写着：瑞夫贝街。

他走完整条街后又折返。巷道的一头有几个小孩在掷雪球，另一头贴着一幅电影海报，一盏灯映亮了上面一个相貌平庸的女人，眼睛被涂黑，戳瞎。由于所有的屋子都是两层楼房，门上也都没有门牌号码，因此当卡利普第一次经过的时候，他漫不经心没有多注意。等到走第二趟时，他才心不甘情不愿地认出了那扇窗户、十年前他不屑碰触的那只门把手以及那片晦暗、没有粉刷的墙壁。房子加盖了二楼，旁边增建了一座园圃，泥巴空地换成了水泥地。一楼室内漆黑一片。带有独立出入口的二楼，微蓝的电视屏幕光芒从紧闭的窗帘渗透出来。如同枪管般穿破墙壁指向马路的排油烟管，喷出一股硫黄色的烟雾，宣布着好消息：来访的不速之客打开门后，将会发现这里不仅有热食可吃，有温暖的炉火，还有一群傻盯着电视的热心好人。

卡利普小心翼翼地踩上积雪的台阶，每一步都伴着隔壁空地上一条狗的吠叫。"我只要跟如梦讲一下话就好！"卡利普自言自语，但其实也搞不清楚心里究竟是在对自己说还是对她前夫说。等见到她后，他会要求她解释在道别信中没有讲明的理由，接着他会叫她马上回家收拾所有她的东西，她的书、香烟、凑不成对的丝袜、空药瓶、她的发饰、她那些眼镜的盒子、吃了一半的巧克力、她的细长发卡、她孩提时代的木鸭子玩具，然后，离开，别再回来。"每一件关于你的物品，都带给我难以承受的痛楚。"由于他没办法当着那家伙的面说出这些，所以他最好能说服如梦到另一个地方去坐下来说话，"像成年人一样"。等他们来到这个地方，开始以"成年人"的样子对谈，这时，或许也有可能说服如梦别的事情。只不过，这附近除了全是男人的咖啡馆外没有别的地方可去，他该上哪儿找这么一个谈话的地点？卡利普先是听见小孩的声音（妈，开门！），接着是一个女人的声音。这个女人显然绝不是他的妻子、他二十多年来爱恋的对象、他从小到大的挚友。顿时他才明白，到这里来找如梦是件多么愚蠢的行为。他本想临阵脱逃，但门已经开了。卡利普一眼便认出妻子的前夫，但对方却不认得卡利普。他是个中等年纪、中等身高的男人，正如卡利普所想象的那样。从今以后，卡利普也永远不会再想起这么样的一个人。

前夫花了一点时间，让眼睛习惯外头危险世界的黑暗，卡利普也静待着对方慢慢认出他来。与此同时，好奇的脑袋一颗颗冒出来，先是妻子，然后是小孩，接着是另一个小孩，询问着："爸，是谁呀？"爸爸被问倒了，在原地呆愣了好一会儿。卡利普决定抓住机会溜掉而不要进屋，连忙一口气把自己来访的理由交代清楚。

他很抱歉三更半夜打扰他们，可是他实在是不得已。今天他之所以来到他们家——改天会再来正式拜访（甚至带如梦一起）——是为了调查关于某个人、某个名字的一些资料，事关重大，极为迫切。他正在替一个被诬告谋杀的大学生辩护，噢不，事实上的确有人死了，只不过真正的杀人凶手行踪飘忽，像个鬼魅似的在城市游走，曾经有一度……

故事一讲完，卡利普立刻被簇拥进屋。他才脱下鞋子，马上面前就呈上一双太小的拖鞋，手里就被塞进一杯咖啡，并且被告知说热茶马上泡好。卡利普又复述一遍那位可疑人士的姓名（捏造一个截然不同的名字以防万一），如梦的前夫便接下话头。聆听着男人滔滔不绝的铺陈，卡利普可以想见这些故事含有强烈的麻醉效果，很快地自己将失去知觉，走不出大门。事后，他记得自己当时曾想过，说不定在那儿多待一会儿，就能够发现一些关于如梦的线索，至少有一点蛛丝马迹，然而这种想法更像是晚期病人接受手术治疗前的自我欺骗。他好不容易终于走出了那扇他以为永远不会再开启的大门，这时他已经聆听了如梦前夫如水库泄洪般奔流泉涌地讲了两个小时的故事，并从中得知以下事实：

我们以为自己知道很多事情，其实我们什么都不知道。

我们知道，比如说，大多数东欧和美国的犹太人，都是犹太哈扎尔王国的后裔，一千年前定居于伏尔加河与高加索山之间。我们也知道，哈扎尔人事实上是一个接受犹太教的土耳其部族。然而我们并不知道，其实土耳其人和犹太人之间血脉相连，关系极其密切。多么有意思啊！过去二十个世纪以来，这两个形同手足的民族四处迁徙，势力此消彼长，仿佛同时在一首神秘乐曲的伴奏下跳舞，但始终碰不到一起，总是错身而过，像一对绝望的孪生兄弟，注定一辈子纠缠不清。

地图拿来后，卡利普马上从故事的麻醉剂中苏醒，他站起身，动了动被暖气烘得懒洋洋的肌肉，然后望着摊开在桌子上的故事书，他惊异地看着充满了故事的地图上用绿色圆珠笔标满的箭头。

主人开始说，他认为历史的对称性是件无可辩驳的事实，我们必须做好心理准备，我们现在经历了多少幸福快乐，到头来便将经历多少悲惨痛苦，诸如此类。

首先，一个新国家将在博斯普鲁斯海峡与达达尼尔海峡之间兴起。这一回，他们不会像一千年前那样，引进新移民来组织这个新国家。相反，他们会把旧居民改造成符合他们理想的"新人类"。甚至不需要读过伊本·赫勒敦，谁都猜得出，为了改造我们，他们必须切断我们的记忆，把我们变成一群没有过去、没有历史、没有时代背景的游魂。众所周知，博斯普鲁斯区山坡上和贝伊奥卢小巷里有几所阴郁的传教士学校，那里的人给学生喝下薰衣草色的液体，以摧毁我们的国家意识。（"记住这个颜色的名称。"妈妈一边专心听她丈夫讲话一边说。）后来引发了一些化学后遗症，西方团体基于"人道立场"，认为这种方法过于鲁莽而危险。从此以后，他们便采取一种"较为温和"、有效也更为长久的解决之道，这就是他们的"音乐—电影"。

显而易见，此种电影方法是利用美丽女人的脸蛋图像、教堂管风琴整齐而辉煌的音乐、令人联想到赞美诗的视觉重复技法，以及各式各样抓住观众视线的画面——酒、枪、飞机、衣服——而比起非洲和拉丁美洲的传教士所使用的教学法，此种手段被证实更为彻底有效。（卡利普很好奇还有谁听过这一串显然事先写好的冗长句子：附近邻居？同事？共乘小巴上的陌生乘客？岳母大人？）色扎德巴斯和贝伊奥卢的电影院开张没多久，就造成几百名观众失明。有些人意识到加诸在身上的恐怖阴谋后，决定抗拒，然而他们的怒吼却在警方和脑科医生的压制下噤声。如今，他们只能通过卫生署给那些被新影像弄瞎眼的孩子们发放免费的治疗眼镜，以减轻他们内心的反抗情绪。然而终究不是这么容易可以摆平的，零星的冲突还是会爆发。当他看见几条街之外，一个十六岁少年朝一张电影海报发射空包弹时，他很快理解那是为什么。还有一个人，携带了好几罐汽油到一家电影院里，当他在大厅被保镖围捕时，他大声要求对方把他的眼睛还回来。没错，他希望要回他的眼睛，那曾经看见旧日景象的眼睛。还有报纸以前报道过，有一个马拉蒂亚的牧羊少年，看电影不由自主看上了瘾，结果在短短一个星期内丧失了所有记忆，连回家的路都忘得一干二净。不知道卡利普先生有没有看过这个新闻？类似的故事多到一个星期也讲不完，都是关于一些人在看了电影后，因为太过向往银幕里的街道、服饰和女人，以致再也无法回到过去的生活，从此变成废人。无以数计的人们把银幕上的角色当作自己，荒谬的是，他们不仅没有被众人视为"有病"或"变态"，甚至我们的新统治者还邀请这些人进入其合伙体系。我们都被弄瞎了眼！我们每一个人！每一个人！

男主人，也就是如梦的前夫，现在想要知道，难道没有任何政府单位察觉到电影院的兴起与伊斯坦布尔的衰落是成正比的吗？他想要知道，难道妓院和电影院开在同一条路上只是纯粹巧合吗？他进一步想知道，为什么电影院里面都要那么暗，那么彻底而残酷的黑？十年前，他和如梦小姐为了心中深信不疑的一个理念，以化名和假身份居住在这个屋子里。（卡利普的目光不停地追随着他的手指甲。）他们把政治宣言从一个他们从来没去过的国家的语言，翻译成我们"自己的话"，同时设法保留原文的风味；他们搜集那些素未谋面的人物的谈话，以此种新文体撰写政治预言，经过打字和影印之后，发给那些他们永远不会遇见的人群。事实上，他们只不过，自然而然地，想要成为另一个人。当他们发现真有人相信了他们的化名，误以为他们就是化名的人物时，他们多开心呀。有时候，其中一人会忘掉在电池厂里长时间工作的疲累，或是写文章和寄发传单的费神，停下来，目不转睛地凝视着他们辗转弄到手的新身份证。在青春的热情与乐观之中，他们常会一时兴起，脱口而出："我已经洗心革面了！我是个全新的人了！"他们会抓住机会怂恿对方说出这样的话。多亏他们的新身份，他们看见了一个过去未能察觉的新世界，并读出其中的意义：这个世界是一本崭新的百科全书，可以从头读到尾；你读得越多，百科全书就改变得越多，你也随之蜕变；一旦你读完了它，回过头去再从第一册开始重读这本百科全书，你就会陷入错乱，被书页中新发现的大量新身份弄得晕头转向。（接下来主人的演讲就这样迷失在百科全书比喻的书页丛林里，卡利普一边听着，一边注意到餐具橱的一层架子上，摆放着订报纸时一小册一小册随刊附赠的《知识宝库》全书。）然而，如今多年以后，他才终于了解，这样的恶性循环其实是"他们"为了模糊焦点而设下的阴谋：我们乐观地以为，当我们变成另一个人、又变成另一个、再到另一个之后，还能够返回我们原初的身份，幸福快乐，这都是骗人的。他们夫妻俩走到半路后才明白，自己已经迷失在一大堆标志、文字、宣言、照片、脸孔和枪械之中，再也归纳不出任何意义。那个时候，这栋房子还兀自矗立在荒凉的山丘上。一天夜里，如梦把几件衣物塞进她的小袋子里，回到她的家人身边，回到她认为安全的旧日家庭与生活中。

讲到慷慨激昂处，主人（骨碌碌的眼珠让卡利普不时联想起兔八哥）站起身来回踱步，弄得昏昏欲睡的卡利普头昏脑涨。他继续解释为什么他认为如果我们想要破解"他们的"把戏，那么我们必须返回源头，回到万物的起点。卡利普先生也看得出来：这栋房子完全符合一个"小布尔乔亚"、"中产阶级"、"传统市民"的住家特点。室内有包着印花棉布椅套的旧沙发椅、合成纤维的窗帘、边缘画有蝴蝶的瓷釉餐盘、一个难看的"餐具橱"，里面藏着只有假日客人来访时才会拿出来的糖果盘和从来没用过的利口酒杯组，以及破旧褪色的地毯。他很清楚自己的太太不像如梦——一个受过教育的美丽女人；她比较像他自己的母亲，平庸，单纯，无害（这时太太冲着卡利普和丈夫微微一笑，笑中的含义卡利普读不出来）。她是他的堂妹，他叔叔的女儿。他们的孩子也像他们一样。假使他的父亲还在世，而且还是老样子的话，父亲所建立的生活和他现在过的想必没有两样。这样的生活是他刻意的选择。他清醒地过着此种生活，坚持自己的"真实"身份，拒绝成为自己以外的另一个人，以此阻挠一场千年阴谋。

眼前屋子里所有的物品，卡利普先生猜想或许只是碰巧放在这里，但其实它们是根据同一个理由而刻意安排的。壁钟是经过特别挑选的，因为这样的一间房子就需要这种壁钟的嘀嗒声。既然在类似的屋子里，电视这个时候总是开着，因此他们也放任它像盏路灯似的亮着。电视机上面之所以铺着那块针织垫布，是因为这种家庭的电视机上一定得铺块类似的垫布。一切都是精心策划的结果：餐桌上的凌乱，剪下优惠券的报纸被扔在一旁，被拿来当作针线盒用的巧克力礼盒边上沾到的果酱，甚至包括不是出他亲自设计的事情，比如被孩子们折断的形状像耳朵的茶杯柄、晾在恐怖的煤炭炉旁的洗好的衣物。有时候他会停下来观察，仿佛在看一部电影，倾听自己和妻儿谈论的事情，审视全家人围着餐桌坐在椅子上的模样。当他发现，他们的对话和动作正如他们这样的家庭应有的样子时，他满心欢喜。如果说，幸福就是能够有意识地过着自己渴望的生活，那么，他很幸福。除此之外，他不仅达成了幸福的条件，还粉碎了一场千年阴谋，这使得他的快乐更有过之而无不及。

为了设法挤出几句话来结束这个话题，卡利普站起身，嘴里一边说外头又开始下雪了，一边跌跌撞撞地走向门口。尽管喝了那么多茶和咖啡，他仍觉得自己随时要昏厥过去。主人挡在前面，卡利普拿不到他的外套，只得听他继续说：

他很遗憾卡利普先生必须回到伊斯坦布尔，那儿是一切堕落的起点。伊斯坦布尔是检验善恶的标准——别说是住在那里了，就算只是一只脚踏进伊斯坦布尔，也代表了投降，承认失败。那座可怖的城市如今充斥着过去只有在电影里才看得到的画面。无可救药的人群，破烂的车辆，逐渐沉入水中的桥梁，堆积如山的锡铁罐，遍布坑洞的高速公路，看不懂的巨大字母标志，难以辨识的海报，毫无意义的残破广告牌，颜料斑驳褪色的涂鸦，啤酒和香烟的图片，不再呼唤群众祷告的宣礼塔，一堆堆的瓦砾、泥巴和尘土，等等。如此一片废墟残骸根本没有希望。如果说会有什么复兴运动的话——主人相信还有许多其他的人，也和他一样在奋力抗拒——他肯定只有可能发生在这里，从这片被贬为"水泥贫民窟"的小区里萌芽，原因在于，唯有这块地区保存了我们最珍贵的本质。身为此小区的创建者、开拓者，他深感骄傲，并且邀请卡利普也加入他们，甚至就是现在。他可以留下来过夜，说不定两人可以来场小小的辩论。

卡利普已经穿上了外套，他向安静的太太和恍惚的孩子们道了再见，打开门，跨出门外。主人仔细端详了一会儿外头的雪，然后清晰地吐出"雪"这个字，专注的神态不禁感染了卡利普。主人曾经认识一位只穿白衣的教长，与他见了面之后，他做了一场全白的梦。纯白的梦境里，他与穆罕默德并肩坐在一辆纯白色凯迪拉克的后座。前座坐着一个他看不见脸的司机，以及穆罕默德的外孙，哈桑与侯赛因，穿着一身雪白。当白色凯迪拉克驶过充满海报、广告、电影和妓院的贝伊奥卢时，两个外孙转过头来摆出憎恶的表情，寻求外祖父的赞许。

卡利普试着走下积雪覆盖的台阶，但这个家的主人依旧说个不停：并不是说他有多相信梦谕，他只是学会解读神圣的暗示罢了。

他祝福他的所学能够对卡利普先生和如梦有用，而且显然对其他人是有用的。

有趣的是，三年前当他政治生涯最为活跃时，他曾以化名发表了一些"全球分析"，如今却听见总理一字不漏地复述他当时提出的政治解决方案。可以想见"这些人士"手下有一个消息灵通的情报网络，负责清查国内所有出版物，再冷僻的也不放过，然后把有需要的信息呈报"上去"。不久之前，他注意到耶拉·萨利克有一篇文章，似乎也是通过同样的途径取得了同样的内容，但这个人是在白费力气：他根本走错了方向，徒然为一个空无的理想寻找一个错误的解答，他的专栏不过是自我欺骗。

这的确耐人寻味，一位真正信仰者的构想，不知怎的竟被总理和名专栏作家注意到了，并且拿来运用，然而别人却以为这位创始者早已销声匿迹，更没半个人想到要登门拜访。有好一阵子，他考虑向报社揭发真相，告诉他们这两位德高望重的人物犯下了厚颜无耻的抄袭行为，他打算证明，他们剽窃了一篇文章中的文字，甚至原封不动地抄下好几句话，而这篇文章原本刊登在一份无人问津的政治小报上。然而揭发内幕的时机还没有成熟，他相当清楚自己必须耐心等待，终有一天这些人会来按他的门铃。卡利普先生的造访——以一个毫无说服力的借口说要找某人的化名线索，雪夜里大老远跑到这偏僻的郊区——显然是个征兆。他要卡利普先生知道他很懂得解读征兆，并且（这时卡利普好不容易走下冰封的街道）他想小声问最后几个问题：

卡利普先生能否再给他的修正主义历史一次机会？为了怕他自己一个人可能找不到路走回大街，或许主人可以陪他走一段？若是这样的话，卡利普什么时候方便再来呢？好吧，那么，能否代他向如梦问一声好呢？

12
吻

有些人会细读各种定期刊出的文章，这种阅读的习惯，可以归入阿威罗伊的反记忆法类别，或者说是引起失忆的祸源。

——柯勒律治《文学传记》

他请我代为向你问一声好，刚刚好两个星期前。"我一定会。"我回答，但才一上车我已经抛之脑后，不是忘记他的问候，而是忘了送上问候的那个人。但我并没有为此失眠。依我看，任何一个明智的丈夫都应该把向他们妻子问好的男人抛到九霄云外。毕竟，你永远料不到会发生什么事，不是吗？尤其如果你的妻子碰巧是一名家庭主妇，除了自己无趣的丈夫之外，一辈子根本没机会认识其他男人。倘若有人向她问好，那么她很可能会对这位彬彬有礼的家伙左思右想起来——反正她有的是时间。虽然凭良心讲，这种男人确实是礼数周到，可天晓得我们从什么时候开始流行这门子的风俗了？想当年，一位绅士顶多笼统地问候一下对方家中的女眷罢了。从前的电车也比现在的好得多。

想必有许多读者知道我没有结婚、从未结过婚，而且由于职业的缘故也永远不会结婚。这些读者读到这里，大概不免疑心，这篇专栏从破题第一句话开始，是不是我在设计什么谜题耍弄他们？我称呼得如此亲昵的女人，到底是谁？别胡言乱语了！你们垂垂老矣的专栏作家就要打开话匣子，跟你们絮叨他逐渐失忆的过程，邀请你们来品味花园里残存的最后一朵玫瑰的芬芳——如果你们明白我的意思。不过，别急躁，这样我们才能不露痕迹地玩一出老套的简单戏法。

三十多年前，我才当上菜鸟记者没多久，专跑贝伊奥卢这条线，那时我必须挨家挨户地察访以搜寻独家新闻。我时常前往贝伊奥卢黑帮和毒枭出没的赌场，寻找以死亡或自杀作结的新鲜爱情故事。我跑遍各家旅馆，翻阅旅馆职员特准我看的访客登记簿——我每个月得投下两块半里拉才买到这项特权——嗅出是否有任何外国名人投宿，或是任何有意思的西方人物，可以让我诓骗说是某位西方名人来我们城市拜访。那年头，不仅世界上还没有挤满这么多名人，而且他们根本不会来伊斯坦布尔。那些实际上默默无闻、却被我当成他们国内知名人士而登上报纸的人，看到自己的照片被刊出来，一开始他们满头雾水，到最后总是演变成愤愤不满。其中一位我预期将大红大紫的人，最后果然得到真正的声望。当时我在文章中报道说"著名服装设计师某某昨日拜访我们的城市"，见报二十年后，他终于成为一位著名的法国——以及存在主义——时装设计师。连半句谢我的话也没有。西方人就是这般忘恩负义。

那段日子里，我除了忙着挖掘业余的名人和本土黑帮（如今称之为黑手党）的新闻外，曾经有一次我巧遇一名年长的药剂师，从他身上嗅到一则新故事的可能性。这位老先生饱受失眠与失忆之苦，就如现在我自己遭受的折磨一样。同时患上这两种疾病最恐怖的地方在于，你会误以为其中一项（失眠）有可能抵消另外一项（失忆），然而，实际发生的情况却恰好相反。失眠的夜里，时间与黑暗停滞不前，全部冻结在一片无名无姓无色无味的世界里，老人的记忆消失得如此彻底（如同我一样），以至于他以为自己孤零零地站在"月亮的另一面"，就像从外国杂志翻译过来的文章中经常描写的一个人陷入疯狂的那种状态。

老先生在他的实验室里研究了一种药，希望能够治愈他的病痛（就好像我为了同样目的发明了抒情文）。记者会的现场，只有我和某晚报一位有大麻瘾的记者出席（加上药剂师总共三个人），老先生当场卖力地表演，倒出他的粉红色液体一饮而尽。为了给他的新药更多曝光的机会，他再三畅饮，直到最后他企盼了多年的睡眠终于降临。只不过，这位年老的药剂师不仅重获睡眠，更回到他的天堂梦土去了，再也醒不过来。因此，大众也永远听不到他们殷切渴望的好消息：土耳其人终于也发明出了什么东西。

他的葬礼在几天后一个阴天里举行，若我记得没错的话，我不断思索着，到底他一直想要记住的是什么事情。我至今依旧想不通。随着我们逐渐老去，哪一部分将被我们的记忆甩脱，仿佛一头暴躁的驮马拒绝背负超载的包袱？是最不愉快的部分？最重的？还是最容易丢弃的负担？

遗忘：我已经遗忘了，置身于全伊斯坦布尔所有美丽景点旁的那些小房间里，阳光如何渗入纱窗流泻在我们的身体上。我已经遗忘了，那位卖黄牛票的小伙子在哪一家电影院门口做生意，他爱上售票亭里一位苍白的希腊姑娘，迷恋得发狂。我很久以前就已经遗忘了我亲爱读者的姓名，以及我在私人回信里和他们分享的秘密，在我为报纸写解梦专栏那一阵子，这群读者和我一起梦见无数相同的梦境。

于是，多年以后某个深夜里，你们的专栏作家回首过去的时光，试图攀附住一根记忆的枝丫，陡然间他想起一段过往，自己曾经在伊斯坦布尔的街头，度过骇人的一天：我的整个身体，整个人，欲火焚身地想要亲吻某个人的唇。

一个星期六下午，我窝在一家老戏院里，看了一部说不定比戏院本身还老的美国侦探片《血红街道》。片中有一幕缩水的吻戏，没什么特别的，就好像其他黑白电影中的一般吻戏，早已被我们的审查官剪掉剩下不到四秒钟。我也搞不大清楚怎么回事，但突然间一股强烈的欲望袭来，我也渴望用同样的方式吻一个女人，是的，用尽全力把我的嘴唇压上她的唇。想到可悲的自己，我差点难过得喘不过气来。我已经二十四岁了，却还不曾跟人亲过嘴。并不是说我没和妓院的女人睡过，但是一方面那些女人不怎么愿意接吻，另一方面我也不想把我的嘴和她们的凑在一起。

电影还没演完我就离开了，走在街上，我浑身烦躁，仿佛城市的某个角落正有一个女人等待着我去吻她。我记得自己飞奔进地铁，然后匆忙赶回贝伊奥卢，一路上绝望地翻检着记忆，仿佛在黑暗中摸索着什么，企图寻找那一张脸、一抹笑、一个女人的身影。我怎么也想不出有哪个亲戚或熟人可以让我亲她的嘴；我根本无望找到一个心上人；我不认识半个女人可以做我的……情人！这挤满了人的城市看起来一片空荡。

尽管如此，到了塔克西姆广场后，我发现自己还是坐上了公交车。我母亲的某个远房亲戚在我父亲离开后的那些年，对我们照顾有加，他们有个小我几岁的女儿，我们曾一起玩过几次扑克牌。一个小时后我抵达芬丁查德，按下门铃的那一刻，我突然想起，这个我梦想亲吻的女孩前阵子已经嫁人了。年迈的双亲——如今早已不在人世——邀我进屋。事隔这么多年后看见我的来访，他们既诧异又迷惘。我们东聊西扯了一会儿（他们对于我的记者身份毫不感兴趣，认为这种职业只不过比贩卖小道消息好一点点），一边听收音机里的足球转播，一边喝茶，配着芝麻面包圈。他们热忱地邀我留下来吃晚餐，但我马上咕哝了几句，向他们告辞，连忙冲回大街。

户外的冷空气蹿上我的皮肤，仍然冷却不掉我渴望接吻的欲火。我的皮肤寒冷如冰，但我的血肉却灼烫如火，我浑身难受得不得了。

我在埃米诺努搭上渡船，过河来到卡德柯伊。以前有个同学时常跟我们讲，说他家附近有个女孩是接吻出了名的（意思是说，她还没结婚前大家就都知道她很会接吻）。我朝我同学在费讷巴赫切的家走去，心里想着，尽管如今她已经名花有主，没机会了，但我朋友一定还知道其他类似的女孩。我在一幢幢木造的房舍和柏树花园之间绕来绕去，寻找我朋友过去居住的地方，但怎么都找不到。沿着如今早已拆除的木头建筑，我一边走一边望灯火通明的窗户，想象那位结婚前是个接吻好手的女孩住在其中一栋房子里。每每仰望一扇窗，我都会告诉自己："她在这儿，会和我接吻的女孩就在这儿。"我们近在咫尺，只隔着一片花园围墙、一扇门、几道木头阶梯。

可我就是到不了她身边，吻她。此刻，这吻是如此接近又如此遥远！迷人又吓人！这个吻，如大家熟悉的神秘、诡谲、超乎想象，又如梦境一般陌生而魔幻！

搭乘渡船回到伊斯坦布尔位于欧陆的那一边，我独自思忖着，假使我强吻某个女人会发生什么事？或者如果我只是假装自己的嘴不小心碰了一下她的唇呢？不过，在这种情况下我的脑子没法仔细思考，更何况附近也没看到任何一张适合的脸。过去在生命中曾经有几段时期，我陷入痛苦而绝望的情绪，就算与城市里纷扰的人群呼吸着相同的空气，我仍觉得这座城市一片空虚。那一天，这种感受特别强烈。

踏着潮湿的人行道，我走了好一会儿，心里不停想着哪一天等我功成名就之后，重返这个空无一物的城市，到时候我必能得到我想要的。尽管如此，你们的专栏作家别无选择，只得乖乖回到他和母亲同住的房子里，回去读翻译成土耳其文的巴尔扎克，关于可怜的拉斯蒂涅的故事。年轻的时候，我像个真正的土耳其文艺青年那样认真读书，换句话说，不是基于我个人的喜好，而是出于一股为自己的未来做准备的责任感。但未来又救不了今天！躲进自己的房间里待了一会儿后，我烦躁地走出来。我记得自己凝视着浴室的镜子，在脑中勾勒出电影中那些演员的画面，心想一个人至少可以亲吻镜子里的自己。无论如何，我满脑子都是演员的嘴唇（琼·贝内特和丹·杜里埃的），甩也甩不掉。但再怎么样我吻到的终究只是玻璃而不是我自己，于是我离开浴室。母亲坐在餐桌前，身旁堆满了做衣服的版型和天晓得从哪个有钱远亲那儿弄来的雪纺纱，正赶着为某个人的婚礼缝制晚礼服。

心中想着未来的计划，我开始向她解释自己的想法，大都是些有关自己哪天会功成名就的故事和白日梦。然而我母亲却没有全心全意在听。我发现对她而言，重要的不是我说的话，管它内容到底是什么，重要的是我能够星期六晚上坐在家里，和她闲聊。这让我怒从中来。不知为何那天晚上她的头发梳得特别漂亮，嘴唇上也涂了薄薄一层口红。我瞪着我母亲的嘴唇，望着那张大家都说和我的很像的嘴。我愣住了。

"你的眼神好奇怪，"她担忧地说，"怎么了？"

母亲和我沉默了好一会儿，接着我跨步走向她，但半路上陡然住脚。我的双腿在颤抖。我没有再走近她，只是站在原地开始用尽全力破口大骂。我现在已经忘了当时吼叫的内容，只记得就这样莫名其妙地，我们再度爆发了一次剧烈争吵。突然间，我们不再害怕声音被邻居听到。那是在气头上，一个人失去了控制而任由愤怒发泄。通常遇到这种情况，难免会摔破茶杯或是差一点撞倒炉子。

到最后，我好不容易从争吵中脱身，甩门离开。留下我母亲坐在成堆的雪纺纱、线轴和进口的缝衣针之中（第一批土耳其制的缝衣针到了1976年才由霍士门公司生产），低声啜泣。我沿着人行道在城市里乱晃到深夜。我穿越伟人苏莱曼苏丹清真寺的庭院，跨过阿塔图尔克桥，走到贝伊奥卢。我好像不是我自己。感觉有一个愤怒而恶毒的怪物正追逐着我。我理想中的那个自我似乎尾随在身后。

下一刻，我发现自己坐在一家布丁店里，只为了混进人群。但我刻意避开视线，害怕和别人四目相交，然后发现对方也在设法填满星期六夜晚的无尽空虚。我们这种人往往一眼便能认出彼此，认出之后却打从心底互相鄙视。没过多久，一个男人和他的妻子来到我桌前，男人开口对我说话。我开始回忆，这个白发的幽魂究竟是谁呢？

真相大白，他就是我在费讷巴切找了半天也没找到的老同学。他不仅结了婚，在铁路局工作，过早地长出了白发，而且还把当年的种种记得一清二楚。你们想必也见过这种情况，一个老朋友出乎意料向你一股脑儿倾吐，假装他和你拥有数不清的共同回忆和秘密，其实只是为了让他身旁的太太或同伴以为自己过去有多么了不起。我可不上这个当，也不打算配合演出，附和他夸大其词的过去。我绝对不会承认自己仍深陷于悲哀惨淡、毫无改变的旧生活，而这种生活，他自己早已抛弃。

我挖起一勺没加糖的布丁，边吃边告诉他们独家新闻。我透露自己已经结婚好几年了，你正在家里等我，我把我的雪佛兰停在塔克西姆，走路到这儿来买你忽然嘴馋想吃的鸡肉咸布丁，我们住在尼相塔什，待会儿可以顺道载他们一程。他谢谢我，但是不用了，因为他还住在费讷巴切区，不顺路。一开始他出于好奇，试探性地询问我，但当他听说你出身于"上流家庭"后，他也想暗示他的妻子其实他对上流家庭很熟。眼见机不可失，我赶紧声称他一定记得你。他果然记得，他很高兴，并且还要我代他向你问好。我手里拎着装有鸡肉咸布丁的盒子，起身准备离开，我与他亲吻道别，接着，仿效西方电影里那种潇洒的风度，我吻了他的妻子。你们真是一群莫名其妙的读者！真是一个莫名其妙的国家！

13
看谁在这里！

我们早该认识了。

——蒂尔坎·绍拉伊，土耳其超级电影明星

离开了如梦前夫的住所后，卡利普来到大路上，却发现没有任何换乘的车辆。不时会有几辆市公交车呼啸而过，但丝毫没有减速的意思，更别说停下来载客了。他决定步行到巴克柯伊的火车站。他拖着脚步穿过雪地，走向看似街角杂货店里那种小冰柜的火车站，心里幻想着，或许他会巧遇如梦，然后一切都将回复到往常，等到那些让如梦离开的理由都澄清了之后，他将几乎可以忘掉她曾经离开。尽管如此，就算只是在这场破镜重圆的白日梦里，他也想不出该如何开口告诉如梦，他去拜访了她的前夫。

在误点了半个小时的火车上，一个老人告诉卡利普一个故事，四十多年前一个和今天同样寒冷的冬夜里发生在他身上的事。老人的军旅在色雷斯的一个村子里驻扎过冬，那年冬天严寒，又遇上因为世界大战即将蔓延至国内而造成的连年饥荒。一天早晨，他们收到一道暗语指令，于是众人骑上马，离开村落，骑了一整天好不容易来到伊斯坦尔市郊。然而他们并没有进城，相反，他们来到俯瞰金角湾的山上，静待黑夜降临。等城里的活动逐渐停歇后，他们便骑下黝黑的街道，走入鬼魅般的街灯幽光里。他们领着马匹，安静地踩过冰冻的铺石路，然后把它们送进叙特吕杰区的屠宰场。在火车噪声的干扰下，卡利普无法一字一句听清楚老人如何形容屠杀的场面：马匹接二连三倒地，满脸茫然困惑，它们的肠子流淌在鲜血淋漓的石头地面上，内脏悬在体外，像是一把被开肠破肚的扶手椅中迸出的弹簧。屠夫杀红了眼。剩下的马儿在后头等待轮到自己，它们露出忧伤的神情，恰似那些像罪犯一样偷溜出城的骑兵脸上的表情。

斯克西车站前面也没有任何换乘车。卡利普一时之间本打算走回办公大楼，上他的办公室过夜，但他看见一辆出租车来了个大回转，心想司机应该会愿意载他。不过出租车在人行道前面一点的地方停了下来，一个仿佛刚从某部黑白电影里走出来的男人，一手拎着公文包，一手猛力拉开车门，自顾自坐进后座。司机在这位客人上车之后，又在卡利普面前停了下来，说他可以在送这位"绅士"的途中顺路放他在加拉塔广场下车。

卡利普在加拉塔广场下了车，步出出租车后他才感到后悔，刚才没有和那位长得像黑白电影里角色的男人说话。凝视着停泊在卡拉柯伊桥边、灯火通明但没有开航的渡船，他想象着与这个男人之间可能会有的对话。"先生，"他会这么说，"很多年以前，在一个像今天这样的雪夜里……"只要他开口说出这个故事，他必然能够一气呵成讲完，而对方也将会如卡利普所期待的，兴味盎然地倾听。

从阿特拉斯戏院往下走一段路有一家女鞋店，正当卡利普望着橱窗时（如梦穿七号鞋），一个瘦小的男人朝他走来。他拿着一个手提箱，像是煤气公司收账员挨家挨户收费时拿的那种人造皮箱。"有没有兴趣看明星？"他说。他把身上的短外套当成风衣穿，一路扣到脖子。卡利普本以为自己碰到了塔克西姆广场上一个摊贩的同行，那个小贩会趁晴朗的夜里在广场上架起一副望远镜，给好奇的民众看星星，一次一百里拉。但眼前的男人从手提箱里抽出一本相册，翻开内页，让卡利普瞧瞧他妙不可言的照片，精美的相纸上是一些国内当红的电影明星。

只不过，这些照片并不是当红的电影明星本人，而是外表酷似她们的人，学着明星穿衣服戴珠宝，依样画葫芦地模仿她们的姿势动作，比如说，她们吸烟的模样，或是噘起嘴唇诱人亲吻的神情。每张电影明星写真页中，都贴着她斗大的姓名和一张彩色照片，分别是从报纸和杂志上剪下来的。照片的周围，排了一圈由扮演的人竭力模仿真人所摆出的各式各样“撩人”姿态。

提着箱子的瘦小男人察觉到卡利普不感兴趣，于是把他拉进“新天使戏院”后面一条无人的窄巷，并把相册递给他，让他自己动手翻阅。旁边一家孤单小店的橱窗里，假人的断肢残骸自天花板悬垂而下，展示着各种手套、雨伞、皮包和丝袜。借助橱窗的光线，卡利普仔细端详：“蒂尔坎·绍拉伊”身穿吉卜赛服饰跳舞，转着圈绕呀绕进了无穷远处，或者懒洋洋地点起一支香烟；“穆洁艾”一面剥香蕉，一面淫荡地盯着镜头，或是放声浪笑；“胡丽亚·寇丝姬”戴起眼镜，缝补她脱下来的胸罩，俯身朝水槽洗涤碗盘，或是满脸忧戚地嘤嘤哭泣。相册的主人从刚才开始便一直聚精会神地观察卡利普，他猛然抽回卡利普手中的相册，一把塞回他的手提箱里，蛮横的态度像是一位高中老师抓到学生在偷看禁书。

“想不想让我带你去找她们？”

“哪儿可以找到她们？”

“你看起来像个正经人，跟我来。”

他们沿着暗巷东拐西绕，一路上卡利普耐不住男人的啰唆纠缠，不得不做出决定，并且被迫承认自己其实最喜欢蒂尔坎·绍拉伊。

“亲眼见了这妞儿，”拎着皮箱的男人故作神秘地说，“她可会乐极了，保准让你爽翻天。"他们走进一栋位于贝伊奥卢警局旁的旧石屋一楼，屋子的门楣上刻着"好同伴"三个字。室内的空气弥漫着灰尘和布料的气味，灯光微暗。虽然周围看不见任何裁缝车或材料，但卡利普却有股冲动想给这个地方命名为"好同伴的男饰店"。他们穿过一扇高大的白门，进入另一个灯火通明的房间，卡利普才想起自己该付皮条客一点小费。

"蒂尔坎！"男人一边把钱塞进口袋，一边喊道，"蒂尔坎，看啊，艾锡到这里来找你啦。"两个正在玩牌的女人吃笑着转头看卡利普。简陋的房间让人联想到一个老旧、荒废的舞台布景，通风不良令人昏昏欲睡，窒闷的空气中充塞着炭炉的烟雾、浓稠的香水味和嘈杂腻人的国内流行音乐。一个女人斜倚在沙发上，手里翻阅一本休闲杂志，模样很像如梦看侦探小说时的典型姿势（一条腿搁在沙发椅背上），只不过她长得既不像电影明星也不像如梦。要不是她 T 恤上面写着"穆洁艾"，谁也看不出她是穆洁艾。一个像服务生的老男人在电视机前睡着了，电视里正在播放一个谈话节目，讨论君士坦丁堡之战 [1] 在世界历史上的重要性。

卡利普觉得那位烫着卷发、身穿蓝色牛仔裤的女人，依稀像一个美国电影明星，可名字他忘了。然而他不确定这份相似是真的还是刻意营造出来的。一个男人从另一扇门走进房里，他朝"穆洁艾"走去，尽管醉醺醺又口齿不清，他还是努力盯着她 T 恤上面的名字瞧，认真的神情好像某些非得看到报纸有报道才会相信确有其事的人。

卡利普猜想那位身穿豹纹洋装的女人一定就是"蒂尔坎·绍拉

---

[1] 1453 年，奥斯曼土耳其攻陷君士坦丁堡（更名为伊斯坦布尔），拜占庭帝国宣告灭亡。

伊"：她正朝他靠近，走路的姿态甚至还带着一丝优雅。或许她是里面长得最接近原版的一个。她一头金色的长发从右肩垂落。

"我可以抽烟吗？"她愉快地微笑着，拿了一支没有滤嘴的香烟叼在唇间，"能帮我点烟吗？"

卡利普拿出自己的打火机替她点烟，香烟才一点燃，立刻涌起一团惊人的浓烟，笼罩住女人的脑袋。慢慢地，她的脸和睫毛很长的眼睛从云雾中浮现，仿佛圣人的脑袋在云端显灵，刹那间，一股奇异的寂静似乎压过了嘈杂的音乐（就好像浪漫爱情片里那样），让卡利普禁不住想——这辈子头一次有这种念头——他可以和如梦之外的另一个女人上床。上了楼，在一间精心布置的房间里，女人把香烟往一个印有 Ak 银行标志的烟灰缸里捻熄，然后又从烟盒里拿出另一根。

"我可以抽烟吗？"她用和刚才相同的声音和语调说。她把烟叼在嘴角，扬起头愉快地微笑，"能帮我点烟吗？"

卡利普注意到她仿照先前的姿势，把头微微倾向一个想象的打火机，刻意露出乳沟。于是他猜想，她的台词和点烟的动作必定来自某部蒂尔坎·绍拉伊的电影，因此他也应该模仿演员艾锡·古奈，扮演片中男主角的角色。他替她点了烟，一团惊人的浓烟再度涌起，笼罩住女人的头，她那双长睫毛的黑眼睛再次从云雾中慢慢浮现。她怎么有办法弄出那么多烟？他以为这种效果只有在摄影棚里才做得出来。

"干吗不说话？"女人微笑说。

"我没有不说话。"卡利普说。

"你是个中老手，是吧？"女人装出又娇又嗔的样子说，"还是你太嫩了不会说话？"她又把这两句话重复一遍。长长的耳环在她赤裸的肩膀上晃晃荡荡。

夹在她圆形梳妆镜上的沙龙照让卡利普想起，蒂尔坎·绍拉伊在二十年前与艾锡·古奈合作的电影《我的狂野宝贝》里饰演夜总会名妓时，身上就穿着一件豹纹洋装，背后的开口一路露到臀部。接着他又听见女人说了几句台词，也是从蒂尔坎·绍拉伊的电影里来的：（她垂着头，像个郁郁不乐的骄纵小孩，本来双手交握撑着下巴，但猛然抽出双手向前一摊）"可是我不能现在就去睡觉！我喝了酒，我要好好玩乐！"（神色忧虑，像个温柔阿姨担心邻居小孩那样）"留下来陪我，艾锡，留下来等到桥通了！"（陡然转为热情洋溢）"在今天，碰到你，这都是命中注定！"（一副小女人的模样）"我真高兴遇见你，我真高兴遇见你，我真高兴遇见你……"

卡利普在门边的椅子上坐下，女人则坐在梳妆镜前梳她染成金色的长发，圆形的梳妆镜看起来很像电影里的原版道具。夹在镜框周围的照片中，有一张正是这一幕的场景。女人的背甚至比电影里蒂尔坎·绍拉伊的背还要美。有那么一刹那，她直视着镜子里的卡利普。"我们早该认识了……"

"我们的确在很久以前就认识了。"卡利普说，凝视着镜中女人的脸，"虽然在学校里我们没有坐在一起，但某个温暖的春日，冗长的课堂讨论结束后，有人打开了窗户，后方黝黑的黑板衬着窗户玻璃，让它变成了一面镜子，而我就像现在这样，望着映照在镜中的你的脸。"

"嗯……我们早该认识了。"

"我们很久以前就认识了。"卡利普说，"第一次见到你的时候，你的腿看起来如此纤细，我好担心它们会折断。小时候你的皮肤很粗糙，但随着你逐渐长大，当我们中学毕业之后，你的肌肤却变得无比娇嫩而红润。炎热的夏天里，有时候因为我们在屋子里玩疯了，所以大人把我们带到海边，回家的路上我们一边拿着从塔拉布亚买来的冰激凌甜筒，一边用指甲在彼此手臂上残留的盐粒上写字。我好爱你细瘦手臂上的汗毛，我好爱你的双腿晒了太阳后的红晕，我好爱当你伸手拿取我头顶架子上的东西时头发披散的模样。"

"我们早该认识了。"

"我爱你以前的每一个动作每一个姿态：你母亲借你的泳衣在你肩膀上留下的肩带痕迹；当你紧张时，你会心不在焉地拉扯头发；抽完没有滤嘴的香烟后，你用中指和拇指捻起舌尖留下的烟丝；看电影时，你会微张着嘴；看书的时候，你会不自觉地用手盖住装在盘子里的烤鸡豆和坚果；你老是弄丢钥匙；因为你拒绝承认自己近视，所以总是眯起眼睛看东西。当你眯着眼睛望着遥远的某处时，我很清楚你心里在想着别的事情。噢我的天！我带着恐惧与战栗爱着你内心我无法触及的部分，就如同我深爱着我所熟悉的你。"

看见镜中的蒂尔坎·绍拉伊脸上闪过一丝不安，卡利普闭上嘴。女人往梳妆台旁边的床上躺下。

"现在，到我这儿来，"她说，"一切都不值得，不值得，你懂吗？"但卡利普只是坐在那儿，迟疑不决。"难道你不喜欢你的蒂尔坎·绍拉伊？"她酸溜溜地加了一句，卡利普分不出那是真的还是装的。

"我喜欢。"

"你也喜欢我眨眼睛的样子，对不对？"

"我喜欢。"

"你很喜欢以前我在《马色拉海滩》里，风情万种地走下楼梯的姿态，在《我的狂野宝贝》里，我点烟的动作，还有在《麻辣俏妞》里，我拿着烟管抽烟的模样，对不对？"

"对。"

"那么，到我这儿来，我亲爱的。"

"我们再多聊一会儿。"

"嗯？"

卡利普沉思不语。

"你叫什么名字？你是干哪一行的？"

"我是一个律师。"

"我从前也有个律师，"女人说，"他拿光我所有的钱，却没办法替我要回登记在我丈夫名下的车子。车是我的，你懂吗？结果现在被某个贱货拿走了。1956年的雪佛兰，消防车一样的火红色。律师有啥屁用，我问你，如果他连我的车都要不回来？你能去向我的丈夫要回我的车吗？"

"我能。"卡利普说。

"你能？"女人满怀希望地说，"你能。你办到了，我就嫁给你。你将拯救我脱离现在的人生，也就是，活在电影里的人生。我实在受够了当电影明星，这个弱智的国家以为电影明星不过是个妓女，称不上艺术家。我不是电影明星，我是艺术家，你懂吗？"

"当然。"

"你愿意娶我吗？"女人兴致勃勃地说，"如果我们结了婚，我们可以开我的车去兜风。你愿意娶我吗？不过，你得先爱上我才行。"

"我愿意娶你。"

"不，不，你要问我……问我愿不愿意嫁给你。"

"蒂尔坎，你愿意嫁给我吗？"

"不是那样！要真诚地问，带着感情，像电影里面那样！可是你要先站起来。没有人会坐在椅子上向人求婚的。"

卡利普起身立正，好像准备唱国歌一样。"蒂尔坎，你愿不愿意，嫁给我呢？"

"可是我已经不是处女之身了。"女人说，"发生了一场意外。"

"是什么，骑马吗？还是滑下栏杆跌倒了？"

"不，是熨衣服的时候。亏你还笑得出来，昨天我才听说苏丹要杀你呢。你结婚了吗？"

"结婚了。"

"我老是碰上已婚男人。"女人说，神情学自《我的狂野宝贝》，"不过不重要。重要的是铁路局的营运状况。你认为今年哪一队会赢得世界杯？你想事情最后会变成什么样子？你觉得军方何时才会出面控制现在的无政府状态？你知道吗，你把头发剪一剪会比较好看。"

"不要搞人身攻击，"卡利普说，"很不礼貌。"

"我说了什么吗？"女人学蒂尔坎·绍拉伊那样睁大眼睛，假装惊讶地眨呀眨，"我只是问，如果你娶了我，能不能替我把车子要回来？不，不对，我是说，如果你能替我把车子要回来，那么愿不愿意娶我？车牌号码是 34 CG 19 May 1919，跟阿塔图尔克从萨姆松出兵解放安纳托利亚刚好是同一天。我亲爱的 1956 年雪佛兰。"

"我相信是这样没错。"卡利普说。

"对呀。不过他们很快就要来敲门了，你的'客人时间'就要到了。"

"土耳其文的说法是'访客时间'。"

"什么？"

"钱不是问题。"卡利普说。

"对我来说，也不是问题。"女人说，"那辆 1956 年的雪佛兰就跟我的指甲一样红，颜色一模一样。我一根指甲断了，是吗？也许我的雪佛兰也撞到了什么东西。从前我每天都开着车到这里来，直到我那杂碎丈夫把它送给了那个贱货。所以这阵子以来，我都只有在街上才会看得到，我是指，车子。有时候我看到某个司机开着它在塔克西姆跑，有时候则在卡拉柯伊渡船头看到另一个出租车司机坐在里面，等待客人招呼。那婊子对这台车有癖好，每隔两天就把车子漆成另一个颜色。有时候，瞧！它被漆成了栗子棕色，第二天又变成加了奶精的咖啡那种颜色，泛着金属光泽，还加装了灯泡。隔天，车上挂满了花环，仪表板上头坐着一个洋娃娃，车子竟变成了一台粉红色的婚礼车！接着一星期之后，它被漆成了黑色，里面塞进六个黑胡子警察，信不信由你，现在它摇身一变成了警车！上面甚至写了'警察'什么的，绝对没错。不过，当然它的车牌每次都会换，好故意叫我认不出来。"

"当然啦。"

"当然啦，"女人说，"什么警察或司机的，都是那婊子的伎俩，可我那瘪三丈夫根本毫不知情。有一天他就这样丢下我不告而别。曾经有人像这样丢下你不告而别吗？今天是几号？"

"12号。"

"时间过得真快！你居然就让我噼里啪啦地讲个不停！你说不定想要来点什么特别的？尽管说，告诉我，我都依你。毕竟你是个有教养的男人，能够怪到什么地步？你身上带很多钱吗？你真的是有钱人吗？还是说像艾锡一样只是个卖菜的？不对，你是律师。来吧，说个谜语给我猜，律师先生。好吧，不然我来说一个：苏丹和博斯普鲁斯桥之间有什么差别？"

"问倒我了。"

"阿塔图尔克和穆罕默德之间呢？"

"我放弃。"

"你太容易放弃了！"女人说。她从梳妆台前起身，刚才她便一直对着梳妆镜看自己。她咯咯笑着，凑上卡利普的耳朵悄声说出答案，接着她用手臂环绕卡利普的脖子。"我们结婚吧，"她喃喃说道，

"让我们登上卡夫山，让我们拥有彼此，让我们变成别人。娶我，娶我，娶我。"他们玩游戏似的接吻。这女人身上有什么地方让人联想起如梦吗？丝毫没有，但卡利普仍旧心满意足。他们跌进床里，然后女人做了某件事让他想起如梦，不过她做得跟如梦不完全相同。每次当如梦把舌头滑进卡利普嘴里时，他总会有点不悦地想，他的妻子在刹那间变成了另一个人。可是此刻，假扮的蒂尔坎·绍拉伊把她那比如梦厚实的舌头伸进卡利普嘴里，有点霸道又有点温柔嬉闹，这时他却觉得，不同的并非他抱在怀里的女人，而是他自己，他已经彻底变成了别人。他感到异常亢奋。在女人游戏般的情绪刺激下，他们在床上缠斗扭打起来，从床的这一头滚到那一头，一会儿他压在她上面，一会儿又互换过来，仿佛置身于国产片中极度不写实的接吻场景。"你让我头晕！"女人说，仿效一个不在场的角色装出一副她真的晕了的样子。当卡利普发现可以在床尾的镜子里看见他们自己时，他才搞懂为什么这场微妙的翻滚过程总是不可缺少。女人愉悦地望着镜中的影像褪去她的衣服，接着又脱掉卡利普的。他们两人像旁观者，一起望着镜中女人的各种把戏，一样接着一样，看得过瘾，就好像体操比赛的评审，仔细评量参赛者的各项指定动作，不过当然，他们的目光要和善得多。直到后来有一段时间他们开始在床上轻轻晃动，以致卡利普再也看不到镜子，这时女人说："我们两个都变成了别人。"她问："我是谁，我是谁，我是谁？"但卡利普没有办法说出她想听的答案——他已经彻底投入其中。他听见女人说："二乘二等于四，"又喃喃自语，"听呀，听呀，听呀！"接着用几乎听不见的声音说什么有个苏丹和他可怜的王储，好像她在讲述某个传说故事，或是一场梦，用说故事特有的过去式文法。

"如果我是你，那么你就是我。"稍后，当他们在穿衣服的时候，女人说，"那又怎样？如果你变成了我，我变成你，那又怎样？"她抛给他一个狐媚的微笑，"你还满意你的蒂尔坎·绍拉伊吗？"

"我喜欢她。"

"那么，拯救我脱离苦海，拯救我，带我离开这里，娶我，让我们到别的地方去，我们私奔吧，我们结婚，然后开始新的生活。"

这幅情景是从哪部片子，还是从哪个游戏里来的？卡利普也不确定。或许这真是女人想要的。她告诉卡利普，她不相信他结了婚，因为结过婚的男人她看多了。如果他俩真的去结婚，如果卡利普真有办法把她的 1956 年雪佛兰弄到手，那么他们可以去博斯普鲁斯郊游，他们可以到埃米甘买哈发糕来吃，到塔拉布亚看海，去布约克迪尔找个地方吃饭。

"我不太喜欢布约克迪尔。"卡利普说。

"那样的话，你是白等他了，"女人说，"他永远不会来。"

"我并不急。"

"但我急，"女人固执地说，"我担心当他来临的时候我认不得他，我担心我会是最后一个见到他的人。我害怕当最后一个人。"

"'他'是谁？"

女人神秘地一笑，"你难道没看过电影吗？你难道不晓得游戏的规则吗？你难道以为多嘴泄露这种事情的人，在这个国家里还能活下去吗？我可不想死。"

有人开始敲门，打断了她正在讲的故事——关于她有个朋友有一天神秘失踪，毫无疑问她是被谋杀了，尸体被丢进博斯普鲁斯海峡——女人安静下来。当他要走出房门的时候，女人在后面朝他低语。

"我们全都在等他，我们每个人都是。我们全都在等他。"

14
我 们 全 都 在 等 他

我对神秘的事物疯狂着迷。

————陀思妥耶夫斯基

我们全都在等他。我们等他已经等了好几个世纪。我们有些人，受不了加拉塔桥上拥挤的人群，一边哀戚地凝视着金角湾铅灰色的流水，一边等待着他；有些人在苏底比两个房间的公寓里，一边朝怎么也烧不热的炉子里再扔进几根木头，一边等着；有些人一边踩着看似无止境的阶梯，爬上吉汗吉尔区后巷里的一栋希腊式建筑，一边等待；有些人在安纳托利亚一个祥和小镇的酒馆里等待，面前摊开一份伊斯坦布尔的报纸做填字游戏打发时间，直到遇见朋友；有些人，一边幻想着自己即将登上报纸所展示的飞机，或是正要跨进一间灯火通明的房间，或是拥美人入怀，一边等待。我们一边等待着他，一边忧伤地走在泥泞的人行道上，手里拿着用被读过不下百遍的报纸做成的纸袋，或是里头塞满苹果、散发出化学合成气味的塑料袋，或是会在我们指掌间留下紫红色压痕的菜市场网袋。坐在电影院里，我们一边观看某个周末夜里，一群壮硕的家伙打破瓶子和窗户，或是世界知名的甜美女郎展开一场愉快的冒险，一边在等待着他。我们从妓院回来，那儿妓女的怀抱只让我们更觉寂寞；我们从酒馆出来，那儿的朋友总是讥嘲我们小小的执着；我们离开邻居的家，那儿吵闹的小孩始终不肯上床睡觉，吵得我们没法子好好听收音机。我们在大街上等待他。我们有些人说，他会首先出现在贫民窟最黑暗的角落，那儿的路灯已被街头贫童的弹弓打烂。也有人说，他将会现身于商店门口，在那里，罪恶的店家售卖全国赌马和运动彩票的彩券、色情杂志、玩具、烟草和保险套之类的东西。每个人都说，无论他最先出现在哪里，不管是在孩子们一天十二小时不停揉捏面团的肉饼店，还是千百只眼睛热切渴望融为同一只眼的电影院，或是天使般纯真的牧羊人被墓园柏树催眠睡去的绿野山坡，无论在哪里，第一个见到他的幸运儿将会立刻认出他来，并且倏然醒悟，那长如永恒又短如一瞬的等待，已经结束，救赎已近在眼前。

关于这个主题，《古兰经》有详细明示，但只有读得懂阿拉伯字母"意义"的人才能理解（《夜行》篇中第九十七句或《队伍》篇中第二十三句，解释《古兰经》的结构是"一致性"以及"重复"等等）。耶路撒冷的穆塔哈·伊本·塔希尔，在《古兰经》启示之后三百年，写下了《起源与历史》一书，其中说道，那些寻找证据的人必须注意与这句话相符：他会"向与穆罕默德长相相似或名字相同，或与我做着同样事业的人示以救赎的道路"，而这话确实让我们找到了为圣训提供讯息的证人们的证言。又过了三百五十年，我们发现摩洛哥旅行家伊本·巴图塔的《旅程》中也有简短提及，什叶派教徒在萨马拉"当代圣贤"神殿下方的地下通道里，举行仪式等待他的显灵。此书发表三十年后，弗鲁兹·沙阿在他的文章里叙述道，成千上万的悲苦民众在漫天黄土的德里街道上等待他的降临，以及他将揭露的启示之秘。我们也知道，同一时期，还有另一个关注的焦点，也就是伊本·赫勒敦所写的《历史导论》一书，此书中他筛检了许多激进什叶派的典故传说，仔细探讨每一则提及显灵的圣训，重新强调一项重点：他现身之后，将会杀死在审判和救赎之日与他一起出现的旦扎里——依基督教的概念和语言也称撒旦，或称反基督。

令人诧异的是，那些等待并梦想着救世者[1]的众生，竟然都完全想象不出他的脸孔。比如说，我珍贵的读者穆罕默德·耶尔马兹写信来告诉我，他曾在位于安纳托利亚内地一座偏僻小镇的家里，看见了某种幻象；而七百年前的伊本·阿拉比也只能虚构出类似的光景，并把它写进《神鸟》一书中；哲学家阿尔金迪做了一个梦，梦中面孔模糊的他与被他拯救的众人，把君士坦丁堡从基督教徒手中夺了回来；甚至那位女店员，坐在伊斯坦布尔——阿尔金迪的梦后来果然在这里成真——贝伊奥卢区一条后巷的一间布料店里，置身于满屋子的线轴、纽扣和尼龙丝袜堆里，也只能凭空呆想他的样貌。

相反，我们却能够轻而易举地描绘出旦扎里：根据布哈里的《先知史》中的叙述，旦扎里有一头红发，一只独眼，而《朝圣》中则提到，他的身份写在他的脸上；被塔亚利西形容为粗脖子的旦扎里，在尼萨梅丁教长于伊斯坦布尔做白日梦时写下的《独一真主书》中，还有一对红眼和沉重的身躯。我还在做菜鸟记者的那几年，有一份名叫《皮影戏》的幽默小报在内地广为流行，报上连载了一篇以一名骁勇善战的土耳其军人为主角的爱情漫画，故事中的旦扎里被画成脸缺嘴歪。这位在战斗中使尽花招耍弄我方军人、与君士坦丁堡众佳丽翻云覆雨、至今尚未被打败的旦扎里，有一个宽额头，大鼻子，没有胡子（符合我不时提醒插画者的建议）。相对于激起我们鲜明想象力的旦扎里，我们却唯有一位作家费瑞·凯末尔医生，能够以拟人化方式呈现人们企盼已久的无上荣耀救世者。他用法文写

---

[1] 伊斯兰教、基督教和犹太教都有救世者降临的概念。伊斯兰教认为在世界末日到来之前，上天会派遣马赫迪降临，在人间建立起神的王国。这位马赫迪是个阿拉伯人，是先知穆罕默德的后代。而基督教则认为救世主是耶稣基督。

下《大帕夏》，然而此书到了 1870 年却也只能在巴黎出版，关于这一点，有些人认为是我国文学的一大损失。

只因为是用法文写成的，就把这部具体描绘它的形貌的独特作品，摒除于我国文学之外，这是既错误又可惜的，就好像指责俄国作家陀思妥耶夫斯基小说《卡拉马佐夫兄弟》中《宗教大法官》这一章，是剽窃自哪一篇微薄的论文——这种说法虽然令人难堪，但是在某些东方背景的出版物如《仪式的源泉》或《伟大的东方》中，的确曾被人提及。许多人吵闹不休地讨论究竟西方从东方偷了些什么，或是东方从西方偷了什么，关于这一类主题，总会让我再度兴起一个想法：如果这个我们称之为世界的梦之国境是一栋房子的话，那我们则像个梦游者，迷失在其中。各式各样的文学作品就像是不同的时钟，挂在屋子里各个房间的墙壁上。茫然迷失的我们，盼望能凭借时钟来定出自己的所在。现在来看看：

1. 如果要说在梦境之屋的房间里，某一个嘀嗒作响的时钟是正确的，而另一个是错误的，这么说很愚蠢。

2. 如果要说房间里的一个时钟比另一个快了五个小时，这么说也很愚蠢。因为，依循同样的逻辑，也可以说前面的时钟比后面那个慢了七个小时。

3. 如果因为其中一个钟指了九点三十五分，经过一段时间后，另一个钟也指到九点三十五分，最后得出结论说其中一个钟在模仿另一个钟，这种说法更是愚蠢至极。

伊本·阿拉比，这位写了两百多本神秘书籍的作家，在科尔多瓦参加阿威罗伊葬礼的前一年，于摩洛哥写下了一本书，灵感起源于一个故事（梦境），内容是穆罕默德被带到耶路撒冷后，如何踩着一座阶梯（阿拉伯文称为"米尔拉吉"）登上天，从那里，他很仔细地看了一眼天堂和地狱，就像前面提到的《夜行》篇所叙述的。现在，让我们仔细评判伊本·阿拉比的描述：在他的引领下巡行七重天、他的所见所闻、他与众先知聚谈的内容。再考虑到当年他写作这本书时，年届三十三岁（1198年）。若是从这几点就得出结论，说他书中的做梦女孩妮赞是"真的"，而但丁笔下的贝阿特丽采是"假的"；或者伊本·阿拉比是"对的"，而但丁是"错的"；或者《夜行》篇是"正确的"，而《神曲》是"不正确的"。这样的说法，正是我所谓第一种愚昧的一个例子。

安达卢西亚的哲人伊本·图费勒在11世纪时，写了《自修的哲人》一书，内容讲述一个孩童被遗弃在一座荒岛，他在岛上住了好几年，慢慢地学会尊崇自然、景仰那哺育他的母鹿、海洋、死亡、天空以及"神圣真理"。如果把这本书和丹尼尔·笛福的《鲁滨孙漂流记》相比，然后说前者"早了"后者六百年，或者说因为后者对于工具及物品的描述更为详细，所以伊本·图费勒"晚了"笛福六百年，这两个结论，都是第二种愚昧的例子。

可敬的菲利尤丁大师，穆斯塔法三世统治期间的一位伊斯兰教长，在听到一位口无遮拦的朋友说了一句鲁莽失礼的话之后，突然受到启发（那位朋友在某个星期五晚上来教长家拜访，看见他的书房里有一张精美的写字台，不禁说道："尊贵的先生，但你的书桌看起来就好像你的脑袋一样，乱七八糟啊。"），于是在1761年3月提笔写下一首双韵长诗，其中用了许多关于他的脑袋和写字台的比喻，以证明两者中的每样东西都是井然有序。他在诗中提出了一个观点，认为我们的脑袋也有十二个部分——就好像那精巧的亚美尼亚制写字台，有两个小柜、四个架子和十二个抽屉——以便让我们置放时间、空间、数字、文件，以及我们今日称为"因果""存在"和"必然性"的各种零星杂物。而在他二十年后，康德才把纯粹理性分成十二个范畴。如果我们就因此推论说，德国人把土耳其人的概念据为己有，那么此种说法，正是第三种愚昧的例子。

　　费瑞·凯末尔医生，当他提笔描绘众人企盼已久的无上荣耀救世者时，并没有料到一百年后，他的同胞会用如此愚昧的方式来解读他的书，不过，要是他知道了，也不会感到太惊讶。毕竟，他一辈子就被包围在冷漠和忽视的光环中，致使他隐遁入一个寂静的梦里。今天，当我想象他那张从未拍照留存的脸时，眼前只浮现一个梦游者的脸：他已彻底上瘾。阿卜杜拉赫曼·谢雷夫写了一篇满纸诽谤的研究文章《新奥斯曼人与自由》，告诉我们，费瑞·凯末尔医生把他的许多病人变成和他一样上瘾。1866 年他前往巴黎，抱着某种模糊的反叛意识——没错，就在陀思妥耶夫斯基第二次欧陆之旅的前一年！——并发表了几篇文章，刊登在《自由报》和《记者报》两份欧洲报纸上。他一直留在巴黎，甚至当青年土耳其党员与意见不合的宫廷达成妥协后，相继返回伊斯坦布尔，这时也不见他的踪迹。[1] 既然他在书前序言中提到波德莱尔的《人造天堂》，或许他也知道我最喜爱的德·昆西[2]，也许他正在尝试鸦片，不过在他书中谈到他的部分，却看不出有这类尝试的蛛丝马迹；相反，文中许多地方都透露出一个我们今日急需的逻辑概念。我写作这篇专栏的目的，便是为了散播这个逻辑，并把《大帕夏》中所提出的迷人构想，推荐给我们军队中爱国的军官们。

　　不过，要了解这个逻辑，我们必须先弄清楚该书的背景环境。设想一本书，蓝皮线装，印在草纸上，总共只有九十六页，1861 年

---

[1] 奥斯曼帝国末期，面临内忧外患，土耳其知识分子力图展开维新改革，欧洲人称他们为"新奥斯曼人"。他们主张立宪政体，终止独裁专制。在他们的压力下，苏丹阿卜杜勒·哈米德二世于 1876 年宣布君主立宪。

[2] 德·昆西（De Quincey，1785—1859），英国作家，著有《一个英国瘾君子的自白》。

由出版商普雷马拉西斯在巴黎出版。设想其中法国画家（但尼叶）所画的插图，看起来不像旧时的伊斯坦布尔，反而像是今日的伊斯坦布尔，遍布着石头建筑、人行道和拼花石板路。设想这样的画面，现今的水泥老鼠洞、阴影、家具和周围环境，让人联想到的是各种悬吊通电的现代酷刑器具，而不是旧时用来维持秩序的石头地窖和简陋刑具。

书本一开始描述了伊斯坦布尔的某条暗巷。四周一片寂静，只听得见守夜人用警棍敲打人行道的声音，以及远处街弄里野狗打群架的嗥叫。木房子的格子窗棂没有渗出半丝光线。几缕青烟从烟囱里袅袅飘散，漫成游丝般的雾气，沉淀在圆顶和屋脊上。深邃的阒静中，依稀可听见荒凉的人行道上传来一阵脚步声。听见了这陌生、新奇、出乎意料的脚步声，每个人——那些套上层层毛衣准备钻入冰冷被窝的人，以及那些早已躲入羽绒被下悠然熟睡的人——都认为那代表着佳音降临。

第二天，一扫昨夜的阴郁，处处弥漫着喜庆的气氛。每个人都认出了他，知道他就是"他"，大家明白那无止无尽、满载苦难的永恒岁月终于结束了。他出现在欢乐的人群中：重新和好的敌对宿仇、啃食糖渍苹果和麦芽糖的孩童、彼此嬉闹的男男女女、跳舞玩乐的人们。他似乎更像个被手足环绕的兄长，而不像那至高无上的救世者，走在悲苦的群众之间，指引他们美好的生活和一连串的胜利。尽管如此，他的脸上却有一抹疑虑的阴影，一丝忧惧，一丝不祥的预兆。然后，正当他沉思着在街道漫步时，大帕夏的手下把他抓了起来，关进一间石砌的地牢里。夜半时分，大帕夏手里拿着一支蜡烛，亲自下到牢房里探视他，并与他彻夜长谈。

这位大帕夏是谁？由于我也和作者一样，希望读者能够不受干扰，自己找出答案来，因此我甚至不打算把他的名字从书中的法文翻译回原本的土耳其文。既然他是一位帕夏，我们可以得知他是一位伟大的政治家，或伟大的军人，或者只是某个位高权重的要人。从他谈话中的条理分明看来，我们可以假定他是一位哲学家或一个崇高的人物，拥有相当的智慧，就像某些关心国家民族利益甚于一己之私的有志之士，而在我们的土耳其同胞之中，也一再出现这类人物。一整夜，大帕夏滔滔不绝，而他专注聆听。大帕夏的逻辑和话语令他哑口无言，以下便是大帕夏的话：

1.我也和所有人一样，立刻明白你就是"他"（大帕夏开始说话）。我心知肚明，无须仰赖任何有关你的神谕、天空中或《古兰经》里的征兆，或是字母和数字所显现的秘密——这是千百年来的习俗。当我看见群众脸上的狂喜与欢乐时，我立刻知道你就是"他"。如今，人们期待你抹去他们的痛苦与悲伤，重建他们失落的希望，引领他们迈向胜利。可你办得到吗？好几百年前，先知穆罕默德之所以能为苦难者带来幸福，是因为他用剑劈开了道路，让人们可以冲向一连串的胜利。如今则相反，不管我们的信仰多么有力，伊斯兰的敌人们却拥有更强大的武器。军事胜利根本毫无机会！这样的事实，不正好展现了那些假救世者的例子？这些假救世者声称自己就是他，并设法采取一些行动对抗在印度和非洲的英国人与法国人，然而只维持了很短时间，很快地他们就被彻底毁灭，反而将民众推向更大的灾难。（接下来的几页里，写满了军事和经济力量的比较，证明为什么"大举战胜西方"这种想法必须被斥为天真幻想，而且不单单是伊斯兰世界，甚至对整个东方而言，也是一样。大帕夏以一个看清现实的政治家的态度，诚实比较了西方世界与东方世界的贫富差距。而他呢，由于他是真正的"他"而不是假的，所以便安静而悲伤地证实了帕夏所勾勒出的惨淡前景。）

2.尽管如此（天色已近黎明，大帕夏继续说），这并不表示不能给予苦难者一点胜利的希望。我们要对抗的不只是"外来的"敌人，那些内在的敌人又怎么办呢？那些造成我们一切穷苦与折磨的主事者，那些放高利贷的吸血鬼，那些躲在人群中伪装成市井小民的虐待狂，他们难道不是罪人吗？你很清楚，只有通过发起对内战争以抵抗内部敌人，你才有办法给你苦难的弟兄带来幸福与胜利的希望，不是吗？接着，你一定也明白，你的战争，是没有办法靠伊斯兰的圣战士来打赢的，必须在告密者、拷刑者、刽子手和警察的支持下，才能赢得这场内战。绝望的大众必须亲眼见到造成种种苦难的犯罪者，才会相信打倒这个人将有机会为人间开创一片天堂乐土。过去三百年来，这就是我们唯一能做的事。为了给弟兄们希望，我们揭发他们当中的罪犯。由于他们渴求希望，就好像渴求面包一样，因此他们相信我们。在面临行刑之前，这些罪犯之中最聪明也最正直的人，深知自己被判罪的原因，于是承认了更多的罪行，把最微不足道的也说成了天大的恶行，为的是在他们苦难弟兄的心中激起更热烈的希望。我们甚至宽恕了某些加入我们、与我们一起挖掘罪恶因子的人。就如同《古兰经》，希望既是我们精神生活的支柱，更支持着我们的物质生活：我们仰仗同一个源头，期盼它不仅给予我们希望和自由，也能每天给我们面包。

3. 我知道你有决心，想要达成你面前的所有艰巨任务；也有正义感，可以毫不眨眼地揪出人群里的罪犯；更有力量，虽然不愿意，但仍能够送他们接受严刑拷打，而凛然不动摇——毕竟，你是"他"。然而，你期待希望可以误导大众多久？眼见事情没有好转，他们一定很快就恍然大悟。当他们发现面包并没有变得更大时，他们一直以来所抱的希望便开始破灭。再一次，他们将失去信心，不再相信经书与生死两个世界。他们将放纵自己回到过去颓丧、堕落、心灵匮乏的生活。最糟的是，他们将开始怀疑你，甚至恨你。告密者会开始感到罪恶，后悔当初主动把罪犯交付给你那些嗜血的刽子手和拷刑者；警察和宪兵将开始对他们所执行的酷刑拷打感到无比厌烦，那时就算是最新的招数或是你提供的希望，都不再能引起他们的兴趣。到最后，世人会开始相信，那些如串串葡萄般吊死在绞刑台上的倒霉鬼，只不过是白白牺牲。你一定早已明了，在审判之日时，世人将不再信任你或是你所说的故事。当人们不再共同信仰一个唯一的故事时，他们将会开始相信他们自己编造的情节，每个人都有自己的故事想要告诉别人。成千上万的可怜鬼，背负着自己的故事像是头顶着一圈悲苦光晕，将会像一群梦游者，落魄地漫步在城市中似乎永远扫不干净的肮脏街道和泥泞广场上。然后，在他们的眼里，你将变成旦扎里，旦扎里将变成你！这时，他们会开始相信旦扎里的故事，而不再是你的。旦扎里将在荣耀中重返，他会化身为我，或是另一个像我这样的人。而他将会告诉世人，这些年来你一直在愚弄他们，你散播给他们的不是希望，而是谎言，你其实从头到尾就是旦扎里，而不是"他"。也许根本不用这么复杂。某天深夜，在一条暗巷中，旦扎里本人，或是某个终于醒悟原来你自始至终都在欺骗他的不幸之人，将会把子弹射进你一度被认为刀枪不入的血肉之躯。就这样，因为你多年来一直给予世人希望而又欺骗了他们，于是某天夜里，世人将在肮脏的人行道边发现你的尸体，躺在你日益熟悉而珍爱的泥泞街道上。

15

雪夜里的爱情故事

……无聊的男人和同伴们，到处打探故事和神话……

——鲁米

　　卡利普才离开蒂尔坎·绍拉伊的复制房间没多久，就再度见到与他共搭出租车、看起来活像是黑白电影角色的那个男人。那时卡利普正站在贝伊奥卢警察局门口，犹豫着要往哪里走，突然间一辆警车闪着蓝灯从街角蹿出来，在人行道旁停了下来。后车门猛然推开，他立刻认出从里面走出来的那个男人，他的脸已经从原本黑白电影的样子，转换为适合夜晚与犯罪的深蓝色。一名警官在他之前先下车，第二名警官殿后，其中一个人拿着男人的公文包。为了防止受到意外攻击，警察局的外墙上打着明亮的灯光，透过那里的光线，可以看见男人的嘴角上有一抹深红色的血迹，但他并没有把它擦掉。他顺从地走着，低垂着头，像是早已俯首认罪，但似乎又非常怡然自得。当他瞥见卡利普站在警察局台阶前时，便投予他一个愉快的眼神，霎时间既怪异又恐怖。

　　"晚安哪，先生！"

　　"晚安。"卡利普嗫嚅着说。

　　"他是谁？"其中一个警察说，指了指卡利普。

　　卡利普听不见接下来的对话，只见他们又拖又拉地把那个男人带进了警察局。

当他抵达大路时，已经是午夜过后，积雪的人行道上仍有行人。"英国领事馆隔街的一条路上，"卡利普心里想道，"有一个整晚不打烊的场所，不但经常有安纳托利亚来的暴发户光顾撒钱，就连知识分子也常在那儿流连忘返！"这些信息都是如梦从文艺风格的杂志上搜集来的，里面的文章喜欢用故作嘲讽的口吻来描述这类场所。

在一栋过去曾经是托卡里扬旅馆的旧大楼前，卡利普巧遇伊斯坎德尔。从他呼出的气息可以闻出他显然已喝了不少茴香酒：他到佩拉宫饭店去接英国广播公司人员，带他们参观伊斯坦布尔的一千零一夜（在垃圾堆里巡逻的野狗、毒贩和卖地毯的、大腹便便的肚皮舞女、夜总会的无赖，等等），接着，他带他们去某条小巷子里的一间酒吧。在那里，一个手提公文包、长相奇特的男人为了某个难以理解的字，跟人起了口角，不是跟伊斯坎德尔的同伴而是别人。然后警察来了，把男人抓走了，有一名顾客甚至还爬窗逃跑。之后，店里的人就跑来和他们一起坐，就这样，显然今天会是个热闹的夜晚，如果卡利普有兴趣的话也可以加入。伊斯坎德尔出来买无滤嘴香烟，卡利普陪着他在贝伊奥卢绕来绕去，接着和他一起回到酒吧，店门上标示着"夜总会"。

迎面而来的是喧哗、欢腾与疏离。一位英国记者正在讲故事，她是个好看的女人。传统土耳其乐团已经停止了演奏，魔术师开始耍起把戏，从盒子里拿出盒子再拿出盒子。他的助手有一双 O 形腿，就在她的肚脐下方，还有一道剖宫产留下的疤痕。卡利普滑稽地想着：这女的看起来似乎生不出任何小孩，除了她手里抱的那只睡眼惺忪的兔子。在表演完了从土耳其传奇幻术大师扎提·颂古尔那儿抄袭来的"消失的收音机戏法"之后，魔术师再次开始从盒子里接二连三地拿出盒子，场子又冷了下来。

坐在桌子另一头的那位漂亮英国女人一边讲她的故事，伊斯坎德尔则一边翻译成土耳其文。卡利普听着故事，乐观地假想自己其实可以从女人表情丰富的脸上读出大概的内容，尽管他错过了开头。后面的故事在说，有一个女人（卡利普想，一定就是说故事的女人自己），试着说服一个从她九岁起就认识她并爱上她的男人，要他相信一个显而易见的事实：一名潜水员找到的拜占庭钱币上的一个明显符号。然而男人只看得见自己对女人的爱，其他什么都看不到，他盲目的眼睛看不见他们俩眼前的魔法，而他所能做的只是把他的热烈情爱写成诗句。"于是，就因为潜水员在海床上找到的一枚拜占庭钱币，"伊斯坎德尔把女人的故事用土耳其文转述，"两位表兄妹最后结了婚。女人因为相信了她在钱币上看到的神奇面孔，从此以后生命全然改观，但是相反，男人却丝毫没有察觉。"基于这个理由，女人决定把自己关进一座塔里，独自度过余生。（卡利普想象女人就这样抛下了慌乱无措的男人。）这时大家明白故事结束了，长桌旁深受感动的听众陷入一阵"人性"的沉默，以表达对"人性情感"的敬意。卡利普觉得这些人愚蠢至极，或许他不能期待大家的反应和他一样，因为毕竟一个美丽的女人甩掉了一个蠢男人，但是根据他所听到的后半段内容，故事的陡然终结（众人在如此夸张的演说之后全部陷入可笑而虚伪的沉默）实在是太荒谬了。整个景象除了女人的美丽之外，都让人感到无比荒谬可笑。卡利普在心里重新估量，觉得说故事的人其实只是好看而已，算不上美丽。

　　一个高个子男人说起了另一个故事，卡利普从伊斯坎德尔的话里听得出他是个作家，刚刚听到人群中在传他的名字。这位戴眼镜的作家事先提醒他的听众，他的故事是关于另一位作家，所以千万别搞混了，误以为故事中的主角就是他本人。卡利普留意到这位作家说话时带着奇怪的微笑，脸上露出略为腼腆又有点曲意逢迎的神情，让人摸不透他真正的动机。

故事说，有一个男人长年以来一直窝在他的房子里写小说（他从来没给别人看过，或者，就算他有，也没拿出来出版）。他整个人彻底沉溺于他的写作事业（当时这根本还称不上是一种事业）。而他之所以从不出现在人群中，不是因为他厌恶人类，或是因为他瞧不起别人的生活，而是由于他整天锁在屋子里写作，根本离不开书桌。在书桌前度过了大半生后，这位作家的"社交技巧"几乎完全退化，以致当他有一次难得出门时，居然根本不晓得如何与人交谈，吓得躲在一个角落待了好几个小时，等着要再回到他的书桌前。每天工作十四个多小时之后，他会在黎明前回到床上，听着宣礼塔单调的晨礼呼唤，不断在山谷间回荡，然后他会开始梦想自己一年才偶遇一次的心上人。但当他梦想到这个女人时，他并不像别人所说的，是带着激情与性爱的渴望，而只是把她当作一名假想的伴侣，他唯一的孤独解药。

几年过后，这位承认自己对于爱情的了解全来自书本、对性爱缺乏兴趣的作家，最后却意外地娶了一位出众脱俗的美女。大约同时，他的作品也出版了。然而他的生活并没有因为婚姻和事业的得意而有所改变。他依旧每天花十四个小时坐在书桌前，和以前一样慢慢地、耐心地组合一字一句，瞪着桌上的一沓白纸想象着新作的种种细节。他仍然保持习惯，每天在黎明前躺上床，一边听着晨礼的呼唤，一边编造他的白日梦，但如今他生活中唯一的不同，在于他感觉到自己的梦竟与他美丽安静的妻子所做的梦互相呼应。当他躺在妻子身旁做白日梦时，作家感觉到两人的梦中有某种默契，仿佛在两人如乐曲般和谐的呼吸中，不自觉地建立起默契。作家很满意他的新生活，在多年的独居后，他并不会因为现在身旁多了一个人而难以入睡。他喜欢在妻子的呼吸声中编造他的梦，他喜欢相信两人的梦境确实交缠不分。

某个冬日，他的妻子离开了他，没有留下半句明确的理由，作家陷入好一阵低潮。尽管躺在床上听着晨礼的召唤，但他就是无法像过去那样，编织出任何一个梦来。从前那些故事他可以信手拈来，并在婚前和婚后安详的熟睡中发展至高潮，但如今他就算绞尽脑汁，也达不到"精彩"与"生动"。作家对自己正在进行中的小说相当不满意，并且感觉到其中似乎有某种不妥当、某种不确定，藏着一个梦中不愿透露的秘密，这使得作家陷入瓶颈，走进了死胡同。妻子刚离开的那阵子，他的白日梦简直恐怖透顶，以至于他完全无法入睡，失眠直到晨礼的召唤结束，直到第一只晨鸟在枝头鸣唱，海鸥从聚集过夜的屋顶上起飞离去，垃圾车驶进巷道，接着是第一班市公交车。更糟的是，梦境和睡眠的缺乏也尾随着他来到他写作的纸张上。作家发现自己就连最简单的句子也无法轻松下笔，即使他重写二十遍也是一样。

作家挣扎着想要击退那入侵他整个世界的意气消沉，于是他给自己定了严格的纪律，逼迫自己去记起往昔的每一场梦，希望借此重新唤回梦中的和谐。几个星期后，在晨礼的呼唤声中，他终于成功地安详入睡，等他一醒来，便立刻像个梦游者来到书桌前开始写作，当他发现句子中充溢着他渴望多时的优美与生动时，他明白自己的消沉已经结束了。他同时还注意到，为了达成这个目的，自己在下意识中发明了一些微妙的技法。

这位被妻子抛弃的男人，也就是，这位再也编造不出满意故事的作家，开始想象他旧有的自我，那个尚未与任何人同床共枕的自己，那个未曾与任何美丽女人的梦境交织纠缠的他。为了再度唤回那曾经被他丢弃的角色，他呕心沥血，甚至让自己变成了幻想中的角色，从此沉入那个人安稳的梦乡。很快地，他习惯了这样的双重生活，不再需要逼迫自己做梦或写作。重新取回了先前的身份后，他就这样变成了另一个人，变成了自己的分身，与现实的自己一起写作，往烟灰缸里塞满相同的烟蒂，用相同的杯子喝咖啡，在同一时间里，躺在同一张床上，一起安然熟睡。

有一天他的妻子回到他身边（回到"家"，她这么说），同样没有给他任何明确的理由。作家再一次陷入低潮，这让他不知所措。当初他被遗弃时陡然蹿入梦中的不确定感，又再度笼罩他整个人。每天辗转反侧入睡后，他会从噩梦中惊醒，搞不清楚自己究竟是旧日的他还是新的他，在两个身份之间摇摆不定，漫无头绪，好像一个找不到回家的路的醉汉。某个失眠的早晨，他拎起枕头爬下床，走进弥漫着灰尘和纸张气味的工作室，蜷缩在堆满纸张的书桌旁一张小沙发上，很快地进入梦乡。从那时起，作家不再与他沉默而神秘的妻子同床共枕，不再与她的梦纠结缠绕，而改睡在他的书桌和纸张旁边。每当他一觉醒来，还在半梦半醒中，他便往桌前一坐，延续着梦中的内容挥笔写作。只不过，现在却出现另一个问题，把他给吓僵了。

在他妻子离开之前，他已经完成一本小说，内容是关于一对双胞胎彼此交换了生命，这本书被读者誉为一部"历史性"的作品。后来，当作家为了能够再度入睡与写作而开始扮演过去的自己时，他又化身成为前述小说的作者，再加上因为他无法预测本人和分身的未来，于是他发现自己竟又能以旧日的同样热情重新写作同一篇"双胞胎"的故事！过了一段时间后，这个充满复制品的世界——每样东西都模仿另一样东西，所有的故事和人物都同时是他们本人也是他们的复制品，所有的故事都牵连到另一个故事——在作家眼中变得太过真实，他想，如此"明显的"写实故事应该不会有人爱看，于是他决定去发掘一个虚幻的世界，一方面让自己写得畅快，一方面让读者心甘情愿地投入其中。为了这个目的，趁着半夜，美丽神秘的妻子在床上安静熟睡时，作家来到城市的黑暗街道，徘徊在街灯破损的贫民区，拜占庭时代遗留下来的地下通道，落魄居民出没的酒馆、夜总会和鸦片窟。他所看到的一切告诉他，"我们城市"里的生活是如此真实，但也恍如一个想象的国度：这一点证明了世界的确是一本书。就这样，他四处游荡，在街上闲逛好几个小时，阅读这座城市每天向他展现的新书页，审视其中的脸孔、符号、故事。由于他太过耽溺于阅读这本生命之书，以至于如今他害怕回到熟睡的美丽妻子身边，也不敢再回去面对自己写了一半的故事。

由于作家的故事所谈论的是孤独而非爱情，内容是关于说故事而非真的在讲一个故事，因此观众逐渐失去兴趣。卡利普想，大家一定对作家的妻子离家出走的原因颇感好奇，显然每个人或多或少都有平白无故被抛弃的经验。

下一位说故事的人，卡利普认为必定是某酒吧吧女，她重复了好多遍告诉大家她要讲的是一个真实故事，并一再确认"我们的访客朋友"明白这一点。她希望自己的故事不仅能在土耳其成为典范，更能放诸全世界。一切就是从这间酒吧开始的，时间在不久以前。一对表兄妹在相隔多年后，又在此相遇，重新燃起童年时代的爱苗。由于女的是个欢场女子，而男的是个花花公子（"换句话说，"女人特地为外国客人解释，"是个吃软饭的。"），因此在这种情况下没有什么"名誉"的顾虑，这个男的不用担心占了女孩子的便宜，或是"糟蹋了"她。在那个年代，酒吧里一片安静祥和，就如同全国的氛围。年轻人不会在街上互相扫射，而是彼此拥吻；每逢节日，他们会互相赠送真正的糖果，而不是一盒炸弹。女孩与男孩幸福快乐。后来女孩的父亲突然过世，这一对年轻情侣便住进了同一个屋檐下，只不过他们始终分床而眠，焦躁难耐地等待结婚的日子。

婚礼当天，女孩与她贝伊奥卢的欢场姐妹们忙着盛装打扮，抹脂粉洒香水，而男孩则为大婚之日前去修脸。修完脸后，漫步在大街上，他看到一个美艳得叫人不敢相信的女人，把他迷得神魂颠倒。这个女人当场夺走了他的理智，并把他带进她在佩拉宫饭店的房间里，两人激烈做爱之后，这个命运乖舛的女人透露一个秘密，原来她是伊朗国王与英格兰女王的私生女。为了报复她的父母遗弃了他们一夜情的果实，她来到土耳其，展开第一阶段的复仇计划。她希望这位年轻人去替她取得一张地图，这张地图有一半收藏在国家安全局，另一半则在秘密警察手里。

被激情冲昏头的年轻人于是哀求她准许自己离开，并连忙赶到原本预定举行婚礼的厅堂。那儿，访客早已四散离去，只剩女孩仍躲在角落里哭泣。他先安抚了她一会儿，接着坦承说他因为某种"国家目标"而被征召。他俩把婚礼暂延，传话给所有的欢场女子、肚皮舞女、老鸨和苏鲁库勒的吉卜赛女郎，要她们从全伊斯坦布尔每一位落入温柔乡陷阱的警察身上，挤出可能的情报。最后，等他们终于拿到地图的两半并把它拼凑起来时，女孩也拼凑出一个事实，原来她的表哥从头到尾都在欺骗她，欺骗伊斯坦布尔所有辛苦出卖劳力的女孩：原来他是爱上了英格兰女王和伊朗国王的女儿。她把地图藏在左边的胸罩里，流浪到库勒迪毕一家只有最廉价的妓女和最下流的变态会光顾的妓院，把自己锁进一个小房间里，终日沉浸于悲伤。

泼悍的公主命令男孩以地毯式的搜索翻遍整个伊斯坦布尔，把地图找出来。搜寻的过程中，他才恍然大悟原来自己所爱的并不是那个教唆追捕的人，而是追捕对象；不是随便哪一个女人，而是他的挚爱；不是公主，而是他的初恋情人。好不容易，他循线跟着她来到了库勒迪毕的妓院。透过镜子上的一个窥孔，他看到自己的初恋情人正在对一个戴领结的有钱家伙耍"清纯少女"的把戏，他当场破门而入，救出女孩。一颗巨大的痣出现在他的眼睛上——也就是对准窥孔使他心碎的那只眼（看见他的爱人半裸着身子开心地吹箫玩耍，他伤透了心）——怎么样也去不掉。女孩的左乳下方，也出现了一模一样的爱情印记。后来他们找了警察去逮捕那位泼妇，等警察闯入她在佩拉宫的房间后，大家在她的梳妆台抽屉里发现了几千张一丝不挂的裸照，全都是一些纯情的年轻男子，被这个吃人的公主怂恿而拍下了各种姿势的照片，作为她"政治"勒索的收藏。抽屉里还有许多恐怖分子的大头照、印有锤子与镰刀的宣传手册、各式各样的政治书籍和传单、有断袖之癖的末代苏丹的遗嘱，以及瓜分土耳其领土的计划概要，上面有拜占庭十字的签印。秘密警察清楚得很，就是这个贱货把恐怖主义的瘟疫引进了土耳其，让它像是来自法国的梅毒一样到处流传。然而，由于她的相片收藏里包含了数不清的警方人员，全身光溜溜的只带着根"警棍"，为了避免这些照片不小心落入哪个记者手里，他们隐瞒了她的涉案。看起来唯一适合上报的新闻是这对表兄妹的婚礼公告，附上一张他们的结婚照。说故事的吧女从她的皮包里抽出她私自从报纸上剪下的公告，照片中可以看见她身穿一件时髦耀眼的狐毛领大衣，戴着一副此刻吊在她耳垂上的珍珠耳环。她要桌上的人传阅这张剪报。

然而，女人注意到众人对她的故事持怀疑态度，甚至有些人根本嗤之以鼻，她不禁怒了起来，辩称她讲都是真的，并呼唤某人出来：现场刚好有一位曾替公主和她的受害者拍下无数张淫秽照片的摄影师。满头灰发的摄影师来到桌前，听见女人说，如果他给大家讲一个好听的爱情故事，那么"我们的访客"将会很乐意让他拍照，并且付给他慷慨的报酬。于是，年老的摄影师开始说故事。

大约三十多年前，一名男仆来到他狭小的工作室，召唤他前往西西里高级住宅区一栋位于电车大道上的宅邸。由于这位摄影师以拍摄夜总会照片闻名，因此在前往宅邸的路上，他不禁疑惑自己为什么被选来做这份工作，因为依他的看法，他有另一位同事更适合拍摄上流阶层的社交舞会。到了那里，一位年轻漂亮的寡妇邀请我们的摄影师进屋，然后提出一项交易：她提供大笔现金的酬劳，要他每天早晨送来千百张他每晚在贝伊奥卢各家夜总会拍摄的相片。

摄影师多少出于好奇而接受了这项交易，但他怀疑背后牵扯了某种感情纠葛，于是他决定尽可能地留心这名有点斜眼的棕发女人。就这样过了几年后，他发现女人并不是想在照片中寻找某个她认识的人，或是某个她在哪里看过照片的人。那些她从千百张之中筛选出来的照片——要他放大或是要他从更清楚的角度拍摄的——上面每个男人的脸和年纪也从来都不一样。后来，由于合作久了，彼此也渐渐熟了，加上共享秘密的缘故，也加深了彼此的信赖，女人开始向摄影师吐露真相。

"你给我这些满脸空白、表情空洞、目光无神的照片一点用也没有，"她说，"我什么都认不出来，在他们脸上我看不见任何文字！"有时看着同一张脸的各式照片，她却只能隐约读出（她坚持使用"读"这个字）极模糊的意义，这总会让她沮丧不已，忍不住说："如果就连在充满失意落魄人的酒店里，我们都只能得到这些，我的老天，那么，当人们在工作场所、商店柜台后面、坐在办公桌前的时候，他们的脸孔又会是多么空洞乏味呀！"

不过，也不是说他们没有遇到一两张带给他们俩些许希望的样本。有一次，女人在审视一个老人皱纹满布的脸孔良久之后，读出了一个意义，只不过这个意义既古老又陈腐。这个老人，他们后来发现是位珠宝商，他额头上的皱纹以及眼睛下方丰富的字母，只不过是一个模糊意义的最终回响，一再地重复，没有揭示任何新意。三年后，他们遇见一张鲜活的脸孔，上面写着苍劲有力的字母，而且他们发现它所指涉的意义正存在于今日。这张激烈的脸让他们兴奋不已，他们放大了照片，并且很快得知脸孔的主人是名会计师。一个阴暗的早晨，女人给摄影师看一张这个男人出现在各大报刊的巨幅照片，旁边的标题写着：《此人侵吞银行两千万元》。如今这位会计师为非作歹的日子已经告终，他放松的面容安详地凝视着读者，空洞得像是一头待宰羔羊深红色的脸孔。

下面的听众窃窃私语挤眉弄眼，达成了共识，认为真正的爱情故事，当然，是发生在女人和摄影师之间。没想到最后的主角竟完全是另一个人：一个清凉的夏日早晨，女人看到一张酒馆里一群人围桌而坐的照片，她的眼睛滑过众多毫无意义的脸孔，定在其中一张慑人而夺目的脸上，然后她才明了自己十年来的辛苦搜寻终于没有白费。一个极为坦白、简单、清楚的意义，出现在那张年轻而美妙的脸上，在他接下来的照片中——当晚在那家酒馆里一并拍下并且放大——也都能读到同样的意义：就是"LOVE"，爱。这个三十三岁的男人，之后他们得知他在卡拉古拉克一家小店里替人修表，在他坦白而清晰的脸上，女人轻而易举地读出了那四个拉丁文字母。然而摄影师却说他什么字母也看不出来，女人劈头便说他一定是瞎了眼。接下来的几天，她心头小鹿乱撞，像是一个被带到媒人跟前的待嫁新娘，她受尽相思折磨，如同一个早已预见自己将来势必心碎的热恋中人。而每当她察觉到一丝希望的火花时，她便开始拉扯着头发，幻想终成眷属的可能。短短一星期内，女人的客厅里已经贴满了成百上千张修表匠的照片。这个男人在各式各样的借口下被设计偷拍了无数张的照片。

一天晚上，为了更仔细呈现修表匠那张不可思议的脸，摄影师设法拍到了他的特写，然而隔天他却没有出现在酒馆，从此失去踪影。女人简直要发狂了。她派摄影师到卡拉古拉克找寻修表匠，但他既不在他的店铺里，也不在邻居指的房子里。一个星期后摄影师再回去，只见商店因为"有要事处理"而出售，房子也已经搬空。从那时候起，女人对摄影师为了"寻找爱"而带来的照片不再感兴趣；除了修表匠的脸之外，任何其他迷人的脸孔她连看都不看一眼。一个刮风的早秋清晨，摄影师来到女人家门口，带着一件他认为能激起她兴趣的"作品"，没想到迎接他的却是一个好管闲事的门房，他愉快地告诉他，女主人已经搬到一个隐秘的地址。摄影师很遗憾故事必须到此结束，他必须向他的听众承认，自己的确爱上了这个女人。然而，与此同时他也告诉自己，如今他或许终能展开他自己的故事，一个由回忆过去所编织的故事。

不过这个故事真正的结局发生在多年以后，有一天他心不在焉地读到一张照片的说明文字："她往他脸上泼硫酸！"持有硫酸的吃醋女人的名字、容貌和年龄都不符合那位住在西西里的女士，脸上被泼硫酸的丈夫也不是位修表匠，而是事件发生地点安纳托利亚中部的一位检察官。尽管所有的细节都跟摄影师的梦中情人和英俊的修表匠有所出入，但看到"硫酸"这两个字的刹那，我们的摄影师立刻凭直觉认定这对夫妻就是"他们"。他推断出这两个人这些年来一直在一起，他们玩了一个私奔游戏，以便除去所有像他一样阻挡在他们中间的倒霉家伙。他找来当天另一份八卦小报，证实了自己的想法。他看见修表匠被彻底腐蚀的脸，上头所有的字母与意义已全部抹去。

摄影师一边叙述一边直视着外国记者，看到自己的故事得到众人的支持及注意，他又补充了最后一个插曲，似乎想通过透露一项军事机密来赢得满堂彩：又过了几年后，同一份八卦小报再度刊登同一张腐蚀的脸，宣称这张照片是一场延宕多年的中东战争的最后一个牺牲者，图下并附有说明文："大家都说，毕竟，一切全为了爱。"

桌边的人群开心地摆姿势让摄影师拍照。这当中包括几名与卡利普有点头之交的记者和一名广告商，一个长得面熟的秃头男人，还有几个局促不安地坐在桌子一侧的外国人。围桌而坐的一群人，像是因为一件小意外或是恰巧投宿同一家旅舍而结识的陌生人，彼此之间莫名地产生了友谊与好奇。这时店里大部分客人都走了，酒吧里安静下来，舞台上的灯光早已熄灭。

卡利普有种感觉，这家酒吧很可能就是电影《我的狂野宝贝》里，蒂尔坎·绍拉伊扮演应召女郎的真实场景，于是他把年老的服务生唤到桌边问他。或许是因为每个人都转头看他，或许是因为无意间听到别人的故事而激起了兴致，总之，这位服务生也说了一个简短的故事。不，他的故事跟刚才提到的那部电影无关，而是关于另一部在这家酒吧里拍摄的老电影。电影在如梦戏院上映的那个星期，他总共去看了十四次自己的演出。由于制作人和饰演女主角的美丽女人都请求他能参与其中几场戏，因此我们的服务生便高兴地听从了。几个月后，当他看到电影时，他认出自己的脸和手，但在另一个镜头中，他的背、肩膀和脖子却是别人的。服务生每次看这部片都会觉得毛骨悚然，但又夹杂着诡异的喜悦。不仅如此，他始终不习惯听见自己的嘴里冒出别人的声音，一个他在其他许多片子里还会再听见的声音。他的亲朋好友在看了电影之后，对于这令他头发直竖、心神不宁、恍惚梦境般的配音替身，并不特别感兴趣，他们也没有注意到任何摄影骗术。最重要的是，他们从没想过一个小小的花招可以骗人去相信某人是另一个人，或者另一个人是某人。

服务生痴痴等了好几年，盼望哪个暑假期间贝伊奥卢的戏院播放两轮片时，会上映这部他曾经短暂出现过的电影。假使他能够再看一次影片，他相信自己将能展开一段新生命，不是因为他将能再次遇见年轻的自己，而是由于另一个"显而易见"的原因，他的朋友猜不出是什么原因，但在场的尊贵友人们必定早已知晓。

背着服务生，众人热烈讨论起这个"显而易见的原因"。大多数的人都认为原因当然就是爱：这个服务生爱上了他自己，或者爱上了影片中他身处的世界，或者是爱上了"电影之美"。刚才的吧女插嘴打断这个话题，她说这个服务生根本只是个老同性恋，就跟所有那些退休的摔跤选手一样，因为有人曾经逮到他一个人赤条条地对着镜子打手枪，还看过他在厨房里偷捏打杂小弟的屁股。

让卡利普觉得眼熟的秃头男人反驳吧女对摔跤选手的"不实指控"，说这些选手继承了我们祖先的运动。他接着开始讲述他的观察，当年他在色雷斯的那段时间，有一次曾经近距离地采访这群优秀人士的模范家庭生活。趁着老头说话的同时，伊斯坎德尔告诉卡利普这人的来历：他在佩拉宫饭店大厅里巧遇这个秃头男人，当时的场面极度混乱，伊斯坎德尔正手忙脚乱地一边替这群英国记者安排行程，一边试图找出耶拉的所在——是的，很有可能那天晚上他也拨了电话给卡利普。这老头加入搜寻的行列，说他认识耶拉，为了某个私人的理由也需要找到他。接下来的几天里，走到哪里都碰到这个人，他不单只是为了寻找耶拉，还通过他广大的人脉（这人是个退休上校）帮了伊斯坎德尔和英国记者许多小忙。这老头觉得这是帮他练习那口破英文的好机会，显然乐在其中。很显然，他是那种时间很多的退休老人，想做一些对国家有用的事情，喜欢交朋友，而且非常熟悉伊斯坦布尔。结束了关于色雷斯摔跤手的话题后，老头开始叙述自己的故事。

实际上，这故事比较像是机智问答题：一个牧羊人有一天中午赶羊群回家，由于那天正好日食，所以羊群全都自行提早返回。锁好了畜栏之后，他走进屋里，却发现他亲爱的老婆跟情夫躺在床上。他迟疑了一会儿，抓起刀子把两个人双双砍死。之后他向警方自首，并在法官面前为自己辩护，举出一个看似单纯的逻辑推论。他说他没有杀死他的老婆和她的情夫，而是某个躺在他床上的陌生女人和她的情人。因为那个他认识、信赖并且甜蜜同居多年的"女人"，不可能会对"他"做出这种事，所以床上的女人和他"自己"都是另外两个人。牧羊人对于这件令人震惊的替换感到坚信不疑，因为日食的超自然预兆支持着他的想法。当然，牧羊人愿意扛下他短暂记得的另一个自己的刑责，但他要法官知道，被他杀死在自己床上的一对男女是两个贼，不仅闯入他的屋子，更无耻地玷污了他的床。不管要在牢里蹲几年，等他刑期满后，他打算出发找寻他老婆，因为打从日食那天起他就没再见过她。找到她之后，也许在她的帮助下，他准备开始寻找遗失的另一个自己。

所以，法官给这个牧羊人判了什么罪？

众人向退休的上校提出各种解答，卡利普听着，心想他以前在哪里看过或听过这个老掉牙的题目，可是怎么也想不起出处。摄影师把冲洗好的照片传给大家看，卡利普盯着其中一张，心想他或许能忆起自己究竟是怎么知道这个秃头男和他的故事。只要他想起来后，他似乎就能告诉那个男人他的真实身份是什么，与此同时，另一张难以辨认的脸孔之谜也将得到解答，就好像摄影师的脸孔故事中所描述的情形。轮到卡利普的时候，他的结论是法官必须豁免牧羊人的刑责，他一边说，脑中一边想着，自己很可能已经读出了退休上校脸上的隐藏意义：似乎，这名退休军官刚开始说故事的时候，是某一个人，而在他说完之后，却变成了另一个人。讲故事的过程中发生了什么事？在故事讲完的时候，是什么改变了他？

接着轮到卡利普说故事，他开始叙述一个从一名专栏作家那儿听来的事件，关于一位单身老记者的迷恋。这位老兄花了一辈子在《巴比阿里日报》工作，负责综艺消息的翻译，并撰写电影和戏剧评论。由于他对女人的衣着饰品比对女人本身更感兴趣，因此他没有结婚。他独居在贝伊奥卢一条小巷中一间狭小的两室公寓里，只养了一只看起来比他还老而孤单的虎斑猫做伴。平静生活中唯一的起伏，是在晚年的时候，他开始阅读马塞尔·普鲁斯特那似乎没完没了追寻过往回忆的小说。

年老的记者爱极了这本书，甚至好长一段时间他根本没兴趣谈其他话题，然而，他始终找不到别人愿意像他这样，投注心力辛苦读完这本迷人的法文巨著。不仅如此，他甚至遇不到半个人能够分享他的热情。结果他只得退回自己的内心世界，一遍遍对自己述说那些他读过不知多少遍的书册中的故事和场景。要是他一整天过得不顺利，或是碰到一些冷漠、粗俗、贪婪而通常可以称之为"没文化"的人，又不得不忍受他们的无礼与粗野，这时他就会告诉自己："我不在这里，我人现在在家里，在卧室里，脑中想着我的阿尔贝蒂娜正在隔壁房里或睡或醒，或者正喜悦地倾听阿尔贝蒂娜踩着公寓地板的轻柔步伐！"每当他苦闷地走在外面街上，他都会像普鲁斯特小说中的叙述者那样，假想有一个年轻美丽的女人正在家中等待，想象着阿尔贝蒂娜——就算只是和她随便见个面都能带给他极大的快乐——正在等待他，他幻想着阿尔贝蒂娜等他时会做什么动作。等年老的记者回到那间暖炉永远不够暖的两室公寓后，他会悲伤地记起阿尔贝蒂娜离开普鲁斯特的篇章。弥漫在冷清公寓中的哀戚之情渗入他的内心，他不停回想起种种情境，仿佛自己既是普鲁斯特又是他的情人阿尔贝蒂娜：就是在这里，他曾与阿尔贝蒂娜一起谈话，一起欢笑；她总是先按了门铃才来拜访他；他那无穷无尽的阵阵妒火；共同去威尼斯旅游的梦想。他不断地回忆，直到悲喜交集的泪水从眼眶滑落。

星期天早上他都和他的虎斑猫待在家里，有时候当他读到报纸上刊登的粗糙故事而感到恼怒，或是想起好奇的邻居、冷漠的远亲或伶牙俐齿的无礼孩童嘴里的讥讽时，他会假装自己在旧橱柜的小抽屉里找到了一枚戒指，并幻想那是阿尔贝蒂娜遗留下来，而被他的女佣法兰丝在玫瑰木的书桌抽屉里发现了。接着，他会转身对假想的女佣说："不，法兰丝，"他压低声音，只让虎斑猫听得见，"阿尔贝蒂娜并没有忘记。没有必要把戒指还回去，因为阿尔贝蒂娜很快就会回来。"

我们居住在一个多么可悲而凄惨的国家啊，老记者心想，竟然没有半个人知道阿尔贝蒂娜或普鲁斯特。倘若哪一天出现了一个懂得阿尔贝蒂娜和普鲁斯特的人，那天必然是转机之日，没错，那时路上留着小胡髭的同胞们也许就可以开始过更高尚的生活，也许到时候，他们将不再只因为一时的妒火就拔刀互砍，而会像普鲁斯特那样，在脑中唤起情人的影像，沉浸于天马行空之中。所有那些为报纸写文章的作家和翻译家，自以为有文化修养的人，其实都是一堆愚钝平庸之士，因为他们根本不读普鲁斯特，不晓得阿尔贝蒂娜，也不知道老记者读过普鲁斯特，更没想过他本人既是普鲁斯特又是阿尔贝蒂娜。

故事最令人惊异的地方，不在于老记者以为自己是一本小说的主人公或是它的作者，因为毕竟，任何一个土耳其人，只要迷上了哪一本国内同胞还没读过的西方经典，不用多久后，都会全心全意地开始相信自己不仅爱看这本书，甚至根本一手写成了这本书。到头来他对周围的人越来越不屑，不单是因为他们没读过那本书，更由于他们写不出和他一样有水平的书。所以，最让人惊讶的并不是老记者长久以来自以为是普鲁斯特或阿尔贝蒂娜，而是没想到有一天，他竟把多年来深藏于心的秘密透露给了一位年轻专栏作家。

或许是因为老记者对年轻专栏作家有一份特殊的情愫，所以才会向他吐露心事。这位年轻人拥有一种神似普鲁斯特和阿尔贝蒂娜的美：他的上唇冒出新生的短髭，体格健壮优美，臀部结实，睫毛密而长，此外，如同普鲁斯特和阿尔贝蒂娜，他的肤色黝黑，身材略矮，丝般柔滑的皮肤泛着巴基斯坦人的古铜光泽。不过，相似点仅止于此。这位年轻俊美的专栏作家对于欧洲文学的品位，只限于法国小说家保罗·科克和意大利作家皮蒂格里里，第一次听见老记者的暗恋故事时，他的反应是哈哈大笑，接着他宣布要把这则趣闻写进自己的一篇专栏里。

老记者这才知道自己犯了大错，他恳求年轻俊美的同事忘记这一切，可是对方充耳不闻，只是继续笑个不停。老记者回到家后，马上明白自己的整个世界已然瓦解：置身于空荡寂寥的房间里，他再也想象不出普鲁斯特的妒意、他与阿尔贝蒂娜相聚的时光，甚至是阿尔贝蒂娜后来的去向。全伊斯坦布尔只有他呼吸到并赖以维生的神奇爱情，他唯一能够感到骄傲、无人能玷污的圣洁爱情，很快地，将会在成千上万个愚蠢的读者中，被人粗鄙地传诵，这就好像强暴了他多年来奉为神祇的阿尔贝蒂娜。老记者真想去死。想到阿尔贝蒂娜的名字——那美丽的名字，那亲爱的阿尔贝蒂娜，他的深情挚爱，她的移情别恋可以让他嫉妒而死，她的离去使他憔悴绝望，而第一次见到她骑着脚踏车驶在巴尔贝克的景象，则叫他一辈子无法忘怀——将会被印在一张张报纸上，流落到一群愚蠢的读者手中。这些人除了前总理的盗窃案件和最新广播节目的错误声明之外，从来没读过任何东西，他们将把报纸拿来铺在垃圾桶下面，或是拿来垫尚未清肠去鳞的鱼。

就因为想到这一点，他才鼓起勇气，下定决心打电话给那位有着丝缎皮肤和新生短髭的专栏作家，向他解释，唯有他一个人能够体会如此特别而无可救药的爱情，如此的人性情感，他那卑微而没有止境的妒意。他乞求专栏作家，永远别在他的任何一篇专栏中提及普鲁斯特或阿尔贝蒂娜。"更何况，"他又特意补充道，"你甚至没读过马塞尔·普鲁斯特的经典！""谁的什么经典？"年轻人问，他早已把这件事以及老记者的迷恋忘得一干二净。于是老人又重述了一遍他的故事，而这位漫不经心的年轻专栏作家再一次发出大笑，兴高采烈地说对啊，对啊，他非得把这则故事写出来不可。或许他甚至觉得老头实际上的确想要张扬这个题材。他便提笔写下这则故事。在这篇有点像短篇小说的专栏里，对于老记者的描述就像是你们之前听到的：一个可怜、孤单的伊斯坦布尔老人，爱上了一本西方的奇异小说，幻想自己既是这本书的作者也是其中的主人公。故事中的老记者也和现实中的老记者一样，养了一只虎斑猫。故事中的老记者也同样因为看到自己在一篇报纸专栏中受尽嘲讽而震惊不已。在这则故事中的故事里，老记者也是在看到阿尔贝蒂娜和普鲁斯特的名字出现在报纸上之后，而想要去死。在老记者最后几个忧郁夜晚的噩梦中，那出现于一层又一层故事中的孤独记者、阿尔贝蒂娜和普鲁斯特，不断重复跌入那无止境、一个又一个的无底深井。每每半夜从噩梦中惊醒时，老记者再也无法感受到那份无人知晓的爱情喜悦。残酷的专栏刊出后过了三天，人们破门进入他的房间，发现老记者已经在睡梦中平静地死去，是那座不肯散发出半点热气的炉子所漏出的煤烟，使他窒息而亡。虎斑猫已经三天没有吃东西，但终究无法鼓起勇气去啃食它的主人。

尽管内容悲伤，但这故事牢牢吸引了听众，使得大家情绪高昂了起来。有几个人，包括几位外国记者，从椅子上起身，随着不知哪里传来的收音机音乐，和女孩们跳起舞来，就这样又笑又闹，直到酒吧打烊。

16
我必须做自己

如果你想要开心，或忧愁，或悔恨，或沉思，或谦恭有礼，你只需表演出这些情绪的姿势就够了。

——帕特里夏·海史密斯《天才雷普利》

曾经有一度，我想起二十六年前某个冬夜里，发生在我身上的一段灵魂出窍的经验，并在几篇专栏中略有提及。那大概是十或十二年前的事，确切的时间不记得了（这阵子我的记忆耗损得很严重，而我手边的"秘密数据库"不幸又无法查阅），总之，写了这个题材之后，我收到一大堆读者来信。大部分的读者都很不高兴我写的并不是他们所期望的专栏（为什么我不讨论国家议题，为什么我不描述雨中的伊斯坦布尔街道的哀愁），但其中有一位读者在信中说，他"直觉感到"我和他对一个"极重要的主题"有着相同的看法。他说他将很快来拜访我，询问我一些"独特"而"深沉"的议题，他相信，对于这些疑问我们意见相符。

一天下午，正当我准备回信打发掉这位读者时，他却真的出现了——是一位理发师，这点已经够怪了。由于我没有时间跟他聊，而且我心想这位理发师一定会滔滔不绝地讲他个人的苦恼，缠着我不放，抱怨我在专栏里没有多提到他无穷无尽的烦忧。为了甩掉他，我叫他改天再来。他提醒我，他在信中早已预告过会来，更何况他也没有时间"改天再来"。他只有两个问题,都是我可以当场回答的。理发师如此开门见山地切入主题,正合我意,于是我便请他有话直说。

"你会不会觉得做自己很难?"

几个人围到了我桌边看热闹,期待有什么笑话可看——仿佛在等着一场好戏上演,可以作为日后茶余饭后的笑料。其中包括一些由我领入行的年轻后辈,还有肥胖聒噪的足球新闻特约记者。因此,面对这个冲着我来的问题,我依照通常在这种情况下众人期待我会有的反应,露了一手我的"机智妙语"作为回答。然而理发师却把我的讥讽当成是我真正的答案,听完之后,又问了第二个问题。

"一个人有办法只做自己吗?"

这一回,他问话的口气好像是在替别人发问,而不是为了满足自己的好奇。显然他早已把问题准备好,背了下来。这时,我第一个笑话的效果仍弥漫在空中,其他人听到了欢乐的气氛,也围了上来。在这样的情况下,有什么比准确地丢出第二个笑话还要自然不过的呢?难道要针对人类存在的本质问题发表长篇大论的演说吗?更何况,第二个笑话将能强化第一个的效果,把整件事变成一个精彩故事,让众人记忆深刻,津津乐道。破解问题的第二个笑话出口之后——我现在记不得内容了——理发师说:"我就知道!"接着转身离去。

由于我们土耳其人只欣赏带有暗讽或暗贬意味的双关语,因此我毫不在意理发师的敏感脆弱。我甚至有点鄙视他,就好像我看不起某一位在公共厕所认出专栏作家的读者,他一面提起裤裆,一面兴冲冲地询问敝人有关生命的意义,或者我信不信真主。

然而随着时间过去……读者如果看到这句没说完的句子,误以为我对自己的无礼心生悔意(以为理发师这悬而未决的问题困扰着我,甚或有天夜里我做了一个噩梦梦见他,醒来之后满心罪恶感),

那么你们显然还不了解我。我根本再也没想起这位理发师，除了一次。即便那一次，我的思绪也不是因他而起。闪进我脑海的是多年前我就曾思考过的一连串概念。事实上，一开始它几乎称不上是一个概念，更像是从小到大一直在我脑中萦绕不去的一段旋律，突然蹦进了我的耳中——不，像是从我的灵魂深处跳出来的："我必须做自己。我必须做自己。我必须做自己。"

　　经历了与人群相处，周旋于亲戚和同事之间的一整天，在一天结束之后半夜上床就寝前，我来到另一个房间，往旧扶手椅上坐下，双脚搁在矮凳上，瞪着天花板抽烟。整天下来我所听见的嘈杂人声，各种噪声纷扰，全部汇集成一股单一的音调，在我脑中不断地回响，仿佛一阵烦人的剧烈头痛，甚至是一阵酸涩的牙痛。这时，我不能称之为"概念"的旧日旋律便开始浮现，像是一段——怎么说呢——反调，对抗着那段嘈杂的回响。为了把我隔绝在鼎沸人声之外，它指引我一条路，让我体悟到自己内心的声音、我的平静、我的快乐，甚至是我自己的气味："你必须做自己。你必须做自己。你必须做自己。"

　　就是在那个深夜我才明白，我多么庆幸自己能够独居于此，远离所有的人群，以及"他们"（星期五讲道的阿訇、老师、我姑姑、我父亲、政客，所有的人）视为"生活"的那一团恶心烂泥——他们期望我能沉溺其中，期望我们所有人都沉溺其中。我如此庆幸能够漫游于我自己的梦境花园，而不是跨入他们平淡无味的故事。我甚至怜爱地望着我的可怜双腿，从扶手椅伸直到矮凳上；我容忍地检视我丑陋的手，夹着香烟，来回送往我朝着天花板吞云吐雾的嘴边。这么多年来第一次，我终于能够做我自己！这么多年来第一次，我终于能够爱这个身为自己的我！如此的感觉，比那个乡下匹夫，沿着清真寺的石墙行走，嘴里重复着同样字眼的坚韧毅力，还要强烈得多；比那位老乘客，坐在飞驰的火车里数着窗外电线杆的全神贯注，还要浓稠得多。如此的感觉，转化成一种蕴含愤怒与不耐的力量，不只包围了我，同时吞没了眼前这个悲哀的旧房间——笼罩了整个"真实世界"。我并非只是喃喃背诵"我必须做自己"的旋律，而是在这股力量的驱迫下，带着怒气反复吐出这些字眼。

我必须做自己，我重复念着，我无须去在乎他们，他们的声音、气味、欲望，他们的爱与恨。倘若我不能做自己，我将成为他们要我做的人，而我无法忍受他们要我做的那种人。我心想，与其成为他们要我做的讨厌家伙，我宁可哪种人都不做，或者不要做人。

年轻的时候，当我去叔叔婶婶家做客时，我变成人们眼中那个人——"干记者这行，真可惜，不过他很上进，假使继续这么努力，说不定朝一日会成功。"为了摆脱这个身份而努力工作多年后，当成年的我再度跨进公寓大楼时——如今我父亲和他的新太太也搬了进来——我成为那个"辛苦多年终于小有成就"的人。更糟的是，我看不出自己还有可能拥有别种身份，只能让这个我不喜欢的家伙像一层丑陋的皮肤紧贴着我的肉身，不消多久，我便愕然发现自己说着这个家伙的语言，而非我自己的话。晚上回到家后，我会自我折磨地提醒自己，今天我嘴里吐出的是我讨厌的家伙的话，像是这些陈腐的句子："我本星期的长篇论文中触及这个议题""在我最新的周日专栏中仔细思考过这个问题""下星期二我将会在文章中探究这件事"。我把这些话语在脑中一再重复，直到让自己陷入无尽的沮丧深渊——直到这时，我才能够稍微接近我自己。

我的一辈子充满了这种恐怖的回忆。我坐在扶手椅中伸直双腿，回想着那一次次身不由己的经验，好让自己更陶醉于此时全然自我的状态。

我回忆起：只因为"军中同胞"在我入伍当兵的第一天，就已经认定我是哪种人，从此在我整段军旅生涯中，我一直扮演着"一个在任何危急情况下都能谈天说地的人"。以前我常去看一些二流电影——不是为了打发时间而只是想独自坐在黑暗里——那时，每当中场的五分钟休息时间，混在一群无所事事站着抽烟的人群中，我曾想象他们眼中的我看起来一定像是"一个前途无量的有为青年"，为了这个缘故，我记得我会故意表现成"一个心不在焉、满脑子深沉而神圣思想的年轻人"。过去那段计划军事政变的日子，我们认真地梦想着未来能成为国家的舵手，我记得当年的我行为举止就像一个爱国青年，深爱自己的同胞，以至于夜里辗转难眠，唯恐政变延宕而拖长了人民的痛苦。我回想起在我以前经常流连的妓院里，我假装自己是个失恋的伤心人，不久前才经历一段刻骨铭心的爱情，原因是妓女们通常都会特别照顾这类男人。行经警察局时（要是我没来得及察觉而赶紧走到对街），我会试着表现出一个平凡好市民的模样。在奶奶家玩宾果时，我会装成好像玩得很开心，虽然我之所以去那里只是因为我没有勇气一个人过新年夜。我记得，当我跟美丽的女人聊天时，我会把自己隐藏起来，假装我是一个脑子里只想着婚姻和责任的男人（假定那是她们想要的），要不然我就是一个成天忧国忧民没时间想儿女私情的人，或者是一个敏感的浪子，受够了这片土地上普遍缺乏的体恤和同情，或者，俗气一点来说，我是一个不为人知的诗人。最后（是的，到了最后），我想起当我每两个月去一次理发师那里时，我都不是我自己，而是一个演员，扮演着我所有身份总和的一个角色。

事实上，我去理发师那里是为了放松（当然，是另一位理发师，不是最开始来找我的那位）。然而，当理发师和我一起看着镜子时，我们看见的，除了即将要剪掉的头发外，是长着头发的这颗头、肩膀和躯干。当下我感觉到眼前镜子里坐在椅子上的人并不是"我"，而是别人。这颗被理发师捧在手里一边问"前面要剪多少？"

的脑袋、支撑着脑袋的脖子、肩膀以及躯干，都不是我的，而是属于专栏作家耶拉先生。我与这个人毫无关联！事实如此明显，我以为理发师会注意到，但他似乎没有察觉。不仅如此，仿佛要强迫我接受我不是我而是"那个专栏作家"的事实，他问了我许多一般专栏作家会被问到的问题，比如说："如果战争爆发，我们能够痛宰希腊吗？""总理的老婆真的是个荡妇吗？""蔬菜商必须为物价上涨负责吗？"一股不知从何而来的神秘力量阻止我亲自回答这些问题，反倒是镜子里那位让我看得目瞪口呆的专栏作家，以他一贯的卖弄架子絮絮叨叨地替我回答了："大家都希望和平。"或者，"这么说吧，就算把某些人吊死了，物价也不会下降。"

我厌恶这位自以为无所不知的专栏作家，不懂装懂，还自以为了不起地承认应该要接受自己的不足与过人之处。甚至我也厌恶这位理发师，他每问一个问题，就迫使我变得更像"专栏作家耶拉"……就是在这个时候，当我回忆着不愉快的过去时，我想起了另一位理发师，那位走进新闻编辑室提出奇怪问题的理发师。

夜半时分，我坐在这张让我恢复了自我的扶手椅里，双腿伸到矮凳上，倾听着勾起我不愉快回忆的旧旋律中的新愤怒，我告诉自己："是的，理发师先生，人们不允许一个人做自己。人们不让他这么做。人们绝不准。"我用与旧旋律相同的节奏和愤怒说出这句话，但这些字句却只让我陷入我所渴望的更深的宁静。此时此刻，我才意识到一种秩序，在之前的专栏中我曾经提及，而我最忠实的读者也必然能洞悉。那是某种意义，甚至我可以说是一种"神秘的对称"，存在于这整个故事里：通过某位理发师而回忆起另一位理发师造访报社的经过。它是一个象征，暗示着我的未来：经历了漫长的一天后，夜里，一个男人独自坐在他的扶手椅中，做他自己，就好像一个旅行者，在经历了漫长而崎岖的旅程后，终于回到了家。

17

记得我吗？

每当我回首旧日，寻找慰藉，我仿佛总会看见一群人漫
步于黑暗中。

——艾哈迈德·拉西姆

走出酒馆后，说故事的人群并没有散去，而是围在附近，站在
间歇飘落的雪花中，彼此对视，期待有人提议接下来的另一场娱乐。
众人就这样钉在原地，好像刚才目睹了一场火灾或街头枪战，此时
不忍离去，免得错过接下来的好戏。"不过那个地方不是对每个人
都开放的，伊斯坎德尔先生。"秃头的家伙说，他已经戴上了一顶颇
大的软呢帽。"他们没有办法容纳这么一大群人。我想只带英国佬，
让他们有机会饱览我们国家的另一面。"接着他转向卡利普，"当然，
你也可以一起来……"他们出发朝帖佩巴斯走去，有两个人坚持也
要跟来，其中一位是个女古董交易商，另一位是个胡须硬得像刷子
的中年建筑师。

经过美国大使馆的时候，戴软呢帽的男人问道："你去过耶拉先
生位于尼相塔什以及西西里的公寓吗？""为什么这么问？"卡利普
说，仔细端详那人没什么表情的脸。"没什么，只是伊斯坎德尔先
生说你是耶拉·萨利克的侄子。你难道没有去探望过他吗？如果由
他来向英国佬介绍我们国内的现状，不是挺体面的吗？你看，国际

人士终于对我们稍微有点兴趣了！""确实。"卡利普说。软呢帽说："还是你恰巧有他的住址呢？""没有，"卡利普说，"他从不把住址给别人。""听说他拿这些公寓来金屋藏娇，真的假的？""没这回事。"卡利普说。"真抱歉，"男人说，"只是外面在传的，管不住别人的舌头啊！你没办法叫大家闭嘴，尤其是碰到像耶拉先生这种当代的传奇人物。我跟他很熟。""是吗？""是的，没错。有一次他找我去他在尼相塔什的其中一间公寓。""那是在哪里？"卡利普问。"那地方早不在了，"男人说，"是一栋两层楼的石造房子。有一天下午他待在那里，抱怨他很寂寞。他告诉我，只要我方便随时都可以去找他。""可是他就是想要独处啊。"卡利普说。"也许你没那么了解他吧。"男人说，"我内心里有一个声音告诉我，他需要我的帮助。你确定你真的不知道他的住址？""我完全不知道，"卡利普说，"话说回来，大家认同他可不是没有原因的。""一个了不起的人物！"软呢帽说，以此作为话题的总结。接着，他们又开启另一场讨论耶拉最新作品的谈话。

他们听见守夜人的哨音，在通往地铁站的明亮街道上，这个应该出现在贫民窟的声响听起来格格不入。众人转头，望着狭窄的街道上、映照在紫色霓虹灯光下积雪的人行道。他们转进一条通往加拉塔高塔的道路后，卡利普似乎感觉到街道两旁的楼房慢慢地往上逐渐聚拢，像是电影院里的布幕。塔顶亮着红灯，示意着明天将会下雪。此时已经凌晨两点。不远的某处，一家商店拉下了铁卷门，发出一阵嘎吱嘎啦的噪声。

绕过高塔，他们走进一条卡利普从没来过的小巷，踩上结了一层薄冰的黑暗人行道。头戴软呢帽的男人在一栋狭小的两层楼房前停了下来，敲了敲破烂的大门。过了好一会儿，二楼的灯亮了，一扇窗户打开，从里头伸出一颗泛蓝的脑袋。"是我，开门哪，"戴软呢帽的男人说，"这儿有几位英国来的访客。"他转过身来投给英国佬一个尴尬的微笑。

上头写着"马尔斯假人模特儿工作室"的大门打开了，出现一个苍白、不修边幅、三十来岁的男人。他身上穿着蓝条纹的睡衣和黑色的宽松长裤，睡眼惺忪。与所有的访客握完手后，男人脸上泛起一抹仿佛大家同为某个秘密结社成员的暧昧表情，然后带领他们走进一间灯火通明的房间，室内弥漫着颜料的气味，到处都塞满了箱子、铸模、锡罐以及假人模特儿的各个身体部位。他先发给每个人一本自制的小手册，接着用单调的声音发表了一场演说。

"我们的工作室是全中东和巴尔干地区最早的假人模特儿制造企业。经过一百年的历史，我们已然成为土耳其现代化和工业化的成就指标。今天，不仅所有的手、脚、臀部全都百分之百本国制造……"

"赛拔先生，"秃头男子不耐烦地说，"我们的友人不是来这里随便逛逛的，而是希望你能带领他们参观地下室，去看看那些苦难的人、我们的历史，以及塑造我们之所以为'我们'的种种。"

我们的向导愤怒地扭掉电灯开关，中等大小的房间里，成百上千只臂、腿、头和躯干顿时陷入黑暗，只留下一只光秃秃的灯泡还亮着，悬在通往地下室的楼梯口上方。众人开始步下铁楼梯。一股阴湿的气味从底下升起，卡利普停住了脚。赛拔先生走到卡利普身旁，一派轻松，叫人有点惊讶。

"别害怕，你会在这里找到你一直寻觅的东西！"他说，一副无所不知的神情，"是他派我来的。他并不打算让你步入歧途，或是迷失方向。"

他这段暧昧不明的话语，也是讲给其他人听的吗？下楼之后他们进入第一个房间，向导介绍眼前所见的假人模特儿："这是我父亲早期的作品。"另一个房间里，借着一只电灯泡的光芒，他们见到了几尊奥斯曼船员、海盗、抄写员的人偶，还有一群农夫，围着晚餐盘腿坐在铺了桌布的地上。向导也同样咕哝了几句话。再来到另一个房间，他们看到一个洗衣妇，一个被砍头的异教徒和一个扛着他的吃饭家伙的刽子手，这时卡利普才头一次听懂了向导在说些什么。

"一百年前，我的祖父在创造第一批艺术作品时，他的脑袋里没有别的念头，只有一个简单得一清二楚的想法：商店橱窗里展示的假人模特儿应该要代表我们自己的同胞。我祖父是这么想的。然而，一个强大的阴谋集团，却阻碍了他的梦想。而这个集团本身就是两百年前一场政治阴谋的受害者。"

他们继续往下走，穿越更多的房间，看到了几百个人体模特儿。房间通往更多的阶梯，往下延伸，一条粗电线上挂着一颗颗光秃秃的灯泡，像晒衣绳一样缠绕在头顶。

他们看到了陆军元帅费弗济·恰马克的人偶，在他担任总司令的三十年间，因为害怕民众与敌人互相勾结，他突发奇想，炸断国内所有的桥梁，拆毁所有的宣礼塔，好让俄国人顿失地标，他还想撤离伊斯坦布尔所有居民以行空城之计，把整座城市变成一个迷宫，让占领的敌军迷失方向，坐困愁城。他们看见科尼亚地区的农夫塑像，长久以来的近亲通婚，使得每个人长得几乎一模一样——母亲、父亲、女儿、祖父、叔伯，所有的人。他们看见挨家挨户收破烂的旧货商，他所收走的各式旧垃圾，每一样都曾在不知不觉中造就了今日的我们。他们看见找不到自我的电影明星扮演着电影中找不到自我的主角，因为他们做不了自己也当不成别人。他们也看见只会扮演自己的土耳其超级巨星和演员。他们看见穷苦迷惘的可怜人，奉献毕生心力翻译改编西方典籍，只为了把西方的艺术和科学引进国内。他们看见已故的梦想家，他们的坟地早在他们的梦想实现之前，就已灰飞烟灭。这些人拿着放大镜辛勤工作了一辈子，为的是想把伊斯坦布尔杂乱无章的巷弄，改建成菩提树整齐排列的柏林街道，或是如星芒般向外放射的巴黎大道，或是搭高架桥的圣彼得堡马路。他们幻想着在新砌的人行道上，我们的市民也能如他们的欧洲友人一样，傍晚的时候牵狗上街大小便。他们看见秘密特务成员，这些人坚持拷刑的流程要遵循本地传统而非新式国际手法，因而被迫提早退休。还有肩上扛着扁担的流动摊贩，他们沿着大街小巷叫卖放在扁担上的发酵玉米饼、鲣鱼和酸奶酪。他们看见一群标示为"咖啡馆人生百态"的假人，向导解释这一系列作品"创始于我的祖父，经过我父亲的发展，如今由我来接手"。这一群人之中，有失业的，他们低垂着头，下巴深陷胸口；有幸运的，他们暂时把生活的愁苦和时代的烦忧抛在脑后，开心地沉浸在一场棋局之中；也有一边喝茶，一边抽着廉价香烟而茫然失神的，他们凝视着地平线的尽头，仿佛正努力回想着自己存在的意义；还有那些沉溺于内在世界的，或是想静一静却被打扰的人，只好拿骰子、扑克牌，或是对方出气……

"强大的国际力量终于在我祖父临终之时击垮了他，"向导向众人解释，"历史性的力量把我祖父赶出了贝伊奥卢的商店，把他的作品从独立大道的展示橱窗扔了出去。因为这股力量阻止我们的国家做自己，它竭尽全力要剥夺我们最珍贵的资产，也就是我们的日常姿势。直到后来，父亲才明白，垂死的祖父所遗留给他的地下作品——没错，地下作品——是一笔未来的财富。然而当时他还没认清，其实伊斯坦布尔自古以来就一直是一座地下城市。这一点是经过一段时间和经验后，他才逐渐明白的。因为在他挖掘泥土以建造新储藏室的过程中，他发现了许多古时候的地下通道。"

众人逐级而下，走进地下通道，穿过更多的台阶和洞穴般的小室，他们看见几百个平民百姓的假人模特儿。在电灯泡的照映下，这些人形塑像不时让卡利普联想起我们逆来顺受的同胞，一身长年累积下来的灰尘泥土，坐在某个被遗忘的公交车站牌下，等待着永远不会来临的公交车。偶尔他还会有种错觉，以为伊斯坦布尔街头的苦命人彼此都是兄弟。他看到赌徒拿着他们的签袋。他看到傲慢、疲累的大学生。他看到烤坚果小贩的学徒、赏鸟人士和寻宝者。他见到那些学者，他们阅读但丁只是为了证明所有西方的艺术思想全都抄袭自东方；还有那些专家，他们绘制地图只是为了证明那些称为宣礼塔的建筑，事实上是外层空间生物竖立起的信号柱。他看见一群神学院学生，他们意外地被一条高压电缆击中后，在震撼之下成为一群蓝色怪物，从此以后竟能背诵出两百多年前发生过的每一件事。在泥泞的密室里，他看见各式各样的假人，聚集成一群群江湖郎中、骗子、罪人、无赖。他看到婚姻不美满的夫妻、无法安息的鬼魂、封死在墓穴里的战死者。他看到脸上和额头上写着字母的神秘人物、钻研这些字母意义的先知。

一个挤满当代土耳其艺术家和作家的角落里，甚至有一尊耶拉的人偶，身上穿着那件二十年前他常穿的雨衣。当他们经过这尊塑像时，向导说这是一位他父亲曾经非常看好的作家，他父亲因而为这位作家揭露了文字之谜，然而这位作家却为了自己卑劣的目的，出卖它来换取廉价的成功。二十年前耶拉以向导的父亲和祖父为题材所写的文章，被框起来吊在塑像的脖子上，像是处刑的判决令。泥泞的密室墙上散发出潮湿和霉味，窒闷的空气灌满了卡利普的肺。许多商店也像这样，没有经过市政府的准许，私下挖掘了自己的地下密室。从头到尾，向导滔滔不绝地讲述自己的父亲，说他在历经多次的背叛和挫折后，如何在前往安纳托利亚的旅途中得知了文字的秘密，并把所有的希望都放在揭开其秘密上。当他父亲一面忙于塑造假人时，这些造就出伊斯坦布尔当今面貌的地下隧道，也逐渐向他揭示了他所刻画的悲苦塑像的脸上所具有的神秘意义。卡利普在耶拉的人偶前伫立了好一会儿，这尊壮硕的塑像有巨大的躯干、温和的表情和一双小手。"就是因为你，所以我无法做我自己，"他很想说，"就是因为你，我相信了所有试图把我变成你的虚构故事。"他端详耶拉的塑像良久，仿佛一个儿子专注地审视自己父亲多年前拍的照片。他记得长裤的布料是在斯克西一个远房亲戚的店里特价买的；他记得耶拉爱极了这件雨衣，他自己觉得穿起来就像是英国侦探小说中的探长，雨衣口袋角落的缝线已经裂开了，因为他总是用力把手插进口袋；他还回想起过去几年，耶拉的下巴和喉结上已经不再看得到刮胡刀的割伤；他想起耶拉还是用那支放在外套口袋里的钢笔。卡利普对他又爱又惧。他希望能够成为耶拉，但又希望远离他。他不停地寻找他，又想把他抛之脑后。他抓起耶拉的外衣后领，好像在质问他自己生命的意义何在——这个秘密他解不开，但耶拉知道，却又不愿意告诉他。这个平行的宇宙藏着什么秘密？这场游戏，开始时像一个玩笑，结果却转为一场噩梦，究竟要怎样才能摆脱？他听见向导的声音从远方传来，兴奋却又千篇一律。

"利用他对文字的知识，我父亲在他的假人脸上赋予了如今街上或屋里都再也见不到的意义。他工作的速度很快，我们挖好的密室很快就不敷使用，必须再继续挖掘新空间。就是从这时开始，我们发现了遗留的通道，把我们连接到地底下的历史。而这一点不能纯粹以巧合来解释。从那时起，我父亲很清楚地了解到我们的历史只能在地底下发展，下面的生命很清楚地警示出上方无可避免的崩毁。我父亲明白，这一条条充满骸骨、最终连接到我们房子的隧道，给我们提供了一个历史机遇，让我们能够创造如今别处再也见不到的真正同胞，并为他们的脸赋予生命及意义。"

卡利普放开了耶拉塑像的后领，它像一个玩具兵似的，左右轻轻晃了晃。卡利普退后一步，点燃一根烟，心想自己将永远不会忘记他心灵导师这诡异、恐怖、荒谬的形象。他一点也不想跟着大家下阶梯，走进地下城市的边缘，那里总有一天也会塞满了假人，如同曾经埋葬于此的骸骨一样。

众人下去后，向导指着地下隧道在金角湾侧的咽喉口给大家看。一千五百三十六年前，拜占庭人唯恐阿提拉攻击，在金角湾下挖掘了这条隧道。接着，他义愤填膺地诉说骸骨的由来，他说如果拿着灯从这一头进入，便能看见这些骸骨——以及被蜘蛛网覆盖的桌子和椅子。七百七十五年前，这些骸骨的主人就在这里守着宝藏，不让入侵的威尼斯人掠夺。卡利普一边听着，一边不断想起很久以前他就曾在耶拉的文章里读过这个故事，文章更深入地探讨了这些奥妙的情节和画面究竟代表什么。向导先是解释道，他的父亲在看到了一些预示着彻底毁灭的有力征兆之后，决定走入地下。接着他又说明，伊斯坦布尔的每一次变身（更名为拜占庭、维赞特、新罗马、安图沙、沙皇城、米克罗城、君士坦丁堡、君士堡、伊斯堡），都有其历史源头，而且是源于地底下这些无可避免、不可或缺的通路和隧道。上一个文明进来寻求庇护，在城市下方建立了一个惊人的双层基地，然而——向导越说越激动——地底下的文明却总有办法报复地面上那个把他们推入地下的文明。卡利普记得耶拉的一篇文章曾经提到伊斯坦布尔的公寓楼其实是地下文明的延伸。语带愤怒的向导继续说，他的父亲为了参与地下世界所预言的大崩毁，为了加入势不可当的末日行列，他计划把自己的假人模特儿移居至地底下每一条通道，迁进这些塞满金银财宝和骨骸老鼠蜘蛛横行的狭廊。他父亲的新梦想——庆祝大崩毁的降临——为他的人生带来了新的意义。不仅如此，向导本人也跟随父亲的脚步，在这些心血杰作的脸孔上创造出文字及意义。

听着这些话，卡利普相信，这位向导必定每天天一亮就出门去买《民族日报》，然后带着满腔贪婪、嫉妒、仇恨和愤怒阅读耶拉的专栏，就像此刻他所展现的态度一样。再往下听他的话，卡利普更确信这位向导一定认真读过耶拉的最新作品，因为这老兄接着说，有胆的人大可以冒险往里面走，在悬挂着金项链和手环的隧道里，将会看见阿巴赛特围城时被赶入地下的拜占庭人骸骨，以及在十字军的恐怖阴影下紧紧相拥的犹太人尸骨。这儿有超过六千具热那亚人、阿马菲人及比萨人的骨骸，都是在拜占庭肃清意大利人口时逃进地底的；还有六百年前的尸首，那些人被一艘亚速海来的船只所夹带的黑死病赶下来，大家背靠着背，围坐在阿瓦尔斯围城时搬入地底的桌子边，耐心等待审判之日的降临。烦躁地听这家伙滔滔不绝讲个不停，卡利普不禁疑惑自己竟也在耶拉身上找到同样的天赋耐性。向导指出，这些隧道从蓝色清真寺一直延伸至圣伊勒内，往下连接到全能基督教堂，然后当他们开辟新空间的时候，再一路从这里挖掘到那里。一整段地道全是为了要躲避大肆劫掠拜占庭的奥斯曼人。他继续说，两百年后，另一群人为了躲避穆拉特四世对咖啡、烟草和鸦片的禁令，藏进地下。他们手里紧揣着咖啡研磨器、咖啡壶、水烟筒、长烟管、烟草袋和鸦片囊，任凭一层柔软的灰尘如雪花般逐渐覆盖他们，静待着假人模特儿指引他们救赎之路。卡利普想象着哪一天，同样柔软的尘埃也将覆盖耶拉的骨骸。向导向众人一一介绍：这儿有艾哈迈德三世嗣子的骨骸，在一场密谋篡位失败之后，他被迫逃入地下，与七百年前拜占庭帝国种族肃清时躲入隧道的犹太人为伴。这儿有那位逃出后宫与情人私奔的乔治亚女奴的尸骨。除此之外，大家还有可能看到当今的伪币制造者，躲在这里，拿着潮湿的纸钞在检查颜色的正确度；或是穆斯林的麦克白夫人，因为小戏院里没有更衣室，她不得不往下走一层阶梯，坐在她的梳妆台镜子前，把双手浸在一桶走私的水牛鲜血里，染成一种全世界舞台上从没见过的真实猩红；也可能见到我们的年轻化学家，用玻璃烧瓶蒸馏出最纯最上等的海洛因，迫不及待要送上破烂生锈的保加利亚船只运往美国。卡利普觉得，自己能在耶拉的脸上和文章里，读到这一切。

稍后，向导结束了他的演讲之后，又告诉大家一个他自己与父亲最珍爱的梦想情景。这个事件将会发生在地面上一个炎热的夏日，当全伊斯坦布尔都陷入一场滞重的午睡，笼罩在一团充满苍蝇与垃圾臭味的浓稠空气中时，而地底下，湿冷阴暗的隧道里，一场盛大的庆祝正如火如荼地展开。先人的骨骸与假人都活了过来，洋溢着民族的生命力，他们策划了这场热闹的狂欢庆典，摆脱所有的时间、历史以及神性的束缚。走回地面的路上，卡利普恐惧地想着刚才所见的上百尊"市民"雕像脸上透露出的那种痛苦，他感觉到刚才所听到的每一则故事，看见的每一张脸，都沉重地压在他身上。他脑中浮现出骷髅与假人在庆典中欢欣共舞的画面，他想象狼藉的杯盘、音乐与静默、满地交媾的男女"咔啦咔啦"碰撞的骇人景象。他的双腿发软，但不是因为爬上陡峭的通道，也不是由于度过了漫长而累人的一天。他的身体承受着他在同胞脸上所见的疲倦——走过滑溜的台阶，穿过无数潮湿的密室，那一具具浸淫在灯泡幽光中的塑像身影迎面而来。他们低垂的头、佝偻的身体、弯驼的脊背、松垮的腿，他们的悲苦与他们的故事，全都是他自己身体的延伸。他感觉所有的脸都是他自己的脸，所有的不幸都是他自己的不幸。当这些栩栩如生的假人逼近时，他只想转开脸，避开他们的眼睛，然而他切不断自己的目光，就如同他切不断他与自己孪生兄弟的联结。他想要让自己相信，就如他少年时每次读完耶拉文章后那样说服自己：藏在眼前世界后面的，是一个简单的秘密，只要能把它找出来，就能解决一切问题，只要揭开它的谜底，人们就能获得自由。然而，也正如他早年阅读耶拉的经验，他发现自己陷入这个世界太深，以至于每当他逼迫自己寻找谜题的解答时，总觉得自己一次比一次无助而幼稚，仿佛坠入了迷魂阵。他不明白假人意味着什么样的世界意义，不明白自己跟一群外国人混在这里做什么，他也不懂任何文字之谜、脸孔的意义，甚至自己存在的奥秘。不仅如此，随着他们越接近地表，越往上走，越远离地底的秘密，他就越强烈地察觉自己已经开始忘记刚才的一切。当他在上层的房间里看到一系列向导懒得评论的"一般市民"时，他觉得自己与这群人感同身受：很久以前，他们曾经一起过着充满希望与意义的生活，但由于某个不知名的原因，他们如今不仅失去了这个意义，也遗失了他们的记忆。每当他们试图挽回这个意义时，却迷失在自己蛛网满布的内心隧道，找不到回头的路，也永远找不到通往新生活的入口，因为钥匙已经掉在他们失落的记忆库深处。他们只能茫然呆立，被一股仿佛失去家庭、国家、过去及历史的无助的剧痛所吞食。流亡和失落的痛楚如此强烈，如此难以忍受，逼得他们不得不放弃找回意义和秘密的努力，只能顺从地听天由命，安静地等待生命终结的时刻。然而卡利普越接近上面，他越感觉到自己无法忍受这种让人窒息的耐心等待，除非找出自己寻觅的东西，不然他将永无安宁。究竟如何是好？当另一个人的拙劣模仿者，还是当一个没有过去、记忆和梦的自己？踩在铁楼梯的平台上，他想要毅然决然成为耶拉，用他的态度去藐视这些假人以及师傅创造它们的动机：这根本只是一个愚蠢的概念，被几个偏执狂不断重复；这只不过是一个滑稽的事件，一个无聊的笑话，一件没有任何意义的可悲蠢事！而且，眼前这位向导更证明了卡利普的想法，这个滑稽人物，滔滔不绝地啰唆着他父亲怎样不遵从"伊斯兰教义里对图画再现的禁令"，还有什么思想的运作其实完全就是图画的再现，以及他们刚才在这里见到的也是一系列的再现。此刻，向导正站在他们最初进来的房间里，解释他们为什么必须与假人模特儿市场做生意，因为如此一来才能维持这个庞大的概念流传不朽。他接着请求访客们可以好心地投点钱在绿色的捐献箱里，金额随意。

卡利普把一张一千里拉的纸钞投入箱子里，当他抬起头时正好与古董商四目相对。

"你记得我吗？"女人说。她的脸上带着孩子气的调皮表情，和一抹梦幻的神情。"原来我奶奶讲的故事全是真的。"微光中，她的眼睛像猫眼似的闪烁。

"对不起，你说什么？"卡利普尴尬地说。

"你不记得我了。"女人说，"中学的时候我们在同一个班上啊。我是蓓琪丝。"

"蓓琪丝。"卡利普说，过了一会儿才发现，除了如梦之外，他完全想不起班上任何一个女孩。

"我有车，"女人说，"我也住在尼相塔什，可以载你一程。"

走出室外，人群便逐渐散去。英国佬返回佩拉宫饭店，戴软呢帽的男人给卡利普一张名片，请他代问耶拉好，然后就消失在吉汗吉尔的一条暗巷里。伊斯坎德尔跳上一辆出租车，棕刷胡子的建筑师与蓓琪丝和卡利普一道走。过了阿特拉斯戏院，他们来到一个路口，向街上的小贩买了一盘肉饭，三个人一起吃。一个灰蒙蒙的展示箱里摆着几只手表，他们张望了一会儿，仿佛看到什么神奇的玩具。卡利普研究着一张如同夜晚一般阴郁深蓝的破海报，以及照相馆橱窗内一张多年前被刺身亡的总理的照片。这个时候，建筑师提议要带他们去伟人苏莱曼苏丹清真寺。在那里，他给他们看样东西，比刚才在他称为"假人模特儿地狱"里所见的更叫人叹为观止：事实上，这座四百年历史的清真寺正在一点一点地移动！他们上了蓓琪丝停在塔里哈内巷子里的车，然后就静静地出发了。当车子驶过一栋栋漆黑吓人的两层楼房时，卡利普忍不住想说："可怕，可怕极了！"雪轻轻地下着，城市正在熟睡。

车子开了好一段后，他们终于来到了清真寺，这时建筑师告诉他们事情的缘由：他过去曾负责这座清真寺地底隧道的整修和还原工作，因此不但对它了如指掌，而且与这里的阿訇也很熟。只要给阿訇一点小费，他就会替你开门。引擎熄火后，卡利普说他留在车子里等他们。

"你会冻死！"蓓琪丝说。

卡利普注意到蓓琪丝对他说话的口吻颇为熟络，尽管她长得还算漂亮，但是包在厚重的大衣和头巾之下，她看起来更像是他一个远房姑妈。这位姑妈，在他们每逢宗教节日去拜访她时，总会给卡利普一种甜得不得了的杏仁糖，他吃了一块之后非得先喝一口水，才能再咽下她递上来的第二块。为什么如梦总是拒绝在节日的时候一起去拜访亲戚？

"我不想下去。"卡利普说，语气坚决。

"可是为什么不？"女人说，"我们待会儿可以爬到宣礼塔上面。"她转身问建筑师，"可以吗？"

一阵短暂的沉默。不远的某处，一条狗在吠。卡利普听见绒毯一般的积雪下传来城市的低吟。

"我的心脏负荷不了爬那么多阶梯，"建筑师说，"你们两个上去吧。"

爬上宣礼塔的念头吸引了卡利普，于是他踏出车外。他们穿过外围的院子，几颗光秃秃的灯泡照亮了被雪花覆盖的树。庭院里，由无数石头堆砌而成的清真寺突然间看起来比原本还小，好像变成一栋熟悉的建筑，里头藏不住任何秘密。大理石上覆盖着一层结冰的积雪，脏污而布满坑洞，像是照片中放大特写的月球表面。

拱廊的一角有一扇铁门，建筑师开始粗手粗脚地弄上头的挂锁。他一边弄，一边解释着，这座清真寺由于本身的重量加上坡地的缘故，几百年来一直以每年二到四英寸的速度，向金角湾滑落。幸亏有环绕地基、其秘密尚未被完全理解的"石墙"，工程技术之繁复至今无法超越的"下水道系统"，极为精确平衡的"地下水水位"以及四百年前测算出来的"隧道系统"，才阻挡了这个过程。事实上，若非下滑的速度受到延缓，清真寺原本早该没入水中了。解开挂锁，建筑师推开铁门，露出一条黑暗的通道。卡利普看见女人的眼里亮起一丝生气勃勃的好奇。蓓琪丝或许并没有不寻常的美貌，只是总让人猜不透她下一步会做什么。"西方人始终解不开这个谜。"建筑师有点陶醉地说，然后像个酒醉的人，踩着摇晃的步伐和蓓琪丝一起走进通道。卡利普留在外头。

当阿訇从结着冰晶的圆柱阴影后冒出来时，卡利普正倾听着从通道里传来的吱呀声响。尽管在清晨时分被吵醒，阿訇看起来没有丝毫不悦。他听了一下通道里的声音，然后问："那位女士是观光客吗？""不是。"卡利普回答，心想这位阿訇的胡子使他看起来比实际年龄更老。"你是老师吗？"阿訇又问。"我是老师。""一个教授，像是佛克瑞先生！""没错。""清真寺真的在往下滑吗？""是真的，所以我们才会来这里看。""愿真主保佑你。"阿訇说，看起来半信半疑。接着他又问："那位女士带着小孩吗？""没有。"卡利普回答。阿訇说："有一个小孩藏在里头，下面深处的某个地方。""显然，这座清真寺几百年来一直在往下滑。"卡利普不确定地说。"这我知道，"阿訇说，"虽然禁止人们从那里进去，但有个女观光客带着小孩走进去，我看到的。"后来她独自一个人出来，把小孩留在里头。""你应该向警方报案的。"卡利普说。"没必要，"阿訇说，"报纸上刊登了女人和小孩的照片，原来那个小孩是埃塞俄比亚国王的孙子。他们及时派人来找到了他。""那么，小孩的脸上有什么？"卡利普问。"看吧！"阿訇语带狐疑地说，"连你也知道这件事。没有人能正视这孩子的眼睛呢。""他的脸上写着些什么？"卡利普不放弃。"他的脸上写着很多。"阿訇说，不再那么自信。"你懂得读面相吗？"卡利普问。阿訇沉默不语。"若一个人为了找回自己遗失的脸，而去追寻众人脸上的意义，这个理由够充分吗？""这种事你比我还清楚。"阿訇不安地说。"清真寺开放了吗？"卡利普说。"我刚刚才把正门打开。"阿訇说，"人们很快就会进来做晨礼，你进去吧。"

　　清真寺里空无一人。日光灯映照着光秃秃的墙壁，却没有照亮地板上一块块铺成一片海平面似的紫色地毯。脱掉鞋子，卡利普感觉袜子里的脚冻成了冰。他仰头望着穹顶、圆柱以及上方宏伟壮丽的大片石砌墙壁，期待内心有所悸动，然而，这一切没有引起他丝毫情绪，只有那股渴望悸动的感觉：一种等待，隐约浮现的好奇，想知道接下来会发生什么……他觉得清真寺是一个巨大而封闭的物体，就好像建造它的石头一样自给自足。这里既没有召集任何地方的人，也没有把人送往另一个地方。既然所有的东西都没有暗示另外的意义，那么一切也都可以暗示任何事情。忽然间他仿佛瞥见一道蓝光，接着听见某种像鸽子扑翅的声音，不过很快地一切又恢复到原本的寂静，等待着一个新的启示来临。然后他想，这里的石头和物品竟超乎意料地"赤裸"：所有的物品仿佛都在朝他呼喊："给我们一个意义！"过了一会儿，有几个老头互相低语着走向神龛，在那里跪了下来，卡利普就没有再听见物品的呼喊了。

　　因此，当卡利普登上宣礼塔的时候，心里没有半点激动。建筑师告诉他蓓琪丝已经迫不及待地先上去了，于是卡利普开始飞快爬上楼梯，但是才走了一会儿，他就觉得太阳穴怦怦急跳，只好慢下来。等他的双腿和臀部开始感到酸痛后，他决定坐下来休息一会儿。接下来，每次绕过一颗沿着楼梯向上的照明灯泡，他都坐下来休息一会儿才继续前进。当他听见上方某处传来女人的脚步声时，他便加快步伐，尽管心里明白再过几分钟出了阳台后就会遇到她。爬到楼顶后，他和女人站在阳台上俯瞰笼罩在黑暗中的伊斯坦布尔，良久都没有言语。他们望着依稀可辨的城市灯火，看着雪花零星飘落。

慢慢地卡利普注意到黑暗逐渐散去，而城市却似乎一直仍停留在黑夜状态，像是一颗遥远行星的背光面。半晌后，他一边在寒冷中发抖一边思索，那一丝照亮烟囱青烟、清真寺墙壁、水泥房舍的光线，并非来自城市外的某处，而是从城市深处流泻而出。就好像一个尚未完全成型的星球表面，埋藏在水泥、石块、木头、树脂玻璃与圆顶下方起伏不定的城市地表，似乎随时会缓缓裂开，让炙热火红的光芒从神秘的地底渗出来，穿透黑暗。渐渐地，穿插在墙壁、烟囱、屋顶间的银行和香烟广告牌，上面的大字逐渐清晰，这时，他们听见身旁的扩音器里，爆出阿訇尖锐刺耳的晨礼呼唤。

下楼梯的途中，蓓琪丝问起如梦。她正在家里等他，卡利普说，今天他买了三本侦探小说给她。如梦喜欢晚上看书。

当蓓琪丝再度问起如梦时，他们已经坐进了她那辆毫无特色的土耳其菲亚特，开到宽敞而总是空旷的吉汗吉尔大道，让棕刷胡子的建筑师先下车，再继续开往塔克西姆。卡利普说如梦没有在工作，每天就看侦探小说。有时候她也会一时兴起，把一本已经看完的小说翻译成土耳其文。当他们在塔克西姆广场的圆环转弯时，女人问卡利普，如梦翻译得如何，卡利普回答："很慢。"早晨等他出门上班后，如梦会先把早餐的东西收拾好，然后在餐桌旁坐下来工作。

不过他无法想象如梦在餐桌旁工作的画面，毕竟他从没真的见过她这么做。卡利普心不在焉地回答另一个问题，说偶尔早晨他出门的时候如梦还没起床。他说他们每个星期会去一趟他们共同的姑姑家吃晚餐，有时候晚上会去皇宫戏院看电影。

"我知道。"蓓琪丝说，"我以前常常在电影院见到你们。你看起来生活无忧无虑，眼睛总是盯着大厅里的海报，温柔地挽起妻子的手臂，带她随着人群走向包厢门。然而，她总是在人群和海报中张望，期待能找到一张脸为她开启世界的大门。从我坐的地方观察远处的你们，我凭直觉知道她读得出脸上的隐秘含义。"

卡利普默不作声。

"中场五分钟的休息时间，你就像个知足而忠实的好丈夫，想要买条椰子口味的巧克力棒或什么冰激凌来讨妻子欢心，于是你会挥手招来一个用硬币敲着木箱底部的小贩，然后摸遍自己的口袋找零钱。我常常能感觉到你的妻子一直在寻找线索，期待哪里会出现某个神奇的征兆带她到另一个世界。就连银幕上的吸尘器或榨汁机广告，她也不放过，借着昏暗的观众席灯光郁郁不乐地观看。"

卡利普依旧沉默不语。

"午夜之前，当人们彼此依偎在对方的大衣里步出皇宫戏院时，我时常看见你们两人手勾着手，盯着人行道走路回家。"

"顶多，"卡利普语带愠怒，"你也只是有那么一次在电影院看到我们。"

"不止一次，十二次在电影院，超过六十次是在街上，三次在餐厅里，还有六次是在外头逛街。回到家后，我总会想象那个和你在一起的女孩不是如梦，而是我——就像我少女时代的幻想。"

一片寂静。

"中学的时候，"女人继续说下去，车子驶过刚才提到的皇宫戏院，"每当下课，如梦在跟一群男孩谈天说笑时——就是那种男孩，在后裤袋里塞一把梳子，随时拿出来梳理湿头发，并且把钥匙圈挂在皮带扣上——你虽然坐在位子上低头假装看书，但却用眼角偷瞄，那时我就常常幻想你眼中的人不是如梦，而是我。冬天的早上，我时常想象那个无忧无虑的女孩是我，而不是如梦，可以漫不经心闯过马路，只因为你在她身旁。星期六下午，偶尔我会看见你们和一个叔叔有说有笑地走向塔克西姆共乘小巴车站，那时我总是假想叔叔带着你和我去贝伊奥卢。"

"这场游戏持续多久了？"卡利普说，打开收音机。

"这不是一场游戏。"女人说，当她丝毫没有减速地闯过一个交叉路口时，又补了一句，"我不打算转进你的巷子。"

"我记得这首歌。"卡利普说，仿佛看一张远方城镇的明信片一般瞥了一眼他居住的街道，"特里尼·洛佩斯以前常常唱。"

窗户里，帘幕后，都没有如梦回家的迹象。卡利普不知要把双手摆在哪里，只好拨弄着收音机的按钮。一个语调不卑不亢的温和男声正在建议听众如何减少谷仓里的老鼠。"你没有结婚吗？"等车子转进尼相塔什一条小巷之后，卡利普问。

"我是个寡妇，"蓓琪丝说，"我丈夫死了。"

"我不记得学校里有你这个人。"卡利普说，没来由地冷酷，"我想起另一张长得像你的脸。一个很害羞、很可爱的犹太女孩，梅芮·塔瓦西，她老爸是'时尚袜业'的老板。新年的时候，有些男同学甚至一些老师，常会向她要里头附有丝袜女郎照片的'时尚'月历，而她总是又羞又窘地，乖乖把月历带到学校。"

"新婚的头几年，尼哈和我过得很快乐，"沉默了一会儿后，女人开始诉说自己的故事，"他是个安静而纤细的人，烟抽太多。平常星期天他会看报纸，听收音机里的球赛，练习吹他新学的笛子。他喝酒喝得极少，但他的脸时常比最忧愁的醉鬼还要悲伤。有一阵子，他偶尔会不好意思地抱怨头痛。结果发现，原来他脑部的某个角落长了一个大肿瘤，长久以来不断地长大。你知道吧，有些顽固的小孩，拳头里紧捏着某样东西，任凭你怎么哄怎么骗都不愿意放手？他就像那些小孩一样死守着脑中的肿瘤。就好像那些孩子，在终于放弃拳头里的弹珠的那一刻，总会露出一抹微笑，当他最后坐着轮椅被推去动脑部手术时，他也同样投给我一抹愉快的笑容。他平静地死在手术室里。"

他们走进一栋几乎就是"城市之心"公寓翻版的建筑，大楼离荷蕾姑姑家不远，位于一个卡利普不常经过但熟得像自己家似的街道一角。

"我知道他是用死来报复我。"在破烂的电梯里女人继续说，"他明白既然我始终在模仿如梦，那么他自己也得模仿你。有些晚上我喝多了白兰地，会克制不住自己，滔滔不绝地告诉他关于你和如梦的事。"

沉默中，他们走进她的住处，室内的装潢和一般家庭大同小异。安顿下来后，卡利普焦躁地说："我记得班上有尼哈这个人。"

"你认为他长得像你吗？"

卡利普逼自己从记忆的深处撷取一两幅画面：卡利普和尼哈手里拿着父母写的请假单站在那里，听着体育老师指责他们偷懒；一个温暖的春日，卡利普和尼哈在臭味四溢的学生厕所里，嘴巴贴着水龙头喝水。他有点胖，笨手笨脚，脑筋不很灵光。尽管有心，但卡利普就是感觉不出这个记忆中模糊的形象和自己有任何相似之处。

"对，"卡利普说，"尼哈长得有点像我。"

"他跟你长得一点也不像。"蓓琪丝说。有那么一刹那，她的眼中闪过一丝卡利普初见她时注意到的危险光芒。"我知道他根本不像你。可是我们都在同一个班上，而我也成功地使他用你看如梦的眼神来看我。中午休息时间，当如梦和我跟其他的男孩在'牛奶公司布丁店'抽烟的时候，我会看见他在外面的人行道上，烦躁地瞥过来，他知道我和一群风云人物在一起。惆怅的秋天傍晚，夜晚总是早早降临，看着苍白的灯光从公寓楼房里流泻而出，照亮光秃秃的路边树，我很清楚他正想着我，就如同你望着这些行道树时心里想着如梦一样。"

当他们坐下来吃早餐时，明亮的阳光透过垂放下来的窗帘缝隙照进屋里。

"我了解做自己有多难。"蓓琪丝突然提起这个话题，就好像知道对方痴迷于这个故事，"但我一直过了三十岁才明白这一点。在那之前，如果你问我，这个困扰看起来只不过出于渴望成为别人，或者纯粹是嫉妒。半夜里，失眠躺在床上，注视着天花板上的影子，我是如此渴望成为另外一个人，无比强烈的渴望使我相信，自己可以像手滑出手套那样容易地，滑出这个躯壳之外，然后钻进另一个人的躯壳里，展开一场新生活。有时候，想到这一个人，想到自己没有办法过她的生活，一股剧烈的痛楚便油然而生，以至于当我坐在电影院里，或是看见繁忙的市集里专注的人群时，眼泪会不禁夺眶而出。"

女人心不在焉地用刀子涂抹一片烤得太硬的薄面包，仿佛是在涂奶油，可刀子上并没有奶油。

"这么多年之后，我依然搞不懂，为什么会有人想过别人的生活，而不要过自己的。"女人接着说，"我甚至说不出为什么我想当如梦，而不是当这个或那个人。我只能说，多年来我以为这是种疾病，必须隐瞒起来不让别人知道。我感到羞耻，有这种病，灵魂染上了这种病，不论到哪里身体也被迫带着这个疾病。我以为自己的一生只是一场模仿，模仿那应该属于我的'真正的生命'，也因此，和所有的赝品一样，它既可悲又可耻。那个时候，我没有别的方法，只能靠着不断模仿我的'原型'，才能消除心中的不快乐。有一段时间，我甚至幻想着要转学，搬家，脱离原有的朋友圈子。然而我很清楚离开这一切不会有任何用处，只会让我更想到你。某个秋天的阴雨下午，当我无事可做时，我会在一张安乐椅中坐上好几个小时，凝视着窗户玻璃上的雨滴。我会想到你们两人：如梦和卡利普。利用我所知道的线索，我会去想象如梦和卡利普现在可能在做些什么，就这样，胡思乱想了个把小时之后，我会开始相信，坐在这个幽暗房间里这张椅子上的人不是我自己，而是如梦。我开始从这些恐怖的想法中得到一种极度的喜悦。"

女人一边说一边往厨房里进进出出，端出更多的茶和吐司。既然她说的时候脸上竟能带着亲切的微笑，仿佛在讲一件关于别人的好玩事情，卡利普也就没有感到半点不自在地继续听她接下来的话。

"这个疾病在我体内猖獗，直到我丈夫去世。或许至今它依旧肆虐，但我不再视它为疾病。丈夫死后是好一段寂寞悔恨的日子，在那期间我得出一个结论：一个人怎么样都做不了自己。那段日子里，强烈的后悔之情如同疾病的另一个版本，刺痛着我，让我无比渴望能够再与尼哈重来一生，所有的一切，一模一样，重来一遍，只不过这次要以我自己的身份。某天半夜里，我警醒自己，悔恨将会毁掉我的余生，这时一个诡异的念头闪过我心里：再这样下去，我在下半生里将会成为一个后悔自己当不了自己的人，这就如同，我把我的前半生浪费在渴望成为一个不是我的人。这对我而言是如此荒谬，在恐惧和悲哀中，我看见自己的过去和未来顿时幻化成一场我与众人共担的宿命，而我并不希望沉溺其中。终于我学会了一个永远不会忘记的道理：没有任何一个人有办法做自己。我很清楚，公交车站里某个排队等车的老头，在我眼中好像深陷于愁思，但事实上他只是某个'真正'人物的鬼魂，这个人是他多年来一直希望变成的角色。我知道带小孩来公园里晒太阳的那位朝气蓬勃的母亲，她牺牲了自己，好成为另一个母亲的翻版。我明白那些缓缓步出电影院的失意人，或是在拥挤的街道和嘈杂的咖啡店里局促不安的可怜人，日日夜夜，他们所渴望迎头赶上的原版典范，都如鬼魂般纠缠他们不放。"

　　他们坐在早餐桌边，抽着烟。女人越往下说，房间变得越温暖，卡利普越感到一股难以抵挡的睡意逐渐包裹他的身体，像是一种唯独梦中才能体验的纯真感觉。当他问能不能在暖气旁的沙发上小睡一会儿时，蓓琪丝开始告诉他一个王子的故事，据她所说和"这一切都有关联"。

　　是的，很久以前有一个王子，他发现生命中最关键的难题，是要做自己，还是不要做自己。然而，卡利普才开始在想象中勾勒故事的细节，就马上感觉自己正转变为另一个人，变成一个坠入梦乡的人。

18

黑洞

"一栋珍贵老房子的外观总像一张人类的脸，让我深深地感动。"

——纳撒尼尔·霍桑《七角楼》

多年以后的某天下午，我去看那栋楼房。我时常经过那条总是挤满人的街道，走在同样的人行道上，擦肩而过的是一群午休时间的高中学生，他们系着领带却一身邋遢，扛着书包你推我挤，还有下班回家的丈夫们，和聚会结束后的家庭主妇。尽管街道如此熟悉，但这么多年来，我却从来不曾回去看一眼那栋楼房，那栋曾经对我意义深刻的公寓大楼。

冬日的傍晚，夜色早早降临，从烟囱冒出的烟雾沉入狭窄的街巷，晕成一片薄雾朦胧的夜。只有两层楼亮着灯：幽暗、阴郁的灯光从两间有人加班的办公室里透出来。除此之外，大楼的外表一片漆黑。黝黑的公寓里拉起了黝黑的窗帘，空洞吓人的窗户恍如盲人的眼睛。比起过去，我眼前所见的是一幅冰冷、乏味、丑陋的景象。很难想象曾经有一个大家族居住于此，一层叠着一层，彼此纠葛难断，纷扰不休。

我享受那股蔓延在整栋楼房里的毁灭和混乱，它像是对青春罪恶的惩罚。我明白自己之所以会有这种感觉，只因为我从不曾分享到那份罪恶的欢乐，而看见它的衰颓，我尝到了一口复仇的滋味。然而与此同时，我心中却想起另一件事："不知道那个后来改成通风井的洞现在变成什么样子？不知道藏在洞里面的秘密现在又怎样了？"

我想到的是过去紧邻着楼房的一个洞。夜里，这个无底洞总让人不寒而栗，不只有我害怕，居住在每一层楼的每一个男孩、女孩和大人都如此。洞里满满当当地塞着蝙蝠、毒蛇、老鼠和蝎子，像是奇幻故事里的一口深井。我觉得它正是谢赫·卡利普的《美与爱》中描述过、鲁米的《玛斯纳维》中提及过的那个洞。事实上，有时候把一个吊桶垂入洞中，再拉起来的时候绳子已经被割断了，有时候人们说底下窝着一个大如房子的食人黑妖。小孩子不准靠近那里！大人会这么警告我们。有一次，门房在皮带上绑了一条绳索把自己吊进洞里，朝无尽的黑暗时光展开一场无重力飞行旅程，返回地表时他被万年累积的香烟焦油熏得肺部发黑直冒眼泪。我察觉到一个事实，守卫着洞口的蛮荒女巫偶尔会假扮成门房那月亮脸的太太，而这个洞和一个埋藏于居民记忆深处的秘密息息相关。他们恐惧心底的这个秘密，就如同恐惧一个无法永远被埋葬的罪行。到最后他们忘记了这个洞，忘记了关于它的记忆和秘密，以及它里面的东西，他们像动物一样，凭直觉把土掩盖自己的秽物。一天早晨，我从一个翻腾着无数人脸的黑暗噩梦中醒来，发现洞口已经被盖上了。惊恐之中，噩梦的感觉再度袭来，我才明白原来洞被整个翻了过来，摊开在一度称之为洞的那个地点。这块把死亡和神秘带上我们窗口的新空间，他们给了它另一个名称，称这个暗坑为通风井。

实际上，除了寥寥数人坚持认为这个新空间有益于采光，而不是囤积黑暗，剩下的人都讨厌这次改造。这个地区刚开始兴建的时候，两侧各有一块闲置的土地；它不像后来盖的公寓那样，沿着街道排成一列，像一堵难看的石墙。后来，大楼隔壁的另一块土地卖给了一位建筑商，从此以后，原本可以远眺清真寺、电车轨道、女子学校、阿拉丁商店和地上大洞的窗户——厨房窗户、狭长走廊边上的窗户、每层楼做不同用途的小房间的窗户（小房间有的是储藏室、用人房、育婴室、穷亲戚的客房、熨衣室、远房姑姑的房间）——如今面对的是隔壁三码之外，一栋连屋风格的高耸公寓大楼的窗户。就这样，两堵单调而灰扑扑的水泥墙，加上彼此对应的窗户，以及下方的地面，三者之间，便形成了一个不透光的窒闷空间，连空气也不流通，让人联想到一口无底深井。

很快地鸽子进驻了这个空间，没多久便制造出一股特有的浓重、陈旧、阴沉的气味。为了容纳不断增加的后代，它们筑巢在水泥凸架上，在随时剥落的窗台上，在人手够不到的排雨管弯曲处，到处堆积了大量的排泄物，很快地那里变成没有人想触碰的角落。偶尔，厚颜无耻的海鸥——它们不仅是气象灾难的预报员，也是大难临头的恶兆 [1]——会飞来，有时也有乌鸦，半夜里迷失了方向闯进黑暗之井，一头撞进两旁的窗户里。若有人冒险走进门房那间低矮不通风的公寓，弯下腰穿过一扇如同牢门的矮小铁门（也像个地窖门般吱呀作响），一路上他得先踩着模糊泥泞的地板，跨过许多被老鼠撕成碎片的鸟尸。令人作呕的地下室地板上，黏结着比粪肥还要醌龊的土块，在那儿还可以发现其他物品：鸽子蛋壳，被爬上排雨管溜到上面楼层的老鼠偷了下来；零散的叉子和不成双的袜子，在人们朝窗外抖开印花桌布和床单时不小心滑了出来，跌入沥青色的空洞；刀子、抹布、烟蒂、碎裂的玻璃杯和灯泡、镜子、生锈的床垫弹簧、断了手臂却依然绝望而固执地眨着塑料睫毛的粉红色洋娃娃、被仔

---

[1]　古老的迷信认为，同时有三只海鸥在头顶盘旋是人将死亡的预兆。

细撕成碎片的通俗杂志和报纸、瘪掉的球、污渍斑斑的孩童内裤、被扯烂的骇人相片……

门房不时会拎着一件物品挨家挨户让人认领，他总是憎恶地捏着东西的一角，像提着一个罪犯叫人指认。然而这些突然又从底下的泥沼世界冒出来的东西，大楼里的居民从来不愿意认领。"不是我们的，"他们会说，"掉进那里去了，对吧？"

那是一个他们渴望逃离的地方，就像逃离他们想要遗忘却办不到的恐惧。每当提起这个地方，他们的语气就像讲到某个丑陋的传染病：这个空洞是个粪坑，如果不小心，他们自己也可能意外坠落，就像那些倒霉的物品一样被它吞没。那是一个邪恶的巢穴，长久以来狡猾地渗入了他们的生活。难怪小孩子老是生病，因为这个地方带给他们报纸上一天到晚都在探讨的病菌；这里也带给孩子们对鬼魂和死亡的恐惧，让他们小小年纪就开始谈论。奇奇怪怪的气味更从这个地方散发，飘入窗口，有时则像一朵恐怖的乌云笼罩住整栋楼房。人们也很容易联想到，诅咒和凶兆正从两栋大楼之间的幽暗裂缝中升起，透隙而入。如同裂缝中沉重的青烟，在他们的心底深处，降临在身上的灾难（破产、欠债、抛妻弃子、乱伦、离婚、背叛、嫉妒、死亡），也总是连接到这个黑洞的历史：就好像他们不想再次记起的书页，在他们的记忆库里，粘成一团。

不过，感谢真主，总会有一个人为了寻宝，愿意翻开这些书册中的禁忌章节。孩子们（啊，孩子们！）胆战心惊地踏进了省电没有开灯的长廊，溜到刻意掩上的窗帘后面，好奇地用前额抵住玻璃，俯瞰下方的黑洞。过去有一段时间，三餐都是在爷爷的公寓里煮的，每当晚餐端上桌之后，女佣就会朝着黑洞大喊，叫下面和对面公寓的家人来吃饭。被放逐到阁楼公寓的母子二人没有被邀请，他们只能打开厨房的窗户，留意着下面的人准备的借口和食物。有些夜里，一个又聋又哑的家伙会瞪着黑洞发呆，直到被他奶奶发现。下雨天，关在自己的小房间里做着白日梦的女佣，会凝视那块空洞，跟随着排雨管一起掉眼泪。同样地，有一位年轻人也是如此，尽管有一天他会衣锦还乡，返回一个逐渐衰败终至崩毁的家族曾经居住的楼房。

让我们大略瞥一眼他们看见的宝藏：女人和女孩的身影映在迷蒙的厨房窗户上，听不见她们的声音；一个鬼魅般的背影在祈祷，缓慢地弯下腰去又直起身来；一只老妇人的腿，她躺在棉被还没有掀开的床上，旁边摆着一本图画杂志（如果耐心等一会儿，将会看见一只手翻动书页，懒洋洋地搔了搔腿）；一个年轻人的前额压着冰冷的窗玻璃，他下定决心，终有一天要光荣地返回这个无底的深渊，挖掘出居民们隐藏的秘密。（这位凝望着自己倒影的年轻人，有时候会看到对面下一层的窗户上，反射出他美丽动人的继母的形象，她也正和自己一样陷入幻想。）容我们再补充说明，蹲在黑暗中的鸽子，用它们的头和身体为这些画面加了一圈深蓝色的画框。微微摇曳的窗帘、忽明忽灭的光线、灯火通明的房间，都将在窗户上、在转化成这些画面的悔恨记忆中，画下鲜橙色的痕迹。我们活着的时间如此短暂，我们见到的事物如此稀少，我们几乎一无所知，那么，至少，让我们做一点梦。祝你们周日愉快，我亲爱的读者。

19

城市的符号

"当我今晨醒来时,我还是同一个人吗?我依稀记得自己
好像有点不一样。可是,如果我不是同一个人,那么接下来
的问题是:'我到底是谁?'"

——刘易斯·卡罗尔《爱丽丝漫游奇境记》

卡利普一觉醒来,看见蓓琪丝已经换了衣服,她穿着一条石
油色的裙子,让他想起自己现在正与一个陌生的女人在一个陌生
的地方。她的脸和头发也全都变了。她把头发往后梳得像是《北京
五十五日》中的艾娃·加德纳,嘴唇上抹了电影中的超级全景技术
般的红色唇膏。看着她的新面孔,卡利普突然觉得长久以来大家一
直在欺骗他。

不久后,卡利普从女人费心收进衣柜挂好的大衣口袋里拿出了
报纸,在女人同样费心收拾干净的餐桌上摊开。他重读了一遍耶拉
的专栏,又看了看自己之前在页缘写下的注记以及划线强调的字词
和重点,却发现它们有点可笑。事实摆在眼前,这些划线的字词并
非揭开文章秘密的关键。一丝念头闪过卡利普脑海——也许这个秘
密并不存在,他眼前所读的字句除了本身的意义之外,本来就另有
言外之意。耶拉这篇周日专栏的内容,描述有个人因失忆而发现了
惊人事实,却无法向世人传达。但文章里的每一个句子,似乎都来

自另一则关于某种众所皆知的人类处境的故事。字里行间的意义是如此明晰而真实，根本没有必要把他所挑选出来的重点字词再重写一遍或重组。一个人仅仅需要信心十足地阅读这篇文章，便能破解其中所谓的"隐藏"意义。目光从一个字滑向下一个字，卡利普相信自己正在阅读城市和生命的秘密，同时搜寻着如梦和耶拉藏身之处的位置和意义。然而，每一次只要他抬起头瞥见蓓琪丝的新面孔，他便失去了信心。他希望自己能够保持纯然的乐观，花一点时间再从头读这篇文章，但他就是无法清楚地分辨出他自以为已经掌握的神秘意义。他感觉到一种即将揭开世界之谜和存在之秘的狂喜，但是，每当他就要参透这个寻觅多时的秘密、就要大声宣布答案之际，斜睨着他的女人的脸孔便浮现在眼前。过一会儿，他想或许能够靠逻辑推理而非直觉和信念来进一步逼近谜底，于是他开始在页缘写下全新的注记，标出完全不同的重点字词。当蓓琪丝走近桌边时，他早已陷入忘我的境界。

"耶拉·萨利克的专栏，"她说，"我知道他是你伯伯。你知道为什么昨天晚上在地下室里，他的人偶看起来那么阴森诡异吗？"

"不知道，"卡利普说，"不过他不是我伯伯，他是我伯伯的儿子。"

"因为那个人偶太像他了。"蓓琪丝说，"有几次我为了希望能撞见你而跑到尼相塔什去，结果却看到他，一身相同的穿着。"

"那是好几年前他穿的雨衣，"卡利普说，"以前他常穿。"

"他现在也还会穿着它，像个鬼似的在尼相塔什晃来晃去。"蓓琪丝说，"你在边上写的是什么笔记？"

"跟专栏无关，"卡利普说，把报纸折起来，"是关于一个失踪的极地探险家。因为他失踪了，所以别人取代了他的位置，结果也失踪了。第二个人的失踪使得第一个人的失踪变得更加神秘。原来，第一个失踪的人来到一座偏僻的小镇，改名换姓，定居下来，没想到有一天意外死亡。"

等卡利普把故事讲完，他发现自己必须再重述一遍。他嘴里讲着，心里感到非常生气，别人总是逼他把故事讲了一遍又一遍。他实在很想说："为什么大家都不能只做他自己，这么一来就没有人有必要讲任何故事了！"他从椅子上站了起来，一边重复故事一边把折好的报纸塞回旧大衣的口袋里。

"你要走了吗？"蓓琪丝怯生生地问。

"我故事还没讲完。"卡利普说，语带不悦。

说完故事后，卡利普看见女人的脸上仿佛戴着一张面具。倘若他能把抹了超级全景技术红色唇膏的面具从女人脸上撕下来，那么一切的意义将会清清楚楚地显露在底下的脸孔上，然而他想不出那意义会是什么。这就好像小时候每当他无聊到极点的时候会玩的游戏"我们在这里干吗？"，因此，他便学小时候那样，在玩这个游戏的时候把注意力放到别的东西上面——他重述了他的故事。刹那间他明白了为什么耶拉那么受女人欢迎，因为他能够在说故事的同时想着其他事情。但话又说回来，蓓琪丝看起来并不像会听信耶拉故事的女人。

"如梦从来不担心你在哪里吗？"蓓琪丝说。

"不，她不会。"卡利普回答，"我常常过了半夜才回家，处理一些失踪案件，政客或是冒名贷款的欺诈犯什么的。有很多次我都得忙到清晨，研究案件，像是没付房租就消失的神秘房客，或是以假身份重婚的不快乐男女。"

"可是现在已经过了中午，"蓓琪丝说，"我若是如梦在家里等你，一定会希望你尽快打电话。"

"我不想打电话。"

"如果是我在等你，我一定会担心死了。"蓓琪丝不放过，"我会站在窗户边，听电话有没有响。想到你明知我又担心又不高兴，却还是没有打来，我的心情会变得更糟。好啦，打个电话给她，告诉她你在这里，和我在一起。"

说完，女人把话筒递给他，像个玩具。卡利普只得打电话回家。没有人接。

"家里没人。"

"她会上哪儿去呢?"女人调皮地问。

"不知道。"卡利普说。

他再度打开报纸，翻回耶拉的专栏。他把文章看了一遍又一遍，花了好多时间读了好几遍，到最后眼前的文字失去了意义，变成纯粹由字母组成的形体。一会儿，卡利普觉得自己也能够写出这篇文章，也能够写得像耶拉一样。接着，他把大衣从衣柜里拿出来穿上，把报纸小心折好，再把刚才从报上撕下来的专栏放进口袋里。

"你要走了?"蓓琪丝说，"别走。"

等卡利普坐进好不容易拦到的出租车后，他朝熟悉的街道瞥了最后一眼，烦恼自己将无法忘记蓓琪丝恳求他留下时的那张脸。他多希望她留在自己心中的是另一张脸，蕴含着另一个故事。他很想像如梦的侦探小说里所写的那样指挥司机，"就走这条路再上那条路"，但他只是简单地说要去加拉塔桥。

他步行过桥，混入周日的人潮中，突然间一股感觉攫住他，多年来他一直盲目寻觅却遍寻不着的一个秘密，此刻答案似乎即将揭晓。他心底的某个幽暗角落，如同梦境的一隅，告诉他这种感觉只是个错觉，尽管这两种相互抵触的想法同时存在于卡利普心中，他却丝毫不受困扰。他看到成群外出的国民兵、出门钓鱼的民众、携家带眷赶去搭船的家庭。他们身上都蕴含着卡利普正在思索的秘密，但他们自己并不知道。等再过一会儿卡利普揭开谜底后，他们都将领悟到这个长年来影响他们生活至深的事实。所有人都将明白，包括周日出门拜访朋友的父亲、脚穿球鞋的儿子、手里抱的婴儿，以及包着围巾坐在行驶而过的公交车里的一对母女。

他人在桥上，沿着马尔马拉海一带行走。这时他开始往路上的行人凑过去，好像就要撞上他们似的：众人脸上表情的意义，多年以来不是遗失、变味，就是消耗殆尽，现在却似乎顿时发亮了起来。趁众人疑惑地打量这个鲁莽的家伙时，卡利普通过他们的眼睛和脸，读取他们的秘密。

大部分的人身穿磨损褪色的旧外套和大衣。走在路上，他们认为整个世界就和脚下的人行道一样平凡，然而这世界上并没有他们真正的立足点。他们若有所思，但假使能稍受触动，某种联系着过去意义的记忆便会从他们的心底深处浮现，在他们面具般的脸上投下一抹倏忽即逝的好奇。"我真想扰乱他们！"卡利普心想，"我真想告诉他们那则王子的故事。"此时故事在他脑中记忆犹新，仿佛他亲身经历了故事中的种种，因而印象深刻。

桥上的人们大多拿着塑料袋，袋子的开口露出纸袋、一截金属、塑料制品或报纸。他盯着它们瞧，好像头一次见到，专注地阅读塑料袋上的字眼。他察觉到袋子上的词汇指向"另一个"或"真正的"现实，一时间不禁振奋了起来。然而，如同擦肩而过的行人，他们脸上的意义在刹那的闪亮后，旋即暗了下来，塑料袋上的词汇和字眼，在短暂地充盈了新意之后，也消失了。尽管如此，卡利普还是不停往下读："……布丁店……度假村……土耳其制造商……干果……紧接着是……大百货……"

他看见一个老钓客的袋子上没有文字，而是一幅鹳鸟的图画，这才领悟到原来图画也能和文字一样被阅读。他看到一个袋子上有四张脸，一对快乐的父母与充满希望的儿女；另一个袋子上有两条鱼；其他还有各式各样的图画：鞋子、土耳其地图、建筑剪影、香烟盒、黑猫、公鸡、马蹄铁、宣礼塔、千层酥、树木。无疑，它们全都指向一个谜。然而是什么谜？在新清真寺前面，他看到一个卖鸟食的老太婆旁边搁着一个袋子，上面有一只猫头鹰。他意识到这只猫头鹰要不是如梦的侦探小说上印的那一只，就是它鬼祟的孪生兄弟。当下他清楚地感觉到，果真存在着那一只"手"，暗中安排了一切。那儿，另一件"手"耍的把戏，必须把它公之于世。那只猫头鹰隐藏着含义，但除了卡利普之外每个人都视而不见。他们不在乎，就算自己早已深陷其中，深陷于失落的秘密之中！

为了更仔细地观察那只猫头鹰，卡利普向长得像巫婆的老妇人买了一杯玉米，撒在地上喂鸽子。顷刻间，一大群黑压压的丑陋鸽子如同一张翅膀铺成的大伞，朝饲料扑拢过来。袋子上的猫头鹰和如梦侦探小说上的是同一只。旁边有一对父母看着女儿在喂鸽子，一脸骄傲和喜悦。卡利普对他们感到恼怒，因为他们没有察觉这只猫头鹰，这个显而易见的真相，别的符号，不管任何符号，甚至是任何事情。他们彻底无知，连一丝怀疑都没有。他们是如此盲目。他想象在家等他的如梦正读着一本侦探小说，而他自己是书中的主角。那只尽管巧妙安排一切却隐而不宣的暗手，和他之间有一个悬而未决的谜，谜底所指是一个终极秘密之意义所在。

不知不觉，他来到了苏莱曼清真寺外围，他看见一个学徒拿着一幅上框的镶珠画，画面里正是苏莱曼清真寺。对他而言这幅画就如一个总结：若说塑料袋上的文字、词汇、图画是符号，那么它们所指涉的事物也是一样。色彩鲜丽的图画甚至比眼前的清真寺更为真实。不只文字、脸孔和图画是暗中之手的棋子，所有的一切都在它的游戏中。他才领悟到这一点，便立刻明白，此刻自己脚下这片街道错综复杂、名为"地窖门"的区域，也存在着无人察觉的特殊意涵。耐心地，如同接近填字游戏的尾声，他感觉到一切就要归入原位。

草率搭建的商店和扭曲变形的人行道上的割草机、装饰着星星的螺丝起子、"禁止停车"的标识、番茄酱罐头、平价小吃店墙上的月历、吊着树脂玻璃字母的拜占庭拱桥式高架水道、商店铁卷门上的笨重挂锁，他眼前所见的这一切，全都是符号，指向那神秘的意义。只要他愿意，他可以像阅读人脸一样阅读这些物品和记号。于是，钳子代表了"专注"，罐装橄榄象征"耐心"，轮胎广告牌中的满意驾驶则意味着"逼近目标"，他也感觉自己正专注而耐心地逼近目标。然而，围绕在他身旁的却是更难测度的符号：电话线、割礼师的招牌、交通符号、洗洁剂的盒子、缺柄的铲子、难以辨读的政治口号、散布在人行道上的片片冰屑、国营电力公司标在门上的数字、行车箭头、一张张白纸……也许它们的意义很快就会明晰，但此刻全都乱成一团，纷扰而喧闹。相反，如梦侦探小说中的主角们则居住在一个整洁平和的世界，由作者提供的少数几条必要线索组成。

尽管如此，阿西·切莱比清真寺却像是一本读得懂的小说，带给他慰藉。许多年前，耶拉曾经写过自己做的一场梦，他看见自己在这座小清真寺里，与穆罕默德和其他圣人在一起。醒来之后他到卡辛姆帕萨区找人解梦，得到的答案是，他将继续写作直到咽下最后一口气。他将以写作和幻想为职业，就算他从此不跨出家门一步，他的一生仍是一段丰富的旅程。几年后卡利普才发现，这篇文章改写自从前一位旅游作家埃弗利亚·切莱比的著名作品。

走过蔬果市场时，他心里想："所以，第一次读的时候，故事呈现出一个意义，第二次再读时，却是另一个截然不同的意义。"毫无疑问，第三次或第四次重读耶拉的专栏，都将揭露另一层新意义。

尽管耶拉的故事所指涉的东西每一次都不同，但卡利普相信它们都通往同一个目标，他好像在阅读儿童杂志中的猜谜，推开一扇又一扇的门。卡利普心不在焉地穿过市场里的杂乱小巷，很希望此刻置身在别的地方，能够让他把耶拉所有的专栏全部再好好读一遍。

刚出市场外，他便看见一个收售破烂的人。这个人在人行道上铺了一张大床单，把各式各样的物品放在上面。刚从市场区的污浊吵嚷走出来、满脑子仍想不透的卡利普，顿时被这些物品迷住了：几根弯水管、几张旧唱片、一双黑鞋、一个台灯底座、一支破钳子、一个黑色电话、两条床垫弹簧、一支珠母贝香烟杆、一面停了的壁钟、几张白俄罗斯纸币、一个黄铜水龙头、一尊背着箭囊的罗马女神塑像（月神狄安娜？）、一个画框、一台旧收音机、几个门把、一个糖果盘。

卡利普一边审视着物品，一边念出它们的名字，一个字一个字刻意发出声来。他觉得这些物品的迷人之处其实不在于物品本身，而在于它们摆放的方式。这些东西在任何一个收破烂的人那里都是稀松平常，但这位老人却把它们四排四列陈列在床单上，仿佛在摆设一个大棋盘。每样物品就如标准的六十四格棋盘上的棋子一样，彼此等距，没有互相碰触。然而，摆设位置的精准和简单看起来却像是偶然，而非刻意。卡利普不禁联想到外文课本中的单词测验，在那些书页上同样有十六个物品的图案，如眼前这样整齐排列，让他用新的语言写下它们的名称。卡利普忍不住想同样跃跃欲试地念出："水管、唱片、鞋子、钳子……"但让他害怕的是，他清楚地感觉到这些物品还有另外的意义。他瞪着黄铜水龙头，脑中像做单字练习一般想着"黄铜水龙头"，但又兴奋地察觉这水龙头还大可以表示别的意思。床单上的黑色电话，不只是像外文课本中对电话这项物品的解释——"某种常见的仪器，连上线后可使我们与别人通话"——它还暗含着另一层意义，令卡利普兴奋得喘不过气来。

他如何才能进入这个深层意义的幽暗世界，发掘秘密？此刻他正站在它的入口处，亢奋不已，然而他却怎么也无法跨出第一步。在如梦的侦探小说中，等最终谜底揭晓后，原本藏在层层包裹下的第二层世界顿时豁然开朗，而表面的第一层世界则很快地灰飞烟灭。如梦常常在午夜时分，脸颊鼓着阿拉丁商店里买来的烤鸡豆，向他宣布："凶手竟然是退休的将军！因为不甘心受到侮辱而实施报复！"卡利普猜想他妻子早已忘光了所有的细节，把充斥全书的英国管家、打火机、餐桌、瓷杯和枪支忘得一干二净，如今她只记得这些物品和人物在秘密世界里所代表的新一层意义。到了这些译文拙劣的小说最后，在头脑清晰的侦探的帮助下，物品重新归位，把如梦带进了新的世界。然而，对卡利普而言，这些物品却只能带给他一丝通往新世界的希望。为了揭开这个谜团，卡利普仔细端详这位在床单上排列神秘物品的收破烂老人，想从他的脸上读出意义。

"电话多少钱？"

"你是买家？"收破烂的老人说，开始谨慎地讨价还价。

突然被问起自己的身份，卡利普吓了一跳。他脑中闪过一个念头："果然，别人视我为某种标志，而不是我本人！"不过，反正他所在乎而想融入的世界并不是眼前这一个，而是耶拉终其一生创造的另一个国度。他意识到，耶拉通过对物品命名以及说故事，在这个世界中筑起了一道道围墙，并藏起钥匙，让自己隐循在其后。收破烂的老人原本满怀希望地亮起了脸，但旋即又恢复刚才的黯淡无光。

"这是做什么用的？"卡利普指着一个简单的小台灯座。

"那是个桌脚，"收破烂的说，"不过有些人把它们拿来钉在窗帘杆的两头，也可以当门把用。"来到阿塔图尔克桥头时，卡利普心里想着："从现在开始，我只要观察人脸就好。"桥上往来的脸时而闪现一星光彩，在他心中蓦然凸显，像是翻译的图文小说中放大的问号，接着便消失不见。望着天幕下桥上往来的人群，他想他看到每一张脸阴沉晦暗的面纱后，都闪动着光彩，但这只是幻象罢了。虽然从市民的脸上，有可能察觉出城市的古老、不幸、它失落的繁华，以及它的忧伤悲苦，但那并不指向什么精心设计的秘密，而是一种集体的挫败、历史和阴谋。金角湾里铅蓝色的清冷水波，在船只后方拖行着，染上了一抹难看的褐色。

到卡利普走进所谓的地铁站后面小巷里的咖啡馆时，他已经观察了七十三张新面孔。他在一张桌子前坐下，对刚才的见闻很满意。他点了一壶茶，从大衣口袋里拿出那页报纸，然后反射性地把耶拉的专栏再从头读一遍。尽管字词文句已不再新鲜，越往下读，某些先前不曾想到的概念却逐渐成形：这些概念并非源于耶拉的文章，而是卡利普个人的见解，但它们以一种奇妙的方式收纳在耶拉的文章里。当卡利普发现自己的想法竟与耶拉相辅相成时，一股安详涌入他内心，就像小时候，当他明白自己成功地模仿了他所崇拜的对象时，也会有这种感觉。

桌子上有一张卷成锥筒状的纸。散布在一旁的瓜子壳暗示着在卡利普之前坐在位子上的客人，曾向小贩买了一份瓜子，装在纸筒里。从纸的边缘看来，应该是从一本学校作业簿里撕下来的。卡利普把它翻到另一面，阅读上面费力写下的孩童字迹："1972年9月6日，第十二课，家庭作业。我们的家，我们的花园。我们的花园里有四棵树。两棵白杨树，一棵大柳树和一棵小柳树。我父亲用石头和铁丝在花园周围盖了一道墙。房子是一个避风港，保护我们冬天不受凉，夏天不被晒。家是一个庇护所，守卫我们不受伤害。我们的房子有一扇门、六扇窗、两只烟囱。"文字的下方，有一幅彩色铅笔画的插图，一栋房子在花园围墙里。屋顶的瓦最开始一片片地画，但接下来后面整片屋顶就只是潦草涂成一片红色。卡利普注意到画中的门、窗、树木和烟囱都和作文里的数目相符，于是心中更为安详。在这种心绪下，他把纸翻到空白的一面，开始振笔疾书。他确信自己在格子间写下的一切，将会如孩童笔下的事物一样真实发生。仿佛多年以来他一直失声噤语，直到今天才得以重拾字句，多亏了这一张家庭作业。他列出所有的线索，以蝇头小字一路写到纸张的最末端。他心想："真是轻而易举！"接着他又想："为了确定耶拉和我想的一模一样，我必须再多看几张脸。"

他一边喝茶一边观望咖啡店里的脸孔，喝完茶后，他再度步入外面的寒冷之中。在加拉塔广场中学后方一条巷子里，他看见一个包头巾的年长女人，边走路边喃喃自语。一个小女孩从杂货店半掩的拉门下弯腰钻出来，从她的脸上，他读出所有的生命皆相似。一个身穿褐色洋装的年轻女孩因为怕在冰上滑倒，一路盯着自己的胶底鞋行走，在她的脸上写着，她深知忧虑为何物。

走进另一家咖啡店，卡利普坐下来，从口袋里拿出那页家庭作业，飞快地读过一遍，一如阅读耶拉的专栏。如今他笃定，只要把耶拉的文章拿来反复阅读，探入他的记忆库中，自己便能找到耶拉的所在。这表示说，首先他必须找到收藏着耶拉完整作品的贮藏室，才有办法获取他的记忆。把这篇家庭作业读了一遍又一遍之后，他才恍然大悟，如此一间收藏室必然是一个"家"，"一个庇护所，守卫我们不受伤害"。他把家庭作业一读再读，感觉到这个勇于大声说出物品名称的孩子影响了他，使他内心涌起一股纯真无邪。于是，他相信自己必然轻易就能找出如梦和耶拉在什么地方等待他。这个领悟让他一阵阵晕眩，不过也仅止于此，坐在桌前，他只能继续在家庭作业的背面写下新的线索。

等卡利普再度踏上外面的街道时，他已经就手边的线索做了一些新的删补：他们不可能出城，因为耶拉无法待在伊斯坦布尔以外的地方；他们不可能横渡博斯普鲁斯海峡，到达安纳托利亚那一头，因为那里不够"历史性"，不适合他；如梦和耶拉不可能躲在共同的朋友家里，因为他们没有这么一个朋友；如梦也不可能待在她的朋友处，因为耶拉宁死也不会去那种地方；他们更不可能寄宿在冰冷无情的旅馆套房里，因为就算他们是兄妹，一男一女共处一室难免令人起疑。

坐在下一家咖啡店里，卡利普确信自己至少抓到了正确的方向。他很想穿过贝伊奥卢的小巷往塔克西姆去，走向尼相塔什、西西里，来到他过去生命的中心。他记得耶拉曾在一篇文章中探讨伊斯坦布尔的街道名称。他注意到墙上挂着一张已故摔跤选手的照片，这个人，耶拉曾经详尽描写过他的生平。这张黑白照片原先是某本旧《生活》杂志的中间页，被许多理发店、服饰店和杂货店的老板加了框挂在墙上，用来装饰店面。这位奥运奖牌得主两手叉腰，面对镜头摆出温和的微笑。卡利普研究着他脸上的表情，不禁想起他死于一场车祸。于是，就如同以前每次看这张照片时的联想，十七年前的一场车祸和摔跤选手脸上的温和表情在他心中融为一体。卡利普不得不认为那场车祸必然是某种征兆。

这证明了巧合是必要的，它们把事实与想象融为一体，创造出另外的征兆，诉说着截然不同的故事。卡利普走出咖啡店，沿着一条小巷走向塔克西姆，心里想着："偶然看见哈斯农·卡利普街旁一辆马车前，站着一匹疲惫的老马，这时我必须回头去检视记忆中的一匹巨马，那是我在奶奶教我读写的字母书中看到的。由于字母书中的大马下方标示着'马'，我联想起耶拉，那些年他独居在帖斯威奇耶街上那栋公寓的顶楼。然后我会想到依着耶拉的喜好与回忆装潢布置的那间公寓。接着我会推论出，那间公寓很可能象征了耶拉对我人生的支配意义。"

然而，耶拉已经搬离公寓好多年了。卡利普停下来，担心自己或许也把征兆给解读错了：他很清楚，如果他认为直觉是在误导自己的话，那么他将会迷失在这座城市里。他像个瞎子一样摸索着，想要辨别周遭的事物，通过感官直觉闯入了各种故事。多亏了这些虚构的故事，他才得以维持姿态。他之所以还屹立不倒，纯粹是因为他设法从一路上所见的遍布城市的符号与图像中，建构起一则故事。他很肯定周遭的人物和世界都将依循着故事的脉络，服膺在它的力量之下。

他再度走进另一家咖啡馆坐下，凭着依然乐观的态度，卡利普重新审视"他的处境"。线索列表中的文字看起来就和纸张背面的孩童文字一样简单易懂。咖啡店的遥远角落有一台黑白电视，正在播放一场足球赛。白雪纷飞的球场里，地上的标线和沾满泥渍的足球都是黑色的。除了几个在空桌子上玩牌的人之外，每个人都盯着那颗黑色的足球。

走出咖啡馆，卡利普想，自己所追寻的秘密其实就如黑白的足球组合一样，简单明了。他需要做的一切，只是继续任凭双腿带他四处游荡，·观看面孔和符号。伊斯坦布尔到处是咖啡馆，一个人可以绕遍整座城市，每隔三五步就能找到一家咖啡馆歇脚。

忽然间，他发现自己置身于塔克西姆区电影散场后的人潮中。人们心不在焉地走出来，盯着自己的脚，双手插在口袋里，或者彼此挽着手臂踏上台阶，走向街道。他们的脸上充满了表情，暗示着如此深刻的内涵，以至于卡利普最梦魇般的故事都相形失色。观众的脸上一片宁静，刚才沉浸在虚构的世界里，使他们忘却了自己的忧愁。此刻，他们身在眼前惨淡的街道上，但心却在梦想的故事里。

他们的记忆库原本已枯竭，只剩下挫败与悲苦，但现在又重新填满，由一个深刻的故事温柔地抚平了伤痛的回忆。"他们想象自己是另一个人！"卡利普急切地想着。顿时他恨不得自己也和大家一起看了同一部电影，也能消失而成为另一个人。他发现，当这些人开始浏览世俗的橱窗时，他们便逐渐返回这个充斥着单调熟悉事物的无味世界。"他们太轻易放过自己了！"卡利普想。

相反，若要成为另一个人，必须要有彻底的决心。在卡利普抵达塔克西姆广场之前，他已经下定决心，用全部的意志力达成这个目标。"我是另一个人！"他告诉自己。说出这句话给他一股愉快的感觉，不仅改变了他脚下结冰的人行道，改变了包围在可口可乐和罐头食品广告牌中的广场，甚至整个人也从头到脚焕然一新。用坚定的口吻重复这句话，一个人可以说服自己整个世界全变了，不过，没有必要到这个程度。"我是另一个人。"卡利普对自己说。那个人——他不想说出他的名字——的回忆与哀愁交织成一首乐曲，像新生命一般从卡利普心底涌出，他聆听着，满心欢喜。随着音乐，他生命中最初的地标塔克西姆广场正逐渐转变，从原来的模样——四周环绕着如超重火鸡般的公交车、晃悠悠如龙虾般的缓慢电车，以及固守黑暗的隐晦角落——变成一座矫揉造作的"现代"广场，矗立在一个贫穷绝望的国家里。卡利普仿佛第一次来到这里。裹着白雪的"共和国雕像"、没有尽头的"爱奥尼亚式涡旋梯"、十年前在卡利普兴奋的注视下烧成灰烬的"歌剧厅"，全都变成了别的物品，符合它们在新世界中的象征意义。无论是公交车站里烦躁的人群，还是你推我挤着抢上车的乘客，在这些人当中，卡利普没有看见任何一张神秘的脸，也没有发现有哪一个塑料袋，暗示了背后还有一个平行的世界。

他觉得自己不再需要去咖啡馆了。他从哈比耶直接走到尼相塔什。稍后，等他来到了寻找多时的地方后，他将仍然有点迟疑，对一路上认定的新身份没有把握。过一会儿，他会这么推论："那个时候，我还不完全相信自己已经变成了耶拉。"置身于此，满屋的旧文章、旧笔记、旧剪报揭开了耶拉过去生活的全貌。"那个时候，我还没有彻底抛弃自我。"刚才一路上的所见所闻，使他觉得自己像一个游客，因为飞机误点而滞留在一个自己从没想过会踏上的城市，打发半天的时间：阿塔图尔克的雕像表示这个国家过去有一位显赫的军事英雄；泥泞却明亮的电影院入口处拥挤的人潮则意味着市民星期天下午无聊没事，借观看外国进口的梦想以纾解情绪；手里拿着刀子望向橱窗外街道的面包店员，透露着他们逐渐褪色的梦想与回忆；大马路中央光秃秃的暗褐色树木，象征着一抹全国性的哀愁，在午后逐渐沉淀，一点一点更加幽暗。"我的天，在这座城市里，这条街道上，这个时刻，能够做什么？"卡利普喃喃道，话一出口他才明白，自己竟从剪下来的耶拉旧文里把这句咒语给背出来了。

来到尼相塔什的时候天色已黑，冬夜里马路上拥塞的车辆排放出浓烈的废气，公寓大楼的烟囱也散发出阵阵烟雾，弥漫在狭窄的人行道上。卡利普平静地呼吸着这一区域特有的刺鼻气味。站在尼相塔什一隅，他心中想要成为另一个人的渴望如此强烈，以致他确信自己能够以全然不同的新意，来解释所有公寓大楼的外观、商店的门面、银行的广告牌，以及霓虹灯标志。让他居住多年的这一区域彻底改头换面的，是一股轻松冒险的感觉，它深深植入了卡利普内心，仿佛永远不会再离开。

他没有穿越马路回到自己住的地方，反而在帖斯威奇耶大道上左转。冒险的感觉渗入他的身体，让卡利普雀跃不已；他的新身份所展示的无限可能，更是迷人。他贪婪地浏览周遭的新鲜景象，好似一个卧床多年的病人刚从医院里释放出来。"啊，布丁店的橱窗摆设就好像珠宝店里闪亮的展示盒。"他忍不住想说,"啊,这条街真窄,人行道也都歪歪扭扭的!"

小时候,他也曾常常脱离自己的身体和灵魂,用外人的角度来看自己。"现在,他经过了奥斯曼银行。"卡利普心想,重拾童年时他经常扮演的第二个角色。"现在,他经过了'城市之心'公寓,连看都不看一眼。他和爸妈及祖父母在这里住了好多年。现在他停下来浏览药房的橱窗,坐在收银台前面的是以前替人打针的女人的儿子。现在他经过了警察局,却一点也不紧张。他温柔地注视着歌星牌裁缝车旁边的几尊假人模特儿,好像他们是老朋友一样。现在他坚决、明确地走向那个谜,走向多年来辛苦策划的阴谋的核心。"

他过马路走到对面,走了几步,又再一次横越马路折返,穿越寥寥几棵珍贵的菩提树、广告牌和阳台下方,一路走到了清真寺。每到一条街,他就这样上上下下多走几步,以扩展他的"调查版图"。每一次他都会仔细地观察,记下那些因为过去可悲的身份而没能察觉的细节:阿拉丁商店的展示橱窗里,除了一堆旧报纸、玩具枪和尼龙丝袜,竟然还有一把弹簧刀;指向目的方向帖斯威奇耶大道的交通箭头,瞄准的目标其实是"城市之心"公寓;尽管天气干冷,清真寺四周矮墙上留给鸽子和野猫的面包皮,却已经潮湿发霉了;女子学校门口信手涂鸦的政治标语,原来还有言外之意;一间仍亮着灯的教室里,墙壁上挂着一张照片,上面的阿塔图尔克正隔着灰尘堆积的玻璃望着"城市之心"公寓;花店的窗户里,某个精神异常的人拿了一把别针,刺入一朵朵玫瑰花苞。一家新开的皮具店的橱窗里,立着时髦耀眼的假人模特儿,它们的目光也朝向"城市之心"公寓,凝视着先是耶拉,后来是如梦和她的父母住过的屋顶阁楼。

卡利普随着假人模特儿一起朝顶楼望了半晌。对卡利普来说,这似乎是很合理的，耶拉和如梦很可能就在上面，在假人模特儿目光所及的顶楼。他感觉自己是一个冒牌侦探，模仿着侦探小说中的英雄。这些外国制造的故事，是在外国孕育的如梦告诉他的，而眼前的假人模特儿也来自外国。卡利普甩开这样的假设，朝清真寺走去。

但他必须费尽全力才办得到。似乎他的腿拒绝带他离开"城市之心"公寓，而想要跨步走进楼房，冲上阶梯直达顶楼，闯入那黑暗恐怖的地方，只为了看某样东西。卡利普不愿意去想象那幅画面的细节。他用全身的力量拖着自己离开，然而一路走下去，他发现周围的人行道、商店、广告牌上的文字以及交通标志都回到了早先指涉的意义。一想到他们两个人就在上面，他心中顿时升起一股大难临头的恐惧，让他惊惶不已。等他来到阿拉丁的小店时，他已分不清自己逐渐加深的恐惧是因为警察局就在隔壁，还是由于他发现交通箭头不再指向"城市之心"公寓。带着疲惫和困惑，他只想找个地方坐下来，好好想一想。

他走进帖斯威奇耶—埃米诺努线共乘小巴车站转角一家历史悠久的小餐馆，点了茶和肉馅饼。既然耶拉对于自己的过去和逐渐败坏的记忆如此执迷，那么，他租下或买下在其中度过了童年和青少年时代的公寓，不正是再自然不过的事？如此一来，他便能光荣地重返曾经拒他于千里之外的地方，相反，那些当初把他踢出家门的人，如今却住在一条没落街道上一座肮脏公寓里，又穷又烂。除了如梦外，耶拉没有与家人分享他的胜利，尽管住在中央大道上，他却小心不留下任何痕迹。卡利普认为这是完全正确的选择。

接下来几分钟，他的注意力转移到柜台前的一家人：妈妈、爸爸、女儿和儿子看完了星期天下午场电影后，来到小餐馆吃晚饭。父母的年纪和卡利普相当。父亲不时地把自己埋进从外套口袋拿出来的报纸里，母亲用她的眉毛制止两个孩子之间爆发的争吵，一只手在她的小提包和桌子间不停地来回往返，为身旁三个人摸出各种用品，敏捷灵巧的程度好似一个魔术师从帽子里掏出稀奇古怪的玩意：一条手帕给男孩擦鼻涕，一颗红色药丸塞进父亲手里，一只发卡替女孩夹头发，一个打火机给正在阅读耶拉专栏的父亲点烟，同一条手帕再给男孩擦鼻涕，诸如此类。

就在卡利普吃完肉馅饼喝完茶的时候，他想起这个父亲是他中学时代的同班同学。在踏出店门前，他内心涌起一股冲动，想要向那名父亲透露这件事情。他走上前去，注意到男人的喉咙和右颊上有一片可怕的烧伤疤痕，这时他又记起这个母亲也曾是他的同学，小时候是个大嗓门的优等生，与他和如梦在西西里进步高中同一个班上就读。趁大人们展开例行的寒暄与叙旧时，两个孩子逮住机会互相报仇。他们很关心地问起如梦——她和卡利普正好与他们对称，类似的婚姻。卡利普告诉他们如梦和他没有小孩；如梦在家里读侦探小说等他；晚上他们要去皇宫戏院看电影，他先出来买票，刚才在路上巧遇了他们另一位同班同学，蓓琪丝。你知道，蓓琪丝，棕色头发，不高不矮。

这对琐碎的夫妇丝毫不留余地，当场说出他们琐碎的意见："可是我们班上没有叫蓓琪丝的人啊！"显然他们很习惯不时去翻毕业纪念册，回忆同学过去的妙闻轶事，所以他们才能如此斩钉截铁。

离开餐馆走入寒风中，卡利普飞快地赶到尼相塔什广场。他非常肯定如梦和耶拉会去皇宫戏院看七点十五分的周日晚场电影，因此他一路跑到电影院。然而，人行道上或入口处都不见他俩的踪影。他看见一张照片，是昨天那部电影里的女明星，他心里涌起一股欲望，想再度与这个女人一起进入她的世界。

他们没有出现，于是他在附近徘徊了一会儿，浏览橱窗，观察人行道上往来路人的面孔。等他再次站在"城市之心"公寓面前时，已经很晚了。每天到了晚上八点，除了"城市之心"公寓之外，所有的大楼窗户里都会透出电视机闪烁的蓝光。卡利普研究着大楼一扇扇单调的窗户，注意到顶楼阳台的铁栏杆上绑着一条深蓝色的布。三十年前，当他们整个家族都住在这儿的时候，也会在同一条铁栏杆上绑上同一种蓝布，作为给送水人的信号。用马车载运着釉亮水罐、挨家挨户送水的送水人，总是能够依据蓝布绑绑的位置，分辨出哪户人家的水喝完了，需要他提水上去。

卡利普判断这块布必定也是个信号，然而该如何去读它，心里则有不同的答案：这个信号或许要告诉他耶拉和如梦在这里，也可能暗示着耶拉对自己过去种种的怀旧探索。到了八点三十分，他离开伫立良久的人行道，转身回家。

客厅里的灯投下的光线，充满了难以承受的回忆，令人感到难以承受的哀伤。不久前，他和如梦曾经坐在这里，一边抽烟一边阅读书报。如今这幅景象就如同沦落至报纸旅游版上的人间乐园照片。没有丝毫如梦曾经回来过的迹象：一缕熟悉的幽香和微影迎接着返巢的疲倦丈夫。离开忧伤灯光下的静默物品，卡利普穿过黑暗的走廊，走进黑暗的卧房。他脱下外套，摸到床，然后往上头一倒。客厅的光线和街灯的微光沿着走廊渗进来，在天花板上留下瘦削的鬼影。他睡不着。

爬下床后没多久，卡利普知道了自己该做什么。他翻开报纸查阅电视时刻表，研究电影简介及附近戏院的播放时间——尽管它们从来不变。他瞥了耶拉的专栏最后一眼，然后走去打开冰箱，从盒子里拿出一些有点坏了的橄榄和一片羊奶酪，配着找到的几片剩面包一起吃掉。他抓了几张报纸塞进一个从如梦衣柜里翻出来的大信封，写上耶拉的名字，带在身边。十点十五分他已离开家门，再度来到"城市之心"公寓对面的人行道上，这一次他站得更靠近。

不一会儿，楼梯间的灯亮了起来，接着，长年担任大楼门房的伊斯梅尔嘴里叼着烟，拿着几个垃圾桶走出来，把它们往栗树旁的一个大桶里倒。卡利普横越马路。

"嘿，哈啰，伊斯梅尔，我来这里把这个信封交给耶拉。"

"卡利普，是你！"老人欢喜又焦虑地说，像一个在多年后遇见自己当年学生的高中校长，"可是耶拉不在这里啊。"

"我碰巧知道他在这里，不过我不打算泄露给别人知道。"卡利普说，坚定地迈进大楼，"你也不要告诉任何人。他交代过我，把信封交给楼下的伊斯梅尔。"

卡利普走下楼梯，穿过一如既往的煤气和回锅油臭味，进入门房的公寓。伊斯梅尔的太太卡梅尔正坐在同一张旧扶手椅里看电视，电视机就摆在从前放收音机的同一个架子上。

"卡梅尔，看是谁来了。"卡利普说。

"啊，一定是……"女人说，站起来亲吻他，"你们全都不记得我们了。"

"我们怎么可能忘记你们？"

"你们常常经过这栋大楼，却没有半个人想到要进来看一看！"

"我拿这个来给耶拉！"卡利普说，指了指信封。

"是伊斯梅尔告诉你的吗？"

"不，是耶拉自己告诉我的。"卡利普说，"我知道他在这里，但是不要跟别人说。"

"我们的嘴紧得很，对不对？"女人说，"他严格命令过我们。"

"我知道，"卡利普说，"他们现在在楼上吗？"

"我们什么事情都不知道。他都在半夜我们睡觉的时候进出，我们只听见他的声音。我们替他倒垃圾，帮他送报纸。有时候报纸在门底下积了好几天，堆成一堆。"

"那我就不上楼了。"卡利普说。他假装要找地方放信封，朝屋内扫视一圈：餐桌上盖着同一块旧蓝格子油布，同样的褪色窗帘遮挡窗外往来的人腿和肮脏的轮胎，此外还有缝纫篮、熨斗、果盘、煤气锅、炭火暖炉……暖炉上方的架子边缘，钉着一根钉子，卡利普看到钥匙就挂在那个老地方。

"我来替你泡杯茶，"她说，"在床边找个地方坐下来。"她一只眼睛仍盯着电视，"如梦最近在做什么？你们两个怎么还没生小孩？"

在女人忍不住紧盯不放的电视屏幕上，出现一个有点神似如梦的年轻女人。她有一头挑染过的蓬乱头发，肤色很淡，目光中含着一种孩童的冷静，如梦的脸上也看得到这种表情。她正轻松自在地往唇上涂口红。

"漂亮的女人。"卡利普轻轻地说。

"如梦比她漂亮多了。"卡梅尔说，同样轻声细语。

他们带着一丝不可言喻的崇仰，恭敬地注视着画面中的人。卡利普利落地一把抓下钉子上的钥匙，塞进口袋，让它从写满线索的家庭作业纸边滑进袋底。女人丝毫没有察觉。

面向街道的小窗户上窗帘半掩，透过缝隙，卡利普瞥见伊斯梅尔拿着空垃圾桶返回大楼。电梯一启动，电视上的画面顿时变成一片雾茫，卡利普便趁机告辞。他走上楼梯来到门口，一路上故意弄出很多声响。他打开门，没有跨步出去，却又重重地把门摔上。接着他蹑手蹑脚地转回楼梯间，踮脚爬上两段阶梯，几乎克制不住内心的紧张。他在二三楼之间的台阶上坐下来，等待把垃圾桶放回上面几层楼的伊斯梅尔再次搭电梯下楼。楼梯间的电灯陡然熄灭。"时间切换！"卡利普喃喃自语。小时候，这个名词总让他联想到一场乘坐时光机器的魔幻旅程。电灯再度亮了起来。趁门房坐电梯下楼的时候，卡利普开始慢慢爬上楼梯。过去他和父母共同居住的公寓的门上，如今挂着一位律师的铜制名牌。来到祖父母公寓的入口处，他看到一位妇产科医师的招牌和一个空垃圾桶。他爬上顶楼。

耶拉的门上没有任何标示也没有名字。卡利普依例按门铃，仿佛是煤气公司派来的一位一丝不苟的收账员。当他第二次按门铃时，楼梯间的灯又熄了。门缝底下没有透出半点光影。他把手探进无底洞似的口袋里寻找钥匙，另一只手则继续又按了第三、第四次门铃。当他终于找到钥匙时，他的手指仍压在门铃上。"他们躲在里面某个房间里，"他推断，"他们面对面坐在两张扶手椅上，静悄悄地等着！"一开始他的钥匙怎么也插不进锁孔，他弄了老半天以为钥匙不对的时候，钥匙咔嗒一声滑进了锁孔，吻合的程度让人惊讶——像是一团混浊的记忆在霎时的清晰当中，突然醒悟到自己的老迈和这个世界的偶然性。门开了，卡利普首先注意到的是迎面而来的黑暗，接着才听到幽暗的公寓里悚然响起的电话铃声。

第 二 部

20

幻影的居所

"他感觉到如同一幢空宅般的恐惧……"
　　　　——古斯塔夫·福楼拜《包法利夫人》

他开门之后电话已经响了三四秒钟，但卡利普依然骇惧不已。难不成门和电话之间有什么机械装置互相牵引，就像警匪片中放声作响的警铃？电话响起第三声时，他以为自己将会撞上从黑暗公寓里匆忙赶来接电话的耶拉。到了第四声，他猜测屋里没人。到了第五声，他推断出打来的人一定知道这个地方有人居住，才会如此有毅力地让电话不停响下去。第六声的时候，卡利普开始四处摸索寻找电灯开关，努力回想这间幻影公寓的地形，尽管最后一次踏足此地已经是十五年前。他撞到了某样东西，吓了一大跳。在伸手不见五指的黑暗中，他一路跌跌撞撞打翻了各种物品，最后终于来到电话旁边。当他好不容易把那诡异的话筒拿到耳边时，他的身体已经自动找到了一张椅子，坐了下来。

"喂？"

"你终于回家了！"一个他从没听过的声音说。

"对。"

"耶拉先生，我找你找了好几天。抱歉这个时候打扰你，但是我非得马上见到你不可。"

"我听不出你是谁。"

"我们许多年前在国庆宴会上见过面。我向你自我介绍，不过我相信你现在一定忘了。后来，我写了几封信给你，用的是化名，什么名字我现在也记不得了。其中一封信中，我提出一个论点，极有可能解开苏丹阿卜杜勒·哈米德二世死亡之谜。另一封信则提到一起大家称之为'卡车谋杀案'的大学生阴谋。就是我暗示你其中有个秘密探员涉入，而你，运用了敏锐的智慧，调查这个事件并找出真相，在你的专栏中披露出来。"

"对。"

"现在我手中有另一份文件。"

"请送到报社编辑室去。"

"可是我知道你好一阵子没去那儿了。而且，我不大信赖报社的人，特别在事关紧急的时候。"

"好吧，如果是这样，把它交给门房。"

"我没有你的住址。电话公司不提供你的地址，因为我只有这个号码。这个电话必定是用另一个名字登记的，因为电话簿里到处都找不到耶拉·萨利克。不过，里面登记了一个耶拉列丁·鲁米——想必是个假名。"

"把我电话号码给你的人难道没有把我的住址一并给你？"

"没有，他没给。"

"他是谁？"

"一个我们共同的朋友。我希望见到你之后再告诉你细节。我试过了所有想得到的手段：我打电话给你的亲戚，跟你亲爱的姑姑说过话。我根据你在专栏中提到的，前往伊斯坦布尔各个你喜爱的地方——像库图鲁斯、吉汗吉尔区的街道，还有皇宫戏院等——期待能够遇见你。与此同时，我得知有一群英国广播公司的工作人员也在找你，他们住在佩拉宫饭店。你知道这件事吗？"

"你说的文件是关于什么内容？"

"我不想在电话里谈。告诉我你的住址，我马上赶过去。在尼相塔什附近，对不对？"

"对，"卡利普漠不关心地回答，"但我对这些事情再也不感兴趣了。"

"什么？"

"如果你一直都仔细地读我的专栏，你应该知道我不再关心这类事情。"

"不对，不对，这个题材你会有兴趣，你甚至想要让英国广播公司的人知道。快，给我你的住址。"

"对不起，"卡利普说，愉快的语调连他自己都吓了一跳，"不过我不再跟文艺迷谈话了。"他平静地挂断电话。他在黑暗中伸出手，找到了旁边桌灯的开关，扭开它，一片幽微的橘光顿时照亮整个房间。一阵昏乱与恐慌猛然攫住卡利普，眼前的景象恍若"海市蜃楼"——日后他总是忘不掉这个字眼。

这个房间彻底翻版自耶拉二十五或三十年前居住的小窝。家具、窗帘、台灯、物品的陈设、颜色、阴影及气味完全一模一样。有些新的物品是模拟旧的，好像在耍卡利普，要他以为自己所经历的四分之一个世纪，其实根本没有发生过。然而等他再瞧近一点后，他几乎要相信这些物品并不是在耍他，而是他童年以来的生活真的就这么消失了，无影无踪。从危险的黑暗中倏然出现的家具都不是新的，却有那么一股魔咒，使得它们乍看之下恍如全新。他以为这些物品和自己的记忆一样，早已老旧、破损甚至消失，没想到这些他早已忘光的东西竟在多年后再度浮现，外表更与他最后一次所见完全一样。仿佛这些旧桌子、褪色的窗帘、肮脏的烟灰缸和磨损不堪的扶手椅，并没有屈服于支配着卡利普生命的命运安排以及记忆，反而从某一天开始——梅里伯伯和家人从伊兹密尔回来并搬进公寓的那一天——抗拒为它们铺排好的命运，并找到另外的途径组成它们自己私密的世界。不单是这样，卡利普还发现所有物品都依照从前的位置摆设，刻意让一切符合四十年前耶拉和母亲同住此地，以及三十多年前菜鸟记者耶拉独居于此时的模样。

橘色的灯光下，物品放在老地方，不曾改变，尽管卡利普早已将它们抛诸脑后，盼望不要再记起：同样的旧胡桃木桌子，桌脚像狮爪的形状，立在同样的地方，与挂在窗上的同一面开心果绿窗帘隔着相同的距离；扶手椅上同样铺着由苏玛集团纺织公司生产的刺绣椅垫（同一群凶狠的猎犬在一片紫叶森林里同样嗜血地追逐同一群可怜的瞪羚，就如三十年前一样），椅子的靠背被油腻的头发印出了同一块人形污渍；仿佛从英国电影里走出来的英国塞特猎犬，同样沉着地坐在铜盘里，从布满灰尘的古董柜里望着同样的世界；停止的表、杯子、指甲刀摆在暖炉上方同样的位置。"有些东西我们遗忘了，但还有些东西我们甚至不记得我们遗忘了。"耶拉在最近一篇专栏中写道，"必须要把它们找回来！"卡利普慢慢想起来，在如梦一家人搬进来而耶拉搬出公寓之后，屋里的物品不知不觉地变换了位置、损坏淘汰，或是消失到某个不知名的地方，从众人的记忆中悄然蒸发。当电话再度响起时，外套都还没脱的他从"惯坐"的安乐椅上向那再熟悉不过的话筒伸出手，没有察觉自己开始信心十足地模仿耶拉的声音。电话那头传来同样的声音，这一次他听从卡利普的要求，先道出姓名自我介绍，而不再叫人猜：马希尔·伊金吉。名字没有让卡利普联想到任何一个人或是一张脸。

"他们在筹划一场军事政变。军队里有一个小团体，是一个有宗教背景的组织，一个全新的教派。他们相信救世者，认为末日已经到来。不但如此，他们还是受到你的故事所启发的。"

"这种无稽之谈跟我没有关系。"

"不，耶拉先生，与你有关，没错。你现在不记得了，或者你不想记得，因为你说自己丧失了记忆，不然就是你刻意忘掉。再好好看一看你的旧作，一字一句地读，你就会想起。"

"我不会想起。"

"你会的。根据我对你的了解，我会说，你不是那种听到有军事政变的线索时，还能坐在椅子上无动于衷的人。"

"不，我不是，我甚至不是我自己。"

"我马上去你那边。我会让你想起自己的过去，重拾丧失的记忆。到最后，你会同意，并全力追查这件事。"

"听起来不错，但我不打算见你。"

"但我会见到你。"

"除非你找得到我的住址，因为我再也不出门了。"

"听着，伊斯坦布尔电话簿上共列出三十万用户，既然我知道你的号码，我可以迅速地每小时排查五千个电话，这表示在五天之内我就会有你的地址，也会找出那个令我好奇的化名。"

"白费力气，"卡利普故作镇定地说，"碰巧这个电话没有登记。"

"你对使用化名有莫名的癖好。好几年来我一直在读你的文章，我知道你对化名、伪造、冒名有着难以自拔的喜爱。我敢打赌，比起填写一张不登记电话的申请单，你会宁可出于好玩编个假名。我已经查过几个你很可能会用的假名。"

"比如说什么？"

这人滔滔不绝地列了一串名单。等卡利普挂断电话并拔掉插头后，他才想到这些他刚才逐字聆听的名字很可能会被记忆给删除，不留下半点痕迹。于是他从外套口袋里拿出一张纸，写下这些名字。

没想到自己居然得对抗另一个耶拉的死忠读者，而且对方把专栏的内容记得比自己还熟，卡利普感到诡异和错愕，一下子一切都变得如此不真实。他觉得，虽然令人反感，但他与这位勤勉的读者之间有着某种兄弟之情。要是他们能一起坐下来讨论耶拉的旧文章就好了，如此一来，在这个不真实的房间，身下的这张椅子里，他将会读出一层更深刻的含义。

那是在如梦、梅里伯伯和苏珊伯母出现之前，那时他六岁，开始溜出奶奶的公寓，偷偷跑来耶拉的单身汉房间——这一点他父母不大能苟同——和他一起收听周日下午的足球广播（瓦西夫不时点头，好像他听得见似的）。卡利普总是坐在这张椅子里，仰慕地看耶拉一边抽烟一边飞快地打字，接手一位吹毛求疵的同事没写完的摔跤选手连载故事。接着，梅里伯伯一家人搬了进来，与尚未被赶出家门的耶拉同住一个屋檐下，那阵子，他的父母准许他在寒冷的冬夜里上楼来听梅里伯伯讲非洲的故事，然而卡利普其实是跑来看苏珊伯母和美丽的如梦——之后他发现，她遗传了她母亲的每一分惊艳迷人。他就是坐在这张椅子上，看着对面的耶拉扬眉眨眼地揶揄梅里伯伯的故事。接下来的几个月里，耶拉突然失踪了，奶奶和梅里伯伯爆发争执，奶奶气哭了，而其余的人则在奶奶的房间里争夺公寓、钱财、土地和遗产，然后某个人会说："把小孩子送上楼去。"等到两个人被单独留在一片静默的物品中之后，如梦就是坐在这张椅子里，双腿轻晃，卡利普则敬畏地注视着她。二十五年前的事了。

卡利普静静地在椅子里坐了很久。然后，为了搜集证据，找出如梦和耶拉的藏身之处，他开始到各个房间翻箱倒柜，搜遍这间幻影公寓，这个耶拉重建其童年和青年时代的地方。两个小时过去了，他晃遍了房间和走廊，带着好奇翻遍了每一个柜子，像一个入迷的玩家参观第一座专为自己的嗜好之物建造的博物馆，既兴奋、沉迷，又无比敬畏，不像是一个迫不得已的侦探，在寻找逃妻的蛛丝马迹。初步的调查给他以下的结论：

根据刚才在黑暗中被他从边桌上打翻的一对咖啡杯来看，耶拉曾有客人来访。由于脆弱的杯子已经摔破，因此无法试尝杯底残留的粉末以取得线索（如梦喝咖啡习惯加很多糖）。堆积在门后的《民族日报》中，最旧的一份上面的日期显示出如梦失踪当天耶拉曾来过公寓。雷明顿打字机旁放着标题为《博斯普鲁斯海峡干涸的那天》的专栏文稿，上面用绿色圆珠笔修订过，画满耶拉一贯的愤怒字迹。从卧房的衣橱和门边的外套柜看不出耶拉究竟是出门远行还是已经不住在这里，或者还住在这儿。无论是他的蓝条纹睡衣，鞋子上的新泥，这个季节穿的海军蓝风衣，天冷时加穿的背心，还是数不清的内衣裤（耶拉曾在以前一篇专栏中坦承，就像许多曾历经贫困童年的有钱中年人一样，他也染上囤积新内衣裤的恶习，即使数量远超过自己所需），这一切物品都显示出这个地方的主人很可能随时会下班回来，然后立刻投入日常生活的作息。

屋里的装潢究竟有多少是模拟旧时景象，也许很难从床单和毛巾类的小东西看出来。不过很明显地，其他房间的设计也都沿袭客厅里运用的"幻影居所"概念。因此，卧室里复制了如梦小时候的蓝色墙壁，也摆着一张和旧床同样式的床架。那张旧床上曾经铺满了耶拉母亲的裁缝用品、服装版型和欧洲进口的布料——西西里和尼相塔什的社交名流把这些布料连同时装杂志和剪报照片，一起带来给耶拉的母亲。如果说角落里弥漫的气味，能给人一股联想的力量，让过往的岁月再度重现，那么人们会说必须加上眼前似曾相识的场景，才能使一切更为鲜活。然而，走近如梦过去所用的那张雅致的坐卧两用沙发床，卡利普才慢慢明白，其实相反，是这些物品引出了气味的回忆。他闻到了旧"佩柔"肥皂的香味，混合着梅里伯伯以前用的"尤基·托马帝斯"牌古龙水——这家公司已经倒闭了。但在现实中，如梦的床边找不到任何香皂散发出这股熟悉的气味，房间里也没有仿冒的古龙水瓶子，也没有任何薄荷口味的口香糖，更是找不到那个抽屉，里面收藏着许多铅笔、着色本和鲜艳的图画书，有的是从伊兹密尔寄来给如梦的，有的是在贝伊奥卢的商店或阿拉丁的店里买来的。

根据屋里仿旧的装潢，很难判断出耶拉是否常到这里造访或居住。在这个博物馆里，很可能一切都属于固定的展示，有人随时在监督，以一种病态的严谨来摆设各种看似随手放置的物品，包括：四处乱摆的烟灰缸里，细长的"红罂粟"或粗短的叶尼·哈门烟蒂的数目；厨房碗柜里盘子的干净程度；露出管子外的伊白亮牌牙膏新鲜与否——牙膏软管的颈部好像被人生气地挤捏，而同样的气愤也曾爆发在几年前一篇谴责这个品牌的专栏中。甚至可以进一步猜想，灯泡上的灰尘、穿透灰尘落在斑驳墙壁上的阴影、二十五年前在两个伊斯坦布尔孩童眼中神似非洲森林和中亚沙漠的阴影形状、他们从姑姑和奶奶口里听来的奇幻故事中狐狸和野狼的幽魂，这一切，全都是博物馆中独一无二的复制品。（卡利普陷入沉思，这个概念让他一时间难以吞咽。）因此，若想推测这里是否常有人居住，也不可能靠观察没有关紧的阳台门旁残留的雨渍，墙角如丝一般的尘埃毛球，或者因为中央暖气而裂开的一片片拼花地板，被脚步的重量踩出的尖锐嘎吱声。挂在厨房门上那座五颜六色的壁钟，指针停在九点三十分。这座钟是一个复制品，仿自谢福得先生家中那座始终欢欣鼓舞地嘀嗒敲奏的大钟——荷蕾姑姑总是骄傲地提起谢福得先生继承了多少财产。这个地方让卡利普想起阿塔图尔克博物馆，里面的摆设也依循同样的病态偏执，所有钟上的时间都停在阿塔图尔克死亡的时辰（1938年，11月10日，早上九点零五分）。但九点三十分究竟指示着什么，或是谁的死亡时间，卡利普并没有印象。

往事的重量如鬼魅般压着他，他一阵恍惚，内心涌起一股哀愁和报复之情，因为他知道在二十五年前，由于屋里空间不够，他们早已把原始的可怜家具卖给一个收破烂的，装在他的马车上一路叮叮当当驶向某个天知道的远方，从此被人遗忘。抛开回忆，卡利普回到走廊，厨房和浴室之间的宽墙边沿墙立着一个玻璃门的榆木柜，是整间房里唯一算"新"的家具。他开始翻找里头的报纸，没多久，他便发现里面书架上的文章也同样分类得井然有序：

耶拉菜鸟记者时代的新闻和采访剪报；各种赞美或诋毁耶拉·萨利克的文章剪报；耶拉以化名发表的所有专栏和名人逸事；耶拉以真名发表的所有专栏；所有的"信不信由你""分析你的星座""历史上的今天""惊奇新闻""从笔迹看个性""看面相，知性情""猜谜和填字游戏"之类的专栏，全都是耶拉钻研下笔的；所有专访耶拉的新闻剪报；基于众多因素没有刊登的文章草稿；重要的便条记录；成千上万张他多年来剪贴搜集的新鲜故事和照片；让他能随手记下梦境内容、天外奇想和备忘事宜的笔记本；成千上万封收藏在蜜饯干果罐和鞋盒里的读者来信；耶拉以笔名发表的连载小说剪报，有的是他独立完成，有的是半途接手代写的；好几百封他写的信的复本；上百本千奇百怪的杂志、传单、书籍、小册子、军中年刊和学校毕业纪念册；好几盒从报纸和杂志上剪下来的人物照片；色情图片；罕见动物和昆虫照片；两大箱关于侯鲁非教派和文字学的文章和刊物；上面画有标志、文字和记号的旧公交车票根、足球赛票根、电影票根；零散或粘贴成册的照片；新闻组织颁发的奖状；旧土耳其和帝俄时代的纸币；通讯簿。

翻出三本通讯簿后，卡利普便回到客厅的椅子上，一页一页地查阅。经过四十分钟的研究，他得出结论，通讯簿里的都是 1950 年代到 1960 年代和耶拉有所交往的人，而他并没有办法通过这些电话号码找到如梦和耶拉，因为号码后面的住宅地址上的房子大概都已被拆掉了。他又花了一点时间，翻完了玻璃门柜里的琐碎文件，找出耶拉在 1970 年代早期的专栏以及同时间收到的读者来信，开始阅读，想确定其中是否有马希尔·伊金吉所谓关于卡车谋杀案的那封信。

由于这场人称"卡车谋杀案"的事件牵涉几位卡利普的高中同学，因此他对这件政治因素引发的谋杀案始终很感兴趣。谋杀案的主角是一群足智多谋的年轻人，他们组织了一个政治派系，其行动在无意间全都巨细无遗地模仿陀思妥耶夫斯基的小说《群魔》。卡利普一边翻阅着信件，一边回想起曾经有好几个夜晚和耶拉讨论过这个话题，耶拉总是坚持我们国家里的每一样东西都是模仿自另一样东西。那是一段阴郁、寒冷而烦闷的日子，早已理所当然被遗忘：如梦嫁给了那个"好男人"——卡利普的心思踌躇于敬畏和轻蔑之间，老是记不住这人的名字。当时的他，忍不住好奇心的驱使，到处打听流言闲语，结果听到了一堆政治消息，而关于新婚夫妇的甜蜜或冷淡反倒没有任何可信的证据。某个冬夜，当瓦西夫心满意足地喂他的日本金鱼（红色的"和金"与"琉金"，它们皱褶的尾鳍是近亲杂交的畸变产物），而荷蕾姑姑一边抬头看电视一边做《民族日报》上的填字游戏时，奶奶在她冰冷的房间里瞪着冰冷的天花板死了。如梦独自一个人回来参加葬礼（"这样比较恰当。"梅里伯伯说出卡利普内心的想法。梅里伯伯曾公开表示瞧不起从乡下来的女婿）。她身穿一件褪色的外套，包着一条更旧的头巾，之后匆匆忙忙地离开。葬礼过后，有一天晚上在公寓里，耶拉问卡利普有没有卡车谋杀案的相关数据，但没有得到他最想知道的答案：卡利普认识的那些年轻人之中，有没有可能碰巧有谁读过那位俄国作家的书？

"所有的杀人犯，"那天夜里耶拉说，"就像所有的书一样，全都是模仿品。这就是为什么我永远无法用自己的名字出书。"隔天晚上他们又聚在往生者的公寓里，两人深夜促膝长谈，耶拉延续先前的话题说："话虽这么说，但即使最差劲的杀人犯也有其原创的部分，而最差劲的书里则根本没有。"往后的岁月里，耶拉一步一步深入这项思辨，每当卡利普目睹这一点时，总感到一种类似于出门旅行的喜悦。"所以，完美的模仿其实不在于谋杀，而在于书本。由于它们都是关于模仿的模仿——正是这件事最让我们兴奋——重现书本内容的谋杀与重现谋杀情节的书本皆能激起一般大众的情绪。一个人只有把自己变成另一个人，才能够举起棍棒敲下被害者的脑袋（因为没有人能接受自己成为凶手）。创造力绝大部分来自愤怒，愤怒使我们麻木不仁，但唯有借助我们以前从别人那里学来的方法，愤怒才可能刺激我们展开行动：借助刀、枪、毒药、叙述技巧、小说形式、诗韵节奏等等。当一个臭名昭著的大恶棍说'庭上，当时我不是我自己'时，他只不过在陈述一件尽人皆知的事实：谋杀，其中所有的细节与仪式，全都是从别人那里学来的，也就是从传说、故事、新闻和报纸——简而言之，是从文学作品中学来的。就算是最单纯的杀人行为，比如说一时激动失手犯罪，也仍然是不自觉的模仿动作，仿效文学作品。我是不是应该拿这个题材写篇专栏？你觉得呢？"他并没有写。

早已过了午夜，当卡利普正在专心阅读从柜子里拿出来的专栏时，先是客厅里的灯熄了，像舞台上的灯一样，接着冰箱发出无力的呻吟，好似一辆超载的旧卡车哀号着换挡爬上又陡又滑的斜坡，然后整间公寓陷入漆黑。身为伊斯坦布尔人，对于停电早就习以为常，卡利普在椅子里静坐良久，剪报档案夹放在腿上，一动不动，企盼着也许"电很快就会来"。他坐在原位，倾听着大楼内部的声响，这些年来他早已遗忘了暖炉的毕剥声、墙壁的死寂、拼花地板的伸展、水龙头和水管的咕噜呻吟、不知何处一座钟的沉闷嘀嗒，以及通风井传来令他毛骨悚然的呼啸。等他摸索着走进耶拉的卧房时，夜已经非常深了。他换上耶拉的睡衣，突然想起昨天晚上在酒吧里，忧郁作家所说的那个小说家的古老故事，故事中的小说家主角觉得自己躺在分身的床上。卡利普爬上床，久久无法入睡。

21

你睡不着吗?

"梦境是我们的第二个生命。"

——热拉尔·德·内瓦尔《奥蕾莉娅》[1]

你爬上床,钻进熟悉的事物中,床单和棉被散发着你的气味和记忆,你的头陷入枕头熟悉的柔软,你翻身侧躺,蜷起双腿,脖子向前微倾,让冰凉的枕头冷却你的脸颊。很快地,眨眼之间,你就会坠入梦乡,在那片黑暗中你将会忘记一切,所有的一切。

你将会忘掉所有:上司的无情专权、鲁莽的话语、愚蠢、没有赶完的工作、缺乏体谅、不忠、不公平、漠不关心、怪罪你的人或以后会怪罪你的人、你的财务窘况、时光的飞逝、漫长无聊的时间、你想念的人、你的孤独、你的羞耻、你的挫败、你的悲惨、你的痛苦、不幸、所有的不幸。很快地你将忘记这一切。你很高兴自己就要忘掉。你等着。

黑暗中,或幽光中,周围的物品陪着你一起等待:熟悉得不能再熟悉的衣橱、抽屉、暖气、桌子、矮凳、椅子、掩上的窗帘、你脱下来随手乱扔的衣服、一包香烟、火柴、你外套口袋里的皮夹、

---

[1] 热拉尔·德·内瓦尔(Gérard de Nerval, 1808—1855),法国象征主义和超现实主义诗人、作家,创作全盛期精神失常,多次进出精神疗养院,最后在巴黎街头自缢身亡。著有《奥蕾莉娅》《西尔薇》《东方之旅》等。

嘀嗒声仍依稀可闻的手表。

等待的过程中你听见的声响毫不陌生：一辆汽车压过熟悉的石板路或碾过浅洼中的水、不远处一扇门关起、一台老旧冰箱的马达、远方几条狗在吠、雾角的低鸣从海边一路传来、布丁店门口一扇铁卷门猛然被拉下。这些声音，不仅充满了睡眠与梦境的暗示，也牵引你回想起那让人重生的忘忧世界，告诉你无须多虑，提醒你很快你将会遗忘它们，遗忘你床边的各种物品，你将踏入另一片领域。你准备好了。

你准备好了。仿佛你即将脱离躯体、你亲爱的腿和臀部，甚至你的手和手臂。你准备好了，你感到无限喜悦，你不再需要那朝夕相处的身体和四肢，你明白等你闭上双眼后，你将把它们全部抛在脑后。

一个轻微的肌肉抽动提醒你，眼皮下方你的瞳孔与光线彻底隔绝。熟悉的声音与气味暗示你一切都安然无恙，沉静之中，透入瞳孔的光线并非屋内稀薄的微光，而是你内心深处的光影，渐渐地晕染，慢慢地扩散，直至爆发成一朵朵色彩斑斓的烟火：你看见蓝色的水印、蓝色的闪电、紫色的烟雾、紫色的穹窿；靛青的粼粼波光、薰衣草紫的瀑布水雾、殷红的熔岩从火山口蜿蜒流淌、波斯蓝的星点静静地闪烁。你欣赏着内心的色彩，看着颜色和形状悄然变化、重复、出现又消失，然后一点一滴地逐渐幻化变形，直到勾勒出你早已忘却或从不曾发生过的记忆和景象。

但你还是没有睡着。

现在就承认这件事未免太早了吧？回想一下当你安稳入睡时脑中的思绪。不，不是你今天做了什么或明天要做哪些事，而是去想象那些带你融入无意识睡眠状态的甜美细节，它们全在等你回来，等你好不容易现身，让一切美好圆满。可是没有，你没有出现，你在一列火车上，沿着左右两排白雪包裹的电线杆向前飞驰，行李箱里装满所有你最珍爱的物品。你带着某个精美迷人的东西回来，大家全都明白了自己的错误而闭上嘴巴，私底下对你感到一丝钦佩。你拥抱一个你所爱的美丽身躯，而那身体也回抱着你。你返回那座始终无法忘怀的果园，从树枝上摘下熟透的樱桃。是夏天，是冬天，是春天。现在是早晨，一个蔚蓝的早晨，一个美丽的早晨，一个阳光灿烂的早晨，朝气蓬勃的早晨……然而没用，你睡不着。

　　要不然，试试我的做法：轻柔地转动身体，不要惊扰你的四肢，让脸颊在枕头上找到一块冰凉的位置。接着，你开始回想七百年前拜占庭送给蒙古大汗旭烈兀做妻子的玛丽亚·帕里奥洛吉娜公主。她从君士坦丁堡出发，长途跋涉至伊朗嫁给旭烈兀，然而还没抵达目的地，旭烈兀已经撒手人寰，于是她只好嫁给继承父位的阿八哈。她在伊朗的蒙古宫殿里居住了十五年，直到丈夫被人谋杀[1]，才被迫返回此刻你渴望安稳熟睡的这片丘陵地。啊，想象你自己就是玛丽亚公主，试着感受她出发上路时的凄怆哀愁，感受她返国之后，自我幽禁在金角湾岸边的教堂里，度过了悠悠余生。想象苏丹皇后韩丹——艾哈迈德一世的母亲——所豢养的侏儒，为了取悦她这些亲爱的朋友，皇后替他们于斯屈达尔建造了一间侏儒屋。但后来，苏丹派人替他们建造了一艘大帆船，将她的这些朋友从伊斯坦布尔送往某个地图上找不到坐标的人间乐园。试着体会苏丹皇后韩丹在旅途启程的黎明与朋友分离的悲伤，体会侏儒们站在帆船甲板上挥手道别时的悲伤，仿佛你自己即将离开伊斯坦布尔，挥别你所爱的亲友。

　　倘若这一切仍无法引我入眠，我亲爱的读者，那么我会假想一

---

[1]　历史上，阿八哈的死因可能与过量饮酒有关，无确凿证据显示其死于谋杀。

个苦闷的旅人，在一个凄清的夜晚一个凄清的火车站里，站在月台上来回踱步，等待一辆不会到来的列车。当我弄清楚旅人的目的地时，我会发现原来我自己就是他。我想到那些挖掘西黎维城门下方地下隧道的工人，就是这条通道在七百年前让希腊人得以进城占领。我想象第一个偶然发现万物背后意义的人。我幻想在眼前所见的世界之下隐藏着另一个平行的宇宙，而当我逐渐理解事物的隐含意义后，我将为这片新领域中的新意义感到无限狂喜。我设想一个失忆的人心中幸福的无知。我假想自己被弃置在一座无名的鬼城里，曾经挤满千百万人口的房舍、街道、清真寺、桥梁和船只如今杳无人迹。我穿越鬼魅般的空荡市区，在泪眼模糊中忆起原来这是我自己的家乡，这里有我的过去。我缓缓走回我所居住的街道、我的家，躺上那张让我辗转难眠的床。我想象自己是弗朗索瓦·商博良，爬下床来解读罗塞塔石上的埃及象形文字[1]，陷入无穷往事中找不到出路，像个梦游者在我记忆深处的幽暗隧道里漫游。我幻想自己是穆拉特四世，深夜里独自一个人微服出巡，视察禁酒令执行的成效，伪装成平民百姓的侍卫随侍在侧，暗中确保我的安全。我欣慰地观察我的子民的生活，他们在清真寺周围、在零星几家尚未打烊的商店里、在骑楼暗处的简陋小屋里闲晃。

接着，午夜时分，我变成哈拉智[2]信徒，向师傅耳语某个密码的前后音节，预告 19 世纪最后一场禁卫军叛变。或者我是神学院的信差，来到一个非法的教派组织，催促托钵僧从瞌睡和沉默中醒觉。

---

[1] 1799 年在埃及罗塞塔发现了一块石板，上面刻有希腊文和埃及象形文字。弗朗索瓦·商博良（Jean-François Champollion，1790—1832），法国历史学家，被誉为"现代古埃及学之父"，花了二十三年破解罗塞塔石的文字。

[2] 哈拉智（Al-Hallaj，858—922），苏菲教派的殉道者，因宣称"我是真理"而被视为异端，最后被肢解并钉死在十字架上。

假使我仍旧睡不着，亲爱的读者，那么我将化身为一位忧愁的痴情人，四处追寻那逐渐失落的爱人身影，我将打开城市的每一扇门，走进每一间鸦片烟弥漫的房间，挤进每一群说故事的人群，踏入每一栋歌声缭绕的屋舍，寻找我自己的过往以及爱人的足迹。倘若我的记忆、我的想象力以及我残破不堪的梦想尚未耗尽，那么在一段半梦半醒的恍惚刹那，我将会跨进第一个不期巧遇的熟悉居所，也许是某个点头之交的朋友的家，也许是某位近亲空下来无人居住的宅邸，接着，我打开一扇又一扇的门，仿佛闯入自己记忆中遗忘的角落，直到开启最后一个房间。我吹熄蜡烛，躺上床，伸展四肢，然后，在各种遥远、陌生、奇异的物品包围下，安然睡去。

22
谁杀了大不里士的夏姆士？

我还要寻找你多久，一栋房子又一栋房子，一扇门又一扇门？

还要多久，从一个角落到另一个角落，从一条街到另一条街？

——鲁米

早晨，卡利普在睡了长长的一觉后安详地醒来，天花板上用了五十年的电灯依然亮着，投下旧羊皮纸色的光芒。他穿着耶拉的睡衣，把整夜未熄的电灯全部关掉，捡起从门缝底下塞进来的《民族日报》，走到耶拉的书桌前坐下，开始看报纸。他看见专栏里出现星期六下午他在报社办公室里发现过的错误（"做你们自己"被误录成"做我们自己"），他的手很自然地滑进抽屉里，摸到一支绿色圆珠笔，把它拿出来，开始校对全文。改完之后，他才想起耶拉以前校对的时候，也是坐在这张书桌前，穿着同样的蓝条纹睡衣，抽着烟，拿着同一支笔。

他相信一切顺利。吃早餐的时候他情绪高昂，像是睡足了一觉后自信地迎接一天的开始，感觉自己又回来了——他不再需要成为另一个人。

煮好咖啡后，他把从走廊柜子里拿出来的几盒专栏、信件和剪报放在书桌上。他深信只要他专心致志地阅读面前的纸张，终究能找到寻觅多时的答案。

卡利普对每一篇专栏文章都抱有同样的耐心：关于加拉塔桥下船坞里过着野人生活的孩童；关于口吃、凶恶的孤儿院院长；关于一群技艺超群的选手所举行的空中竞赛，他们在身上装了翅膀，如潜水一般从加拉塔桥上纵身跃下；关于黎凡特地区鸡奸行为的历史，以及由此衍生的各类"新潮"商品。他持着同样的乐观与信心继续往下读，看到各种故事：贝西克塔什一位驾驶伊斯坦布尔第一辆福特T型车的车商的逸闻趣事；为什么"我们城市"的每个区域都要设置一座鸣钟塔；埃及人禁止《一千零一夜》中后宫嫔妃和黑人奴隶幽会的场景，这样的禁令有何历史意义；能够在行进中登上老式马拉街车的优点；为什么当鹦鹉逃离伊斯坦布尔而乌鸦大举入侵时，会飘落第一场雪。

读着读着，他回到了初次看到这些文章的岁月。他在纸上做笔记，有时候把某句、某段或某个字反复读几遍。每结束一篇专栏，他就再小心翼翼地从盒子里拿出新的一篇。

阳光打在窗棂上，没有晒进屋里。敞开的窗帘外，对街公寓大楼的屋檐垂挂着冰柱，融水正从冰尖和积满污雪的排雨管中滴落下来。三角形的屋顶和长方形的高烟囱之间，露出一块湛蓝的天空——屋顶是红砖混脏雪的颜色，烟囱则从它乌黑的牙齿间喷出炭褐色的烟雾。眼睛读累时，卡利普便抬头望这块三角形和长方形中间，凝望着乌鸦疾驰的翅膀划过蓝天。当他再度回到面前的纸张上时，他才醒悟，原来耶拉也一样，每当看累了的时候也会从桌上抬起头，望同一块天空，注视同一群乌鸦展翅飞过。

很久之后，等阳光照到对面公寓黝黑窗户里掩上的窗帘时，卡利普的乐观开始消散。虽然很可能所有的事物、文字和意义都在正确的位置，但越往下读，卡利普越是痛苦地明白，那贯穿一切的深沉现实早已消失。他读到耶拉写救世者、假先知、伪君王，并在文章中讨论鲁米和大不里士的夏姆士的关系，而在夏姆士死后，"伟大的苏菲诗人"转而与一名叫萨拉丁的珠宝商相熟，在萨拉丁死后又由切莱比·胡萨梅丁取代了他的位置。为了甩开内心涌起的反感，卡利普决定换读"信不信由你"专栏，其中一篇讲到一个名叫斐加尼的诗人，这个人写了一首双韵诗侮辱易卜拉欣苏丹的宰相，因而被绑在驴子上游街示众；另一篇是关于艾佛拉基教长的故事，他娶了自己全部的姊妹，却意外地害她们接连死亡，然而这些故事都无法转移卡利普的注意力。读着从盒子里取出的信件，他像童年时那样惊讶地领悟到，对耶拉感兴趣的人竟然那么多，差异又那么大。不过，这些信件除了加深卡利普心中的怀疑之外，没有任何帮助。因为写信的人不外乎是要钱，互相指责，揭露耶拉敌对专栏作家的老婆们的轻浮举止，或是报告某个秘密组织的阴谋，当地大企业主的贿赂行为，或者他们自己的爱恨情仇。

他知道每件事都与耶拉逐渐改变的形象息息相关，而这个形象从他一坐在书桌前就萦绕在他脑海。早晨时，一切事物都属于一个可以理解的世界，那时的耶拉对他而言，是一个他多年来熟读的作者，他远远地了解并认同他那"未知的力量"。到了中午，电梯开始稳定地运载生病或怀孕的女人前往楼下的妇产科诊所，卡利普慢慢发现，心中的耶拉正扭曲为一个"有缺陷"的形象，这时他明白整个房间和周围的物品也都变了。它们看起来不再友善，反而变成吓人的符号，来自一个不愿轻易泄露秘密的世界。

卡利普意识到这样的改变源于耶拉对鲁米的描写，他决定就此探究下去。很快他找出耶拉讨论鲁米的文章，数量惊人，他飞快地浏览。

这位自古以来最具影响力的神秘诗人吸引耶拉的地方，不是13世纪他在科尼亚以波斯文写作的诗歌，也不是中学伦理课上作为道德范本教学用的诗文佳句。对于许多平庸作家在书本第一页引用为装饰的"经典珠玑"，耶拉也不感兴趣，就像他毫不热衷于赤脚裙装梅列维教派回旋舞托钵僧[1] 的仪式，尽管这在观光客及明信片从业者中甚为风靡。鲁米，这位过去七百年来有上万册书来评论他的诗人，以及在他死后为人传诵的教诲，对耶拉而言却只不过是一个有趣的目标，值得他善加利用并从中获益。事实上，耶拉对鲁米最感兴趣的地方，是在于他与几个男人之间"充满情欲而神秘"的亲昵关系。

鲁米在四十岁左右就已经继承了亡父在科尼亚地区精神领袖的地位，成为当地的教长，不仅受到信徒的敬爱，更得到全城的景仰。但鲁米却慑服于一位来自大不里士，名叫夏姆士，才智和品性丝毫不及他的流浪托钵僧。耶拉认为，鲁米的行为叫人完全无法理解。往后七百年来，众多评论家为了弄清这段关系，写下了许多辩解之文，更证明了此事的不合常理。在夏姆士离开或遇害之后，鲁米不顾其他信徒的反对，指派一位纯然无知、提供不了半点建言的珠宝店老板，接续夏姆士做他的挚友。依照耶拉的说法，如此的选择显示出鲁米的悲伤，而不是因为他又找到了另一个人，能够取代大不里士的夏姆士带给他的"极致强烈的神妙体悟"——这也是所有评论家所致力证明的。同样的道理，在这位继任者死后，鲁米又选择了下一个人作为他的"灵魂伴侣"，如同前者，他也是个毫无智慧与才华的俗人。

---

[1] 梅列维，苏菲教派的一支，由诗人鲁米所创，追求冥想与苦修，通过伴随着音乐不停旋转跳舞的仪式来接近真主，其僧侣故而有回旋舞托钵僧的称号。

几个世纪以来，无数的学者把各式各样的解释加在这三段看似难以理解的关系上，目的是要让它们变得可理解——替每位继承人虚构不存在的美德，甚至有些人还替他们捏造家族系谱，宣称他们是穆罕默德或阿里的后代。在耶拉眼中，这些讨论全都失去了方向，重点该摆在鲁米最切实的感召力。某个周日下午，碰巧是科尼亚一年一度的纪念日，耶拉撰文详细说明反映在鲁米诗文中的这种感召力。二十二年后卡利普重读此文，又再一次感觉到周遭的物品变了，小时候，这篇文章就像所有的宗教作品，让他觉得无聊透顶，他只记得作品刊登时，正好那年特别发行一系列鲁米的邮票（十五库鲁的邮票是淡粉红色，三十库鲁的是勿忘草蓝，而如梦最想要的珍贵的六十库鲁邮票则是开心果绿）。

　　依照耶拉的看法——评论家们也曾千百次地在他们书中最显眼的位置阐明这项事实——的确，当鲁米初次遇到流浪托钵僧大不里士的夏姆士时，他不仅得到了领悟，也深受其影响。然而原因并不是一般所揣度的，认为在大不里士的夏姆士提出那个深奥的问题而引发两人之间一场著名的"对话"之后，鲁米凭直觉得知此人是位先知。两人的交谈其实平凡无奇，内容不过是基于某个普通的"美德寓言"，这类语录在清真寺庭院里所贩卖的苏菲派书本中俯拾皆是。假使鲁米真如他所言，受到了启发，那么也绝对不是因为如此平庸的寓言。顶多，他只是假装受到了震撼。

　　而他表现出来的确实就是这样。似乎他在夏姆士身上遇见了一个深沉的人物、一个有力的灵魂。耶拉认为，当时三十多岁的鲁米，在那一个下雨天真正需要的，便是邂逅像这样的一个"灵魂伴侣"，一个他可以从其脸上看见自己倒影的人。因此，看见夏姆士的刹那，他说服自己，这就是他寻觅的那个人，接下来很自然地，无须花费太多力气他便让这位夏姆士相信，真正崇高的人其实是夏姆士自己。

1244 年 10 月 23 日的偶遇之后，他们把自己关进神学院一间密室里，整整六个月没有再出来。至于这六个月来，神学院的密室里究竟发生了什么事，尽管关于这个"世俗的"问题，梅列维教派的成员只有轻描淡写，但耶拉却在文中加以铺陈，同时小心不过分激怒读者，并就此引出他真正的主题。

终其一生，鲁米不断在寻找"另一个人"，能够感动和点燃他；他在寻找一面镜子，能够反映出自己的脸孔和灵魂。所以，就如同阅读鲁米的所有作品一样，若想要理解他们在密室里的谈话和作为，必须视这些行为、话语、声音出自多人冒充一人，或者反过来，出自一人扮演着多人的角色。置身于 13 世纪安纳托利亚小镇的封闭环境中，忍受着顽固信徒的热忱崇拜（他就是摆脱不掉他们），诗人唯有凭借多重身份，借助他总是藏在衣柜里的变装道具，才可能在适当的时机稍作纾解。耶拉从自己另一篇文章中引了一段话，来强调这种改变形象的渴望："就好像某些国家的君主，受不了身旁一堆谄媚、残酷、愚蠢的人，会在衣柜里藏一套农夫的衣服，偶尔换上它到街上透透气。"

这篇文章刊登后，如卡利普所料，耶拉从宗教信仰最虔诚的读者那里收到了辱骂和死亡恐吓，以及死硬派共和党员的奉承信件。虽然报社主管要求耶拉别再碰这个题材，但一个月过后，耶拉又旧话重提。

新的文章中，耶拉首先重述每一位梅列维教徒都知道的基本事实：其他的信徒嫉妒这位可疑的流浪托钵僧竟得到鲁米的宠幸，因此向夏姆士施压，恐吓要取他性命。接着，1246 年 2 月 15 日一个白雪纷飞的冬日（卡利普很感激耶拉对于精确纪年的执着，不像学校的历史课本里充满了错误的年代），夏姆士从科尼亚消失了。失去挚友、失去另一个自己的鲁米，抑制不住悲伤，直到他从一封信中得知夏姆士身在大马士革，他立刻召回他的"挚爱"（耶拉刻意把这个词放在引号里，以免进一步引起读者的猜疑），并把自己的一位养女许配给他。虽然如此，嫉妒的旋涡很快再度包围住夏姆士，直到"1247年12月的第五天，某个星期四，他遭遇突袭，被人乱刀砍死"。犯案的暴徒包括鲁米的儿子亚拉丁。当天夜里，冰冷的大雨滂沱，他的尸体被抛入一口井中，就在鲁米住处的隔壁。

接下来的几行句子描写夏姆士被弃尸的那口井，卡利普读着，觉得一点也不陌生。耶拉的叙述，关于那口井、井底的尸体、尸体的孤独和悲伤，不仅使卡利普战栗，他甚至觉得自己亲眼看见了七百年前的井与尸体、周围的石墙，以及呼罗珊风格的粉刷。他把这篇文章反复读了几遍，又随手拿起几篇文章浏览，然后才想到，那段文字很像一篇描写大楼通风井如同黑洞的专栏，耶拉不但一字不漏地照抄某些句子，还刻意让两篇文章保持一致的风格。

于是卡利普便以这种全新的观点，继续阅读堆在桌上的文件，他花了很多力气研究细节——倘若他先读到耶拉探讨侯鲁非教派的文章，想必就会因为太过投入而忽略掉这些小地方。此时他才明白，为什么阅读耶拉的文章会改变周围的物品；为什么原本弥漫在那些桌子、旧窗帘、随处可见的烟灰缸、椅子、暖气炉上的剪刀和其他个人用品之间的祥和宁静的氛围，如今消失无踪。

谈到鲁米时，耶拉仿佛在谈论自己；利用乍看之下并不明显，但很巧妙的文字置换，他把自己放进鲁米的角色。卡利普慢慢才肯定这样的置换，因为他注意到耶拉在谈论自己和讲述鲁米"历史"的文章中，运用了同样的句子、段落甚至同样的忧伤语调。这场诡谲的游戏令人惊骇之处，在于他拿来佐证的事实，都曾出现在他的私人日记、未发表的草稿、关于历史的闲谈、以另一位梅列维诗人（谢赫·卡利普，《美与爱》的作者）为主题所写的评论、梦境释义、伊斯坦布尔回忆纪事,以及他自己许许多多其他专栏中。

在他的"信不信由你"专栏里,耶拉提过无数则君王以为自己是别人的故事,比如中国皇帝为了假扮成别人,放火烧掉自己的宫殿,或是苏丹由于微服出游成瘾,连续好几天弃宫中事务于不顾。在一篇像是追忆往事的随笔中,卡利普读到,某个单调乏味的夏日里,耶拉以为自己分别是德国数学家莱布尼茨、著名的大富豪谢福得先生、一个报业大亨、法国讽刺作家法朗士、一个成功的大厨、一个布道广受欢迎的阿訇、鲁滨孙、巴尔扎克,以及另外六个名字被划掉的人物——耶拉之所以划掉这六个名字,想必是因为觉得难堪。他瞥了一眼仿照鲁米纪念邮票及海报所绘的讽刺漫画,发现上面被人笨拙地画了一个小方块,里头刻上"耶拉·鲁米"的字样。另一方面,有一篇未发表的专栏,第一句就开门见山地说:"鲁米的《玛斯纳维》,被视为他最伟大的作品,但其实从头到尾都是剽窃来的。"

根据耶拉的说法,就像那些无法忍受长久扮演自己的人,唯有假冒另一个人的身份,才能得到慰藉,鲁米也是一样,当他在讲述一则故事时,也只能重述别人已经讲过的故事。而且,对这些抑郁的灵魂而言,说故事能够巧妙地让他们逃离自己可厌的身心。《玛斯纳维》的结构杂乱而没头没脑,正如《一千零一夜》,第一个故事还没结束,第二个故事已经开始,第二个还没讲完,第三个早已展开——无穷无尽的故事,还没告终就被遗落在一旁。卡利普随意翻开《玛斯纳维》的一册,看见某些地方的页边空白处画了线,标示出有情色含义的故事,有几页被冠上愤怒的绿色问号、惊叹号,或被直截了当地删掉。草草读完遍布污渍的书页上头的故事后,卡利普恍然大悟,青少年时代他所看到的许多篇专栏,本以为是原创的故事,其实都是耶拉从《玛斯纳维》中抄下来,拿到现代伊斯坦布尔的背景中使用。

他回想起许多夜晚，耶拉长篇大论地解释念赞诗这项宫廷艺术，也就是以已有的诗为范本填写的新诗，并透露说这是他唯一会的技巧。而如梦也在一旁，把他们在路上买来的酥饼打包好，听着耶拉说他许多专栏，或许全部的专栏，都是借别人的帮忙而写成的。他宣称他所有的专栏都取材于别人的作品，他还补充道，关键不在于去"创造"新的东西，而是去撷取过去千百年来、成千上万个知识分子努力发展出来的惊人杰作，将它巧妙地加以改变，转化成新的东西。然而卡利普之所以沮丧，之所以对房里物品和桌上文件这些平凡现实失去乐观的信心，并不是因为他得知多年来他深感着迷的这些故事，其实是耶拉从别处参考来的，而是因为这项发现暗示了别种可能性。

他脑中闪过一个念头，除了这栋公寓里这个复制二十五年前模样的房间外，也许在伊斯坦布尔的另一处，还有另一栋公寓里的另一个房间，也是这里的翻版。如果那里没有一个耶拉，坐在一模一样的书桌前，说故事给一个如梦开心地聆听，那么那儿想必有一个苦闷的卡利普的翻版，坐在一模一样的书桌前，阅读各式各样的旧专栏，以为自己能从中寻找到失踪妻子的蛛丝马迹。他还想到一点，就好像物品、照片、塑料袋上的标识都是符号，指涉着别的东西，就好像耶拉的专栏每读一次都能得到另一种解释，同样地，他的人生在每一次回顾中也都可能有不同的意义，而他或许将会迷失在这些如火车车厢一般紧连不断的众多意义之中。外面天色已暗，屋内弥漫着一片幽微的光晕，让人联想到在一个蛛网披垂的阴郁地窖里，那湿霉与死亡的气息。陷入这地底冥府噩梦的卡利普试图挣脱，为了逃离这片鬼魅之境，他扭开台灯，却发现除了继续用酸涩的眼睛往下阅读外，没有其他的选择。

于是他回到刚才搁下的地方，夏姆士的弃尸地点，那口布满蜘蛛网的深井。故事的后半部分，诗人为自己失去的"挚友"和"挚爱"悲伤得难以自拔，他不愿意相信夏姆士被人杀害扔进井里，甚至，他不但怒斥那些想带他去那口近在眼前的井边查证的人，更编造出各种借口到别处去找寻他的"挚爱"：夏姆士会不会又像上一次他失踪那样，去了大马士革？

就这样，鲁米前往大马士革，开始在大街小巷搜寻他的挚爱。在每条马路，每个街角、酒馆和客栈，他翻遍了每一块石头寻找他。他拜访了爱人的老朋友、彼此共同认识的人、他最常出没的老地方、清真寺和神学院，慢慢地，经过一段时间后，寻找的过程变得比结果更为重要。读到这里时，读者才发现自己沉浸在一团鸦片烟雾、蝙蝠、玫瑰香油之中，坠入神秘主义和泛神论的异域。在这里，寻找者和被寻找者互换位置，最重要的并不是找到，而是不断地前进；最根本的并不是爱人，而是"爱"，爱人只是一个借口。诗人在街道上所遭遇的各种冒险，就等同于苏菲之道上的修行者，为了获得启发而必须克服的各个阶段，文章中也简单列出如此的对照：发现爱人失踪时的疯狂场景后，他启程踏上考验之路，正如"否认，或违逆自然秩序"的阶段；之后他与爱人的老友和旧敌会面，调查爱人出没的地点，并检视那些令人心碎的个人物品，这些都反映出各种阶段的苦修"考验"。倘若妓院的场景代表了"融入爱情"，那么各种化名——比如说在哈拉智死后，从他屋里找到的密码信件上的署名——与文体技巧、包含着文字游戏的作品，便意味着迷失在天堂与地狱，或者，如同阿塔尔所言，迷失在奥秘之幽谷。就好像深夜的酒馆里，说书人轮番讲述一则取材自阿塔尔《群鸟之会》中的"爱情故事"，同样地，诗人在街道、商店、橱窗的周围充满神秘色彩的漫游，也是出自同一本书，这种漫游便是"和真主在一起的纯粹狂喜"或"空无"的最佳例子，因为这"诱发"他逐渐领悟，他其实是在卡夫山上寻觅自己。

耶拉的文章以古典诗韵体的俗丽词句作为修饰，在形式上沿袭苏菲派作家的传统，探究寻找者和被寻找者的身份，但当他读到鲁米在大马士革历经一个月的寻觅后，颓丧之余所道出的著名诗句，憎恶译诗的耶拉甚至加以改述。"若我就是他，"有一天，沉溺于城市奥秘中的诗人说，"那么为何我依然寻寻觅觅？"最后耶拉用一个高潮点作结，提出梅列维信徒始终骄傲背诵的文献事实。到了游戏的这个阶段，鲁米不再把他最优秀的诗作署上自己的名字，而把它们集结到大不里士的夏姆士名下。

这篇专栏之所以让卡利普小时候第一次读到就被深深吸引，是在于追根究底的特色，以及利用了警方的侦查技巧。在这里，耶拉得出一个结论，想必将再一次激怒他"虔诚的"读者——在此之前他写了好一阵子苏菲教派的东西安抚他们——但必然能取悦他"世俗的"读者："策划杀害夏姆士并弃尸井中的人，当然就是鲁米自己。"耶拉之所以能如此断言，是沿用了土耳其警方和检察官常使用的一个方法，1950年代初期他在跑贝伊奥卢地方法院新闻时，与这些人相交甚笃。以一种小镇检察官指控罪行时的自信，耶拉暗示从夏姆士的死亡中获益最多的人就是鲁米，因为这给了他一个机会，让他从原本平凡乏味的神学导师晋升为一位苏菲派诗人。所以，他声称，鲁米便是最有谋杀动机的人。至于动机和执行之间的模糊界线，这个在基督教小说中特有的关注重点，耶拉则草草交代过去，只提出一些反常的行为，比如说显而易见的罪恶感，否认此人已死等业余凶手惯用的伎俩，陷入彻底的发狂，以及拒绝低头看井底。紧接着便跳到另一个话题，把卡利普推入绝望的深渊：犯下谋杀案后，被告来到大马士革，月复一月地在街道上搜寻，翻遍了整座城市，这么做究竟是什么意思？

卡利普推断耶拉花在这篇专栏上的时间比表面上看起来的多，根据一些线索——耶拉在笔记本中写下的注记、他收藏以前的足球赛门票（土耳其对阵匈牙利，3∶1）和旧电影票根（《血红街道》《回家》）的盒子里找到的大马士革地图。地图上，一支绿色的圆珠笔描绘出鲁米在大马士革的搜索路线。

天黑很久之后，卡利普找到了一张开罗的地图，和一本1934年的大伊斯坦布尔市区电话簿，收在耶拉存放零星杂物的一个盒子里，盒里物品的年代都是同一个时期，正值他发表专栏文章探讨《一千零一夜》中的侦探故事（《阿里的冒险》《聪明的小偷》等）之时。如卡利普所料，开罗地图上用绿色圆珠笔标上箭头，作为《一千零一夜》故事的参考。他看到市区电话簿中的地图上也标了箭头，若不是出自同一支笔，必然也是同样的绿墨水。他顺着绿色的箭头走入伊斯坦布尔电话簿里复杂的地图，仿佛看见了自己过去几天在城市里穿梭的路径。为了说服自己确实看走了眼，他提醒自己，绿箭头所指的商业大楼、清真寺和陡坡路，他都不曾去过。然而，他的确曾经来过毗连的商业大楼、附近的清真寺，爬上另一条通往同样山丘的街道。这意味着，无论地图上如何标示，整个伊斯坦布尔其实挤满了同路的人！

于是，依照几年前耶拉在一篇灵感来自爱伦·坡的专栏文章中的提议，卡利普决定把大马士革、开罗和伊斯坦布尔的地图并排摆放。他从浴室里找来一片刮胡刀片，上面残留的毛发证明它曾经划过耶拉的胡子，然后把地图从市区电话簿上割下来。他把三张地图排在一起，但由于大小不同，一开始他搞不清楚该怎么看那布满线条和符号的纸张。接着他把地图叠起来，贴到客厅门的玻璃上，透着门后的台灯光加以研究，就好像他和如梦小时候拿一本杂志来勾勒图片的轮廓那样。层层相叠的地图中，他只能依稀辨认出一个形状，恰似一个老人的风霜老脸。

他良久瞪着那张脸，以致他以为自己很早以前就认识它了。熟悉的感觉和夜晚的沉寂带给卡利普一种平和、安详的感觉，接着是一份自信，早已准备好、小心酝酿的沉稳自信。卡利普诚心相信是耶拉在引领着他。耶拉曾写过许多文章探讨面孔，但此时浮现在卡利普脑中的片言只语，都是关于耶拉觉得当他凝视着某些外国女明星的脸孔时，内心涌起的一股平静。因此，卡利普决定从箱子里翻出耶拉年轻时写的影评来看。

在这些影评中，耶拉带着痛苦的殷盼，谈到了某些美国电影明星的脸，就如同半透明的大理石雕像，或星球背后的丝缎表面，或是来自遥远国度那如梦似幻的传说。字里行间，卡利普感觉到他和耶拉共享的所爱，并不只是如梦和小说，而是这样的殷盼，和谐而宁静，好似依稀可闻的一缕乐音。他热爱他与耶拉共同由阅读地图、脸孔和文字所发现的一切，但也惧怕它。为了捕捉那段音乐，他本打算更深入钻研其他关于电影的文章，然而他迟疑了一会儿，停了下来——耶拉从来不曾以同样的角度谈论土耳其演员的脸。土耳其演员的脸让耶拉联想到半个世纪前的电报，如同电报中的密码，脸上的意义已经遗失，被人忘记。

此刻，他明白了为何刚才吃早餐时，以及刚往书桌前坐下时，包围着他的乐观离开了他。八小时的阅读后，耶拉的形象在他心里已全然改观，而他自己也变成了另一个人。早上的时候，他对世界充满信心，天真地以为只要耐心努力，便能解开这个世界隐瞒着他的关键秘密，那时的他一点都不渴望成为别人。不过现在，这个世界的秘密远离了他，房间里面他自以为熟知的物品和文章，全部变成来自异域的难解符号，成为他不认识的脸孔地图。卡利普只想挣脱这个陷入绝望和疲惫中的自己。此时城里已经是晚餐时间，窗户里，电视机闪耀的蓝光逐渐映照在帖斯威奇耶大道上。为了寻找最后的线索以厘清耶拉与鲁米及梅列维教派的关系，卡利普开始阅读几篇触及耶拉过往回忆的专栏。

耶拉对于梅列维教派一直很感兴趣，不单是因为他知道读者对此题材有一种莫名的投入，也因为他的继父是一名梅列维信徒。梅里伯伯从欧洲和北非返家后，便与耶拉的母亲离婚，享受他自己的天伦之乐。耶拉的母亲靠着做裁缝过活，入不敷出，于是改嫁给一位在亚伍兹苏丹区一座拜占庭水池边参加梅列维静修的人。通过耶拉愤世嫉俗、伏尔泰式的讽喻，卡利普才逐渐看清楚这位"讲话带着鼻音"、参加秘密仪式的驼背律师。文章中写道，耶拉住在继父屋檐下的那段时间里，他为了赚钱，曾经在电影院里当领位员；不时在黑暗拥挤的戏院里和人打架或被打；中场休息的时候他兼卖汽水，而为了增加汽水的销量，他还与面包师串通好，在辫子面包里加入大量的盐和胡椒。卡利普把自己投射到领位员、嘈杂的观众和面包师身上，最后——一如他这样的好读者——他把自己投射到耶拉身上。

就这样，他继续跟踪耶拉的回忆，辞去了色扎德巴斯电影院的工作后，他接着在一家弥漫着胶水与纸张气味的小店里，替一位装订商工作。这时，有一行句子抓住了卡利普的视线，似乎是一则早已写好的预言，用以形容他此刻的处境。那是一个很老套的句子，那些喜欢为自己编造一个赚人热泪的过去的作家经常会这么写——"我只要拿到什么就读什么。"耶拉写道。卡利普很清楚，耶拉不是在谈论自己在装订商那边的日子，而是在暗示卡利普只要拿到有关耶拉的文章就会往下读。

一直到凌晨他离开前，每当想起这句话，卡利普都会觉得它证明了耶拉知道他——卡利普——此时此刻正在做什么。所以，他认为过去五天的考验，并非他个人在追寻耶拉和如梦的踪迹，而是耶拉（或许还有如梦）为他设下的游戏。由于这种想法正好符合了耶拉私底下遥控人们的欲望——通过布下小陷阱、模棱两可的情境、虚构的故事——卡利普不禁要想，他在这间俨然如博物馆的公寓里所做的调查，并非出于他的自由意志，而是遂了耶拉的愿望。

他只想赶快离开这个地方，不仅因为他再也忍受不了这股窒息的感觉和长时间的阅读带来的眼睛酸痛，也由于厨房里他找不到东西可吃了。他从衣帽间里拿出耶拉的深蓝风衣穿上，如此一来，假使门房伊斯梅尔和他太太卡梅尔还醒着，他们将会在睡眼蒙眬中想象走出大楼的是耶拉的风衣和双腿。他摸黑走下楼梯，看见门房的一楼窗户里并没有渗出光线，从那扇窗他可以瞥见外头的大门。由于他没有大门的钥匙，他没办法把门锁好。就在他走上人行道的瞬间，他感到一阵冷战：他一直刻意不去想的那个人，电话里的男人，随时可能从某个黑暗的角落冒出来。在他的幻想中，这个似曾相识的陌生人手里握有的，并非一场新军事政变阴谋的证据资料，而是某种更骇人而致命的东西。然而，街上没有半个人。他假想自己看见电话里的男人在街上跟踪他。不，他没有模仿任何人，而是他自己。"我弄假成真。"经过警察局时，他自言自语道。站岗的警察手擎机枪，站在警局前，蒙眬的睡眼狐疑地打量着他。为了避开墙上的海报、滋滋作响的霓虹广告牌以及政治涂鸦，不去阅读上头的文字，卡利普低着头行走。尼相塔什所有的餐厅和快餐柜台都打烊了。

走了好一段时间之后，沿着人行道穿过一排排七叶树、柏树和梧桐树，融雪顺着排雨管滴落，发出凄凉的声响，他听着自己的脚步声和邻近咖啡店传来的喧哗。来到卡拉柯伊后，他在一家布丁店用汤、鸡肉和糖浆煎饼把肚子填饱，在一家全天营业的蔬果店里买了水果，从快速点餐柜台买了面包和奶酪，接着，他便返回"城市之心"公寓。

23

不会说故事的人的故事

"哎呀！（喜悦的读者这么说）这真是聪明，真是天才！我完全理解，而且敬佩万分！我自己也好几百遍想过同样的念头了！"换句话说，这个人让我想起我自己的聪明才智，因此我对他敬佩万分。

——柯勒律治《当代论文》

不，关于破解那吞没了我们的整个人生而我们却没有意识到的秘密，我所写的最杰出的文章，并不是距今十六个月前的那一份调查——在其中我揭示了大马士革、开罗和伊斯坦布尔地图中惊人的相似处。（有兴趣的读者可以参考该篇专栏，便能得知大马士革直街、开罗哈里里市场与我们的大巴扎三者皆呈 M 形，并发现这个 M 所提示的脸孔身份。）不，我最有"深度"的故事并不是我有一度以同样热情写的，关于可怜的马哈茂德教长所经历的两百二十年的懊悔——他把教派的秘密卖给一个欧洲间谍以换取永存不朽。（有兴趣的读者可以查阅该篇专栏，便能明白这位教长，为了找到一位愿意把永生换给他的英雄，跑到战场上哄骗那些流血不止、濒临死亡的战士，让他们以为他是他们的化身。）

当我回想自己过去的文章，关于贝伊奥卢的流氓、失忆的诗人、魔术师的故事、有双重身份的女歌手，以及无可救药的失恋人，我发现自己总是略过一个主题，顶多生硬地点到为止，没能切入重点，尽管如今它对我意义深重。然而我并不是唯一的罪人！我迄今已写作了三十年，也投入了将近同样的年月在阅读，但我从来没有遇到任何一位作家，无论东方或西方，曾经探讨过我即将告诉你们的这项事实。

所以，等会儿在阅读我写的内容时，请你们在脑海中勾勒我所描述的面孔。（毕竟，阅读不就是把作者的文字透过心灵的默片加以演出吗？）在你内心的银幕上，投射一幅东安纳托利亚一家卖药草日用品的杂货店。一个天黑得早的冬日下午，眼见市区活动冷清，对街的理发师留下学徒顾店，来到杂货店里，和一名退休的老邻居、理发师的弟弟、一个更多是来串门而非采买的当地顾客，一起聚在火炉边闲聊。他们聊着自己当兵的日子，翻着报纸闲话家常，不时还发出阵阵笑声。然而其中有一个人神情沮丧，他的话很少，也始终引不起别人的注意。那是理发师的弟弟。虽然他也知道不少笑话和故事，也渴望跟大家分享，但他就是缺乏伶俐的口才以成为众人注目的焦点。一整个下午，当他好不容易企图讲一个故事时，却被别人不经意地打断了。现在，请想象理发师弟弟在自己的故事被打断时脸上的表情。

接下来，请想象伊斯坦布尔一个已经西化但不甚富裕的医生家庭，在自己的屋子里举行了一场订婚喜宴。宴会中途，几个来访的客人轻松地聚集在订婚少女的房里，围坐在堆满外套的床边。其中有一位美丽迷人的女孩，还有两位暗恋她的男子。其中一个家伙长得其貌不扬，脑袋也不怎么聪明，但却健谈又善于交际应酬，屋里的长辈和漂亮女孩都被他吸引，专心听他说故事。现在，请你们设想一下另一位年轻人脸上的表情，尽管他比那长舌的家伙聪明而细腻得多，但大家就是没兴趣听他说话。

接下来，请想象三个姐妹，两年内陆续嫁人的她们，在小妹的婚礼结束两个月后，一起回娘家重聚。在商人的小康家庭里，巨大的挂钟嘀嗒响着，跳跃的金丝雀轻声啼啭，四个女人坐在灰白的午后日光中喝茶。其中最活泼健谈的小妹，天花乱坠地述说她两个月来新鲜的婚姻生活，她讲得既精彩又幽默，以致最年长也最美丽的大姐禁不住沉闷地想到，尽管自己早已熟悉许多类似的经历，但是不是有可能，她的生活和丈夫真的缺少了些什么。现在，请你们幻想一下她愁闷的脸。

　　你们在脑海中勾勒出这些画面了吗？那么，你有没有发现，很奇怪地，这些面孔彼此相像？难道不是有某样东西，使得这些脸如此相似？就好像某处必然有一条线，绑住了这几个人的灵魂深处？你们难道不觉得，这些沉默寡言者的脸上有着更多的意义和内涵？这些不会叙述、无法让别人听见他们的声音、看似无足轻重又无声无言、所说的故事引不起人们好奇、只有事后回到家才会猛然想出完美反驳的人。似乎这些人的脸上写满了文字，诉说着故事，仿佛他们身上印着沉默、灰心，甚至挫败的符号。从这些面孔中，你们可以看见自己的脸，不是吗？我们的人数是如此众多，如此可怜，如此无助！

　　但我并不打算欺骗你们——我不是你们其中之一。一个人若能拿起一支笔，胡乱写下一些什么，并且尚能叫别人去读他胡乱写下的东西，那么，在某种程度上，他已从这种疾病中拯救出来。或许这便是为什么我从不曾遇见任何一个作家，能够鞭辟入里地探讨这个最重要的人性课题。如今每当我提笔时，我都会清楚地意识到，其实所有书写的主题只有这唯一的一个。从今以后，我唯一的企图，便是看透世人面容下隐藏的诗文、目光中的骇人秘密。因此，做好准备吧！

24
脸孔中的谜

一般而言，大家都是以貌取人。

——刘易斯·卡罗尔《爱丽丝漫游奇境记》

星期二早晨，当卡利普坐回被报纸专栏淹没的书桌前时，他的心情不像前一天早上那样乐观。经过第一天的工作后，耶拉在他心里的形象已经改变，使得调查似乎失去了焦点。但是别无他法，他只能继续阅读从走廊柜子里取出的专栏和笔记，抽丝剥茧地找出耶拉和如梦的藏身处，因此当他坐下来阅读时，不禁有一种孤注一掷面对灾难的满足感。除此之外，待在一个充满快乐的童年回忆的房间里阅读耶拉的作品，远胜过坐在斯克西脏乱的办公室里，审阅为了保护房客对抗严苛房东所拟的契约，以及关于钢铁商和地毯商彼此欺诈的文件。虽说这由一场不幸引起，但他感觉到一股干劲，像是一个公务员被派往更好的位置处理更有兴趣的工作。

他一边喝第二杯咖啡，一边兴致勃勃地把手边的线索复习了一遍。他想起塞进门缝的《民族日报》里标题为《道歉和反讽》的专栏文章，几年前已经刊登过了，说明耶拉星期天没有交出新文章。这是该专栏第六次使用旧稿——档案夹中只剩下一到两篇备用稿。这意味着，假使耶拉不赶快生出一篇新作，那么他的专栏马上要开天窗了。过去二十五年的每一天，卡利普都以耶拉的专栏为生活揭开序幕，而耶拉无论生病或休假，也从不曾拖欠过任何一篇文章。因此，每当卡利普想到第二版上出现空白专栏的可能性时，总会感到浩劫即将来临的忧惧。这样的浩劫，让他联想到博斯普鲁斯海峡干涸的那天。

为了确保不错过任何可能自动送上门的线索，他把抵达公寓当晚拔掉的电话线再度接上。他回想自己与自称马希尔·伊金吉的男人在电话中的对话，那人提到的"卡车谋杀案"和军事政变让卡利普想起耶拉过去几则专栏。他从盒子里拿出那些文章，仔细阅读之后又想到耶拉一些关于救世者的文句和段落。他花了好长时间，凭着印象和日期找出这些分散在各式各样文章中的段落，最后再次坐回书桌前时，他已经累得仿佛工作了一整天。

1960年代初期，耶拉试图利用他的专栏煽动军事政变，那时他一定记得自己在谈论鲁米的文章中提出的一个原则：一个专栏作家，若要让一大群读者接受某个概念，必须有办法重新修复读者记忆库里熟睡的回忆，再次搅动那逐渐腐朽而沉淀的思想残渣——像是黑海深处一艘艘沉船里的尸体。身为忠实的读者，卡利普期待通过阅读耶拉依此宗旨而写作的故事，搅动他记忆库里的沉渣，只不过，被激起的是他的想象力。

读着《武器的历史》中所提到的第十二个阿訇，在大巴扎里那些偷改秤盘刻度的银楼老板之间引起恐慌；被自己父亲宣称为救世者的教长，带领着库尔德族牧羊人和铁匠师傅，从堡垒发动攻击；一个洗碗工助手，梦中看见穆罕默德驾着一辆白色敞篷凯迪拉克驶过贝伊奥卢的污泥石板路，从此之后他便声称自己为救世者，煽动妓女、吉卜赛人、扒手、香烟小贩、擦鞋童和游民，起来反抗地头蛇和皮条客。卡利普眼前浮现这些场景，笼罩在砖红和橘黄的氤氲中，如同他自己的生命与梦境。还有一些故事，不仅开启他的想象力，也触动了他的记忆：关于猎人阿合迈的事迹，这个冒牌货，在自封为王储进而自立为王之后，更自称为"先知"。读到这里，卡利普想起耶拉有天晚上——如梦在旁边微笑着，一如往常透过乐观而惺忪的睡眼望着他——思索着一个问题，若要设计一个"冒牌耶拉"，能够代替他写专栏，需要什么样的条件？（"一个能够探入我记忆库里的人。"他这么说，听来奇怪。）卡利普猛地一阵惊恐，感觉自己正被拖进一场危险的游戏，等着他的是一个致命的陷阱。

他再度检查耶拉的通讯簿，拿上头的姓名电话去对照市区电话簿。他找出两边不符合的，试打了几个电话：第一个打到拉雷利的一家塑料公司，他们制造洗碗盆、水桶、洗衣篮，只要提供模型给他们铸模，一星期内便能生产并运送出上千个各种颜色的任何物品。第二个电话是一个小孩接的，他告诉卡利普，他和妈妈、爸爸、奶奶一起住在这里。不，爸爸不在家。在话筒传到焦虑的妈妈手上之前，一个之前没提到的哥哥插话进来说，他们不会把名字告诉陌生人。"你是谁？你是谁？"谨慎而恐惧的妈妈说，"打错了。"

等卡利普看完耶拉在公交车票和电影票根上的信手涂鸦后，已经是中午了。在其中一些纸片上，耶拉艰难地写下他的观影心得，另一些上面则记下演员的名字。有的名字下面画了线，卡利普猜不透原因何在。几张公交车票上也写着姓名和文字：其中一张（十五库鲁的车票，显示它是1960年代发行的）上面，有一个用拉丁字母拼凑组成的脸。就这样，他阅读着票上的文字、影评、一些早年的专访（知名美国影星玛丽·马洛昨天来访！）、填字游戏的草稿、他随手拣选的读者来信，还有几张新闻剪报，内容是耶拉计划写的几件贝伊奥卢凶杀案。大部分案件都大同小异：全都使用厨房的尖刀，全都发生在半夜；犯罪的原因除了当事人喝醉酒外，更是由于好勇斗狠的本性。报道中的强硬口吻反映出这样的道德观："混黑道的人下场就是如此！"耶拉把报纸上的一些数据，拿来用在"伊斯坦布尔观光景点"（吉汗吉尔、塔克西姆、拉雷利、库图鲁斯）专栏的几篇文章里，重新叙述凶杀案的故事。卡利普看到一系列"历史上的第一次"连载，想起土耳其第一本用拉丁字母编写的书籍，是在1928年，由教育图书社的发行人卡辛姆先生出版。这个人也发行了好几年的《知识性日历附时刻表》，一大本厚如砖头，让人每天撕下一页。每一页上面都印着——除了如梦最爱的每日菜单外，还有阿塔图尔克的格言，或是杰出的伊斯兰人物，或外国名人，像是本杰明·富兰克林或波特佛里欧，以及轻松小语——一个钟面，指示当天祷告的时间。其中几张没撕掉的日历上头，耶拉在钟面上乱动了手脚，把指针画成圆脸上的尖鼻子或长胡须。这使得卡利普相信自己发现了一条新线索，赶紧拿出一张白纸记下来。吃午餐的时候（面包、奶酪、苹果），一股莫名的兴致让他开始翻笔记。

　　一本笔记本里，记载着两本翻译侦探小说的摘要（《金甲虫》和《第七封信》），以及一些密码和暗语，选自几本有关德国间谍和马其诺防线的书籍。在笔记本的最后几页，他看见一道颤抖的绿色圆珠笔笔迹。线条看起来有点像开罗、大马士革和伊斯坦布尔地图上的绿色墨水痕迹，又似乎有点像人脸，或是像花，也颇像曲折的溪流，蜿蜒滑过一片平原。卡利普跟随着不对称而无意义的曲线从第一页走到第四页，接着在第五页的地方解开了笔迹之谜。答案是有人把一只蚂蚁放在一张空白页的中央，然后拿一支绿色圆珠笔紧跟着焦急逃命的昆虫，在它身后留下凌乱的轨迹。来到第五页后，精疲力竭的蚂蚁绕着圈子，画出犹豫不决的轨迹，最后在纸张的中央，留下一具被人压扁的干尸。不知道这只倒霉的蚂蚁因为无力提供任何解答而被人处决，是多久以前的事？而这个奇怪的实验与鲁米的文章又是否有所关联？卡利普展开调查。在《玛斯纳维》的第四部中，鲁米曾提到有一只蚂蚁爬过他的草稿：一开始，蚂蚁注意到阿拉伯字母中藏着水仙和百合花的影子，接着有一支笔创造出这片文字花园，接着有一只手引领这支笔，再接下来有一个智慧生物控制着这只手。"而最后，"耶拉在他的文章中补充，"它察觉到还有另一个至高的智慧，带领着这个智慧生物。"卡利普本想对照笔记和专栏的日期，从中建立一个合理的联结，但笔记本的最后一页只记录了伊斯坦布尔历史性大火的地点、日期以及所烧毁的木造房舍数目。

他读到耶拉的一篇文章，内容讲到在 20 世纪初期，有一个二手书商的学徒，趁挨家挨户推销的时候暗中耍阴谋。这位书商学徒每天搭小船往来城市各区，前往有钱人家的宅邸，把行囊里的特价书卖给后宫女眷、深居的隐士、工作繁重的职员和爱做梦的孩子。不过，他真正的顾客则是各地区的帕夏。由于苏丹阿卜杜勒·哈米德二世的限制令，这些官员被软禁在公府和自家宅院里，受到苏丹情报单位的监控。书商学徒向帕夏们（耶拉称之为"他的读者"）泄露侯鲁非的秘密，以便教导他们如何解读他粘在这些书本里的文章。读到这里，卡利普感觉自己逐渐转变为另一个人，而这正是他想要的。这些秘密，他后来才发现，只不过是一本精简版的美国小说末尾出现的符号和关键词。当他们小的时候，某个星期六中午，耶拉曾经拿这本以远洋为背景的小说给如梦看。明白这点之后，卡利普确信自己绝对能够通过阅读，变成另一个人。就在这个时刻，电话响了，打来的人，当然了，就是上次那个家伙。

"很高兴你把电话线接回去了，耶拉先生！"他说，声音听起来像是过了中年的人，"眼前有这么可怕的情况迫在眉睫，我压根儿不相信像你这样的人会与城市和国家脱节。"

"你查到电话簿的第几页了？"

"我很认真在找，但比预期的要花时间。查电话号码查太久，会让人胡思乱想起来。我在里面看到了魔法配方、几何对称、重复排列、矩阵变化以及数字的各种形状，这拖慢了我的速度。"

"也有脸吗？"

"是的，不过你的那些脸孔是由某些数字的排列组合而来的。数字不见得都会说话，有时它们沉默无语。有时候我依稀感到4想要告诉我什么，一长串的4，一个接着一个。一开始先是两个两个一组，接着它们不见了，整排换到下一列去，现在变成了16。然后，7取代了它们空出的位置，依循同样井然有序的音调低声呢喃。我想说服自己一切只是巧合，没有意义，可是你看，帖木儿·巴耶济德的电话号码140-22-40，难道不会让你联想到1402年帖木儿大帝和苏丹巴耶济德一世之间的安卡拉战役？以及接下来，野蛮的帖木儿赢得胜利后，抓走了巴耶济德的妻子，纳入自己后宫？电话簿活生生地展现了伊斯坦布尔和土耳其历史！我不禁沉迷其中，忘了找你的地址这件事。但我知道你是唯一能够阻止这场大阴谋的人。他们蓄势待发，箭在弦上，而你就是那根紧绷的弓弦，耶拉先生，唯有你阻止得了这场军事政变！"

"怎么说？"

"上次在电话中，我并没有告诉你，他们误把所有的信心都放在救世者身上，徒劳地等待着他的降临。他们只不过是一群士兵，读过几篇你早年写的文章，并且深信不疑，就像我一样。试着回想一下你自己在1961年时写的几篇专栏，回忆一下你谈论《宗教大法官》的念赞诗，以及你的一些影评，还有你那篇高傲文章中的结论，你在里面畅谈为什么你不相信全国彩票券上的幸福家庭肖像（妈妈打毛线，爸爸看报纸——或许是读你的专栏——儿子念书，奶奶和猫咪坐在炉火旁打瞌睡：假如每个人都这么该死的幸福美满，假如大家都像我的家庭一样，那么为什么彩票券会卖得这么好？）。当时，你为什么如此激烈地批评家庭伦理剧？这些影片为数不清的人带来无数的乐趣，或多或少替大家表达了心声，但你所看到的，却是其中的布景、梳妆台上的古龙水瓶、久未弹奏而结满蛛网的钢琴上成排的照片、塞在镜框周围的明信片，以及家庭收音机上熟睡的小狗雕像。为什么？"

"我不知道。"

"哈，不对，你知道！你指出这些物品，是为了呈现我们的悲惨和颓败。同样的道理，你提到被扔进通风井中的破烂物品、住在同一栋公寓楼的大家族、近水楼台而结婚的堂兄妹，以及铺在扶手椅上防尘防脏的布套。在你的笔下，这些物品成为令人痛心的符号，代表着我们的自甘堕落和无可避免的腐朽。但不久之后，你又自圆其说，在你所谓的历史评论中暗示，永远有获得解放的可能：在最黑暗的时刻，将会出现一位救世者，带领我们脱离贫瘠的生活。这位或许好几世纪以前就曾来过此地的救世者，将会以另一个人的身份复活：继五百年前以耶拉列丁·鲁米或谢赫·卡利普的身份出现在伊斯坦布尔后，这一次，他将以某位报纸专栏作家的身份出现！虽然你只是把这一切放进你的文章中，娓娓道出贫民窟里等待汲取公共泉水的女人的悲哀，呐喊着铭刻在旧街车木头椅背上的爱情誓言，然而，这些军人却把你的话当真。他们以为，当他们所信仰的救世者来临时，一切的悲苦和哀愁都将结束，随之而来的是光明与正义。是你鼓动他们的！你知道他们是谁！他们是你写作的对象！"

"那么，现在你想要我怎么样？"

"只要见到你就够了。"

"何必？其实并没有什么所谓的机密文件，对不对？"

"如果能够见你一面，我会向你解释清楚。"

"你的名字显然也是捏造的！"卡利普说。

"我想见你。"那个声音说，听起来像一个配音员用矫揉造作却又诚挚感人的声音说"我爱你"，"我想见你。等你见到我之后，你便能明白为什么我想见你。没有人比我更了解你，没有人。我知道你彻夜做梦，一边喝着自己泡的茶和咖啡，一边抽着你放在暖炉上烤干的马帝皮香烟。我知道你的文章是用打字机打出的，并用一支绿色圆珠笔修改。我知道你不满意你自己，也不满意你的生活。我知道许多夜晚，你郁郁寡欢地在房里踱步，直到黎明破晓。你渴望成为另一个人，而不要做自己，但你始终无法决定该选择哪一个身份"。

"这些我已经写过很多遍了！"

"我也知道你不爱你的父亲，当他带着新太太从非洲回来后，他把你赶出你长久居住的阁楼公寓。我也知道当你搬进你母亲家后，经历了什么样的艰苦时光。啊，我的兄弟！当你还是个穷酸记者时，你专跑贝伊奥卢线，编造了各种子虚乌有的谋杀案。你在佩拉宫饭店所采访的美国电影明星，不仅根本不存在，连电影也是假的。为了写一篇土耳其鸦片烟瘾者的自白，你干脆自己吸食鸦片！你以假名替人代笔一篇摔跤手的连载故事，结果到安纳托利亚采访的时候，被人痛打了一顿！你在'信不信由你'专栏中，写下了字字血泪的自传故事，但读者根本感觉不到！我知道你有手汗的毛病，你出过两次车祸，你一直找不到防水鞋可以穿，你害怕孤独但又老是独来独往。你喜欢攀登宣礼塔，在阿拉丁商店里闲逛，和你的继妹谈天说笑，也喜欢色情书刊。除了我，谁还会知道这些事情？"

"很多人，"卡利普说，"谁都可以从文章里读出这些。你到底说不说你为何非得见我不可？"

"因为军事政变啊！"

"我要挂电话了……"

"我发誓!"声音听起来焦虑而绝望,"只要让我见到你,我就会告诉你一切。"

卡利普把电话线扯下来。他从走廊柜子里拿出一本毕业纪念册,昨天第一眼瞥见这本书后,他就一直念念不忘。坐进耶拉每晚精疲力竭回家后瘫坐的椅子,卡利普翻开这本装订精美的1947年军事学校毕业纪念册:最前面是阿塔图尔克、总统、总参谋长、三军统帅、总司令和军事学校教职员的照片及箴言,后面则印满了全体学生一张张整齐的照片。页与页之间都夹着一张葱皮纸做保护。卡利普一页页翻,也不懂为什么在讲完电话后会突然想看这本纪念册。他只觉得上面的面孔和表情惊人地雷同,就好像头上的帽子和领子上的军阶条饰一样。一时间他以为自己在看一本老旧的古币收藏手册——与一堆廉价旧书一起塞进好几只脏纸箱,堆在二手书店门口展示——银币上所刻的人头和文字只有专家才鉴别得出差异。他意识到心中升起了一股旋律,那是当他走在路上或坐在候船室时所察觉的那一缕乐音:他喜欢观察脸。

翻动着书页,他回想起,以前他常等好几个星期,终于拿到最新出版的漫画书,当他急匆匆翻开散发着油墨和新纸气味的书页时,心中的雀跃之情难以言表。的确,与漫画书的内容一样,每件事都连接到另一件事。他开始在照片中看见他之前在路人脸上发现的刹那光彩:似乎照片也能够像真人面孔一般,向他展现丰富的意义。

1960年代初期那一场失败的军事政变中,绝大多数的筹划者——除了那些向年轻军官眨眼示意、自己却撇清关系的将军们之外——想必都是出自这本纪念册的年轻军官。书页上,或是表层的葱皮纸上,散布着耶拉的涂鸦,但都跟军事政变毫无关系,倒有点类似小孩子替照片中的脸加胡子,或是在颧骨和鼻子下方涂一抹淡淡的阴影。有些额头上的纹路,被修改成"命运纹",依稀可辨几个无意义的拉丁字母；有些人的眼袋被加重画成 O 或 C 的图样；还有一些人的脸饰以星星、牛角和眼镜。几位年轻军校生的下颚骨、额骨和鼻梁骨都被标上记号，画上比例尺线，有的线条纵贯脸盘，有的线条横贯鼻子、嘴唇和额头。有些照片下方做了标记，对应其他页的照片。军校学生的脸上被加上各式各样的青春痘、痣、雀斑、东方疖、胎记和伤疤。其中有一张脸特别明亮无瑕，让人无从加上任何线条或字母，在这张照片的旁边，有一行字："修改照片将抹杀其灵魂。"

卡利普在另外几本纪念册中也看到相同的句子。他发现耶拉在各种纪念册大头照上都留下了类似的线条和记号：工程学院全体学生、医学院教职员、1950 年国会议员、席瓦斯—开塞利铁路兴建工程人员、"布尔萨美化协会"组员，以及来自伊兹密尔市阿尔桑卡克区的朝鲜战争老兵。几乎每一张脸都用一条直线垂直平分成两半，以便凸显左右两边的文字。卡利普时而草草翻阅，时而花工夫仔细检视照片，仿佛他想抓住灵光乍现的片刻，努力挽回眨眼间即被永远遗忘的某段记忆；仿佛他正摸索着路径，试图重返某个深夜一度误闯的房舍。有些脸光瞥一眼就能彻底看透，但有些平静的面容却出乎意料地隐藏着故事。不知不觉地，卡利普想起好几年前一部外国电影里一位短暂出现的服务员眼神中的色彩和忧愁，以及最后一次在收音机里听见的一首曲子，一段他期盼着，但总是错过的旋律。

夜色逐渐降临，卡利普从走廊的柜子里拿出所有的纪念册、相册、照片剪报，以及从各处搜集来在盒子里堆积如山的照片，把它们全部拿进书房，像个酒鬼似的一张张浏览。他分辨不出有些脸是在何时、何地又为何被拍下来，照片里有年轻女孩、头戴瓜皮帽的绅士、包着头巾的女人、表情诚恳的男子和贫困潦倒的穷人。不过，有些悲伤的脸被拍摄的地点和原因倒是再明显不过：两位市民在一群内阁成员和安全警察的和蔼注视下，焦虑地望着他们的国会议员代表向总理陈递请愿书；一个母亲抱着她的孩子和铺盖，侥幸逃离贝西克塔什区贝瑞布佑街的火灾现场；一群女人在阿尔罕布拉戏院前面排队买票，为了看埃及演员阿卜杜勒·瓦哈卜主演的电影；一位著名的肚皮舞娘和一位电影明星因为持有大麻被捕，在警察的陪同下出现在贝伊奥卢市区车站；一个会计师，因为侵吞公款而被逮捕时，脸上刷地呈现一片空白。这些照片，似乎自己解释了它们存在和被保留的原因。"还有什么，能比一张照片，一个人脸部表情的写真，更为深奥、迷人、令人好奇的呢？"卡利普想。

他悲伤地想到，即使在最"空洞"的脸背后，在那些经过修片和其他摄影技巧的调整而失去意义和表现力的照片里，也隐藏着充满回忆、恐惧和秘密的故事，无法用言语传达，只能从眉眼中的哀愁看出来。卡利普热泪盈眶地看着这些照片：一个哈拉智信徒中了全国彩票头彩时，快乐而恍惚的脸；一个保险业务员，在持刀砍杀妻子后的表情；前往欧洲大陆"以最佳仪态代表土耳其"的土耳其小姐，在欧洲小姐选美比赛中荣获亚军时的神情。

他暗自思忖，贯穿耶拉作品中的那一丝忧郁，必定源于目睹这些照片。有篇文章提到一座能俯瞰工厂仓库的出租公寓，院子里晾了一排衣物，这想必受到我们的业余拳击冠军在出战五十七公斤量级比赛时脸上表情的启发；有篇文章探讨加拉塔歪斜的街道只有在外国人眼中才显得歪斜的理论，这想必是由于看到了一名自称曾和阿塔图尔克上过床的一百一十岁女歌手青白的面孔；而一群从麦加朝圣回来途中遇上车祸的信徒，他们戴着小圆帽的尸体上的脸，让卡利普联想到一篇关于伊斯坦布尔旧地图和版画的文章。在那篇专栏中，耶拉写道，某些地图上的符号，标记着宝藏的位置，同样地，某些欧洲版画中的符号，则向意图前往伊斯坦布尔行刺苏丹的狂热杀手，透露秘密讯息。卡利普心想，耶拉窝在伊斯坦布尔某个藏身处好几星期写出的那篇文章，一定与他用绿笔做记号的那些地图有某种关联。

他念着伊斯坦布尔地图上的地名，诵读它们的音节。但是这些字眼多年来每天被重复百遍，已经承载了太多的联想，以至于对卡利普而言，它们不再具有任何意义，就好像"这样""那样"之类的词。相对地，当大声复述那些在他生命中印象模糊的地名时，他便立刻会产生联想。卡利普想起耶拉曾写过一系列的文章，描述伊斯坦布尔某些地区的景象。于是他翻出从柜子里拿来的"伊斯坦布尔的幽僻角落"系列，开始阅读。然而他发现，这些文章与其说是在描述伊斯坦布尔的偏僻地区，还不如说是一篇篇短篇小说。若是在别的时候，自己被这样摆了一道，他可能一笑而过，但此时的他却感到无比灰心，因为显然耶拉一辈子都在故意欺骗他的读者，甚至包括卡利普。他一边读这些街坊逸事——从法蒂赫开往哈比耶的电车上爆发的小口角，费里克伊一个小孩在走出家门去商店跑腿后就失踪，或是钟表店里那一只有音乐嘀嗒声的钟——同时不停地默念："我不会再信以为真了。"然而没多久，他又忍不住猜想耶拉或许就窝在哈比耶、费里克伊或托普哈内的某处。这使得他原本对耶拉的满腔怒火转到自己身上，气自己的心理偏执，老是想从耶拉的文章中找线索。他厌恶自己总是在追求情节故事，就好像那种随时随地都想要玩的小孩一样。他立刻得出一个结论：这个世界没有空间可以容纳符号、线索、第二层和第三层意义、秘密和谜语，所有的符号全是他内心为了企图解开疑惑而幻想出来的产物。他多么希望能够平静地生活在一个单纯的世界里，一切物品只是物品本身。唯有那样，这些字母、文章、脸孔、街灯、耶拉的书桌、梅里伯伯从前的柜子、留着如梦指纹的剪刀或圆珠笔，才不再是透露弦外之音的可疑符号。在那儿，绿色圆珠笔就只是绿色圆珠笔；在那儿，谁都不渴望成为另一个人。究竟人如何才能进入那样的世界？卡利普研读着桌上的地图，像个孩子幻想自己居住在电影里那个遥远陌生的国度，希望能说服自己，他就生活在那另一个世界中。刹那间，他仿佛看见一个老人满是皱纹的额头；接着，他眼前出现历代苏丹脸孔的合成；取而代之的是一个朋友的脸——或者，那是一个王子？——但他还来不及细看，脸孔就又消失了。

几分钟后，他来到安乐椅前，坐了下来，打算翻看耶拉三十年来搜集的大头照，他心想这些影像必然来自他渴望前往的另一个世界。他随手抽出照片，尽量不去注意脸上的符号或秘密。于是，每张脸看起来就只是一个单纯的物，组合了眼睛、鼻子和嘴巴，跟身份证和户籍文件上的照片没什么两样。其中，他瞥见一张粘在保险文件上的女子照片，那秀丽而意味深长的面容中隐含的忧郁，带给他一阵哀伤。接着，他振作起来，看另一张没有丝毫哀愁和故事的脸。为了不想和脸上的故事有任何牵连，他甚至避而不读照片下方的文字，或耶拉在旁边写下的说明。就这样好长一段时间，他逼着自己像欣赏人脸地图一样，浏览这些照片。等尼相塔什的夜晚又再度车水马龙，而眼泪开始溢出眼眶时，卡利普才看完了一小部分照片。

25

刽子手与哭泣的脸

"别哭，别哭；噢，请不要哭。"

——哈立德·齐亚 [1]

为什么看见一个男人落泪总让我们浑身不自在？一个哭泣的女人，我们把她看作生活中一个悲伤动人的意外，以诚挚和关爱接纳她。但一个哭泣的男人却让我们感到手足无措。仿佛他已经走投无路了，不但没有半个人可以依赖——就好像他挚爱的亲人死了——而且，在我们的世界中也没有他的容身之处，这种景况是多么悲惨甚至恐怖啊。我们都很清楚，当我们在一张曾经熟悉的脸上，看到一种全然陌生的表情时，我们会感到怎样的惊骇和错愕。我在几本书中读过类似主题的故事：奈马的《史书》第四部，穆罕默德·哈里夫的《皇家史》，以及埃迪尼的卡德里的《刽子手的历史》。

大约三百年前，一个春日的夜晚，当时最有名的刽子手布拉克·厄梅尔骑着马来到埃尔祖鲁姆堡。十二天前，他从皇家禁卫队队长手中接到苏丹的圣旨，负责处决统领埃尔祖鲁姆堡的阿布第帕夏，于是他即刻启程。从伊斯坦布尔到埃尔祖鲁姆的这段路途，一

---

[1] 哈立德·齐亚（Halid Ziya，1866—1945），第一位以西方技巧写小说的土耳其作家。

般在这个季节需要花上一个月的时间，他很高兴自己一路上如此顺畅。春天夜晚的凉风吹拂，让他神清气爽，不过，他内心仍隐隐压着一块沉重的大石头，这是他以往执行公务时很少会有的。他感觉似乎有某种诅咒的阴影笼罩着他，或者是某种犹豫不决的焦虑，而这或许会妨碍他顺利执行任务。他的任务的确颇为困难：他必须单枪匹马进入这个驻防地，城里每个人都对这位他全然不认识的帕夏忠心耿耿。接着他将拿出勒令书，通过他个人自信而凛然的现身，让帕夏和他的护卫明白，抵抗苏丹的旨意是没有用的。假使，极其不幸的情况下，帕夏拒绝接受，那么他就得当场杀掉他，以免周围的人借机做出违法乱纪的行为。对于整道程序他再有经验不过，因此他心中的犹豫想必是由别的事情引起的。在他三十年的职业生涯中，他处决了将近二十个王子、两个宰相、六个大臣、二十三个帕夏——总数超过六百人，包括老实人和小偷、无辜的和有罪的、男人和女人、老的和小的、基督徒和穆斯林。此外，打从他的见习时期算起，曾被他严刑拷打过的人，数以千计。

那一个春天早晨，刽子手在进城之前下了马，在欢快的鸟鸣声中沐浴净身，接着跪下来祷告，乞求真主保佑一切顺利。

过程果然非常顺利，有如神助。帕夏一见到刽子手光头上的锥形红毡帽，和塞在腰带间上了润滑油的绞索，就明白了他是什么人，也料到了自己的命运。他并没有做任何过于激烈的反抗。或许他早已认清了自己的罪行，准备好臣服于必然的命运。

一开始，帕夏把圣旨反复读了十遍，每一次都细心谨慎。（这是服从命令者共有的特性。）读完之后，他装模作样地亲吻圣旨，高举至额头碰触。（在布拉克·厄梅尔眼中，这是一个愚蠢的动作，但那些爱刻意做样子给旁人看的人经常这么做。）接着，他希望能诵读《古兰经》并祷告一番。（无论是真正的信徒还是做戏拖时间的人都会如此要求。）祷告结束之后，他把身上的贵重物品分送给周围的人，戒指、珠宝、装饰品，嘴里说："希望你们会因此记住我。"目的是确保东西不会落到刽子手手中。（这种行为常见于一些肤浅、世俗的人身上，他们心胸狭窄地把私怨指向刽子手。）最后，就在绞索要套入他脑袋之前，他做了不只是少数人而是所有人都会做的事，他徒手挣扎反抗，连珠炮似的破口咒骂。不过，一旦狠狠地一拳捶上他的下巴后，他便立刻瘫软下来，乖乖等死。这时，他流下了眼泪。

哭泣，就处于此种情形中的受刑人而言，是再寻常不过的反应。然而，在帕夏泪湿的脸庞上，刽子手却注意到别的东西，使得他在三十年的职业生涯中，第一次感到犹疑。于是他做了一件自己不曾做过的事：他拿一块布盖住受刑人的脸，然后才把他绞死。他的同业以往这么做时，总会遭到他的批评，因为他相信，一个刽子手若要流畅完美地执行任务，他必须直视着受刑人的眼睛，直到对方断气。

确定受刑人死了之后，他拿出一把特制的锋利刀刃"破迷刀"，割下死者的脑袋。趁着头颅还新鲜，他把它丢进随身带来的羊皮囊里，用蜂蜜浸泡，他得把头颅保存好，以便带回伊斯坦布尔让负责的人检查他的工作是否圆满完成。当他把头放入装满蜂蜜的羊皮囊时，他又再一次惊异地看见帕夏脸上凄然的目光，那难懂又骇人的表情从此在他脑中挥之不去，直到他自己生命结束的那天——并不太遥远了。

他再度骑上马，离开城市。刽子手总是希望，当众人正在为受刑人的尸体举行恼人的葬礼而哀伤哭泣时，自己已经带着随马匹奔驰颠簸的头颅，离开当地至少两天的路程。就这样赶了一天半的路后，他来到了可马哈堡。他在客栈吃过饭，驮着羊皮囊回到窄小的房间，接着就上床睡了长长的一觉。

　　就在他逐渐从熟睡中醒来时，他梦见自己在埃迪尼，场景和童年时一模一样：他朝一个大果酱罐走去，罐里塞满了他妈妈刚做好的无花果蜜饯，糖浆煮无花果的酸甜芳香不仅充斥整个屋子和花园，更飘散到街坊邻里。他先是愕然发现自己原本认为是无花果的绿色小圆球，实际上是长在一张哭泣的脸上的眼珠子；接着他打开罐子，觉得有点罪恶感，不是因为做了不该做的事，而是因为目睹了哭泣的脸上那种无法理解的恐惧；这时，他听见罐子里传来一个成年男子的啜泣声，他整个人僵住了，一股让他动弹不得的无助感蔓延开来。

　　隔天深夜，躺在另一家客栈的另一张床上，睡梦中，他来到了自己青少年时期的某天傍晚：天色即将变暗，他在埃迪尼市中心的一条巷子里。有一个他搞不清楚是谁的朋友叫他注意看，他看见天空的一端是下沉的夕阳，而另一端则悬着一轮苍白的满月。随着夕阳西沉，天空变暗，月亮的圆脸逐渐明亮起来，也变得更加清晰。但他陡然醒悟，那耀眼闪亮的脸原来是一张人类的哭脸。顿时埃迪尼仿佛变成了另一座城镇，街道变得骚乱而难解，不过，这样的错觉并不是因为月亮幻化成哭脸让人哀伤，而是其中的谜叫人困惑。

　　第二天早上，刽子手回想他在睡梦中体悟到的道理，发觉竟与自己的过往回忆互相呼应。在他的职业生涯中，他看过成千上万张哭泣的脸，然而不曾有一张脸让他感觉到罪恶、残忍和恐惧。并不是如一般人猜测的那样，他的确也会为手下的受害者感到悲伤和难过，但这种情绪很快地就被正义、需要和必然的理由平衡过来。他非常清楚，那些被他斩首、绞杀、扭断脖子的人，永远比他更明白是什么样的前因后果，导致他们步入死亡。看着一个男人号啕哽咽地求饶，涕泪纵横地走向死亡，并不是什么难以容忍或无法承受的事。刽子手并不会鄙视哭泣的男人，虽然有些傻子会，因为他们期待受难者吐出可以流传千古的豪言壮语，摆出能够成为传奇的潇洒姿态。他也不会在看见受刑人的眼泪后心生怜悯，以致不知所措，虽然另一些呆子会，因为他们丝毫不能理解生命的无常，以及避免不了的残酷。

然而，梦中究竟是什么让他挥之不去？一个阳光灿烂的早晨，刽子手骑着马，把羊皮囊挂在马臀上，疾驰穿越崎岖的峡谷，他回想起那席卷全身的麻痹感，心想它一定在某方面与他初抵埃尔祖鲁姆时的奇异感受有关——那股笼罩在灵魂深处的犹豫不决、隐约的诅咒阴影。在绞死帕夏之前，他就察觉到有一股神秘的力量，逼迫他用一块粗布盖住对方的脸，驱使他将它遗忘。不过慢慢地，越往前走，刽子手逐渐不再想到自己身后那颗头颅的表情了。这一天，他骑过了一座座鬼斧神工的崎岖悬崖（有的岩石像是一艘船身圆胖的帆船，有的像是一只头形如无花果的狮子），穿过一片片异常奇特而壮观的松树林和山毛榉林，跨越一条条流过奇形怪状的鹅卵石堆的冰冷溪水。此刻，他发现世界变得令人目眩神迷，宛如第一次见到的全新世界。

他突然领悟，所有的树看起来都像他失眠夜里的黑暗幽影。他第一次注意到，在翠绿山坡上放牧羊群的纯真牧羊人，他们的脑袋看起来像扛在肩膀上的陶瓮。他第一次发现，山脚下那些由十栋小屋组成的村子，看起来就像是排放在清真寺门口的鞋子。望着几天后他即将行经的西方省份，那紫色的山峦和上方的云朵给他一种全新的体悟，仿佛是细密画中的景色，寓意着这个世界是个赤裸荒凉的所在。这时他才明白，所有的植物、岩石、胆小的动物，都象征着某个国度，一个如噩梦般恐怖、如死一般单调、如记忆般久远的地方。越往西行，越拉越长的影子又聚集了新的意义，刽子手只觉得各种符号和暗示，都是关于那个他无法参透的奥秘，它们正一点一滴地渗入他的周围，就像鲜血从陶瓮的裂缝渗出来一样。

天黑没多久，他找到一家客栈，下了马，在里面吃了点东西，但他知道自己没办法和那颗头颅一起关在一个小房间里睡觉。他晓得自己承受不了那可怕的梦境，趁他熟睡时悄悄地蔓延开来，像是从裂开的伤口不断溢流的脓水。他也承受不了那伪装成回忆出现在他梦里、夜夜哭泣的无助脸庞。于是他在原地稍作休息，满心惊诧地观察了一会儿客栈中人的脸，就继续上路。

这天夜里又冷又静，树林里没有风，也没有任何动静。他疲惫的马儿自顾自地踱步。好一会儿他就这样前进着，没有去观察任何东西，也没有沉思任何扰人的问题，似乎回到了从前美好的日子。稍后，他把这个情形归因于当时天色漆黑。等到月亮从云堆里探出头来，树林、影子、岩石又逐渐幻化为某个不解之谜的符号。让人感到惊惧的，不是墓园里凄凉的碑石，不是孤寂的柏树，也不是荒夜里狼群的长嗥。让这个世界变得如此惊奇以致骇人的，是他自己莫名地企图从中撷取一个故事——仿佛世界想告诉他什么，想指出某种意义，但话语却遗失在朦胧迷雾中，如同在梦里。天将破晓前，刽子手耳边开始听见啜泣声。

黎明时，他想啜泣声应该是树林起风造成的幻觉，一会儿后，他判断那必然是一夜无眠加上疲倦的结果。等到中午的时候，鞍褥上的皮囊发出的哭声却变得如此清晰，他只好下马，尽可能绑紧绳子，把皮囊牢牢固定在鞍褥上，像是某个人半夜里不得不从温暖的被窝爬起来，以解决半掩的窗户所发出的恼人嘎吱声。然而没过多久，下起了一场无情的雨，他不但继续听见哭声，甚至连皮肤上也感觉到了头颅流下的眼泪。

当太阳再度出现时，他已得出结论，世界之谜与哭泣脸中的奥秘息息相关。原本熟悉的、可以理解的旧世界，一直是靠着人们脸孔中平凡的表情和意义而得以延续，但是，当哭泣的脸上出现了那抹诡谲的表情后，世界的意义顷刻间消失，留下刽子手一个人，孤独害怕，不知所措——就好像一个被施过咒语的碗摔成了碎片，或者一个藏有魔法的水晶花瓶裂了开来，万物顿时东倒西歪。等到阳光晒干了他的湿衣，他已明白若要一切恢复正常，他必须拿出皮囊中的头颅动些手脚，改变那如同面具般挂在脸上的表情。然而，他的职业道德要求他把那颗头颅割下来塞入装满蜂蜜的皮囊里，完好如初地保存，带回伊斯坦布尔。

一整个晚上他骑着马，听着从皮囊里不停传出的呜咽声逐渐加剧，变成刺耳的音乐。隔天早晨，刽子手发现世界变得如此不同，他甚至都要认不出自己来了。松树和柏树、泥土路、原本众人聚集但一见到他就纷纷走避的村庄喷泉，全都出自一个他不认识的世界。中午时分，他来到一座之前从没注意过的城镇，甚至弄不清楚自己凭着动物本能狼吞虎咽吃下的食物是什么。饭后，他来到城外的一棵树下让马儿休息，他伸伸懒腰，却发现他原本以为是天空的东西，其实是一座他不认识也没看过的怪异蓝色拱顶。等太阳开始西沉时，他回到马背上，算算还有六天的路程要走。最后他终于明白，除非他动一点神奇的手脚，改变哭泣脸上的表情，停止皮囊里的哭声，让世界回到熟悉的状态，不然他将永远回不了伊斯坦布尔。

夜色降临，他来到一座听得见狗吠的村庄，碰巧看见一口井，便翻身下马。他取下马背上的羊皮囊，解开绳结，小心翼翼地抓住头颅的头发，把它从蜂蜜里拎出来。他从井里打了几桶水，像是清洗新生婴儿一样细心地把头颅冲干净。接着他拿一块布把这颗头颅擦干，从头发一路擦到耳朵的沟纹。最后，借着满月的光芒，他看了脸一眼——它正在哭泣。没有丝毫改变，一模一样的叫人难以忍受又无法忘记的无助表情停驻在那里。

他把那头颅放在环绕水井的矮墙上，回到马边取他的职业工具：一对特制的刀子和几根拷打用的粗铁棍。他先从嘴巴开始尝试，用刀子把周围骨头上的皮肤绞松。弄了半天后，他把嘴唇搞得一塌糊涂，但终于成功让嘴巴显出一抹扭曲而含糊的微笑。接着他针对眼睛进行较精细的手术，试图把因疼痛而紧闭的眼皮打开。经过漫长而耗神的努力，整张脸好不容易展露出一丝接近笑意的表情。他筋疲力尽，但终于松了一口气。不仅如此，当他看见阿布第帕夏的下巴上仍留着被绞死之前自己拳头的紫印时，他感到很满意。一切都处理完善后，他像个孩子一样开心，跑到马边把工具放回原位。

当他转身回来时，头颅已不在他放的地方。一开始，他以为微笑的头在跟他耍把戏，不过后来便发觉原来它滚进了井里。他跑到最近的房子前，毫不在乎地猛敲大门，吵醒屋里的人。年迈的父亲和年轻的儿子才看到刽子手一眼，就满怀恐惧地遵从了他的命令。三个人一直忙到清晨，努力把头颅从不太深的井里捞出来。他们用上过润滑油的绞索绑在儿子的腰际，把他放入井里。就在天色渐亮的时候，儿子一边惊骇地尖叫，一边抓着头颅的头发，被拉回了地面。尽管那颗头变得一团糟，但它终究不再哭泣。刽子手镇定地擦干头颅，把它丢回盛满蜂蜜的皮囊，在父亲与儿子的手里塞了几枚钱币，便愉快地离开他们居住的村庄，继续往西前进。

阳光照耀，鸟儿在春花盛开的枝丫间啁啾，刽子手心中充满了激动，以及如天空般辽阔的生命喜悦，因为他知道世界已回到往日熟悉的模样。皮囊里不再传来啜泣的声音。接近正午的时候，他来到一处长满松林的山脚下，在湖边下了马，心满意足地躺下来，准备好好睡上一觉，享受一场渴望已久不受惊扰的睡眠。不过在睡着之前，他开心地从地上起身，走到湖畔。看着水中自己的倒影，再一次确认世界一切正常。

五天后他抵达了伊斯坦布尔。然而，熟知阿布第帕夏的证人们却不认得从羊皮囊里拿出的头颅，他们声称那脸上的微笑表情完全不符合帕夏的容貌。在那颗头颅上，刽子手看到了他满心欢喜在湖里所见的倒影，他自己愉悦的脸。人们指控他被阿布第帕夏收买，在皮囊里塞进另一个人的脑袋，比如说某个无辜的牧羊人，把他杀害之后，再把他的脸踩蹋毁容，让人分辨不出是个替代品。刽子手明白再怎么辩驳也是徒劳——他已经看到了另一个刽子手的到来，准备砍下他的脑袋。

谣言传得很快——一个无辜的牧羊人代替阿布第帕夏被砍了头——事实上，散布的速度之快，甚至当第二个刽子手到达埃尔祖鲁姆之前，好端端坐在自己驻防地里的阿布第帕夏，就已经料到有人要来取他的脑袋，并当场处决了他。这便是所谓"阿布第帕夏之乱"的由来。这场叛乱持续了二十年，牺牲了六千五百颗头颅，尽管叛乱领导者的身份并不明确，有些在帕夏脸上看到文字的人后来说，他其实只是个替身。

26

文字之谜与谜之失落

十万个秘密即将揭示。当真相大白时，将出现惊讶的脸。

——阿塔尔《群鸟之会》

晚餐时刻，尼相塔什广场的交通逐渐舒缓，街角的警察也停止了愤怒的哨音，而卡利普已经盯着照片看了很久，久到整个人被掏空了，感觉不到眼前同胞的脸孔可能在他心里激起的悲伤苦痛。他的眼泪早已干了。精疲力竭的他，再也感觉不到那些脸可能带来的任何鼓舞、喜悦或兴奋，仿佛他对生命不再有任何期待。看着照片，他只感到漠然，像一个失去所有记忆、希望和未来的人那样，在他内心一角感到的一抹寂静，似乎将要逐渐蔓延，最终包裹住他整个身体。他甚至一边喝着浓茶、吃着从厨房里拿来的面包和羊奶酪，一边继续看照片，还把面包屑撒在上面。城市里雄心勃勃的喧嚣已平息了下来，取而代之的是夜晚的声响。他可以听见冰箱的马达声、巷子底一家商店拉下木遮板的声音，以及阿拉丁商店周边传来的笑声。有时候他会注意到高跟鞋匆忙敲响人行道的断续节奏，有时候他则浑然不觉，尤其是当看到照片中的某张面孔，心里泛起一阵恐惧或是一阵耗神的惊异时。

于是他开始思考文字之谜与脸孔意义之间的关联，目的不是为了解开耶拉随手写在照片脸上的神秘暗语，而是有一股欲望，让他想模仿如梦那些侦探小说中的侦探。"若要像侦探小说中的英雄那样，处处可以发现线索，"卡利普疲惫地想着，"唯一的方法就是，你必须相信周围的物品都隐藏着秘密。"他从走廊的柜子里拿出箱子，里头塞满了书本、论文、剪报、千万张照片和关于侯鲁非教派的图像，再度展开工作。

他遇见几张脸，是由阿拉伯字母组成的，"眼睛"这个词当中包含 wâws 和 'ayns，眉毛这个词当中包含 zâys 和 râs，"鼻子"这个词当中包含 alifs。耶拉不厌其烦地把这些字母一一标出来，像一个正在学习古字母的用功学生。在一本石版印刷书的几页里，他看见好几只用 wâws 和 jîms 组成的泪眼，jîms 的那一点化成滑落纸页的一滴泪珠。在一张古老的黑白照片中，他观察到同样的字母在眼睛、眉毛、嘴巴和鼻子里也清楚可辨。照片下方，耶拉以工整的字体写下比克塔西大师的名字。在眼睛的形状和害怕的表情中，他看见"啊，爱的叹息！"的铭文、暴风雨中摇摆的战舰和天空劈下的闪电。他看见脸的轮廓中有各式各样的字母，如树枝般互相缠绕，每一撇胡子都画出不同的字母。他看见苍白的脸孔，眼睛从照片上被挖出两个洞；无辜的人，嘴角被写上文字，扭曲成罪恶的暗示；犯罪的人，前额的皱纹里刻上了他们可怕的命运。他注意到，许多被吊死的恶棍和总理脸上，浮着一抹心不在焉的神情，他们的眼睛望着脚踩不到的地面，一身白色囚袍，胸前挂着判决的罪名。他看到许多人寄来的各种照片：有的是知名影星的褪色彩照，在她浓妆艳抹的眼睛里人们读出她其实是个妓女；有的是自认为有明星脸的人，寄来了神似多位苏丹、帕夏、鲁道夫·瓦伦蒂诺和墨索里尼的照片，并特地附上文字说明。从冗长的读者来信中，他发现一些端倪，透露出耶拉在玩的秘密文字游戏。有的读者解开了耶拉在一篇专栏中隐藏的信息，指出 Allah（安拉）最后一个字母"h"的特别含义和位置。有的读者花了一个星期、一个月甚至一整年，分析出他用"早晨""脸""太阳"这些词所制造的对称。还有一些读者坚持认为耍弄文字游戏的罪过不下于偶像崇拜。他看见侯鲁非教派创始者法兹尔·安拉的图片，翻印自古老的细密画，上头挤进了小小的拉丁字母和阿拉伯字母拼写的文字；他看见上头写着文字的足球运动员和电影明星图卡，那是阿拉丁商店卖的巧克力饼干和硬得像鞋跟的彩色泡泡糖盒里附赠的；他看见读者寄给耶拉的照片，里头有凶手、罪人和苏菲派大师。还有成千上万数不清的"市民同胞"照片，密密麻麻写满了文字。过去三十年来从安纳托利亚各个角落寄给耶拉的一千张国人照片，有的来自破落的小镇，有的来自边远的村子，那儿的夏天艳阳晒得土地龟裂，而冬天里有四个月积雪冰封，除了饥饿的狼之外无人接近，有的来自叙利亚边界偷渡猖獗的村落，那儿的男人有半数因为误踩地雷而缺手断腿，有的来自四十年来痴等着公路开通的村庄，有的来自大城市里的酒吧和赌场，有的来自设置在洞穴里的屠宰场、烟毒贩的窝巢、偏僻火车站的站长办公室、牲口贩子赶集途中夜里住宿的旅舍大厅，还有一些则来自索乌克鲁克的红灯区。他看见几千张由街头摄影师的旧徕卡拍出来的照片，这些摄影师把相机固定在挂着毒眼[1]图案的避邪天珠的三脚架上，背景是政府办公室、市政大楼，以及代笔者替不识字的人打文件时用的折叠桌，接着他们就像炼金术士或算命师般消失在黑布下面，熟练地摆弄快门和折箱、黑色的镜头盖，以及用化学涂料处理过的玻璃盘。当这些市民同胞面对相机时，不难想象他们心里会升起一刹那模糊的死亡意识和永恒不朽的期盼。卡利普很快就明

---

[1]　地中海地区的迷信，若诸事不顺，可能是有嫉妒你的人对你下了毒眼诅咒，因而常以毒眼图案作为护身符。

白，这股深沉的期盼，与他在脸孔和地图的符号中所察觉到的毁灭、死亡和挫败密不可分。仿佛在巨大崩坏发生之前的多年幸福，已淹没在尘土下，火山爆发所喷出的灰烬早已将之掩埋，如今卡利普必须解读这成百上千个可疑的符号，才能从深埋的往事中找到失落的隐秘意义。

照片背后的资料透露出其中有一些是寄到"观面相，知性情"专栏来的，这个专栏在1950年代初期由耶拉接手，那时他还负责谜语、影评和"信不信由你"。有些是应耶拉的征求而来（我们希望能够看到读者的照片，并且在这些专栏中刊登一部分），另外一部分则随着一些信件寄来，尽管信的内容卡利普读不大懂。他们面对镜头，表情好像想起某件陈年往事，或者好像注视着一道银绿的闪电击中地平线上一片朦胧的土地，好像他们已习惯于眼睁睁看着自己的命运慢慢沉入一片黝黑的沼泽，好像他们是一群失忆症患者，深信他们永远唤不回自己的记忆。照片里，那些神情中的沉默，占据了卡利普的心。他很清晰地体会到为什么耶拉要在照片、剪报、脸孔、容貌上，刻下那些字句。可是，当他想利用这个理由来解开故事的结局时——关于他与耶拉和如梦相连相依的生命、关于离开这个幻影居所、关于他自己的未来——却顿时与照片中的脸孔一样陷入沉默。他的思想，原本应该要把各个事件编织出关联来，此时却完全被文字和面孔之间的意义迷雾所吞噬。就这样，他从脸上读到的那股恐惧慢慢逼近他，而他自己也一点一点地步入其中。

在拼字错误百出的石版印刷书和论文中，他读到了侯鲁非教派的创立者兼先知法兹尔·安拉的生平。1339年，他出生于呼罗珊靠近里海一个叫作阿斯特拉巴德的城镇。十八岁时，他投入苏菲教派，展开朝圣之旅，随后在一位名叫哈桑教长的大师门下学习。为积累经验，法兹尔·安拉在一个又一个城镇间旅行，从阿塞拜疆到伊朗，并且向大不里士、舍尔文和巴库的大师们请教。卡利普读到这里，心里油然升起想要"展开新生活"的急切渴望，就如这一类励志书里总会说的那样。法兹尔·安拉对于自己的命运和死亡，做了一些预言，日后果然成真，不过在卡利普看来，那些预测都只是平凡的事件，可能会发生在任何准备开启新生活的人身上。最开始，使法兹尔·安拉为人所知的，是他会解梦。有一次，他梦见一对戴胜鸟、所罗门先知以及他自己。正当两只鸟站在枝头，看着所罗门和法兹尔·安拉在树下熟睡时，两个人的梦境融合为一，于是，枝头上的两只戴胜鸟也融合为一只鸟。另一次，他梦见一位托钵僧来到他关闭的洞穴里拜访他，没多久，这位托钵僧果真来访，法兹尔·安拉才知道原来这位托钵僧也梦见了他。他们在洞穴里共同翻阅一本书，并在文字中看到了各自的脸，而当他们抬起头看见彼此时，却发现对方的脸上写着书中的文字。

根据法兹尔·安拉的观点，当每样东西从虚无跨入物质世界时，都会发出声响，拿两个"最没有声音"的物品互相撞击，也会有明显的响声，因此声音是"存有"和"虚无"之间的界线。而最先进的声音，当然了，便是"语言"，被称为"演说"的崇高之物，由字母拼凑而成的"文字"魔法。存在的起源，它的意义，以及真主创造的物质层面，都可以在人脸上清晰可见的字母之中找到答案。我们每个人都天生具备这些条件：两条眉毛、四排睫毛和一道发际线——总共七画。进入青春期后，逐渐成形的鼻子划分我们的脸，这个数字增加到十四。若我们再以稍微写意的方法勾勒笔画，加上想象和真实的线条，数字便增加一倍，显示出全部二十八个阿拉伯字母，证明穆罕默德用来创造《古兰经》的语言并非意外出现。若要把数字增加到三十二，等同于波斯字母的数目（法兹尔·安拉所说的以及写作《永生之书》的语言），则必须更仔细地检视头发和下巴的线条，从中分成两半——各自又分成两条线，乘以二等于四。读到这里，卡利普才明白为什么箱子里照片中的人要把头发中分（模仿1930年代美国电影里的演员，把油亮光滑的头发从中分线）。这一切是如此明显，卡利普不禁为这种孩童般的简单明了感到欢欣鼓舞，觉得自己再一次理解了是什么吸引了耶拉投入这些文字游戏。

法兹尔·安拉宣称自己是信使，是先知，也就是犹太人的弥赛亚、基督徒引颈期盼的再世基督、穆罕默德所预示的救世者马赫迪——简言之，就是人们长年等待、耶拉在一篇文章中称之为"他"的那个人物。在七位信徒的拥护下，法兹尔·安拉开始在伊斯帕罕宣扬其信仰。从一个城镇到另一个城镇，法兹尔·安拉向人们传道，告诉他们，这个世界充斥着许多隐而不察的秘密，若想要探究它们，必须先理解文字的奥秘。读到这里，卡利普的内心一阵释然，因为对他而言，这似乎清楚地证明了如今他的世界也充斥着秘密，一如他始终期待和渴望的那样。他内心的平静想必来自一个无比简单的推论：如果世界真的充满了秘密，那么，毫无疑问，桌子上的咖啡杯、烟灰缸、拆信刀，甚至他搁在拆信刀旁像一只犹疑的螃蟹的手，都指出一个隐晦的世界确实存在，它们本身也是那个世界的一部分。如梦在那个世界里，卡利普站在它的门口。不用多久，文字的秘密就会放他进去。

因此他必须更细心阅读。他又读了一遍法兹尔·安拉的生平，从中得知法兹尔·安拉曾梦见自己的死亡，后来也如做梦般地走向死亡。他被控散布异端邪说——崇拜文字、人类、偶像而非真主，宣称自己为救世者，并相信自己的幻想，追寻《古兰经》中所谓的隐晦之意，而不接受其真实明确的价值。他被逮捕，被拷问，最后处以吊刑。

法兹尔·安拉及其同伙被处决后，侯鲁非信徒很难继续在伊朗待下去，于是他们长途跋涉进入了安纳托利亚，多亏了法兹尔·安拉的一位后继者，诗人内扎米的帮助。这位诗人把法兹尔·安拉所有关于侯鲁非教派的书本和手稿，全装进一个绿色行李箱里——这箱子日后成了侯鲁非信徒的传奇之物——然后游遍了安纳托利亚，访遍每一个小镇。为了寻找新的拥护者，他来到偏僻的神学院，那儿步调缓慢，在满室壁虎的检疫所和修道院里，就连蜘蛛都会忍不住打起瞌睡。为了向他的新学生解释，不只在《古兰经》里，其实整个世界都充满了秘密，他诉诸文字游戏，灵感来自他很喜爱的棋戏。诗人内扎米能够在两行诗句中把他情人脸上的一个器官和一颗美人痣比喻为一个字母和一个句点，把这个字母和句点比喻为海底的一块海绵和一颗珍珠，把他自己比喻为一个愿意为珍珠而死的潜水员，把这位主动潜入死亡怀抱的潜水员比喻为一个寻找爱人的神祇，接着循环回到原点，把他的情人比喻为神。这样的一位诗人，后来在阿勒颇被捕，经过一段冗长的拷问，最后遭剥皮而死：他的尸体被吊在城里公开示众，随后被切成七块，分别埋在七个城市里以儆效尤，那七个城市，正是他招纳信徒、人们朗诵其诗文的地方。

受到诗人内扎米的影响，侯鲁非教派迅速在奥斯曼帝国统治的比克塔西人之间散播开来，甚至连十五年后征服君士坦丁堡的穆罕默德苏丹也成了它的信徒。苏丹不仅随身携带法兹尔·安拉的著作，逢人便讲述世界的奥秘、文字之谜，以及他从新进驻的宫殿中所观察到的拜占庭秘密，甚至他会调查每一根烟囱、每一座圆顶和每一棵树，分别指出它们提供了什么样的线索，可以引领人探入另一个存在于地底下的谜样国度。当他身旁的神学家发现这件事后，便密谋迫害那些试图接近苏丹的侯鲁非信徒，把他们活活烧死。

卡利普翻开一本小书，书的最后一页附了一张手写的纸条，说明（或误导）这本书是"二战"初期在埃尔祖鲁姆附近的呼罗珊暗中印制的。书中有几张图画，是侯鲁非信徒在企图行刺征服者穆罕默德的儿子巴耶济德二世之后，被砍头或烧死的画面。另一页中，幼稚的笔触描绘出那些违反伟人苏莱曼苏丹放逐令的侯鲁非信徒，被火刑烧死时的场景和脸上骇惧的神情。火舌在躯体上跳跃，如同波浪，其中清晰可见"alifs"和"lams"，它们组成了"安拉"这个词的前四个字母。然而更奇怪的是，在阿拉伯字母烈焰中熊熊燃烧的这些身体，它们眼睛里流下的泪水却非常像拉丁字母的 O、U 和 C。在此，卡普发现了侯鲁非对 1928 年文字改革——从阿拉伯字母转为拉丁字母——的最早诠释。不过，由于他的心思是放在解开谜语的公式上，所以对此他没有多想，只是继续阅读从箱子里找到的东西。

他看到书中许多地方都证实了真主的基本特质是一个"隐藏的宝藏"，一个谜。问题在于我们要找到一个方法去发掘它；在于我们要明了，这个谜其实反映在世界里；在于我们要理解，这个谜出现在任何事物、任何人之中。世界是一个充满线索的海洋，每一滴海水里所蕴含的盐分，都引向它背后的奥秘。卡利普红肿灼痛的眼睛越往下读，他心里就越清楚，自己终将洞悉海洋的秘密。

既然这些符号无所不在，那么奥秘也同样无所不在。就像卡利普不断在诗中读到的情人容颜、珍珠、玫瑰、高脚酒杯、夜莺、金发、深夜和火焰，他周遭的物品也是符号，不仅表示它们本身，同时也指涉着他正逐渐接近的神秘。被台灯的幽光照亮的窗帘、让他想起如梦的旧扶手椅、墙上的阴影、不祥的电话筒，这一切充满了故事和寓意，使得卡利普不禁感到自己正不知不觉地被吸引到一个游戏中，就好像他小时候偶尔会有的感觉。但他继续往前，没有太多怀疑，因为他深信——和他小时候一样——只要等自己变成了另一个人，他便能逃离这场吓人的游戏。"如果你怕的话，我可以把灯打开。"以前当他发现一起在黑暗中玩游戏的如梦也一样害怕时，他常这么对她说。"别开灯。"勇敢的如梦喜欢被吓，总是这么回答。卡利普继续往下读。

17世纪初，有些侯鲁非信徒迁徙到一些边远的村落定居，当地的农民在亚拉立叛乱将安纳托利亚蹂躏成一片断垣残壁的时期，为了躲避各种帕夏、官员、盗匪和阿訇，早已弃村而逃。从一首长诗中可以读到，在这些侯鲁非村落里，曾经一度弥漫着某种幸福充实的生活形态，卡利普一面想象这样的情景，同时不禁回想起自己与如梦共度的那段快乐童年。

在那段遥远的幸福岁月中，意义和行动始终是同义词。在那段黄金时期，我们所梦想的东西就是我们屋子里头拥有的东西。在那段过往的快乐年代，每个人都明白，我们手中的匕首和笔杆、工具和物品，都不只是我们身体的一部分，也是我们灵魂的延伸。那个时候，当一个诗人说到"树"时，每个人都能够正确无误地在脑中勾勒出它的样貌，每个人都知道，无须使用太多溢美之词来列举它的枝叶，这个字眼和诗中的那棵树便足以解释"树"这个物品，也足以指涉花园里和生命中的一切。当时，每个人都非常明了，文字和它们所描述的事物是如此接近，以致当晨雾降临到山中这些幻影村落时，文字和它们所描述的事物已然融合。每当人们在云雾笼罩的清晨醒来，总分辨不出梦境与现实、诗歌和生活、名字和真正的人。那个时候，故事和生命是如此真实，根本不会有人想到要问哪一个才是最初的生命，或者哪一个才是最原始的故事。梦境在生命中上演，生命得到圆满的解释。和所有的东西一样，当时人们的脸也充满了意义，甚至那些不识字的人，尽管看不懂半个字母，却也能够自然而然地读出我们脸上的文字，并参透其中的意义。

在那段遥远的快乐时光，人们甚至没有意识到时间。诗人笔下的橘色太阳静静伫立在夜晚的天空中；船舰的大帆鼓胀着一股风，纹丝不动地在一片灰绿色的静止海洋上航行；洁白的清真寺和雪白的宣礼塔屹立在海边，像永不消失的海市蜃楼。卡利普读到这里才恍然明白，侯鲁非的想象和生活尽管从17世纪以来始终隐藏而不为人知，其实却早已包围了伊斯坦布尔。诗文中描写的城里的景象：背后映衬着一座座三层楼的白色宣礼塔，鹳鸟、信天翁、凤凰[1]展翅高飞，迎向天际，几世纪以来它们就仿佛这样悬在半空中，从伊斯坦布尔的屋舍圆顶上方滑翔而过；在伊斯坦布尔那些总是歪斜交会、毫无章法的街道上，每一个出游的人都好像是踏上一段永恒的假日之旅，兴高采烈、欢欣鼓舞；夏日的温暖月夜里，从井里不仅能汲取冰凉的水，也能够捞起满满一桶神秘的符号和星光，那时人们会彻夜吟诵诗歌，诉说各种符号的意义，以及意义的多样表征。看到这里，卡利普才明白，伊斯坦布尔曾经存在过一段纯粹美好的侯鲁非教派年代，这让他更清楚，自己与如梦共度的快乐时光已然远去。

这段幸福的时代想必为时不久。卡利普读到，黄金年代结束后，很快地这个神秘信仰就变成了众人鄙夷的污点，而关于它的秘密也变得更复杂难解。为了更进一步隐藏他们的秘密，有些人会求助于神符圣水，他们学居住在幻影村落里的侯鲁非信徒们，用鲜血、蛋、头发、粪便调制出各种混合物；其他人则在伊斯坦布尔的隐蔽角落和自己家的地底下挖掘隧道，以埋藏他们的秘密。然而有些人则没有挖隧道的人那么幸运，他们因为加入禁卫军叛乱而被逮捕，吊死在树上，上过润滑油的绳索像领带一样缠绕脖子，勒得他们的脸部文字扭曲变形。不仅如此，当吟游诗人拿着鲁特琴，来到陋巷里的

---

[1]　凤凰（Simurgh），古波斯传说中的巨鸟，为狮与鹏鸟的结合体，为百鸟之王。

托钵僧小屋低声传唱侯鲁非的奥秘时，结果也只是碰壁，因为没有人听得懂。卡利普所读到的这些证据，证实了曾经存在于偏远村落也存在于伊斯坦布尔小街暗巷的黄金年代，在一夕之间消失。

卡利普手中的这本诗集，书页有老鼠咬啮的痕迹，角落长出一朵朵深绿和蓝绿色的霉菌，散发出一股好闻的纸张和潮湿的气味。翻到最后一页，他看到一则批注写着，关于这个主题在另一篇专论中有更详尽的资料。在诗的最后一行下面与印刷厂地址、出版社、著作和出版日期的上面，留了一点空间，呼罗珊的排字工人塞进了密密一行又长又不合文法的句子，指出同系列中的第七本书由同一单位在埃尔祖鲁姆附近的呼罗珊出版，作者是于钦居，书名是《文字之谜与谜之失落》，曾获得伊斯坦布尔记者塞利姆·卡马兹的高度评价。

昏昏沉沉的卡利普，满脑子都是关于如梦的梦境和充满文字的幻想，疲惫又失眠，此时不禁联想到耶拉刚进新闻业的最初几年。那个时候，耶拉所玩的文字游戏，只限于在"今日星座"和"信不信由你"专栏中，用暗语传递讯息给他的情人、家人和朋友。为了找出批注中提及的专论，他在几大沓文件、杂志和报纸中胡乱翻找，满屋子翻箱倒柜。最后，他终于在一个看起来毫无希望的箱子里找到了那本书，埋在一堆耶拉搜集的1960年代初期剪报、未发表的辩论和一些怪异照片中。这时早已过了半夜十二点，街道上笼罩着肃杀的静寂，像是戒严国家的宵禁气氛，叫人脊背发凉。

如同许多这一类的"著作"，往往过早宣布出版时间，而真正的发行日总拖了很久，《文字之谜与谜之失落》也隔了好几年，一直到1967年才终于在另一个城镇果德斯问世——卡利普很惊讶当时那里竟然有印刷厂——装订成一本两百二十二页的书。泛黄的书封上是一幅图画，印刷很糟，想必是出自粗糙的制版和廉价的油墨：那是一幅简陋的透视法插画，一条左右栽种了两排栗子树的道路，往前延伸通向看不见的远方。每一棵树的旁边都印着文字，恐怖、让人浑身冰凉的文字。

乍看之下，它很像几年前某些"理想主义"的军官所写的书，内容关于"为什么过去两百年来我们赶不上西方国家？我们该如何进步？"这些由作者自费在某个安纳托利亚偏僻小镇印刷的书，最前面常有类似的献词："军事学校的同学们！国家的未来掌握在你们手中！"不过，把书翻开之后，卡利普便明白在他面前的是一本截然不同的"著作"。他从椅子上起身，来到耶拉的书桌前，把两只手搁在书的两侧，开始专心阅读。

《文字之谜与谜之失落》由三个主要部分组成，前两部的标题正好是书名。第一部《文字之谜》（或者可说是侯鲁非之谜），从侯鲁非教派的创始者法兹尔·安拉的生平开始说起。作者于钦居在故事中加入了较为入世的层面，不纯粹把法兹尔·安拉描述为一个苏菲派和神秘主义学者，更视他为理性主义者、哲学家、数学家和语言学家。就如同人们认为法兹尔·安拉是个先知、救世者、殉道者和圣人——或者还不只这样——他也是一个敏锐的哲学家和天才，虽然"不为我们所知"。如果把他的思想解释为泛神论，或是像西方国家某些东方主义学者那样，用普罗提诺、毕达哥拉斯、卡巴拉的观点来分析法兹尔·安拉，这些方法，都会像是用法兹尔·安拉一辈子抵抗的西方思想来捅他一刀。法兹尔·安拉是一个纯粹的东方人。

依照于钦居的说法，东方与西方分别占据半个世界：两者完全对立、互相排斥、彼此矛盾——如同善与恶、黑与白、天使与恶魔。与活在梦幻中的乐观主义者的假想相反，于钦居认为两个世界之间没有妥协的余地，完全不可能和平共处。两者之一必然会控制另一个，一个扮演主人的角色，另一个则是奴隶。为了描绘这对孪生兄弟之间不曾止息的争斗，作者回顾了许多具有重要意义的历史事件，并且一一列举：亚历山大割断戈耳狄俄斯之结 [1]（作者评注说"意思正是解谜"）、十字军东征、拉希德国王送给查理曼大帝的神奇时钟上头各种文字和数字的双重意义、汉尼拔横越阿尔卑斯山、伊斯兰在安达卢西亚的胜利（作者花了整整一页探讨科尔多瓦清真寺的石柱数目）、本身是侯鲁非信徒的征服者穆罕默德苏丹征服拜占庭并夺回君士坦丁堡、哈扎尔人的崩毁、最后是奥斯曼人先后在多皮欧（或称"白色城堡"）和威尼斯获胜。

　　于钦居认为，所有这些历史事件都指向一个昭然若揭的事实，而法兹尔·安拉则把它转化为各种隐喻，融入他的作品中。在不同的时期，无论是西方还是东方之所以能够压制对手的原因，绝非偶然，而是确有逻辑可循。任何一方，若能成功地"在特定的历史时期"，看出这个世界是一个模棱两可、充塞着秘密的神秘地方，那么，这一方就会占上风，得以支配另一方。相反，把世界视为单纯、清晰、有条有理的那一方，则注定会失败，结果必然是受到奴役。

　　于钦居在书本的第二部里，详尽地讨论了谜的失落。所谓的谜，可以是任何东西，可以是指古希腊哲学家的"理念"、新柏拉图学派基督教的"神性"、印度教的"涅槃"、阿塔尔的"凤凰"、鲁米的"挚爱"、侯鲁非的"秘密珍宝"、康德的"本体"，或者是一本侦探小说中的凶手。不管谜究竟是什么，任何时候，它都意味着"中心"，始终隐秘不为人知。如此一来，于钦居解释，若一个文化失去了"谜"的概念，便丧失了它的"中心"，一个人如果观察到此现象，必然要推论出这个文化的思想也已经失去了平衡。

---

[1] 戈耳狄俄斯之结，希腊神话中，佛里吉亚王戈耳狄俄斯的难解绳结，根据神谕所示，能解开这个结的人，便能成为亚细亚王，后来亚历山大大帝以剑将它割断。

接下来的几行，卡利普读得似懂非懂：鲁米必须谋杀他的"挚爱"，也就是大不里士的夏姆士；为了保护他所"设置"的谜，他展开大马士革之旅；然而，在城市里的漫游和搜寻并不足以支持这个"谜"的概念；鲁米为了要重新定位自己已经偏离的思想"中心"，在流浪途中去了许多场所。作者认为，一场完美的谋杀案，或是一个不留痕迹的失踪案，都是重新建立失落之谜的好方法。

随后，于钦居着手铺陈侯鲁非教派中最重要的课题，"文字与脸"之间的关系。仿效法兹尔·安拉在著作《永生之书》中的做法，他说明在人类的脸上，可以一目了然地看见总是隐而不为人知的真主，他详尽地检视了人脸上的线条，把这些线条勾画成阿拉伯字母。作者花了许多篇幅，天真地分析侯鲁非诗人的诗句，比如说内扎米、雷费、米撒里、巴格达的鲁赫伊和罗丝·巴巴，最后整理出某种逻辑。在处于幸福昌盛的年代时，我们所有人的脸孔都富有意义，就如我们所居住的世界。这个意义要归功于侯鲁非信徒，因为他们看出了世界的谜和世人脸上的文字。然而，随着侯鲁非教派的消失，我们脸上的文字以及世界的谜也一起失去了踪影。从此以后，我们的脸孔变成空白一片，再也没有任何根据可以从中读出什么，我们的眉毛、眼睛、鼻子、目光和表情只剩下空洞，我们的脸不再具有意义。虽然卡利普很想起身照镜子看看自己，但他继续仔细往下读。

摄影艺术带来了悚然黑暗的结果，由于直接以人为题材，它展现出我们脸上的空虚，就好像土耳其、阿拉伯和印度电影明星脸上特殊的五官起伏，会让人联想到看不见的月亮背面。而伊斯坦布尔、大马士革和开罗的街道上，熙来攘往的人群仿佛深夜里躁动呻吟的鬼魂，所有男人皱眉的脸上全都蓄着相同的胡子，所有戴着同款式头巾的女人全都流露出相同的目光。这一切都随着空虚而来。因此，我们有必要建立一套新的系统，来分辨那些将会在我们空白的脸上重新灌输意义的拉丁文字母。书的第二部最末，作者愉快地告诉我们，整套系统的运作即将在题为《谜之发现》的第三部中公之于世。

于钦居不仅善用言外之意，而且喜欢玩弄文字，像个孩子一样天真无邪，使得卡利普不禁对他产生好感。他的某个方面，让人联想起耶拉。

27

冗长的棋局

拉希德国王 [1] 有时候会微服巡视巴格达,希望能得知人民对他和他的统治有何观感。因此,有一天夜里……

——《一千零一夜》

一封揭露我们近代史上"民主化"时期黑暗面的信件,落到了一名读者手中。这名读者不愿具名,也很合情合理地不愿透露得到这封信的机缘巧合与阴谋背景。信是出自我们从前的军事独裁者之手,内容是写给他显然居住在国外的儿子或女儿。我决定把它原原本本地在这专栏中刊登出来,不修改任何文字,保留帕夏的遣词用字。

"六星期前,8月的某天晚上,天气又闷又热,蒸腾的暑气弥漫在我们共和国创建人过世的房间里,仿佛所有的动作、思想、时间全都僵死了。时间不仅静止在镀金的时钟上——那座时钟始终指着阿塔图尔克辞世的九点零五分,你们挚爱的亡母总是被它误导,让你们这些孩子觉得很有趣——甚至所有多尔马巴赫切宫里、所有伊斯坦布尔的时钟,全部戛然而止,不再移动半分。俯瞰博斯普鲁斯海峡的窗口,平常总是窗帘飞舞,此时却纹丝不动。沿岸的哨兵直

---

[1] 拉希德国王(Harun al-Rashid,766—809),开创了阿拔斯王朝的黄金时代,是《一千零一夜》中的主角之一。

挺挺地矗立，像是深夜里的人形模特儿，但这似乎并不是因为我下达命令，而是由于时间突然停驻。感觉到如今我可以实行多年来我一直想做，却从不曾下定决心去做的事情，我换上收藏在衣柜里的农夫服装。我从荒废的后宫大门溜出宫殿，鼓起勇气，告诉自己，过去五百年来，在我之前有无数的苏丹曾从这扇边门（以及伊斯坦布尔其他宫殿——托普卡匹宫、贝勒贝伊宫和伊地兹宫——的后门）潜伏出宫，消失在他们企盼已久的城市深夜，而他们也都能平安归来。

"伊斯坦布尔变了好多！我的雪佛兰车上的防弹窗户不仅为我挡住了子弹，也阻碍了我感受深爱的城市中的真实生活！跨出宫廷围墙，我徒步走到卡拉柯伊，向一个在空气中留下焦糖余香的摊贩买了一些哈发糕。我在一家露天咖啡店停留了一会儿，和坐在那里听收音机下棋玩牌的人聊天。我注意到流莺在布丁店里等待顾客上门，街童指着餐厅橱窗里的烤肉串向人乞食。我来到清真寺的院子里，试图混入晚祷结束后四散的人群。我坐在小巷间的家庭式花园茶座，学其他人那样喝茶嗑瓜子。在一条铺着大石板的巷子里，我看到一对年轻夫妇从邻居家打道回府，母亲包着头巾，父亲怀中打瞌睡的儿子倚在他肩头，你们真应该看看她依偎着丈夫手臂时的那份深情挚爱！泪水溢满了我的眼眶。

"不是的，我所关心的并不是我同胞的幸福与否。目睹同胞如此贫困而惨淡的真实生活，重新搅起我梦中浮现的悲伤与恐惧，即使是在今天这样一个自由与幻想之夜，也有一种踏出现实之外的感觉。我试着通过凝视伊斯坦布尔来甩掉这种不真实的感觉与恐惧。透过橱窗望着糕饼店里聚集的人群，望着夜里最后一班公共客运渡轮靠岸，竖立着漂亮烟囱的船只放下一群群乘客，我的眼里一次次流下悲伤的泪水。

"我所颁定的宵禁时间差不多快到了。因为想在回程的时候享受海水的清凉，于是我走向埃米诺努的一个船夫，付他五十库鲁，请他划船载我到对岸，放我在卡拉柯伊或卡贝塔斯下来。'你脑袋坏掉啦，老兄？'他回答我，'你难道不知道，现在刚好是我们的帕夏坐汽艇巡逻的时刻？水面上要是被他看到了，都会被抓起来丢进地牢里。'我拿出一卷粉红色的纸钞——上面印着我的肖像，刚发行的时候在我的敌人之间引起了轩然大波，我心知肚明——摸黑塞进他手里。'如果我们坐你的船出去，那么，你可以带我去看帕夏的汽艇吗？''到油布底下躲好，不准乱动！'他说，用抓着纸钞的那只手朝船首比了比。'真主保佑！'他开始划船。

"黑暗中我说不出我们朝哪个方向去。博斯普鲁斯海峡？进入金角湾？还是往外到马尔马拉海去？无波的水面静悄悄的，仿佛一座停电的城市。躺在船头，我可以闻到弥漫在水面的氤氲。远方传来一阵马达的声响，船夫低声说：'他来了！他每天晚上都会下水！'等我们的船在布满贻贝的浮船坞后藏妥，我迫不及待引颈张望，看见探照灯冷酷地扫过整个城市、码头、水面和清真寺，由左扫到右，再转回去，好像在质询周边。然后我看到一艘白色大船缓缓驶近，甲板上是一排穿着救生衣拿着枪支的贴身保镖，他们头顶的舰桥上站着一群人，而更高处的平台上，独自伫立在那儿的，正是假帕夏本人！昏暗的光线下，我只能趁船舰驶过时依稀瞥到一眼他的形体，尽管周围很暗又薄雾笼罩，但我终究观察到他的衣服竟和我的一模一样。我要求船夫跟踪他，却是徒劳无功。他告诉我宵禁时间已经到了，接着就放我在卡贝塔斯下船。街道几乎已经空无一人，我蹑手蹑脚地溜回皇宫。

"那一夜，我满脑子里都是他——我的分身，假帕夏——然而并不是在想他是谁、在水面上干吗，我之所以想着他，是因为通过思考他，我可以审视自己。隔天早上，我向执行戒严的司令们发布一道命令，把宵禁时间延后一个小时，好让我能有更充裕的时间来观察他。电台广播立刻宣布了这项法令，接着并播出我对全国的声明。为了营造出较轻松的气氛，我还下令释放一些羁押犯，命令也很快被执行。

"那天晚上的伊斯坦布尔欢乐些了吗？完全没有！事实显示我的子民无止无尽的忧伤并非因政治压迫，如我肤浅的反对者所言，而是来自另一个更深沉而无法否认的源头。那天晚上他们仍旧抽烟，嗑瓜子，吃冰激凌，喝咖啡。他们也一如往常地哀伤，聆听着咖啡馆的收音机里播放出我宣布缩短宵禁时间的声明，陷入沉思。然而他们是如此'真实'！置身于他们之中，我感到一阵心痛，像是一个醒不过来无法重返现实的梦游者。不知什么原因，埃米诺努的船夫已经在等着我，于是我们立刻起航。

"这天夜晚风大而颠簸。我们等了一会儿假帕夏，因为他迟到了——似乎有什么征兆要他小心谨慎一点。小船划出水面，远离卡贝塔斯，躲进另一个浮船坞后。我望着船舰，然后端详着假帕夏，不禁暗想，他看起来好真实，他真是美丽——仿佛'美丽'和'真实'两个词可以同时并存似的。有可能吗？他高踞在舰桥的众人头顶上，眼睛仿佛两盏探照灯，紧紧望着伊斯坦布尔市区、它的人口以及它的历史。他看到了些什么？

"我把一沓粉红色钞票塞进船夫的口袋里，于是他推动船桨往前划。我们顺着波浪一路颠簸摇摆，最后在卡辛姆帕萨区的船厂边追上了他们，不过我们也只能从远处观望。他们坐进黑色和深蓝色的加长礼车，其中一辆正是我的雪佛兰，然后就消失在加拉塔的夜里。船夫不停抱怨说我们拖得太晚，宵禁时间马上就到了。

"再度踏上岸后，一股不真实感袭上心头，最初我以为是由于刚才在颠簸的海上摇晃了太久，一时头重脚轻所致，然而并非如此。走在因为我的宵禁令而空无人迹的深夜街道上，一种不真实的感觉陡然攫住我，仿佛只存在我梦里的一个幻影就出现在眼前。芬丁克里和多尔马巴赫切之间的大街上，除了一群狗之外没半个人影——不把卖烤玉米的小贩算进去的话，小贩在前方二十步外匆匆忙忙推着推车，还不时回头朝我张望。从他的神情我猜测他怕我，想要赶快逃开，而我却想告诉他，他真正该怕的是躲在街道左右两排高大栗子树后的东西。不过，正如在梦里，我开不了口告诉他；也正如在梦里，说不出话让我害怕，或者，害怕让我说不出话。我害怕树后面的东西，它跟随着我们流动。我加快脚步，卖烤玉米的小贩见状也加快脚步。我不知道它是什么，更糟的是，我明白这不是一场梦。

"第二天早上，为了不想再经历一遍同样的恐惧，我要求再度缩短宵禁时间，并释放另一群羁押犯。对此我没有多做解释，电台播放了我之前的声明。

"经验教导我，生命中什么都不会改变，所以我很清楚自己将会看到一如往昔的城市景象。果然如此。有些户外电影院延长了播映时间；也只有这样而已。卖粉红色棉花糖的小贩的双手依然是粉红色，西方游客的脸也依然是白色的，多亏了导游的带领，他们才敢在街上走动。

"我的船夫在同一地点等我，可以说假帕夏也是如此。下水后不久，我们便遇到了他。这天风平浪静，就如第一次出航的夜晚，除了水面没有丝毫雾气。在墨黑似镜的海上，我能看见帕夏高踞在舰桥上方同样的位置，与反映在水面的城市灯火和圆顶一样清晰。他是真实的。不仅如此，他也看见了我们，毕竟在这么一个明亮的夜里，任谁都看得到。

"我们的船尾随着他在卡辛姆帕萨码头停泊。我不发一语踏上岸，他那群看起来不像军人倒像酒店保镖的手下马上跳过来，一把抓住我的手臂：三更半夜在这里干什么？我局促不安地解释说宵禁时间还没到，我是一个穷乡巴佬，来城里看看，住在斯克西一家旅馆里，趁着回乡下前的最后一个晚上，想大胆地来坐船晃一圈，我实在不知道帕夏的宵禁……但吓坏的船夫却向带着手下走过来的帕夏供出了一切。虽然帕夏一身便服，看起来却比较像我，而我看起来却像个乡巴佬。他听我们又解说了一次，然后下达命令：船夫可以离开，我则跟帕夏走。

"车子驶离港口，我和帕夏单独坐在雪佛兰防弹车的后座。有司机在，反倒加深而非消除我们两人独处的感觉，尽管他和长型礼车本身一样安静地坐在前座开车，和我们中间用一块玻璃板隔开——我自己的雪佛兰都没有这项配备。

"'我们等待这场相会已经等了好几年！'假帕夏说，我觉得他的声音一点都不像我，'我知情地等着，而你则毫不知情地等着。但我们谁都没料到竟会在这种情况下相见。'

"他开始有一搭没一搭地讲他的故事，并没有因为终于能讲出这个故事而兴奋，反而是因为好不容易能结束它而心平气和。原来在军事学校念书时我们在同一班。我们选了相同老师开的相同课程。同样的寒冷冬夜，我们两人都外出接受夜训；同样的炎热夏日，我们两人都在石头砌的营房里等待水龙头流出水来；而当我们获准休假时，两人便会一起去逛我们最爱的伊斯坦布尔市中心。那时他便隐约察觉事情会演变成现在这个样子，虽然不尽然一模一样。

"早在学生时代他就明白我会比他更成功，我们两人在各个方面暗中较劲，争取数学成绩的最高分、打靶练习的红心、全校的风云人物、最优良的操行记录以及班上的第一名。他很清楚最后将会是我入住那座屋里的静止时钟老是让你那亲爱亡母感到困惑的皇宫。我提醒他，这必然是一场'秘密'的竞争，因为我既不记得在军事学校里曾经跟任何同学竞争——我时常建议你们孩子要这么做——也不记得有他这么个朋友。听我这么说，他一点都不惊讶。反正他退出了这场比赛，因为他发现我是如此自信，甚至没有察觉我们两人之间的'秘密'竞争，而且我早已超越了同班同学和学长们，超越了中尉甚至上校。他不愿意成为站在我背后的暗淡影子，也不希望像个二流的模仿者一样复制我的成就。他要当个'真实的人'，不要做影子。听着他不断解释，我望着车窗外——我开始觉得它不怎么像我的车——看着伊斯坦布尔空荡荡的街道，偶尔瞥一眼我俩面前一动不动保持相同姿势的膝盖和腿。

"稍后他说，这次的偶遇并不在他的计算之中。在那个年代，一个人不需要是先知，便能预言出我们贫困的国家在接下来的四十年间，将受到另一个独裁者的支配，伊斯坦布尔将落入他的手里，这个独裁者将是一个与我们年龄相仿的职业军人，而这位'军人'终将会是我。所以，通过简单的推理，在军事学校期间他已经勾勒出了未来的远景。他要不然就像所有的人那样，当一个鬼影，徘徊于特立独行和庸庸碌碌之间，游走于永无翻身的现实生活、无边无际的过往回忆，或是由我担任未来帕夏的虚幻的伊斯坦布尔。要不然，他就得用一辈子来找寻方法，使自己成为'真实的'。他承认自己为了找到这个方法，故意犯了一件小罪，足以让他被踢出军队，但又没有严重到要坐牢。听到这里，才第一次唤起我对这位平庸同学的印象。他叙述自己假扮成军事学校的总司令，去视察守夜的部队，结果被人成功地逮到。被开除后，他进入业界做生意。'每个人都知道在我们国家要赚大钱有多容易。'他骄傲地说。矛盾的是，这个国家却是处处贫穷，原因在于人们从未被教育要富有，而是被教导要贫穷。一段沉默之后，他补充说，是我教会了他如何成为真实的人。'你！'他亲昵地说，强调那个字，'经过这些年后，我才惊觉你比我还不真实。你这可怜的乡巴佬！'

"一段很长、很长的静默。裹在这一身副官为我准备的纯正乡巴佬服装里，我觉得有点荒谬，但更觉得不真实，被拽入一场梦中扮演我完全不愿意的角色。在这段沉默中，我了解到这个梦来自我从加长礼车窗户看出去的伊斯坦布尔景象，如同一部慢动作电影：荒凉的街道、人行道、空旷的广场，我的宵禁时间已到，这里恍若无人居住的空城。

"此刻我才明白，我那狂妄自负的同学展示给我看的，只不过是这座我所创造的梦幻城市。我们驶过木造房屋，在高大的栗子树下它们看起来渺小而破败。我们穿过侵占墓园土地的贫民窟，抵达梦境国度的门口。我们下坡，驶在石板路上，道路已经让给了争执追逐的狗群；我们上坡，走在坚实的地面，路旁的街灯投射出来的是昏暗而非光亮。穿梭在一条条幻影街巷里，水泉干涸，围墙坍塌，烟囱断裂。带着莫名的恐惧，我看见清真寺像是故事书里安静的巨人。车子驶过公共广场，那儿的水池空了，雕像年久失修，时钟也停了，我不禁要相信，不单是皇宫里，全伊斯坦布尔的时间都静止不动。一路上，我完全没有听我的模仿者在讲什么，不管他在商场成功的经历，还是他认为适合我们此刻的故事（一个老牧羊人撞见老婆与情人的故事，以及《一千零一夜》中拉希德国王迷路的那则传说）。天将破晓时，以你我姓氏命名的大街，和所有其他街弄巷道及公共广场一样，已幻化成为一场梦境的延伸，不再是现实。

"快要天亮前，趁着他在描述一场鲁米称之为'两画家之争'的梦，我拟好了一篇声明稿（也就是我们的西方盟友私底下询问你的那一篇），关于解除宵禁和戒严，准备稍晚通过电台广播公开发表。

结束了无眠的一夜后，我躺在自己的床上试着睡场觉，脑中胡思乱想，我想象那些空旷的广场在经过这一夜之后将会人声鼎沸，停止的时钟将开始走动，而一种比幻影还实在的真实人生将涌上桥梁，涌向电影院大厅，涌入顾客们嗑着瓜子的咖啡馆。我不知道在这片将我塑造成真实的伊斯坦布尔土地上我的梦究竟有多少成真。然而我听我的侍卫们说，自由，一如既往，不只启发了梦想家，更多的是我的敌人。再一次，他们开始在茶馆里、在旅馆房间内、在桥下组织起来，密谋推翻我们。我已经听说有机会主义者在皇宫外墙涂上政治口号，字里行间的意义没有人参得透。但这一切都不重要了。苏丹君主微服出巡的时代早已过去，只存在于书本中。

"有一天我读到一本书，汉默的《奥斯曼帝国历史》，书中提到谢里姆一世在尚未登基前，曾经微服出巡大不里士。由于他是个颇负盛名的西洋棋高手，当同样热衷西洋棋的伊斯玛仪一世听闻此事后，便一时兴起，邀请这位一身托钵僧褴褛装束的年轻人进宫。一场漫长的棋赛结束后，谢里姆打败了波斯国王。多年之后，直到谢里姆一世在查尔迪兰战役中夺下他大不里士城，伊斯玛仪一世才领悟到那位在棋赛中打败他的人，并不是托钵僧，而是奥斯曼帝国的苏丹谢里姆一世。我不禁怀疑，恍然大悟的国王是否还记得两人棋赛中的步数。我那狂妄自负的模仿者必定清楚地记得我们游戏中的每一步。顺道一提，西洋棋刊物《国王与卒子》的后续几期，我一直没有收到。我会拨款到你大使馆的账户里，麻烦你再帮我续订。"

28

谜 之 发 现

……你此刻阅读的篇章，探讨的是你脸上的文字。

——埃及的尼亚齐

要进入《文字之谜与谜之失落》一书的第三部之前，卡利普先给自己煮了一些浓咖啡。为了让自己保持清醒，他走进浴室用冷水洗了把脸，但刻意避免看镜子。他端着咖啡回到耶拉的书桌前坐下，兴致昂扬，颇像一个高中生准备动手破解一个长久以来无人能解的数学难题。

于钦居认为，由于拯救全东方的救世者将要降临在安纳托利亚，也就是土耳其的领土上，那么，重新发掘失落之谜的第一步，便是研究人脸上的线条，以及1928年改革后土耳其语的二十九个拉丁字母，在两者之间建立起一套对照关系。为了达成这个目标，他根据暧昧不明的侯鲁非著作、比克塔西地区的诗文、安纳托利亚的民间艺术、原始侯鲁非村落的遗迹、托钵僧小屋和帕夏宅邸内所画的图案，以及上万幅书法碑文，得出推论，他并且举例解释，有些字的发音在从阿拉伯文和波斯文转换为土耳其文的过程中，被赋予了"价值"。接着，他以一种令人敬畏的自信，在人们的照片上一个一个指明并标示出这些字母。不过作者也指出，一个人就算看不出这些拉丁字母，也能正确地读出其中的意义。卡利普看着照片中的脸，打了一个哆嗦，很像他刚才翻看耶拉柜子里的照片时的感觉。他翻过一页页印得很糟的图片——下方说明他们是法兹尔·安拉、法兹尔·安拉的两位继承人、"鲁米的肖像，复制自一幅细密画"，以及我国的奥运摔跤金牌选手哈密·卡普兰——接着他赫然发现一张耶拉在1950年代所拍的照片，不禁大吃一惊。和书中别的图一样，这张照片也被标上了字母，用箭头指出对应的位置。在这张耶拉年约三十五岁的照片中，于钦居注意到鼻子上有个 U，眼睛周围有个 Z，整张脸上有个歪斜的 N。卡利普匆匆浏览过整本书，发现书后还附了几张照片，分别是一些侯鲁非大师、有名的阿訇、几个曾有过濒死经验的人，以及一些"面孔充满深邃意义"的美国电影明星，像葛丽泰·嘉宝、汉弗莱·博加特、爱德华·罗宾逊和贝蒂·戴维斯，还有几个著名的刽子手和耶拉年轻时代曾追踪报道过的某些贝伊奥卢地头蛇。作者接下来表示，脸孔上标示出的每一个字母，都透露着两层独立的意义：一层是字母本身的单纯意义，一层是从面孔衍生出的隐含意义。

一旦我们接受了这个观点：一张脸中的每个字母都有其隐含意义，指向某种概念，于钦居认为，接下来毋庸置疑地，由这些字母所组成的每个词汇，也都一定含有一个隐藏的第二层意义。如果一个人能把这第二层意义用不同的句子和不同的字眼来表达——也就是，用不同的字母来组合——那么，通过这样的一次"阐释"，将会产生出由第二层意义所衍生的第三层意义，然后再由第三层衍生出第四层，绵延不绝，无穷无尽，呈现一段无限延伸的隐含意义。我们可以把它对应到彼此相通的街道网络——人的脸和地图非常相似。读者用他自己的方式，利用他自己的量尺，试图解开人脸上的字母之谜，他其实和一个旅人没什么两样。一个旅人漫游于他从地图上所见的街道，将会慢慢发掘到城市之谜（这个谜，当它被发掘后反而变得更为广泛，当它变得更为广泛之后又显得更为昭然），无论在他所选择行走的大街小巷里，或在他所攀登的阶梯上，他都能察觉到谜的踪迹。逐渐深陷于谜中的读者——殷切期盼的读者、隐忍受迫的读者、贪恋故事的读者——将会发现，在那个让他们流连忘我的地方，"他"，等待已久的救世者，是如此显而易见。在生命和文本之间的某处，也就是在脸孔与地图交会的那一点，配备着钥匙和解密表的旅人，将会从城市里和符号中接收到救世者的信息（如同苏菲神秘之道的信徒），从此开始找到自己的道路。就像路标替旅人指路，于钦居像孩子般兴高采烈地比喻道。因此，依照于钦居的说法，问题在于，一个人必须能够看出救世者置放在生命和文本中的符号。据他所言，要解决这个问题，我们必须把自己摆在救世者的位置，预料他会如何行动。我们得像是在下棋一般，猜测他会走的步数。接下来于钦居说他要与读者一起来预测，因此他先要求读者设想，什么样的一个人，有能力随时随地吸引一大群读者。"比如说，"他立刻补充，"一位专栏作家。"不管是在渡轮、公交车、共乘小巴上，还是咖啡馆和理发店里，专栏作家的文章随时被全国上下成千上万的人阅读。若说什么人有渠道可以散布救世者的秘密讯息，指引我们方向，那么专栏作家正是极佳人选。对于那些没兴趣探索神秘的人而言，这位专栏作家的文章只有一层意义：表面的明显意义。另一方面，对于那些等待着救世者的人而言，他们很清楚解码的公式，所以也能够借字母的第二层意义，读出文章的隐藏含义。这么说吧，假设救世者在文中置入了这么一个句子："我从外头审视着自己，心中一边想着这些事情。"普通读者会觉得它的字面意思有点奇怪，但那些知晓文字之谜的人，立刻就会猜到，这句话或许正是他们期盼中的特殊讯息。在随身携带的解密表的帮助下，他们即将展开一场冒险，迈向一个全新的旅程，进入一段全新的生命。

于钦居著作中的第三部分是《谜之发现》，这个标题透露出，这部分并不只重新发掘对于谜的"概念"——当初就是因为失去了这个"概念"，迫使东方相对地臣服于西方——此篇也教导世人如何找出救世者置放在文本中的话语。

接下来，于钦居分析爱伦·坡的《关于秘密写作的二三事》，并讨论文章里提出的解码公式。他指出，把字母重新排列组合的方式，最接近苏菲神秘大师哈拉智所使用的密码通信，也最接近救世者将会采用的形态。接着，在书的最后，他突然发表了一项重要的结论：所有解码公式的起点，都必然是每个旅人自己脸上所找到的字母。任何人若想走上这条道路，建立起一个新的宇宙，他的第一步必须从发现自己脸上的文字开始。读者手中的这本小书，便是一本指南，教人如何找寻那些文字，但对于开启奥秘的解码公式之研究，终究只算得上一篇导论而已。因为奥秘是保留给将如太阳般升起的救世者的，只有他能将奥秘放入文字中。

不，卡利普心想，这里的"太阳"指的是鲁米被杀害的挚爱，大不里士的夏姆士，因为夏姆士在阿拉伯文的意思是"太阳"。他扔下书，准备起身到浴室里好好看一看镜子里的自己。一个念头从他心里闪过，却顿时转化为清晰的恐惧："耶拉不知道几百年前就已经看出我脸上的意义了！"小时候和青春期时偶尔会出现的宿命感涌上他心头，一种一切都已结束、终了、永远无法挽回的觉悟——当他做错了什么事、变成了别人、撞见别人秘密的时候，这种感觉便会油然而生。"从现在起，我是另一个人！"此刻卡利普告诉自己，仿佛是一个小孩在玩一场熟悉的游戏，也好似一个人踏上了不归路。

凌晨三点十二分，公寓和城市笼罩在唯有这种时间才会有的寂静中——不只是静，而是静的感觉，因为附近的暖气炉或远方船只上的发电机传来一阵微弱的呼呼声，隐隐刺入他耳中。虽然他决定时机已经成熟，该要踏上新的路途了，但他仍希望能在动身之前，再多流连一会儿。

然后他猛然想起一件事，过去三天来他一直刻意忘掉它：如果耶拉再不想办法寄出一篇新文章，他的专栏马上就要开天窗了。多年来报纸第二版的专栏从不曾缺席，卡利普不愿意去想象那里出现一片空白的样子——空白似乎意味着如梦和耶拉再也不可能藏匿在城市的某处，谈笑等待着他。他一边读一篇随手从柜子里抽出来的专栏，一边想："这我也写得出来！"毕竟，他手中就握有配方。不，不是三天前编辑室里的老专栏作家们给他的配方，而是别的。"我熟悉你所有的作品和你的一切。我读了一遍又一遍。"最后一句话他几乎要脱口而出。他又随便抽出另一篇文章往下读，然而也称不上是阅读，他在心里默念文中的字句，专注于某些字词的第二层意义。他意识到，越是仔细地阅读，他就越接近耶拉。毕竟，阅读一个人的作品，难道不就是在一点一滴地撷取作家的记忆吗？

现在他已准备去照镜子，查看自己脸上的文字。他走进浴室，看了一眼。接下来，事情发生得飞快。

很久之后，过了好几个月，每当卡利普在书桌前坐下来写作时，置身于满屋子三十年前景象的物品之中，他总会想起自己第一眼看到镜子的刹那，然后心头便会浮现那个词：恐惧。不过，他第一次照镜子是带着好玩的兴奋，当时还没有感受到这个词带给人的毛骨悚然。那时，他感受到的是茫然、空虚和麻木。那时，借着一颗灯泡的光线，他看见镜子里的自己的脸，就像看见三天两头就出现在报纸上的总统或明星的脸一样。他端详自己的脸，但并不是刻意要解开什么秘密，或是要破解几天来绞尽脑汁无法拆解的暗语密码。相反，他把它看作是一件穿了很久习以为常的外套，或是一个平凡乏味的冬季清晨，或是一把他视而不见的旧伞。"以前我是那么地习惯自己，以至于从没有意识到自己的脸。"事后，他这么想。然而漠然的感觉并没有持续太久。一旦他能够用观看于钦居书里的脸的方法来观看镜子里的自己，他立刻察觉到文字的影子。

他注意到的第一件怪事是，在他眼中，自己的脸竟然就像一张写了字的纸——像一块碑文，刻意把符号呈现在他人面前。关于这点，一开始他并没有多想，因为他好不容易才分辨出眼睛和眉毛之间几个明显的字母。很快地，这些字变得如此清晰，使他不禁怀疑过去为什么从没意识到。当然，他也想过，眼前所见其实只是刚才看了太久标着文字的照片所留下的残影——是一种视觉的幻象，或某个幻术游戏的一部分。但每一次他撇过头，再转回面对镜子，都能看见那些字仍在同样的位置。这些字母不会时而出现时而消失，像是儿童杂志里的"形象与背景"图片，第一眼看见树的枝叶，再看一眼则发现枝叶间躲着贼。他们就躲在他每天早晨心不在焉地刮胡子的脸部地形中，在眼睛、眉毛里，在鼻子处。如今要读出这些文字似乎不再是件难事。难的是不去注意它们。卡利普试图忽视它们，想要摆脱这附着在脸上的可怕面具。刚才在翻阅侯鲁非艺术和文学作品时，他谨慎地把鄙夷的态度藏在心中一角，现在他努力唤醒它，希望能再度点燃怀疑的心态，重新质疑所有与脸上文字有关的事情；希望能斥之为无稽之谈、幼稚把戏。然而，他脸上的线条和弯曲却是如此清晰地勾勒出这些字母，让他没办法从镜子前掉头就走。

就在这个时候，日后他称之为恐惧的感觉猛然袭来。但一切都发生得太快，他是那么不设防地瞥见脸上的字母，以及字母所组成的文字，以至于他始终无法清楚解释，究竟自己突然被恐惧所攫，是因为自己的脸变成了一张标满符号的面具，还是因为他察觉到这个字的寓意有多么骇人。这些字母所显露的秘密，卡利普将会通过其他全然不同的词汇来记住，用它们写出真相——那些他心知肚明却力求遗忘、牢记在心却自以为不记得、曾经钻研过却没有背下来的真相。而如今他在自己脸上确切地读到它们，不含半点怀疑的阴影，他才意识到一切其实都很简单易懂。他所看见的，他早就知道了，无须惊诧。或许他之所以会有日后称之为恐惧的感觉，是由于真相太过于简单明了。在某方面，就像是人类心灵中与生俱来的双重视觉，一个人在看见桌上一只高脚水杯时，能以超自然的眼光将之视为一项不可思议的奇迹，同时又把它当作平常可见的普通杯子。

等卡利普确认了自己脸上的文字并非幻觉而是事实后，他离开镜子，走进走廊里。现在他明白自己的恐惧来自文字本身的意义——放在那里的路标指向何方——而不是因为他的脸变成了一张面具、变成了别人的脸，或者变成了一个路标。毕竟，依照这场精巧游戏的规则，每个人脸上都有文字。在走廊的柜子前，他弯下腰朝柜子里望去，忽然体内一阵剧痛，他是如此想念如梦和耶拉，痛得几乎直不起身。仿佛他的身体和灵魂听任他为自己不曾犯下的罪行受苦；仿佛他的记忆里只存有失败和毁灭的秘密；仿佛所有过往的悲伤回忆，纵使每个人都已经快乐地遗忘，仍留伫在他的记忆中，压在他的肩头。

日后，当他试图回想在照了镜子后的三到五分钟里，自己做了些什么时——由于一切都发生得太快了——他将会记起那一刻，自己站在走廊的柜子前，旁边的窗户敞开，通往黑暗的通风井。刚才在浴室里，当他第一次感觉到"恐惧"时，他呼吸困难。他关掉电灯，摸黑离开镜子，冷汗在额前结成水珠。有一刹那，在走廊里，他想象自己可以再回去立在镜子前，打开灯，然后扯下那张薄薄的面具，像是掀开伤口的结痂；这么一来，他想自己将不再有能力从面具下的脸上，读出任何文字的隐藏意义，同样地，他也不再能够从普通街道、寻常广告牌和塑料袋上的文字和符号中，找到任何秘密信息。但是接着，他从柜子里抽出一篇耶拉的文章，集中精神阅读，想借此压过心底的疼痛。可他早已熟知内容了，他熟知耶拉所写的每一篇文章，就如同是他自己写的一样。他试图想象自己瞎了，或者他的瞳孔变成挖空的大理石洞，嘴巴变成一扇炉门，而鼻孔是生锈的螺丝洞。往后他也常这么想象自己的脸，但每次想起，他就明白耶拉也见过那出现在他心中、眼中的文字，耶拉知道有一天卡利普也会看见它们，他们其实一直互相勾结在玩这场游戏。但他将永远无法肯定，当时的自己，是否曾有能力把一切想个透彻。他觉得自己无法呼吸，也哭不出来，即使他很想。一声痛苦的呻吟从他的喉咙里蹿出，他的手不知不觉地伸向窗户拉柄，他想看看外头，看看黑暗的通风井，看看曾经是天井的空洞。他觉得自己像个孩子，扮演着某个人，一个不认识的角色。

他打开窗户，身体探入黑夜中，用手臂支着窗架，把头伸进无底洞似的通风井里：一股恶臭升起，气味来自堆积了半世纪的鸽子粪、人们倾倒的各种垃圾、建筑的污垢、煤烟、泥巴、焦油和绝望。人们把所有想要忘记的东西全丢了进来。他很想冲动之下跳进这团永劫不复的虚空，跳进这段已从旧房客的记忆中彻底磨灭的往事，跳进这片耶拉长年来以文字耐心建立的黑暗——耶拉把井、奥秘、害怕等主题，全部编织到文字中，恰似在填写华丽的宫廷古诗。但卡利普只是瞪着这一团黑暗，像个醉汉似的回想。他与如梦共度的童年，与这股气味密不可分。这股气味也塑造了他的过去，那个天真无邪的孩童、那个善良的年轻人、那个对妻子心满意足的丈夫，和那个居住在奥秘边缘的平凡市民。他的心底深处，升起了想与如梦和耶拉在一起的渴望，如此强烈，他几乎要失声大叫。他的身体像是被撕开了一半，被带到某个遥远而黑暗的地方，像是在梦里，而只要他能够放声大喊，大哭大叫，就有办法逃离这个圈套。但他只是瞪着无底的黑暗深渊，任凭雪夜的潮湿冰冷刺着脸。就这样过了很久，他感觉这些日子以来他独自背负的痛苦得到了分担，可怕的事情逐渐可以理解，而这一连串挫败、悲惨和毁灭，其中的秘密，也变得有如耶拉的一生一样清晰——过程中的细节耶拉早已安排好了，只为引诱卡利普掉入陷阱。在那儿，挂在窗口，他面对着底下的无底深渊，凝视良久。过了很长一段时间后，他才陡然意识到自己的脸颊、脖子和额头已快冻僵了，于是他缩回身子，关上窗户。

接下来的一切发生得极为自然、简明、顺畅。从走廊回到客厅后，他在一张安乐椅上躺下，休息片刻。接着他把耶拉的书桌收拾整齐，把文件、剪报、照片放回原本的箱子里，再把箱子放回柜子中。他不仅把过去几天来弄乱的东西打扫整洁，也整理了耶拉满屋子到处乱丢的杂物。他倒空烟灰缸，清洗杯盘，推开紧闭的窗户，让公寓里的空气流通。他把脸洗干净，替自己再煮了一杯浓咖啡，把耶拉沉重的旧雷明顿打字机放在整理擦拭过的书桌上，然后坐了下来。耶拉平常用的草稿纸收在书桌抽屉里，他拿出一张白纸，塞进打字机里，二话不说便开始写作。

事后，当卡利普审视自己在天亮前完成的作品时，他会发现，不但写得相当恰当、必要、合乎逻辑，而且他也记得自己在下笔时的明快利落。他坐着连续写了将近两个小时。感觉到如今一切都步上轨道，面对干净空白的纸张，他热切而兴奋地写着。打字机的声响，与他脑中一首古老熟悉的旋律融合共舞。每按一个键，他就越发明白，现在所写的其实是自己早已知道且深思熟虑过的东西。偶尔，他得慢下来，略为思考用字遣词，尽管如此，他下笔仍如行云流水，字句随着思想奔流——正如耶拉所说："没有半点勉强。"

第一篇文章他这么起头："我对着镜子阅读自己的脸。"第二篇文章则是："我梦见我终于变成自己多年来渴望成为的人物。"在第三篇文章里，他则叙述了几则贝伊奥卢的老故事。每一篇下笔都极为顺畅，但他越写心中的痛苦就变得越为深沉和绝望。他有信心，这就是耶拉读者所期待的。他把三篇文章都签上耶拉的名字。耶拉的签名，高中时他曾在笔记本背后模仿过不下千万次。

天亮了，垃圾车驶过街道，垃圾桶敲撞在人行道上发出哐啷声响。卡利普翻开于钦居的书，再次审视耶拉的照片。另一页某处有张模糊褪色的照片，底下并没有标出人名，卡利普猜测这一定就是作者本人。他仔细阅读作者写在书前的自传，计算出他被牵扯进1962年流产的军事政变时的年纪。考虑到他是以中尉的身份前往安纳托利亚，并且有机会目睹哈密·卡普兰出道头几年的摔跤比赛，因此于钦居必然和耶拉年龄相仿。卡利普再一次翻出1944年和1945年的军事学校毕业纪念册，从头开始搜寻。他遇到好几张照片，都可以是《文字之谜与谜之失落》中那张不知名面孔在年轻时候的样貌，但是那张褪色照片中最显眼的特征，光头，却被毕业纪念册中年轻军校生的军帽给藏住了。

八点三十分，卡利普穿上外套，把三篇专栏折起来放进口袋里，然后像一个赶着上班的父亲，匆忙走出"城市之心"公寓，越过马路走向对街的人行道。没有半个人看见他，就算有，大概也懒得叫住他。空气清新，天空是冬日的蓝，人行道上覆着积雪、冰片和污泥。来到骑楼后，他停了下来，那儿有一家名叫"维纳斯"的理发店，就是以前每天早上到家里来替爷爷修面的理发师开的，后来他和耶拉也经常光顾。骑楼底有一家锁店，他把耶拉的公寓钥匙留在店里请人备份。他向转角的书报摊买了一份《民族日报》，然后走进耶拉平常吃早餐的"牛奶公司"布丁店，点了蛋、奶油、蜂蜜和一杯茶。他边吃早餐边读耶拉的专栏，心里却想着，当如梦的推理小说中的侦探终于从一堆线索中归纳出一条重要的假设时，他们的心情一定就如同此刻的他。他感觉自己像一个发现了破案关键的侦探，满心期待要用这个线索来开启更多新的门。

耶拉的专栏是他星期六在《民族日报》办公室的档案夹中所看到的最后一篇存稿，和其他几篇一样，之前也已经刊登过了。卡利普甚至不打算去解析文中的第二层意义。吃完早餐后，站在等待共乘小巴的队伍中，他想起了从前的自己，以及那个人一直到最近之前所过的生活：每天早晨，他会在共乘小巴上看报纸，想着傍晚就可以回家，并幻想着自己的妻子正在家里的床上熟睡。泪水溢满他的眼眶。

"到头来，"当共乘小巴行经多尔马巴赫切皇宫时，他心里想，"要领悟到一个人变成了另一个人，其实就是必须相信，这个世界彻头彻尾变了样。"共乘小巴车窗外，他所见到的，并不是他习以为常的伊斯坦布尔，而是另一个伊斯坦布尔，其中的神秘他不久前已经知晓了，也将会记录在纸上。

报社里，编辑与各部门长官正在开会。卡利普敲敲门，稍候片刻，然后走进耶拉的办公室。自从上次来过后，房间里的书桌或任何地方，都没有丝毫变化。他在桌子前坐下来，随便翻了翻抽屉，看到过期的开幕酒会邀请函、各式各样左翼或右翼政治组织寄来的报刊、上一次看过的新闻剪报、纽扣、领带、手表、空墨水瓶、药丸和一副他之前没注意到的墨镜……他戴上墨镜，离开耶拉的办公室。走进编辑室，他看见那位好辩的老涅撒提正在桌前工作。他旁边的椅子是空的，上一次综艺作家就坐在那个位子。卡利普走上前，坐下来。"你记得我吗？"过了一会儿，他开口问老人。

"我记得！"涅撒提头也不抬地回答，"你是我记忆花园中的一朵花。'记忆是一座花园。'这句话是谁写的？"

"耶拉·萨利克。"

"不对，是波特佛里欧写的，"老专栏作家抬起头说，"由伊本·佐哈尼翻译，收录在他的经典版本中。耶拉·萨利克从里面偷来的，一如往常。就好像你偷了他的墨镜。"

"这是我的墨镜。"卡利普说。

"这说明墨镜就像人一样，是在彼此的形象中创造出来的。把它交出来！"

卡利普摘下墨镜，递过去。老人略为检查了一下后，戴上墨镜，看起来就像耶拉在专栏中描写的五十位贝伊奥卢传奇老大之一：那位和他的凯迪拉克一起消失的赌场兼妓院兼夜总会老板。他神秘地微微一笑，转头面对卡利普。

"难怪有人说，你应该偶尔透过别人的眼睛来看世界。唯有那个时候你才能真正明白世界和人类的秘密。你猜出这是谁的话了吗？"

"于钦居。"

"这跟他毫无关系，"老人说，"他笨得要死，他是那些蠢蛋之一。你是在哪里听到他的名字的？"

"耶拉有一次告诉我，那是他用了很多年的化名之一。"

"这说明当一个人到了年纪很大的时候，他不只会否认自己的过去和作品，还会宣称是另一个人。不过，我无法想象我们精明的耶拉先生会变得如此精神错乱。他一定有什么计谋，才会这样大剌剌地撒谎。于钦居恰巧是一位真实存在的人物，有血有肉。他是一位军官，二十年前曾用信件轰炸过我们报社。我们好心地在读者来信专栏里刊登了一两封他的信之后，没想到他竟跑到报社来，大摇大摆地好像他是这里的员工似的。然后，突然之间，他又不来了。接下来的二十年中，再也没有人看过他的踪影。就在一个星期之前，他又现身了，脑袋秃得像颗瓜。他说他是一个仰慕者，大老远来到报社只为见我一面。可悲的家伙，满口都是即将出现的预兆。"

"什么预兆？"

"少来了，你很清楚是什么预兆。难不成耶拉没向你透露过？时机已经成熟了，你要知道！一大堆预兆将要出现，就在外头大街上。审判之日、革命、东方的解放，诸如此类。"

"前几天耶拉跟我聊到你，也有关于那个主题。"

"他躲在哪里？"

"一时想不起来。"

"他们关在编辑室里密谈，"老专栏作家说，"要是你那耶拉堂哥再不赶快交篇新作品来，他们就准备叫他滚蛋。告诉他是我说的：他们打算把第二页中他的版面给我，不过我会拒绝。"

"前几天耶拉提到你的名字，语气中充满了感情。他讲到关于你们两人在1960年代初期被牵扯上的军事政变。"

"谎话连篇。他背叛了政变，这是为什么他恨我、恨我们其他人的原因。"戴着墨镜的老专栏作家说，墨镜在他脸上丝毫没有不搭调，此刻他看起来更像个"大师"，而不是个贝伊奥卢大哥。"他出卖了政变行动。当然，他不会告诉你事实如何，反而会宣称是自己把一切组织了起来。不过，老样子，你的耶拉堂哥总是等到每个人都已经相信事情会成功后，他才加入。在那之前，当安纳托利亚从南到北的读者群逐渐被组织起来时，当到处都在传递金字塔、宣礼塔、共济会的符号、独眼巨人、神秘罗盘、蜥蜴、塞尔柱圆顶的照片、做了标记的白俄罗斯纸钞、野狼的头等等时，耶拉却是在搜集读者的照片，像个小孩搜集电影明星照片似的。今天他发明了假人屋，明天他又开始滔滔不绝讲什么半夜的窄巷里只有'眼睛'在窥视他。我们猜他大概是想加入我们，所以我们同意了。我们想他会利用自己的专栏为理念服务，说不定他还能吸引到一些官员，发挥一点吸引力！当时有许多狂热分子和游手好闲的人，像你的于钦居那一类的人，而耶拉首先做的事情就是紧箍住他们的脑袋。接着，他运用密码程序、文字游戏，与另一群可疑人士建立起联系。等玩够了这些联系之后，他便自认为取得了胜利，开始争夺革命结束后自己想要的内阁职位。为了增加谈判的本钱，他坚持说自己与许多人保持密切接触，比如托钵僧教派的余党、等待着救世者的群众，以及自称得到那些流亡葡萄牙或法国的奥斯曼王子们口信的人。他宣称收到一些神秘人士的来信，还保证要拿给我们看。他表示有多位帕夏和教长的继承人到他住处拜访，留给他写满秘密的手稿和遗嘱，甚至三更半夜会有奇特人物到报社来找他。这些人全是他捏造出来的。与此同时，我企图揭破这家伙的谎言。他大放厥词，说自己已被内定革命结束后担任外交部长，可是他连半句法文都不会讲。那段时间，他发表了一篇评论，内容是几则关于他证明了某位争议性传奇人物存在的故事，满纸荒唐，充满了先知、救世者、天启，最后总结出有一项阴谋正在酝酿，而它将会揭发不为人知的历史真相。我坐下来，写了一篇专栏披露事实，内容引述了伊本·佐哈尼和波特佛里欧。好个孬种！他马上脱离我们，加入别的组织。传言指出他会在天黑后变装易容，假扮成他编造的故事角色，以向他的新朋友们证明这些人物真的存在。有天晚上，他出现在贝伊奥卢某家电影院门口，装扮得既像救世者又像征服者穆罕默德苏丹，对着等看电影的群众布道，宣扬说全国人民都必须换上别的装束，过另一种生活：眼看美国电影已经变得和本国电影一样无药可救，所以不管我们怎样去模仿他们，也不会有任何出路。很明显地，他企图煽动看电影的群众反对耶希尔恰姆电影街上的电影制作人，从而跟随他的领导。那个时候，就和今天一样，等待救赎的，并不是只有耶拉在专栏里常常提到的'悲惨的小布尔乔亚'——那些贫民窟里的居民，以及住在伊斯坦布尔暗巷里的破烂木头房子的人——而是土耳其全国上下全都在等待一个'救世者'的到来。人们也一如往常诚挚和乐观地相信着，倘若发生一场军事政变，想必面包将会便宜些；如果把罪人全送上绞架，那么通往乐园的大门就会开启。然而，多亏了耶拉先生对于支配群众的狂热和贪婪，不同派系的政变策划者彼此起了内讧，这场军事政变于是夭折。那天夜里动员的坦克车并没有驶向广播电台，反而掉头返回了兵营。结论：你自己也看得出来，我们仍旧茫然不知下一步在哪儿。在欧洲人的羞辱下，我们只好设法偶尔投投票，这么一来我们才能面无愧色地告诉来访的外国记者，现在的我们就跟他们一样。但这也并不表示人民从此不再企盼救赎。我们的确另有出路。假使英国广播公司当初没有找你的那个耶拉，而是希望和我聊聊的话，我可以告诉他们东方如何在未来千万年后依然幸福长存的秘诀。卡利普先生，孩子，你的堂哥耶拉是一个可悲的、有缺陷的人。为了要做自己，我们不需要像他那样，在衣柜里装满假发、假胡子、传统服饰和奇装异服。马哈茂德一世每天晚上都微服出巡，但猜猜看他穿些什么？他只是把苏丹的包头巾换成了毡帽，再拿一根拐杖，就这样！没有必要每天晚上花个把钟头化装易容，穿上奇怪而俗丽的服装，或是乞丐的破衫。我们的世界是一个完整的个体，而不是一个零零散散拼凑的世界。在这个领域里，确实存在着另一个领域，但它并不是隐藏在表象和布景之后，像是西方世界那样。所以，我们不需要拉开布幕，胜利地展现隐藏的真相。我们这个含蓄的宇宙无所不在，它没有中心，也没有标明在地图上。但那正是我们的奥秘，毕竟，要理解它是无比地困难。必须经历一次严峻的考验。我问你，我们之中，能有几个具备真胆识的人，知道他们自己便是整个宇宙，而自己所寻找的谜就存在于这个宇宙中？整个宇宙便是正在寻找谜底的自我？只有当你有此等领悟后，才够资格变装成另一个人。我和你那耶拉堂哥唯一共同的情感在于：我和他一样都很怜悯我们可怜的电影明星，他们既不能做自己，也当不了别人。不仅如此，我更怜悯我们的国家，竟然去认同这些明星！土耳其原本可以得到救赎的，甚至全东方本来都可以。然而，是你那位堂哥耶拉，为了个人的私利把我们出卖了。如今，他被自己亲手造就的结果给吓坏了，躲起来，带着他的一柜子衣服。他干吗要躲起来？"

"你很清楚，"卡利普说，"街上平均每天发生十到十五起政治煽动的谋杀案。"

"那些不是政治煽动而是心灵促成的暗杀。此外，就算假苏菲教徒、假马克思主义者和假法西斯分子互相残杀，又关耶拉什么事？已经没有人对他感兴趣了。他这样躲起来，等于是发出了死亡的邀请，引导我们相信他是一个重要到值得被暗杀的人物。在民主党的全盛时期，我们曾经有一位温和有礼、专写耸动故事的作家，后来过世了，他以前每天用化名写信给检察官，控告自己，为了让自己可以被起诉，而吸引大众注意。这还不够，他甚至还宣称写那些控诉状的人就是我们。你懂了吗？耶拉先生通过自己的记忆，窃取了自己的过去——他和这个国家唯一仅有的联系。难怪他再也写不出任何东西来了。"

"是他派我到这里来的，"卡利普说着从口袋里拿出文章，"他请我帮他交新的专栏。"

"我们来看看。"

老专栏作家连墨镜都没有摘下就直接读起了三篇专栏，一旁的卡利普注意到桌上摊着一大本阿拉伯文书，是夏多布里昂的《墓中回忆录》。老作家朝一个刚从编辑办公室走出来的高个子挥挥手，召他过来。

"耶拉先生的新专栏，"他告诉对方，"还是老样子，就是喜欢出风头，还是老样子……"

"我们马上送去排版，"高个子说，"我们才在考虑要重登一篇旧文章。"

"往后一阵子都会由我来替他送新稿子。"卡利普说。

"搞失踪的用意何在？"高个子男人说，"这几天有一大堆人在找他。"

"显然，他们两个人夜里会假扮成别人出门。"老作家说，用鼻子指了指卡利普。等高个子男人微笑着离开后，他转身面对卡利普。"你将返回鬼影幢幢的街道，对不对？回到宣礼塔倾圮的清真寺、废墟、空屋、废弃的托钵僧修院，穿上奇装异服，戴上面具、这副墨镜，找寻肮脏的勾当、诡谲的秘密，在骗子和毒枭之中搜寻鬼魅，对吗？卡利普先生，孩子啊，自从我上次见到你后，你变了很多。你的脸色苍白，眼窝凹陷。你已经变成了另一个人。伊斯坦布尔的夜晚无止无尽……罪恶的幽魂让人难以成眠……你说呢？"

"我只想拿回那副墨镜，先生，然后离开这里。"

29

我竟然变成了英雄

关于个人风格：书写必然始于对别人的模仿。

孩童不也是通过模仿别人，才开始牙牙学语的吗？

——塔希尔－乌尔·梅列维

　　我对着镜子阅读自己的脸。镜子是一片宁静的海洋，而我暗黄的脸是一张纸，海绿色的墨水在上头刻画了痕迹。从前，每当我面无表情，你的母亲——你美丽的母亲，也就是我的阿姨——常会这么说："亲爱的，你的脸白得像张纸。"我之所以面无表情是因为我害怕自己脸上写着什么，而我却不知道。我之所以面无表情是因为我害怕当我回来时，却找不到你——你不在我当初离开的地方，不在老旧的桌子、疲惫的椅子、褪色的台灯、报纸、窗帘和香烟的环绕中。冬天里，夜晚来得很快，就如同黑暗。每当夜色降临，关上门，打开灯，我都会想象你背对着门，坐在角落里：我们年幼时住在不同的楼层，等我们长大了则在同一扇门后。

　　读者啊，亲爱的读者，明白我所谈论的是一个曾经与我休戚相关且同住一个屋檐下的女孩的读者啊，当你读到这篇文章时，请务必把你自己放在我的立场，并留意我的暗示。因为当我在谈论自己时，也在谈论着你；当我对你讲述故事时，我也在重温自己的回忆。

　　我对着镜子阅读自己的脸。我的脸是罗塞塔石，我在梦中解析过它的秘密。我的脸是一块残破的墓碑，削去了传统穆斯林碑石上该有的包头巾雕刻。我的脸是一面皮肤做成的镜子，读者可以在里面看见自己。我们透过毛孔，一起呼吸着：我们两个，你和我，我们的香烟浓雾，弥漫在客厅里，屋里满是你爱读的小说，黑暗的厨房里传来冰箱马达抑郁的嗡嗡作响，光线渗过颜色有如平装书封面和你的肤色的灯罩，落在我罪恶的手指和你修长的腿上。

　　我是你所读的书本中那位足智多谋的忧伤英雄。我是那位探险家，在向导的陪伴下，沿着大理石墙、擎天柱梁和黝黑岩石向前疾驰，爬上阶梯通往繁星点点的七重天，奔向被判入地底受苦受难的芸芸众生。我是那位固执的侦探，在跨越深渊的桥梁边朝他对岸的爱人呼喊："我是你！"同时，多亏了作者的偏袒，他也在烟灰缸里察觉到毒药的残渍……而你，如梦，我的梦，则不耐烦而一言不发地翻过这一页。我犯下了激情的谋杀，我骑着马横越幼发拉底河，我被埋葬在金字塔底，我杀死了红衣主教。"所以告诉我，这本书在说些什么？"你是一个恋家的家庭主妇，我是一个晚归的丈夫。"噢，没什么。"当末班夜车空荡荡地驶过街道时，我们相对而坐的安乐椅微微震动。你手里拿着平装书，我举着我读不下去的报纸，问你："如果我是书里的英雄，那么你就会爱我吗？""别无聊了！"你读的这些书里描述着夜晚的残酷寂寥，我比谁都明白夜晚的残酷寂寥。

　　我心里自忖，她母亲说对了，我的脸始终苍白：上面有着五个字。字母书的大马上头写着"A"，D代表树枝，DD代表祖父。BB代表父亲，法文的父亲则是PP。妈妈，叔叔，婶婶，亲戚。并没有一座山名叫卡夫，也没有半条蛇围绕着它。我随着逗号奔驰，碰到句号停下来，在惊叹号的地方露出惊讶！书本和地图的世界竟是如此绝妙！名叫汤姆的牛仔住在内华达州。这儿有个故事，是关于在波士顿的得克萨斯英雄，旋风牛仔佩科斯·比尔；黑男孩在中亚大摇大摆逞威风；《一千零一张脸》《金兰姆纸牌游戏》《罗迪》《蝙蝠侠》。阿拉丁，请问一下，阿拉丁，《得州》第一百二十五集出了吗？等一等，奶奶会说，然后把漫画从我们手中抢走。等等！如果那低级漫画的最新一期还没出的话，我可以讲个故事给你们听。她会嘴里叼着香烟开始讲故事。我们两个，你和我，爬上卡夫山，摘下树上的苹果，滑下豆子藤蔓，钻进烟囱，展开线索搜查。夏洛克·福尔摩斯是仅次于我们的最佳侦探，紧跟着是旋风牛仔的伙伴"白羽毛"，再下去是老鹰穆罕默德的朋友跛子阿里。读者啊，亲爱的读者，你跟上了我的文字吗？我一无所知，毫无概念，只是我的脸自始至终就是一张地图。然后呢？你问，你坐在奶奶对面的椅子上，荡着不太够得着地的双脚。然后发生了什么事，奶奶？然后呢？

然后，好久之后，很多年以后，当我成了一名丈夫，在一整天疲惫工作结束后回到家，从公文包里拿出刚才在阿拉丁店里买来的杂志，你一把抢过去，坐进同一张椅子，一如既往地故意悬荡着——噢，我的天！——你的腿。我会摆出惯常的没表情的脸，恐惧地自问：她心里在想些什么？在她内心那片禁止我进入的秘密花园里，藏着什么样的谜？从你任由长发披垂的肩膀，从彩色插页的杂志里，我寻找着线索，企图理解你悬荡双腿的秘密，尝试解开你内心花园中的谜：纽约的摩天大楼，巴黎的烟火，英俊的革命者，果决的百万富翁（翻页）。附设游泳池的飞机，系粉红领带的大明星，博学多闻的天才，最新情报（翻页）。好莱坞小演员，叛逆歌手，全球的王子公主（翻页）。地方新闻：两位诗人和三位评论家共同探讨阅读的好处。

我终究参不透谜底。而你，在好几个钟头好几页之后，等深夜里经过我们家外面的饥饿狗群也离去后，你将会完成填字游戏：苏美尔人的健康女神——Bo；一座意大利山谷——Po；碲元素的符号——Te；一个音符——Re；一条往高处流的河——Alphabet？我想。一座不存在于文字幽谷的山——Kaf（卡夫）；一个魔法字眼——Listen；心灵的剧场——Rüya（如梦），一个梦，我的梦，我的如梦，我在睡前凝望在梦里相见的人。照片中的俊美英雄——你总是想得出来，而我老猜不着。"我该剪头发吗？"你会问，从杂志里抬起头，静寂的夜里，你的脸一半笼罩在灯光下，另一半是一面黝黑的镜子。但我始终不知道你是在问我，还是在询问谜题中央那个英俊著名的英雄。有那么一刹那，亲爱的读者，我的脸又倏地白了，一片惨白！

我永远无法说服你为什么我相信一个没有英雄的世界。我永远无法说服你为什么那些创造出英雄的可悲作家们自己不是英雄。我永远无法说服你杂志里你所见到的照片是属于另一个人种。我永远无法说服你必须满足于一种平凡的生活。我永远无法说服你在那平凡的生活之中，我必须拥有一个位置。

30

我 的 兄 弟

在我听说过的所有君主中，我能够想到唯一接近真主精
神的，就是巴格达的拉希德国王，这个人，你们都知道，很
喜欢乔装成别人。

——伊莎·迪内森[1]《七篇惊悚故事》

（选自《诺德奈的大洪水》）

戴着墨镜走出《民族日报》大楼后，卡利普没有去他的办公室，
而是走向大巴扎。他经过一家家卖游客纪念品的商店，穿越奥斯曼
圣光清真寺的庭院，突然间，强烈的睡意袭来，伊斯坦布尔在他眼
里突然变成一个截然不同的城市。在他看来，大巴扎里的手提皮包、
海泡石烟斗、咖啡磨豆器都不像是属于这座人类定居了上千年的城
市的物品。它们是可怕的符号，属于一个不可理解的国度，上百万
的人民离乡背井暂居于此。"奇怪，"卡利普自忖，迷失在市场杂乱
无序的骑楼里，"自从读出我脸上的文字之后，我可以乐观地相信，
如今我能够彻底做自己。"

经过一排拖鞋店的时候，他已经准备要相信，改变的不是这座

---

[1] 伊莎·迪内森（Isak Dinesen，1885—1962），丹麦女作家，著有自传体小说《走
出非洲》，中篇小说《芭比的盛宴》等。

城市，而是他自己。只不过，自从看出脸上的文字后，他就坚信自己已经解开了城市之谜，因此，他实在很难相信眼前的城市仍是他过去认识的那一个。望着一家地毯店的橱窗，他心中浮起似曾相识的感觉，仿佛他曾经看过里头展示的地毯，曾经穿着沾满泥巴的鞋子和破烂的拖鞋踩在上面，仿佛自己跟坐在店门口一边啜饮咖啡一边狐疑地盯着其他店的店老板很熟，似乎就像了解自己的一生那样，很清楚这家店的故事及其充满投机狡诈的历史、那弥漫着尘埃气味的过去。当他望着珠宝店、古董店和鞋店的展示柜时，也有同样的感触。匆匆扫视过几个骑楼店铺后，他开始想象自己知道大巴扎里卖的所有东西，从铜水壶到秤盘，而他也认识每一个等着顾客上门的店员，以及穿梭在骑楼里的每一个人。他实在太熟悉伊斯坦布尔了，这个城市在卡利普面前没有秘密。

他心情轻松，在骑楼里做梦似的闲逛。生平第一次，他眼前所见，不管是橱窗里的小摆饰还是迎面而来的脸，都既像梦中场景，同时又像嘈杂的家庭聚餐那样熟悉而令人安心。他经过一家珠宝店明亮闪耀的橱窗，心想，自己内心的平静必然与脸上的文字所指涉的秘密有关。虽然如此，他不愿意再去回想那具属于过去的可悲皮囊，那具自从他带着恐惧从脸上读出字母后，便抛在身后的残破躯壳。世界之所以如此神秘，是因为一个人的身体里躲藏着第二个人，两个人就像双胞胎一样共同生活着。走过"补鞋匠市集"，懒洋洋的店员在门口打发时间，卡利普看见一家小店的入口处展示着鲜艳的伊斯坦布尔明信片，这时他才察觉，很久以前他就已经把自己的双生兄弟留在身后了：这些明信片上全都是熟悉、陈旧、老套的伊斯坦布尔景象，那些老掉牙的风景名胜，像是停泊在加拉塔桥畔的公共客运渡船、托普卡帕皇宫的烟囱、黎安德塔、博斯普鲁斯桥。看着它们，卡利普更确定这个城市不可能有任何秘密瞒着他。不过，才一踏进贝德斯坦的窄巷，他的信心立刻消失。这里是旧市场的中心，酒瓶绿的商店窗户彼此对映。"有人在跟踪我。"他警觉地想。

附近没有半个人，但某种即将发生灾难的预感却叫卡利普顿时忧心忡忡，他加紧脚步快走。来到"毡帽师傅市集"时，他向右转，一路走到街尽头，然后离开市场。他本打算快步通过前面几家二手书店，可是当他经过"Alif书店"时，这些年来他从没多想过的店名却突然变成一个暗示似的。令人惊讶的，并不在于书店以阿拉伯文的第一个字母[1]为名——这不仅是真主"安拉"这个字的首字母，而且根据侯鲁非的说法，是字母和宇宙的起源——真正让人惊讶的，这个字竟是如于钦居所指示的那样，在门上方以拉丁字母拼成"Alif"。就在卡利普试图把它视为一个日常事件而非一个有意义的符号时，他瞥见了穆阿马大师的店。这位扎玛尼教长的书店大门深锁——从前这家店的常客许多都是远方邻里的可怜寡妇，以及忧愁的美国亿万富翁——让卡利普认为，这仍然是隐藏在城市中的某个神秘符号，而不是什么日常生活中可能发生的现象，比如说年长可敬的教长不想在寒冷刺骨的天气外出，或者是他死了。"倘若我还能在城市中看见符号，"他经过一堆又一堆老板放在店门口的翻译侦探小说和《古兰经》解析，"那么意思是，我还没有学会我脸上的字所教的东西。"然而，这并不是真正的原因：每次只要他想到自己被人跟踪，他的腿就会自动加速，使得整个城市从一个平静、充满了亲切的符号和物品的地方，转变成为一个可怕的场所，遍布着未知的危险和神秘。

走到巴耶济德广场后，他转进"帐篷匠路"，然后踏上"俄国茶壶路"，只因为他喜欢这个路名。接着，他走上与之平行的"水烟袋

---

[1] 阿拉伯文的第一个字母按发音转为拉丁字母后，则为"alif"。

路"，一路往下走到金角湾。接下来，他掉过头，又沿着"铜钵路"走上坡。沿途经过塑料工作室、食品厨房、铜匠店和锁店。"这表示当我展开新生活时，早已注定会遇到这些店。"他天真地想着。再往前，他看到卖水桶、脸盆、珠子、金属饰片、军警制服的各种店家。他朝选定的目的地巴耶济德塔的方向走了一会儿，然后掉头，经过卡车、橘子摊、马车、旧冰箱、写着政治口号的大学外墙，一路走上伟人苏莱曼苏丹清真寺。他走进清真寺的院子，沿着柏树前行，等脚上的鞋子沾满泥泞后，他从神学院旁的街道走出来，穿越一栋紧挨着一栋的原色木头房子。令他懊恼的是，他满脑子禁不住想着，从这些倾倒的屋子一楼窗口凸出来、伸向马路的排油烟管，看起来就"像"短猎枪，或"像"生锈的望远镜，或"像"吓人的大炮管。然而他并不想把任何东西联想成别的东西，他也不想让"像"这个字眼在他心里挥之不去。

为了离开"青年热血路"，他转进"矮泉路"，一路上这个路名又盘踞了他的思绪，让他心想或许这又是个符号。老旧的石板路上充斥着符号的陷阱，他做出结论，决定走上"王子街"。在那儿，他观察到小贩沿街叫卖脆芝麻圈，小巴士司机喝着茶，大学生一边吃比萨一边研究电影院门口的海报。今天上演三部电影，两部是李小龙的功夫片，另一部，破损的海报和褪色的照片中，康尼叶·亚金饰演一个塞尔柱的侯爵，打败了拜占庭的希腊人，与他们的女人睡觉。卡利普害怕自己若再一直盯着宣传照里演员橘黄色的脸，说不定会瞎掉，于是他继续往前。走过"王子清真寺"时，他努力把进入脑中的"王子故事"甩开。他通过外围已锈蚀的红绿灯、一团混乱的涂鸦、头顶上方肮脏的餐厅和旅馆的广告招牌、流行歌手和洗洁精厂牌的海报。尽管他花费了很大力气一路上成功地把所有这些的隐藏意义全抛在脑后，但当他行经"瓦伦渠道[1]"时，他忍不住想起自己很小的时候看过的一部电影里头的红胡子教士；当他走过著名的"微发"发酵饮料店时，他忍不住回忆起有一个假日夜晚梅里伯伯喝醉了酒，带着全家老少坐上出租车，来这里喝奶酒。这些画面当场便转化为符号，指向一个存在于过去的谜。

他几乎是跑着穿越阿塔图尔克大道，因为他再一次觉得，假使能走快一点，非常快，那么，城市呈现在他眼前的图画和文字就会如他想要的样子——它们真正的样貌，而不是一个谜的各种面向。他疾步走上"织布工路"，转进"木材市场路"，他走了好一会儿，不去留意任何街道的名称，沿路经过生锈的阳台栏杆与木头骨架交错而建的破烂连屋、1950 年代长头形的卡车、被拿来当玩具的轮胎、歪斜的电线杆、遭拆除废弃的人行道、在垃圾桶间穿梭的野猫、站在窗口抽烟的包头巾女人、卖酸奶酪的流动摊贩、挖水沟的工人和哈拉智信徒。

才刚走下通往"祖国路"的"地毯商人路"没多久，他猛地左转，跨上另一侧的人行道，接下来他又这样变换了几次。来到一家杂货店，他停下来买了杯酸奶酪，一边喝一边想着，"被跟踪"的感觉必定是从如梦的侦探小说里得来的。他心知肚明，既然脑子里已摆脱不掉弥漫全城的无解之谜，更别想能把这股感觉抛之脑后。他转进"双鸽路"，在下一个十字路口左转，沿着"文化人路"几乎跑了起来。他闯红灯穿越"费维济帕夏街"，横冲直撞地闪过一辆辆小巴士。他瞥了一眼路标，赫然发现自己在"狮子穴街"上，刹那间他惊骇万分：如果，三天前在加拉塔桥上他察觉到的那只神秘之手，仍

---

[1] 拜占庭帝国曾在伊斯坦布尔建造了许多贮水池和渠道，有的是暗道，有的是露天，组成一个遍及伊斯坦布尔的喷泉网络，为城市带来充足稳定的淡水。

持续在城市的各个角落放置符号，那么，他确知存在着的那个谜，想必依然离他非常遥远。

他走进拥挤的市集，经过摊子上摆着青花鱼、八目鳗、比目鱼的鱼贩，来到所有道路的会合点，亦即征服者清真寺的庭院。宽敞的院子里空无人迹，只有一个黑胡子男人，他穿身黑色外套，走起路来像是雪地里的乌鸦。小小的墓园里也没有半个人影。征服者穆罕默德苏丹的陵寝是锁上的，卡利普从窗子里望进去，聆听着城市的喧嚣：市集的嘈杂人声、汽车喇叭、远方一所学校操场上孩童的嬉闹、引擎发动的轰轰作响、庭院里树枝上麻雀与乌鸦的尖声鸣叫、小巴士和摩托车的怒吼、附近摔门和关窗的声响、建筑工地、房屋、马路、树、公园、海、船、邻近街区、整个城市的噪声。隔着雾蒙蒙的窗户玻璃，卡利普凝视着征服者穆罕默德苏丹那雕刻精美的石棺。这位他殷切渴望成为的人，五百年前征服了这座城市之后，就在侯鲁非小册子的帮助下，开始凭直觉探索城市之谜。他一点一滴地对这片土地进行解析，在这里，每一扇门、每一座烟囱、每一条街、每一道沟渠、每一棵梧桐树都是符号，它们除了代表自身之外，都指涉着别的东西。

"要是那场政治阴谋没有被揭开，侯鲁非著作没有焚毁，侯鲁非信徒没有牺牲，那该多好。"从"书法家路"走向"慈母智慧路"时，卡利普心里想，"要是苏丹能够揭开城市之谜的话，那么，当他走在他所征服的拜占庭街道上时，和此刻的我一样，看着颓圮的围墙、百年梧桐树、尘土飞扬的道路、空旷的空地，他可能会有什么心得呢？"等走到"节制区"的烟草工厂和恐怖老建筑时，卡利普给自己一个答案，一个自从他读出脸上的文字后就明白的答案：尽管他是第一次见到这座城市，他却熟悉得好像来过千万次了。而惊人之处在于伊斯坦布尔仍只是一个刚被征服的城市。卡利普想不出究竟自己以前有没有见过、熟不熟悉眼前的景象：污湿的马路、碎裂的人行道、倒塌的围墙、可怜的铅灰色的树、摇摇晃晃的汽车和濒临解体的公交车、大同小异的脸、瘦得只剩皮包骨的狗。

现在他明白自己将甩不掉尾随在后的东西，即使他不确定那到底是不是真的，总之他继续往前走，经过金角湾沿岸的厂房、空的工业用桶、拜占庭沟渠的断垣残壁、在泥泞的空地上吃面包夹肉丸当午餐或是踢足球的工人，直到心中升起一股强烈的欲望，希望看到眼前的城市是一个充满了熟悉景象的宁静场所，使他禁不住想象自己是另一个人——是征服者穆罕默德苏丹。他怀抱着这个幼稚的幻想走了好一阵子，也丝毫不觉得自己疯狂或荒谬。然后，他想到，许多年前耶拉曾在一篇纪念光复周年的专栏中说道，从君士坦丁时代到现今的一千六百五十年间，伊斯坦布尔曾经历过一百二十四位统治者，而其中，征服者穆罕默德是唯一的不觉得自己需要在深夜里微服出巡的君王。"我们的读者很清楚原因何在。"当卡利普回想起耶拉文章里的这句话时，他正坐在斯克西—埃郁普的公交车上颠簸着。在温卡帕讷，他搭上了开往塔克西姆的公交车，他惊讶地发觉尾随的人竟可以那么快就跟上——他感觉那只眼睛更近了，就盯着他的脖子。到了塔克西姆又换了一次公交车后，他想，如果跟隔壁的老人说说话，或许自己可以转换成另一个身份，甩开背后的影子。

"你认为雪会继续下吗？"卡利普说，望出窗外。

"天晓得。"老人说，他似乎要再接下去说些什么，但被卡利普打断了。

"这场雪意味着什么？"卡利普说，"它在预告着什么？你知道伟大的鲁米有一则关于钥匙的故事吗？昨天晚上我梦见相同的东西。四周一片白，雪白，就像这场雪一样白。我突然惊醒，感觉到胸口一阵冰冷尖锐的疼痛。我以为有一颗雪球、冰球，或是一颗水晶球压在我心脏上，但并不是：躺在我胸口的是诗人鲁米的钻石钥匙。我伸手抓起它，爬下床，心想也许它可以打开我的卧室房门，果不其然。然而，开门之后我却进入了另一个房间，床上正睡着一个长得像我但并不是我的人，他的胸口上也有一把钻石钥匙。我放下手里原本的那把钥匙，拿起第二把，打开门踏出这个房间，又走进另一个房间。房里的情况也是一样……就这样我走进下一个房间，再下一个房间。无数个我的翻版，比我自己还要英俊，每人的胸口都放着一把钥匙。不单是这样，我看见房间里除了我之外还有别人，一群魅影般的梦游者，和我一样手里都拿着钥匙。每一间房里都有一张床，每一张床上都有一个像我这般做着梦的人！当下，我了解到自己身在天堂的市集里。那儿没有商业交易，没有金钱往来，没有税收缴纳，那里只有脸和形象。你喜欢什么，就去冒充什么；你可以像戴面具一样换上一张脸，从此展开新生活。我知道我所寻找的那张脸在最后一千零一个房间里，然而我手里拿到的最后一把钥匙却打不开最后一扇门。此时我才明白，唯一能开启最后一道门的，是我最初看到压在自己胸口的那把冰冷钥匙。可是，那把钥匙现在到哪儿去了？在谁手里？这一千零一个房间，究竟哪个才是我最初离开的房间和床铺，我完全没有头绪。我悔恨交加，眼泪直流，知道自己注定要和其他绝望的影子一起，跑过一个又一个的房间，穿过一扇又一扇的门，交换钥匙，惊异于每一张熟睡的脸，直到时间的尽头……"

"看，"老人说，"看！"

卡利普闭上嘴，隔着墨镜往老人所指的地点看过去。电台大楼前面的人行道上有一具尸体，几个人围在旁边大呼小叫。很快地，集结了一群看热闹的民众，而交通整个堵塞了。公交车被卡得动弹不得，有座位或没座位的乘客，全部靠近窗边去看那具尸体，静默中透着恐惧。

等道路清空、公交车再度行驶之后，车内依然死一般的静。卡利普在皇宫戏院对面下车，到尼相塔什一隅的安卡拉市场买了咸鱼、鱼子酱、切片牛舌、香蕉和苹果，然后疾步走向"城市之心"公寓。此时，他觉得自己太像别人，反而不想再当别人。他直接走向门房的家，伊斯梅尔和卡梅尔和小孙子们正在吃晚餐，围坐在铺着蓝油布的餐桌边，桌上是碎肉和马铃薯。这一幕和乐融融的家庭聚餐，在卡利普看来遥远得像好几个世纪前的场景。

"祝你们好胃口，"卡利普说，停顿了一会儿后又补充，"你们没有把信封交给耶拉吗？"

"我们按了好几次门铃，"门房太太说，"但他就是不在家。"

"他现在在楼上，"卡利普说，"所以，信封在哪儿呢？"

"耶拉在楼上？"伊斯梅尔说，"如果你要上去找他，能不能顺便把他的电费单交给他？"他起身离开餐桌，走到电视机旁拿起上头的缴费单，一张一张凑到他的近视眼下查看。卡利普趁机摸出口袋里的钥匙，把它挂回架上的钉子。没有人注意到他的动作。他拿了信封和电费单，然后转身离开。

"叫耶拉别担心，"卡梅尔在他身后喊，兴高采烈的语气让人起疑，"我没有告诉任何人！"这么多年来，卡利普今天第一次不讨厌搭乘"城市之心"公寓的老旧电梯，尽管电梯里仍飘散着亮光漆和机油的气味，上升的时候又像个腰痛的老头那样发出呻吟。镜子依然在原位，以前他和如梦常对着它互比身高，但此时他却不想看镜子，不想见到自己的脸，害怕自己会再次陷入文字带来的恐惧中。

他走进公寓，刚把脱下来的风衣和外套挂起来，电话就响了。拿起话筒之前，他先冲进浴室里为任何可能性做准备，凭着渴望、勇气和决心，他朝镜子看了几秒：不，那并不是偶然，字母、一切、整个宇宙和其奥秘都安然在位。"我知道，"拿起话筒时他心想，"我知道。"他知道电话的另一头必然是那个密报军事政变的人。

"你好。"

"这回你又叫什么名字？"卡利普说，"化名太多了，把我搞得头昏脑涨。"

"一个机智的开场，"对方说，声音里含着卡利普没有料想到的自信，"你替我取个名字吧，耶拉先生。"

"穆罕默德。"

"就好像征服者穆罕默德？"

"没错。"

"很好，我是穆罕默德。我在电话簿里找不到你的名字。给我你的住址，好让我去你那儿。"

"既然我把住址当成秘密，那我为什么要告诉你？"

"因为我只是一个普通市民，心怀善意，想要把关于一场即将发生的军事政变的证据，提供给一位大名鼎鼎的记者。这就是为什么。"

"你知道太多我的事情，不可能只是普通市民。"卡利普说。

"六年前我在卡尔斯火车站遇见一个家伙，"名叫穆罕默德的说，"一个普通的市民。他是一家小杂货店的老板，而且就像八百年前的诗人阿塔尔那样，年复一年待在一家弥漫着药草和香水气味的普通小店里。他要到埃尔祖鲁姆去处理生意。整段旅程中我们都在谈论你。对于你的家族姓氏——萨利克——的意义，他有一番见解：'意思是苏菲之道上的旅人。'他很清楚你以真名发表的第一篇专栏为何要用'听'这个词来破题，原因是它翻译成波斯文是'bishnov'，鲁米的《玛斯纳维》正是以这个词开头。1956 年 7 月，你写了一篇文章，把人生比拟为连载小说，而整整一年后，你又在另一篇文章里把连载小说比拟为人生，这段时间，他对你文章中隐秘的对称性和功利主义深感兴趣，因为他从文字风格中分析出你以化名接下了摔跤手系列文章，这系列的原作者由于和报社之间有嫌隙而丢下不管。同时期的另一篇作品中，你要求男性读者不应该对街上的美丽女子皱眉，相反，应该要学欧洲人那样摆出爱慕的微笑。他知道你带着爱慕、景仰和温柔所描绘的美丽女子就是你的继母，你拿她来代表一个对男人的皱眉愤愤不平的女人。另一篇文章里，你暗讽一个住在伊斯坦布尔灰扑扑的公寓大楼里的大家庭，把他们比喻成一群可怜的、住在鱼缸里的日本金鱼。他晓得那群金鱼是一个又聋又哑的叔叔养的，而那个大家庭便是你的家庭。这个人，一辈子没有到过埃尔祖鲁姆以西的任何地方，更别提来过伊斯坦布尔，但他却认识你所有不具名的亲戚、你居住的尼相塔什公寓、附近的街道、转角的警察局、对面的阿拉丁商店、帖斯威奇耶清真寺的中庭和院子里的倒影池、秋季花园、'牛奶公司'布丁店、人行道沿路的菩提树和栗树。他对它们了如指掌，一如熟悉自己在卡尔斯市郊店铺里贩卖的各式南北杂货——从香水到鞋带，从烟草到针线。在那个年代，当我们的全国广播电台里还听不到统一的口音时，他知道你在'伊斯坦布尔广播'里讽刺伊白亮牌牙膏所推出的'十一个问题测验'，也知道他们为了奉承你，好让你闭上嘴，拿你的名字作为价值两千里拉的答案。但正如他所料，你并没有接受这小小的贿赂，反而在下一篇专栏里建议读者不要使用美国制的牙膏，应该用他们自己干净的手，沾一点自制的薄荷香皂，来搓磨牙齿。你当然不会晓得，单纯善良的杂货店老板就依照你胡诌的配方，涂抹他那日后将会一颗颗脱落的牙齿。除此之外，在接下来的火车旅程中，我和杂货店老板发明了一个问答游戏，叫作'题目：专栏作家耶拉·萨利克'。

我很辛苦地才赢了这个满心挂念要在埃尔祖鲁姆站下车的男人。没错，他是个普通市民，一个提早衰老的人，一个没有钱修牙齿的人。这个人，他生活中唯一的乐趣，除了读你的专栏外，就是待在花园里逗弄他所养的好几笼鸟，然后跟别人谈论养鸟经。懂了吗，耶拉先生？一个普通市民也有能力了解你，所以你别想瞧不起他！不过，我碰巧比那位普通市民更了解你。这就是为什么我们会像现在这样，彻夜长谈。"

"第二篇提到牙膏的专栏后四个月，"卡利普开口，"我针对同一主题又写了一篇。内容在讲什么？"

"你提到，漂亮的小女孩小男孩在睡觉前给他们的父亲、叔伯、姑婶、继母'晚安吻'，漂亮的小嘴散发出薄荷牙膏的清香。平心而论，称不上是一篇专栏。"

"我还在其他什么地方谈到日本金鱼？"

"六年前，在一篇你向往着寂静与死亡的文章里。一个月后你再次带出金鱼，但这一次你说自己寻求的是秩序与和谐。你时常拿屋里的鱼缸和电视机相比。你给读者提供从大英百科全书里节录的新知，关于'和金'金鱼因为混种而面临的大浩劫。谁替你翻译那些东西的？你妹妹还是你侄子？"

"那么，警察局呢？"

"它让你联想到深蓝色、黑暗、出生证明、小市民之悲、生锈的水管、黑鞋子、没有星星的夜晚、责备的脸、静止不动时一种灵魂出窍的感觉、不幸、身为土耳其人、漏雨的屋顶，以及，自然而然的，死亡。"

"所有这些，你的那位杂货店老板，全都知道？"

"不光是这些。"

"那么他问了你什么？"

"这个从没看过街车，或许也永远不会看到的男人，当下便问我，伊斯坦布尔的马拉街车闻起来是什么味道，相比没有马拉的街车。我告诉他，真正的差异不在于马匹和汗水的气味，那是引擎、机油和电的气味。他问我，伊斯坦布尔的电是不是有种独特的味道。你从没提过这一点，但他从字里行间读了出来。他请我描述一下刚从报社出炉的报纸是什么气味。答案是，根据你1958年冬的一篇专栏所言：一种混合了奎宁、霉味、硫黄和酒的气息，让人晕醉的混合。显然，花三天才能抵达卡尔斯的报纸，已失去了它的气味。杂货店老板提出的一个最难的问题，是关于紫丁香的芬芳。我不记得你是否特别谈及此种花。但他却像个回味起甜美记忆的老人那样，双眼闪烁着，说，二十五年来你曾经有三次提起紫丁香的气味：一次，是在关于一位奇怪王子的故事中，这位王子在等待登基的那段时间，不断给身边的人带来威胁，你说他的情人散发着紫丁香的芬芳。另一次——又是同样的重复——想必灵感又是源于某位近亲的女儿，你写一个小女孩在暑假结束后返回学校，那是一个晴朗却悲伤的秋日，她穿着烫得平整的罩衫，头上系着鲜艳缎带。第一次你说她的'头发'闻起来像紫丁香，但来年你又说是她的'头上'散发着紫丁香的芳香。这是一件真实事件的回忆，还是作者自己抄袭自己作品的结果？"

卡利普沉默了一会儿。"我不记得。"最后他才大梦初醒似的，开口说，"我记得自己曾构思过关于王子的故事，但我不记得把它写了下来。"

"但杂货店老板记得。除了对气味非常敏锐之外，他对空间也颇有概念。通过你的专栏，他不仅能够想象伊斯坦布尔充塞着各种气味，他也熟知城市里每一块你所流连、喜爱、私下珍惜，或者视为神秘的区域。但对于这些区域彼此之间的远近距离，他并没有概念。偶尔，当我来到这些地区时——多亏了你，我对那些地方也了如指掌——会特别留意是否能遇到你。然而最近我不再费心那么做了，因为你的电话号码告诉我，你窝在尼相塔什或西西里一带的某处。我想这一定会吸引你：我叫那位杂货店老板写信给你。只不过结果发现，每天朗读专栏给他听的人，也就是他的侄儿，并不会写字。老板本身当然既不识字也不会写字。你有一次写到，看得懂文字只会妨碍记忆。要不要我告诉你，就在我们的火车即将驶进埃尔祖鲁姆时，我最后是如何打败这位靠着耳朵了解你作品的人？"

"想说就说。"

"虽然他记住了你文章里所有的抽象概念，但他丝毫不理解它们的意义。举例来说，他完全不懂文字剽窃和盗用是什么东西。他的侄儿只读报纸上你的专栏给他听，其他的文章他一概没兴趣。你不禁要想，他大概以为天底下所有的文章都是一个人同时写成的。我问他，为什么你老是反复提起诗人鲁米？他回答不出来。我再问他，关于你1961年那篇名为《秘密书写之谜》的专栏文章，其中有多少是你的主张，又有多少是爱伦·坡的？他倒是回答了，他说：全部都是你的。我考他对于《故事的起源与起源的故事》这个两难题目的看法，这个问题正是你与涅撒提在争辩——杂货店老板称之为吵架——波特佛里欧和伊本·佐哈尼两者的差异时，最主要的冲突点。他充满自信地说，一切的起源都是文字。他完全没搞懂。我狠狠打败了他。"

"那次吵架，"卡利普说，"我提出来反驳涅撒提的论调，的确是依据那个概念：文字是一切的起源。"

"但那其实是法兹尔·安拉的概念，而不是伊本·佐哈尼的。在你写了关于《宗教大法官》那篇念赞诗之后，你想到了自己的安全，对吧？你从此就不得不紧抓着伊本·佐哈尼不放，把他作为幌子。

然而我碰巧知道你写那些文章的目的何在，你只是要让涅撒提在他上司面前难堪，让他被踢出所属的报社。最开始，在'是翻译还是剽窃'的辩论后，嫉妒的涅撒提落入你设下的圈套，被你激得说出这是'剽窃'。接着，你把涅撒提塑造成一个瞧不起土耳其的人，暗示说他认为东方没有任何原创的东西。因为，他的论点起源，是根植于你剽窃了伊本·佐哈尼，而伊本·佐哈尼又剽窃了波特佛里欧的事实。但你突然间转而捍卫我们光荣的历史和'我们的文化'，并煽动你的读者向他的报社写信。而我们悲惨的土耳其读者们，随时对各种'新时代圣战'极为敏感热情，特别看不惯那种不识相的人，竟敢宣称'伟大的土耳其建筑师'锡南，其实是一名开塞利来的亚美尼亚人。因此他们不假思索地写信去指责那个恬不知耻的败类，雪片般的信件淹没了报社。结果，倒霉的涅撒提还陶醉在抓到你剽窃的欢乐之中，不但丢了工作，专栏也停了。后来，他进入你所属的报社，当一个次要的撰稿人，在那里，我听人家讲，他像挖井般挖掘出无数有关你的八卦。你知道这件事吗？"

"关于井，我写过些什么？"

"这个题材太显而易见，也太广泛无边了，拿它来考一个像我这样的忠实读者，实在有点不公正。我不打算提到宫廷诗中的文学之井，或是鲁米的情人夏姆士被弃尸的那口井，或是你总是随意取用的《一千零一夜》中，那些充满了神鬼、巫婆、妖怪的深井，或是公寓大楼里的通风井，以及你说收容我们失落灵魂的无底黑暗。这些主题你已经用冗长的篇幅探讨过了。这个怎样？1957年的秋天，你写了一篇细腻、愤怒、哀伤的作品，叹道，那些可悲的水泥宣礼塔（你对石头建造的宣礼塔倒没什么不满）包围着我们的城市和新开发的市郊，像是满怀敌意的长矛丛林。文章末尾处，有几句不大引人注意的话——所有除了每日政治和丑闻之外的文章，都没什么人会去注意结尾——你提到贫民窟里的一座清真寺，它有一座矮胖的宣礼塔，中庭里有一口又黑又静的干井，周围长满杂乱的荆棘和整齐的蕨类。一看到这里我就明白，你描写那口真正的井，其实是在巧妙地暗示我们，与其抬头仰望高耸的水泥宣礼塔，还不如低头看我们过往的幽暗深井，那挤满蛇蝎与灵魂的深渊，沉入我们的集体潜意识中。十年后，在一篇灵感来自独眼巨人和你个人不幸过去的文章中，你写到某一个悲惨的夜晚，你独自一个人，孤零零的，与压在你良心上的罪恶阴影搏斗。当你描述多年来紧追你不放的罪恶感像一只'眼睛'时，你刻意而非不经意地写道，那个视觉器官'就像额头正中央的一口深井'。"

这个声音——卡利普想象声音的主人身穿旧外套、白衣领，有一张阴郁的脸——是凭借着过人的记忆，信手拈来了这些字句，还是靠小抄念出来的？卡利普沉思了一会儿。对方把卡利普的沉默视为某种暗示，于是发出胜利的笑声。他们分别在电话线的两端，这条电话线穿过了不为人知的地底隧道，钻过堆满奥斯曼颅骨和拜占庭金币的山丘下，它像黑色的藤蔓，攀上一栋栋旧公寓大楼斑驳的墙壁，像晒衣绳般，紧紧悬挂在电线杆、梧桐树和栗树之间，仿佛是他们共同分享的一条脐带。在电话线的另一头，他悄悄地，带着兄弟之爱，好像吐露一个秘密似的说：他对耶拉充满关爱，他尊敬耶拉，他非常了解耶拉。耶拉对他不再有任何怀疑，对不对？

"我不知道。"卡利普说。

"若是那样的话，让我们丢掉两人之间的黑色电话吧。"那声音说。因为电话铃有时候会无缘无故自己响起来，吓人一大跳；因为这漆黑的话筒重得像个小哑铃，而当拨号的时候，它又会发出吱吱哀鸣，就像是卡拉柯伊—卡德柯伊渡船码头上的旧旋转门；因为有时候它不会依照所拨的号码，而是随机拨号。"懂了吗，耶拉先生？

给我你的地址，我马上到。"

卡利普先是愣了一下，就像一个老师被一个天才学生的惊人之举给吓呆了。这个人似无边际的记忆花园让他惊讶，而他自己记忆花园中盛开的花朵也让他诧异，他觉得自己正逐渐落入陷阱。接下来，他问：

"关于尼龙丝袜呢？"

"1958年，在你被迫放弃真名，改以编造出来的怪假名发表专栏后，你写了一篇文章，关于两年前一个炎热的夏日，被工作和孤独压得喘不过气来的你，到贝伊奥卢的一家电影院（如梦戏院）去看演了一半的电影，以躲避正午的太阳。在一片芝加哥帮派分子——可悲的贝伊奥卢配音演员让他们满口土耳其语——的笑声中，在机枪扫射、瓶子爆裂的声响中，你听到附近有个声音，吓了一跳：不远处，一个女人的长指甲正隔着丝袜在搔她的腿。等第一部影片结束，观众席的灯光亮起，你看见在你前面两排的座位上，坐着一个时髦漂亮的妈妈和她乖巧有礼的十一岁儿子，两个人就好像密友似的聊着。你看了很久，观察他们是如何地亲昵，是如何聆听对方的话语。两年后，你在一篇文章里写道，当第二部影片开始后，你不再理会从戏院喇叭里爆出的刀剑撞击、怒涛汹涌声，而是全心听着那只不安的手所制造出的窸窣声，纤长的手指游移在让伊斯坦布尔夏夜的蚊子垂涎的腿上。你的思绪不在银幕里的不法交易上，而是在母子之间的友谊上。十二年后你在一篇专栏中透露，这篇关于尼龙丝袜的文章发表后，报社的发行人立刻把你骂了一顿：你难道不知道，去强调一个妻子兼母亲的性魅力，是多么危险的行为吗？你难道不晓得土耳其读者无法容忍这点吗？如果你希望能安安稳稳地当个专栏作家，你在提起已婚妇女时就得当心点，也必须注意写作风格。"

"风格？请简单讲一下。"

"对你而言，风格即是生活。对你而言，风格是声音，风格是你的思想，风格是你塑造的角色背后真正的自己，然而你不仅仅有一个、两个，而是有三个角色……"

"有哪些？"

"第一个声音是你所谓的'我的简单角色'：这个声音，你展现给所有的人，你带着他一起参与了家庭聚餐，一起在饭后的烟雾缭绕中闲话家常，这个角色负责你日常生活的细节。第二个声音则属于你希望成为的人：这个面具，是你从欣赏的人物身上撷取而来的，这些人物在现实世界中得不到慰藉，生活在另一个世界里，充满了神秘。你曾经写到过，若不是你有习惯与这位你逐渐成功模仿的'英雄'悄声对话，若不是你习惯重复这位英雄在你耳边呢喃的离合诗、字谜、仿讽文和戏谑话——像一个老人那样反复吟诵心里萦绕的旋律——若不是这些原因，你早就缩进了角落，无法面对生活，像许多不快乐的人那样等待死亡。我读到这里时还流下了眼泪。第三个声音，则是属于前两个你称之为'客观与主观风格'角色之外的另一个人，他把你——自然，也包括我——带进了前面两者所到达不了的世界，也就是黑暗角色，黑暗风格！当你写到某些夜晚你极度忧郁，就连模仿和面具也满足不了你时，我甚至比你还清楚那是在写什么。但你比我更清楚自己犯下的过错，我的兄弟！我们注定该互相了解，找到彼此，并一起戴上伪装。给我你的地址。"

"地址？"

"城市是由地址组成的，字母拼成的地址，就如字母拼成的面孔。1963 年 10 月 12 日，星期一，你描写到旧日称为塔塔夫拉的库图鲁斯的亚美尼亚区，说它是全伊斯坦布尔你最喜爱的地点之一。我带着愉快的心情读了这篇专栏。"

"读？"

"曾经有一次——1962年2月，当时你正在准备一场军事政变，为了使国家脱离贫困，因此那一阵子非常忙碌——某一天，你在贝伊奥卢的一条暗巷里，看见有人在搬运一面镀金框的大镜子。天晓得是什么奇怪的原因，要把它从一家有肚皮舞娘和杂耍艺人表演的夜总会搬到另一家去。或许是天气太冷了，镜子先是出现裂痕，接下来竟在你眼前爆成碎片。这时候，你突然发觉，在我们土耳其语中，使玻璃变成镜子的涂料和'秘密'是同一个词，而这绝不是毫无道理的。后来，你在一篇专栏中透露了这个灵光乍现的刹那，你说：阅读就是照镜子。那些知道玻璃背后的'秘密'的人，便能够看穿镜子；而那些不识字的人，将只会看到他们自己乏味的脸。"

"秘密是什么？"

"除了你以外，我是唯一知道秘密的人。你很清楚这种事不能在电话里谈。把你的地址给我。"

"秘密是什么？"

"你到底明不明白，为了解开秘密，一个读者必须投注一生的心力在你身上？我就这么做了。窝在没有暖气的国家图书馆里，冷得直发抖，背上披着大衣，头上戴着帽子，双手戴着毛织手套，读完了所有我怀疑是出自你笔下的文章，包括你草率成书并以化名发表的东西、你接手完成的连载、猜谜、人物肖像、充满政治味或感动人心的访谈。这一切，只是为了想知道秘密到底是什么。由于你从不懈怠地每天平均写作八页文字，因此三十多年来，你的产量算一算高达十万页，差不多是三百本书，每一本三百三十三页。单为这一点，我们国家真应该替你立一座雕像！"

"你也该有一座，竟然全都看完了。"卡利普说，"关于雕像呢？"

"有一次我旅行到安纳托利亚，来到一个名字我已经忘记的小镇，在广场公园里等公交车时，我和身旁一个年轻人聊了起来。我们一开始先是谈到眼前的一座阿塔图尔克雕像，雕像伸手指向公交车总站，仿佛暗示着在这个可悲小镇唯一能做的事就是快点离开。接着，在我的引导下，我们聊起你的一篇专栏，文章的主题正是遍布全国数量超过一万座的阿塔图尔克雕像。你写道，在天启之日到来的那天，雷鸣闪电将撕裂漆黑的天际，震荡的大地将撼动苍穹，这时，令人胆战心惊的阿塔图尔克雕像将会全部活过来。依照你的描述，其中有些雕像穿着欧洲服装并沾满了鸽粪，有些一身陆军元帅的制服和饰物，有些骑着扬起前蹄露出巨大生殖器的骏马，还有些头戴高帽身披鬼魅斗篷，他们全都会在原地缓缓动起来。接着，所有的雕像将会走下他们的基座——那些基座上覆盖着鲜花和花圈，肮脏的旧公交车和马车多年来在它的周围环行，军装散发着汗臭的军人和制服残留着樟脑丸气味的高中女生，曾经聚集在此高唱国歌——最后，就这样消失在黑暗里。年轻人读完了你的文章，对里面描绘的天启之日深深着迷，你写到届时大地撼动、苍穹撕裂，我们可怜的同胞隔着紧闭的门窗仍能听见屋外的轰隆，在恐惧与无助中，他们倾听着铜蹄石靴踩在狭窄人行道上的声响。年轻人感到热血沸腾，立刻写了一封信给你，焦躁地询问天启之日究竟何时来临。假如他说的话可信，那么你曾经简短地回给他一封信，要求他寄上一张证件照，并告诉他等你收到之后，就会向他透露'即将降临之日的预兆'。别误会我的意思，你透露给年轻人的秘密并不是'那个谜'。等待了好几年后，失望透顶的年轻人在这座池塘干涸、草皮枯萎的公园里，偷偷把你那必然是极为私人的秘密告诉了我。你向他解释几个字的第二层意义，并要他记住一句话，因为哪天他将在你的文章里看到这个暗号。一旦我们的年轻人读到这句话，他便能破解加密的专栏，展开行动。"

"那句话是什么？"

"'我的一生充满了如此可怕的回忆。'就是这句话。我没办法确定这是他捏造的还是你真的写给他的，不过巧的是，这阵子当你抱怨自己的记忆受损，甚至全然抹灭时，我却在最近重刊的一篇旧专栏中，读到了这句话，以及其他几句。给我你的地址，让我直接向你解释那意味着什么。"

"其他的几句是什么？"

"把地址给我！快点。我很清楚你对其他的句子或故事根本毫无兴趣。你早已彻底放弃了这个国家，以致你对任何一切都不再感兴趣。你心怀怨恨地躲在那个老鼠洞里，没半个朋友、亲人、同事，孤独让你变得古里古怪……给我你的地址，我才能告诉你在哪一家旧书店里，可以找到转卖你签名照的神学高中生，以及对年轻男孩情有独钟的摔跤裁判。给我你的地址，我才能够给你看我收藏的版画，这些画中描绘了十八个奥斯曼苏丹，他们把自己的后宫嫔妃装扮成欧洲娼妓，然后到伊斯坦布尔的隐蔽角落与她们幽会。你知不知道，巴黎的高级男装店和妓院，都称这种偏好穿戴珠宝华服的疾病为'土耳其人病'？你知不知道，版画中的马哈茂德二世，身穿伪装的服饰在伊斯坦布尔的暗巷里交欢时，光溜溜的腿上套着的正是拿破仑远征埃及时穿的靴子？你知不知道，同一幅画中，他最宠爱的妃子，蓓兹米·阿连皇太后——也就是你最喜爱的那位王子的祖母，以及一艘奥斯曼船舰的守护之母——则满不在乎地戴着一个镶嵌了钻石与红宝石的十字架？"

"关于十字架呢？"卡利普愉悦地问道。他发现，自从妻子在六天又四小时前离开他后，第一次感觉到生命中还有一点乐趣。

"我知道这绝非偶然，1958年1月18日你发表了一篇专栏，详细解释埃及的几何学、阿拉伯的代数学，以及叙利亚的新柏拉图哲学，目的在于证明十字架与新月形刚好是截然相反的形式——前者是后者的弃绝与否认。凑巧的是，在这篇专栏的正下方，刊登着一则结婚的新闻，我极为欣赏的演员，爱德华·罗宾逊，'电影和舞台中那位咬着雪茄的硬汉'，娶了纽约的服装设计师简·阿德雷为妻。报纸上刊出这对新婚夫妻站在一座十字架下方的照片。给我你的地址。一星期后，你提出一个论点，由于我们的孩子被灌输了对十字的惧怕与对新月的狂热，导致他们长大成人后没有能力破解好莱坞的神奇面孔，造成他们在性方面的混淆，比如说把所有月亮脸的女人全都视为母亲或姑婶。为了证明你的观点，你公然断言，如果趁学童们历史课刚上完十字军东征的当天半夜，去突袭检查那些为贫儿设立的国家寄宿学校，人们将会发现，好几百个学童都尿床了。这些才只是一小部分，把你的地址给我，我将会带给你所有你想知道的十字架故事，所有我在地方报纸上读到的东西——当我在图书馆里搜寻你的作品时，看遍了这些报纸。'一个上了绞刑台的罪犯，因为脖子上上过润滑油的套索突然断裂而逃过一劫，死里逃生的他告诉人们，在他前往地狱的短暂路程中所见到的十字架。'开塞利的《火山邮报》，1962年。'我们的总编辑致电总统，指出，用新月形符号c来取代十字形状的字母t，将更有益于保存土耳其文化。'科尼亚的《绿色科尼亚报》，1951年。如果你给我地址，我会马上再给你更多……我并不是暗示你可以用这些素材写作，我知道你最憎恶那些凡事只考虑是否有利可图的专栏作家。我可以把此刻就在我面前的好几箱东西都带过去，让我们一起阅读，一起欢笑与哭泣。好啦，给我地址，我会拿伊斯肯德伦报纸上的连载故事给你看，内容是说，当地的男人只有在夜总会里跟妓女诉说自己对父亲的怨恨时，才能够停止口吃。给我你的地址，我会拿一个服务生的爱情和死亡预言给你看，这个人不仅目不识丁，甚至连土耳其语也讲不好，更别说波斯话了，然而，他竟能背诵奥玛·海亚姆[1]未曾发表的诗歌，原因是他们两人心灵相通。给我你的地址，我会带给你一位巴伊布尔特的记者兼发行人的梦境，这个人发现自己的记忆逐渐退化，于是在自家报纸的最后一页，把他所知的一切和生命中的回忆全部连载下来。最后的一场梦中，宽广的花园里只见玫瑰凋零，落叶飘摇，井泉干涸，在那儿，我知道你会找到自己的故事，我的兄弟！我很清楚你为了防止记忆枯竭，服用抗血栓药物；为了强迫血液流入脑中，你每天花好几个小时躺着把脚高举到墙上。你竭尽所能，只为了从那口干枯绝望的井中汲取出一段段往事。'1957年3月16日，'你对自己说，脑袋因为倒挂在沙发或床边而涨得通红……'1957年3月16日那天，'你逼自己回想，'我在城市烤肉餐厅和同事吃午餐，我提到嫉妒迫使我们戴上了面具！'接着，'对，没错，'你说，催促着自己，'1962年5月，经过中午一场欲仙欲死的性爱后，我在库图鲁斯暗巷的一间屋子里醒来，我对躺在身边的半裸女人说，她皮肤上那几颗大美人痣长得很像我继母身上的。'过一会儿，一股你日后形容为'无情的'怀疑涌上心头：这句话是对她说的吗，还是对那位肌肤白似象牙的女人说的，在一栋窗户关不紧、充斥着贝西克塔什市场无休无止的喧嚣的石头房屋里？或者，是对那个雾眼迷蒙的女人说的？这个女人，不顾丈夫和孩子在家里等待，三更半夜离开俯瞰着树叶落尽的吉汗吉尔公园的独户房屋，一路走到贝伊奥卢，只因为她深深爱着你，她要拿一个打火机去给你，而你，日后你将写道，你也不明白自己为何任性地非要这个打火机不可。把你的地址给我，我会拿欧洲最新的药给你，这种名叫'助忆宁'的药，能够疏

---

[1] 奥玛·海亚姆（Omar Khayyam，1048—1131），波斯数学家、天文学家、诗人，著有《鲁拜集》。

通脑部被尼古丁和苦涩记忆所堵塞的血管，不用多久便能把我们的生命带回一度遗失的乐园。每天早上在你的茶里加进二十滴淡紫色液体——不是说明书所指示的十滴——很快地，你尘封的记忆将再度被唤醒，甚至连你根本不记得自己忘了的回忆也将浮现。就好像在一个旧橱柜后面，赫然发现自己小时候的彩色铅笔、梳子、淡紫色的大理石。如果你把地址给我，你就会记起你的那篇专栏，关于在每个人的脸上都可以读到地图，上面挤满了符号，标示的都是我们城市的著名景点，你会回想起自己为什么写它。如果你把地址给我，你将能回想起自己为什么被迫在专栏中叙述鲁米说过的一则故事，关于两个野心勃勃的画家之间的竞赛。如果你把地址给我，你就会记得自己为什么写了那篇难懂的专栏，说人类不可能会彻底孑然一身，因为就算在我们最孤独的时刻，也会有白日梦中的女人与我们做伴，不仅如此，这些女人总能直觉地意识到我们的幻想，她们等待着我们，寻觅着我们，有些人甚至找到了我们。给我你的地址，让我提醒你所遗忘的。我的兄弟，现在的你，正逐渐失去生活和梦想中的天堂和地狱。给我你的地址，我会冲去找你，在你的回忆灰飞烟灭之前拯救你。我知道你的一切，我读过你写的一切，除了我之外，没有任何人能够重建那个世界，而让你能够再次写下那些魔幻的篇章，让你的文字像白昼的猛鹰划过土耳其天际，像夜里的幽魂魅影般狡猾潜行。等我到来之后，你将会再度执笔，用文字让远在安纳托利亚最偏僻地区咖啡馆里阅读的年轻人燃起热情；让偏远山区的小学老师和他们的学生感动莫名，眼泪如雨珠滑下脸颊；让住在小镇陋巷里读着图文小说度过余生的年轻母亲们，重新发掘生命的欢乐。把你的地址给我，让我们彻夜长谈，你将会重拾对这片土地和这群同胞的温柔关爱，以及对你自己失落过往的情感。想想那些受尽剥削的人民，他们从每两个星期邮车才来一趟的积雪山城里，写信给你；想想那些迷惘无助的人民，他们写信给你寻求忠告，询问你他们该不该离开未婚妻，是不是要踏上朝圣之旅，或者大选时要选谁才好；想想那些苦闷的学生，地理课时坐在最后一排翻阅着你的文章；那些卑微的办事员，坐在阴暗角落的办公桌后浏览你的作品，等待退休；那些悲惨的人，若非有你的专栏，他们除了收音机里的消息外无话可谈；想想所有在露天公交车站牌、肮脏凄凉的电影院休息区、遥远荒凉的火车站里阅读你文章的人。他们正在等待你展现奇迹，所有的人都是！你别无选择，你必须给他们想要的奇迹。把你的地址给找，两颗脑袋合作胜过一颗脑袋。提起笔，告诉他们，救赎之日已近在眼前；告诉他们，提着塑料桶到邻近喷泉排队取水的日子即将结束；告诉他们，离家出走的高中少女有可能逃离加拉塔妓院的命运，而当上电影明星；告诉他们，奇迹后的全国彩票券将会张张有奖；告诉他们，喝得烂醉如泥的男人回家后不会揍他们的太太；告诉他们，奇迹之日的隔天，通勤电车后面会开始加挂车厢；告诉他们，城里的每一个广场都会有乐团表演，就像欧洲一样。写吧，让他们知道，终有一天，每个人都会成为风光的英雄；终有一天，很快地，不但每个人都能够与任何他想要的女人上床，包括自己的母亲，而且每个人都将能够——很神奇地——把自己床上的女人视为天使般的处女和姐妹。写吧，告诉他们，秘密文件的密码终于破解了，这份文件将揭开几世纪以来带领我们走向贫苦的历史之谜；告诉他们，一个连接起全安纳托利亚的民众运动即将展开，而那些跨国勾结、阴谋把我们推入贫困的同性恋者、传教士、银行家和娼妓们，以及他们本地的共犯，已经被指认出来，替他们指出敌人，好让他们知道自己悲惨的命运可以怪谁，从而得到安慰；暗示他们可以做些什么来摆脱敌人，好让他们能够在愤怒和悲伤的颤抖中，想象自己有一天或许可以成就伟大的事业；

向他们详细解释，他们一辈子的悲苦全起因于这些可恨的敌人，好让他们得以把罪孽推到别人身上，以换取内心的安宁。我的兄弟，我知道你的笔拥有强大的力量，不仅能够实现这一切梦想，甚至有办法达成更难以置信的故事和最不可能的奇迹。通过你的生花妙笔，以及从你的记忆深渊中汲取出来的惊人往事，你使众人的梦想成真。倘若我们从卡尔斯来的杂货店老板，竟知道你童年居住的街道是什么颜色，那纯粹是因为他在你的字里行间中瞥见了这些梦。把他的梦还给他。曾经有一度，你写的文章让这片土地上的苦难同胞脊背发冷、汗毛直立，你唤醒了他们对往昔欢庆岁月的追忆，那段秋千与旋转木马的年代，搅醒了他们的回忆，让他们品尝到一丝未来美景的滋味。给我你的地址，你就能再做一次。在这个残败的国家里，像你这样的人，除了写作还能做什么？我知道你是出于无奈而写，因为别的事你都做不来。啊，我是多么经常假想你无奈的时刻啊！看见帕夏的照片和水果一起挂在蔬果店里，你浑身难受；看见目光凶猛却可悲可叹的弟兄们在咖啡店里，用被汗水浸烂的纸牌玩牌，你感到悲哀。每当我看到母亲带着儿子趁着清晨破晓，赶到市政鱼肉批发市场排队，希望能够捡到一点便宜，或者每当早晨我坐着火车，经过工人市场的集散空地，或是每当我瞥见许多父亲在星期天下午带着妻儿，来到光秃秃没有半棵树的公园，抽着烟，打发无止境的无聊时光，每当这个时候，我常常心里暗忖，要是你，会怎么想这些人？我所观察到的景象，你是否全都看在眼里？我知道，等你晚上回到你小小的房间，在经年磨损的书桌前坐下来后，你会把他们的故事用墨水写在白纸上。你那张经年磨损的书桌，最适合这片悲惨的、被遗忘的土地了。我会在脑海中浮现你低头伏案的样子，努力想象你在凌晨时分疲倦地从桌前起身，打开冰箱——你有一次写过——漠然地看着里面，却没有翻找也没有拿出任何东西，然后你就像个梦游者似的在房间里绕着书桌踱步。啊，我的兄弟，你好孤独，你好可怜，你好忧伤。我是多么爱你！这些年来我读遍了你写的每个字，我满脑子都是你，只有你。拜托，给我的地址，至少给我一个答案。我会告诉你，在雅罗瓦的船上，我遇见军事学校的学生，有些人脸上的文字就像是死掉的大蜘蛛粘在那儿，而当我独自在肮脏的船头，置身于这群健壮的军校生之间时，我感觉到他们笼罩在一股甜美孩子气的忧虑之中。我会告诉你，有一个卖彩票券的瞎子，几杯茴香酒下肚后，从口袋里拿出你回给他的信，叫酒店里的同伴念出来，然后骄傲地指出你在字里行间透露给他的秘密，这个人每天早上叫他的儿子读《民族日报》给他听，希望能找出吻合秘密的字句。他的信上面盖着帖斯威奇耶邮局的邮戳。喂，你在听吗？至少讲句话吧，让我知道你在听。噢我的老天！我听见你在呼吸，我听见你呼吸的声音。听着，我绞尽脑汁才构思出下面的话，所以仔细听好了：我懂你所写的，旧码头的渡轮上，那看起来如此纤细而脆弱的瘦长烟囱，吐出一缕缕哀伤的青烟。我懂你写的，在一场女人与女人跳舞、男人与男人跳舞的乡下婚礼中，你突然没办法呼吸。我懂你所写的，你抑郁地穿越贫民窟里废弃的木造房舍，回到家后竟潸然泪下。我懂你所写的，你去看一部讲述大力士赫拉克勒斯、参孙或罗马历史的电影，在那种会有小孩子在门口卖二手《得克萨斯》和《牛仔汤姆》漫画的电影院里，当一个表情忧郁的三流长腿美国影星出现在银幕上时，整间戏院随着观众的心跳陷入一片寂静，你感到困惑不已，简直想去死。这又该怎么说呢？你懂我吗？回答我，你这混账！我是那种最理想完美的读者，一个作家要是一辈子能碰上一次就够幸运的了！把你的地址给我，我会带仰慕你的高中女生的照片给你，一共一百二十七张，有些背后附有地址，有些写着从日记中摘录的赞美。其中三十二个人戴眼镜，十一个人戴牙套，六个人有天鹅般修长的脖子，二十四个人绑着你最爱的马尾。她们全都为你痴狂，愿意为你而死。我发誓。把你的地址给我，我会带一份女人的名单给你，这些女人每一个都真心深信，你1960年代初期的一篇对话专栏，是针对她而写的。你提到：'听了昨晚的广播没有？嗯，听见'情人时光'的时候，我脑子里只想得到一件事。'你在上流社会圈子里有许多仰慕者，在军人妻子之间、在乡下或白领家庭长大的敏感狂热学生之中，你也同样深受爱戴。这点你知道吧？要是你给我地址，我就会拿女人变装的照片给你看，她们不光是为了简陋的社交化装舞会而变装打扮，平常私底下也会。你曾经写过，我们没有私生活，确实如此，我们甚至没有真正理解'私生活'这个取自翻译小说和国外著作的概念。不过，要是你能看一看这些足蹬高跟马靴、佩戴恶魔面具的照片就好了，唉……噢，好啦，给我地址，求求你。我会马上把我二十几年来收藏的、为数可观的人脸相片带去给你。我有妒火中烧的情侣互泼硝酸毁容后的照片。我有面部照，是一些蓄胡或剃光头的宗教激进分子被捕时所拍的，他们在自己的脸上涂上阿拉伯字母，举行秘密仪式，被捕时惊异不已。我有库尔德叛军的照片，他们脸上的文字已被汽油弹给烧毁。我有强奸犯被处决的照片，他们在乡下城镇被施以私刑吊死，我买通了当地官员，才得到这些档案照。与卡通里所画的相反，当上过润滑油的绳结绞断脖子的刹那，舌头并不会吐出来，但脸上的文字会变得更清晰可辨。现在我明白是什么不为人知的强制力，驱使你在早年的一篇专栏中，承认自己比较喜欢旧式的死刑和刽子手。就好像我知道你沉溺于密码、离合诗、符号，我也知道你半夜会变装打扮走进一般民众之中，以重建失落的神秘。我很好奇你用什么诡计打发走你继妹的律师丈夫，让她单独留下来，一整夜听你诉苦，讲述生命中最简单的故事。律师的妻子们寄来愤怒的信，抗议你在文章中讥笑律师，你回复给她们说，文中提及的那名律师碰巧不是她们的丈夫，我很清楚你说的是实话。该是你把地址给我的时候了。我知道你梦中出现的每一只狗、骷髅、马、女巫，分别有何象征意义；我知道你所写的哪几篇爱情书信，灵感来自出租车司机夹在后视镜边框的小图片，上头有女人、枪支、骷髅、足球员、旗帜和花卉；我知道许多你为了甩掉那些缠人的仰慕者，而施舍给他们的密码句子；我也知道你总是随身携带用来记录关键词句的笔记本，而你的古装戏服也从来不离身……"

过了良久，在卡利普拔掉电话线，翻遍耶拉的笔记本、旧戏服、衣柜，像个搜寻记忆的梦游者般忙了好一会儿之后，他穿着耶拉的睡衣躺在他的床上，聆听着尼相塔什的深夜呢喃，就在他即将坠入又深又沉的熟睡之际，他再一次明白了，睡眠最重要的功能——除了让人忘掉自己与心目中向往的理想人物距离何等遥远，令人心痛——便是在安详平和之中，把他听见的和没听见的一切，把他看见和没看见的一切，把他知道和不知道的一切，全部融合在一起。

31

故事穿入镜子之中

他们俩并肩相依，倒影的倒影穿过镜子。

——谢赫·卡利普

　　我梦见我终于变成自己多年来渴望成为的人物。带着忧伤过后的疲倦，我正逐渐入眠，踏入旅程之中，来到一座高楼矗立如同幽暗森林的泥泞城市，走在阴郁的街道上，面容阴郁的行人擦肩而过，在那儿我遇见了你：我的梦境，我的如梦。整场梦中，或是在另一个故事里，似乎就算我无法成为别人，你也会爱着我；似乎我必须接受自己的样貌，就像顺从地接受护照上的相片是自己的事实；似乎再怎么挣扎着扮演别人，也是徒然。似乎随我们穿入幽暗的街道，那些歪斜倾覆在我们头顶的吓人建筑，就全都向我们敞开。一路上，我们的脚步为商店和人行道赋予了意义。

　　已经事隔多少年了，自从你和我惊讶地发现这个魔幻游戏，一个在我们往后的生命中将不时遭遇的游戏？那是某个宗教节日的前一天，我们的母亲相偕带着我们来到一家服饰店的童装部（在过去那段美好的时光里，我们还不需要分别前往女装部和男装部）。在那家比最无聊的宗教课还要无聊的店里，在某个昏暗的角落，我们发现自己被夹在两面全身镜之间，就这样我们看着我们的倒影不断增加，且越来越小，延伸到无限远处。

两年后，我们一边翻着《儿童周刊》里的"动物俱乐部的朋友"系列篇章，一边嘲笑那些我们认识的、把照片寄到这个单元来的小朋友。这本杂志我们每个星期都会看，虽然每次翻到"伟大的发明家"专栏时，我们会沉默不语。然后，我们注意到书的封底有一张图画，一个女孩正在阅读我们手里拿着的这本杂志。当我们细看女孩手里的杂志时，我们发觉图画里面另有图画：我们手里拿的杂志，封底是一个女孩手里拿着杂志，而那本女孩拿着杂志的杂志封底，是一个女孩手里拿着杂志。就这样同一个红发女孩，同一本《儿童周刊》不断往里面繁殖，越来越小。

后来我们慢慢长高了，彼此渐行渐远。某个星期天早上，我在你家的早餐桌上看到一罐市面新推出的黑橄榄酱——这种东西只有在你家才看得到，因为我家不吃——罐子上也有同样的图片画法。上头的标签写着收音机里常播放的广告词："哇，你竟然在吃鱼子酱！""噢，不是的，这是'卓越牌'黑橄榄酱。"标签的背景是一幅完美幸福家庭的图画，父母和子女围坐在桌边吃早餐。我指给你看桌子上的罐子标签，它的标签上又有另一个罐子的图画，你马上领悟到，画着橄榄酱罐子和幸福家庭的图画一层又一层地往里面增生，越来越小。就是在那个时候，我们两人都明白了接下来我要讲的童话故事的开头，然而却不知道它的结局。

男孩和女孩是堂兄妹。他们在同一栋公寓大楼里长大，爬上同样的阶梯，一起狼吞虎咽地抢食土耳其甜点和印着狮子浮雕的椰子糖。他们一起做功课，为同一只虫子分心，玩捉迷藏吓唬对方。他们年纪相仿，上的是同一所学校，看的是同样的电影，听的是同样的广播节目和唱片。他们阅读同一本《儿童周刊》，同样的书籍，翻遍同样的衣柜和箱子找到同样的毡帽、同样的丝面纱、同样的靴子。有一天，一个故事讲得很好的成年堂哥顺路来访，他们急匆匆地把他手里的书抢下来，翻开来阅读。

男孩和女孩起初觉得很好玩，书里充满了古老的文字、华而不实的用词和波斯面孔，很快他们就看腻了，把书丢到一边。尽管如此，为了说不定里面会有什么有趣的图画，像是酷刑场景、裸体或潜水艇，他们还是忍不住好奇地翻完了整本书，最后甚至真的读了起来。他们发现这本书实在是冗长得可怕。不过，在最开头的地方，有一段男女主角之间的爱情戏，两人之间的爱情被描写得无比美丽动人，男孩看了不禁心生向往，满心期望自己就是书中的男主角，能够深深坠入情网。因此，当男孩察觉到自己出现了爱情的症状，就如同书中接下来写到的那样（吃饭很匆忙、编造各种理由去找女孩、再怎么渴也喝不完一整杯水），男孩才明白，原来在那个奇妙的刹那，当他们一起拿着书，分别用手指拨弄书页的两角时，他就爱上了女孩。

所以，当他们用手指拨弄着书页的两角时，正在读的故事是什么？这个故事是发生在很久很久以前，关于生长在同一个部族里的一对男孩和女孩。这对男孩和女孩名字分别叫作"爱"与"美"，他们居住在沙漠的边缘，出生于同一个夜晚，受教于同一位老师（"疯狂"教授），在同一个喷泉周围漫步，并双双坠入情网。多年之后，男孩向女孩求婚，但部落里的长老开了一个条件，要他前往"心之大地"，去把一种特别的炼金配方带回来。男孩出发了，一路上遭遇重重困难：他跌进一口井里，被一个彩面女巫捉去当奴隶；他在另一口井里看见了成千上万的脸和影像，陷入迷乱；他爱上了中国皇帝的女儿，只因为她酷似他的挚爱；他从井底爬出来，被关入城堡；他跟踪别人也被人跟踪，挣扎着度过严冬，长途跋涉，追寻线索和记号；他一头栽进文字之谜，倾听故事也诉说故事。最后，伪装起来跟踪他、协助他渡过难关的"诗"告诉他："你就是你的挚爱，你的挚爱就是你，难道你还不了解吗？"直到这个时候，故事中的男孩才想起自己是如何爱上女孩的，那时他们正在同一个老师的教授下，阅读着同一本书。

而"他们"一起阅读的书，内容叙述一个名叫"欢腾国王"的君主，爱上了一个名叫"永恒"的俊美青年。尽管晕头转向的国王完全搞不清楚怎么一回事，但当你看到故事中的这两个人，共同阅读着第三个爱情故事时，你已经猜测出他们将会坠入情网。那篇爱情故事中的情侣，将会因为一本书中的另一个爱情故事而陷入爱河；而那个故事中的情侣，又将会因为阅读另一则爱情故事而爱上对方。

多年以后，在我们一起到服饰店、阅读《儿童周刊》、研究黑橄榄酱瓶之后又过了许多年，我才发现，我们的记忆花园也正如这些爱情故事，彼此相通、连接，形成一串紧紧相扣的故事链，无限延伸，就好比有数不尽的门，通往数不尽的房间。然而，那时的你已经离家，而我也投入了虚构的世界，展开自己的故事。所有的爱情故事都是忧伤、动人、悲哀的，无论是发生在阿拉伯沙漠中的大马士革、中亚草原上的呼罗珊、阿尔卑斯山脚的维罗纳，还是底格里斯河畔的巴格达。更悲哀的是，这些故事总是莫名地萦绕人心，让人轻易地把自己投射到那最真诚、最受苦的忧郁英雄身上。

倘若有一天，有人（或许是我）终究提笔写下了我们的故事，这个我仍猜不出结局的故事，那么，我不知道读者是否能立刻把自己投射到你我身上，就好像我在阅读那些爱情故事时一样；而我也不知道我们的故事是否会萦绕于读者心中。但我很清楚，总会有某些段落，能够让各个故事和各个主角与众不同，独一无二，因此，我尽己之力写下了下面的段落：

有一次我们共同去拜访友人，在一间香烟的蓝烟缭绕的窒闷房间里，你聚精会神地听坐在旁边的人讲述一个冗长的故事，但时过午夜，你脸上却逐渐开始透露出“我不在这里”的表情；我爱那时的你。你无精打采地在你的一堆套头衫、绿毛衣和舍不得丢的旧睡袍之中寻找一条皮带，翻了一会儿后，你忽然惊觉敞开的衣柜被自己弄得一团乱，顿时一抹做错事的表情浮上脸庞；我爱那时的你。在那段你心血来潮，想要长大后成为艺术家的日子中，有一次爷爷陪着你坐在桌边学画一棵树，他无缘无故嘲笑你，但你并没有对他生气，反而笑了起来；我爱那时的你。穿着紫色外套的你登上了共乘小巴，正当转身要甩上车门的一刹那，一个五里拉硬币跌出你手中，以一条完美的弧线滚进水沟盖的箅子间，你脸上露出一种调皮的惊讶；我爱你的表情，我爱你。一个晴朗的四月天，你发现早晨晾在我们小阳台上的手帕竟然还是湿的，这才领悟到自己被耀眼的太阳给骗了，但马上你又被屋后一处空地的阵阵鸟鸣所吸引，你侧耳倾听，流露出满脸向往；我爱那时的你。我不经意地听见你跟另一个人描述我俩共同去看的一部电影，在忧惧中我才明白，原来你和我的记忆与理解是如此不同；我爱那样的你，我爱你。你拿着一份有大量插图的报纸窝进角落，阅读某位教授在一篇文章里高谈阔论近亲通婚的议题，然而我并不在乎你在读什么，只是爱看你在读报的时候微噘起上唇，就像托尔斯泰笔下的某个角色。我爱你在电梯里照镜子的模样，你望着镜子里的倒影，好像是在打量别人。不知为何，我爱你焦急地翻皮包的样子，好像在找什么忽然想起来的东西。我爱你匆忙套上高跟鞋的动作，它们并排在那儿等了好久，一只侧躺着像艘窄帆船，另一只立着像只蹲着的猫，而几个小时后你回到家来，在你脱下沾满泥巴的高跟鞋，把它们不对称地放回原位前，我爱看你的臀部、腿和脚不由自主地展现出熟练的摇摆。当你凄然凝视着烟灰缸里的烟蒂和折断的焦黑火柴，满心愁绪不知飞往何处时，我爱你。在例行散步的途中，当我们偶遇一个崭新的光景，惊讶得不禁怀疑是否太阳从西边出来的时候，我爱你，我爱的不是街景而是你。某一个冬日，一阵突如其来的南风吹走了伊斯坦布尔的雪和灰云，乌鲁达山出现在天际线、宣礼塔和岛屿后面的地平线，我爱的不是你指给我看的景色，而是缩着脖子瑟瑟颤抖的你。我爱你那留恋的眼神，注视着卖水小贩的疲惫老马拖着沉重的马车，上面载满了陶瓷容器。我爱你取笑那些小气鬼时的样子，他们叫大家不要掏钱给乞丐，说因为乞丐其实颇为富有。电影散场后，你找到一条捷径，可以让我们赶在众人之前走出街道，而不必像他们一样沿着迷宫般的阶梯蜿蜒而上，我爱你那时欢欣的笑容。当我们又撕去一张附有祷告时刻表的教育日历，我们朝死亡又推近一天后，我爱你用沉郁严肃的声音，仿佛在宣读死亡的预兆般，念出包含了肉类、鸡豆、肉饭、酱菜和水果盘的每日建议食谱。你耐心教我，在打开老鹰牌鳀鱼酱的罐子时，要先把那一片带孔的盘拿下来，然后便能把盖子整个旋开，我爱你接下来读标签的样子："由制造商特列里蒂先生诚挚献上。"当我注意到冬天清晨你的脸色如同惨白的天空时，或小时候当我看着你过马路横冲直撞，闯进我们公寓大楼前的车流中时，我都忧虑地爱你。当你嘴上浮着微笑，仔细端详一只降落在清真寺庭院里的乌鸦，栖息在一口摆放在灵柩台的棺材上时，我爱你那时的模样。我爱你模仿广播剧的配音，表演我们父母吵架的过程。当我用手捧起你的脸，恐惧地在你眼中看见我们未来的生命时，我爱你。尽管我不懂你为何把戒指留在花瓶旁边，但几天后当我又在那儿看见它时，我爱你。当我觉察在我们无休无止、恍若神话之鸟划过天际的缠绵结束前，你用笑语和创意，也一起投入了庄严的狂喜时，我爱你。当你把苹果横切，露出完美的星状果核时，我爱你。当我在一天的某个时候，发现我的书桌上有一缕你的头发，却搞不懂它是怎么来的，或者，当我们一起搭上拥挤的市公交车，你我的手挤在众人的手中并排着紧握扶手，而我注意到我们的手一点也不相似时，我爱你就如同我爱自己的身体，就如同我正在寻觅的失落灵魂，就如同我在悲喜交集中所领悟到的自己无法成为的另一个人，我爱你。当你望着一列火车驶向未知的目的地时，脸上浮现一抹神秘的表情，当一群乌鸦厉声叫着疯狂冲天，当傍晚时分突然停电，屋里的黑暗逐渐和屋外的光亮互相交替时，那一模一样的忧伤神情又再度浮现在你的脸上，我带着每次见到你那副神秘忧伤面容时的满心无助、痛苦和嫉妒，无法自拔地爱着你。

32

我不是精神病人，只是你的一个忠实读者

我把你当作我的镜子。

——苏莱曼·切莱比 [1]

卡利普在早晨七点醒来——如果这可以算醒来的话——两天以来，昨天晚上他才首度入睡。凌晨四点他醒来一次，听完了晨礼的呼唤后又回去睡，但才睡一个小时他又醒了。在中间那段清醒的时间里，发生了什么事，他脑中又起了什么念头？事后他努力回想，只记得自己仿佛去了一趟耶拉在文章里经常提起的"半梦半醒之间的神秘国度"。

就好像一个人精疲力竭地度过了好几个失眠夜后，在熟睡中惊醒，或是如同许多累垮的可怜人，醒来之后发现不是躺在自己的床上。卡利普也一样，当他四点醒来时，他一时间搞不清楚这张床、这个房间、这个公寓，甚至自己为什么会在这里，不过他没有费太大的劲，就从扑朔迷离的记忆中走了出来。

所以，当卡利普看到书桌旁摆着他临睡前留在那儿的箱子时，并不觉得困惑，而是开始从这个装满了耶拉的扮装行头的箱子里，

---

[1] 苏莱曼·切莱比（Süleyman Çelebi），14 世纪的性灵诗人，是安纳托利亚地区最早的著名诗人。

拿出各种熟悉的物品：一顶瓜皮帽、苏丹的包头巾、长袍、手杖、靴子、染色的丝衬衫、各种形状与颜色的假胡子、假发、怀表、眼镜框、头饰、毡帽、丝质腰带、匕首、禁卫军饰物、袖口以及其他一堆零零散散的杂物，都是在贝伊奥卢的艾罗先生店里买的，这家有名的商店卖各种道具和戏服，专门给土耳其电影制作人拍古装片用。接着，仿佛想起了内心深处的一段回忆，卡利普的脑海浮现出耶拉穿着一身戏服夜游贝伊奥卢的情景。然而，这些微服出巡的画面，就如不久前出现在他梦中，此刻依然清晰可寻的泛蓝屋顶、整洁巷道及幽微人影，对卡利普而言，也属于那"半梦半醒之间的神秘国度"：既不神秘也不真实的奇迹，难以理解但也不是无法理解的奇景。在梦里，他试图寻找一个地址，它存在于大马士革和伊斯坦布尔地区，也出现在卡尔斯的郊区，结果他很轻易就找到了，简单得像是报纸综艺副刊中的填字游戏，随便就能想出几个字来。

　　由于卡利普仍然沉浸在梦的魔咒下，因此当他看到书桌上摆着一大本姓名住址簿时，心里因巧合而感到雀跃，仿佛那是一个幕后黑手留下的痕迹，或是一个像孩子那样爱玩捉迷藏的神给他的提示。他读着书里的地址和写在它们对页的句子，忍不住微笑，很高兴能活在这样的世界里。天晓得全伊斯坦布尔和安纳托利亚有多少仰慕者，正等待着有一天，能够在耶拉的专栏里发现这些句子？而其中有些人或许已经读到了。卡利普推开睡梦的迷雾，努力回想，他在耶拉的作品中是否看过这些句子，是不是很多年前曾读过，就算不记得读过，但他知道，他曾经从耶拉的口中直接听过某些句子——例如"让事物得以不平凡的，是它独一无二的平凡之处"，"让事物得以平凡的，是它独一无二的不平凡之处"。

　　而就算有些句子在耶拉的作品和对话中找不到，他也记得曾经在别的地方看过，比如说谢赫·卡利普两个世纪前写的训诫，内容关于两个名叫"爱"与"美"的孩童的学校生活。"神秘乃至高无上，必当恭敬以待。"

还有一些他不记得在耶拉的作品或任何地方看过，但感觉似曾相识，好像他在耶拉的作品和其他地方都见过。譬如说，有一个句子，似乎针对一位居住在贝西克塔什区赛伦瑟贝的法伦汀·达基朗提出暗示："这位先生，尽管理智正常，但却幻想自己多年来渴望相见的孪生妹妹，将会在审判和解放之日，以死亡的姿态出现在他面前——想到这一天，很多人脑中浮现的画面是他们把自己的老师痛殴一顿，或者更简单一点，满心愉悦地杀死自己的父亲——于是，他过着遗世独立的生活，足不出户，没有人知道他身在何方。"究竟"这位先生"会是谁呢？

天色渐亮，卡利普在冲动之下，把电话线接了回去。他梳洗完毕，把冰箱里仅存的食物翻出来吃，然后等晨礼的呼唤一结束后，又躺回耶拉的床上睡觉。就在他即将入睡时，在那半梦半醒之际，从白日梦坠入梦境的过程中，年幼的他和如梦乘着小船划过博斯普鲁斯海峡。他们身边没有伯母、母亲，也没有半个船夫；与如梦独处让卡利普觉得很没有安全感。醒来的时候电话正在响。等他伸手够到话筒时，他已经说服自己，电话另一头必然又是那个熟悉的声音，不会是如梦。一个女人的声音传来，他吓了一大跳。

"耶拉？耶拉，是你吗？"

声音并不年轻，也完全陌生。

"是的。"

"亲爱的，亲爱的，你跑到哪里去了？我打了好几天电话，找不到你，啊！"

最后的一声叹息，变成了一声啜泣，然后女人哭了起来。

"我认不出你的声音。"卡利普说。

"认不出我的声音！"女人模仿卡利普的语调，"他说他认不出我的声音。他竟然对我这么客套。"停顿了一会儿后，她像个自信的玩家摊出手中的牌，透着一丝狡猾和骄傲，说，"我是埃米妮。"

她的名字卡利普毫无印象。

"对！"

"对？这就是你要说的？"

"过了这么多年……"卡利普咕哝着。

"亲爱的，终于，过了这么多、这么多年。你能想象当我读到你在专栏中呼唤我时，心里有什么感觉吗？我等待这一天等了二十年。你能想象当我读到期盼了二十年的那句话时，是什么感觉吗？我想大声喊出来，让全世界都听见。我几乎陷入疯狂。我花了一段时间控制自己。我哭啊哭。你知道，我丈夫穆罕默德因为涉入那些什么革命事业，被迫退休。不过，他反正还是每天出门在外头忙东忙西的。他才一脚跨出大门，我就溜上街。我一路跑到库图鲁斯。但是，我们的街道那儿什么都没留下，都没有了。一切都变了，全拆了，什么都没留下。我们的老地方再也找不到了。我站在大马路中央哭了起来。路人可怜我，拿水给我喝。我转身回家，收拾行李，趁穆罕默德回来之前离开。亲爱的，我的耶拉，现在告诉我要去哪里找你？过去七天以来，我一路流浪，待在不同的旅馆里，借住远亲家，觉得自己到处不受欢迎，又隐藏不住我的羞耻。我打了好几个电话到报社去，他们却只回答：'我们不知道。'我打电话给你的亲戚，同样的答案。我打了这个号码，没有人接。除了几样随身用品外，我什么也没带，我什么都不要。我听说穆罕默德像个疯子似的到处找我。离开时我只留给他一封短信，没多作解释。他完全想不透我为什么离家出走。没有人懂，我没有告诉任何人原因。亲爱的，我不曾向任何人透露我俩的爱情，那是我一生的骄傲。接下来会怎么样呢？我很害怕。如今我是一个人了。我不再有任何责任。你再也不用心烦意乱，担心你的胖兔宝宝得在晚餐前回家等她的丈夫了。孩子们都已经长大了，一个在德国，另一个在当兵。我的时间、我的生命、属于我的一切，全都是你的了。我会替你熨衣服，替你收拾书桌，整理你钟爱的作品，我会为你换枕头套。除了我们空荡荡的幽会爱巢之外，我不曾在别的地方见过你，我对你真正的居所、你的物品、你的书籍好奇极了。亲爱的，你在哪里？我要如何才能找到你？为什么你不在专栏里留下你家地址的密码？给我你的地址。这么多年来，你也一直在回想，对不对，回想从前？我们将再一次独处，下午的时候，回到我们只有一个房间的石屋里，阳光透过菩提树叶流泻进来，洒落在我们的脸庞、玻璃茶杯和我们交缠的双手上。可是耶拉，那房子已经不在了！它被拆掉了，消失了，也不再有亚美尼亚人，或任何老式商店了……你注意到这件事吗？还是你原本希望我回到旧地，把眼泪哭干呢？为什么你不在文章里提起？你可以写任何题材，你也该写下这件事。你怎么不跟我说话？在经过了二十年后说点什么吧！你的手心是不是仍会因为尴尬而冒汗？你睡觉的时候脸上是不是仍挂着孩子气的表情？告诉我。叫我'亲爱的'……我要如何才能见到你？"

"亲爱的女士，"卡利普小心翼翼地说，"亲爱的女士，我已经忘了所有的事情。想必是有一些误会，因为我已经好几天没有给报社任何稿子了。这阵子他们刊登的都是我二三十年前的旧文章。你懂吗？"

"不。"

"我并没有要向你或任何人传达什么密码文句。我已经不再写作了。编辑是拿我的旧专栏重新刊登，所以那个句子必然是二十年前的文章里的。"

"骗人！"女人大喊，"你骗人。你仍然爱着我。你疯狂地爱着我。你总是在文章里提到我。当你写伊斯坦布尔最美丽的景点时，你所描述的街道正是你我欢爱的屋子所在。你描写的是我们的库图鲁斯，我们的小窝，而不是随便哪个单身汉的公寓。你在花园里看到的，是我们的菩提树。你提到鲁米笔下的圆脸佳人时，并不是为了卖弄华丽辞藻，而是在形容你自己的圆脸爱人——我……你提到我的樱桃小口、弯月细眉……是我启发你写下这些字句。在美国人登陆月球的文章里，我知道当你形容月球表面的阴影时，是在影射我脸颊上的雀斑。我亲爱的，不准你再否认了！'那令人恐惧的无底深井'，指的是我的眼睛，而我很感谢你这么写，它让我哭了。你说'回到那间公寓'，自然而然指的是我们的小屋，但我知道，你为了不让任何人猜到我们秘密幽会的地点，你被迫描述尼相塔什的一栋六层楼电梯公寓。十八年前，我们在库图鲁斯的小房子里缠绵，整整五次。求求你不要否认，我知道你爱我。"

"亲爱的女士，就如你说的，那是很久很久以前的事了。"卡利普说，"我什么都记不得了。我逐渐忘记一切了。"

"我亲爱的耶拉，这不可能是你。我就是不相信。你是不是被绑架了？是不是有人逼你这么说？你旁边有人吗？告诉我实话，告诉我这些年来你始终爱着我，这样就够了。我已经等了十八年，我可以再等十八年。就这一次，告诉我一声你爱我。好吧，至少告诉我当时你曾经爱过我。说一声我曾经爱过你，那么我就会挂掉电话，永远不再来烦你。"

"我爱过你。"

"叫我亲爱的……"

"亲爱的。"

"噢，不是这样，带着感情说！"

"拜托，亲爱的女士！过去的事就让它过去吧。我已经老了，或许你自己也不再年轻了。我不是你幻想中的那个人。我恳求你，向前看，忘掉这个不愉快的玩笑，一切都是某个编辑上的错误造成的无心之过。"

"噢，我的天！现在我该何去何从？"

"回家去，回到你丈夫身边。如果他爱你，他会原谅你。编个故事，如果他爱你就会相信你。别再耽搁了，趁你忠实的丈夫心碎之前赶快回家。"

"我希望能够在十八年后再见你一面。"

"女士，我已经不是十八年前的那个我了。"

"不，你还是那个人。我读了你的文章，我知道有关你的一切。我满脑子都是你，满脑子。告诉我，救赎之日近在眼前，对不对？谁会是那位救世者？我也一样在等待他。我知道他就是你，其他很多人也都知道。所有的谜都在你身上。你将不会骑着白马抵达，而是乘坐一辆白色的凯迪拉克。每个人都梦到同样的画面。我的耶拉，我是多么爱你。让我再见你一次，远远的就好。我可以站在公园的一角远远看你，比如说，马奇卡公园。五点的时候到马奇卡公园来。"

"我亲爱的女士，很抱歉我得挂了。在挂电话前，请原谅这位年老的隐士想要仗着这份他担当不起的爱情，要求你一件事。请告诉我，你是怎么得到这个电话号码的？你有我的任何一个地址吗？这对我非常重要。"

"假使我告诉你，那么你会让我看你一眼吗？"

停顿。

"我会。"卡利普说。

"可是你得先给我你的地址。"女人狡猾地说，"坦白讲，经过十八年后，我不再信任你。"

卡利普考虑了一会儿。他可以听见女人紧张的呼吸声，像具老旧的蒸汽引擎——他有种感觉，说不定有两个女人——也能听见她背后的收音机传来的音乐，那让他联想到的不是"土耳其民族音乐"中的爱恨情愁，而是爷爷奶奶的最后几年和他们的香烟。卡利普试图想象那个房间，一台老旧的大收音机立在一个角落，一个哽咽的中年女人拿着话筒，坐在另一个角落的破扶手椅里。然而他脑中浮现的画面却是两层楼之下爷爷奶奶曾经坐着抽烟的房间：他和如梦从前常在那儿玩"看不见"的游戏。

一段停顿之后，卡利普才开口说"地址是……"，就被女人声嘶力竭的叫喊打断："不要，不要告诉他们！他正在窃听！他也在这里。他逼我讲话。耶拉，亲爱的，不要说出你的地址，他打算过去杀了你。啊……喔……啊！"

紧接着最后一声呻吟，卡利普听见一阵怪异、恐怖的金属声响，和模糊不清的噪声，透过用力压在耳朵上的话筒传来。他猜想有一场扭打。接着是砰的一声巨响：可能是枪声，不然就是话筒在抢夺的过程中摔到地上。随之而来的是一片寂静，不过不是全无声息，因为卡利普可以听见收音机从后面传来歌声，贝希叶·阿克索伊唱着："负心汉，负心汉，你这个负心汉啊！"也能听见女人在另一个遥远的角落啜泣的哭声。电话线的那头传来沉重的呼吸声，但拿起话筒的人并没有开口。这些音效就这样持续了很久。收音机换了另一首歌，呼吸声和女人单调的哭泣没有停止的迹象。

"喂！"卡利普惊骇地喊道，"喂！喂？"

"我，是我。"终于，一个男人的声音说，是他这几天来听到的同一个声音，那惯常的声音。他的语调沉稳、冷静，甚至像是在安抚卡利普，总结一段不愉快的话题。"埃米妮昨天全招了。我找到她，把她带回来。先生，你让我想吐！我要让你死得很难看！"接着，像一个裁判宣布一场冗长、沉闷、令人生厌的比赛结束那样，他用一种公正的语调补充，"我要杀了你。"一片沉默。

"也许你也听见了，"卡利普出于职业习惯说，"那篇专栏是一场误会，它其实是旧文章。"

"不用多说了。"穆罕默德说——他到底姓什么？"我都听见了，我已经听完所有的故事。但那并不是我要杀你的原因，虽然它确实让你罪加一等。你知道我为什么要杀你吗？"然而他并不是要耶拉——或卡利普——回答，他似乎早已准备好答案。卡利普继续听着。"不是因为你背叛了或许能改变这个散漫国家的军事行动；不是因为你在事后挪揄那些勇敢的军官和忠贞的人民，而他们是因你展开这些爱国工作，结果群龙无首，最后反倒落得屈辱的下场；也不是因为你坐在安乐椅里编造各种阴险可耻的白日梦，而他们却在你的文章的驱策下，铤而走险，怀着崇敬钦佩之心把他们的政变计划和房子送给你；甚至不是因为你竟能够利用这群被你操纵、带你进家门的善良爱国民众，阴险地实现你的梦想；也不是因为你诱拐我可怜的妻子——我长话短说——在我们全都被革命热潮给冲昏了头的那段日子，她精神崩溃了。不，我杀你是因为你诱拐了我们所有人，整个国家，你骗了我们，你用哗众取宠的题材、暗示性的修辞、一针见血的文笔作为伪装，掩盖你无耻的梦想、可笑的恐惧和信口胡说的谎言，年复一年地让它偷偷渗入整个国家，渗入我的脑中。但如今我看清楚了。该是让别人也明白的时候了。记得那个杂货店老板吗？当初你嘲弄似的听他的故事，对他嗤之以鼻，是啊，而现在我也将替他报仇。整整一个星期，我搜遍城市的每一寸土地，寻找你的踪迹，终于明白唯一的解决方法：这个国家和我必须忘掉我们学到的一切。是你自己写的，我们最终要抛弃所有的作家，在他们葬礼之后来临的第一个秋天，直到他们永远沉睡在遗忘的无底深渊。"

"我全心全意赞同你说的每句话。"卡利普说，"我告诉过你，等我写完最后几篇，以清空我记忆中不断涌出的最后几片碎屑后，我打算彻底放弃写作，不是吗？顺便一问，你觉得今天的专栏怎么样？"

"你这不要脸的混蛋，你难道没有半点责任感吗？知不知道什么叫奉献？什么叫诚信？什么叫博爱？这些字对你没有半点意义吗？还是你只会嘲笑被这些观念吸引的呆子，扯读者的后腿，刊登文章消遣他们？你懂不懂什么叫道义？"

卡利普想回答"我懂！"，不是为了替耶拉辩护，而是这个问题触及他内心。然而电话那头的穆罕默德——他的全名是穆罕默德吗？——却开始一连串咒骂，滔滔不绝，口沫横飞。

"闭嘴！"好不容易骂完了所有想说的脏话后，他大喊，"够了！"一阵静默后，卡利普才搞懂他是在对角落里依然哀泣的妻子说话。他听见女人的声音在解释什么，然后收音机被关掉了。

"你明知她是我的堂妹，所以故意写一些自作聪明的文章，贬低家族恋情。"自称穆罕默德的声音继续说，"即使你再清楚不过，这个国家有半数的年轻女子嫁给她们阿姨的儿子，有半数的年轻人则娶了他们叔叔的女儿，但你仍满不在乎地写那种无耻的文章来嘲笑近亲通婚。不，耶拉先生，我娶她不是因为我这辈子没机会遇到别的女孩，也不是因为我惧怕非亲戚以外的其他女人，更不是因为我不相信除了我母亲我姑婶阿姨和她们的女儿之外，会有别的女人愿意真心爱我或耐心待我。我娶她是因为我爱她。你能想象青梅竹马是什么感觉吗？你能想象一辈子只爱一个女人是什么感觉吗？我爱了这个女人五十年，而她现在却在为你哭泣。我从小就爱她，你了解吗？我仍然爱着她。你懂不懂什么是爱？你懂不懂什么是深切地注视一个人的眼睛深处，一个让你完整的人，像是你梦中自己的身体？你懂不懂什么是爱？这些字眼，除了让你用作素材，用卑鄙巧妙的文笔写作童话故事，引导你那些轻信盲从的智障读者外，对你没有任何作用吗？我真可怜你。我瞧不起你。我为你感到难过。你这辈子除了玩弄文字之外，究竟还做了些什么？回答我！"

"我亲爱的朋友，"卡利普说，"那是我的工作。"

"他的工作！"另一头的声音大吼，"你把我们耍得团团转！我以前是那么相信你。我同意你在那些华而不实的文章中所说的，你残酷指出我的一生只是一场悲惨的展示，只是一连串愚蠢和欺骗，一段无止境的噩梦，以及一部基于可怜、卑微和粗俗的平庸之作。不但如此，在知道自己的卑贱后，我曾经很骄傲自己竟能认识一位思想崇高、文笔有力的伟人，而且还与他交谈过，甚至在一场流产政变中曾一度与他共事。你这个混账无赖，我曾经是那么地仰慕你，以至于我听信你所说的：不只是我的懦弱造成了我一生的苦命，甚至整个国家的懦弱都导致它如此下场。而我时常怀疑自己究竟哪里错了，使得懦弱成为我的人生之道，同时把你视为勇气的模范，虽然现在我知道你其实比我还没种。我曾经是那么地崇拜你，以至于我读遍了你的每一篇专栏，甚至包括你年轻时的回忆，其实那些事情谁都经历过，只是你不知道而已，因为你对周围的人完全没有兴趣。我读了所有那些专栏，关于你小时候居住在一栋公寓大楼，那里的阴暗楼梯间里有一股炸洋葱的气味，关于你梦到了妖魔鬼怪，还有关于你灵魂出窍的胡说八道。我不但自己阅读了千百遍，希望能看出内容可能蕴藏的惊喜，还叫我太太也读，晚上我们常常花好几个小时讨论这些文章，然后那时我会认为，唯一值得相信的东西，便是文章里暗示的隐秘意义。最后我相信自己已经明白了那个隐秘含义——也就是没有意义，到头来我才发现。"

"我从来没有想过要引起这样的仰慕。"卡利普鼓起勇气说。

"你骗鬼啊！你一辈子的文学事业就是仰赖人群中像我这种马屁精。你回信给读者，向他们要照片，你检查他们的笔迹，你假装要泄露秘密、文句、神奇字眼……"

"全都是为了革命，为了审判之日，为了救世者的到来，为了解放的时刻……"

"然后呢？当你放弃之后又该如何？"

"啊，至少读者们终究还能够相信一些东西。"

"他们相信的是你，而这让你得意忘形……听着，我是如此仰慕你，以致当我读到你一篇特别精彩的文章时，会激动得从椅子上跳起来，泪流满面。我会兴奋得坐立难安，在房间里来回踱步，到街道上走动，满脑子想着你。不只这样，我想你想到超越了幻想的界线，甚至在我迷蒙的脑海中我们两人之间的分野已经消失。不，我从不曾过分地以为自己是文章的作者。请记住，我不是精神病患，只是你的一个忠实读者。然而在我看来，似乎我也有所贡献，以一种奇怪的方式，一种太复杂而解释不清的方式，我也参与创造你那些精彩的句子、聪明的创新和概念。似乎如果没有我，你就无法生出那些想法。别误会我的意思，我不是说你从我身上偷了什么东西，而且丝毫没有想过要征询我的同意。我不是说侯鲁非教派在我心底产生的种种启发，也不是说我在我所写的书的最后发现的道理，而我一直找不到人愿意出版这本书。反正它们都是你的。我想要讲的是，那种感觉就好像我们共同想到同一件事情，就好像你的成功我也有份似的。你懂我的意思吗？"

"我懂，"卡利普说，"我也写过这类的句子。"

"对，在你那篇因为一时不察而又重刊一遍的可耻文章里。但你并没有真正明白我的话，要是你真听懂的话，你早就插嘴了。那就是为什么我要杀死你，就是这个原因！因为你根本不懂还装懂，因为你根本不曾与我们相处过，却嚣张地把你自己灌输到我们的灵魂中，趁深夜出现在我们的梦里。这些年来，我狼吞虎咽地阅读你所有作品，逐渐相信自己对这些优秀的文章也有所贡献，然后不时地，我会回忆起当我们还是朋友时的美好时光，我们曾经一起谈论——或者有可能曾经一起谈论——那些相同的观点。这种想法一直在我脑海中挥之不去，我不停幻想着你，因此每当我遇到你的仰慕者时，听到他们对你的满口赞美就好像是对我说的，仿佛我和你一样出名。关于你神秘私生活的谣言，似乎证明了我不只是另一个普通人，而是一个受到你神一般的影响力所感染的人，似乎我也和你一样是个传奇人物。一点一点地，因为你的关系，我将变成另一个人。最初的几年里，每当我在公共客运渡轮上听见有些市民边看报纸边讨论你时，我就会忍不住想大声说：'我正好认识耶拉·萨利克，还熟得很呢！'然后向他们透露你和我共享的秘密，得意地享受众人的惊奇和崇拜。后来，这股冲动变得更加强烈。只要遇到有什么人在读你的文章或在谈论你，我会忍不住想当场宣布：'先生们，耶拉·萨利克就在你们附近，非常近，事实上，其实我就是耶拉·萨利克本人！'这个念头就如波涛汹涌，让人无比陶醉，以致每每我准备开口表白时，心脏就开始狂跳，额头也冒出大滴的汗珠，一想到惊愕的群众一脸崇拜的表情，我就几乎要昏厥过去。我之所以从不曾真的带着喜悦和骄傲喊出那句话来，原因不是因为觉得太蠢或太夸张，而是因为这句话光是从我脑中闪过，就已经足够了。你懂我的意思吗？"

"我懂。"

"我曾经是带着何等得意的心情阅读你写的东西，觉得自己和你一样有智慧。人们所赞美的不只是你，也包括我，这点我很确定。我们两个是一起的，远离凡夫俗子。我太清楚你了。因为我也和你一样，厌恶那些上电影院、看足球赛、赶市集和参加庆典的群众。你认为他们永远成就不了任何事，冥顽不灵的他们最后的结局总是一再地重蹈覆辙。他们一方面是最无辜的受害者，遭遇了那么多令人心痛落泪的悲苦与贫困，然而另一方面，他们其实正是肇祸的罪人，或者至少是共犯。我实在受够了他们的那些假救世者、他们近年来的几位总理和他们最新的愚行、他们的军事政变、他们的民主、他们的痛苦折磨，还有他们的电影。这就是为什么我喜爱你。现在我忍不住激动地回想，过去每次我读完你的一篇新文章后，胸中就会涌起无比的兴奋，脸上流满了泪水，告诉自己：'这就是为什么我爱耶拉·萨利克啊！'一直到昨天以前，我都还像只仿声鸟在唱歌似的，向你证明我记得你每一篇旧作的每一字每一句。你曾经想象过自己会有像我这样的读者吗？"

"或许，多多少少……"

"听着，如果是那样的话……在我可悲的生命中某个遥远的时刻，在我们低贱的世界里某个平凡乏味的刹那，有一个粗鲁的混蛋把共乘小巴的车门用力摔上，夹伤了我的一只手指。为了确保有一小笔赔偿会进入我的退休金里——搭乘公共交通工具途中受到轻伤——我不仅要填写必要的文件，还得忍受一个自以为是的家伙在旁边啰唆。这时，一个想法突然浮现，就像一个救生圈，让我紧抓不放：'要是耶拉·萨利克碰到这种情况，他会怎么做？他会说些什么？不知道我的行为像不像他？'过去二十年来，这个问题变得像是一种病。常常，当我在亲戚的婚礼上，为了表现亲和而与别的宾客围成圆圈跳哈拉伊土风舞时，或是当我在附近咖啡店里玩牌打发时间，因为赢了一轮兰姆琴酒而开心大笑时，我会猛然想道：'耶拉会这么做吗？'这个念头足以破坏我整晚的兴致，毁了我的一生。这辈子我都在问自己：耶拉·萨利克此刻会怎么做？耶拉·萨利克此刻在做什么？耶拉·萨利克现在正想些什么？如果光是这样也还好，然而似乎这还不够，另一个问题总会悬在我心头：'不知道耶拉·萨利克会怎么想我？'我规劝自己，你根本不认识我，更不会想到我，你心里甚至不曾有一秒钟闪过有关我的念头。于是问题换成另一种形式：假使耶拉·萨利克现在看到我，他会怎么想？假使耶拉·萨利克看到我吃完早餐后仍穿着睡衣，抽烟发呆，他会怎么说？假使耶拉·萨利克目睹我在渡船上斥责那个骚扰邻座穿迷你裙的已婚女士的变态，他会作何感想？假使耶拉·萨利克知道我把他所有的文章剪下来，收进ONKA牌的档案夹里，他会觉得如何？假使耶拉·萨利克发现了我对他和生命的这一切想法，他会说什么呢？"

"我亲爱的读者和朋友，"卡利普说，"告诉我，为什么这些年来你从没找过我？"

"你以为我没想过吗？我害怕。别搞错我的意思，我不是怕被误会，怕自己忍不住在那种场合下阿谀谄媚，把你最平凡的论调当成绝世经典吹捧，以为你会喜欢有人拍马屁，或是怕自己不合时宜地大笑，惹你不快。所有可能的场景我都设想过，也已经想象过千百遍了。"

"你远比在那些场景中设想的情况聪明得多。"卡利普说。

"我害怕万一我们见面，等我诚心诚意地表达完那些阿谀奉承之词后，我们两人将无话可说。"

"然而，你看，事实却完全不是那么回事。"卡利普说，"你看，结果我们竟然开心地聊了这么久。"

一阵沉默。

"我要杀了你。"那声音说，"我会杀掉你。就是因为你，使我永远当不成自己。"

"没有人能够做自己。"

"这个论调你写过很多次了，但你永远无法像我这样亲身体会，你永远不可能像我这样了解这一点……你所谓的'谜'，其实就是你知道这件事却不了解它，你写出了真相却无法体会。一个人必须先和自己成为一体，才有办法发现这个真相，但如果他真的发现了，那又意味着他其实并没有能够成为自己。你明白其中的吊诡之处吗？"

"我既是我自己，也是另一个人。"卡利普说。

"没用的，虽然你嘴里这么说，但你心里并不这么想。"电话另一头的男人说，"所以你必须得死。如同在你的作品里，你说服别人但自己却不被说服，你成功地让别人相信你自己并不相信的事。然而，当那些被你蒙骗的人察觉到，你可以说服别人相信自己不相信的事时，他们顿时生出一股恐惧。"

"恐惧什么？"

"恐惧你所谓的'谜'。你难道不懂吗？我惧怕模棱两可，惧怕书写这个虚伪的游戏，惧怕文字的模糊面孔。这些年来，当我阅读你的作品时，常觉得自己一方面身在书桌前或椅子上，另一方面又处于某个截然不同的地方，与故事的作者同在。你真的能够明白那是什么感受吗，被一个不信者所欺骗，发现那些说服你的人，自己反而并没有被说服？我并不是在抱怨是你让我当不成自己，毕竟我可怜可悲的一生因此而丰富了起来。我变成了你，从此逃离空洞单调的恐怖生活，然而对于那个我称之为'你'的奇妙实体，我仍保持怀疑。我不知道，但其实我只是不明白我知道。这样可以算是知道吗？显然，我知道我结婚三十年的妻子，在餐桌上留下一张没头没脑的道别信后，离开我而消失到了哪里，但我只是不明白原来自己已经知道。因为当我地毯式地搜寻整座城市时，我不明白自己不是在找你，而是在找她。但是在寻找她的过程中，我其实不自觉地也在寻找你，原因在于，从我开始一条街一条街地想要解开伊斯坦布尔之谜的第一天起，一个讨厌的念头就挥之不去：'如果耶拉·萨利克知道我太太突然离家出走，不晓得他会怎么想？'我发现此种情况是一个'最耶拉·萨利克式的困境'。我想把一切都告诉你。我认为这就是那个可以拿出来与你讨论的完美题材，多年来我一直遍寻不着的完美题材。兴奋难耐之余，我第一次鼓起勇气与你联络，可是我到处找不到你——你不在任何地方。我明知道这一点，但我并没有察觉。当初为了以备不时之需，我弄到了几个你的电话号码，每一个我都打了，就是找不到你。我打给你的亲戚，打给疼你的姑姑、爱你的继母、对你怒气难消的父亲，以及你的叔叔。他们全都很关心，尽管你不在那里。我去了《民族日报》办公室，你也不在那里。也有其他人到报社去找你，比如说你的堂弟兼妹夫，卡利普，他想要替英国广播公司的人安排采访你。在一时冲动下我开始跟踪他，心想这个做梦似的孩子，这个梦游者，或许会知道耶拉的下落。他不但会知道，我告诉自己，他也一定明白自己知道。我如影随形地跟踪他走遍伊斯坦布尔，他走在前头，我远远地跟在后头。我们走上街道，进入高级商业大楼、旧商店、明亮的骑楼和脏乱的电影院，我们穿越大巴扎，来到没有人行道的陋巷，越过桥梁，走入伊斯坦布尔那些黑暗阴森的区域，在灰尘、泥巴、秽物中跋涉。我们不停地走着，没有终点。我们就这样走下去，仿佛对伊斯坦布尔无比熟悉，却又认不得它。我把他跟丢了，接着再找到，然后又再一次跟丢，我再一次找到他，然后又一次失去他的踪影。有一次，我跟丢了之后，反而是他在一家破烂酒吧里遇到了我。我们一群人围着桌子而坐，每个人向大家讲一个故事。我很喜欢说故事，却总是找不到听众，不过这一回，众人全都专心聆听。故事说到一半，听众们用好奇而不耐烦的眼睛注视着我的脸，想从中读出最后的结局，而我也不禁担心自己的表情会把结局透露出来，正当我的思绪来来回回在故事和担忧之间徘徊时，忽然间我恍然大悟，原来我的妻子离开我去找你了。'我早就知道她是去找耶拉。'我想。我心里知道，可却从来不明白原来我知道这件事。我一直在寻求的想必就是此种心境。我终于成功地跨越了心底的一扇门，进入一个全新的领域。这么多年来，我第一次得偿心愿：同时又是自己，又是另一个人。一方面，我想捏造一些说词，像是：'这个故事是我从报纸一篇专栏上看来的。'另一方面，我感觉自己好不容易获得了追求多年的平静。之前为了查出哪里可能找到你，我读遍了你的旧专栏，到头来却是穿越了伊斯坦布尔的大街小巷，踏上了人行道、商店门口的泥泞台阶，望见了我同胞脸上的无尽忧郁。但我终究说完了我的故事，也同时领悟出我妻子的去向。不只这样，正当我聆听着服务生和高瘦作家在讲述他们的故事时，我已预见了自己的可怕下场，也就是我刚才提过的：我被骗了一辈子，从头到尾被耍得团团转！我的天！我的天啊！这一切你能够理解吗？"

"能。"

"既然如此，听着！我已得出结论，多年来你以'谜'的名义让我们苦苦追求的真相，你知道却不明白、书写但不了解的真相，其实就是：在这片土地上，没有任何人能够做自己！在这片挫败而压抑的土地上，一个人的存在就是做别人。我是另一个人，故我在。好吧，所以，如果那个我想要与之交换身份的人，碰巧也是另一个人，那怎么办？这就是我为什么说我被诱骗的原因。因为我所阅读而信赖的偶像，绝不会去偷他的仰慕者的妻子。我想对这群半夜里围着桌子说故事的妓女、服务生、摄影师和被戴绿帽的丈夫大喊：

'喂，你们这群废物！你们这群人渣！你们这群没用的人！你们这群倒霉鬼！你们这群微不足道的家伙！别害怕，没有人是他自己，没有半个人是！就连皇帝、贵族、苏丹、明星，那些你们想要与之交换身份的有钱有势的人，也都不是！忘了他们，解放你们自己吧！抛开他们，你们就能解开他们告诉你们的神秘故事。把他们杀了！创造你们自己的秘密，找出你们的秘密！'你明白我在说什么吗？我要杀了你，不是基于一个丈夫被戴绿帽的愤怒复仇，而是因为我不要被扯进你的新世界。到时候，被你写入文章中的整个伊斯坦布尔，所有的文字、符号、脸孔，将会重获它们真正的神秘。'耶拉·萨利克遭到枪击！'报纸头条将会这么写，'一场神秘凶杀案。'而这场'神秘凶杀案'将永远不会破案。我们的世界或许将会完全失去原本含糊不清的意义，继之而起的是一场无政府的混乱，直到那个你不断提起的救世者来到伊斯坦布尔。然而，对我以及许多人而言，这代表着重新恢复过去一度失落的神秘，换句话说，没有人能够解开整件凶案背后的秘密。除了重新找回神秘之外，你也很清楚，还有别的可能吗？关于那种神秘，我在我卑微的书中谈了很多，而我知道这本书将通过你的帮助得到出版。"

"不见得，"卡利普说，"你大可以去制造最神秘的谋杀案，但是他们——那些有权势的和低贱的人，愚蠢的和渺小的人——将会团结起来，编造出一个故事，证明背后毫无神秘可言。他们会轻易地相信自己所编的煽情剧目，把我的死亡转化为一则老掉牙的精彩阴谋论故事。甚至我的葬礼都还没结束，大家就已经认定我的死牵涉到一场危及国家尊严的阴谋，或是一段充满爱恨情仇的长年策划。到头来，他们会说，凶手原来是某个缉毒探员，或是某个政变组织的成员；原来这场谋杀案是受到纳克什班迪教派组织的怂恿，或是某个政治黑道团体的教唆；原来这件丑事的策划者是被废黜苏丹的孙子，或是烧国旗的叛党；原来这个诡计的始作俑者是一群反对民主与共和国的人士，或是一群酝酿着要对全伊斯兰世界发动最终'圣战'的激进分子！"

"专栏作家的尸体被人发现神秘地倒卧在伊斯坦布尔的泥泞人行道上，或者，埋在堆满果皮菜渣、野狗尸骸、彩票券的垃圾堆里……你有什么办法可以说服这些无知的人，让他们相信，已经灰飞烟灭的过往奥秘仍默默地存在生活之中？深深地埋藏在我们的过去，混杂在我们的记忆残屑里，消失在文字里，而我们必须重新恢复这个奥秘？"

"三十年的写作经验支持我这么说：人们早忘了，什么都不记得。"卡利普说，"此外，你是否有办法找到我，并且执行你的计划，也还未成定论。你顶多只能打中我某个非要害的部位，造成一点皮肉伤。更可悲的是，当你在警察局里被他们揍得天昏地暗时——更别提酷刑了——我却出乎你意料地变成一个英雄，还得忍受总理愚蠢的慰问探视。我向你保证，这么做不值得。人们不再渴望去相信在亲眼所见的事实背后隐藏着触摸不到的秘密。"

"那么，谁能够向我证明，我的这一生不只是一场骗局，一个差劲的笑话？"

"我！"卡利普说，"听着……"

"Bishnov[1]，"他用波斯语说，"不，我无法承受。"

"相信我，我也和你一样对它深信不疑。"

"我愿意相信它，"穆罕默德忘情地大喊，"为了挽回我自己生命的意义，我愿意相信。可是，其他人又怎么办呢？那些哈拉智信徒，他们借着你塞进他们手中的密码，试图揭开生命中失落的意

---

[1] 波斯语"听"之意。

义。那些爱做梦的少女，她们一边幻想着在你所承诺的幸福乐园中，摆满了家具、果汁机、鱼形台灯和蕾丝床单，一边痴痴空等着并不存在的未婚夫。而那些退休的公交车检票员，他们利用从你的专栏中所学到的程序，在自己的脸上，看见了在未来的幸福乐园中，他们即将拥有的公寓平面图。还有那些土地调查员、煤气收费员、硬圈饼小贩、乞丐（你看，我就是摆脱不掉你的遣词用字），这些人受到你专栏中提出的字母数字的启发，从石板路上计算出那位将拯救众人脱离苦海的救世者，会在何年何月降临。而我们卡尔斯的杂货店老板，以及你的读者，你可悲的读者，多亏了你，他们才领悟到他们所寻找的神秘凤凰，其实就是自己。这些人今后又该如何呢？"

"忘掉它，"卡利普说，他很害怕电话那头的人会习惯性地滔滔不绝列举下去，"忘掉他们，忘掉这一切，别去想他们。相反，想一想最后几个微服出巡的奥斯曼苏丹。想一想贝伊奥卢黑道的老传统，在杀死被害人之前先拷打他们一番，以免他们在某处私藏了黄金或秘密。想一想在全国两千五百家理发店的墙上所挂的照片，这些从《生活》《声音》《星期日》《邮报》《七天》《影迷》《女孩》《评论》《周刊》等杂志上剪下来的黑白照片——清真寺、舞者、桥梁、选美皇后、足球明星——被修染画家重新染上色彩，想一想为什么这些画家总是把天空涂成波斯蓝，用英国草皮的颜色去画我们的泥巴路？想一想你埋头翻阅过的所有土耳其字典，里面有几十万字是在描述几千种气味和来源，以及它们所混合出来的、几万种充斥于黑暗狭窄的楼梯间的味道。"

"你这个混蛋作家，你！"

"想一想，为什么土耳其人向英国购买的第一艘蒸汽船，会被命名为'快捷'，其中有什么神秘的原因？想一想，有一位执迷于秩序和对称的左撇子书法家，对于用咖啡渣算命颇有研究，他曾把一辈子喝过的几千杯咖啡的杯底沉渣都描绘出来，用图画来表现自己的命运，后来他又加上了他美丽的书法，将其制作成一本三百页的手抄经典。"

"你再也哄骗不了我了。"

"想一想，当这座城市的花园里那些几千几万年前挖掘出来的水井，全都被填满石头与泥土，作为地基以便建造高楼大厦时，底下的蝎子、青蛙、蚱蜢，各式各样闪亮耀眼的利古里亚、弗里吉亚、罗马、拜占庭和奥斯曼金币，红宝石、钻石、十字架、写真画、禁忌的图像、书籍和文章、藏宝图，以及不知死于谁人之手的可怜被害人的头颅……"

"呵，这会儿又在讲大不里士的夏姆士是吧？尸体被丢进井里。"

"……它们支撑着上方的水泥、钢筋、所有的公寓房间、门、年老的门房、接缝处像脏指甲一样黑的拼花地板、忧戚的母亲、暴躁的父亲、关不紧的冰箱门、姐妹们、同父异母的姐妹们……"

"你是想要扮演大不里士的夏姆士吗？还是旦扎里？救世者？"

"……娶了同父异母妹妹的堂弟、液压电梯、电梯里的镜子……"

"够了，这些你全都写过了。"

"……孩子们发现的秘密角落、留着当嫁妆的床单、爷爷的爷爷在大马士革当总督时向一个中国商人买来的每个人都一直舍不得剪断的一匹丝绸……"

"你是在给我提供线索，对吗？"

"……想一想我们生命的最终之谜。想一想一种名为'破谜刀'的锐利刀片，古代的刽子手用它来割下吊刑犯人的首级，放在柱台上示众。想一想那位退休的上校，他把西洋棋子重新命名，称国王为'母亲'，王后为'父亲'，城堡为'叔叔'，骑士为'姑姑'，小卒为'胡狼'而不是'小孩'。"

"知道吗？在你背叛了我们之后，这些年来我只见过你一次，穿着一身怪异的侯鲁非装束，似乎是假扮成征服者穆罕默德。"

"想一想某个平凡的夜晚，一个男人坐在桌前，思索着波斯诗集中的奥秘和报纸上的填字游戏，沉浸于永恒的宁静中。想一想，除了被桌上台灯所照亮的纸张和信件外，屋里的一切全笼罩在黑暗里，所有的烟灰缸、窗帘、时钟、时间、回忆、痛苦、悲伤、欺骗、愤怒、挫败——啊，挫败！想一想，随着填字游戏中字母上下左右的移动，你陷入了一场神秘的空虚，为了逃离如此沉重的拉扯而得到自由，你急切地幻想着乔装漫游在城市里。"

"听着，朋友，"电话线另一头的声音说，就事论事的语气吓了卡利普一跳，"从现在起，让我们撇开所有的幻想和游戏不谈，文字和符号也一样——那些我们早已谈过了，我们已经超越了那些东西。是的，我原本是打算设计陷害你，可是没有成功。你已经知道了，不过，让我再为你解释清楚。事实上，不但电话簿里没有你的名字，根本连军事政变也是假的，完全没这档子事！我们爱你，我们总是惦念着你，我们夫妻俩都是你的仰慕者，真正的书迷。我们的生活总是离不开你，将来也会继续如此。现在，让我们忘掉所有不愉快的事情。今晚，我和埃米妮可以前去见你。我们会假装什么事都没有发生过，我们会好像初次见面那样闲聊。你可以像刚才那样滔滔不绝讲个没完没了。拜托，答应吧！相信我们，你希望怎样我都愿意做，我可以带给你任何东西。"

卡利普仔细想了想，隔了半晌后他才开口："先给我听听看你找到了我的哪些电话号码和地址。"

"没问题，可是就算告诉了你，也无法把它们从我心里抹掉。"

"反正，你告诉我就是了。"

趁男人离开去拿电话簿时，他的太太接过了话筒。

"相信他，"她悄声说，"他这一次是真的悔悟了，真心诚意。他非常爱你。他本来打算做一些疯狂的事，不过现在已经放弃了。他会把一切算到我头上，而不会去对付你。他是个懦夫，我可以保证。感谢真主让事情有圆满的结局。今天晚上，我会穿那件你最喜欢的蓝格子裙。亲爱的，你要我们做什么我们都愿意，他和我都一样！不过，我还是要告诉你，他不但试过模仿你穿上征服者穆罕默德的侯鲁非服装，也试着想读出你全家人脸上的文字……"听见丈夫的脚步声接近，她陡然住口。

等丈夫再度接起电话后，卡利普便从旁边的书架上抽出一本书（法国讽刺作家拉布吕耶尔的《品格论》），翻到最后一页，开始把对方复述了好几遍的地址和电话号码抄下来。他原本打算告诉那对夫妻，他改变了主意不想跟他们见面，因为他实在没时间浪费在固执的读者身上。只是他脑中想的和真正做的却不一致。很久以后，当他回想起这天晚上所发生的一切时，他将会说："我想，当时我很好奇，很想远远地看一眼这对夫妻。也许动机是在于，我希望等我通过这些地址和电话号码找到耶拉和如梦后，可以告诉他们这段不可思议的故事，不仅是电话交谈的内容，还有这对奇怪的夫妻究竟长什么样子，他们走路的姿态，他们的穿着打扮。"

"我不会给你我家的住址，"卡利普说，"然而，我们可以在别的地方碰面。今晚九点，嗯，约在阿拉丁的商店前。"

这个小小的让步就足以使电话那头的夫妻俩兴高采烈，感激不已，害得卡利普都不好意思起来。耶拉先生会喜欢他们带杏仁蛋糕呢，还是"长寿蛋糕店"的点心盒？既然大家会坐下来聊很久，那么要不要带一点坚果瓜子和一大瓶白兰地呢？

卡利普听见带着倦意的丈夫大喊："我会带着我的相片集，那些大头照，还有高中女学生的相片！"接着爆发出一声骇人的大笑，这时他才明白，丈夫和妻子想必早已打开了一瓶白兰地，喝了好一阵子。他们又热情地重复一遍见面的时间和地点，然后挂上电话。

33

神 秘 绘 画

我挪用了《玛斯纳维》中的神秘。

——谢赫·卡利普

全伊斯坦布尔乃至于全土耳其，甚至是整个巴尔干半岛和中东地区最富丽堂皇的一家堕落窟，在1952年夏天开张了，确切来说是6月的第一个星期六，隐身在贝伊奥卢红灯区的一条窄巷里，再往前走便是英国领事馆。欢庆的开张之日，正好是一场历时六个月的激烈绘画比赛的胜负揭晓之日。这家店的大老板是贝伊奥卢一位显赫的黑道上的人物，后来因为驾驶着凯迪拉克沉入博斯普鲁斯海峡而家喻户晓。当初就是他决心在他宽敞的宫殿大厅墙壁上，呈现出伊斯坦布尔的景象，因而发起了这场绘画比赛。

这位黑道大老板并不是为了赞助此种艺术，毕竟，多亏了伊斯兰教的禁止，此类艺术在我们的文化里仍然相当落后（我指的是绘画，不是卖淫）。他真正的目的是要给顾客们提供视觉的飨宴，让这些来自全国各地的达官贵人在他的享乐宫里，不仅可以纵情于音乐、美酒、毒品和姑娘，也能品尝到伊斯坦布尔的迷人景色。最开始我们的黑道大哥商请学院画家，但只接受银行大楼委托的他们拒绝了（这些画家能够模仿西方立体画派的技巧，用半圆规和三角板让我们的乡村少女呈现出长菱形的体态），于是他征召那些装饰乡间豪宅，绘制户外广告牌以及为地方市集彩绘花车、货车和马戏团帐篷的画匠和美工。然而过了好几个月后，却只有两名画匠前来应征，而两个人也都同真正的艺术家那样自负，宣称自己比对方更优秀。于是，我们狡诈的黑道大哥，听从了银行总裁的暗示，拿出一大笔奖金，为两位互相竞争的画匠定下一场比赛，他提供享乐宫大厅的左右两面墙壁，让两位野心勃勃的参赛者在上面画下"全伊斯坦布尔最美的一幅画"。

两位彼此猜忌的艺术家立刻在两面墙之间拉上了一道厚厚的布帘。一百八十天过后，享乐宫的开幕之夜，仍挂着同一块布帘的大厅里，摆满了绯红色凸纹丝绒铺衬的镀金椅子、霍尔班花纹地毯、有分支的银色大烛台、水晶花瓶、阿塔图尔克肖像、瓷盘和珠母贝镶嵌的架子。大厅里冠盖云集，就连总督也在百忙之中抽空前来（毕竟，这个温柔乡正式登记的名称可是"土耳其古典艺术保存俱乐部"）。当大老板在众人面前拉开粗麻布帘时，映入宾客眼帘的，在一面墙上是耀眼的伊斯坦布尔景色，而在正对面的墙上，则是一面镜子，在银烛台的光芒照耀下，镜中映照出来的画面看起来比被映照的那一幅作品本身更为出色，更为灿烂，更令人心醉神迷。

自然地，奖金颁给了那位安装镜子的艺术家。然而往后多年，许多发现自己陷入这个邪恶温柔乡的客人，都被墙上的奇妙图像弄得神魂颠倒，分别从两幅杰作中获得截然不同的视觉享乐。他们会在两面墙之间来回走动，盯着两幅作品看上好几个小时，试着去理解他们心中涌起的神秘喜悦。

在第一面墙上所画的市场景色里，有一只可怜兮兮、瘦巴巴的杂种狗，正瞄着一个熟食摊子，但反映在对面的镜子里时，它却变成一只悲惨但狡猾的动物。不过，当你再转头回去看第一面墙上的壁画时，你不仅会观察到其实原本就存在于画中的狡猾特性，还会注意到狗儿似乎有所动静，引发你更深的疑惑。你再一次横越大厅，想要瞥一眼镜子再次确认，结果看到了某种模糊的闪烁，或许正好解释了狗儿有所动静的原因。此刻，满头雾水的你，发现自己忍不住想跑回第一面墙前再看一眼原版的图画。

　　一位神经质的老顾客曾经有一次察觉到，壁画中那条老狗漫步的街道所通往的广场里，有一座干涸的喷泉，然而在镜子里，它却潺潺地涌出流水。他急急忙忙赶回去看原画，仿佛一个健忘的老头忽然想起自己出门前忘了关水龙头，只见画中的喷泉确实是干的。可是当他再往镜子里看时，却眼见这一回泉水流得更急更充沛。他试图与在这里工作的女人分享他的发现，但只得到她们冷漠的回应，因为她们早已听腻了关于镜子的戏法。被浇了冷水的他于是缩回自己孤独的生活，过着没有人懂也不需要人懂的日子。

　　然而，事实上，在温柔乡里工作的女人们并非漠不关心。每逢大雪纷飞的夜里，她们凑在一起述说老掉牙的童话故事时，总会拿那幅壁画和镜子的把戏，当作是好玩的试金石，来判断她们顾客的性格。有些客人没耐性、粗神经又急匆匆的，这种人根本不会注意到绘画和镜像之间的神秘矛盾。有些男人，要么滔滔不绝地诉说自己的挫折苦闷，要么就是猴急地想做男人进妓院唯一想做的事，即使他连女孩的名字都还搞不清。而另一种人，他们其实已看穿了镜子和壁画之间的把戏，但一句话也没提，这种男人历尽沧桑，什么事都迷惑不了他们，什么事都无法让他们惧怕。还有一种人，他们用满腹的忧虑来折磨每一位陪酒小姐、服务生和帮派分子，他们似乎对于平衡对称有种偏执的狂热，因此会幼稚地要求尽快把壁画和镜子之间的矛盾矫正过来。这些人是有洁癖的吝啬鬼，就连喝酒和做爱都无法纵情享乐，死脑筋的他们希望一切都能井然有序，是最最无趣的情人和糟糕的朋友。

一段日子后，享乐宫的俘虏们逐渐习惯镜子对壁画的戏弄。有一天，有一名并非靠着雄厚财力，而是凭借着仁慈的保护伞而经常光顾此温柔乡的警长，在镜子前方正面撞见了一个鬼祟的光头佬，画中的他拎着一把枪，走在暗巷里。他立刻凭直觉认定，此人便是那件恶名昭彰的"西西里广场谋杀案"的凶手。警长判断，那位在墙上装设镜子的艺术家，必然知道有关谋杀案的秘密。于是，他着手对艺术家的身份展开调查。

　　还有另一件逸事。某个湿热的夏日夜晚，闷热到甚至连人行道上的污水都还来不及流进街角的水沟，就已经蒸发成水汽。一名大地主的儿子，把他老爸的奔驰车停在"禁止停车"标志正前方，走进大厅里，看见镜中有一位温顺的少女，正在她贫民窟的家中织地毯。他一见钟情，认定她便是自己寻寻觅觅的一生挚爱。可是，当他转身回去看壁画时，却只看见一个平凡无趣的苦命女孩，而类似的姑娘在他老爸的村子里比比皆是。

　　至于对大老板来说——他自己即将开着他的凯迪拉克战马，冲进博斯普鲁斯海峡，在这个世界中发现另一个世界——所有好玩的笑话，有趣的巧合，以及世界的谜团，都不是壁画或镜子所耍的把戏，而是那些吸毒喝酒到昏沉沉、飘飘然，将忧欢离合抛诸脑后的客人，在自己的想象中重新找回了黄金岁月，他们满心喜悦地以为自己解开了那个失落世界的玄奥，而把心中的谜团与眼前的复制品混为一谈。尽管这位鼎鼎有名的帮派大哥是这么一个冷静的现实主义者，却曾有人看见他在星期天早上，开心地加入一群小孩的游戏，玩着"找出两幅画中的七个相异处"。这群孩子由欢场小姐所生，他们边玩边等待疲倦的母亲带他们去贝伊奥卢，看日场的儿童电影。

　　不过，两面墙上的相异处、特殊含义，以及迷惑人心的扭曲变形远不止七个，而是无穷无尽。第一面墙上的伊斯坦布尔景色，虽然技法类似那种画在地方市集的马车和帐篷上的图画，但在镜子的修饰下，却吓人地神似阴森诡谲的刻版画。壁画的角落里一只展翅高飞的大鸟，在对面镜子的呈现下，变成一只懒洋洋拍着翅膀的奇珍异兽。壁画中，古老的木造别墅未上漆的外墙，在镜子里幻化成为骇人的面孔。游乐园和旋转木马在镜中显得更为生动鲜明、色彩缤纷。老式的街车、马车、宣礼塔、桥梁、凶手、布丁店、公园、滨海咖啡座、公共客运渡轮、铭文和箱子，全都转化成为一个截然不同的世界里的符号。一本黑色之书，被壁画画家本人恶作剧地塞进一个瞎眼乞丐手里，到了镜子里，它却变成一本两部曲，一本蕴含了两种意义和两种故事的书；然而，当你看着壁画的时候，你会发觉那本书充满了一致性，而它的奥秘就迷失在书本之中。有着红唇、睡眼、长睫毛的本土电影明星，被画家以游乐场涂鸦的技法描绘在墙上，然而到了镜子里，她们却转而成为困苦坚毅、乳房饱满的国母形象；接着，当你再回头，阴郁地一瞥原本墙面上的图画时，你将会又惊骇又欢喜地认出那个母亲的形象并非陌生人，而是与你同床共枕多年的结发妻子。

但享乐宫里最让人心神不宁的，是镜中的脸。画家的作品中有数不尽的人，走在桥上、街道上，他们的脸随处可见。然而反映在镜子里时，这些脸却呈现出新的意义、奇特的符号和未知的世界。先看一眼壁画，再转向镜子，困惑的客人会注意到，当某个人的面貌映照在镜子里时（某个极其平凡的普通人，或是某个轻松自在戴着瓜皮帽的家伙），他的脸上却爬满了符号和文字，变成了一张地图，或是一则遗失的故事的线索。这让某些观者——在丝绒椅子之间来回踱步的他们，此刻也成为镜中影像的一部分——不禁觉得，他们暗自参与了一个只有少数精英才知晓的秘密。每个人都明白，这些被欢场姑娘当帕夏一般伺候的精英分子，若不找出画中的秘密绝不会罢休，为了寻找谜底，他们已为各种旅程、冒险与自愿参加的竞赛做好了准备。

多年以后，在黑道大老板消失在博斯普鲁斯海峡的秘密中，而享乐宫也沉沦以至于名声败坏后，又过了很久，某一天，警长突然来访，年老色衰的欢场女子看了一眼他饱经风霜的脸，才明白他也是前面提及的那种不安的灵魂之一。原来，警长准备重新调查那场恶名远扬的西西里广场谋杀案，他想再看一次镜子，寻求帮助。然而这时他才得知，在一场冲突中——不是为了女人或金钱，大概只是出于无聊——那面巨大的镜子被闹事者拆了下来，摔得粉碎。就这样，站在玻璃碎片中，即将退休的警长，再也没办法查出凶杀案的主谋，也永远找不出镜子的秘密。

34

不是说故事的人，而是故事

我的写作相当于大声思考，迎合我自己的性情，而不管听者是谁。

——托马斯·德·昆西《一个英国瘾君子的自白》

电话那头的人在定下阿拉丁商店门口的约会前，给了卡利普七个不同的电话号码。卡利普有信心认为其中一个号码定能让他找到耶拉和如梦，他甚至可以想象那些街道、门阶，以及与他们再度重逢的公寓。他知道一旦见到他们，就能得知耶拉和如梦躲起来的原因，而他将发现一切从头到尾都是如此合理及正当。他确信耶拉和如梦会说："卡利普，我们一直在找你，可是你既不在家也不在办公室。电话没人接。你跑哪儿去了？"

卡利普从坐了好几个小时的椅子上站起身，脱下耶拉的睡衣，梳洗一番，刮了胡子，然后换上衣服。透过镜子，他端详自己脸上的文字，发现它们如今不再像是某个神秘故事或疯狂游戏的延续，也不再像某个让他怀疑自己身份的视觉错误。就如同摆在镜子前方的旧刮胡刀片，或由西尔瓦娜·曼加诺代言的粉红色丽仕香皂一样，他脸上的文字也是真实世界的一部分。

一份《民族日报》已经从门缝里塞进来，他看着自己的文字出现在耶拉的老地方，好像在看别人的文章。既然它们是刊登在耶拉的照片下，想必是耶拉的文句。但另一方面，卡利普也知道这些句子是他自己写的。然而这对他而言一点也不矛盾，相反地，它看起来只不过是一个清晰明了的世界的延伸。他想象耶拉正坐在其中一间他手上握有地址的公寓里，阅读着自己专栏中别人的文章，不过卡利普猜想，耶拉应该不会视其为欺诈或对他的人身攻击。很有可能，他甚至认不出那不是自己的旧作。

吃过了面包、鱼子酱、白切牛舌和香蕉后，他想更进一步加强自己与现实世界的联系，于是开始处理被他搁在一边的公事。他联络一个共同合作办政治案件的同事，但得到的答复是，对方突然被召出城去了。某个案子进展缓慢，和往常一样，不过另一件案子则达成了某种结论，两人所代理的客户分别被判处六年徒刑，因为他们窝藏某个地下共产党组织的创立者。他忽然想起，在不久前才读完的报纸里曾瞥见这一则新闻，却没有把它跟自己的事联结在一起，这使他不禁感到生气。尽管他不清楚这股怒气是从何而来，又是针对谁。于是他打电话回家，仿佛那是自然该做的事。"假使如梦接了电话，"他心想，"那么我也要耍她一下。"他打算变音，然后说想找卡利普。但电话并没有人接。

他打电话给伊斯坎德尔。他告诉他，自己马上就要找到耶拉了。他问，英国广播公司的人还会在城里待多久呢？"今天是最后一晚，"伊斯坎德尔说，"他们明天一大早就要回伦敦。"卡利普解释自己很快会联络上耶拉，而耶拉也想见见那些英国佬，为他们厘清某些主题，他也认为这是一场重要的访谈。"这样的话，我最好今天晚上跟他们联络一下。"伊斯坎德尔说，"他们也兴致勃勃。"卡利普说"目前为止"他都会待在这里，并且把电话上的号码念给伊斯坎德尔，让他抄下来。

他决定打电话给荷蕾姑姑。他想过，他的亲戚们可能因为一直没有耶拉和如梦的消息，而跑到警察局。或者，全家人仍在等他和如梦从伊兹密尔度假回来？这是他编给荷蕾姑姑听的谎言，说自己从一家杂货店里打电话，而如梦正坐在出租车里等他。还是，如梦回去过，并向他们坦白了一切？此时此刻，他们有没有耶拉的任何消息？他拨打荷蕾姑姑家的电话，压低音调改变声音，解释说他是一个忠实的读者及仰慕者，想要亲口向耶拉赞美他今天的专栏。荷蕾姑姑的回答很谨慎，没有多做解释，只是告诉他，耶拉不在，请他打电话去报社问问看。两点二十分的时候，他开始一个接一个地，试打他抄在《品格论》最后一页的七个电话号码。

一直打到晚上七点，他查出这七个号码中，一个属于他完全不认识的家庭；一个是那种常见的没礼貌小孩；一个是说话又直又尖的老头子；一个通到一家烤肉串店；一个通到一个万事通房地产经纪人，他并不好奇之前拥有这个号码的人是谁；一个打到了女裁缝家里，她说这个号码她用了四十年了；最后一个则打到了一对晚归的新婚夫妇家里。就在他猛打电话的同时，他发现在一个装满明信片、之前完全没兴趣仔细翻阅的盒子底部，有十张生活照。

十一岁的如梦好奇地盯着镜头，想必是耶拉拿着相机在某次博斯普鲁斯海峡之旅时拍的，背景是那棵著名榆树下的咖啡座，旁边是穿大衣打领带的梅里伯伯，年轻时长得很像如梦的美丽的苏珊伯母，以及某个耶拉的怪异朋友或是某个在埃米甘清真寺当阿訇的人……如梦穿着她在二三年级夏天时常穿的绑带子洋装，还有，抱着荷蕾姑姑当时两个月大的小猫"煤炭"并叫它看鱼缸的瓦西夫，再加上叼着烟眯着眼睛笑的艾斯玛太太，她还故意拉整披肩想挡住自己别被拍到，尽管不确定自己是不是在镜头的范围里……如梦躺在奶奶的床上像婴儿般熟睡，就如卡利普在七天又十小时前最后看到她的姿势，两只膝盖蜷缩到肚子，脑袋顶进枕头里，因为撑饱了斋戒假期的流水席餐点而累得睡着，那是她第一次婚姻的第一年，满怀革命理想、一身邋遢的如梦与自己的母亲、叔叔、姑婶们鲜有往来，却在那个冬日，意外地只身出现……全家人和门房伊斯梅尔及他太太卡梅尔，一起在"城市之心"公寓前面摆姿势拍照，所有人都直盯着镜头看，只有系了缎带、坐在耶拉腿上的如梦，注视着人行道上一只如今想必早已死了的流浪狗……苏珊伯母、艾斯玛太太和如梦挤在人群中——围观的群众站在帖斯威奇耶大道的人行道两侧，从女子学校一路延伸到阿拉丁商店——观看法国总统戴高乐通过，不过照片没拍到他本人，只拍到礼车的车头……如梦坐在她母亲的梳妆台前，台子上摆满了一盒盒蜜粉、一管管"沛肤"冷霜、一瓶瓶玫瑰水和古龙水、香水喷雾器、指甲锉刀和发卡，她把剪了俏丽短发的脑袋伸到两面边镜的中间，变成三个、五个、九个、十七个和三十三个如梦……十五岁的如梦穿着无袖印花棉洋装，没有察觉有人在拍照，低着头在报纸上做填字游戏，阳光从窗户洒落在报纸上，一碗烤豆子搁在旁边，她一面扯头发一面咬着铅笔尾端的橡皮擦，脸上的表情让卡利普害怕地明白，自己被隔绝在外……顶多是五个月前的如梦开怀大笑——卡利普知道，因为他看见她戴着上次生日时他送给她的希泰族太阳神徽章项链——就在这里，在这个卡利普彻夜踱步的房间里，坐在卡利普现在坐着的椅子上，旁边就是他刚刚才挂上的电话……如梦拉长了脸，在某个卡利普认不得的乡间咖啡馆里，为了父母在郊游途中越发激烈的争吵而苦恼……如梦在她高中毕业那年去过的奇里欧海滩上，身后是一片海洋，她试着装出快乐的样子，却露出一抹忧郁的笑容——她的丈夫，此刻看着照片的卡利普，永远猜不透那种微笑中的秘密——她美丽的手臂自在地搁在一辆别人的脚踏车的置物篮上，身上穿着一件比基尼，露出盲肠炎开刀的疤痕，以及两颗连在一起像豆荚形状的痣，就在伤疤和肚脐之间，还有隐约可见映在她丝缎肌肤上的肋骨阴影，她手里拿着一本杂志，卡利普看不清楚杂志名称，但那并不是因为照片失焦，而是泪水模糊了他的视线。

此刻，卡利普在一团迷雾中哭泣。仿佛置身于一个他熟悉却不晓得自己熟悉的地方，仿佛沉浸在一本他读过却不记得自己读过，因此依然让他激动的书中。他知道自己曾经感受过这样的绝望和打击，然而，他也知道，这种痛楚是那么强烈，任何人一辈子只可能经历一次。被欺骗的锥心之痛、幻想和失去的刺痛，是他一个人独有的，他不认为别人能够感受得到，但是，他又觉得这是某种惩罚，某个人像布棋局一样，设下了这个圈套。

泪水滴落在如梦的照片上，他没有抹掉，他没有办法用鼻子呼吸，他坐在椅子里动也不动。星期五夜晚尼相塔什广场上的喧嚣渗进房间里：超载的公交车里疲乏的引擎发出隆隆声响，拥挤的马路上随意乱鸣的汽车喇叭，交通警察怒气冲冲的哨音，摆在各家唱片行骑楼门口的大喇叭此起彼落地传出流行音乐，还有人行道上的嘈杂人声，这片嗡嗡的声响不仅在窗玻璃上回荡，也引起屋里的物品微微的共鸣。卡利普倾听着房间里的共鸣声，想到家具和物品也有它们自己的世界，隔绝于众人的日常生活之外。"既然被骗就被骗了。"他告诉自己，一而再再而三地重复这句话，直到每一个字眼变得空洞没有情感，转化为不具丝毫意义的声音和字母。

他在心底构筑幻象：他不在这个房间里，而是星期五晚上与如梦一起在他们家里，等会儿他们要去哪里吃点东西，然后再去皇宫戏院。之后，他们会去买几份晚报，然后回家窝着看书和报纸。在他幻想的另一个故事里，有一个面孔模糊的人对他说："我老早就知道你现在是谁了，可是你当时甚至不认得我。"说这句话的幻影男人，他发现，原来就是多年来一直注视着自己的那个人。接着，他又想到，这个人注视的不是卡利普，而是如梦。卡利普曾经有一次偷偷观察如梦和耶拉，结果竟陷入他意想不到的恐慌。"就好像我死了，从遥远的地方看着没有我的生活继续下去。"他在耶拉的书桌前坐下，马上提笔写了一篇文章，就用这句话开场，最后再签上耶拉的名字。他很确定有个人正注视着他。就算不是有个人，至少是有只眼睛。

尼相塔什广场上的噪声逐渐被隔壁大楼传来的电视喧哗声所取代。他听见八点钟新闻的开头配乐，意识到全伊斯坦布尔六百万市民，此刻都聚集在自家的餐桌前看电视。他很想手淫，但那只甩不掉的眼睛一直干扰他。他强烈渴望能做自己，做自己就好，强烈到他想摔烂房里的每样东西，想杀死把他推入这个处境的每个人。正当他打算把电话从墙上拔下来丢出窗外时，这台机器响了。

是伊斯坎德尔。他已经跟英国广播公司的人说过了，他们非常兴奋，今晚将会在佩拉宫饭店等耶拉到来，他们已经布置好一个房间以供录像。不知道卡利普联络上耶拉了吗？

"对啦，对啦！"卡利普说，被自己的暴躁吓了一跳，"耶拉准备好了，他有一些重要的事情要揭露。我们十点在佩拉宫见。"

挂上电话，他内心激动，在恐惧与快乐、焦虑与平静、复仇快感与兄弟情谊之间来回摆荡。他飞快地在笔记本、纸张、旧文章和剪报里面翻找，搜寻着什么，尽管他也不知道自己想找什么。某个暗示，以证明自己脸上的文字存在？可是那些字母和它们的意义是如此明晰，无须任何证明。某种逻辑，协助他选择该说什么故事？然而，除了自己的愤怒和激动之外，他再也不相信任何事物。某些范例用以阐释这个谜的美？但他明白，他只需带着自信说自己的故事就已足够。他翻遍橱柜，把地址簿迅速浏览一遍，读了读那些"关键句"，看了一下地图，瞥了几眼大头照。正当他埋头在戏服箱里探寻时，突然深深后悔自己竟然打算故意迟到，于是，他匆忙冲出门外，时间差三分九点。

九点零二分，他缩着脖子钻进阿拉丁商店对面大楼的黑暗门廊，然而，对街的人行道上并没有任何像是电话里的秃头男人或他太太的踪影。卡利普在脑中勾勒秃头男人的脸，回想他在酒吧里讲故事的模样。他很气那个男人和他太太竟然给他错的电话号码：是谁在骗谁？是谁在耍谁？

阿拉丁的店灯火通明，但透过塞满物品的橱窗，只能看见店里的一小部分。阿拉丁正在里面上上下下弯腰忙碌，计算着要打包退回的报纸份数。卡利普看见他的身影被物品团团包围：悬吊半空的玩具枪、装在网袋里的橡皮球、大猩猩和科学怪人的面具、一盒盒桌上游戏、一瓶瓶茴香酒和水果酒、色彩鲜艳的运动和娱乐杂志，以及装在透明盒子里的洋娃娃。店里面没有别人。平常白天坐在柜台后面的阿拉丁太太，这时想必已经回到家，在厨房里忙着，等丈夫回家。一个人走进店里，阿拉丁退到柜台后面；没多久，一对年老的夫妇出现了，卡利普的心猛地一跳。然后，第一个进入店里、衣着怪异的男人走了出来，而老夫妇跟在他后面也出来了，怀里抱着一个大瓶子，手挽着手慢步离开。他们是如此怡然自得，卡利普瞥一眼便知道不是他们。一个身穿毛领大衣的男士走进店里，和阿拉丁谈了一会儿，卡利普不由得揣测两人的对话内容。

这时，无论是在尼相塔什广场，还是清真寺旁的人行道上，或是伊赫拉穆那头的马路上，都没有半个能引起注意的人，只有心不在焉的行人、没穿外套疾步走过的店员、彻底迷失在幽蓝夜里的孤独旅人。有那么一阵子，马路和人行道上空无人迹，卡利普似乎可以听见对街裁缝车行的霓虹招牌吱吱作响。四周不见人影，除了一个警察，他手里拿着机枪，站在车站前守卫。望着树干被阿拉丁用橡皮筋和晒衣夹挂满了内衣女郎杂志的栗子树，卡利普感到有点害怕，仿佛他正被人监视，被发现了身份，或是身处危险中。接着传来了一声噪声，一辆驶向伊赫拉穆的1954年道奇，在行经转角处时，差点撞上了一辆开往尼相塔什方向的旧斯科达公交车。公交车紧急刹车，卡利普看见车里的乘客纷纷站起来，转头去看另一边的街道。隔着不超过三英尺的距离，借助公交车里的昏暗灯光，卡利普与一张对此事故无动于衷的疲倦面孔四目相对：一个六十多岁、历尽风霜的男人，有着一对奇异的眼睛，充满了伤痛。他以前遇到过这个人吗？他是一个退休的律师，还是一个等待死亡的教师？或许，在四目交投的刹那，对方心里也想着同样的问题——多亏了城市生活给予他们大胆对望的机会。公交车开走了，两人就此分别，也许永不再相遇。透过紫烟弥漫的汽车尾气，卡利普察觉对面人行道上开始有些动静。两个年轻人站在阿拉丁商店门口，互相点烟，想必是两个大学生正在等另一个朋友，准备一起去看星期五晚场的电影。阿拉丁的店变得拥挤起来，有三个人在那里翻阅杂志，还有一个守夜警卫。一个留着大胡子的卖橘子小贩，眨眼间已经推着他的推车来到街角，但很可能他早在那儿待了好一阵子，只是卡利普没有注意到。一对夫妻沿着清真寺旁的人行道走来，手里拎着大包小包，但很快地卡利普就看见，年轻父亲的怀里还抱着一个小孩。同一时刻，隔壁小糕点铺的老板娘，一个上了年纪的希腊太太，熄掉了店里的灯，把磨损的外套裹在身上，走出门外。她对卡利普礼貌地微微一笑，然后拿钩子把铁卷门哐啷用力拉下。接着，阿拉丁商店和人行道又突然空旷了。一个住在前面附近、自以为是明星足球队员的疯子，穿着一身蓝黄足球制服，从女子学校的方向缓缓地推着一辆婴儿车走过来，他平时都把报纸放在婴儿车里，到潘加地的珍珠戏院大门口兜售。小推车的轮子转呀转，发出卡利普挺喜欢的音乐。

微风轻吹，卡利普觉得有点冷。九点二十分。"再等三个人经过。"他想。此时他非但没看到阿拉丁在店里，也找不到应该守在车站前的那个警察。对街一栋公寓大楼的狭窄阳台里，有一扇门开了，卡利普看到香烟末端的一点红光，接着那个人把烟蒂往外一抛，便转身进屋。人行道有点微湿，在霓虹灯和广告招牌的映照下，反射出金属光泽，除此之外，上面还散布着纸屑、残渣、烟蒂、塑料袋……有那么一瞬间，这里的一切，这条卡利普从小住到大的街道，这片他眼看着逐渐蜕变的小区，以及远方的公寓大楼屋顶上，那一根根在幽蓝深夜里依稀可见的烟囱，都让卡利普感到无比陌生而遥远，仿佛是童书里的恐龙。接着他觉得自己像是小时候极为向往的X光透视人，可以洞悉世界的神秘意义。广告招牌上的每个文字，管它是在标明地毯商、餐厅、糕点铺，或是推销展示盒里的蛋糕、可颂面包、裁缝车、报纸，全都指向这第二层的意义。然而，如梦游者般踩过人行道的不幸的人们，已经忘记了曾经能够理解神秘的那段回忆，只能用残存的第一层意义来构建生活——就好像那些遗忘了爱情、义气和英雄的人，只能通过电影获取对这些情感的肤浅满足。他走向帖斯威奇耶广场，招了一辆出租车。

当出租车经过阿拉丁商店时，卡利普想象秃头男人正躲在角落里，就像自己刚才那样，等待着耶拉。是他的幻想吗？还是他真的看见一个衣着怪异的可怕人影，藏在卖裁缝车的商店橱窗里，周围是一群在霓虹照耀下冻结的人形模特儿，他夹杂在那些仿佛被施了魔咒的骇人躯体间，正在用裁缝车缝着什么。他不确定。来到尼相塔什广场，他叫出租车暂停，买了一份《民族日报》的晚报版本。他带着好奇和兴奋阅读自己的文章，仿佛在读耶拉的作品，与此同时，他想象耶拉也正在读这篇以他的名义和照片发表的陌生文章，只不过，他抓不准耶拉的反应。一股怒气从心底升起，直指耶拉和如梦，

"你们会遭到报应！"他好想这么说。但他也搞不清楚自己到底希望他们如何：是遭到恶报还是善报？不仅如此，在他内心某处，其实暗暗幻想着能在佩拉宫饭店撞见他们。出租车沿着塔拉巴西曲折的街道蜿蜒而上，经过黑暗的旅馆和塞满了人的简陋咖啡馆。整个伊斯坦布尔正在期待某件事情发生，卡利普有这种感觉。接着，他惊讶地注意到马路上的汽车、公交车和卡车竟如此残破不堪，而他却从来都不曾察觉。

佩拉宫饭店的大厅温暖而明亮。右边是一间宽敞的接待室，伊斯坎德尔坐在一张旧沙发椅上，与其他游客一起观看一群人在这里拍戏。原来有一组国产片工作人员，利用饭店的 19 世纪装饰做背景，拍摄一出历史剧。灯光通亮的房间里洋溢着嬉闹、友好、欢乐的气氛。

"耶拉不在这儿，他没办法来。"卡利普开始向伊斯坎德尔解释，"突然有很重要的事。他之所以一直躲着就是为了这件神秘事务。他要我代替他接受采访，原因也是基于那个秘密。要讲的故事我已经滚瓜烂熟了，我会接替他的角色。"

"我不知道那些人愿不愿意接受这种安排！"

"就跟他们说我是耶拉·萨利克。"卡利普恶狠狠地说，连自己都有点吃惊。

"可是为什么？"

"因为重要的是故事，而不是说故事的人。眼前我们有一则故事要说。"

"他们认识你。"伊斯坎德尔说，"那天晚上在酒吧里，你也讲了一个故事。"

"认识我？"卡利普一边说一边坐下来，"你用词不够精确。他们是见过我，没错，仅此而已。而且，今天我是另一个人。他们既不认识那天见到的人，也不认识今天站在他们眼前的我。我打赌他们看土耳其人都长得一样。"

"就算我们告诉他们，那天晚上见到的是另一个人，"伊斯坎德尔说，"他们也一定会预期耶拉·萨利克应该年纪要大得多才对。"

"他们对耶拉了解多少？"卡利普说，"大概是某个人说，去采访一下那个很有名的专栏作家，一定能够替你的土耳其专题节目加分。于是他们把他的名字抄下来，说不定连他的年龄和他是干什么的都还搞不清楚。"

就在这个时候，一阵笑声从拍摄历史片的角落传来。他们从沙发椅上扭过身子，转头张望。

"他们在笑什么？"卡利普问。

"不知道，没听见。"伊斯坎德尔说，但脸上却带着微笑。

"我们没有人是自己。"卡利普低声耳语，仿佛在泄露一个秘密，"我们没有人可以。你难道不怀疑别人或许把你视为另一个人吗？你真的百分之百肯定你就是你吗？假使答案是肯定的，那么，你真的百分之百确信，你所肯定的自己就是你吗？究竟这群人想要的是什么？他们在寻找的，难道不是某个背景特殊的外国人吗，然后利用他的故事，来感动那些吃完晚餐看电视的英国人，让他们为他的忧愁而苦恼，为他的悲伤而落泪？我就有这样的故事，可以满足节目的需求！甚至不用拍到我的脸。他们可以用灯光把我的脸弄暗。一位家喻户晓的神秘土耳其专栏作家——更别忘了我的穆斯林身份，这是最有意思的重点——由于担心政府压迫、政治暗杀以及地下党派恐吓，决定以不暴露身份的方式，接受英国广播公司的专访。这样不是更妙吗？"

"好吧。"伊斯坎德尔说，"我打电话上楼通知一下，他们一定等很久了。"

卡利普望着大厅另一头的拍片现场。一个留胡子戴毡帽的奥斯曼帕夏，穿着一身笔挺的制服，上面缀满了闪亮的勋章、奖牌和饰带，正在对乖巧的女儿说话。女儿专心聆听着，但脸却没有正对她亲爱的父亲，而是对着忙碌的摄影机。饭店服务员和接待人员恭敬而沉默地在一旁注视。

"我们没有依靠，没有力量，没有希望！"帕夏说，"我们一无所有！每个人，啊，全世界的每一个人，都跟土耳其人为敌！天晓得，政府很可能也要被迫放弃这座堡垒了……"

"可是，最亲爱的父亲，想想我们依然拥有的……"女儿开口说话，她举起手里的书，目的是要让观众而不是她父亲看个清楚，但卡利普分辨不出那是什么书。当这一幕再重来一遍时，卡利普还是没看见书名，不过他看得出那并不是《古兰经》，这让他更好奇了。

过一会儿，伊斯坎德尔领着他搭乘老旧的电梯进入二一二号房，他又感觉到那种想不起一个熟悉名字的挫折感。

他在贝伊奥卢酒吧见过的三名英国记者全在房间里。两个男人手里拿着茴香酒，一边调整摄影机和灯，一边喝酒。女人正在阅读杂志，她抬起头来。

"我们的名记者，耶拉·萨利克，专栏作家，亲自来了。"伊斯坎德尔用英文说，卡利普听来觉得颇为做作，他当下便把这句话在心中翻译成土耳其文。

"非常高兴见到你！"女人说。两个男人立刻异口同声地跟进，好像漫画里的双胞胎。"不过，我们是不是以前见过？"

"她说，我们是不是以前见过。"伊斯坎德尔替卡利普翻译成土耳其文。

"在哪里？"卡利普对伊斯坎德尔说。

伊斯坎德尔接着用英文对女人复述道："在哪里？"

"在那家酒吧。"女人回答。

"这些年来我没去过酒吧，而我近期内也不会想去。"卡利普语气很坚定，"事实上，我想我这辈子从没去过任何一家酒吧。我认为那一类的交际应酬，在那一种乌烟瘴气的地方，不仅危害我的心理健康，更破坏我写作所需的内在孤寂。对文学的热情占据了我生活的很大部分，而对政治谋杀与迫害的探究则花去了更惊人的时间，这两件事情让我得以长年远离堕落的生活。从另一个角度来说，我相当清楚，全伊斯坦布尔乃至全国上下，有无数的同胞认为自己就是耶拉·萨利克，而他们也都有无可辩驳的理由自称为耶拉·萨利克。此外，有时夜里当我变装上街时，我会在一些贫民窟的小酒馆里，惊讶地撞见他们中某些人，窝藏在我们黑暗、不可解的生活某处，在谜的中心。我甚至与这些不快乐的人结交朋友，而他们与'我'相似的程度简直令我害怕。伊斯坦布尔是一个了不起的地方，一个难以理解的地方。"

趁伊斯坎德尔翻译的时候，卡利普透过敞开的窗户，望着金角湾和城市里的黯淡灯火。当初众人为谢里姆一世清真寺打灯照明，显然是为了增添清真寺的观光吸引力，然而，和过去一样，有人偷走了几盏灯，使得清真寺变成一堆诡异吓人的石头，看起来像是只剩下一颗牙的老头的黑洞般的嘴。一听完伊斯坎德尔的翻译，女人立刻为自己的误会礼貌地道歉，她语中不失幽默地说，她把当天晚上另一个说故事的人，一个戴眼镜、身材高大的小说家，混淆为耶拉先生了，但她看起来并不相信自己说的话。似乎她决定把卡利普及这种奇怪的情况视为有趣的土耳其特例，拿出一种"我不懂但我尊重"的态度，像一个宽容的知识分子在面对不同文化时的做法。卡利普很快就对这位细腻的女人产生了好感，她颇具有运动员的精神，即使察觉手中的牌有异，也没有立刻喊停不玩。她是不是有点让人联想起如梦？

卡利普坐进一张背后打灯的椅子，由于旁边牵了麦克风和摄影机线，地上缠绕着一堆黑色电线，感觉有点像现代的电椅。他们发现他不自在，于是其中一个男人礼貌地笑了笑，拿一个杯子塞进卡利普手里，替他倒了点茴香酒加水。女人也带着同样的游戏态度——反正他们就是一直微笑——飞快地把一卷带子塞进放映机里，兴冲冲地按下播放键，一副偷看色情片的模样。转瞬间，他们过去八天所拍摄的土耳其风土民情便出现在小小的携带式屏幕上。众人安静地观看，仿佛在看一部色情片，带着一丝看热闹的心态，但也不是全然无动于衷：一个表演杂技的乞丐欢乐地展示他残废的双手与截肢的双腿；一场狂热的政治游行以及一个在游行过后发表演说的狂热领袖；两个老头子在玩西洋棋；酒馆与夜总会的景象；一个地毯商人夸耀自己的橱窗陈列；一群游牧民族骑着骆驼爬上山坡；一台蒸汽引擎火车头喷出浓浓的云雾；贫民窟里的孩童对着镜头猛挥手；蒙面妇女在蔬果店挑拣橘子；一个政治谋杀的牺牲者，以及他覆盖在报纸下的尸体；一个年老的门房用马车搬运一台大钢琴。

"我碰巧认识那位门房。"卡利普忽然开口，"就是他帮我们从'城市之心'公寓搬到小巷里的住处。"

他们全都以又好玩又严肃的心情，看着老门房，而他也带着一模一样的好玩和严肃，一面微笑着，一面把载了钢琴的马车拉进一栋旧公寓大楼的前院。

"王子的钢琴回来了。"卡利普说。他不是很清楚自己是用谁的口气在说话，自己到底是谁，不过他很确定一切都进行得很顺利。"那栋公寓大楼的土地上原本是间狩猎小屋，有一个王子曾经居住在那里。让我告诉你们王子的故事！"

他们很快把器材架设好。伊斯坎德尔再次转述，著名的专栏作家将在此发表一段历史性的重要声明。女记者热情地对着观众为这段访谈开场，她巧妙地把接下来的谈话归入一个广泛的架构中，涵盖了从前的奥斯曼苏丹、土耳其地下共产党组织、阿塔图尔克不为人知的秘密遗物、土耳其境内的伊斯兰基本教义派、政治暗杀以及军事政变的危机。

"很久以前，有一个王子住在这座城市里，他发现生命中最重要的问题，在于一个人能不能做自己。"卡利普开始叙述。随着故事的进展，他感觉到王子的怒火在自己体内燃烧，让他变成了另一个人。是谁呢？当他讲到王子的童年时，他察觉到自己的新身份是一个从前名叫卡利普的小男孩。当他谈到王子刻苦读书的过程时，他则变成了这些书本的作者。当他提到王子在小屋里度过的孤独岁月时，他又转变为各种故事中的英雄。而当他描述王子向书记员口述内心想法时，他感觉自己就是那名学习王子思想的人。当他叙述王子的故事就好像在讲耶拉的那些故事时，他发现自己变成了耶拉某一则故事中的主角。当他揭开王子生平的最终结局时，他心想："耶拉以前老是这么结尾。"因此开始气饭店房里的其他人竟然没能领悟。怒火增添了他讲话的说服力，几个英国人认真地听，仿佛听得懂土耳其文似的。等卡利普说完王子的生平之后，停都没停，他又把同一个故事从头再说一遍。"很久以前，有一个王子住在这座城市里，他发现生命中最重要的问题，在于一个人能不能做自己。"他开始说，带着同样的自信。四个小时之后，他将回到"城市之心"公寓，回想起第一遍和第二遍之间的差异，他将会做出这样的结论：说第一遍时，耶拉还活着，说第二遍时，他已经倒卧在警察局正对面，阿拉丁商店旁边不远处，气绝身亡，尸体上面盖着报纸。他在第二次说的时候，加强了某些第一次没有留意的部分，而当他说第三遍时，他已经很明白每讲一遍他就会变成一个新的人。"正如王子，我叙述也是为了成为我自己。"他很想这么说。他恨那些不准他做自己的人，深信生命和城市之谜唯有借着说故事才能解开，最终，体验着内心死亡和苍白的感觉，他结束了第三遍故事，屋里陷入彻底的安静。接着，英国记者和伊斯坎德尔飞快地给卡利普一阵掌声，仿佛在精彩的演出结束后，观众发自内心地向大师致敬。

35
王子的故事

"以前的街车多好啊！"

——艾哈迈德·西姆

很久以前，有一个王子住在这座城市里，他发现生命中最重要的问题，在于一个人能不能做自己。他的发现花了他一辈子，而他的一辈子就是他的发现。这是他为自己短暂的一生所下的简短评论，通过口述由书记员抄写下来——为了写下自己的发现，王子在生命最后几年雇请了一位书记员。王子说，书记员写。

曾经，一百年前，那时我们的城市还不是现在这个样子，没有上百万的失业人口像无头苍蝇般四处徘徊，没有垃圾流过街道和桥下的排水沟，烟囱不会吐出焦黑的烟雾，公交车站里等车的人群也不会粗鲁地你推我挤。过去那个时代，马拉的街车走得无比缓慢，你可以在移动的时候跳上车。渡船也懒洋洋地航行，甚至有些乘客会下船走路，一路谈笑风生，穿越菩提树、栗树和梧桐树，直到下一个渡船站，等他们在站内的茶座喝完茶后，才又回到此刻姗姗来迟的同一艘渡船上，继续他们的行程。在那个年代，栗树和胡桃树还没有被砍下来做成电线杆，最后贴满各式各样裁缝师和割礼师的广告传单。出了城市界外，放眼所见并不是成堆的露天垃圾山和耸立的电线及电话线杆，而是无忧无虑的苏丹们过去奔驰狩猎的森林、树丛和原野。一片片绿草如茵的山坡，如今盖满了错综复杂的下水道、石板路及公寓大楼，但很久以前，那儿曾经有一间狩猎小屋，王子就在此居住了二十二年又三个月。

依照王子的看法，口述能帮助他做自己。王子深信，唯有对坐在桃花心木书桌前的书记员口述时，他才能够做自己。唯有他向书记员口述的时候，他才能够压制住别人的声音，这些人的话语、故事和思想终日在他耳中萦绕，深植于心底，无论他如何在小屋里来回踱步，或是在高墙围绕的花园里做任何事情，都甩脱不掉。"为了做自己，一个人必须意识到自己的声音、自己的故事和自己的想法。"王子说，书记员把它写下来。

但这并不表示王子如前述所言，只听得见自己的声音。相反，每当他开始叙述时，他心知肚明，自己脑中想的其实是别人的故事；每当他即将产生自己的想法时，却不禁被别人的想法所影响；而当他决定臣服于自己的愤怒时，感受到的却是别人的愤怒。尽管如此，他依然明白，一个人要能找到自己的声音，唯一的方法便是在脑中制造一个足以对抗所有声音的声音，或者套用王子的说法，"挑战其他猎猎狂吠之口"。所以他认为，口述能让他在这场肉搏战中占上风。

王子时常在小屋里来回踱步，与思想、故事和文字交战。他时常在豪华的拱形双向对称楼梯上上下下，有时候，走上双向楼梯的左翼时所说的那句话，在走下右翼来到两梯交会的平台时，却又改成另一句话。于是，他会要求书记员念出刚才他走上左翼时口述的第一句话，或者，他会走到书记员的书桌正对面，往那儿的一张沙发坐下来或躺下来。"念给我听听。"王子会说，而书记员则会用死板的音调，复述他的王子刚才口述的最后几句话。

"奥斯曼·亚拉列丁王子殿下深深知道，除非大家能够认清当前最要紧的议题是'如何做自己'，否则，生活在这片悲惨土地上的我们，都将注定毁灭、败亡与被奴役。根据奥斯曼·亚拉列丁王子殿下的看法，尚未找出方法来做自己的人，将会沦为奴隶，种族将会灭绝，国家将不复存在，一无所有，一无所有。"

"一无所有一定要记得重复三遍。"王子这么说的同时可能正在上楼，或是下楼，要不然就是绕着书记员的桌子走来走去，"不能只写两遍！"一开口，王子便发现自己说话的语气和态度，恰恰是在模仿年少时教过他法文的法兰斯先生，不仅神似他在听写练习中使用的独特风格，就连气冲冲的步伐和训话的语调都丝毫不差。这使得王子顿时陷入某种"打断他智识活动""迫使他的想象力全然失色"的恐慌中。经验老到的书记员早已习惯他各式各样的发作，遇到这种情况，他只是丢下笔，露出冷淡、呆板、空白的表情，仿佛换上一张面具，等待这场"我无法做我自己"的急性发作慢慢平息。

奥斯曼·亚拉列丁王子回忆起童年与青少年的种种时，常会有矛盾之处。书记员记得曾经写过许多快乐的回忆，是关于一个开朗、欢乐、外向的青年，在奥斯曼皇室的宫殿、别墅和度假行宫里度过美好的岁月——不过如今它们只留在前几本笔记中了。许多年前，王子曾经透露："由于我的母亲，娜西罕妃子殿下，是我父亲苏丹阿卜杜勒·迈吉德的最爱，因此在他三十个小孩中，我最受宠。"然而，也是许多年前，当王子另一次提及这些快乐往事时，他却说："由于我父亲，苏丹阿卜杜勒·迈吉德，在他的三十个小孩中最疼我，因此我的母亲娜西罕妃子殿下，他的第二个妻子，成了后宫里最得宠的嫔妃。"

书记员曾经写道，小王子为了躲避哥哥雷沙德的追逐，在多尔马巴赫切宫的后宫里到处乱跑，把门开开关关，从楼梯上跳上跳下，还当着黑人太监总管的面摔上门，把他吓晕了。书记员曾经写道，王子十四岁的姐姐穆妮芮，在即将嫁给一个四十五岁的自大狂帕夏的前一夜里，把她最疼爱的弟弟抱在腿上，一边哭泣一边说，她的悲伤单单只是因为她再也不能陪伴弟弟。那一夜，姐姐的眼泪湿透了王子的白衣领。书记员曾经写道，一群英法人士由于克里米亚战争[1]来到了伊斯坦布尔，在一场为他们举办的宫廷宴会中，王子不仅在母亲的允许下与一位十一岁的英国女孩跳舞，还与她相处了很长的时间，共同翻阅一本画着火车头、企鹅及海盗船的书。书记员曾经写道，在一场为船只命名的典礼上——以王子的祖母蓓兹米·阿连皇太后为名——王子跟人打赌，如果他敢往智障哥哥的后脑勺打一掌，那么他便可以吃掉整整四磅的土耳其甜点，包括玫瑰口味和开心果口味的。书记员曾经写道，王子和公主偷偷坐着皇家马车溜到贝伊奥卢一家商店里，去看店里卖的各式各样无奇不有的手帕、古龙水、扇子、手套和雨伞，可是没想到他们竟然只买了售货男孩身上的围裙，因为他们想到时候扮戏时会挺方便。书记员曾经写道，王子小时候和青少年时代，很喜欢模仿各种人，像宫廷御医、英国外交官、总理大臣、从窗外驶过的船只、嘎吱作响的门声、太监总管的娘娘腔、他的父亲、马车、雨水打在窗玻璃上的声响、他在书中读到的一切、父亲葬礼上哀泣的众人、浪潮，以及他的意大利籍钢琴老师古阿帖利帕夏。事后，王子总会提醒书记员说，所有这些他一字不差重复叙述的回忆，尽管伴随着愤怒与仇恨的字眼，但必须了解它们事实上是包含了数不尽的吻，是无数的妇人与少女，伴着蛋糕、蜜饯、小镜子、八音盒及许许多多的书本和玩具，一起呈献给他的。

---

[1] 1853年，俄国发动克里米亚战争，企图吞并奥斯曼土耳其，在英、法等欧洲国家的援助之下，奥斯曼帝国大败俄军于黑海。

多年后，当王子聘请一名书记员把自己的过往和思想记录下来时，每当回想那段快乐年岁，他总这么形容："我的幸福童年维持了很长一段时间。童年的单纯快乐让我始终是个单纯快乐、长不大的小孩，直到二十九岁。一个帝国，竟能允许一位有可能登基成为一国之君的王子，享受着单纯幸福的生活直到二十九岁，这样的帝国必然衰颓、崩毁与灭亡。"二十九岁之前，排名第五继承顺位的王子，理所当然地花费了大量时间追求女人，阅读书籍，累积资产与财富，培养对音乐及绘画的浅薄嗜好，以及对军事战略更肤浅的兴趣，结婚，生下两男一女，并且一如所有人那样交友与树敌。后来在王子的口述中，他这么说："其实是因为我一直到二十九岁之后，才能够摆脱掉所有的包袱，所有的女人和财产、所有的朋友和单纯的思想。"二十九岁那年，由于某些全然无法预料的历史发展，王子突然从第五继承顺位上升到第三顺位。不过，依王子所见，只有蠢人才会坚信那些事件是"全然无法预料的"。种种事件都是再自然不过、意料之中的发展：他的叔叔，灵魂与思想及意志力一样衰老的阿卜杜勒·阿齐兹苏丹[1]久病而亡；他最年长的哥哥，在继承叔叔的王位之后不久便发疯被废。口述完最后一段，王子走上楼梯，然后说，继位登基的二哥阿卜杜勒·哈米德其实也和他们的大哥一样疯；从双向楼梯走下来时，他重复第一千遍说，排在他前面顺位的那个王子——住在另一所宅邸中，也如他一样，等待有朝一日登基为王——甚至比他们前两位哥哥还要疯。至于书记员，他在写下第

---

[1] 关于这段史实，阿卜杜勒·迈吉德（1839—1861年在位），死后由其弟阿卜杜勒·阿齐兹继位（1861—1876年在位）。接着继位的是迈吉德的儿子穆拉德五世（1876年在位），但之后被废，由迈吉德另一个儿子阿卜杜勒·哈米德继位（1876—1909年在位），其间，阿卜杜勒·哈米德把自己的弟弟穆罕默德·雷沙德软禁于后宫，直到他死后，穆罕默德·雷沙德才以六十五岁的年纪登基（1909—1918年在位），最后是末代苏丹穆罕默德六世（1918—1922年在位）。

一千遍这些危险的文字后，又得耐着性子再加入补充，解释为什么王子的皇兄们都发疯了，为什么他们不得不疯，为什么奥斯曼王子们除了发疯之外什么事都做不来。

毕竟，任何人若花一辈子等待登上一个帝国的王位，注定会发疯；任何人若目睹自己兄弟在等待梦想成真的过程中发疯，他必然无可选择地也将步上疯狂之路，因为他早已陷入了疯或不疯的两难之境。一个人之所以发疯，并不是因为他想疯，而是因为他太过努力避免自己发疯；任何一位候补的王储，只要曾经玩味过他的祖先们如何在登基后什么都还没做就先去勒死自己的兄弟，他这辈子就永难逃离发疯的宿命。因为他必须了解这片他未来领土的历史，因为他在任何一本旧史书中都可以读到，他的祖先穆罕默德三世在即位成为苏丹后，便把十九个兄弟一个接一个处死，不管他们是不是尚在母亲的襁褓之中。任何一个王子，被迫读完苏丹们杀死年幼弟弟的故事后，等着他们的便是终生的疯狂。既然这段令人难以忍受的漫长等待，终将结束在伪装成自杀的下毒、绞死、谋杀之下，那么，发疯就成为唯一的出路，因为它意味着"我放弃"——对于所有等待登基如同等待死亡的王储而言，这也是他们心底最深处的秘密渴望。唯有发疯一途，才能逃过苏丹的眼线监视、逃过企图通过人脉接近王子的卑鄙政客所设下的阴谋诡计，同样也逃过他自己那巨大可怕的登基之梦。任何一个王储，只要朝他的梦想帝国的地图瞥一眼，看见他即将要负责的领土是如此宽广辽阔、无边无际，而他却必须独自一人统治——是的，独自一人——任谁都会陷入疯狂的边缘。相反，任何一个王储若无法意识到这片广大无尽，无法理解自己未来必须治理的帝国是如此纷杂庞大，那么他简直已经疯了。这时，列举完种种发疯的原因后，奥斯曼·亚拉列丁王子殿下会说："如果说，相比那些统治奥斯曼帝国的笨蛋、疯子和白痴，今天我算得上是一个理智的人，那么，一切都是因为我看透了这令人发疯的广大无尽！不像其他那些废物、娘娘腔和白痴。去思索自己将有一天必须肩负广大无尽的责任，并不会把我逼疯。相反，仔细思索这件事，反而带给我理智。原因在于，我很谨慎地通过意志和决心，控制脑中的想法，就这样我发现了生命中最重要的问题，在于一个人能否做自己。"

从第五继承顺位上升到第三顺位后，他全心投注于阅读。他认为，对于一个不认为得到王位是出于偶然的王子而言，自我精进是有益无害的，而他乐观地相信阅读可以帮助他达成此一目标。他孜孜不倦地阅读书本，从中撷取"有用的思想"，希望能够以此坚持自己所执着的梦想，并在不远的将来建立一个更为幸福快乐的奥斯曼帝国，实现这些思想。不仅这样，他也希望能够借此保持心智健全，为此他离开了位于博斯普鲁斯海岸边的宅邸，抛妻弃子，挥别过往的习惯和物品，甩掉所有能让他想起过往愚蠢幼稚生活的事物，然后他搬到狩猎小屋来，在这里度过接下来的二十二年又三个月。这栋狩猎小屋坐落在山坡上，一百多年后，此地将被覆盖在马路下，铺上街车轨道，竖立起一栋栋黑暗吓人、受各种西方风格影响的公寓大楼，以及男女学校校舍、一座警察局、一座清真寺、一家服饰店、花店、地毯店及洗衣店。小屋四周是高高的围墙，一方面让苏丹方便监视他危险的弟弟，另一方面保护王子不受外界的纷扰，而越过高墙所看见的高大栗树和梧桐树，一个世纪后将会被黑色的电话缆线缠满枝叶，被裸女杂志钉满树干。小屋里唯一可闻的声响，除了多年后依然流连不去的乌鸦群的尖叫声外，只有军队演习的噪声，以及遇到风从陆地吹往海洋的天气里，从对面山坡的兵营传来的音乐。待在小屋的最初六年是他一生中最快乐的时光，这句话王子讲过了不下千遍。

"因为那段时间，我纯粹专注于阅读。"王子常常说，"我只梦想我所读到的种种。这六年来，我的生命中只有那些作家的思想和话语。"接着他又补充，"不过，整整六年来，我丝毫没有办法做我自己。我不是我，而或许那就是我得以快乐的原因。问题是，一个苏丹快不快乐并不重要，重要的是做他自己！"每次他回忆起那六年的快乐时光，口气里总带着痛苦与渴望。接着他会再次重复一句书记员已经写过上千遍的话："每个人，不单单是苏丹，最重要的都是要做他自己。"

王子曾经口述道，在那六年即将结束的某一天傍晚，他清楚地顿悟了他所谓一生的发现及目标。"某个快乐的晚上，我正一如往常地幻想自己登上了奥斯曼王位，对着某个试图干预国家事务的笨蛋破口大骂。正当我想象自己'就如伏尔泰所言'地斥责那个笨蛋时，我僵住了，惊觉自己陷入窘境。仿佛我幻想的第三十五位奥斯曼苏丹并不是我，而是伏尔泰；仿佛那不是我，而是一个扮演伏尔泰的人。刹那间，我才了解到，若一个苏丹不是自己而是别人，会是如何地恐怖——一个苏丹，握有千万人的性命，掌控数不清的事务，统理一片在地图上似无边际的国土。"

日后王子还会拿其他的故事来解释这顿悟的刹那，但书记员深知，在灵光乍闪的一刻后，接下来的总是同样的两难：一个能决定千万人生死的苏丹，在脑海中思忖着别人的词句，这是正确的吗？一个未来将统治世界上最伟大帝国的王子，是否应该纯粹依照自己的意志行事？一个人若满脑子萦绕着别人的思想，如同噩梦般挥之不去，那么他可以算是个苏丹吗？或者，只是个影子？

"等我想通我必须不做别人而做自己，不是影子而是真正的苏丹时，我才了解到我应该甩脱所有的书本，不仅是这六年间所读的，而是一辈子读过的。"王子说着说着准备开始叙述接下来十年生活的种种，"倘若我想成为自己而非别人，那么我就必须抛弃所有的书籍、所有的作家、所有的故事及所有的声音。这花了我十年工夫。"

于是，王子开始向书记员口述，他是如何一本本摆脱那些曾经影响过自己的书籍。书记员写下王子在小屋里烧毁了《伏尔泰全集》，因为读了越多他的作品，王子便越发感觉自己是个有智慧、无神论、诙谐且机智过人的法国人，而不是自己。书记员继续写道，接下来小屋里清空了叔本华的作品，因为它们让王子变成一个随时随地、夜以继日会去思索自己的意志的人，而这位悲观的人物，这位德国哲学家，绝不可能是有朝一日要登上奥斯曼王位的王子。当初花费大笔金钱购得的《卢梭全集》，也被扔出小屋，撕成了碎片，因为它们把王子变成了一个赤裸裸面对自己的野蛮人。"我把法国思想家的书全烧了——认为世界是理性之地的戴尔图、迪帕赛、莫瑞里，以及持相反意见的布里修特——因为阅读他们的过程中，我看不见自己身为未来的苏丹，而是一个讥诮好辩的教授，总是企图驳斥前辈思想家的荒谬观察。"王子经常这么说。他烧掉了《一千零一夜》，因为书中那些微服出巡的苏丹，不再适合现今的时代，不再适合王子未来要扮演的角色。他把《麦克白》也烧了，原因不在于每次读这本书，都让他觉得自己是个软弱的懦夫，为了争夺王位而血染双手，而是因为，他不仅不引以为耻，甚至还能从中获得一种充满诗意的自豪感。他把鲁米的《玛斯纳维》丢出小屋外，因为每当他阅读这本书乱无章法的内容，被其中的故事给混淆时，他就变成了某个苦行圣人，乐观地相信生命的本质便是杂乱无章。"我烧了谢赫·卡利普，因为每次读他，我就会变成一个忧伤情人。"王子解释道，"我把波特佛里欧也烧了，因为阅读他的作品，会让我以为自己是一个想要成为东方人的西方人。伊本·佐哈尼也被我烧了，因为他会让我以为自己是一个想要成为西方人的东方人。我不想是东方人也不想是西方人，我不想要执迷，也不想要疯狂，不想勇于冒险，也不想当哪本书中的人物。"最后，为了总结以上的叙述，王子会再度执着地说出那一组叠句，那书记员在六年间数不清的笔记中写过无数次的话语："我想只做自己。我想只做自己。我想只做自己。"

然而他明白这并非易事。好不容易抛弃了所有的书本，终于摆脱掉多年来絮絮不休的声音后，内心的寂静竟让王子难以忍受，他只得心不甘情不愿地派遣一个手下进城去买新书。撕开包装，狼吞虎咽地读完后，他会先把作者嘲笑一番，然后，再以愤怒的仪式处决这些书本。尽管如此，他仍不断听见声音，并忍不住模仿作者，于是他便派手下前往巴比阿里寻找屏息等待他的外文书商，满以为阅读另一种书籍可以甩掉这些声音。结果他痛苦地发现，这只不过是以毒攻毒的方法。"奥斯曼·亚拉列丁王子殿下，在决心要做自己之后，花了整整十年对抗书本。"书记员有一天这么写道。然而王子却纠正他说："不是对抗，改用'遏制'！"在花了十年的时间"遏制"书本中传来的声音后，他才终于了解到，若想要成为自己，唯一的方法就是提高自己的音调，压过书中的声音。于是，他展开行动，聘请了一位书记员。

"这十年间，奥斯曼·亚拉列丁王子殿下不仅努力遏制书本及故事，也遏制任何阻碍他成为自己的事物。"王子站在楼梯顶往下喊，补充说明。书记员一如往常地写下这句话以及后续的长篇大论，虽然这些话王子已经重复过八百遍了，但他仍带着第一次说出口时的热情自信与兴致昂扬，再次向书记员口述。书记员写下，这十年间，王子不仅遏制书本，还包括周遭任何具有同等影响力的物品，原因在于，这些家具——桌、椅、茶几——通过为他带来必要或不必要的舒适或不舒适，而让他远离了一己的内心私语；原因也在于，当王子瞥见烟灰缸或蜡烛台时，他会分心岔神，而无法专注于能使他成为自己的思想；除此之外，所有墙上的绘画、茶几上的花瓶、沙发上的靠枕，都会把王子卷入他不想要投入的心理状态；最后，所有的时钟、碗盘、笔以及古董椅子，全都满载了回忆与联想，阻碍着王子成为自己的努力。

书记员写道，整整十年间，王子除了摔的摔、烧的烧、丢的丢各种物品，想眼不见为净之外，也努力遏制那些让他变成另一个人的回忆。王子常说："有时候，我深陷于一连串飞驰的思绪或是白日梦里，可是突然间想起某个微不足道的过往琐事，接着整段思绪就被打乱。那些陈年旧事总是如影随形，像一个无情的杀手追杀在后，或是一个积怨多年的疯子，为了一段莫名的仇恨穷追不舍。"毕竟，对一个将来会登上奥斯曼苏丹宝座、必须把千万百姓的生命视为己任的人而言，倘若在思绪飞腾之际，忽然为了小时候吃的一碗草莓而分神，或是被某个后宫小太监的蠢话给打断，那将是一件极为可怕的事。一位苏丹——不对，不光是苏丹，所有人都一样——的责任就是做自己，具备个人的思想、意志及决心，他必须对抗那些纷乱而随心所至的回忆碎屑，以防它们阻碍他成为自己。某一个机会里，书记员写道："为了期望能遏制所有污染个人思想及意志之纯粹的回忆，奥斯曼·亚拉列丁王子殿下消除了整间小屋里一切气味的来源，丢弃所有的旧衣物及家具，隔绝任何称之为音乐的麻醉艺术，远离他的白色钢琴，并把屋里每一个房间全漆成白色。"

"然而，其中最令人难以忍受，远胜于回忆、物品和书本的，是人。"王子躺在尚未被处理掉的沙发里，听书记员把刚才口述的内容念出来，听完后他加以补充。人有各式各样，他们在最不恰当的时刻登门拜访，带来烦人的闲话和无聊的谣言。虽然出发点为善意，但他们唯一的贡献就是扰乱一个人的内心平静。他们的关心带给人的是窒息而不是安慰。他们滔滔不绝讲个不停，只是为了证明自己有事情可以讲。他们告诉你许多故事，只是为了要你相信他们是有趣的人。他们借此展现对你的爱慕，而搞得你浑身不自在。或许这些都是芝麻小事，不过对于殷切渴望做自己的王子来说，他只想与自己的思绪独处，因此每当有这些蠢人来访，带来无趣的闲话和无聊的抱怨后，王子总会有好长一段时间没办法做自己。"奥斯曼·亚拉列丁王子殿下主张，最最损害一个人自我的，乃是他身边之人。"书记员某一回写道。而又有一次写道："人最大的喜悦，在于使他人看起来像自己。"他曾写出王子最大的恐惧，是在于未来登基之后，他必须与这些人建立起关系。"对于可怜、悲惨、不幸之士的同情，会影响一个人。"王子以前常说，"我们之所以受到影响，是因为与那些平凡普通的人为伍，使我们到头来也变得平凡而普通。"他说，"而那些性格特殊、值得尊敬的人，同样也会影响我们，原因在于我们会不自觉地模仿他们。然而，从各方面来看，这些人是最危险的。"王子说，"不过，别忘了注明我已经把他们全部处理掉了，全部！再补充说，我发起战斗不单是为了自己，为了让我能做自己，而是为了解放成千上万的人民。"

多年来，为了避免受到别人的影响，他发起这场不可思议的生死交战。然而，第十年的一天晚上，他照例在对抗熟悉的事物、他喜爱的香味以及感动他的书本，这时他往威尼斯式百叶窗缝望出去，只见月光照耀在积雪堆积的宽阔花园里，突然间王子明白了，他所发起的战斗事实上并非他个人的战斗，而是几百万苦命人民的战斗，他们把一生的赌注都押在逐渐崩解的奥斯曼帝国上。书记员再次把王子的话写进笔记里，在王子一生的最后六年中，这句话不知已讲过了几万遍："所有没办法做自己的人，所有只会模仿外来文化的文化，以及所有只会从异国故事中寻求幸福欢乐的国家"都注定要衰颓、崩毁与灭亡。于是，在退居小屋等待登基的第十六年，一方面，此刻的他已了解到唯有提高声音讲述自己的故事，才能够击败外人的声音；另一方面，他逐渐明白，自己个人的内心争战事实上是一场"历史性的生死交战""千年难得一见的最后战役，关系到是否要脱去外壳、直见本性""历史发展中最重要的一个停顿点，后世的史学家将视其为一个转变的关键"。

自从那一夜，皎洁的月光照在白雪盈盈的花园里，让人联想起时间的永恒与可怕，从那时起，每天早上，王子便对着坐在桃花心木书桌前忠实而耐心的老书记员，诉说自己的故事和发现。王子终将慢慢忆起，事实上多年前他就已经发现了他故事中"最重要的历史面向"：早在他退隐至小屋前，难道他不曾目睹伊斯坦布尔的街道每天都在改变，只为了模仿一个不存在的外国城市？难道他不晓得，满街悲苦的民众，通过观察西方游客以及研究随处可见的外国人照片，改变了自己的衣着打扮？难道他不曾听过咖啡店里的闲谈？那群落魄之人夜里聚集在陋巷咖啡店的炉火旁，不是在讲述土耳其的传统故事，而是拿报纸上的垃圾彼此教育，殊不知那些文章是二流的专栏作家从《基督山伯爵》或《三个火枪手》中断章取义，把主角的名字改成伊斯兰姓名而成。此外，他难道不曾为了打发愉快的时光，而时常光顾亚美尼亚珍本书店，翻阅他们所出版的这一类结集作品吗？在他毅然决然展开遗世独立的生活之前，王子难道不曾感觉到自己的脸，也正如其他的悲苦大众一样，逐渐失去了从前的神秘意义？也如那些悲惨、穷困、不幸的人民一样，陷入了平庸？"的确，他知道！"书记员为每个问题写下答案，深知这是王子想要的写法。"是的，王子感觉到自己的脸也在逐渐改变。"

与书记员一起工作的头两年——他把他们在做的事称为"工作"——王子叫他把一切都记下来：从他孩提时模仿的各种船笛声和狼吞虎咽吃过的土耳其点心，到他做过的噩梦和四十七年来读过的书；从他最喜欢的衣服到最讨厌的衣服；从他得过的所有疾病到他接触过的每一种动物。并且，套用他常说的一句话，他的做法是"依据他所发现的浩瀚真相来斟酌每一个字句"。每天早上，当书记员在桃花心木书桌前坐定后，王子便来到他的老位子，往书桌对面的沙发上坐下，或是绕着它踱步，或是踩着通往楼上的双向楼梯一阶阶走，上去又下来。或许彼此都明白王子没有新的故事可说了，然而沉默正是两人所寻求的，毕竟，就如王子常说的："唯有当一个人不再有话可说时，他才最接近最纯然的自己。唯有当他的叙述抵达终点时，他才能够听见自己内在深沉的静寂，因为所有的往事、书本、故事和回忆全都自动关闭。唯有此时，他才会听见自己的真实声音从灵魂深处涌起，从存在的永恒黑暗迷宫中浮现，让他成为自己。"

在这段等待着声音从故事的无尽深渊缓缓浮出的日子里，有一天，王子终于提到了女人和爱情，由于他视其为"最危险的课题"，所以他从来不曾碰触，直到那特别的一天。接下来将近六个月的时间里，他畅谈自己的旧情人、称不上爱情的感情、他与一些后宫嫔妃之间的"亲密"关系——除了少数几个人之外，回想起她们时他总带着忧伤与悲悯——以及他的妻子。

依照王子的看法，这种亲密关系最可怕的地方在于，就算一个毫无特色的平凡女子，也可能在你没有设防的情况下，占据你的一大片思绪。王子年轻时，结婚后，甚至在抛妻弃子离开博斯普鲁斯畔的宅邸，搬进小屋后的头几年里——也就是说，在三十五岁以前——他从不曾为这件事烦忧，因为那时的他还不曾下定决心"只做自己"，而"不受任何影响"。除此之外，由于"可悲的模仿文化"教导我们每一个人，若能爱一个女人、男孩或真主爱到忘记自我——也就是"融入爱情之中"，是一件非常值得骄傲和赞美的事，因此王子也像街上的普罗大众一样，始终以"坠入情网"为荣。

直到他搬进与世隔绝的小屋里，无间断地阅读了六个年头，最终体悟到生命中最重要的问题在于能否做自己，这时，王子才断然决定小心处理有关女人的事情。确实，缺少了女人，他感到不完整。然而，也不能否认，每一个他亲密交往的女人都会搅乱他的思绪，在他的梦里流连不去，但此时的他却渴望一切都纯粹属于自己本身。有一阵子他曾经想过，也许可以通过与数不清的女人亲密交往，使自己对爱情的毒药产生免疫。但是，由于他怀着实用的期待来执行，希望从此爱情就如家常便饭，反而使得整日的激情让他心生腻烦，因此，对于这些女人他都不太在意。后来，他慢慢地主要只与莱拉小姐一人见面，心想自己绝不可能会爱上她，因为根据他对书记员口述的说法，她是所有女人之中"最平庸、乏味、清白、无害的"。"奥斯曼·亚拉列丁王子阁下深信自己不会爱上她，于是便一无所惧地敞开了内心。"一天晚上书记员这么写道，现在他们也开始晚上工作了，"由于她是唯一能让我敞开内心的女人，因此我立刻爱上了她。"王子补充道，"那是我这辈子最恐怖的一段时期。"

书记员写下在那段日子里，王子和莱拉小姐在小屋会面及争吵的情形。莱拉小姐会带着仆人，乘坐马车从她帕夏父亲的宅邸出发，驶上半天的路，抵达小屋。接着两人会坐下来共进晚餐，满桌的餐点就像他们在法国小说里读到的那样，他们一边吃，一边谈论诗词与音乐，就好像小说里那些优雅细致的角色一样。晚餐过后，当她该回家的时候，他们会陷入争吵，就连躲在虚掩的门后偷听的厨子、仆人、马车夫也摇头叹息。"我们的争执并没有任何具体原因，"王子有一次解释说，"我只是单单对她发脾气，毕竟就是因为她，我才做不了自己，我的思想不再纯粹，我再也听不见发自灵魂深处的声音。事情就这样拖下去，直到她意外过世，而我永远不知道她的死是不是我的错。"

王子口述道，在莱拉小姐死后，他感到很悲伤，却也解脱了。这一回，总是恭敬、专注、不发一语的书记员，一反六年来替王子工作的惯例，好几次主动触及这个主题，企图深入探究这一场生死爱恋，但王子从不予理会，只是依照自己的步调和心情来决定是否要旧事重提。

在他死前半年的某一天夜里，王子解释，倘若就连在小屋里经历了十五年的奋战后，他都依然无法成功变成他自己，那么，伊斯坦布尔也将变成一个"做不了自己"的可悲城市，大街小巷将失去自我特色，城市里的广场、公园和人行道将只能模仿其他城市的广场、公园和人行道，而路上的不幸人群将永远无法达成做自己的目标。从他的言谈中得知，他对伊斯坦布尔的每一条街道是多么了如指掌，虽然他从来不曾踏出过小屋花园外一步，但在想象中鲜明地刻印下每一盏街灯和每一家商店。他抛掉平常的愤怒声音，改以嘶哑的嗓音说道，从前莱拉小姐每天会搭乘马车来小屋的那段日子，他常花费很长的时间，幻想着马车穿梭在城市街道的景象。"在那一段奥斯曼·亚拉列丁王子殿下极力渴望做自己的日子里，他经常用上整整半天光景，幻想着一赤一黑两匹骏马拖着一辆马车，从库鲁谢米一路驶向小屋。等两人一如往常用餐完毕、争吵结束后，王子会花上剩下的半天时间，想象马车沿着同样的大街小巷，蜿蜒穿梭，载着泪汪汪的莱拉小姐返回帕夏父亲的宅邸。"书记员以他惯有的细腻笔迹，一丝不苟地写下这些。

王子死前的一百天，他又开始在脑中听见别人的声音与故事，为了压制这些杂音，怒气冲冲的王子列举出潜藏在自己体内的各种角色，无论他是否知情，他们就如同第二个灵魂般一辈子附着在他的体内。他静静地叙述所有的角色，说自己如同抑郁的苏丹被迫每晚变装一样，必须扮演这些不同的身份。其中他唯独偏爱一个角色，因为那个人爱上一个秀发散发着紫丁香芬芳的女人。由于书记员曾经一遍又一遍地反复阅读王子口述的字句，六年来的工作，让他一点一滴地得知、了解而取得了王子过往记忆的细枝末节，所以书记员非常清楚，那位秀发散发着紫丁香芬芳的女人，就是莱拉小姐。理由是，他记得自己有一次写下一个故事，是关于一个忘不了紫丁香芬芳而迷失了自我的情人，他永远无法肯定，那位秀发散发紫丁香气息的女子是意外身亡，还是因他犯的错误而死。

带着超越病痛的狂热，王子把他与书记员共事的最后几个月，形容为一段"贯注工作，贯注希望，贯注信仰"的时期。这段快乐的时光里，王子清晰地听见脑海中的一个声音，通过这个声音，他从早到晚口述故事，说得越多，他就越是自己。他们工作到深夜，然后书记员会乘坐在外头等候的马车回家，无论前一天忙到多晚，隔天一大早，他就会回到桃花心木书桌前的位子上。

王子逐一说故事，关于那些因为找不到自我而崩毁的王国，因为模仿别人而灭绝的种族，因为无法过自己的生活而消失的异域部落。伊利里亚人由于选不出一个国王，能够以坚毅的人格教导人民做自己，因而从世界的舞台退场。巴别塔的崩毁，并非如众人所言，是因为国王宁录挑战了上帝的权威，而是由于他投注一切来兴建此塔，耗尽了所有使巴别塔得以独树一帜的资源。游牧民族拉比底亚在迈入农村经济之际，受到交易往来的安提坡民族的引诱，投入盲目的竞争，从此失去踪迹。萨珊王朝的灭亡，根据塔巴里的《历史》所述，要归咎于最后三位主要统治者（霍尔木兹、霍斯劳和伊嗣俟），他们沉迷于拜占庭、阿拉伯与希伯来文明，一辈子不曾有一天能够做他们自己。吕底亚人在首都萨第斯建造起第一座古苏萨风格的神殿后，短短五十年的时间里，辉煌的吕底亚王国便衰败灭亡，退出了历史的舞台。瑟比瑞安这个民族，就连今日的历史学家也不复记忆，原因在于他们不只遗忘了自己的过去，而且就在他们的国家即将要被建成一个亚洲大帝国时，大家也跟着淡忘了自己之所以为瑟比瑞安人的奥秘，全国人民仿佛感染了瘟疫一般，一窝蜂地穿上了萨马提亚人的服饰，背诵起萨马提亚人的诗歌。"米底亚人、帕夫拉戈尼亚人、凯尔特人，"王子接着说，书记员立刻抢在他的主人之前接道，"因为无法做自己而灭绝。"深夜里，在精疲力竭地说完了各种死亡与毁灭的故事后，他们听见夜阑人静的屋外传来夏蝉的鸣叫。

秋天来临，深红色的栗子树叶开始落进青蛙低鸣的莲花池，某个风大的日子里，王子受了风寒，卧病在床，但两人都没有太担心。在这期间，王子滔滔不绝地讲述着，倘若他尚无法找到自我就登上了奥斯曼王位，掌握号令天下的权力，那么，居住在伊斯坦布尔陋街暗巷里的市井小民，将要面临如此可悲的生活："他们将透过别人的眼睛来看自己。倾听别人的故事以支持自己的故事，迷恋别人的脸而非自己的脸。"他们冲泡着从附近菩提树上摘下的花朵，一边啜饮一边继续工作直到深夜。

第二天，当书记员上楼去，要替躺在沙发上发烧的主人再拿一床棉被保暖时，他突然仿佛中了魔咒似的意识到，这间桌椅早已被丢弃、门窗被毁坏、装饰被拆除的狩猎小屋，是如此空荡，空空荡荡。空无一物的房间、墙壁和楼梯间，弥漫着梦境般的一片白。其中一个空荡的房间里伫立着一台白色施坦威钢琴，全伊斯坦布尔只有一台，是王子童年时的玩具，几十年来它没有再发出过声响，被彻底遗忘了。书记员望着这一片白，望着白色的光芒从窗口射进小屋，仿佛落在另一个星球上，感觉好似所有的过往都已褪色，所有的记忆都已冻结，所有的声音、气味、物品都已消逝，就连时间也停了。手里抱着一条无香味的白棉被走下楼，他禁不住觉得眼前的一切，王子躺卧的沙发、他工作多年的桃花心木书桌、白纸、窗户，都像是迷你娃娃屋里的家具，如此脆弱、易碎、不真实。当书记员把棉被披在王子身上时，他注意到主人好几天没刮胡子的脸上，苍白逐渐扩散。他头边的小茶几上，摆着半杯水和几颗白色的药片。

"昨天晚上我梦到我母亲在远方一座阴暗浓密的森林里等我。"王子躺卧在沙发上口述，"有水从一个紫红色的大水罐里涌出，但非常缓慢，像是奶酒一样。"王子说，"这时我才明白我之所以活下来，是因为我一辈子都坚持做我自己。"书记员写道："奥斯曼·亚拉列丁王子殿下用尽一生等待寂静，为的是希望能听见自己的声音和故事。""等待寂静。"王子重复。"伊斯坦布尔的时钟不该停下来，"王子说，"当我在梦中看着时钟时，"王子开口，书记员写下，"他总觉得他在讲述别人的故事。"一阵沉默。"我羡慕沙漠中的砾石，它们单单只要做自己就好，我羡慕人迹罕至的高山上的岩石，以及不为人知的山谷中的树木。"王子满怀热情地费力地说。"在我的梦中，漫步在我的记忆花园里，"他开口，然后又说，"一无所有。""一无所有。"书记员小心翼翼地写下来。一段很长、很长的寂静。接着，书记员从书桌后起身，走向王子躺卧的沙发，仔细端详主人一会儿后，再静静走回书桌后面。他执笔书写："伊历 1321 年，沙邦月 7 日 [1]，星期四清晨三点十五分，奥斯曼·亚拉列丁王子殿下，在帖斯威奇耶山丘的狩猎小屋口述完最终遗言后，溘然长逝。"然而二十年后，他又以同样的字迹写下："奥斯曼·亚拉列丁王子殿下未能

---

[1] 此为伊斯兰历，约为公历 1903 年。伊斯兰历法以穆罕默德离开麦加，迁至麦地那开始纪年（公历 622 年），依伊历计算，一年只有 354 天。沙邦月，等于公历的 8 月。

活着登上的王位，在七年之后，由小时候被他打过后脑勺的穆罕默德·雷沙德殿下登基，在其统治下，奥斯曼帝国参与了世界大战，最终走向灭亡。"

　　书记员的一个亲戚把这些记事本交付给耶拉·萨利克。而专栏作家死后，众人在他的众多文件中发现了这一篇文章。

36
但书写的我

你们这些阅读的人，仍然活在世上
但书写的我
想必早已踏上旅程
走进了暗影国度

—— 爱伦·坡《影子，一则寓言》

"是的，是的，我是我自己！"讲完了王子的故事之后，卡利普心里想，"没错，我就是我！"既然已经说出了这个故事，他更加深信他有能力做自己，也很高兴终于办到了，现在他只想冲回"城市之心"公寓，赶到耶拉的书桌前坐下，着手写作全新的专栏。

他在饭店外面拦了辆出租车，坐在车子里，司机开始讲他的一个故事。由于卡利普明白，一个人只有通过说故事才能做自己，因此他耐着性子听司机的叙述。

似乎是在一个世纪前，某个炎热的夏日，一群德国及土耳其的工程师，为了建造横跨博斯普鲁斯海峡的黑达帕夏火车站，正把各种测量图表摊在桌子上研究，这时，有一个稚嫩清秀的潜水员拿着一枚他找到的钱币走上前来——他们派了几个潜水员到附近的海底搜查是否有珍贵物品。钱币上是一个女人脸孔的浮雕，一张奇异而迷人的脸。潜水员问其中一个在黑伞下工作的土耳其工程师，有没有办法通过钱币上的文字，解开这张脸孔的谜，因为他自己怎么也猜不透。年轻的工程师感到震慑，不是因为钱币上的文字，而是由于这位拜占庭皇后脸上的迷人神情，使他坠入无比的迷惘与敬畏，就连潜水员也出乎意料。皇后的脸上蕴含着某样东西，不只像是工程师天天使用的阿拉伯和拉丁字母，更恍如他挚爱表妹的容颜，他日夜梦想着娶她为妻，然而当时的她却即将嫁作他人妇。

"是啊，帖斯威奇耶警察局旁边的马路封闭了。"司机回答卡利普的问题，"看来大概是他们又枪杀了谁。"

卡利普下车步行，穿过又短又窄的小巷，从安洛克路走向帖斯威奇耶大道。两路交接处，停在那儿的警车闪烁着蓝灯，映照在潮湿的柏油路面上，散发出一抹惨淡、哀愁的霓虹色泽。阿拉丁的店里还亮着灯，但店门口的一块小空地却笼罩在一片死寂中，如此地无声无息，卡利普这辈子从来没有经历过，未来也只有在梦里才会再遇到。

来往的车辆全停了。树叶一动不动。没有风。小小的空地似乎如剧场舞台般架设起人造的灯光和音效。橱窗里，伫立在歌星牌裁缝车之间的假人仿佛随时会活过来，加入人群当中。"是的，我也是我自己！"卡利普很想这么说。这时，大批的警察和围观的群众之中，忽然爆开一道银蓝色的相机闪光灯光芒，卡利普这才逐渐意识到一件事——仿佛记起了梦中的某个刹那，或是找到了一把丢失二十年的钥匙，或是认出一张不想见到的面孔。离歌星牌裁缝车橱窗几步之外的人行道上，有一块泛着粉红色的白斑。一个孤零零的身形——他知道那是耶拉。除了头部之外，全身都覆盖在报纸下。如梦在哪儿？卡利普靠近了些。

可以清楚地看见，像棉被一样覆盖着身体的报纸上方，他的头枕着肮脏、泥泞的人行道。张开的眼睛如做梦般迷蒙，脸上的表情仿佛在别处神游，安详宁静，像是在观星，或是休息做梦。如梦在哪儿？卡利普满脑子只觉得这是一场游戏、一个玩笑，但接着又被满心的懊悔所取代。看不到任何血迹。他究竟是如何在尚未看见尸体之前，就已明白那是耶拉？他很想说：你们知道吗，原来我并不晓得我知道一切。在耶拉的心底、我的心底、我们的心底，都有一口井。干燥的通风井。一枚纽扣，紫色的纽扣。钱币、汽水瓶盖、从橱柜后面挖出来的纽扣。我们正在观星，枝叶间的点点繁星。尸体似乎在要求人们把他盖好免得自己着凉。把他盖好，卡利普心想，这样他才不会着凉。卡利普觉得有点冷。"我是我自己！"他注意到全版摊开的几张报纸是《民族日报》和《土古曼日报》，浸染了地上油污彩虹般的色泽。他们过去每天在这份报纸上搜寻耶拉的专栏：别着凉了。外头冷。

他听见警车的无线电里传来金属般的刺耳人声，呼叫巡警。长官，如梦在哪儿，她在哪里，哪里？街角的红绿灯茫然闪烁：绿，红，然后又绿，红。然后再一次映在糕饼店女厕所的窗户上：绿，红。我记得，我记得，我记得，耶拉这么说。阿拉丁店里的灯亮着，尽管铁卷门已经拉下。会不会是某种线索呢？巡警先生，卡利普很想说，我正在写第一本土耳其侦探小说，如你所见，这里有个线索，灯亮着没有关掉。地上散布着烟蒂、纸片、垃圾。卡利普看准了一个年轻的警察，走上前去询问他。

事件发生在九点半到十点之间。歹徒身份不明。受害者被射杀后当场死亡。是的，他是一位知名专栏作家。没有，他身旁没有别人。不了，谢谢，我不抽烟。是啊，警察工作真不是人干的。没有，死者当时没有和任何人在一起，我非常确定。先生为什么这么问呢？先生是从事哪一行的？这么晚了先生在这里做什么？能不能麻烦先生出示一下身份证明？

趁着警官检查他的身份证时，卡利普研究了一会儿覆盖在耶拉尸体上的报纸。从远处看得比较清楚，摆放假人的橱窗里散发出来的光线，在报纸上洒落一抹粉红色的光晕。他心想，警官，死者以前相当重视微小细节。对，我就是照片中的人，那是我的脸。好吧，拿回去。谢谢。我该走了。你知道，我太太正好在家里等我。看起来大概没什么事吧。

经过"城市之心"公寓时他一步也没有停，飞快地穿越尼相塔什广场，才刚转进他自己的街道时，突然间，有史以来头一遭，一只土色的杂种野狗竟向他咆哮起来，仿佛斥责他似的狂吠。这暗示什么？他转走对街的人行道。客厅的灯是亮着的吗？在电梯里他心想，我怎么可能会忘了？

公寓里没有人。没有丝毫迹象显示如梦曾经回来过。屋里的每样物品都带给人难以承受的疼痛，他伸手碰触的家具、门把、四散的剪刀和汤匙、如梦以前塞烟蒂的烟灰缸、他们曾经同桌吃饭的餐桌、很久以前他们老是面对面坐着的扶手椅，落寞、孤寂的扶手椅。这一切全是那么令人难以忍受、悲哀。他等不及要逃出这里。

他在街上走了很久。从尼相塔什通往西西里区的几条街，是他和如梦小时候兴高采烈冲向城市电影院的路径，此刻，一旁的人行道上除了野狗翻捡垃圾桶外，完全是静悄悄的。关于这些狗，你写过多少故事？而我到头来又将会写下多少？似乎走了好久好久之后，他沿着清真寺后方的小路绕过了帖斯威奇耶广场，接着，如他所料，他的双脚带领他来到四十五分钟前耶拉陈尸的街角。但那儿没有半个人。尸体、警车、记者和群众全不见了。透过从裁缝车展示橱窗反射出来的霓虹灯光，卡利普看不出人行道上有任何耶拉陈尸过的痕迹。原本覆盖尸体的报纸，想必被细心地收拾干净了。车站前的一个警察，依旧手持机枪巡逻。阿拉丁的店里，灯依旧亮着。

抵达"城市之心"公寓时，他感到少有的疲惫。耶拉的公寓，如此忠实地模拟着过去，看起来是那么奇异而熟悉，又令人心碎，就如同一个多年征战冒险后返乡的士兵眼中的老家。过去竟是那么遥远！虽然他才离开这里不到四个小时。往事如睡梦一般诱人。他像个愧疚而无辜的孩子，幻想着自己或许能梦见台灯下的报纸专栏、照片、谜、如梦，以及他所寻觅的什么东西，于是爬上耶拉的床，坠入梦乡。

醒来的时候，他以为是星期六早晨，但其实已经是中午了。今天不用上班或开庭。他连拖鞋也没穿，就跑到门边去拿已经塞进门缝的《民族日报》：耶拉·萨利克遇害身亡。头条大刺刺地横跨刊头上方，还有一张尸体用报纸盖上前的照片。他们给了他一整个版面，并引述了总理与其他官员乃至社会名人的话。他们把卡利普所写的标题为《回家》的文章特别框起来，注明为"最后一篇专栏"，并放上一张耶拉的近照，照片拍得不错。根据知名人士们的说法，枪击意在针对民主、言论自由、和平云云，都是那些人一有机会就喜欢提起的好理由。针对行凶者的搜捕行动已经展开。

穿着睡衣，他坐在满是纸张和剪报的书桌前，抽着烟，抽了很久很久。然而当门铃响起时，他却觉得自己前一个小时好像都在抽同一根烟。是卡梅尔。她手里拿着钥匙站在原地，见鬼似的瞪着卡利普。一会儿后，她终于跨步进房，蹒跚地走向电话旁的安乐椅，才刚坐下来，她就放声痛哭。大家都以为卡利普也死了。这几天来大家担心他们担心得要命。她一看到早报的消息，就马上跑到荷蕾姑姑家去。半路上她看见阿拉丁商店的门口围了一群人，这时她才知道，稍早前的清晨，在店里面找到了如梦的尸体。似乎是阿拉丁早上开店的时候，发现如梦的尸体躺在洋娃娃中间，仿佛在熟睡。

读者啊，亲爱的读者，读到本书这里，请容许我在把这些字句交给印刷工人之前，至少介入这么一次，我毕竟在前面是那么小心翼翼地试图把叙述者和主角区别开来，并且把报纸的专栏和描述情节的篇章划分清楚——花费了好一番工夫，你或许早已察觉到了——虽然效果不尽理想。有些书中的某几页文字，之所以会深深烙印在我们心底，让我们一辈子难以忘怀，并不是因为作者的技巧精湛，而是由于"故事似乎有生命""自己写出了自己的故事"。留在我们脑海中、内心深处或任何地方的这些篇章，对我们的意义并非某位艺术大师的惊世创作，而是温柔、感人、忧伤的片段，许多年后我们会依然牢记，就如同我们自己生命中的高低起伏，或甚至是更超然的感动。所以，这么说吧，倘若我是个一流的文人，而非只是现在这样一个初出茅庐的专栏作家，我将能信心十足地预测，在我这部名为《如梦与卡利普》的作品中，这儿将会是令我敏感而聪慧的读者永难忘怀的一页。但我并没有多少把握，毕竟我是个实在的人，知道自己拥有多少才华，作品又有多少分量。因此，我想还是让读者你独自体会这一页。最好的方法或许是，干脆让我建议印刷厂把后面几页用油墨全部涂黑。如此一来，你或许能运用自己的想象力，创造出我的文字无法忠实传达的故事。如此一来，当我接续这里被打断的故事，叙述那场正在降临的黑色之梦时，我或许能描绘出它的墨黑色泽。我只是想提醒你，当我告诉你接下来的种种时，我的心里一片宁静，像个梦游者。所以，请你，把接下来的篇章，黑色的篇章，就看作是一个梦游者的日记吧。

卡梅尔几乎是一路从阿拉丁商店跑到荷蕾姑姑家。屋里面每个人都在哭，大家都以为卡利普也死了。卡梅尔最后终于泄露了耶拉的秘密：她告诉他们，耶拉这些年来一直躲藏在"城市之心"的顶楼公寓里，如梦和卡利普上个星期也待在那里。这再度让大家以为卡利普也和如梦一样死了。稍晚，当卡梅尔回到"城市之心"公寓时，伊斯梅尔告诉她："上楼去看一看！"她拿着钥匙来到楼上，一股奇异的恐惧袭来，使她迟迟不敢开门，但随之而起的是一种或许卡利普还活着的预感。她穿着一件卡利普常看到她穿的开心果绿的裙子，系着一条脏围裙。一会儿，当卡利普来到荷蕾姑姑家时，他看见荷蕾姑姑穿着一件连衣裙，布料的底色是同样的开心果绿，上头紫色的花朵绽放。这纯粹是巧合，还是暗示着整个世界就如记忆花园一般，神秘而魔幻？卡利普告诉母亲、父亲、梅里伯伯、苏珊伯母以及在场每一个含泪倾听的亲友，告诉他们他和如梦五天前就从伊兹密尔回来了，然后花了大半的时间在"城市之心"公寓里陪耶拉，有时候甚至在那儿过夜——耶拉好几年前买下了顶楼的公寓，但始终不让别人知道。他之所以躲起来，是因为有人恐吓他。

　　下午稍晚，面对着国家调查局的探员以及搜集证词的检察官，卡利普把同样的故事又讲了一遍，他提到电话中的声音，并且详尽地说明了一番。但他没有办法让面前的两个人——坐在那里，带着一副无所不知的神态，听他说话——信服自己的故事。他感到无助，就好像一个甩不掉脑中的幻想，可又无法说服别人相信的人。他心中是一片漫长而深沉的寂静。

　　傍晚的时候，他发现自己置身于瓦西夫安静的房间里。或许因为这是屋里唯一一没有哭泣声的房间，所以他依然能在这里看到往日痕迹，不曾受到任何侵扰，诉说着如今只属于过去的一个幸福家庭，因为"近亲结婚"而畸形的日本金鱼，在鱼缸里悠游。荷蕾姑姑的猫咪"煤炭"趴在地毯边缘伸懒腰，一边心不在焉地打量着瓦西夫。坐在床角的瓦西夫正在检视手里的一沓纸张。那是悼念的电报，来自各地几千几百个人，上至总理，下至最平常的读者。卡利普望着瓦西夫的脸上流露出讶异而嬉闹的神情，以前，当他挤在卡利普和如梦中间，坐在同样的床角，一起翻看旧剪报时，他也是这副表情。房间里光线昏暗，一如从前他们每次待在这里，等待奶奶——后来是荷蕾姑姑——为他们准备晚餐的时候。低瓦数的灯泡散发出令人昏昏欲睡的光芒，恰如其分地融入褪色的旧家具和旧壁纸中，让卡利普联想起他与如梦共度的生命低潮，悲伤如同不治之症在他全身上下蔓延。那些痛苦与忧愁如今已成为美好的回忆。卡利普请瓦西夫从床角起身。他关上灯，然后连衣服都没脱，就往床上一躺，像一个打算哭到睡着的孩子。他整整睡了十二个小时。

隔天，在帖斯威奇耶清真寺举行的葬礼上，卡利普找到机会和总编辑谈了一会儿。他解释说耶拉其实还有好几箱尚未发表的作品，尽管上星期他只交了几篇新专栏，但事实上他的写作一直没有间断。他把下层抽屉里的几篇专栏草稿重新润饰了一番，又好玩地写了几篇他从未碰过的新题材。总编辑说，他当然愿意在耶拉的老版面上刊登这些文章。于是，卡利普的文学之路就这么铺好了，往后几年，他将在耶拉的空间里继续下去。人群出了帖斯威奇耶清真寺，走向尼相塔什广场，灵车正停在那里。半路上，卡利普看到阿拉丁心不在焉地站在店门口旁观。他手里拿着一个洋娃娃，正准备用报纸包起来。

卡利普第一次梦见如梦与这个洋娃娃在一起，是在他把首批耶拉的新作送到《民族日报》编辑室的那天夜里。把耶拉的文章递交出去后，他听了一会儿众人的安慰和谋杀理论——这些人有朋友也有敌人，包括了老专栏作家涅撒提——最后走进耶拉的办公室，开始读过去五天来堆在桌上的报纸。报上充满了无数引人落泪和过度褒扬的讣闻，以及土耳其当代历史上类似的凶杀案件：这些文章倾向于把罪过推给亚美尼亚人、土耳其黑手党（卡利普忍不住想用绿笔改成"贝伊奥卢帮派"）、共产党员、香烟走私贩、希腊人、宗教激进分子、极右派、俄罗斯人、纳克什班迪教派。其中有一篇由一名年轻记者所写的文章，探讨凶手的"犯案手法"，引起了卡利普的注意。葬礼隔天刊登在《共和国报》上的这篇文章，简短而明白，但却运用了稍微夸张的叙述风格。其中的角色不是以姓名而是以身份来称呼，并用首字母大写标明出来。

著名专栏作家和他的妹妹，星期五晚上七点离开专栏作家的公寓，前往皇宫戏院。电影的片名叫作《回家》，于九点二十五分散场。专栏作家和妹妹——她嫁给一位年轻律师（这是卡利普第一次在报纸上看到自己被提起，就算只是附加说明）——也在散场后的人群中。过去十天来已成为伊斯坦布尔日常规律的风雪尽管平息了，但天气依然很冷。他们穿越总督路，从安洛克走到帖斯威奇耶大道。晚上九点三十五分，就在他们来到警察局正对面时，死亡尾随而至。凶手用的是一把配给退休军人的克勒克卡莱制手枪，极有可能原本瞄准著名专栏作家，但意外地击倒了两人。或许是扳机卡住了，他所发射的五颗子弹有三颗击中了专栏作家，一颗打到其妹妹，另一颗则射进了帖斯威奇耶清真寺的墙壁。由于有一颗子弹命中心脏，专栏作家当场死亡，另一颗子弹击碎了他放在外套左边口袋里的笔——所有的记者都针对这件巧合而大肆渲染——这也是为什么专栏作家的白衬衫上沾染的绿色墨水比鲜血还多。其妹妹左肺严重受创，从枪杀现场挣扎着走到对街的杂货店，无视位于相同距离的警察局。写这篇文章的记者，好像自以为是一个握有关键录像带的侦探，一再重复播放同一段影片，一再描述其妹妹是怎么样蹒跚走进阿拉丁的杂货店，而店主又是如何没有看到她走进来，因为当时他躲在一棵高大的栗子树干后面，被挡住了视线。妹妹跨进店里，拖着缓慢的脚步，最后瘫倒在角落的一堆洋娃娃中。文章写到这里，卡利普开始觉得好像在描述闪光灯下的芭蕾舞剧。但接下来，影片猛然向前快转，变得荒谬无比：店主原本正忙着在打烊时间拿下他挂在栗子树干上的报纸杂志，听见枪响，吓得躲到树后，没有注意到妹妹走进店里，手忙脚乱地拉下铁卷门逃离现场跑回家去。

尽管阿拉丁的店里灯亮了一整夜，然而在附近调查的警察或围观的群众却没有半个人想到要进去看看，没有半个人知道一名年轻女子正在里头痛苦死去。同样的情形，相关单位也感到不解，枪击案发生时，站在对面人行道上巡逻的警察竟没注意到现场有两个人，更别提会主动搜寻了。

凶手逃逸。有一位市民主动向有关单位提供线索，他说，就在事件发生之前不久，他出门去阿拉丁的店里买彩票券，瞥见一个阴森恐怖的人影，穿着一身奇装异服，披着怪异的斗篷，像是从古装剧里走出来的人（"看起来有点像征服者穆罕默德苏丹"）。回家后他便滔滔不绝地向太太和小姨子讲这件事，而那时他甚至还不知道发生了枪击案。文章的最后，年轻的记者期盼这条最新的线索不会再度沦为玩忽职守和能力不足的牺牲品，就如同年轻女子隔天早晨被发现死在洋娃娃堆里。

那天夜里，卡利普梦见了如梦，她置身于阿拉丁商店的洋娃娃堆之中。她没有死，而是在黑暗中与洋娃娃一齐轻柔地呼吸，眨眼，等待着卡利普。然而卡利普迟到了，他无论如何就是到不了那儿。他唯一能做的，只是站在"城市之心"公寓里，望着窗外，透过泪水，看着灯光从阿拉丁商店的窗户流泻出来，映在积雪的人行道上。

2月初的一个晴朗早晨，卡利普的父亲告诉他，梅里伯伯收到了西西里地政事务所寄来的回复，资料证明耶拉在尼相塔什的某条后巷里还拥有另一间公寓。

梅里伯伯和卡利普带着一个锁匠来到公寓。它位于尼相塔什其中一条旧巷子里，是那种老旧的三四层楼建筑的顶楼。建筑物的外墙已被煤烟熏黑，油漆如同没有药医的皮肤病般不断剥落，前方的马路由长石板铺成，人行道上坑坑洞洞。每当走在这样的街道上时，卡利普总忍不住怀疑，为什么有钱人竟想住在如此恶劣的环境？或者反过来，为什么住在如此恶劣环境的人竟然算是有钱人？门上没有标示屋主姓名，锁匠没有费多少工夫，轻轻松松便打开了老旧的门锁。

公寓里面有两间狭小的卧室，各摆了一张床。外面则是一间靠马路有采光的小客厅，正中央摆了一张餐桌，左右各有两张安乐椅。桌子上散布着有关近来谋杀案的剪报、照片、电影和运动杂志、像是《牛仔汤姆》和《得克萨斯》的最新一期等卡利普小时候看的儿童漫画、侦探小说和一沓沓纸张及报纸。看见一个铜制大烟灰缸里堆满了开心果壳，卡利普心里不再怀疑：如梦的确曾坐在这张桌子边，待了好一阵子。

走进想必是耶拉的房间里，迎面而来的是一盒盒的记忆：名叫"助忆宁"的补脑药、血管扩张剂、阿司匹林及火柴盒。而如梦房里的景象则让他意识到，他的妻子离家时并没有随身带走多少东西：一些化妆品、她的拖鞋、没有挂上钥匙的幸运钥匙圈，以及背面是镜子的梳子。卡利普望着这空空荡荡的房间里，摆在床边的那张曲木椅子上的这些物件，良久良久，有一刹那甚至恍神产生幻觉，觉得自己捕捉到了这些物品向他展示的第二层意义，掌握了隐藏在这个世界背后的、受到压抑的秘密。"他们来这里讲故事给彼此听。"回到客厅时他心想。梅里伯伯还因为刚才爬楼梯而气喘吁吁的。从纸张摆在桌上的样子判断，如梦当时正在记录耶拉口述的故事，而耶拉显然是坐在梅里伯伯此刻坐的左边椅子上，如梦则坐在对面现在空着的椅子上，听他说话。卡利普把耶拉的故事收进口袋里，以后写《民族日报》的文章会用得上。然后，针对梅里伯伯有权知道的答案，他态度温和地提出了解释：

耶拉长期以来一直为一种严重的记忆丧失症所苦，这个疾病是著名的英国医生科瑞基发现的，但他始终找不出治疗的方法。为了不让任何人知道他生病，耶拉躲进这些公寓里，但时不时会寻求如梦和卡利普的协助。为了帮他，有时候如梦或卡利普会来这里过夜，听耶拉的故事，甚至偶尔替他抄写下来，以帮助他唤醒回忆，重组过去。外头开始下雪之后，耶拉更是不眠不休地把他无穷无尽的故事向他们倾吐。

梅里伯伯陷入沉默，仿佛这一切他再明白不过。接着他哭了。他点起一根烟。一阵轻微的气喘发作。他说耶拉一直就是这么固执。他之所以个性会变得这么死硬，是为了报复整个家族把他踢出"城市之心"公寓，报复他父亲再婚时母亲所受的不公平待遇。但他父亲其实很爱他，至少绝不亚于如梦。如今他一个孩子也没有了。啊，不，卡利普现在是他唯一的儿子了。

眼泪。沉默。陌生环境里的内部声响。卡利普很想告诉梅里伯伯，走吧，去街角的店里买瓶茴香酒，然后回家。但相反，他却问了自己一个他永远不会再去想的问题。这个问题，如果有些读者只想放在自己心底，那么最好跳过（这一段）：

盛开在记忆花园中的，是什么样的故事、回忆和童话，让如梦和耶拉觉得必须避开卡利普？是因为卡利普不会说故事？是因为他没他们好玩有趣？是因为有些故事他根本听不懂？是因为他对耶拉的过度仰慕扫了他们的兴？是因为他们想逃离他身上有如传染病的顽固忧郁？

卡利普注意到，如梦把一个塑料酸奶碗放到暖气的阀门下方，就像她在家里时那样。

夏天快结束之前，卡利普搬出了他与如梦所租的公寓——所有的家具都诉说着难以言喻的疼痛，他没有办法待在这个弥漫着如梦回忆的地方——搬进耶拉在"城市之心"公寓的房子。就如同他终究无法去看如梦的尸体，他也不想看见他们的东西被他父亲卖掉或送人。他再也不能用幻想来自娱，想象他们再度一起生活，仿佛重拾一本看到一半被打岔的书。过去在梦里他常这么乐观地想象，在梦里如梦会忽然又从某处出现，就好像她结束第一段婚姻后那样。炎热、窒闷的夏天似乎永无止境。

夏天结束的时候，爆发了一场军事政变。一群小心谨慎避开政治污池的爱国人士组织起一个新政府，宣布缉拿过去所有政治谋杀案的凶手。对此，记者们做出响应，在检查制度的监督下，他们以委婉、谦恭的语气指出甚至"耶拉·萨利克谋杀案"也有待厘清。其中一份报纸——基于某种原因，并不是刊登耶拉作品的《民族日报》，而是另一家——悬赏了一笔可观的奖金，赠送给任何能够提供破案情报的人。这笔钱足够买一辆卡车，或一家小面粉厂，或一家杂货店，可以在往后的每个月为自己带来一份稳定收入。在这笔奖金的推波助澜下，"耶拉·萨利克谋杀案"之谜再度成为众人的焦点。许多外省小镇的军事司令官也出动全力寻求破案，不愿意错过这个让他们出名的最后机会。

我的文字风格大概已经向你透露，此刻又是我，那个叙述一切经过的人。当栗子树再次吐露新芽的那段日子，我从一个忧郁的人逐渐转变成为愤怒的人。外省记者把各种小道消息传到了伊斯坦布尔，宣称"调查行动正在暗中进行"，然而对此，那个愤怒的我并没有太过留意。这星期他读到凶手已在山区小镇落网，但上个星期他却听说，一辆满载足球选手和球迷的公交车在那个小镇外坠落峡谷，而凶手就在这场意外事故里。隔一周后，却发现嫌犯在一个海边城镇被捕，当时他正翘首远望邻国的天际线，那儿的人付给他一大笔钱犯下此案。由于这些报道不仅给平时根本不敢想象要做告密者的民众莫大的鼓励，也激起许许多多的军事司令官采取积极行动，与其他功成名就的同事展开竞争，因此，当夏天来临时，到处都有宣称"凶手已经落网"的新闻。就在这段时间，保安警官开始三更半夜把我叫出来，带到他们在伊斯坦布尔的总部，目的是想得到更多"信息"以及一个"肯定的指认"。

除了实施宵禁之外，政府现在还关掉了午夜到早晨的电力，反正城市本身也负担不起让发电机运转一整夜。于是，伊斯坦布尔的夜晚变得一片漆黑，和那些特别热衷于宗教、有广阔墓地的偏远小镇一样。恐怖的黑暗统治着夜晚，私宰场的屠夫残暴地处决老马，在这样的环境里，这个城市以至于整个国家，人民的生活被硬生生地切成迥然相异的两半。夜半时分，我会缓缓地从桌前缭绕的烟雾中起身——几分钟前我才以比得上耶拉才华的灵感和创意，完成了最新一篇专栏——走下阴暗的楼梯，离开"城市之心"公寓，踏上空无人迹的人行道，等待警车来载我前往国家调查局。调查局位于贝西克塔什高地，看起来很像一座高墙环抱的碉堡。城市一片荒凉，但碉堡里却生气勃勃，热闹而明亮。

他们拿出许多大头照，都是一些睡眠不足的年轻男子，一头乱发，神情恍惚，深深的黑眼圈挂在脸上。有些人的眼睛让人联想到挑水夫的黑眼珠儿子，以前当他和他爸爸一起来梅里伯伯的公寓替水箱加水时，他总会用照相机般的眼睛凝视公寓里的所有家具，把一切印入脑海。有些人则很像那些满脸痘子、吊儿郎当的年轻人，趁着电影中场休息五分钟的时间跑来找如梦，自称是"朋友的朋友的弟弟"，完全不理会跟她一起看电影的堂哥是否在旁边，或是如梦正津津有味地品尝着潘吉雪糕。另外有一些人，像是和我们同龄的店员，透过男性服饰店半掩的门，睡眼惺忪地望着返家的小学生。还有一些人——这是最可怕的一种——他们不像任何人，丝毫不会让人联想到任何人或任何事情。这些空洞的脸孔，衬着警察部门那没有粉刷、污秽、粘了不知道什么脏东西的墙壁，看起来令人毛骨悚然。我常常从记忆的迷雾中，隐约辨认出一个朦胧的阴影，不完全清晰但也不完全模糊。而每当我遇到这种踌躇难行的时刻，站在一旁的冷酷探员就会鼓励我，向我透露一些暗示性的数据，提示大头照中那张鬼魅脸庞的身份：这个小鬼头，多亏密报，被我们在席瓦斯的一家右翼咖啡店里给逮到，身上背了四件凶杀案；这个连胡子都还没长齐的小鬼，在一份拥护恩维尔·霍查的刊物中发表一段长篇大论，认定耶拉为实体目标；这个外套上掉了纽扣的家伙，目前正从马拉蒂亚被押送到伊斯坦布尔，他是一个老师，但却不断灌输他九岁大的学生们，耶拉该当被砍死，因为他在十五年前一篇讨论鲁米的文章中，亵渎了一位伟大的宗教人物；这个怯懦的中年男子，看起来像个平凡的居家男人，其实是个酒鬼，在贝伊奥卢一家酒馆里高谈阔论什么要消灭我们土地上所有的害虫，结果正巧隔壁桌的市民，满脑子都是报纸的悬赏奖金，便灵机一动向贝伊奥卢分局举报他，声称这家伙在列举名单时也提到了耶拉的名字。卡利普先生认不认识这个宿醉的酒鬼，这些游手好闲整天做白日梦的混混，这些疯言疯语的怪人，这些没用的废物？卡利普先生这几年来，有没有看过耶拉跟刚才一张张拿给他看的照片中哪个恍惚或罪恶的面孔在一起？

　　仲夏，当印着鲁米肖像的五千里拉纸钞开始发行时，我在报纸上读到一篇讣闻，一位名叫法蒂赫·穆罕默德·于钦居的退休上校过世了。那一阵子，炎热的7月夜晚，深夜访谈任务的次数直线上升，而放在我面前的大头照也以倍数增加。比起耶拉的小小照片收藏，在这里我看到了更悲伤、哀怨、吓人、不可思议的脸：脚踏车修理工、考古系学生、纺织机操作员、加油站服务员、杂货店进货员、耶希尔恰姆电影公司临时演员、咖啡店老板、宗教论文作者、公交车收票员、停车场服务生、夜总会保镖、年轻会计师、百科全书推销员……他们全都受过严刑拷问，经历了大大小小的鞭打；他们全都望着镜头，带着一副"我不在这里"或是"反正其实我是另一个人"的表情，掩盖他们脸上的恐惧和忧伤。他们似乎想借此忘掉那沉淀在他们记忆深处的失落秘密——然而由于他们已忘记了它的存在，所以他们也从不曾想起它——把那神秘的知识抛入无底深井中，永不复返。

当初，为了看看在这场陈旧的棋局中，哪个棋子摆在哪个位置，我在全然无意识的情况下走了几步棋，然而如今这场棋局对我而言（对我的读者们也一样），只是通向一场命中注定的结局。我不想再回头，因此，我也不想再提起任何关于我看到照片中的人脸上写着文字的事情。只不过，某一个永无尽头的碉堡之夜（或者该称之为"城堡"？），当我再度以同样的肯定否决了所有送到我面前的照片后，调查局探员——我事后才知道他是一位参谋上校——问了我一个问题。"文字，"他说，"你能够辨认出任何文字吗？"接着他以内行人的老练口气补充道，"我们也明白，在这块土地上，一个人要做自己有多困难。但你不能多少帮我们一点吗？"一天晚上，我听见一个身材圆胖的少校谈论道，在安纳托利亚地区有一些苏菲教派的残党，仍坚信某种救世者降临的理论。他提起这个话题的口气，并不像在报告某项秘密情报，而像在阐述自己阴郁乏味的童年回忆：耶拉曾经多次暗中前往安纳托利亚，尝试与这些"反动余孽"接触，并成功地与其中一群冲昏头的人会面，地点常常不是在科尼亚郊区的一个修车场，就是在席瓦斯一个哈拉智信徒的家里。耶拉告诉他们，他会把审判之日的暗示藏进专栏文章里，大家只要耐心等就好了。而在有关独眼巨人、博斯普鲁斯海峡干涸的一天、苏丹及帕夏易容扮装的文章里，便充满着这样的暗示。

后来，有一个勤奋的警官透露说他终于解开了密码，他一本正经地解释道，用《吻》这篇文章的每一段第一个字母所组成的离合诗，就是解谜的关键。听完后我很想说："我早知道了。"不久，他们意味深长地拿给我霍梅尼[1]描述自己一生奋斗的著作《发现神秘》，以及当他流亡布尔萨期间，在幽暗的城市巷道里被人拍摄到的照片。他们究竟想暗示些什么，其实我早已心知肚明，我忍不住想说："我知道。"有时候，他们笑谈说其实是耶拉找人来杀自己，是为了"建立"某种失落的秘密，或者，依他们的说法，因为"他脑袋短路"，记忆错乱。有时候，我会在面前的照片中看到一张脸，酷似从耶拉的榆木橱柜深处找出的照片里那群迷惘、呆板、抑郁的人。每当这种时候，我总想冲口而出："我不是早知道了吗！"我想告诉他们，我知道在博斯普鲁斯海峡逐渐干涸的时候，他声声呼唤的挚爱是谁；在那篇关于吻的文章里，他捏造出来的虚幻妻子是谁；在半梦半醒之间，他所遇见的英雄又是谁。我很想说："我知道"，尽管我对他们的言论存疑，譬如，他们曾乐不可支地回忆起耶拉专栏里一个卖黄牛票的家伙，疯狂地爱上了电影售票亭里的一个希腊女孩，他们说他其实是他们局里的一个便衣警察。或者，当我认真地盯着又一张照片，然后说我不认得这张脸时——除了因为被折磨、殴打得不成人样，使它丧失了所有的秘密与意义，也因为隔着一块神奇的双面镜，被我们观看却看不见我们，而满脸不自在——他们便会委婉

---

[1] 霍梅尼（Ayatollah Khomeini，1902—1989），伊朗最高精神领袖。

地向我解释，耶拉所说的什么脸和地图上的东西，事实上只是一个老掉牙的诈骗花招，运用低劣的技巧取悦读者，诱拐他们以为他会传递给他们一个彼此共有的秘密、一个信物、一个符号。

也许他们早已晓得我知道什么或不知道什么，但由于他们希望尽快了结这件事，所以他们想要彻底抹去耶拉的失落、黑暗之谜，那个我们还来不及发现，就已被我们生活中的灰暗琐屑所掩盖的秘密。他们必须趁着怀疑还没有在我心中——甚至所有报纸读者和全国人民心中——开花结果之前，就先摘掉它的嫩芽。

偶尔，一个受够了的冷酷情报员，或是一个我初次见到的将军，或一个我几个月前认识的瘦削检察官，会描述整个故事的来龙去脉，就像一个不具说服力的侦探，如魔术师般轻而易举地揭开所有线索和细节的隐藏含义，解释给推理小说的读者听。在仿若如梦的推理小说结尾的场景中，其他在场官员专心聆听，并在面前印着"国家供应局"的纸张上做笔记，好像他们是一群正在为校内辩论比赛评分的老师，耐心而骄傲地听自己得意门生的珠玑箴言：凶手是某个意图"颠覆"我们社会的外国势力所派来的打手，意识到自己的秘密被众人嗤之以鼻的比克塔西和纳克什班迪教徒，一些运用离合诗的古典诗词作家，和一些当代的吟游诗人——全都自认是侯鲁非信徒——他们在不知不觉中被外国势力摆布，成为阴谋的推手，把我们的社会带入无政府甚至是末世的状态。不，这件谋杀案跟政治毫无牵连。要得出这个结论，一个人只要稍微回想，遇害的记者过去所写的全是他个人的隐晦执迷，一堆非关政治的胡言乱语，不仅笔调老式而过时，文字风格更是过于冗长而难以阅读。凶手必然是贝伊奥卢的帮派大哥，因为耶拉把他的传奇写得过于夸张不实，帮派大哥自觉受到了嘲讽，心生怒火，因而亲自或雇请一个枪手把他干掉。那些夜晚，不时会有为了出风头而自首的大学生，被施以严刑而打消了承认犯案的念头，也不时有无辜的民众在清真寺被捕，被严刑拷打要他们吐出真相。在那段日子的某一夜，来了一位满口假牙的奥斯曼古典文学教授——他和调查局局长小时候一起在伊斯坦布尔的旧街道与后院里度过，街道与后院上方是一个个格子构造的阳台——他先简短地发表一段关于侯鲁非教派及古代文字游戏艺术的介绍，不仅内容枯燥，还不时被笑话打断。接着，我勉强把故事又讲一遍给他听，听完之后，他摆出一副吉卜赛算命师的神态，解释说："这些事件可以轻而易举地被置入谢赫·卡利普《美与爱》一书的架构中。"不过，这位指出了两百年前诗歌问题的教授从文学角度针对耶拉一案所提出的解答，却没有得到重视，因为与此同时，碉堡里有一个两人组成的小组，正忙着检查众多消息灵通人士的信件，这些信全都是在悬赏奖金的热潮下，一窝蜂涌向报社和有关当局的。

大约就在那期间，他们得出结论，凶手是一个被人告发的理发师。他们给我看这个年约六十的瘦小男人，但我仍然认不出他来。从此以后，他们便停止召唤我参加碉堡里一场又一场疯狂的生死盛宴、神秘与权力的嘉年华会。理发师的故事让报纸忙了整整一个星期，从头到尾巨细无遗：他先是否认犯案，接着承认是他干的，然后又否认，最后再度承认。原来，许多年前，耶拉在一篇名为《我必须做自己》的专栏中，首度提到了这个男人。在那篇文章以及后续的几篇里，他写这位理发师曾经来到报社，问了他几个问题，并说这将能揭开攸关东方、我们本身以及我们存在的奥秘，然而专栏作家却随口用几个笑话把他打发掉了。理发师把这些笑话视为耶拉在大庭广众之下对他的诽谤，而看到它们三番两次在专栏中被提起，更让他愤恨难平。事隔二十年后，他竟看见最初的那篇专栏又以同样的标题重新刊登，又再侮辱他一次，于是，在身边某些人士的煽动下，理发师决定狠狠报复专栏作家。至于煽动者的身份，不仅始终没有查出来，甚至理发师也一再否认有这些人存在，坚持称自己的杰作是一项"个人恐怖行动"——借用警察局教他的说法。报纸上刊登出此人被打肿的疲倦面孔，已磨去了任何的意义和文字，过没多久，他就受审并判刑，接着，一天凌晨，当伊斯坦布尔的街头只有凄惨的野狗无视戒严宵禁而四处游荡时，他被吊刑处死，展现出当局的效率，以迅捷的执法来彰显迅捷的正义。

那阵子，我一方面埋首于卡夫山的题材，写下我所记得或研究过的故事，另一方面同时也茫然地听人们向我阐述的各种理论，这些人来到我的办公室找我，意图替整起"事件"提出合理解释，但都没什么帮助。就是在这样的情况下，一个狂热的神学院学生告诉我，他从耶拉的写作中分析出他就是旦扎里，他长篇大论地解释道，剪报中的文字充斥着关于刽子手的指涉，证实了他的推论，而既然他能够得出如此结论，那么凶手也必然可以，而通过杀死耶拉，凶手便超越了救世者，也就是"他"。一名尼相塔什裁缝师向我吐露，他过去一直在替耶拉缝制古装戏服。就好像记不得多年前看过的电影一样，我也差一点想不起原来他就是如梦失踪的那个雪夜，我看到待在店里熬夜工作的同一位裁缝师。当我的老友，资料收藏家赛姆，突然现身时，我也是同样地恍惚以对。他一方面是来跟我讨论调查局的档案数据到底有多详尽，一方面也带来好消息，告诉我如今穆罕默德·耶尔马兹终于落网，那位无辜的学生已随即获释了。赛姆谈起《我必须做自己》这篇专栏，说显然是它的标题激起杀人动机，当时我却感到我离自己是如此遥远。对这本黑色之书而言，对卡利普而言，我正逐渐变成一个陌生人。

有一段时间，我全心全意投入法律工作和案件处理。又有一段时间，我让一切顺其自然，拜访老朋友，与新认识的人上餐馆或酒吧。有时候我注意到伊斯坦布尔上空的云朵，染上了一抹奇异的黄色或灰色；有时候我则努力说服自己，城市上方的天空仍是往日的景象。午夜过后，在轻松地解决掉当周的两三篇文章后——就如同多产时期的耶拉——我会从书桌前起身，坐在电话旁的椅子上，双腿搁在脚凳上，等待周围的事物逐渐幻化成另一个世界的事物，另一个宇宙的符号。就是在这个时候，我察觉到自己记忆深处有某件往事如影子一般颤动，影子飘过来，穿过记忆花园的一道门，通向另一座花园，然后继续穿过第二道、第三道、第四道门，透过这熟悉的过程，我感觉我的自我开了又关，我变成了另一个人，可以愉快地与那个影子相处。而此时，当我即将开始用另一个人的声音说话时，我及时拉住了自己。

为了避免在没有设防的情况下忆起如梦，我大致把生活维持在某种不是太严格的掌控之中，小心翼翼地避开随时随地都可能意外降临的悲伤。每周三四次，当我在荷蕾姑姑家吃晚饭时，我会帮瓦西夫喂他的日本金鱼，但我不再坐在床沿陪他一起看他拿出来的剪报。（尽管如此，我还是在那堆报纸中瞥见了爱德华·罗宾逊的照片，印在耶拉的专栏上方，然后发现两人之间有一种家族的共通点——他们更像是远亲。）每当时间已晚，我父亲或是苏珊伯母总会建议我早点回家，仿佛生病的如梦正躺在床上等我，这时我会告诉他们："说得对，我最好在宵禁前回去。"

我会避开阿拉丁商店的那条路，那条我和如梦常走的路，而绕道穿过暗巷，朝我们家和"城市之心"公寓的方向走去，接着再改变路线，避开耶拉和如梦离开皇宫戏院后所走的街道，最后我发现自己置身于伊斯坦布尔的阴暗巷弄里，沿途是陌生的墙壁、路灯、文字、清真寺庭院、面目狰狞的建筑，以及窗帘紧闭有如盲眼的窗户。经过这些黑暗死寂的符号让我彻底变了一个人，以致当我在宵禁开始前一刻终于抵达"城市之心"公寓前的人行道时，看见依然绑在顶楼阳台铁栏杆上的破布，竟不假思索地把它当成如梦正在家里等我的暗示。

在走过黯黑无人的街道，看见如梦留在铁栏杆上给我的信号后，我会想起我们曾经彻夜长谈的一个话题。那是结婚三年后的某个雪夜，像一对毫无忌讳的多年老友，我们的对话既没有掉入如梦的漠然深井中，也没有意识到彼此之间幽幽浮现的深邃沉默。在我的鼓动和如梦的想象力玩味之下，我们假想着当我们七十三岁时，每天会一起度过什么样的生活。

当我们七十三岁时，冬季的某一天我们会一起去贝伊奥卢。我们会用存下来的钱买礼物送给对方：一件毛衣或一双手套。我们会穿着又重又旧的大衣，上面沾染了我们的气味。我们会心不在焉地浏览陈列橱窗，也没有特别要找什么，只是彼此边看边聊。我们会气冲冲地咒骂，抱怨那些变来变去的事物，絮絮叨叨地说从前的衣服啊，展示橱窗啊，人啊，都比现在要好得太多。当我们琐碎地念个不停的同时，我们会意识到我们之所以有这种行为，是因为我们太老了，对未来没有多少期待，然而尽管如此，我们并不打算改变，仍会继续我行我素下去。我们会去买个几磅的糖渍栗子，并确认他们是否称得正确、包装适宜。然后在贝伊奥卢后巷的某处，我们意外发现了一家从没见过的旧书店，惊讶欢喜之余，我们庆贺彼此的好运。店里面，将能找到一些价格合理、如梦从没读过或不记得读过的悬疑小说。当我们四处探头寻找小说时，一只在书堆里出没的老猫会朝我们低吼，而敏感的女店员则会对我们微微一笑。我们会到一家布丁店坐一会儿，很高兴买到一袋袋便宜的书，足以满足如梦至少往后几个月的悬疑阅读胃口。喝茶的时候，我们起了小小的争执。我们之所以吵架是因为我们已经七十三岁了，而就如所有的人一样，我们很清楚自己七十三年的生命全是徒然。回家之后我们马上打开大包小包，我们会毫不害羞地脱下衣服，然后用我们苍白、松弛的年老身躯尽情做爱，同时享用那一大包糖渍栗子，配上黏稠的糖浆。我们疲惫而衰老的身体，如今是苍白的颜色，看起来就像是六十六年前我们初次相遇时，两人稚嫩肌肤的那种半透明奶油色。讲到这里，想象力始终比我生动鲜明的如梦会插嘴说，我们将会在疯狂的缠绵中途停下来，抽一支烟，大喘一口气。提起这个话题的人是我，因为我凭直觉相信，等我们到了七十三岁，当如梦不再有条件盼望另一种生活的时候，她终将会爱我。相反，伊斯坦布尔，一如我的读者所知，将继续生活在悲惨之中。

我依然偶尔会撞见她的物品，有时藏在耶拉的一只旧箱子里，有时夹在我办公室的东西里，或是在某个房间，或是在荷蕾姑姑家，由于我之前莫名的忽略，以至于尚未被处理掉。一颗紫色的扣子，来自我初次见到她时她身上穿的印花洋装；一副所谓"摩登"的尖角镜框，那种1960年代欧洲杂志里开始出现在精明干练的女人脸上的镜框，如梦试着戴了半年后就把它丢在一旁；黑色的小发卡，她总是用嘴咬着一个，两只手把另一个固定在头发上；一个尾状的盖子，是她拿来收藏针线的一个空木鸭的盖子，丢了好多年，始终令她耿耿于怀；文学课的家庭作业，被混入了梅里伯伯的法律文件中，作业的题目是讨论卡夫山上的神秘怪鸟"凤凰"，回答则是原封不动从百科全书上照抄下来；几缕她的发丝，沾在苏珊伯母的梳子上；一张替我列的购物清单（烟熏鲣鱼、一本《银幕》杂志、打火机加的丁烷、宝妮榛果巧克力）；一张树的图画，是在爷爷的协助下画出来的；字母书里的那匹马；绿色袜子的其中一只，十九年前我曾看见她穿着这双袜子，骑着一辆租来的脚踏车。

在我温柔、恭敬、谨慎地把这些物品放进尼相塔什公寓大楼前的垃圾桶，然后转身跑走之前，我会先把它们揣在我邋遢的口袋里，随身携带个几天，有时候一个星期，甚至——唉，好吧——好几个月。即使在痛苦地割舍它们之后，我仍不免幻想，也许有一天，这些悲伤的物品将会伴随着往事回到我身旁，就好像从公寓大楼的幽暗天井里再度现身的物品。

如今，关于如梦的一切，我所拥有的只有这篇文字，这一张张晦暗、黑色、漆黑如墨的书页。有时候当我想起书里面其中一则故事时，比如说刽子手的故事，或者某个下雪的冬夜我们第一次听到耶拉说的"如梦和卡利普"的故事，而我最后总会联想到别的故事，关于一个人要做自己的唯一方法，若不是变成另一个人，就是要进入别人的故事。而我试图放进这本黑色之书中的故事，又让我联想起第三或第四则故事，就好像我们那不断延伸、向前开启的爱情故事和记忆花园。那迷失在伊斯坦布尔街头而逐渐变成另一个人的情郎，或是那想找回自己脸上失落的秘密与意义的男人，回想起他们的故事总叫我激动不已，促使我以越发浓烈的热情全心拥抱这份新工作，也就是重述那些很旧很旧、古老尘封的故事，以至于此刻我来到了我书本的结局。最后，卡利普匆匆忙忙赶在报纸截稿前，写出最后一篇耶拉的故事，虽然坦白来说，它们的确不再是报纸上最热门的东西了。黎明破晓前，他从书桌前起身，看着城市在黑暗中沉睡，心痛地想念着如梦。我从书桌前起身，注视着城市的黑暗，想念着如梦。我们对着伊斯坦布尔的黑暗，想念着如梦。然后，在夜半时分，一股悲伤向我们袭来，半梦半醒中一股战栗攫住了我，我以为自己在蓝格子棉被上又遇见了如梦的踪迹。毕竟，没有什么比生命更让人惊奇。除了书写。除了书写。是的，当然了，除了书写，那是唯一的慰藉。

1985—1989

文
景

Horizon

社 科 新 知　文 艺 新 潮

黑书

[土耳其]奥尔罕·帕慕克 著

李佳姗 译

出 品 人：姚映然

责任编辑：杨　沁

营销编辑：杨　朗

封面插画：Orhan Pamuk

装帧设计：陆智昌

出　　品：北京世纪文景文化传播有限责任公司
　　　　　（北京朝阳区东土城路8号林达大厦A座4A 100013）

出版发行：上海人民出版社

印　　刷：山东临沂新华印刷物流集团有限责任公司

制　　版：北京百朗文化传播有限公司

开 本：850×1168mm　1/32

印 张：15.75　字 数：373,000

2024年1月第1版　　2025年6月第3次印刷

定 价：79.00元

ISBN：978-7-208-18570-8 / I·2114

图书在版编目（CIP）数据

黑书/（土）奥尔罕·帕慕克（Orhan Pamuk）著；
李佳姗译. -- 上海：上海人民出版社，2023
ISBN 978-7-208-18570-8

Ⅰ.①黑… Ⅱ.①奥…②李… Ⅲ.①侦探小说 – 土
耳其 – 现代 Ⅳ.①I374.45

中国国家版本馆CIP数据核字（2023）第187547号

本书如有印装错误，请致电本社更换 010-52187586